黄高宪　洪峻峰　主编

海峡出版发行集团
THE STRAITS PUBLISHING & DISTRIBUTING GROUP
福建教育出版社

图书在版编目（CIP）数据

福建当代诗词选/黄高宪，洪峻峰主编．—福州：福建教育出版社，2024.2
ISBN 978-7-5334-9810-8

Ⅰ.①福…　Ⅱ.①黄…　②洪…　Ⅲ.①诗词—作品集—中国—当代　Ⅳ.①I227

中国国家版本馆 CIP 数据核字（2023）第 235206 号

责任编辑：韩中华

装帧设计：季凯闻

书名题签、封面画：余险峰

Fujian Dangdai Shici Xuan

福建当代诗词选

黄高宪　洪峻峰　主编

出版发行	福建教育出版社 （福州市梦山路 27 号　邮编：350025　网址：www.fep.com.cn 编辑部电话：0591-83779650 发行部电话：0591-83721876　87115073　010-62024258）
出 版 人	江金辉
印　　刷	福州万达印刷有限公司 （福州市闽侯县荆溪镇徐家村 166-1 号厂房第三层　邮编：350101）
开　　本	710 毫米×1000 毫米　1/16
印　　张	41.75
字　　数	601 千字
插　　页	4
版　　次	2024 年 2 月第 1 版　2024 年 2 月第 1 次印刷
书　　号	ISBN 978-7-5334-9810-8
定　　价	120.00 元

如发现本书印装质量问题，请向本社出版科（电话：0591-83726019）调换。

《福建当代诗词选》编委会

主编：

黄高宪　洪峻峰

编委（按姓氏笔画为序）：

吴杭徽　陈银珠　周书荣　林日上

郑世雄　姚金生　洪峻峰　施榆生

黄高宪　黄福强

目　录

前　言

福建诗词是中华传统诗词的重要组成部分，具有悠久而辉煌的历史。八闽诗人自唐代薛令之、欧阳詹之后，风雅相随，代不乏人。清代郑杰原辑，郭柏苍、陈衍补辑补订的《全闽诗录》，辑有历代数千家诗作。民国时期林葆恒编纂《闽词征》，采录词人 258 家，词 1330 首。2004 年由福建省文史研究馆编纂的《百年闽诗》，辑录了 1901—2000 年间 700 余家诗作。2011 年由福建省诗词学会编纂的《中华诗词文库·福建诗词卷》，选录福建现当代诗词作者 1153 人，作品 2178 首。上述诗词集所选作品，仅仅是八闽诗词的一部分，由此足见福建诗词家人数众多，创作成果丰硕。福建夙称“海滨邹鲁”“文献名邦”，八闽诗词家为“海滨邹鲁”“文献名邦”增添了无数光彩夺目的诗词珍品。

闽峤重峦叠嶂，山连碧海，风光绮丽，在近现代史上风云激荡，历史辉煌。打开我国现当代诗歌史，便可看到，现当代不少具有历史意义的诗词名篇诞生在八闽这片充满诗意的土地上。土地革命时期，毛泽东在闽西创作了《清平乐·蒋桂战争》《采桑子·重阳》《如梦令·元旦》《渔家傲·反第二次大“围剿”》等词作，这是中国革命画卷中的浓墨重彩。新中国成立后，朱德于 1961 年 2 月 4 日即立春日视察福州鼓山时写下了《游鼓山》诗：“鼓山高耸闽江头，面貌威严障福州。纵有台风声猖獗，从来不敢到闽侯。”这是赞颂闽都山水的名篇。1990 年 7 月 15 日，习近平时任中共福州市委书记，他满怀激情创作了《念奴娇·追思焦裕禄》，1991 年 1 月 9 日又创作《七律·军民情》。习近平总书记在福建工作期间公开发表的“一词一诗”，是具有重要政治意义的华章。

新中国成立后七十多年来，福建当代诗词的创作历程是福建诗词发展史的重要组成部分。搜集、研究和传播福建当代诗人词家及其作品，不仅对总结和研究福建诗词发展史具有重要的学术价值，而且对福建诗词创作的繁荣和发展具有积极的推动作用。《福建当代诗词选》编委会同人，认真回溯福建当代诗词创作的不平凡的历程，广泛搜集八闽当代诗词家相关资料，选取、采录新中国成立后各个历史阶段较有代表性的诗人及其诗词作品，以期通过入选诗人及其作品，较为完整地反映福建当代诗词发展的状况，展现福建当代诗词创作的成就。

一

清末民国时期福建诗坛兴盛，名家荟萃。同光体闽派后劲继起，仍然在中国旧诗坛引领风骚。八闽大地结社聚吟成风，诗社林立。其中如以同光体闽派为主体的福州说诗社、以乙未台湾内渡诗人为骨干的厦门菽庄吟社等，在国内也有很大的影响。新中国成立初期，一批经历过民国时期的诗词家，继续活跃在这个时期的八闽诗坛上。如本书入选诗人：同光体闽派后期代表人物何振岱、李宣龚；南社诗人包一琪、丘复、邱海山；福州说诗社（1920）成员张培挺、张葆达、陈海瀛、黄曾樾；福州寿香社（1935）“八才女”之王德愔、刘蘅等；厦门菽庄吟社（1913）核心成员施乾、李禧、江煦及吟侣柯徵庸、苏警予、谢云声、汪受田等；泉州弢社成员林骚、汪煌辉、郑翘松、黄紫霞、陈祥耀等；莆田壶社（1922）成员张琴、宋湖民、林远堂；宁德鹤场吟社（晚清）成员黄以褒、黄廷璋、王克鋆、王克鸿；宁德福安秋园诗社（1923）成员刘子才、曹英庄；抗战前期山城南平由流寓诗人组成的星社（1938）成员陈鸿铿、吴味雪、谢义耕、郑丽生等；抗战后期在临时省会永安集结的南社闽集（1945）成员罗丹、胡孟玺、陈守治、潘主兰、潘希逸等。他们亲历了新旧中国沧海桑田的巨大变迁，新中国展现的新生活、新面貌，大大激发了创作热情，纷纷赋诗表达自己的真切感受和喜悦心情。本书选录萨镇冰《庚寅春日即事》，诗云：“九十韶光又二年，同堂四代散三边。……何期及见新邦盛，偃武修文在眼前。”诗作于 1950 年春，这是新中国成立后的第一个春天。诗中洋溢着喜悦之情，展现了一位耄耋老人对新中国美好未来的憧憬。1950 年丘复的和韵诗《和千谷八十述怀诗承叠韵见酬，叠韵再和》句："天留我辈看澄清，一卷黄庭心太平。"诗句写出了新中国成立之初两位南社老诗人的共同心境。老诗人郑丰稔的五古《解放曲》也传颂一时。诗人们即景寄兴、即情抒怀，各自运用旧体诗词这种熟悉的艺术形式表达自己的情感。

与全国各地诗词界一样，在新中国建立后新的历史环境下，福建以前的旧诗社基本上都停止活动，无形中自动解散。然而，也有个别诗社仍有间断性诗事活动。例如，1957 年福州志社开展建社 60 周年纪念活动，举行"言、志"六唱诗会，刊印《言志诗刊》。本书选录的陈培锟《志社六十周年纪念》、林冕《谨祝志社六十周年社庆》即是诗社的见证。此外如宁德蕉城鹤场吟社在上世纪 50 年代中期举办折枝诗会，南平继星社而起的剑社（成立于抗战胜利后）至 60 年代初还有聚吟唱和活动。尽管"诗社"这一诗词创作的重要组织形式遽然消失，但是，诗人之间的诗词互动，包括以诗酬赠、寄贺、题咏，以及唱和等创作传统和骚坛风气，则仍然得到继承和发扬，而旧诗社的一些活动形式，如邀游聚吟等，也时有所见。如 1950 年秋日，温陵弢社部分旧侣苏大山、林骚等同游清源山，苏大山又多次邀请诗友到其寓所红兰馆晚翠亭雅聚宴集，吟诗弹琴。这些活动被视为"弢社馀韵"。[①] 本书所选林骚《龙溪禊归，集苏兄荪浦晚翠亭小宴，用小迂韵》、黄紫霞《雨中晚翠亭听琴》，就是这些活动留下的诗章。郑贞文《庚寅重九龙山老屋登高之会》则叙写了 1950 年重阳节招邀榕城老诗友雅会的情形。诗云："榕城有三山，鼎峙何巍昂。重阳无风雨，裙屐相扶将。群贤不之顾，联袂临草堂。……"据诗小序，登临老屋、参与这次雅会的有张葆达、陈无竞、郑庶古、胡孟玺等十五人，"无竞、庶古出诗示同座"。王宜汉《辛卯重九，希微约同辈游小西湖并登大梦山》、田毕公《癸巳九日同人集敝庐有作》，从诗题也可以看出是 50 年代初期诗人的邀游雅聚之作。

① 参见苏彦铭《苏大山事略》，载《泉州鲤城文史资料》第 29 辑，2011 年

随着诗人结社传统的消逝和诗社等民间诗词组织的退出，一些官方机构担负起了组织耆老和诗人开展诗词创作的职责。在福建，主要有各地各级政协委员会、民主党派组织，以及隶属于省人民政府，后由省政协代管的省文史研究馆。他们组织的诗词创作，主题以赞颂新社会、新建设为主，客观上起到了维护和改进传统诗词这种旧的艺术形式的作用。

1952年，中央人民政府决定设立文史研究馆，安置部分有文史专长和德才兼备的老年知识分子。1953年1月，福建省文史研究馆成立，聘任本省各地数十位有相当学识和声望的老年名士，支持他们从事文史研究和艺术创作。建馆初，馆员分为文史、诗词、书画、联络四个业务组，诗词和书画创作是一项基本工作。1957年3月，又编印不定期的馆刊《小鸣》，刊载馆员的研究文章和诗词作品，第1期刊载李禧、林心恪等人的诗词25首。[①] 早期的馆员大都是本省诗词名家，首任馆长陈培锟也是著名诗人。本书选录了他们的大量诗作。其中如钟文献《福建省文史研究馆成立十周年纪念》等诗作，直接反映了文史馆的业务工作。

在全省各地，政协委员会也发挥了组织老年人士诗词创作的作用。以厦门为例，1956年，政协厦门委员会开设厦门市老年社会人士文娱室，文娱室的一项重要活动内容便是诗词创作，故又称“娱室老人诗会”。翁吉人《庆祝一九五七年元旦》云：“一室文娱叉手敏，苍颜白发看诗人。”即是其写照。政协还组织部分老年名士外出参观，为诗词创作提供生活题材，还留下大量唱和诗作。又举办老年人士座谈会，组建座谈会文艺组，编印《厦门市老年人士诗草》3册，还在《厦门日报》刊载和征集老人作品。这些诗作不可避免地带上了那个时代的深刻印记。本书收录的李禧、杨绍丞、余超、汪受田、翁吉人等人的部分诗作，便是因“诗草”的刊印而得以保存。

部分民主党派的地方机构也组织诗词创作。如当时“民革”福州市

---

① 参见《福建文史馆四十五年（1953.1—1998.1）》，第63—64页

委组织社会人士学习，其中就有诗歌组；每逢纪念日皆有诗词活动，许多老诗人写了不少歌颂新中国之作品。又，福州市成立古典诗歌研究会，由一位副市长领导，亦常向社会人士尤其是老诗人征集诗词作品。对于此举，论者称，福州吟坛面貌为之一新矣。[①]

1957年1月，《诗刊》创刊号集中发表毛泽东诗词十八首，在全国诗词界和读者中引起很大反响。“一怒风雷天下服，九州生气荡诗肠。”（郭虚中《恭读毛主席诗词》）同时发表的毛泽东致臧克家等人的信写道：“旧诗可以写一些，但是不宜在青年中提倡，因为这种体裁束缚思想，又不易学。”而对于老一辈诗人来说，则是深受鼓舞，激发创作热情。全国各地群众也掀起了学习的热潮，客观上推动了旧体诗词这种传统艺术形式的普及。1961年福州成立了第一个工人诗社——福州第一印刷厂的“东风诗社”，这是诗词创作普及的一个例证。还有一些老一辈诗人，趁此时机整理、刊印了自己历年的诗词作品，为八闽现当代诗词史保存了一批珍贵史料。

1957年秋福州的咏菊征诗活动，是当时群众性诗词创作热潮一个明显事例。其时，福州市第二届菊花展览会，随之举办大规模的征诗活动，各界人士踊跃投稿。福州市文化处组织评选，并把选出的诗稿分为纪盛、咏物等几类，编印了《咏菊诗集》。[②] 许多老一辈诗家积极参与征诗活动，本书收录的林冕《福州西湖菊花会征诗拟作七律廿五首》（录一）和郑贞文《西湖菊花展会征诗》、蒋颐堂《应福州西湖二届菊展征吟率赋博粲》，都是应征作品。从这次征诗活动的盛况，可见当时福建社会各界诗词创作热潮涌现。这一创作热潮持续到60年代前期。

十年“文革”期间，传统诗词处于被冷落的状态。尽管如此，八闽仍有一批热爱诗词的作者，在逆境中坚持写作，用诗词这种传统的艺术形式表达自己的真情实感。本书选录了这一时期的部分作品，如陈海瀛《九十初度漫赋》、李若初《八旬杂感（八首）》、高茶禅《氐州第一·

---

① 参见萨伯森《福州诗坛三十年》，载萨伯森著《萨伯森文史丛谈》，海风出版社2007年

② 参见福州市文化处编《咏菊诗集》，1958年1月油印本

八十自寿》、萧百亮《己酉年中秋夜无月》、游寿《答沈紫曼岁暮怀人》、虞愚《十月二十八日又至北京》、朱谦之《老年杂咏》、林默涵《狱中吟》、陈明鉴《周恩来总理挽词》等。必须指出的是，这一时期的诗词创作，更多的是现代文学史研究中所谓的“潜在写作”，在当时的环境下不但未能得到公开发表和传播，甚至未敢在吟侣和朋友中交流。此类创作最能反映作者当时的真实生活状况和情感，但散佚颇多。值得注意的是，与此相反，当时也出现一些颇为高调的雅聚邀游、唱和联吟。如张兆荣《癸丑初冬十一月四日，与易庵、陈佳、丙仲、修祺、仲玉、仲云诸友修禊太平岩寺，分韵得删字》，反映的是1973年初冬，部分闽南诗人相约访胜，登临鹭岛太平岩，并采取联句和拈韵的传统方式进行诗词创作的雅事。在当时，这种情形固然少见，但应不是特例。可见，“文革”期间福建诗词创作呈现复杂面貌，虽然无序，但并未中断。这也从一个侧面彰显传统诗词的生命力。

“文革”结束后，我国进入改革开放新时期。“风雪十年罹浩劫，江流九派洗沉忧。”（林默涵《赣江边与牛合影题照》）传统诗词的创作也开始复苏，并日益走向繁荣发展之路。新时期福建诗词活动的恢复起步较早，而大规模的创作活动，最早是在诗钟这一富有福建特色的领域内开展的。20世纪70年代末，福州部分老诗人便多次召集折枝吟局，发起征吟。尤其是1979年6月，在榕城市区文化部门的支持下，陈海瀛、洪心衡、吴味雪等福州老诗人以“人海”四唱为题举行征吟活动，参加者达六十多人，征稿编为《人海诗刊》刊印，广为传播，可谓盛会。

新时期福建诗词复兴的一个突出的表现是，八闽各地诗人雅集和各类诗社相继出现。较早出现且影响较大的诗社有：1981年秋成立的福州周末诗社，1984年成立的福州三山诗社，1985年成立的泉州刺桐吟社，1987年成立的三明麒麟诗社，1987年由福建逸仙艺苑之“诗词组”（1981年9月成立）发展而来的“福建逸仙诗社”，等等。县这一层面出现的早期诗社则更多，如永泰县的争鸣诗社，早在1978年3月即复办。此外如晋江东石的龙江吟社（1980）、福州郊区鼓山诗社（1981）、福清融光诗社（1981）等。始于1986年下半年的厦门“漱园雅集”，是

1981年回国定居的印尼华侨诗词名家黄松鹤在其寓所举办的，也是“雅集”这一诗人聚会吟咏的传统形式在福建诗坛复兴的见证。张人希诗《黄松鹤老人周年祭》便追忆这一段诗事。1985年陈祖宪《乙丑重九逸园诗社成立雅集喜赋》云：“扶持骚雅吾侪事，合有篇章赞盛时。”诗句道出了新时期诗人结社和雅集的内在动因。这些诗社、雅集和折枝诗唱等诗词活动的不断涌现，推动了改革开放初期福建诗词创作的复兴。

1988年5月，福建中华诗词学会（后改名为福建省诗词学会）成立。这是福建当代诗词发展史上的盛事，对于进一步繁荣福建诗词创作，弘扬诗词文化，具有重大意义。是年5月15日，第一次会员代表大会在福州举行，选出黄寿祺为会长，王浩、吴修秉、陈景汉、陈祥耀、陈振亮、南江、游嘉瑞、蔡厚示、潘主兰为副会长，赵玉林为秘书长。大会强调，学会应当为弘扬中华民族优秀的传统文化、促进祖国统一发挥积极作用。1993年5月，福建省诗词学会召开第二次会员代表大会，选出凌青为会长（届中由游德馨继任会长），吴修秉、陈祥耀、陈景汉、陈泗东、赵玉林、黄拔荆、游嘉瑞、蔡厚示、潘心城、潘主兰等15人为副会长。学会创建初期，黄寿祺、凌青、游德馨等老一辈诗词家先后担任会长，一批本省著名的诗词家踊跃参与学会工作。他们高度重视学会的建设，开展活动，扶持新人，筹办诗刊，为学会可持续发展奠定了良好的基础。诚如李可蕃《南歌子·福建省诗词学会成立祝辞》所云：“励精振惫扫陈篇，看取清时谁拓崭新天。”在福建省诗词学会的引领和推动下，福建当代诗词创作进入新的发展阶段。

随着省诗词学会的成立，各地市也相继建立本地区统一的诗词社团组织。漳州市诗词学会于1989年率先成立，接着厦门市、南平市、龙岩市、莆田市以及宁德市也先后成立诗词学会（或诗词楹联学会），而泉州刺桐吟社、三明麒麟诗社，则先后更名，成为本市的诗词学会。地市下属各县市区也纷纷建立学会、研究会等诗词组织。各地诗词学会是本地区诗词发展的重要推动者，也是省诗词学会联络各地会员、开展各项工作的重要的协作者。

1989 年 8 月，福建省诗词学会编纂的《福建诗词》第一集，由福建教育出版社正式出版发行。此后，学会致力于办好《福建诗词》，使其得以持续刊行，至 2010 年先后出版 20 集，并于 2011 年由年刊改为半年刊，2017 年由半年刊改为季刊，止于 2020 年第 2 辑。三十年馀来，《福建诗词》成为学会会员和八闽广大吟侣发表诗词作品、进行诗词交流的最重要的园地，也成为福建诗坛展示自身成果和风貌的主要平台，引起了海内外诗词家和诗词研究者的广泛关注。从某种意义上可以说，《福建诗词》三十年，是新时期福建诗词创作史的一个缩影。

除了编纂、出版《福建诗词》以及《中华诗词文库·福建诗词卷》《福建诗词三十年》等书刊之外，福建省诗词学会还相继编辑、刊行了大量的专题诗词作品集（影响较大者有 1994 年由海峡文艺出版社出版的潘主兰、陈景汉等七人合集《七发集》等），从各个方面展示广大会员的创作成果，并定期印行学会“通讯”，发布学会活动信息。其中 2013 年由厦门大学出版社出版的《福建当代十一家诗词选》和 2011 年由福建美术出版社出版的《福建中青年诗词选》，分别代表了省诗词学会中的老一辈诗词家和年轻一代诗词作者两个创作群体，展示了这两个群体的整体风貌和水平。

《福建当代十一家诗词选》选定的十一位作者是（按年齿为序），潘主兰、黄寿祺、赵玉林、李可蕃、陈子波、陈祥耀、吴修秉、陈景汉、蔡厚示、黄拔荆、丘幼宣，均为 1931 年之前出生的老一辈诗人。他们都担任过福建省诗词学会早期正副会长或正副秘书长，后担任顾问，对学会的发展有重要贡献，也都在诗词创作方面颇有造诣，在省内外诗词界有一定影响。新时期以来活跃于福建本地诗坛的老一辈诗词家，尚有几位民国时期已成名的诗坛耆老，如福州“八才女”健在者刘蘅、叶可羲、王闲，南社湘集早期成员陈瘦愚，陈衍《石遗室诗话》采诗称许之诗人虞愚，“抗日空军诗人”陈禅心等，而除此之外，从某种意义上可以说，上述十一家是最有代表性的诗人。当然，还有许多有造诣、有影响的老一辈诗人，他们散居八闽各地，或许未在省诗词学会中担任重要职务，但却对各地诗词学会的创立和发展作出重要贡献，从而在福建当代诗词史上留下深刻印记。“十一家”等老一辈诗人的诗词创作大多跨越“文革”前后两个时期，是承前启后的一代。这一代诗人及其作品，已经成为福建诗史研究的对象和学术课题，并且已经取得了一定的研究成果。

《福建中青年诗词选》由福建省诗词学会的下属机构福建省中青年诗词家联谊会组织编选。这是我省第一部中青年诗词作者的佳作选集，入选作者四十家，均为1956年以后出生。作品题材丰富、风格多样、情感真挚、催人奋进；在表现现实生活的同时，展示了中青年诗词作者对传统诗词艺术的传承与运用。其中王恒鼎、刘如姬等先后在“华夏诗词奖”等具有权威性的诗词大奖中获奖，在国内诗坛颇为活跃，有一定影响。近年来，随着中华优秀传统文化的全面复兴和数字媒体的迅速发展，福建中青年的诗词创作热情高涨，佳作不断涌现，创作群体日益壮大，展示了福建当代诗词的发展前景。

在上述福建当代老一辈诗词家和中青年诗词创作群体之间，福建诗词界活跃着一大批20世纪30年代至50年代中期出生的诗人，他们是新时期福建诗坛的中坚力量。其中如担任省诗词学会两届会长的欧孟秋，副会长蒋平畴、王仁山、张奕专、谭南周、陈永等，以及各地市诗词学会的若干骨干，他们不但是新时期以来福建诗词发展的推动者，本身也是卓有成就的诗词家。中坚一代的诗词作品除了收入个人诗集和载于国内各类诗刊之外，主要见诸福建省诗词学会主办的《福建诗词》各集，以及本省各地诗词学会编印的书刊。如果说，“十一家”等老一辈诗人在省诗词学会成立之前就已成名，那么，这中坚一代诗人的声名则伴随着学会的发展而彰显。目前尚未见较为全面地反映他们创作成就的诗词结集。他们的创作成就尚未得到较集中的呈现和探讨，是福建当代诗词史研究中一个亟待开发的领域。

近三十多年来，福建各地诗词组织、老年大学诗词组织等，也都出版、刊印了众多的诗词集。如福建老年大学诗词学会，创办了《松涛》《松涛诗讯》《松涛清韵》等诗刊，已出版30多集。至于全省诗人词家出版的个人诗词集，更是难以计数。这些诗词作品集，为研究福建当代诗词发展史积累了丰富的资料，也为本书的编选奠定了坚实的基础。

二

福建当代诗词家旅居外地的很多。他们不仅流寓于祖国各地，包括港澳台地区，在那里生活和写作，成为当地诗坛的重要力量，而且遍布海外尤其是南洋各国，在海外华人社会中吟诗作词、传薪播种。可以说，“福建当代诗词”这个命题，不仅指“福建当地诗坛”，还包括流寓他乡诗词，即福建籍诗人流寓海内外各地的诗词创作和诗词活动。

福建当代旅居外地诗人有不少名家，如北京薛肇基、陈宗蕃、林志钧、吴蔼宸、王冷斋、虞愚、邓拓、黄墨谷、林东海，山东黄孝纾，浙江王翼奇，香港曾克耑、吴耀堂，澳门江煦、梁披云、施议对，台湾林语堂、余承尧、包天白、张永明、孔庆铨、林恭祖等。新中国成立初期旅居上海的闽籍诗人和名流更多。在上世纪 50—80 年代，寓沪闽籍诗人联络密切，活动频繁，最为活跃，既推动了当地诗词的发展，也带动了福建老一辈诗人的诗词创作。

新中国建立后，上海的传统诗词活动和创作复兴最早。1950 年元旦，上海部分文化名流便联络京城诗人，成立乐天诗社，创办旧体诗刊《乐天诗讯》，寓沪闽籍诗人江庸、黄葆戉即参与发起和创办。这是新中国建立初期在江浙沪乃至全国具有很大影响的传统诗社，遍布各地的社员达五百余人，有不少闽籍诗人加入。1963 年诗社策划编选《三十六家诗选》，其中闽籍诗人江庸、黄葆戉之外，王青芝和陈兼与也在其列。[①]

与此同时，同光体闽派耆老李宣龚及其他寓沪闽籍诗人，则频频招邀诗人雅集、唱和。本书收录李氏《庚寅二月二十三日，硕果亭花事甚盛，客踵而至者四十馀人，既无瓶醑，而饧饴饼饵之属亦不足，人染一指，腹负诸公，愧而作此》一诗，从诗题可知是 1950 年 2 月（阳历 4 月 9 日）的一次看花雅集之作，雅集参与者共 40 馀人。而从后来的结

① 参见陈正卿《新中国上海第一个传统诗社》，载《世纪》2008 年第 3 期

集可知，此次和诗者多至60多人，其中闽籍达20多人，多数寓沪，也有几位在闽。可见，当时寓沪与里居（实即居榕）的福建诗人在诗词活动中有着密切联系和互动。本书收录的林志钧《二月二十三日，硕果亭花间盛会，墨巢有诗，依韵奉和》、王真《奉和墨巢丈硕果亭看花元韵》，即是此次雅集的和韵之作。① 同年，李宣龚招邀的雅会还有9月21日的纪念陈后山生日雅集，10月19日的重阳会，11月26日的纪念陆游生日雅集，参与人数不等，闽籍诗人是主角，也都留下诗作。本书所录沈剑知《庚寅十月十七日，硕果亭作放翁生日，分韵得未字》即是其一。这一年，其堂弟李宣倜也于7月26日黄庭坚生日和8月4日欧阳修生日时，两次在上海寓所举办雅集，众人分韵赋诗，邀集范围大致相当。② 可见，当时在上海，闽籍诗人发起的诗事活动十分频繁。

上世纪七八十年代，陈兼与承袭前辈余绪，在其上海寓所组织“茂南小沙龙”，每周一聚，名流诗家聚集，谈诗论艺，酬唱吟咏。雅集延续十多年，在诗词界和传统文人中声名远播，吸引了诸多过往的异地诗友参与。而与雅集相关联的其他诗事，如唱和酬赠等，则通过书信传递，与各地旧侣交流。③ 沙龙联络了不少闽籍诗人，参加过沙龙及其酬唱的，不但有福州里居的诗友，还有旅居他乡的闽籍名家，如北京虞愚、施议对等。

福建旅居港澳台地区的诗词家甚多。长期以来，这些地区当代诗词的发展自成体系，而闽籍诗人也在其中作出了自己的贡献，发挥了重要作用。旅居港、澳的诗人均关注家乡的诗词发展，与家乡诗界多有联系和互动。在澳门，菽庄吟社旧侣江煦曾着手续编“菽庄丛书”，于1948年刊印丛书第六种《鹭江名胜诗钞》；上世纪五六十年代又与在厦及在海外诗友多方商议，编选、印行了《闽四家诗》和《闽三家诗》，所选中五家为1949年后在世的现当代诗人。80年代梁披云为寓京厦门女词

---

① 详见《硕果亭看花酬唱集》，《李宣龚诗文集》，华东师范大学出版社2009年版，第403—428页

② 参见张元卿著《陈诵洛年谱》，天津古籍出版社2015年，第360—370页

③ 参见唐吟方《陈声聪与“茂南小沙龙”》，载《收藏·拍卖》2008年第7期

人黄墨谷在澳门刊印词集稿本《谷音集》，留下一段词坛佳话。施议对编纂《当代词综》，汇辑近一百多年间词作者三百四十余家，词作品近三千首，为中华词苑保存一代文献，其中收录当代闽籍词家 45 人。

福建与台湾仅一衣带水之隔，历史上两地交往极为密切，但数十年来，由于两岸隔绝，寓台闽籍诗人也长期与福建家乡亲友音书断绝。他们在大量的诗词作品中写下了不尽的“乡愁”，强烈表达了对家乡亲友的思念、对家园故土的眷恋、对祖国山河的企望。如本书所录钟震瀛《怀故乡》、谢肇齐《除夕思亲》、饶汉滨《忆江南·思乡》、傅玉良《眼儿媚·戊午冬夜怀念亲人》。张永明《丁巳岁暮感怀》云：“卅年空望归田庐，荏苒风尘逼岁除。”包天白《西瀛观音亭望潮未至》诗云：“长思旅梦望潮回，未见银涛舞月来。畹晚凉风吹短发，江湖馀涕不胜哀。”表达的都是这种深情。而当海峡破冰、两岸通行，回乡省亲之梦成真，诗人的无比喜悦、喜极转悲的心情同样在诗中得到抒发。余振邦《探亲杂咏》云：“君问归期已有期，行程待定转迟疑。故乡亲友多零落，不禁凄然喜更悲。”陈子波《还乡》云：“垂老生还尚有期，西风吹老鬓边丝。省亲欲省亲何在，怆忆牵衣绕膝时。”罗佩光《回乡》云：“离乡卅载庆归来，久梦成真笑眼开”；“旧雨新知欢聚首，还期一统再添杯”。当代闽籍诗人在祖国宝岛台湾的诗词创作和诗事活动，是一个有待深入探讨的课题。很显然，“思亲、思乡、思归”是他们诗词创作的重要主题。

旅台诗人纷繁众多的“乡愁”之作，都是在两岸开始通邮、通讯和探亲之后才陆续传回祖国大陆的，两岸的诗词交流则更晚。而闽籍仙游诗人林恭祖开其先河。1982 年除夕，林恭祖写下七律《春节怀大陆》，诗云：“今夜失眠非守岁，天涯无客不思归。”表达了对祖国大陆、对家园故土的无限思念。诗揭诸台湾报端，传到祖国大陆，翌岁除夕为《光明日报》副刊率先转载，随后《人民日报》及广东《当代诗词》、香港《文汇报》和《大公报》等多家报刊相继转载，海峡两岸暨港澳地区的诗人竞相步韵唱和，成为具有独特意义的一件诗坛盛事，被称为“两岸交流第一诗”“两岸诗桥”。

近现代海外传统诗词创作是海外华文文学的重要内容，也是中华诗词演进史的重要组成部分。八闽许多地区是著名的侨乡，祖籍福建的华侨、华裔诗人词家遍布世界各地，尤以旅居新加坡、菲律宾等南洋各地为多，闽籍诗人是当地诗词创作的基本队伍和主导力量。

新加坡在“二战”之前，曾经是海外闽籍诗人乃至全球华人诗人最为集中、诗词创作最为繁盛之地，“南侨诗宗”邱菽园即是其代表。战后星洲诗坛相对消沉，闽籍诗人除了早已在星洲成名的老一辈诗家，如本书收录的洪镜湖、李俊承、孙世南以及“国宝诗人”潘受等之外，大都聚集于新成立的新声诗社。

丁酉（1957）端阳节，旅星诗人在双林禅寺举行雅集活动，来自闽南的谢云声、杨文昭、许乃炎等发起结社。本书所录谢云声《丁酉诗人节双林寺雅集》，即是此次雅会之作。会后经筹备，于1958年成立新声诗社，李俊承赞助，来自泉州惠安的曾心影为首任社长，每逢端午、中秋、重阳等佳节雅集吟唱，也举办社课，编印酬唱和社课选辑，坚持了数十年，成员数十人，对星洲华人诗坛影响甚巨。1995年，新加坡狮城诗词学会成立，首任会长李金泉系新声诗社原社长，原籍福建同安。

菲律宾华人传统诗坛在“二战”后走向繁荣，诗词作者群体以闽籍为主体。1978年菲华桂冠诗人郑鸿善编纂出版《菲华诗选全集》（台北正中书局版），收录现代旅菲诗人共35人之诗作，其中33人为闽籍（均闽南）诗人。其实，有一定影响的闽籍诗人远不止此数。

菲华诗词繁荣的一个重要表现，是传统诗社不断涌现。而具有较大影响的诗社，大都是在闽籍诗人的推动下创立的。如20世纪50年代南薰吟社（柯伯行为首任社长）、海疆吟社（柯伯行、惠安汪绍等创办）、籁社（苏警予、郑华民先后任社长）相继成立，60年成立的寰球词苑（陈掌谔创办并担任苑长），70年代的苹社，80年代成立的岷江诗社（王映青等组织，施子荣任社长）、瀛寰诗学研究社（郑鸿善任社长），进入21世纪后，又有南瀛吟社的创立。闽籍诗人是这些诗社的负责人和主要骨干。南洋各地华人诗社在组织各地诗词活动、推动各地诗词发展中发挥重要作用。虽然后来又有全球汉诗诗友联盟（后改称全球汉诗总会）的成立，但真正发挥作用的，还是这些诗社。

尤其值得一说的是1950年创立的南薰吟社。这是旅菲闽籍诗人的结社，该社编印的《南薰吟社诗草》（1966）及其续集（1981），收录全体社员（含已故）诗选，共27人，均为闽南籍诗人。该社活动频繁，诗课唱酬，佳节聚吟，是“二战”后较早出现而又坚持数十年的诗社，在菲律宾现代传统诗词史上具有承前启后的重要意义，影响深远。本书所录杨虚白《南薰吟社同人壬辰元旦留影》、郑鸿善《翠华雅集》、陈明玉《南薰吟社百期诗刊纪念》和龚书煇《南薰成立廿周年作》，表现的是南薰吟社的雅聚、诗刊和纪念活动；黄宜秋《中秋日为宿务埠苹社复兴八周年纪念》、郑华民《谨次吟侣〈简岷江诸诗友〉原玉》，则是叙写其他诗社的活动。

与移居、羁旅海外的众多诗人游子一样，海外闽籍诗人的诗词创作，既表现“扎根”又表现“寻根”，即一方面反映南洋等寓居地的风情景物和华人社会生活，另一方面抒写游子的故国情怀，反映与文化传统、与故国故土的联系，包括对中华文化的慕恋与传承，对故乡、亲人的思念，以及对祖国建设成就、家乡新貌的赞颂。旅美诗人郭永榕《甲申中秋兼柬谢厦门、上杭亲友》云：“殊乡风物经时见，故国河川梦里牵。”而后一方面内容是本书采录的侧重点。黄紫翼《木兰花慢·乡思》、王人杰《归心》，诗题即表现出浓浓的乡愁。郑鸿善《客中除夕（二首录一）》句云：“浮家湖海又春朝，寥落乡心故国遥。欣看稚儿争守岁，为怜老父独残宵。”“故国、故土、故人”，这是海外游子诗词创作的永恒的主题。他们对祖国建设、家乡新貌也十分关心。谢云声《丁酉元旦感作》诗云：“去国瞬将二十年，家山面目觉非前。”这是1957年，作者得知厦门集美海堤建成和鹰厦铁路通车而发出的感慨。祖国改革开放后，海外游子回归探亲、观光者很多，赞颂祖国壮丽河山和家乡巨变的内容也更多。旅居马来西亚的沈济宽《故乡感旧》云：“少壮离家老始归，故乡面目已全非。良峰莽地皆工厂，广宇民居绕四围。”诗句浅白，然感慨赞颂之情溢于言表。

福建当代旅外诗人的诗词创作及其在寓居地的诗词活动，无论是寓沪诗人的雅集唱和传统、旅居澳门诗人的诗词文献编纂、寓台诗人的“乡愁”之作和“两岸诗桥”架构，还是海外游子诗人在南洋各地创建华人诗社、传承中华诗词文化，都是“福建当代诗词”具有重要意义、富有生动情节的内容，可视之为“福建当代诗史”的外史、逸史。

以上对福建当代诗词七十多年的历程作了简要的回顾和概述，着重于发展环境和创作状态，旨在为本书的诗词选辑，提供一个广阔的历史背景和具体的现实场景。

三

新中国成立七十年多年来，福建当代诗坛繁荣、活跃，诗词作者队伍不断壮大，名家作手辈出；诗词作品题材广泛，内容丰富，形式多样，数量庞大。其中大量作品满怀激情抒发爱国爱乡的心声，讴歌新中国建设伟大成就和改革开放实现中国梦的伟大征程，抒写两岸人民血浓于水的亲情，呼唤祖国早日统一。这些作品有的刊载于诗词专集中，有的散见于数十年来的海内外的各类报刊和书籍中，近年来又有众多新作在网络或自媒体上传播，此外，还有未曾发表的手稿。佳作纷繁，但留存分散。有鉴于此，我们编纂这部诗词选集，对福建当代诗词的发展历程作一初步梳理，使福建当代诗词的创作成就得到一次集中展现。

本书编纂体例沿承《全闽诗录》《闽词征》和《百年闽诗》传统，全书以人物立目，以作者出生年月先后为序。“作者简介”力求简洁、明了、准确。对于跨时代的人物，尽可能选其新中国成立后创作的作品。全书共入选新中国成立后健在的闽籍诗人（含旅外）及寓闽其他省籍诗人计 546 人（其中已故 413 人），辑录诗词三千余首。本书所辑诗词作品是福建当代文学成就的一部分，内容上彰显出八闽诗词作者的家国情怀，留下了他们歌咏时代的诗声，形式上既注重继承传统，又注重超越传统，力图在继承中创新。希冀本书能为中华诗词研究留存一份有价值的资料，同时也为当代诗词入史提供一批福建素材。

当代八闽诗词历时七十余载，不少已辞世的诗词家作品难以搜集；旅居海外的闽籍诗词家遍布世界各地，其作品搜集难度较大。尽管各位编委竭力收采，仍有一些知名诗人因各种原因遗缺。此外，由于篇幅所限，许多佳作未能辑录。错舛之处，请海内外方家、诗友及广大读者指正。

本书的出版得到福建教育出版社的大力支持，谨致衷心的谢意！

黄高宪　洪峻峰

2023 年 5 月 10 日

萨镇冰

萨镇冰（1859—1952），字鼎铭。蒙古族，福州人，祖籍山西代县。历任清政府海军统制、民国政府海军总长等职。中华人民共和国成立后，任首届全国政协委员、中央人民革命军事委员会委员和福建省人民政府委员等职。著有《古稀吟集》《耄年吟草》《仁寿堂吟草》等，后收入诗文集《仁寿堂集》。

赠毛主席

衰躯不与世争光，偶向经坛拜梵王。尚望舟师能再振，海氛一扫捍岩疆。

庚寅春日即事（二首）

一

群英建国共乘时，此日功成举世知。薄海人民同吐气，遐方草木亦含滋。关西旧治资开展，河北新都便主持。虽在耄年闻喜讯，壮心忘却鬓如丝。

二

九十韶光又二年，同堂四代散三边。壮龄浮海游殊域，耄岁登山对远天。春日出门花似锦，江干赏景柳如烟。何期及见新邦盛，偃武修文在眼前。

辛卯春步向欣新岁怀旧原韵

莺啼燕语逗春声，举世风云转眼更。气壮宁愁吾任重，年高还美客舟轻。光阴可比东流水，梦寐难忘旧日情。向晚晴霞犹灿烂，何妨畅聚话生平。

辛卯春日感怀

虚度韶光九十三，于今多病始停骖。忧民不暇消寒暑，从役何须问苦甘。此日栖山成野老，昔时当国比奇男。回思履险如夷处，差幸心中有指南。

薛肇基

薛肇基（1866—1955），字德濂，号淑周，福州人。清末举人。曾任山东高等学堂经学教员、民国国务院秘书厅佥事等；1952 年被聘为北京市文史馆馆员。著有《今文尚书讲义》《诗经讲义》等。

重修文丞相祠

三百庚申运已穷，勤王一旅独从戎。空坑蹉跌原前定，柴市从容是善终。龟鉴千秋存古谊，鸡栖七气见孤忠。丹青祠宇今犹炳，不受胡元飨祀隆。

寒　雁

池馆萧萧叶打门，数行断续近黄昏。叫残冷月过湘水，带得清秋入塞垣。戒夜孤怀弦外警，落沙幽怨曲中论。霜天瑟缩还翘首，万一音书到故园。

消寒词（录二）

读　画

窗明几净一尘无，盥手闲披古画图。不展北风展云汉，严冬矮屋汗如酥。

诗　钟

吟坛鏖战句如神，岁暮相逢击钵频。此乐来年难再得，兔园一册即诗人。

何振岱

何振岱（1867—1952），字梅生，一字心与，号觉庐、悦明，晚年自号梅叟，侯官人。清末举人。同光体闽派殿军人物。著有《心自在斋诗集》《觉庐诗稿》《我春室文集》《我春室诗集》《我春室词集》《何振岱集》等，编有《西湖志》《榕南梦影录》《寿香社词钞》等。

荫亭属题近代诸老墨迹

游踪淞水与燕尘，出必连舆入接茵。醵酒温经狂作圣，卖珠筑阁乐忘贫。高楼天帝分和极，坏驿瞿昙入本真。旧事填胸谁会得？吟笺悽断墨痕新。

忆旧事得一诗赠坦西同学

笼灯买醉数青钱，我冠君髫百趣妍。酒价只今浑十倍，霜华见说亦盈颠。几家亲戚关思念？万事烟云任变迁。绝忆读书桑竹里，古祠风物太平年。

漫　题

测海群皆蠡，移山公不愚。肩随如己友，行耻小人儒。朊仕宁无瘠，幽兰安可芜？雨中稀客至，正可读吾书。

读陶诗

屈子言芳缘志洁，泉明韵古自情真。东轩日与羲皇话，醉眼何由及世人？

题画并序

凉生从冷摊中得予画一帧，旋为人取去，乃自钩勒一稿，命予依样为之。予本不工画，今衰老所作不知有当君意否？

不忘期许总相寻，老去烟霞剩故心。试听悬崖风里笛，声声犹作老龙吟。

客　来

客来语笑随欢洽，客去寻思入混茫。只有天云忘聚散，鸦边雁外各飞翔。

许经明

许经明（1867—1955），晋江人，清光绪壬辰科秀才。因居丧，两期未能参加乡试，乃以兴学施教为志，执教鞭五十余年。著作以楹联为最。著有《桐阴诗文钞》，收入后人整理出版之《许经明文存》。

题松柏牡丹图

世人真大醉，艳羡花富贵。岂知富贵花，易荣亦易萎。一经霜雪来，摧残靡遗类。曷若孤山松，无骄亦无媚。春来不敷荣，冬至不憔悴。历尽春与冬，坚贞贯四季。二者两相形，如何为位置。唤尽醉人醒，三思复三思。

题牡丹图

老我孤松不朽身，顽皮傲骨率天真。羡他富贵花如许，无限燕支媚煞人。

题扇绝句

有友人携一扇子，画一古柏，两鸟双栖一枝，为戏书一绝。

耐却尘缘淡我心，霜封春色几年深。顽禽亦解双栖乐，任是坚贞忍不禁。

感　　时

一九五三年农历中秋夜，寓广仓后宅，耿耿不寐，有感而作。

候过秋分天气凉，更深不寐夜添长。也知旅处无聊赖，旅处原来异故乡。

张培挺

张培挺（1870—1956），字如香，闽侯人。清末举人。曾留学日本学习法政专业。辛亥后历任福建省财政厅、民政厅秘书，厦门道尹公署秘书。中华人民共和国成立后受聘为福建省文史研究馆馆员。

题陈鹿庄《茱萸村图》

长松细竹溪流鸣，此间不可无吟声。花飞酒熟日初夕，此时不可无醉客。茱萸村中聚族居，往还一姓无乃孤？古来隐者且有侣，不见羊求与巢许。君未归居我未游，劳生福地如相仇。披图时结买邻想，愿以此诗为息壤。

宛在堂春祭

谁谓穷愁便不名，诗人血食胜公卿。仆碑发墓寻常事，着眼千秋意自平。

夜　坐

片雨收晴霭，虚窗疏夜明。静无人可语，坐久月初生。心住炉香妙，诗成椀茗清。闻根还未净，一二落花声。

听　雨

未信宵声是雨来，旱云晚嶂不成堆。苍生得此知无补，推枕关心为渴苔。

包一琪

包一琪（1871—1956），字谦谷，号千谷，晚号东溪遁叟，斋名东溪草庐，上杭人。清末诸生，南社诗人，地方史学家，曾任中学学监。参与编纂民国《上杭县志》，辑编《上杭文钞》十三卷。著有《东溪草庐文钞》四卷、《东溪草庐诗钞》两卷。

八十述怀（四首录二）

一

天生顽健作劳人，不舍东溪老此身。乐得英才宏教育，勤搜文献枉精神。文章有价辞锋钝，学问无穷腹笥贫。回首趋庭诗礼训，谆谆言立负吾亲。

二

韬光养晦问河清，闲听农家话太平。喜正人心回世运，期丰秋获力春耕。四民乐业无游旷，万国交欢息战争。造就大同成大道，尚能鸣盛作和声。

游庠周甲感赋，奉呈教正，并乞惠和（二首录一）

天虚生我几春秋？泮采芹香六甲周。不意烟云常过眼，竟教霜雪压盈头。尼山道统无能记，洛社耆英敢比俦。八十三年身许健，一衿终老愧儒修。

元　旦

一年一度庆新春，我爱升平兆瑞人。不管沧桑闲岁月，愿留龙马健精神。畅谈稻麦篝车满，笑看田畴雨露匀。八十三龄游化日，朝朝乐得叙天伦。

奉呈海公教正

故人万里客榕垣，嘉贶时颁旧谊敦。体贴疲劳同犬马，嘱将营养备鸡豚。公馀留话香山契，劫后欢歌鲁殿存。待十六年跻百岁，归来梓里再开樽。

和伯芾《游鼓山》（二首）

一

福地探名胜，山称鼓最高。得朋同唱和，乘兴好游遨。日出穿云雾，风生卷海涛。遥知吟客健，归后兴犹豪。

二

不约翻同约，邀朋上鼓山。风生亭一座，云绕路千弯。茗煮泉流洁，诗题石点顽。福垣真福地，五虎海门关。

今夏蒙罗君晓帆为余作《行乐图》一幅，赋此请政（四首录一）

不弃丘明敬老身，毫添颊上感情深。别无长物酬高谊，强把新诗放胆吟。

杨绍丞

杨绍丞（1871—?），自号拓园主人，安徽淮南寿县人。早年曾任福建云霄县县长，去职后闲居厦门。1931 年出任虎溪公园主任，此后长期从事厦门公共园林建设。1952 年春起任厦门大学花圃管理员，负责学校拓荒绿化工作，1957 年 11 月退休。约于 60 年代中期逝世。有未刊诗稿《碧山退休集》。

乙未植树后有感

闽山淮水路迢迢，终日劳形胜折腰。窗外峰峦青不老，吟边鬓发白难描。粗衣淡饭供温饱，鸟语蝉声慰寂寥。八十四龄犹种树，盼他松桧拂云霄。

八月二日接老友由鹰潭寄诗（二首录一）

相逢八秩未为迟，近事年来系梦思。八角亭檐送夕照，碧山岩舍寄暇时。笼葱树木抒长计，婉约风人传小诗。此去还应将再会，伴随直到寿期颐。

厦门绿化根本计划意见初稿拟成，口占五律一首

须发如霜雪，青山入海流。楼高云顶上，人坐树梢头。鸟语深林静，花香曲径幽。写成绿化诀，贡献有来由。

端阳前一日，厦门政协组织老年人士座谈会，喜赋

馀年莫视等闲身，吾党关怀到老人。一艺我甘为国用，春来美化鹭江滨。

留别校园（十首录一）

楼阁庄严学府尊，莪莪多士绣平原。我来手植千章木，要使笼葱满校园。

无　　题

重整园林正植槐，北窗我种一株梅。怜他孤立群芳里，看到开花第九回。

郑丰稔

郑丰稔（1873—1953），原名兴照，谱名德徽，字丰稔，号笔山，斋名健庐，龙岩人。全闽师范毕业，历任省立九中文牍、厦门大同学校教员，1935年受聘执教于厦门大学中文系。后历任福建省议会副议长、江西高等审判厅民庭推事，泰宁等八县志书总纂。晚年受聘为福建省文史馆馆员。

十月十日病起思动，蹒跚渡厦，翁同志吉人一路扶持，得达彼岸，赋此道谢，并以抒怀

骨肉斯文老更亲，七旬臂辅八旬人。须眉并结霜中露，坦荡宁容道上榛。漫把焦桐求逸响，愿从废璞琢贞珉。须臾忍死张衰眼，一笑冬山已见春。

桐阴纳凉，得“山”字

身世炎凉里，超然百虑删。浓阴桐匝地，幽赏鸟鸣山。帽影看人热，棋声任我闲。更寻荷净处，涧水自潺潺。

玉溪兴隆庵

古庵寂处几经年，落日疏村欲暮天。世上渔阳挝一曲，鼍声移订野狐禅。

解放曲

天地何所有，一气相磅礴。化工徒尔为，混沌误一凿。曰若古圣神，纷纷闹制作。三纲与五常，礼教加束缚。男女判尊卑，上下分等级。富贵升青云，贫贱转沟渎。劳心治劳力，人民俨隶属。食人食于人，待遇分厚薄。自古圣贤书，唯心多唯物。长令弱小者，无所措手足。历史五千年，世界如睡熟。射者不反身，箭垛失正鹄。又似泛大海，中流丧其楫。漫漫长夜里，旦旦何时复。封建与传统，推翻宜从速。矫矫毛泽东，旷代一先觉。服膺唯马列，见解何卓荦。神话说盘古，第二又开局。看齐重农工，劳动勤学习。日新又日新，洗髓法臣朔。解则脱其系，放则弃其束。平地可为山，一篑频往复。社会而共产，主义穷星宿。

拓园老人出示古镜索题

杨君嗜古翻成癖，家藏古镜如拱璧。道是汉时希世珍，斑斓古色惊坐客。射策当年上帝京，汤盘禹鼎罗王廷。法物年深色暗淡，摩掌拂拭光芒生。九鼎忽移周纲解，盛时魏阙丽江海。物犹如此人何堪，孔丘盗跖今安在？古人往矣无由视，古镜曾经照古人。卷藏莫是汉宫物，飞燕妆台颜色新。刻画尚能辨汉隶，字体纵横得其四。子孙宜宝馀模糊，何不刮磨销障翳。有客有客起座隅，鼓掌大笑公何愚。古意全看剥落处，那堪矫造误盘盂。我闻此语长太息，赏鉴由来多耳食。物能应用方足珍，镜不以鉴无乃戢。昔闻有镜悬秦庭，魑魅魍魉无遁形。神物假令今在世，将毋尘垢蔽光荧。吁嗟乎！涑水当时敢疑孟，六经何妨恣批评。汤武可薄尧舜心，今世毕宜视此镜。

丘　复

丘复（1874—1950），谱名奈芳，字果园，号荷公，晚号念庐居士，斋名念庐，上杭人。清末举人，南社社员。创办上杭师范传习所和蓝溪明强中学，曾任嘉应大学教授。主纂民国长汀、武平、上杭等县县志，主编《杭川新风雅集》。著有《念庐诗稿》《念庐文存》《念庐诗话》等。

和千谷八十述怀诗承叠韵见酬，叠韵再和（四首录一）

天留我辈看澄清，一卷黄庭心太平。长我三年穷不滥，复君二算馁犹耕。期毋忤俗惟宜晦，绝不矜能莫与争。有道无功思巧妙，金钟彻响振洪声。

原注：君见酬诗："不作危言师有道，相期沈醉学无功。"有道无功，作对巧化妙极。

三和千谷八十述怀四章，用韵不依次（四首录一）

纂修邑乘记当年，同住嫏嬛小洞天[①]。屈指今惟三老在[②]，关心偏又两盲传[③]。虽非无地容锥立，却是穷居并磬悬。为问及门诸俊彦，可曾介寿备开筵？

原注：①廿五年志局借郭太仆卿小嫏环书室。②总协纂七人，今惟君与华君筱孟及予在。③君与筱孟。

筱孟先生前庚寅春正入学，甲历周而复始，今岁庚寅，重游泮水，近偶忆及，敬吟一律贺之

岿然鲁殿灵光在，采掇芹香六十春。年少秀才符贾谊[①]，科迟岁考纪庚寅[②]。同门久托通家旧，丛桂长留手泽新[③]。翩彼飞鸮今泮集，好音重与话前尘。

原注：①先生时年十八。②学使莅汀岁考，应在己丑秋，因前一年恩科乡试，迟至是年正月始莅汀。③先公君受先生有《桂丛山房遗稿》。

海山端午日往西湖观龙舟，归作《七十四岁生日诗》索和，次韵奉答，兼以寄怀（二首录一）

羁滞嵩山书院旧[①]，相思一日倍三秋。回辕北地情何必，策杖西湖兴未休。茹藿自甘宜没齿，浣花君忆宴遨头[②]。殷勤千里怀人意，常愿年丰解却忧③。

原注：①予族福州石井巷试馆旧为嵩山书院，林枝春碑记卧天井中。②君《浣花日集·庶古斋次少陵堂》成韵诗有“遨头宴忆锦江郊”句，事见《老学庵笔记》。③君诗有“怀人千里愿丰楼”之句。

荷花生日，霈农以诗为寿，言“连年晤陈韵珊、林骚、何武公、宋子靖、郑苍亭、徐飞仙、曾振仲、李友兰、林汝成诸丈，皆询问老人安否?”次韵答之

腰脚犹堪近步趋，登临无事倩人扶。观莲花好怀斯骋，载酒朋来兴不孤。懒与千秋争著述[①]，清宜九夏戒肥腴。他乡旧雨闻俱健，读罢新诗色倍愉。

原注：①诗有“千秋著述”之句。

初　秋

乍晴乍雨苦农忙，获稻重耕又插秧。闾里通功分缓急，衰年变态易炎凉。雀声唧唧知禾毕，萤火辉辉放夜光。信手拈来书卷读，烦襟去尽暑全忘。

挽杨仲笙先生

木末秋风起，梧桐一叶凋。灵光颓鲁殿，名胜怅天潮①。果熟频年寄，鲜烹几度招[②]。江城庠序侣，十友已寥寥[③]。

原注：①君访得天潮阁故址，拟建筑未果。②君善烹调，雅洁食品，亲自督制。予入城必招饮，且岁常以新栗、花螺豆等寄饷。③庚辰，君与郭君集泮等以在城学中旧侣仅存十人，醵金为会，岁春秋二仲上下合祀先师，礼成享馀，邀予饮于君家，今逝者十八九矣。

施　乾

施乾（1874—1956），字至华，号健庵，晋江人。清光绪壬寅科（1902）举人。早年旅菲，任菲律宾中西学校校长、《中华日报》总编辑。归国后曾任厦门暨南局协理、厦门《江声日报》副刊编辑。1955

年受聘为福建省文史馆馆员。著有《健庵诗选》，其后人编有《施健庵先生诗存》。

重九南普陀登高

俯仰乾坤一劫棋，烂柯观局动秋悲。人如鹢退因知老，路入蚕丛愈觉危。腰脚久输灵运贼，雨风谁续大临诗。题糕落帽浑闲事，欲与名山话别离。

八十初度次韵赋答子晖先生

曾趁谋生估客船，当时壮志已消全。蓬庐莎径成吾世，椰雨榔风别有天。岁月不居人易老，升沉有命我无权。而今耋耋身偕隐，枉费君诗彩笔妍。

次韵奉和绣伊词兄九日太虚台登高

风紧霜凄候，登高倦眼开。人生何太短，世事不胜哀。地少悲歌士，吾怀磊落才。诗情富禅意，秋色上荒台。

读《觉园集》题后（四首录一）

盥诵觥觥集，文章艳色丝。成名蠡用策，殖货赐言诗。忧乐平生志，兴亡故国思。使君风义重，感念到宾师。

省行纪事（六首录二）

一

六十年来梦已非，当年曾此战秋闱。草荒棘撤宾兴废，弹指沧桑感令威。

二

城郭人民半已非，惊心岁月梦中飞。诗魂宛在堂中否，犹剩西湖水一围。

陈培锟

陈培锟（1874—1964），字韵珊，号岁寒寮主人，福州人。清末进士，任翰林院编修、国史馆协修，后赴日本留学。民国期间历任福建省财政厅厅长、代理省府主席、省临时参议院院长等职，中华人民共和国成立后任福建省文史馆馆长等职。著有《海滨谈屑》《岁寒寮诗藏》等，后人编有《岁寒居士集》。

俚句题奉茗柯寮主人哂正

元宗异鹊更题堂，芘士宁须广厦张。尺地鸡林恢纸阁，群仙凤诏接书仓。诗声忱答柯亭笛，茗饮赢开白社觞。小筑岁寒甘墨隐，不孤吾道任沧桑。

芥青姻兄集悼亡谢孺人诗十馀首见示，以唁语慰之

苦泪沾襟剩梦痕，抒怀示集胜寒暄。木樨在日香无隐，柳絮因风句尚存。一夕离鸾成死别，卅年雏凤起名门。耋龄唁语宁非分，宗派西江漫细论。

志社六十周年纪念

言志诗人各有真，越王台上导先津。西江小集成州社，左海元音洽比邻。囊锦筵前周甲子，笔花纸尾映星辰。晚吟几历沧桑景，恰颂承平万象新。

纪延平郡王

二月一日是明代民族英雄郑成功收复台湾三百周年纪念日，因纪以诗。

脱巾一去誓从戎，滨海先收御侮功。绝代英声推北斗，开藩远略压西风。国庄局定仍尝胆，台岛名扬益鞠躬。三百年来佳乘在，龙烦人力夺天工。

注：国庄，指郑成功国姓庄。龙熕，郑成功最精锐军队。

新春奉怀海外亲友

海滨久处忆交亲，盛誉遥传播八垠。创业宗邦方展帜，扬名侨社共扶轮。归帆应睹河清景，纪乘偏逢岁始辰。最是梓乡多胜趣，湖西宛在未成尘。

林　骚

林骚（1875—1953），字醒我，号半邨老人，泉州人。清光绪甲辰（1904）科进士，授镇江知县。曾在泉州昭昧国学讲习所讲授诗学，后退隐家居。新中国成立后任泉州市人民政府委员。1933 年 8 月与苏大山等倡组诗社“温陵弢社”。著有《半邨诗集》四卷。

冬日感怀

融融旭日世方新，望入年华鬓欲银。惟有春蚕能识我，从无秋雁不愁人。心因呕血悲歌忽，脚不支身坐卧频。烂熳丹枫期老境，莫言往事易沾巾。

龙溪禊归，集苏兄荪浦晚翠亭小宴，用小迂韵

亭名晚翠老频经，此日如登不老亭。春在三洲牵水绿，人归两袖窃山青。铁肩已失担当力，金勒难容放浪形。若唱大江东去也，雄词壮我倚杯听。

老君石像

流沙西去几时回，柱史千年石未灰。际地极天张席幕，负山临郭拥楼台。神仙貌伟鞭何敢，道德经深点莫猜。矫矫犹龙飞在野，空岩颠米拜苍苔。

哀同社杨宜侯

白社相从一载馀，喜君果是读楹书。吟花蕴藉犹求友，馈药殷勤屡

过余。碧海归舟人老后，青山游屐雁来初。梧楸可奈清霜逼，苦忆西亭杨子居。

红　叶

是叶是花花即叶，明霞片片出墙东。苍茫独立支天地，不借衰颜作酒红。

冬日，含芸招饮，笠山小迂同席，成田园杂兴三绝句（录一）

秋稼如云处处屯，秋征不见吏登门。黄牛散野清樽在，活到诗人未死魂。

饮含芸处，是日蔽兄小迂国辉俱在座

三年断酒酒盈后，春入梅花共说诗。开到老怀应破涕，更堪豪竹与哀丝。

返照七绝

木无可落已秋残，风定云疏未觉寒。留得夕阳红半岫，苍山都作少年看。

林　冕

林冕（1875—1965），名莱苏，字其莱，晚号成趣老人，福州人。清末秀才，曾在浦口等地设馆教书。创榕西吟社。民国期间，任福州三一中学、陶淑中学、寻珍中学语文教师。中华人民共和国成立后受聘为福建省文史研究馆馆员。著有《成趣老人吟集》。

新春三寿

老来弥切友声求，五十年前泮水游。幸际盛时赞文史，虚过耄秩负春秋。爱梅旧泽芬宜诵，就菊重阳约预修。顽健久叨无以答，佳招不远倘来不。

谨祝志社六十周年社庆

钓龙台畔昔栖迟，每到诗楼应社期。多感同游俱冷落，还欣继迟共追随。跻跄群彦赓新局，忭击和声答盛时。老眼及看衰再振，晋安风雅庆昭垂。

福州西湖菊花会征诗拟作七律廿五首（录一）

此花逸品最超群，罗致万盆殊罕闻。酿得酒香俾尔寿，集成谱页藉斯文。名葩信彼非凡卉，胜地因之少俗氛。欲办种称供诗料，归来不觉已斜曛。

甲午菊秋八十自寿诗（二首录一）

瓯北辛田两寿翁，耄年自寿句争工。难追芳躅瞠乎后，窃比高年是则同。阅世海桑千念集，怀人云树百重蒙。友声老去求弥切，遥和诗函乞早通。

癸卯季夏八十有九自寿诗（二首）

一

俯仰乾坤一腐儒，芸窗辛苦历三馀。眼看好世欣犹及，齿叙寒宗忝莫如。衰朽还沾新雨露，宽闲且理旧诗书。故园芜矣归胡不，惜与梅花踪迹疏。

二

言采其芹六十年，当年泮水集群贤。兴来白发思仍乐，说甚蓝衫笑已捐。黉舍改观从适馆，萧斋留念乞题笺。只今多难兴邦日，旧好新知正健全。

张葆达

张葆达（1875—1968），字秀渊，号知非，福州人。清末举人，民国时期在福建师范学堂、黄花岗中学任教，为福州说诗社社友。中华人民共和国成立后受聘为福建省文史研究馆馆员。著有《知非斋诗集》。

舒云家园梅花数十株，入春盛开，有诗招饮次韵

梅花劝举杯，百杯千杯易。红白四围之，中容我身寄。花能矫矫醒，我敢昏昏醉。未月欲月情，不雪有雪思。题诗苦难好，恐负主人试。主人潇洒人，即花可见志。重在立骨格，不专媚眼鼻。梅边补松竹，亦各引为类。他年长风烟，满庭足寒意。选友岂不然，名节吾党事。

上巳日集湖上

草柔坡软柳毵毵，十顷湖天作蔚蓝。已负今年春润二，忽抛此月日初三。微晴裙屐来诗社，卓午杯铛借佛龛。欲寄画图双荔主，轻鸥白鹭杳江南。

冬日遣怀

入共朝餐出晚钟，官斋随伴又经冬。事稀顾我犹增愧。俸薄于人倘见容。宿雨能青深浅竹，寒云欲暝两三峰。莫嫌景物归萧瑟，拾自诗人意便浓。

除　夕

百年半虚掷，一夕守何为。妇俭尚无债，儿顽难得师。冥心木榻定，曙色纸窗知。于世疏来往，关门醉卧宜。

李宣龚

李宣龚（1876—1952），字拔可，号观槿、室名硕果亭，晚号墨巢，福州人。清末举人，官至江苏候补知府。民国后供职上海商务印书馆多年，曾任商务印书馆经理，并兼发行所所长。著有《硕果亭诗正续集》《李宣龚诗文集》等。

江　水

七月惊寒不食瓜，满街江水上鱼虾。园丁却笑先生腐，犹望重阳看菊花。

宋小坡今年六十矣，回念旧事，赋赠一首

凭栏小语数狼峰，上水浑忘换短篷。近岩只差三里路，入城已是五更钟。隐居自宝真无价，高躅如僧不易逢。排闼相看君与我，可同风竹并霜松。

瞿兑之属题逸社诗卷

故国如天隔酒杯，一朝汉火冷于灰。英雄固可容才子，寒士终难恕彦回。易地顿教歌哭改，争墩不使姓名摧。等闲社事关兴废，更始谁知是党魁。

蔼农、新民招饮，踵竹垞故事，名曰千龄宴，计十四人，诗以纪之

萧条二阮自为邻，野服黄冠隐市尘。难老共攀桃实宴，清谈恰倍竹林人。相呼鹿食情原切，乍结鸥盟意更亲。金马玉堂公等在，草茅谁问宰官身。

庚寅二月二十三日，硕果亭花事甚盛，客踵而至者四十馀人，既无瓶醨，而饧饴饼饵之属亦不足，人染一指，腹负诸公，愧而作此

小园毕竟有春风，万紫千红态不同。意趣自高天下士，衰迟犹慰主人翁。能悬饱目期他日（用宛陵语），莫转饥肠叹屡空。侥幸此墩仍属我，招要乐事固无穷。

和南蘋诗人见访之作

径迂能命驾，寒重未添衣。画稿云千叠，诗心树十围。天教容俯

仰，道与定从违。世事君休问，花时酩酊归。

张　琴

张琴（1876—1952），字治如，晚号石匏翁，莆田人。光绪甲辰（1904）末科进士，授翰林院编修。民国首届国会议员，在京都任《亚东新闻》主笔。1914 年回莆田任兴郡中学堂校长。著有《桐云轩声画集》《桐云轩诗文集》《孝经正义》《学庸通义》《张琴题画诗七百首》等。

吴春华来谈陈国桢烈士在漳州遇害事

棣萼当时号二难，尽收春色入毫端。雁行久叹分飞苦，鳄梦从无就寝安。死有丹心能浴日，冤如黑海定掀澜。成仁即是成功母，漳水题碑拭泪看。

题双璧诗集（二首）

一

连枝荆树早成林，报国同心比断金。急难鹡鸰悲折翼，飞骞鸿鹄矢哀音。百年尘劫存兼殁，一卷风骚醉复吟。不朽当留文字在，越峰高处独登临。

二

忆昔潜踪出鹭门，数诗寄我共评论。词无藻绘才方大，笔有风云气欲吞。谁信子丹为杌肉，何时先轸得归元。残编遗稿勤收拾，棠棣碑刊万古存。

题石室岩

天开石室是何年，洞里浑凝别一天。古树涧含千嶂雨，疏钟撞破隔林烟。登高客忆茱萸酒，解渴僧分竹笕泉。咫尺西山长在望，不须榻借白云眠。

题智泉《观瀑图》

绝壑悬泉听响雷，石门疑是五丁开。一宵仙灶飞铅汞，半匹天衣费剪裁。浊世几人肠可洗，狂澜无柱障难回。画师本领谁能料，洗甲银河手挽来。

题文文山手卷

衣带遗燕市，黄冠愧楚囚。风霜留片纸，天地入孤舟。正气苍冥塞，江光白日浮。鹤铭与鼎籀，墨妙共千秋。

郑翘松

郑翘松（1876—1955），名庆荣，字奕向，号苍亭，晚号卧云老人，永春人。清末孝廉。历任永春多所中学校长、泉州昭昧国学讲习所教师、集美中学高中教师、永春县图书馆馆长。温陵弢社社员，福建省文史研究馆馆员。著有《卧云书楼诗存》。

环翠亭

亭在县治北，当大鹏山南麓，乡先贤陈休斋与朱熹讲学旧址也。

半亩遗墟在，当年讲学坛。乾坤几翻覆，风雅日丛残。草积丰碑没，鸦啼落月寒。祇今邹鲁俗，犹自薄儒冠。

马跳风

绝岸临无地，谁能跃马过？山梁疑鬼造，崖石与肩摩。叱驭雄心在，题诗险句多。惊闻髀肉叹，岁月易蹉跎。

注：“马跳风”，地名，在今永春蓬壶镇。传说宋将杨文广率兵平定妖魔，行经此地，纵马飞跃峡谷。

登鹏山绝顶望大小洋山

云破奇峰出，天回望眼低。双螺随黛色，百里接丹梯。霓断红犹挂，鸿归路欲迷。邈然游象外，毫末此时齐。

春日杂咏和少枏圣禅（五首录一）

策蹇桃花径，莺歌几处闻。柳丝风暗袅，草色日微曛。曲港鱼吹浪，斜阳雁叫群。踏青人似织，归去酒初醺。

留湾怀古

三十从戎起海滨，嵂然一柱障南闽。间关唐宋閤门使，倔强泉漳委质臣。运去袛馀抔土在，泽长犹见画图新。卯金改姓稽遗牒，不羡王封羡逸民。

张苍水墓在南屏，余昔至西湖竟未展谒，因书二首以志景仰（录一）

潮过钱塘怒若雷，前胥后种至今哀。冬青树老荒王气，罗刹江空少霸才。菊酒只添名士韵，梅花都为美人开。岳坟于庙谁分席，犹记冰槎海上来。

詹岩即景（二首录一）

长史祠边落照斜，高吟松桂答烟霞。文章传世浑闲事，吏隐千秋有几家？

陈宗蕃

陈宗蕃（1877—1953），原名同善，字莼衷，号淑园，闽侯人。清末进士，后被派赴日本留学，入东京帝国大学攻读法政和经济。民国时期，任国务院统计局参事、法律编纂会编纂等职。中华人民共和国成立后被聘为中央文史馆馆员。著有《燕都丛考》《淑园文存》《淑园诗存》《新北京赋》等。

咏文选集

巍然坛坫峙襄江，任沈名流指顾降。六代文林收一字，百家学海压三泷。[1]薜衣居近骚人里，藜杖光分帝子窗。挹袖拍肩皆隽妙，高斋为想足音跫。

注：①楚江有上中下三泷。

曲玉管·端午

榴火朝流，荷香夕送，惊心令节天中换。极目烟云辽阔，何处长安，意漫漫。绮枕柔情，寒衾欢梦，韶华转首都成幻。玉管楼头，声声吹破家山，泪痕残。　　苦恨前时，有无限，棠梨哀怨。于今结子成阴，空教蹙损眉弯。倚阑干，看龙舟箫鼓，漫说高标夺取，晚凉人散。浅浅清波，影照孤鸾。

塞翁吟·荷花生日集沁香亭作

趁月湖亭晚，携酒为酹娇丛。看一片，彩霞融。闪太液芙蓉。危栏俯揽香如海，弦外款住薰风。千万影，凤池东。占半格仙蓬。　　曈昽。斜阳冷，莲歌渐歇，新梦后，霓裳似慵。忍回忆：几馀点染，翠袖红衣，暗劝歌钟。韶华似梦，倦倚阑干，水佩香中。

邱海山

邱海山（1877—1970），谱名日华，学名翊华，字海山，号印心居士，晚号潜庐老人，斋名望如别业，上杭人。早年就读于福州鳌峰、凤池书院，后加入南社，曾任文化大学教授。抗战期间任职于陕西建设厅，后定居福州。受聘为福建省文史馆馆员。

癸卯选优花甲一周偶吟述感

随班参与鹿鸣筵，往事于今六十年。侪辈频闻歌薤露，人间到处换桑田。虽无机会居台谏，却见闾阎解倒悬。观化澄心修本性，吾生快乐且随缘。

自注：馆友沈笋玉、林星赓两同年去年作古。

病后偶吟书以自惕

病知无病是神仙，慎疾由来贵未然。快乐必从无欲现，懊憹只为发情偏。专心学得金针度，耐性磨将铁砚穿。毖后惩前常警惕，火中生长宝池莲。

纪念屈原（四首录一）

众浊独清难见容，行廉志洁溯芳踪。以身殉道完人格，馀事文章百世崇。

浣 溪 沙

一片晴明光霁天，联欢社会大开筵。苍颜都过古稀年。　　建国十周逢盛世，中秋佳节写吟笺。嫦娥舞袖定加鞭。

自注：己亥中秋民革福建省委邀请七十岁以上人士茶话绮声纪念。

释圆瑛

释圆瑛（1878—1953），俗姓吴，名亨春，法号圆瑛，宁德古田人。19岁在福州鼓山涌泉寺出家。先后在泉州开元寺，福州雪峰崇圣寺、瑞峰林阳寺，宁波天童禅寺和上海圆明讲堂任住持。1929年与太虚等发起成立中国佛教会，被推为会长。1953年中国佛教协会成立，当选为首任会长。著有《一吼堂诗钞》。主要著作有《楞严经讲义》《弥陀经要解》《一吼堂文集》等，后合编为《圆瑛法汇》。

《楞严讲义》编竣口占，时年七十有四

年过古稀事事迁，万机起灭悟中边。幻身如梦谁先觉，了义密因手自编。沧海云横迷去路，梵宫日暖契深禅。楞严讲解今圆满，大法宏扬望后贤。

印公生西十周年纪念诗

乘愿再来势至身，圆通念佛训群伦。风光本地无他术，声教当年自

有真。留窣堵波成永忆，弘摩诃衍显深因。沧桑历劫浑无住，长葆心莲惜古春！

禅净双修

禅净双修四十年，了知净土即深禅。有人问我其中意，云在青山月在天。

江　庸

江庸（1878—1960），字翊云，号澹翁，斋名澹荡阁，长汀人。清末举人。早年留学日本早稻田大学。曾任国立法政大学校长、北洋政府司法总长。后设立律师事务所，从事律师业务。曾任第一届全国政协委员，第一、二届全国人大代表，上海市文史馆馆长。著有《江庸诗选》等。

题林少穆公游华山诗卷

敌忾孤臣万里投，途中聊为看山留。手书疑有鬼神护，胸次先将华岳收。遁世希夷宁足慕，匡时景略亦堪羞。长篇不厌低回诵，追忆春晖感旧游。

和诵洛过沪见访原韵

交深礼数尽宽容，京沪多时偶一逢。未到途穷宁易辙，空教锦美不谙缝。竹枯尚盼生新笋，木落方知有晚松。忆否中岩宵雨后，寺门曾见虎留踪。

京师大学堂同学邀集蕾茜饭店午餐，值宿雨初霁，喜裁一律示同坐诸君

海棠独立正倾城，苦雨兼旬晓乍晴。何幸当年同上舍，忽惊隔日是清明。还家远愧梁江总，设醴争延楚穆生。料得馀寒应顿减，老夫春服喜初成。

偕谢雪红、楚溪春、刘崇乐、何遂重往福建视察，留杭州半日，赋示同人

一往同深故里情，重来何异避寒行。神祠鞠旅千秋业，佛岭同车百里程。蜀道关山多入画，君家兄弟并知名。欣然半日杭州住，花港观鱼趁早晴。

厦门道中

轨通闽越复江西，跨海惊过五里堤。弥望平畴栽果树，遍劳健妇把锄犁。捞来蟹蛤休论价，香到芝兰莫与齐。精力耄年殊未减，家山南北任攀跻。

石公约饮老长兴

酒美无深巷，相邀薄暝来。初寒疏短褐，冷炙佐温杯。问老情方渥，闻歌意转哀。归途眉月上，灯火万楼台。

翠华楼

二十年前此侍亲，门庭无恙市朝新。翠华楼下今宵客，不是荆高旧酒人。

注：楼为廿年前故居。

过滁州

闻说清流有故关，醉翁亭尚可跻攀。平畴一抹炊烟遍，莫信环滁尽是山。

洪镜湖

洪镜湖（1878—1964），字俊清，同安人。20岁到南洋，后定居新加坡经商，曾与陈延谦等合组橡胶厂，1931年又一起创建新加坡华人地缘社团，抗战时期积极捐助祖国抗敌御侮事业。著有《镜湖吟草》，

在新加坡刊行。

得家书感作（四首录一）

回首前尘事事非，天涯芳草怅言归。半生湖海身将老，大地风波愿已违。跼蹐辕驹惟伏枥，翱翔倦鸟怕高飞。关山万里嗟难越，岂不怀归赋式微。

和绣伊韵

不绣平原欲绣伊，星洲洄溯鹭江湄。醉中雅爱羲之草，座上狂吟白也诗。秋水蒹葭歌宛在，春风杨柳想当时。十年契阔情如绘，聊藉空航一讯之。

庚寅六九初度

一

竟向江湖老，盈头白发新。曾观三易帜，犹是未归人。似水年华逝，翻云世事频。浮生馀几日，物我盼同春。

二

人如黄菊淡，景对白蘋秋。此夕来佳气，临风忆旧游。寄身狮子岛，言念鹭江洲。何日风波静，中原涉一周。

春日偶作（二首录一）

岁月匆匆去，虚生到七三。归心惟拱北，壮志失图南。俯仰观兴替，遭逢试苦甘。了然尘世事，静把老庄参。

送庄希泉北上赋别（二首录一）

扶摇抟直上，庄子逍遥游。大野风沙暗，长江日夜流。胸中原落落，眼底付悠悠。兹行何所事，应先天下忧。

挽吴瑞甫前辈（二首录一）

避地南来日，悠悠十五年。素心人可语，白发各盈颠。同病恒交病，相怜亦自怜。风波犹险恶，遗恨未归船。

杨黄绶

杨黄绶（1879—1956），字絅斋，号丰山野人，漳州华安人。赋性淡泊，不屑科名；辛亥革命后，悬壶济世。著有医书多种，诗文遗稿由友人辑为《丰山遗集》。

过丰山

野雾濛濛雨一溪，扁舟泛浪傍长堤。问予何事归心急，家有香醪兴不低。

归　路

关山揽古夕阳收，归路迢迢入夜愁。好是东山明月起，清光送我到漳州。

登石鼓山谒陈忠毅元光墓

石鼓山巅战气沉，开漳千载阵云阴。圣王高冢遗英烈，山越后昆报好音。南浦有墟人共赴，北溪如带我登临。当年鳌革三挝壮，振起雄军百万心。

金沙山馆

山馆荒芜忆旧时，伊人高雅此栖迟。洞鸣泉石疑飘雨，门对峰峦见画眉。满树梨花春点雪，百般簧舌鸟啼诗。浮生得享升平福，丘壑怡情更有谁。

银塘怀古

九龙江上吊银塘，家国沧桑念帝王。炎宋兴邦光烈烈，冲人蹈海恨茫茫。幸馀宗派延南渡，犹胜衣冠扈北方。五百年前分玉牒，如今只合话农桑。

陈少良

陈少良（1879—1958），原名庆新，字伯士，宁德福安人。系前清庠生，饱览文史，精通易学玄理。曾任范坑自治会会长，福安县政府秘书、县参议员等职，新中国成立后聘为省文史馆馆员。著述甚丰，有《尊孔录》《易学管窥》《教孝歌》《教悌歌》《至孝后编》《游南海咏》等。

太姥吟

予自太姥游归，绘其形图。想其奇峰怪石，爰作一赋，日夜吟哦。神倦忽睡，梦游太姥，所见境物迥异从前，因再吟此，以志神异。

方士羡蓬瀛，耳闻殊难信。幸生闽东近太姥，灵仙窟宅可亲睹。太姥尊号肇唐京，千秋价重拟连城。天下名山此第一，岁星东驻亦心倾。我固渴想梦魂越，举杯夜饮邀明月。明月伴我影，乘醉下鼎溪。夹岸桃花今尽落，空中惟有子规啼。天门高百丈，着屐上云梯。晨钟敲野寺，振羽动莎鸡。天梯石栈五丁凿，玲珑空洞罗汉眠。风飏飏兮云飘石，山岩岩兮龟踰巅。长笛一声声彻汉，枫林千树树含烟。云腾雨施，电雳山摧，遗尘扫荡，小口忽开。车渠绿荷满香阁，麀鹿白鸟戏琼台。痛我仆兮瘏我马，想仙母兮仿佛而来下。仙人欲语竟回车，骂余心事乱如麻。回风鹢退追无及，侧身西望长咨嗟。黄粱新幻今方觉，觉时翻失旧烟霞。噫嘻！浮生若梦尽如此，清夜扪心淡如水。我期汗漫去不还，长吹汯蠡谢人间，被褐怀玉历名山。世事都捐害马去，何须朝夕郁郁愁心颜！

和林枝春《自感》原韵

潮流混混那时清，万物当春自向荣。本地风光同玩想，他山雨化共关情。多闻访友资三益，大著惊人待一鸣。杨意不逢谁谅我，惟君重义慰平生。

送薛璞山兄六秩暨次令似十月结婚二律（录一）

十月梅花媚若何，筵开六秩晋笙歌。健儿派衍河中凤，佳妇眉描月下蛾。堂上椿萱鸿案举，阶前兰桂鲤庭多。长生奚必寻丹诀，不道人间有大罗。

林志钧

林志钧（1879—1960），字宰平，号北云，福州人。清末举人。民国时期曾任司法部司长，历任北京国立法政专门学校教务长、教授，北京大学文学院讲师，清华国学研究院、清华大学哲学系讲师。中华人民共和国成立后任国务院参事。著有《北云集》《帖考》等。

同鹤亭墨巢二老游钵水斋用鹤翁韵赋赠主人

窍石分花径，高林对屋山。得朋游有兴，见酒老低颜。春物方薰发，诗情宁等闲。苏端能好客，每过不空还。

钵水斋赏海棠鹤亭墨巢同作次鹤亭韵即呈渊雷兄

不因郑谷比冯唐，却有新诗赠海棠。胜集杂陈今昔感，世情谁辨浅深妆。霞分台岭还生色，花满嘉州独有香。定惠院东携客处，故应无负好春阳。

二月二十三日，硕果亭花间盛会，墨巢有诗，依韵奉和

好客巢公有古风，客来正为趣相同。花间合补平安竹，物外长留清净翁。地似西园联雅集，人非南郭近谈空。和诗欲借诚斋语，下笔惟愁造化穷。

张菊生翁寄示庚寅岁暮告存诗次和（二首录一）

八十四翁原未老，喜经据乱向升平。贵生正为能忘我，善作从知必善成。

镜汀先生为燕如老兄仿石谷《吴山积雪图》题廿八字

千里同云雪意酣，琼田玉树满江南。北来看雪寻常事，却爱寒天霁后岚。

和陶心送别诗

陆居非泛宅，浮寄扰栖息。依依十二年，挈身再南北。子诚知我怀，深意契语默。每聚弥相亲，临分怯行色。知交多遮留，惟子挽尤力。兹行值秋暮，离绪苦沉抑。远送挥手频，车动天影黑。别来曾几时，人事感岁逼。得函辄一慰，得诗喜曷极。拨忙写丛稿，斯道赖羽翼。方惭谢师厚，乃见黄鲁直。子约梅花开，蠡园共游陟。良会信所期，待发已成忆。遥知梅讯早，寒重花犹勒。北来看牡丹，望眼亦屡拭。

刘　通

刘通（1879—1970），原名开通，字伯瀛，号漫叟，福州人。民国时期任福建高等审判厅厅长、政务厅厅长、福建司法委员会主任委员、高等法院院长等职。中华人民共和国成立后，任中国国民党革命委员会福建省委员会主任委员、福建省政协副主席、全国政协委员，著有《漫有斋诗文集》《漫有斋说荟》等。

回闽留别沪上诸友

艰难分在双肩上，北楫南樯类转蓬。千里家山风雨里，一年岁月道途中。秾春正待严霜造，寒日犹擎夕照红。物造吾来吾造物，不偷一息即为雄。

哭吴石

恸哭君真死，困难我独生。风光韩愈郡，灯火陵秣城。兵略山川富，诗心水月清。可怜临别语，生死是交情。

与希成老弟合影

屹立桥南公益社，同盟机构托其中。当年社侣兼盟侣，今日灵光两老翁。

登白云山遥望青芝

举头东望水无涯，拟向白云采紫芝。遥见仙人摇橹去，茫茫沧海欲何之。

视察霞浦

愤浊甘肥遁，今看浊已除。早怀经世略，善读活人书。目暗心逾亮，颜衰气似初。共同来建设，为乐乐何如！

汪煌辉

汪煌辉（1880—1956），字蔚霞，号照陆，惠安人。清光绪举人，温陵弢社社员。曾任厦门大学副教授，后游历南洋讲学。返国后先后任昭昧、培元等校国文教师。晚年亲近弘一大师，皈依佛教。著有《古莲花庵诗集》。

喜寿亭兄两晤旋别

雪须霜鬓久相违，乍见翻疑老态非。年代已更新岁昶，海天无恙故人稀。双探柳径嬉春去，一宿梅窗破晓归。尚喜身如松鹤健，莫忘他日款柴扉。

次碧瑶山人韵（二首录一）

老倚双塔看泉山，山自清高我赋闲。千石黛螺妆晚睐，半林红叶笑衰颜。雁臣远塞宾新友，鱼安空潭媵早鳏。珍重诗筒天外寄，一缄兼致数家安。

寄箨影索隽人同学题句

春愁只许落花知，绿意红情莫忏迟。垂老曼陀留画本，他生幼妇索题词。管彤一代推高手，石黛千峰绘远眉。寄语昭华诗弟子，奇龄风骨瘦当时。

友人南渡星洲赠别

旅愁潘鬓未秋凋，且逐仙楂作远侨。一鹤凌空天更远，扁舟去国海初潮。吟边佳句奚囊贮，战后新洲犵草娇。六月图南高奋击，此游庄叟让逍遥！

半月长斋楼依袁随园南楼独坐韵

倚栏高啸霱云边，身住莲花上界天。万佛皈依双塔下，双峰突兀万山前。枯萤焰落芸编火，睡鸭香浮宝篆烟。出定欲寻方外去，鹤林清处礼金仙。

出郊次赵瓯北韵

急雷驱雨过郊原，一霁荒城万绿繁。花气近蒸衣外槛，火云低傍屋前村。禅吟亭午风千树，人浴檐阴月一盆。坐到晚凉天意好，不知秋已近林园。

澍濡初霁次韵寄怀

压檐初晓树阴低，好雨知时慰望霓。红叶满阶霜气冷，声声飞过海天西。

黄葆戉

黄葆戉（1880—1968），字蔼农，号邻谷，别号青山农，长乐人。毕业于上海法政学堂。民国时期任福建省图书馆馆长、商务印书馆美术部主任、上海美术专科学校图画系主任、上海大学书画系教授等职。中华人民共和国成立后受聘为上海市文史馆馆员。著有《青山农书画集》《暖日庐摹印集》《青山农一知录》《蔗香馆诗稿》等。

叔通《寄南中诸友》诗次韵奉和

行藏此日老为难，世事蜩螗况岁阑。转觉忧思增阅历，不将刻苦笑酸寒。南方友好频相问，此地花时倘许看。麦饭葱汤元素守，多君在远念衰残。

屯庵老兄先生惠诗，谨次韵奉和，即希大方家斧正并以为寿

惟君学行早称优，愧我犹农岁月遒。自分衰残忘世务，未能奋发趁潮流。生虽遭乱心常泰，老已居闲事更稠。但愿太平随日过，葱汤麦饭外何求。

庚寅（1950）岁暮葆呈稿

庚寅仲冬小极不出户，文卿日寄一律破我岑寂，勉和微韵一首

幼弱何期过古稀，朱门自笑老柴扉。平生早结林泉想，季世深忧文字微。诗思果斋犹泻水，岁寒蔗馆尚馀碑。百年几有清闲日，莫管行人说是非。

涵天自宁寄示近作索和，次韵答之，录博屯庵诗老一粲，并蕲斧削教正，赐和感幸

卅载江湖老病身，抱孙忍泪念慈亲。年时枉作千秋想，此日闲看百态新。杂遝友朋多感旧，纵横图史竟忘贫。杜门我亦勤修养，琐语谰言莫信真。

病后夜起作书，辛卯灯节

夜半犹闻祁许声，楼头病叟对寒檠。劳心劳力无闲过，墨也磨人笔代耕。

七十回忆，偕子聿丰摄影寄闽

人老多咨嗟，我老还自喜。父兮望七年，生我第十子。孙曾已满堂，晚出赘疣耳。少孤哀母劳，母恩报无已。堕地到成丁，一生出九死。轗轲历艰危，佥谓无生理。不图过古稀，强健轻步履。默数旧世亲，存者还有几。每逢宴会中，居然尊吾齿。当年父母心，始愿不及此。抱孙事等闲，世业期后起。独吟蔗香馆，泰来不忘否。往事耐吾思，来日谁能拟。镜中白须眉，留影视闾里。

林逊之

林逊之（1881—1953），名开敏，字鸿超，号逊之，斋名超庐，永定人。早年参加辛亥革命，民国初当选国会众议员。1912 年回乡兴建被誉为“土楼王子”的振成楼。晚年定居香港。著有《超庐题画诗抄》《超庐联语忆录》《超庐画册》等。

题黄卷青灯图

烟笼斜月夜云低，漏尽天边斗柄移。灯火挑残犹苦读，男儿惯听五更鸡。

题翰墨为缘图

虚堂笔砚正安排，青入疏帘绿上阶。藏有周秦金石拓，朝朝临抚乐无涯。

论画四首

一

一丘一壑本天然，兴到挥毫意在先。自古画家多寿相，端从笔底拱云烟。

二

粗枝大叶南宫画，笔自纵横见自然。实处带虚虚带实，半山风雨半溪烟。

三

万壑千岩拱眼前，安排章法写山川。呵成一气分浓淡，妙在虚无缥缈间。

四

山人笔力老弥坚，不落时流仿自然。千笔写成无一笔，但饶风韵便堪传。

田毕公

田毕公（1881—1960），又名则恒，字谷士，又字古序，福州人。师从何振岱，曾任中学教员。著有《四有堂集》等。

熙儿书详解放一江山岛，喜赋

小儿破敌一江山，书至家人为展颜。小小事功谁记得，红旗东指又台湾。

中山道中景色

碧阴幻出一条溪，更着平林夹雨堤。明月未来无此景，胜情却在夕阳西。

七十书怀

深惭老去尚非贤，食粟能无负种田。少小知书空自许，生平作事几堪传。只馀一室修真地，可当名山养晦年。欲问古稀何所得，多添白发照残编。

雨后同家人游小西湖

溟烟漠漠雨疏疏，树止闲禽水上鱼。荷气一凉吹径远，湖光半白写秋虚。眼中明月同今夕，船上青山似太初。此景值人牢记忆，底须去卜武林居。

秋窗孤寂作聋诗一首

天遣吾聋减世情，最难割爱是秋声。残蝉抱叶吟何晚，凄雁穿云影独明。并坐纵能通一语，同堂谁与话平生。当时震恐惊雷下，已作寻常到耳鸣。

癸巳九日同人集敝庐有作

莫嫌草草作重阳，文采风流萃一堂。篱角花迟储古馥，墙头云近养秋光。无灾始见今时盛，多病仍成老后狂。短发飘萧人处寄，苦吟又换几星霜。

宣南告归未至

几度言旋愿总违，乡园节候过芳菲。八年远海情常系，连夕寒潭梦欲飞。自忘老来心力瘁，只愁去后鬓毛稀。我家都在春风里，茗碗花樽待汝归。

郑　侻

郑侻（1881—1966），字倜予，晚号虞叟，福州人。清末秀才，师从何振岱学诗，曾任福建省立师范学校、法政专门学校、格致中学教员，山东临清关、天津海关公署及察哈尔财政厅科长等职。中华人民共和国成立后受聘为省文史研究馆馆员。著有《容楼诗集》。

晚秋湖上（四首录一）

无多秋思小篱东，菊带新霜不满丛。山意欲闲云欲懒，与人俱在一寒中。

题蕙因白云山居

文章未与世争鸣，离索还谙木石情。云卧不知秋色冷，满衣松翠落无声。

己丑除夕

雨声滴与岁俱残，古屋吟身自在寒。嘘气庭花徐入座，和根野蔌杂登盘。但教天下明朝事，常似家人此夕欢。不设盃铛非恶醉，为知稼穑本艰难。

示芬儿海外

天风万里送乘槎，游子衣裳照海霞。道远眠餐宜自善，俗殊言行尚无邪。老夫杖履犹平日，举世车书若一家。莫怅寝门虚定省，明春扶我看庭花。

七十书怀二首（录一）

平生谋己一何愚，介性痴情冶一炉。安得明夷还大造，曾从板荡见真吾。散材能寿何求有，古调虽孤未和无。百事上心当日暮，横琴不语立须臾。

晚秋湖上同古序伯恒

画桥西畔坐秋阴，十里湖光入望深。如涌凉痕黄叶径，犹持晚意断烟岑。篱花难放知人事，林鸟无猜认足音。欲问老来何所契，青山古意白云心。

西湖看雨归作

贪看西湖雨，归迟暝色沉。残钟依浅水，远火出疎林。忽感繁忧集，只将坠绪寻。穷居寒讯早，自慰是冬心。

钟时赞

钟时赞（1882—1961），学名之灏，字勦侯，号佩香，晚号小盘谷居士，上杭人。清末诸生。曾任南日、泉上县佐，平和县丞、代理县长。参与编纂民国《上杭县志》，协助丘复创办明强中学。著有《小盘谷诗话》《小盘谷文存》等。

春日晚眺有感

村郊落日正西斜，灯火春寒数十家。雉堞有云都过雨，鱼鳞无屋不飞花。绿杨室迩人千里①，红杏墙低路几叉。触起多年离别感，每登旧寨望金华②。

注：①诸子孙十余人，滞留海外，未能归侍庭园，至为悬念。②村之西山，明代筑有旧寨，每登高一望，我金马台澎仍未统一，不禁感慨系之。

春节（二首）

一

开到梅花岁又迁，家家爆竹换春联。儿童也解称恭喜，争向人前学拜年。

二

别有西邻田舍翁，开门早起祝年丰。前来问我买书否？选集宜看毛泽东。

题永兴宫（二首）

一

晨起推窗俗虑捐，钟声遥度入云烟。悠扬欲觉人间梦，隔岭余音尚满天。

二

一声擂响破霞红，气作渊渊天地空。古寺柴扉关不住，翻疑鼍吼海涛中。

题《勤读图》（二首）

一

朝朝相对古人多，静室焚香一卷摩。神会偶然参妙解，中宵明月正秋高。

二

检点图书证古人，萧斋抱膝且长吟。高怀佳处宜何属，笑指天边八月霖。

黄步云

黄步云（1882—1962），字芥青，号无庵，福州人。前清秀才，一生从事教育事业，曾任华南女子文理学院、福建音乐专科学校国文教师。福建省文史研究馆馆员，工诗文，著有《无庵诗存》《无庵遗稿》等。

仓山即事

五口通商造远因，江山胜迹委胡尘。而今杰阁重楼里，已绝红髯碧眼人。

志愿军凯旋归国（四首选二）

一

朝鲜烽烟起正稠，中原子弟赋同仇。妖氛辟易三千里，劳苦功高已七秋。

二

匈奴未灭甚家为，雪地冰天苦斗时。岂诩男儿好身手，弟兄与国赖撑持。

题兄遗札

壎篪迭奏在吟馀，身自睽离念不疏。回首鸰原悲宿草，丛残劫墨拾遗书。

中秋即景

一年好景岂轻过，明月当头意若何。万井居民休养既，三山本事乐游多。繁荣阛阓忙供食，壮丽楼台遍唱歌。尚有隔他衣带水，海天企望莫蹉跎。

郑成功收复台湾三百周年纪念

岛国凭依祖国安，何来逼处彼荷兰。威灵都及华夷易，缺陷宁弥父子难。一旦英雄劳甲马，百年胄胤正衣冠。而今美虏犹侵略，还我江山力岂殚。

陈海瀛

陈海瀛（1882—1973），字无竞，号说洲，又号希微室主人，福州人。清末举人，后留学日本。曾于福建法政学堂、华南女子文理学院、福建学院等校任教。中华人民共和国成立后受聘为福建省文史研究馆馆员。著有《希微室诗稿》《希微室折枝诗话》《读史记管见》等。

防洪行（1954年）

君不见双溪洪发壑福州？低处人家洼樽浮。龟鱼登床蛙登几，鸡犬上树彘上楼。田园湛流不知数，流尸触目何人收？民罢救水废常业，官言治水疏远谋。向也岁岁为水患，防洪堤成今则不。堤长一百三十里，自西而南江悠悠。起九门口迄远洋，分杀水势排横流。问材奚取非常物，置薪楗竹砻石头。问工为征无冗费，民夫不足兼发囚。其功倍蓰其利薄，口碑播为城中讴。嗟乎《河渠书》与《沟洫志》，满纸覙缕不能休。何如合力事畚锸，盛德在水永千秋。我闻昔成宣房日，瓠子既塞灾无忧。炎汉官仪倘重见，都水使者富民侯。不须搴茭沉美玉，泛滥平分仓箱足。

至澳门观白鸽巢花园

世外桃源且漫夸，珠崖早已属他家。强收一掬伤心泪，来坐浓阴看物华。

九十初度漫赋

新邦美政老还闻，老马逡巡冀北群。在我自观犹可厌[①]，有身为累孰能分？虚糜公廪粟三斗，不值人间钱一文。乐岁声中亲友集，勿烦摩眼望停云。

注：①借东坡句。

题《晚翠轩集》后

斯人懔懔死犹生，如听青蒲饮泣声。入洛陆机名自盛，过湘贾谊愤难平。浸教锁骨成冤狱，错与谋皮召外兵。置论日边高莫及，文章早岁已横行。

读杜少陵诗

少陵天宝乱离诗，读未终篇满涕洟。三吏痛陈刑政坏，七歌极写室家悲。云霄一羽悬高想，风雅千秋拾古遗。揭出平生忠爱字，青莲嗟足语于斯。

王宜汉

王宜汉（1882—1974），字一韩，一字毅斋，长乐人。毕业于福建马尾船政前学堂，清末秀才。民国时期历任福建政务院叙官局叙审官、福安县县长、厦门警察厅第一署署长、国民政府主席林森秘书、中央立法院立法委员等职。中华人民共和国成立后受聘为福建省文史研究馆馆员。编纂《福建船政史》。

辛卯重九，希微约同辈游小西湖并登大梦山

我归逢重阳，三度健可庆。前年豹屏枫，去年涌泉磬。今兹希微翁，首动蜡屐兴。连镳集群彦，光采四座映。风怀各自矜，腰脚堪济胜。载临大梦岑，载鼓平湖榜。流霞绚树明，寒漪澄如镜。秋色一何净，惬此君子性。噱谈不喟时，清尊共乐圣。高会有馀欢，何殊际

休盛。

买　邻

买邻曾傍读书台，莫话旧场文酒开。曩日功名滋咎戾，多年同辈半尘灰。秦淮河水今何似？蜀道鹃声记不来。明岁江关非昔比，晚叨祠禄有何哀？

漫叟招饮土山寓庐

土山我常至，今昔大悬殊。荆棘芟除尽，崎岖坦荡敷。沿河成水镜，入境俨花衢。况乃交通便，宾朋好造庐。

呈漫叟（四首录二）

一

万汇方惊世界殊，还谋平地接天衢。愿弘志切人难老，行见金星遍足踟[1]。

二

旧时游钓本全非，何事新天为扫埃。如此江山多壮丽，百花时节乐衔杯。

注：①君辄言科学进展迅速，老无他求，见及人类步入金星足矣。

翁吉人

翁吉人（1882—?），安溪人。民国初年到厦门经商，曾任厦门商会监事长。1938年厦门沦陷后拒绝出任伪商会要职而离厦，避居香港，后又归鼓浪屿闲居。新中国成立后参加厦门市政协委员“老人会”诗词活动。约在50年代后期去世。著有《寄傲山房诗钞》，1949年刊印。

恭祝一九五六年国庆

共伸颂祝想当年，缔造功勋万口传。红树青山迎旭日，苍颜白发乐尧天。百家词赋挥椽笔，万国衣冠醉绮筵。为语台胞休眷恋，毋忘祖国著归鞭。

庆祝一九五七年元旦

一

笔山高卧养吾真，满眼风光岁序新。万国衣冠赓雅颂，一园桃李醉芳辰。青莲得句多奇警，白石填海更绝伦。一室文娱叉手敏，苍颜白发看诗人。

二

春光烂漫入吟边，祖国更新又一年。到处椒觞端日节，大江云物蔚蓝天。万花齐放酣香梦，孤屿幽栖隔俗缘。伟绩空前鹰厦路，功高大树颂声传。

欢迎鹰厦铁路铺轨到厦

鹰鹭齐飞到里门，暮年衰朽得乘轩。半林落叶冬将至，一径征尘席未温。轨道逡巡如雁阵，毂声隐约似雷奔。辟山跨海惊中外，伟绩丰功万古存。

晚香簃雅集酬季献先生

玉屏山下筑吟簃，海外归来泛酒卮。佳日何妨开胜会，暮年更喜得新知。檐前燕语晴阴嫩，楼角春深夕照迟。饮罢琼浆刺舟去，半江烟水绿无涯。

次晓春词丈重游泮水元韵（六首录一）

六十年来梦一场，藻芹犹挹旧时香。回看文战驰驱地，沧海成田遍种桑。

方邵安

方邵安（1883—1960），字景陶，号筱庵、卧斋，漳州云霄人。晚清秀才。历任厦门进德中学、云霄商中等校教员。新中国成立后受聘为省文史馆馆员。著有《卧斋吟稿》《小香草吟笺》。

溪边晚眺

溪边聊小立，吹水晓风凉。归鸟集修竹，远山衔夕阳。

木棉庵怀古

木棉庵当半闲堂，悬想幽魂滞此方。斜日满山衰草遍，好招蟋蟀话兴亡。

芳　　村

芳村随伴去听歌，恍若扁舟过苎萝。照水花光惊绝艳，原来碧玉小家多。

往琯溪（四首）

一

白发还为客，青山欲笑人。如何衰老态，翻作别离身。衣食迫奔走，平生多苦辛。由来名下士，强半困风尘。

二

晓起东方白，匆匆骋客踪。满山岚气重，一路露华浓。鸟出村边树，泉飞涧底松。行程过十里，初日上高峰。

三

三十年前客，重将此地经。已忘迂折路，犹记短长亭。树老形弥古，山春色转青。人生难自料，踪迹若浮萍。

四

蕞尔区区地，游观景物嘉。山光围镇树，桥影落溪沙。市小偏饶货，船多各住家。独怜迂且拙，仍执旧生涯。

游 芝 山

欲遣愁怀放浪吟，此间名胜试登临。芳村绕郭烟花暗，灌木参天石磴阴。楼阁如巢藏树里，帆樯似叶下江浔。三亭鼎峙三山上，读罢残碑感不禁。

徐　石

徐石（1883—1960），名振山，号飞仙，漳州南靖人。清末廪生。曾任小学校长、中学国文教员；新中国成立后受聘为省文史馆馆员。遗作由友朋辑为《景榴楼鳞爪》。

感　怀

司空见惯陆庄荒，桃李何曾恋夕阳？我亦门前嗟老大，琵琶犹听调宫商。

题王丈咸熙寄闲亭遗迹

依稀老监话开天，浮着孤亭思惘然。夜月如闻归鹤唳，春风曾曳懒桃妍。红羊相戒兵尘及，蛀蠹终输道力坚。侧听草玄临去日，笙歌谆嘱部蛙传。

和沈傲樵霞中杂感原韵

重来城郭感今非，依旧东阳未肯肥。差慰高文逢闰运，漫将别泪洒吟衣。相看潘鬓催人老，无主衡门待客归。心事年来何处诉，紫芝山下鹧鸪飞。

题粉笔盒

事业消磨阿堵中，区区浪说贮春风。胜蓝他日期诸子，守白长年误乃公。粉黛因缘馀闰运，丹铅离合总冬烘。飘零絮果今身是，如此生涯讯玉骢。

心丈愈予足疾诗以酬之

虞廷有夔，独一无二。园中有葵，其卫有自。造物区区，足下作祟。非战于泓，伤同痿痹。非舞商羊，天靳所畀。我欲学仙，蹐焉缩地。我欲学佛，六通焉冀。赖有先生，交未失臂。按旃摩旃，斡旋如意。咄咄迷阳，三舍退避。其技之妙，曷以取譬。千里蓴羹，末下盐豉。柚而皮之，嗤之以鼻。

李　禧

李禧（1883—1964），字绣伊，号小谷，厦门人。就读于福州格致书院，毕业于全闽师范学堂。先后任厦门（思明）教育会副会长，厦门市市政会董事、市临时参议员，厦门图书馆馆长，兼任《厦门市志》分纂、厦门文献委员会副主任。新中国成立后任福建省政协委员、厦门市政协常务委员，1957年受聘为福建省文史研究馆馆员。著有《梦梅花馆诗钞》。

辟菽庄为鼓浪屿公园志喜

惠风长拂永和天，杰构兰亭癸丑年[①]。舍宅由来前约在，买山终觉主人贤[②]。板桥回首怜尘劫[③]，星渚游踪幻海田[④]。太乙藕船来华岳，清漪乞取种红莲。

注：①菽庄落成于癸丑岁，旋折芦溆筑小兰亭。②叔臧曾云身后园要归地方公有。③板桥即枋桥，为叔臧在台湾别墅。陈香雪丈题：“板桥莫问当年事，重起楼台作主人。”④辛巳双星渡河日与马亦篯同游，嗣园驻军队，距今十六年矣。

刘毓奇以气生兰数百种赠中山公园，并筑温室供之，落成日张之以诗

旷代豪华石季伦，推行美化更安仁。为歆筑室开金谷，那怕量珠聘玉人[①]。九畹氤氲花欲语，一奁娟媚水无尘。未愁几扇璃屏隔，老眼来看露里春。

注：①兰译名胡姬。

华侨大厦落成

高楼雄峙俯尘寰，异国归来此共攀。足畅襟怀新岁月，别饶气象旧江山。参差岛屿微茫外，出没帆樯浩渺间。建设今兹多事业，相期负重与投艰。

近海呈菊农

近海惟应幻蜃楼，每倾热泪入横流。百年世事凭谁说，七十老翁何所求。患在有身生便哭，时方多故我何游。呕心未悔囊中句，且付珊瑚铁网秋。

感怀柬笔山吉人

暮年烈士倦驰驱，乐府歌残碎唾壶。已苦斯文成坠绪，何尝小事可胡涂。市无屠狗谁从饮，时有流民欲绘图。举世滔滔沉陆近，那分乐国与穷途。

题画（二首录一）

万叶萧萧处，篔筜夜打船。亭孤山入槛，径曲草迷天。野色兼春夏，幽人独往旋。溅衣岚翠湿，未是洒飞泉。

自题花前独立小照，寄季献

离离花影画吟身，惭愧词人白发新。曾指青山坚后约，未妨黄菊瘦如人。

参观汀溪水库止高崎堤，听金风南乐团奏曲（二首录一）

玉箫吹彻一天晴，幽壑潜蛟睡里惊。今日长台无别恨，何缘儿女不平鸣。

注：是日唱“长台别”“不良心意”。

施缉亭

施缉亭（1883—1969），名豫，一名至熙，字缉亭，以字行。祖籍福建晋江，出生于台湾鹿港之白沙。早年旅菲，未几返国移居厦门。1928年就厦门集美水产学校教席，后归故里。晚年寓居厦门，1956年任厦门市政协委员。1959年受聘为福建省文史馆馆员。著有《东宁吟草》，其后人编有《缉亭先生诗选》。

厦门即景偶成

年年好景赏物新，万户楼台映月明。近水无波堪濯足，远山如画亦怡情。天南一雁飞来晚，江渚群鸥拍有声。最是夕阳西畔路，愁心枨触到残更。

七十自寿律诗（四首录一）

老来信与静相宜，却扫杜门好自持。仅有须髯夺后辈，那堪牙齿困吾颐。乱馀书籍多遗弃，劫后田园半改移。漫说河清人寿比，他年会有太平时。

寿廷兄以书见访赋此却寄

秋水蒹葭意正酣，危楼风雨鹭江南。故家竹叶分三径，往事桃花唱一潭。自昔朋簪诚见许，于今翰墨老犹耽。鱼鸿缄札频相寄，莫忘前情当手谈。

鹭江有感

怅望金台解放时，鹭门曾识故侯祠。伤心三百年前事，只有江声似旧时。

注：故侯祠即清靖海侯施琅将军祠。1683年6月，施琅自铜山发兵，下澎湖、平台湾，完成了固我金瓯、统一国家的历史使命。

劝农三首（录二）

一

豳风十月咏诗篇，稼穑艰难记昔年。行到四郊阡陌畔，始知山野少遗田。

二

南亩西畴一望收，公田未雨合绸缪。蓬山忽现新风景，易耨深耕岁有秋。

编辑文史资料感言（二首录一）

珍重麟经绝世篇，陈言纪事又编年。最难细绎传金匮，笔仗千秋数史迁。

胡元琴

胡元琴（1883—1969），名祖舜，字元琴，号瑟航，永定人。双湖书院毕业，先后在广东大埔，福建云霄、永定、漳州等地军警界任职，曾任漳州水上警察所所长、广东东陇海关总办。后在广西、云南创办震亚、震华药店。晚年回乡定居。

双湖书院毁后未建有感（二首）

一

龙岗名胜羡何方，最是蛟潭迥异常。绿水青山萦旧梦，天宫古刹焕新妆。温泉多士诗脾沁，野渡无人月色凉。回首双湖多感慨，蒙茸荒草倍心伤。

二

旗山绝顶本天然，胜地重临忆昔年。几度晨钟开觉路，一轮明月证前缘。枝头鸟语声声脆，水面游鱼尾尾联。快睹禅宫重焕彩，何时建校复招贤。

同友人游蛟潭（二首录一）

策杖依依过板桥，樵夫西畔采薪烧。蛟潭堪作渊鱼羡，旗岭难容驷马骄。昔有双湖临水近，今无野渡隔溪遥。渔人借问桃源路，或学神仙上九霄。

重游蛟潭有感（四首录三）

一

一度飞虹两岸烟，蛟潭风景胜当年。红鱼清磬敲何处，峭壁禅宫万甃连。

二

石矶垂钓乐融融，潭水澄清一色空。两校独怜生野草，心香恢复告成功。

三

夕阳西下叩禅关，浴罢温泉未肯还。十里斜阳西觉寺，晚霞笼罩遍旗山。

林枝春

林枝春（1884—1962），字景福，号丽亭，别名驿南，宁德福安人。清末贡生，省警察训练所毕业，历任光泽、福清等处警察署官员，福安县政府警备队巡官。著有诗集《浮游吟草》。

闲居杂感寄同校友雷地平

细风微雨一帘阴，凉气侵人觉夜深。灯影照残双短鬓，溪声流碎五更心。神虽已倦难成梦，坐对无聊转苦吟。莫怪迩来憔悴甚，少年豪气尽销沉。

杖

一条鸠饰是延年，乡国相随老共怜。叩户声曾闻月下，出门步已占人先。知君不吝扶持力，助我长为自在仙。试问前头沽酒客，挂来还有几多钱。

墨

石交终始竟如何，泼得烟云纸上多。立品无他惟守黑，临池有意欲生波。自然点滴资才子，亦把精神画素娥。越女有灵须早赠，东齐今已指同磨。

施伯初

施伯初（1884—1964），名大勋，字存宽。漳州芗城人。晚清丹霞书院国学生。一生从事教育工作，历任省立龙溪中学、厦门大同中学、龙溪县立中学等校文史教员。擅长诗文吟诵。曾任漳州市政协委员。

赠　友

险山南北崎，流水自东西。尝胆心岂懈，闻鸡志不迷。雄鹰频鼓翼，良骥奋扬蹄。举首云崖上，战旗连赤霓。

痛悼宋善庆老师

青山万古吊忠魂，荒草丛中谒墓门。逝水无情侵绿野，落花有意泣黄昏。心归革命成仁去，血洒芗城挚爱存。风雨潇潇盼天曙，悠悠岁月恸师尊。

咏古藤仙馆

古藤仙馆好吟诗，绿水青山景亦奇。书画琴棋饶悦怿，兰香荷艳益痴迷。滔滔甘茗语难尽，冉冉亲情意不欺。四季如春宾客至，南腔北调两相宜。

注：古藤仙馆在漳州芗城新行街施厝。

长相思·怀乡

江水流，海水流，岁岁朝朝无尽头。家山显翠幽。　彼时游，此时游，旧貌新颜望眼收。乡情处处稠。

陈元璋

陈元璋（1885—1959），字翼才，莆田人。前清秀才。民国时期任古田县长，福建省行政干部训练团讲师，一度回莆田任税务局长，后迁居福州。新中国成立后受聘为省文史馆馆员。著有《梅峰诗文集》。

题《抗日诗稿》（三首录一）

我亦诗中倡革新，八年飘泊赣湘滨。天虽可戴难忘赋，地所曾经必爱民。风月但共无事赏，江山敢负有为身。而今老去还勤学，桃李春前得雨均。

题《双璧集》后（三首录二）

一

杨柳依依拂水隈，江干把袂数徘徊。救民独具翻天手，旷世谁当赋海才？鹤在九霄能远举，花犹二月未全开。中原士气于今盛，报道台澎奏凯回。

二

为国驰驱早变名，海天话旧不胜情。上稽民族当初史，近振人文后起声。草树春回留远荫，江山雪霁壮行程。老来犹及共和世，可许观光入玉京。

马厂街

此是前朝养马场，令人回忆戚南塘。将军事业传人口，旧址而今改建张。

无题（四首录二）

一

普天之下尽人民，肯让敌船窜海滨？还我河山归故国，故应每饭念鲲身。

二

家家秔秫做冬忙，腊月行人各一方。不是题糕翻旧样，君看节物当还乡。

中洲观竞渡

大地方竞争，大江犹竞渡。但见游人喜，焉知涛声怒。轴轳多于鲫，鼓噪走鸥鹭。我来感岁时，亦欲溯掌故。当时屈大夫，中道伤歧路。苍茫赴汨罗，掉首不返顾。竟令江汉人，千载欲回诉。作粽志已微，心香留一炷。溅水湿罗衣，行乐恐有误。闻说洞庭南，战骨多暴露。三闾若有知，九死嗟窘步。吾侪招邀意，宁与旁人喻？披襟临高层，坐领江湖趣。有时发高歌，如抱陆沉惧。夕阳船影阑，纤月杖头驻。竞渡人尽归，无病诗可作。

林升平

林升平（1885—1960），字泰阶，一名世清，南平人。曾任广西大学农学院、齐鲁大学文学院、华南女子文理学院副教授。

读《蜀志》（二首）

一

雄才果足拓封疆，昭烈何庸攀靖王。毕竟鸡虫争得失，取曹无策取刘璋。

二

大江天堑蜀吴同，赤壁曾推一世雄。若使孙刘盟可续，猇亭何自坠英风。

登海天阁

是何高阁踞山巅，两石分排认海天。风撼松涛传韵事，忍教荒废草芊芊。

游鼓山涌泉寺

廿年总想访禅关，今日居然抵鼓山。一路巉岩镌篆古，三千级磴拥舆艰。松花筛月光为淡，白水行滩石不顽。此去涌泉应未远，上方一致俗全删。

谒李延平祠

渊源要自静中参，问答书遗体用涵。秋月冰壶谁得似，考亭请业向龙潭。

柯徵庸

柯徵庸（约1885—1960），字伯行，以字行，厦门人。早年执教于厦门中小学，参与创建厦门谜社萃新社、厦门海天吟社，又先后参加菽庄吟社、鹭江吟社。抗战胜利后往菲律宾任教席，参与发起组织天南吟社，又担任菲律宾南薰吟社社长。后在马尼拉逝世。著有《爱莲书室谜稿》一卷。

佳　　节

蛰居胸次兀嵯峨，故国秋山梦里过。篱菊渺难双鬓插，野花艳比醉颜酡。苦无高处供登啸，暂借茶寮话黍禾。莫为异乡怅佳节，好收凄叹付微哦。

赠柯紫陌宗兄

文章事业两无成，人海浮沉浪得名。君是南塘真嫡派，我惭东鲁老经生。千金谁买长门赋，万里愁添故国情。黄绢绿酬频饫我，醉闻掷地作金声。

林策勋先生六十书怀次韵奉贺（二首录一）

乡书盼断雁行斜，浪厦兵氛各忆家。汉影云根频入梦，虎溪鹿洞几停车。消磨岁月诗千卷，歌啸林泉水一涯。欲访隐君晨夕共，孤山风月望中赊。

杨君虚白以诗赠别次韵奉和

时清何幸返泉林，海上成连几赏音。归棹秋怜红叶丽，赠言情共碧潭深。菀枯过眼都成幻，松柏经冬尚此心。王后卢前推作者，江湖十载证苔岑。

送明堂兄之南岛

昌谷饶才气，论交结古欢。别绪方怅惘，春事更阑珊。韵斗双尖险，诗翻百尺澜。佛元无量寿，广被此心殚。

寄怀陈建堂（二首录一）

身世闲云自卷舒，聊将心绪付樵渔。莺花历乱惊春晚，遥盼迢迢一纸书。

李　耕

李耕（1885—1964），字砚农，号一琴道人，仙游人。著名国画家、闽派代表画家。曾任福建省政协委员、福建省美术家协会副主席、福建省文史研究馆馆员。诗词作品以题画诗为主。著有《李耕画集》《菜根精舍画论》等。

颂政歌

一座园林集老成，满头如雪也争鸣。元和佳话垂今日，甘雨清风颂政声。

游览林和靖墓

短船首渡觉梅花，何处孤山处士家。记得诗人埋鹤骨，任君啸傲吊烟霞。

题《羲之爱鹅》图

白雪修林整洁多，野塘今日去来歌。兰亭字迹连城璧，漫写黄庭换白鹅。

题《驴背诗思》

清兴偶来山径滋，飘然破帽驴行迟。板桥风雪不归去，数点梅花有所思。

题《四快》组图（四首录二）

一、打哈

不厌吟哦一老翁，也将秋兴入诗筒。攒眉嘘气怡然坐，枫叶萧萧夕照中。

二、喷嚏

天然真趣不须谋，自在清闲老佝偻。莫笑身材瘦于竹，虚心林下傲王侯。

余　超

余超（1885—1967），号少文，厦门人。早年毕业于福州优级师范学堂，1920 年进北京高等师范学校（北师大前身）图书馆讲习会。回厦门后创办励志女校。参与创办厦门图书馆，1930 年图书馆改为公立后任馆长，主编《厦门图书馆声》。曾任市教育会会长。新中国成立后在厦门市图书馆工作，任厦门市政协委员。1956 年受聘为福建省文史馆馆员。著有《听月楼吟稿》。

次韵曾沧舲词长叹老

青年心理老年身，万里雄风岂让人。古哲爱家先爱国，宿儒忧道不忧贫。但教每日能三省，便觉一瓢逾八珍。社会前途欣跃进，全民遭际值佳辰。

送汪受田先生游西湖（二首）

一

腊月西湖梅盛开，名花名士好相陪。问君浮动暗香里，能否折枝寄此来。

二

西湖结我两回缘，屈指于今已卅年。山水改观新气象，凭君眼底达吾前。

庆祝一九五七年元旦（二首）

一

时光白发一齐新，万里雄心有老人。愿借辚辚鹰厦路，壮游全国饱精神。

二

八稔开基第一年，百花齐放竞争妍。苍颜白发心犹壮，不让青年独占先。

宋湖民

宋湖民（1886—1967），名增矩，自署南禅、湜老，莆田人。毕业于北京大学英文系。民国时期任交通部科员，福建省立第十中学教员。中华人民共和国成立后任莆田县第一、三、四届人民政府委员，莆田县志编纂顾问。著有《宋湖民先生诗稿》《南禅室集》等。

杜甫诞生一千二百五十周年

杜公遗像旧如新，万古江河不废身。屈宋以还无此笔，史诗而圣更何人。垂膺涕泪惟忧国，在抱恫瘝剧爱民。世界俱瞻一茅宇，浣花溪畔锦江滨。

次和林振新九日见寄诗

旧学抛荒不挂情，更无暇想及研京。忝居前辈嗟予老，能作高谈觉汝清。九日得诗定佳士，几时见菊此山城？兴来倘复张旗鼓，莫忘樽前一老兵！

次和翼才留别

平生推激风骚手，此日飘然又北征。多恐蹉跎妨社事，还从怅惘味人生。浇胸杯酒嫌犹薄，照眼灯花畏更明。吾辈行藏难自料，强歌一曲送君行。

题比玉公刻陈昂先生《白云集》

先生不幸坐天穷，白日饥驱气益雄。得意江山流寓里，呕心文字贱贫中。古来寒士欢颜少，大抵无名白首终。留滞艰危有斯集，一何肖似浣花翁。

《莆田金石木刻拓本志》由莆田县志局复印，自题

时世趁新重考文，亟谋更始利人群。所为存古求今用，不在贪多务博闻。糟粕或招轮匠笑，醇醨孰使酒人醺。频年搁笔平章废，正恐流传谤议纷。

寄怀林剑华北京

旅食京华春复春，不曾憔悴有斯人。须知造物安排意，成就闲吟自在身。

赴福州道中（二首录一）

行李萧条倚一肩，停踪闲数打鱼船。不知身是孤征客，浪拟携鱼上酒筵。

邱韵香

邱韵香（1886—1979），原籍台湾嘉义。乙未割台后随父邱缉臣返故里漳州。幼承家学，及笄适海澄画家杨文升，故诗多题画之作。曾受

陈嘉庚聘为其妹家庭教师。后行医于厦门、漳州间。著有《绣英阁诗钞》。

由福建至江苏历四省途中即事八绝（录二）

一

暮春菽麦未全收，阡陌田畴画小丘。远近青黄如列锦，一弯樵径绿阴稠。

二

落落疏篱短短墙，数家新构水云乡。诗情画意难描尽，潋滟清溪映夕阳。

题外子画山水图

四望春山眼界新，修篁弱柳总怡神。儿时仿佛曾游钓，仙境模糊半隐沦。径曲峰多饶画意，天青水碧绝纤尘。孤舟江上疑无路，安得乘风万里身。

屈　　原

怀沙屈子恨难伸，桡楫年年吊海滨。落日大江流断梦，馀音小雅泣孤臣。山川不为兴亡改，史册长存气节人。千古沅湘呜咽水，挑灯细读一沾巾。

春　　日

东风习习草萌芽，两鬓添霜感岁华。顾我上宾唯患者，枝头好鸟是通家。文心老去年年减，风味春来处处嘉。倚徙凭栏怀在远，养花制药趣生涯。

倪端仪姻母在安海建筑学校及医院贡献人民

航海归来剧苦辛，劝劳未及拂行尘。君真爱国匡时士，我愧寒山老病身。桔井泉浆香千里，龙门桃李艳三春。学堂医院留名迹，陶径苏堤讵足论。

李宣倜

李宣倜（1888—1961），原名汰书，字释龛、释堪、释戡，号苏堂，别号阿迦居士，晚号蔬畦老人，福州人。早年毕业于日本陆军士官学校步兵科，归国后任清廷御前侍卫。民国时曾任大总统侍从武官、军事幕僚等职，曾任北京师范大学、民国大学等校教授。有《苏堂诗拾》《苏堂诗续》《岁朝唱和集》等。

坐　雨

低湿溢城忆旧居，黄芦苦竹满阶除。而今朔北摊书坐，细雨飘灯梦不如。

莫干山杂诗

剑气消沉剩废池，雨馀岩壑足秋姿。平生十万横磨手，却倚清流数鬓丝。

八月十七夜

不多黄落是秋声，露冷溪桥怯独行。好梦已随明月缺，乱愁还共晚潮生。寻常语笑成追忆，老病年华只暗惊。便欲乘风云万叠，相思依旧隔重城。

暑夜露坐

画屏临夜掩灯光，柳外繁星闪有芒。坐久空庭生暗白，刬馀纤草散幽香。意根忏尽偏留恨，世味尝来幸健忘。万籁俱沉天宇远，无眠所得是微凉。

李俊承

李俊承（1888—1966），字元贤，永春人。1905年随父到南洋，后在新加坡经商，是新加坡著名儒商和侨领。历任新加坡华侨银行董事会主席、新加坡中华总商会会长、新加坡佛教总会主席等。祖国抗战爆发后，任新加坡筹赈会副会长，捐款支持抗战。曾任新声诗社名誉社长。著有《觉园集》《觉园续集》《觉园诗存》等。

题《眇公遗诗》（二首录一）

身后风流一卷诗，高踪远引渺难追。鮀江书愤惊人句，想见当年落笔时。

谢云声《海外集》题词

曾经沧海饱烟霞，丽句天成自一家。静里把君诗卷读，清真绝俗似梅花。

步郑子瑜饯别诗韵却寄

飞航历落赴瀛洲，文化交流构九丘。料得归来名震世，一杯先为慰离愁。

过止园纪梦

寂寂门庭草色青，多情明月照空亭。一竿独钓随流水，千卷遗篇有典型。乍喜故人来入梦，自怜尘劫几曾经。欷歔欲说心中事，其奈钟期已渺冥。

郊行（二首录一）

结客驱车日正斜，登临遥望野人家。青衫道上沾新雨，红袖溪边浣碧纱。隐约暮烟笼远黛，微茫秋水接天涯。蝉声断续鸣高树，诗兴频添路已赊。

送嘉庚回国

何事匆匆去，中原又苦兵。人多趋捷径，君独为苍生。共济思贤哲，安危赖老成。自怜归未得，分手不胜情。

吴　堃

吴堃（1888—1968），字藻汀，泉州人。历任泉州培元中学、泉中、晋江县中等校教师。新中国成立后任泉州市人大代表、福建省政协委员，福建省文史馆馆员，福建省作家协会理事。整理出版《泉州民间传说》等。

温陵中秋杂咏（二首）

一

一年此夕足清游，万象光涵映九州。胜地温陵风景好，笋江月色说中秋。

二

入夜笙歌伴月明，南音度曲管弦清。庭前小塔灯光亮，无数儿童笑语声。

失题（二首）

一

新事新人记十年，写文写史尽诗篇。伫看先进生花笔，好把丹青付简篇。

二

商量旧学启新知，文史因缘仗护持。十载春风频煦暖，居然老干亦生枝。

策勋林先生以六六吟寄舍亲黄君属和，谨步原韵以应（六首录二）

一

一曲清歌入管弦，乡关美景自年年。老来愈觉心舒畅，喜见人间新地天。

二

故乡山水好遨游，无限风光眼底收。若继香江寻妙胜，登临总觉两咸休。

甲辰年四月，时年七十有七

汪受田

汪受田（1889—1965），字艺农，台湾安平人。乙未割台后随父汪春源内渡，寄籍福建龙溪，后定居厦门。早年加入菽庄吟社。历任《漳州日报》主笔、福建省银行人事主任，其间往印尼教学多年。抗战胜利后曾任厦门市政府文书，后任厦门自来水公司经理，直到退休。新中国成立后担任厦门市侨联执行委员，参加市政协委员“老人会”诗词活动。

哭绣伊丈（二首录一）

交情无复共披肝，旗鼓骚坛折老韩。若个呕心同岛瘦，平生琢句迥郊寒。心香一瓣公应笑，眼泪双行我独叹。诗卷梅花谁可敌，长留天地与人看。

厦市政协老年社会人士文娱室开幕，时适沛然下雨，万物皆苏，喜赋四绝（录三）

一

兴来秋色尽成春，雨过青天不染尘。小草未能忘远志，悠悠天地一吟身。

二

羲皇人自不知愁，春满乾坤绿满畴。吟钵当年声已歇，只馀鲁殿数风流①。

三

老来傲骨相期许，人比黄花更耐寒。磊落胸怀身尚健，宽闲岁月勉加餐。

注：①谓菽庄诸吟侣。

鹰厦铁路通车喜咏（二首）

一

辟路英雄不等闲，平铺钢轨过重山。征夫莫下思乡泪，千里归程旦夕间。

二

车声辘辘似轻雷，簇簇花香扑鼻来。二十万人齐鼓舞，载将明月去还回。

林景崇

林景崇（1889—1980），斋名紫罗兰庼，漳州诏安人。曾任《南洋时报》总编辑、《南洋商报》编辑，因有反英言论，为殖民地政府驱逐。归国后，任诏安一中教师、县人大常委会委员、县政协副主席。著有《紫罗兰庼诗存》。

侯山杂忆次仿予元韵（六首录二）

一

峭壁分明斧劈开，万山第一拓胸怀。后先游屐曾三度，石上伊谁扫绿苔。

二

九峰东望波澜阔，叠嶂危峦景色幽。三十年来钟鼓歇，侯山禅寺剩空楼。

咏 九 侯

天然石室有天门，罗汉仙人三宝尊。局布棋盘横月案，泉鸣松涧傍云根。牛眠耕罢锄茶圃，鲤跃浪翻望海濆。飞佛五儒长作伴，瓶花风动绕炉熏。

步秋兴元韵（八首录一）

满院蟾光静掩门，玉壶难得杏花村。春婆富贵真成梦，秋士情怀那可论。只有莲心和雪鬓，漫言菊影与梅魂。多时酷热场中过，聊且晚凉开一樽。

八三生日赋呈诸亲友并索和（四首录一）

频年自寿辄吟诗，聊擘涛笺写所思。覆地翻天观世变，高山流水证心期。乡村景物多真趣，垄亩耕耘正及时。举国丰穰逾九稔，令人那得不神驰。

黄以褒

黄以褒（1890—1964），原名其荣，号一皤，宁德蕉城人。清光绪三十一年（1904）庠生，民间教育家，福建省文史研究馆馆员。工诗词，擅书法，是清末民初宁德“鹤场吟社”成员之一。

老友唐国俊君留别赠句，适予亦以病归，因先奉和并以送行（四首录三）

一

君有遐龄岁月赊，正宜归里乐桑麻。延年昔饮上池水，投老今乘下泽车。团聚天如仁者愿，退休医亦国之华。此行却合知交意，久客还谁不忆家。

二

蕉城聚首已三年，客里苔岑喜有缘。酒地常同开笑口，诗坛还共耸吟肩。知心有几君称最，论齿无聊我占先。今日阳关暂赋别，可能陆续寄鱼笺。

三

似我无端病见侵，萧然一室独呻吟。儿孙未得相依膝，桑梓何如不动心。惟写此情天外笔，可弹同调客中琴。一声风笛先言别，不日重来报好音。

轶题（四首录三）

一

弹指光阴忽杖乡，半生回忆笑荒唐。惯餐藜藿贫难造，颇读经书愿弗偿。多病每辜山水胜，索居空对蕙兰香。况看家世遭中落，重感衰年更自伤。

二

饮罢屠苏欲放歌，塞翁妙论究如何。细思因果疑兹甚，留阅沧桑感更多。不寐青灯书一卷，坐愁明镜鬓双皤。而今烦恼应抛却，好自安常保太和。

三

记昔胡尘丧乱频，从今喜作太平民。山河锦绣欣收复，人物衣冠庆更新。天若补贫先与健，月无嫌老幸相亲。爱花以外寻诗乐，杖履年年不负春。

钟文献

钟文献（1890—1983），厦门人。早年参加中国同盟会。民国初任永春县卿园小学校长，旋受聘印尼泗水任教，不久返厦。1938年厦门沦陷后写成《厦岛沦日百咏》纪事诗，以抒愤懑。1959年受聘为福建省文史馆馆员。著有《钟文献诗集》。

吊陈嘉庚先生

排云黉宇卓鸿猷，棫朴芃芃播五洲。北阙建基参大典，南侨回忆写殷忧。磊堤恨未填东海，用夏潜移重太邱。兴学毁家能有几，大星忽陨痛难留。

福建省文史研究馆成立十周年纪念

管领风骚翰苑家，连云馆阁望中赊。崇功有赖稽勋典，信史增荣梦笔花。纪传汉唐新体例，文章班马擅词华。七年附骥分馀荫，十载观摩灼迩遐。

和学兄刘春泽元韵

款洽芸窗过卌年，耽吟獭祭守寒毡。江云旧雨离怀苦，国轨新民着力研。风月有情窥老屋，家山无恙乐长天。盈门桃李椿庭桂，合置琼台并吐妍。

送竹园旧友赴燕都

黔娄握别表衷微，横驾鲸波分道飞。无力藕丝空怅怅，多情柳絮故依依。叨光燕市娇阳暖，同慨鲲身正朔违。环宇宾朋留好梦，毛锥加砺计秦围。

和梅隐词长展陈化成将军墓韵

战略横催水马骄，壮词功绩纪前朝。低徊石兽藏春草，踏唱山歌有韵樵。鼙鼓稽留将伯劲，忠魂幽咽鹭江潮。精神抖擞追先烈，对垒胡氛路匪遥。

岁己亥七十书怀（二首录一）

春去春来七十秋，无情白发已盈头。未酬壮志清唐老，奚事痴心杞国忧。旷荡何曾窥豹隐，吟呻恒笑作诗囚。酸咸世味都尝尽，为道黄昏晚景幽。

吴蔼宸

吴蔼宸（1891—1965），名世翊，又名矿，闽侯人。曾任国民政府外交部顾问、驻苏联外交官等职。中华人民共和国成立后被聘为中央文史馆馆员。著有《求志庐诗》《历代西域诗钞》《苏联游记》《新疆游记》《中苏外交史》等。

辛亥革命五十周年纪念

政窳清廷祚告终，亡秦必楚史相同。金陵建国酬初志，畿辅迁都负始衷。未解人间难换世，高谈天下可为公。年华五十俱陈迹，灿烂神州道岂穷。

津游三首

一

不至津沽垂六稔，敂关还是旧时身。双雏惯作迷藏戏，一室相看四代人。

注：孝颐外孙女已生两女。

二

里巷依稀我识途，过门腹痛几踟蹰。人亡室迩空惆怅，挂剑无由立路隅。

注：访亡友刘云平故居。

三

一蹶偏教困卧床，卅年契阔感沧桑。倾谈促膝神无倦，依旧人前见热肠。

注：晤曲荔斋八六老人就榻旁对语。

赠孙似楼

识君姓名我十岁，驰誉妙龄冠初试。不见垂将甲子周，重逢犹作蝇头字。老而弥健世所难，绕膝孙曾竞承欢。足跛无妨游山兴，寻春拄杖独来看。

郑贞文

郑贞文（1891—1969），字心南，长乐人。清末秀才，赴日本留学，加入同盟会。民国后任厦门大学教务长、代理校长，福建省教育厅厅长等。中华人民共和国成立后受聘为福建省文史研究馆馆员。著有《笠剑留痕集》《闽贤事略初稿》《郑贞文诗文选集》等。

西湖菊花展览会征诗

此亦轩辕种，能扬烈士风。时逢十月节，人在万花丛。莫道秋容淡，还添春色丰。与梅同献岁，化育夺天工。

清明文山上坟

文山展墓早驱车，慈爱当年忆倚闾。令节独行魂欲断，佳城遥见意先舒。春花堆案心聊表，宿草萦坟手自锄。归去沿途看野祭，寥寥远不旧时如。

重游杭州步东坡题虎跑泉韵

藕花犹艳桂初香，绿柳成阴送晚凉。偕老幸逢形势好，同游那怕道途长。清秋揽胜欣无价，佳境翻新羡有方。卌载杭州寻旧梦，湖滨鱼蟹快先尝。

送炫儿下乡土改（五首录一）

同盟远忆卌年前，地合均权誓久坚。我志未酬翻羡汝，不辞劳怨往分田。

注：余弱冠在东京加入同盟会，誓词第四事为平均地权。

乌山图书馆观梅有感（十首录一）

设险何如履坦平，夷城乌麓筑书城。种梅长伴琳琅架，展卷闻香倍有情。

庚寅重九龙山老屋登高之会

庚寅重九，林范屋、张秀渊、江伯修、林群一、马感沤、陈无竞、郑庶古、陈几士、胡孟玺等十五人惠临龙山老屋，作登高之会。几士携酒肴来，无竞、庶古出诗示同座。

榕城有三山，鼎峙何巍昂。重阳无风雨，裙屐相扶将。群贤不之顾，联袂临草堂。屋后有片石，谓是龙山藏。落帽怀孟嘉，高风引兴长。名同弥可念，地异复何妨。一丘不失山，楼高任徜徉。陈郑出新诗，争诵声琅琅。忆昔先王父，一苇来吴航。诛茅建亭榭，择地此山傍。耆年拥皋比，多士列门墙。父兄能继志，我亦忝书香。诸公多世谊，曾共翰墨场。群一本宅相，数典尤难忘。杖履寻旧游，蓬荜生辉光。我愧久居外，三径早就荒。此日东篱下，不见菊花黄。虽具插彩糕，嚼蜡不堪尝。幸有白衣人，送酒乐解囊。遥对莲花峰，共尽此壶觞。

王冷斋

王冷斋（1892—1960），名仁则，字若璧，闽侯人。保定军校第二期毕业。曾任北平市政府参事、河北省第三区行政督察专员兼宛平县长。卢沟桥事变爆发时与日军据理力争。中华人民共和国成立后任第二、三届全国政协委员，被聘为中央文史馆馆员、北京市文史馆副馆长。著有《卢沟桥抗战记事诗文》等。

章孤桐七十赠诗

恰值庚寅二月天，诗翁初度古稀年。直声岂仅雄文重，乱世从知大节坚。敛手棋枰留覆局，藏身人海近参禅。功名蜗角成何事？鹤氅披来是谪仙。

次韵和行严同游畅春园之作

九陌风光婪尾春，兹游非复看花晨。忘机未觉亲鱼鸟，抱道无端叹凤麟。有客诗盟兼笔阵，凭他鬼妒与天嗔。主人自爱林园好，闲濯须眉在水滨。

京城旧迹（四首）·蚂蚁坟

相传金与蒙古战，兵败，军士化为蚂蚁。南苑西墙每年清明蚁聚如土堆，名蚂蚁坟。

金元争战迹都陈，野语何论假与真？视作蚍蜉能撼树，化为蝼蚁未成尘。荣华槐国宫中客，寂寞兰闺梦里人。细雨清明南苑路，即今怀古一伤神。

注：卢沟桥七七事变，佟麟阁、赵登禹两将军于南苑殉国。

崇效寺牡丹多零落，遐庵为之请命，移植稷园，邀客共赏，因成五绝句（录二）

一

城南不到几经春，今日相逢似故人。身出祇园无俗韵，即今零落亦堪珍。

二

晴日轻烟湛露浮，倚栏几许为勾留。与花同引游人目，列坐轩前尽白头。

新北京四咏·陶然亭

旧游曾忆十年前，芦苇苍凉薄暮天。今日新亭重揽胜，正宜一醉一陶然。

谢鹤年

谢鹤年（1892—1965），字松山，漳州诏安人。新加坡侨领，其诗词多有控诉日寇南侵罪行之作。著有《赤雅轩吟草》。

星洲春节杂咏（十首录二）

一

万象更新笑靥开，相逢都是吉词来。春风大地无贫富，各自陶然醉一杯。

二

红彩灯笼挂屋前，家家门户换新联。辉煌室内光如昼，乐事深宵人未眠。

读《槟城钟灵中学师生殉难荣哀录》次管老元韵

人间依旧有啼痕，血肉馀腥今尚存。草满荒郊寻曝骨，书成实录当招魂。深惭后死难为计，欲抚遗孤岂市恩？此日虾夷长屈膝，九原应许息烦冤。

琐寒窗·送沈丁元归国

廿载征尘，船唇马背，共伤华发。此番聚散，不是寻常离别。幸江皋留住片时，新仇旧恨从头说。叹沉沦世道，风云变幻，有谁关切？

待发！停舟处，正嘹亮歌声，水滨明月。我留汝去，依旧山河胡越。望家园烽火漫天，旧时燕子飞迹绝。问何时、收拾行囊，归去江湖阔！

张侠怀

张侠怀（1892—1967），名钦元，字侠怀，永定人。早年就读于上海中华法政大学，后转上海法科大学，1927 年夏回乡。曾任湖雷中心小学校长，永定高级中学、丰田中学国文教员。著有《嘒嘒吟草》《杂录》《唱和集》等。

登衡山有感

蜿蜒山脉来衡岳，浩渺江流下洞庭。云雾莫遮东望眼，乡关迢递接沧溟。

岳麓山踏青

杜鹃花发满山红，艳丽堪移案上供。士女多情却何意，折来抛去道途中。

泊舟白石下晨起口占

寒气逼衾裘，繁霜糁客舟。荒鸡惊晓梦，枭鸟警更筹。石巨擎天立，云轻出峡流。曙光欣得见，差解一宵忧。

柳州宜山拜蒋百里先生墓

海外归来寇愈深，征袍血泪染新痕。三年筹策驱倭患，一片精诚拥国魂。功业此生虽未竟，文章寰宇已长存。高风久仰无由识，羁旅宜山拜墓门。

过三洲谒三闾大夫祠

辞家市利类投荒，一诵离骚倍感伤。词赋自堪传万古，贞忠希冀拯君王。曾从七泽循陈迹，又向三洲礼瓣香。为有崇高人格在，至今庙貌祀遐方。

登桂林七星岩

天下名区数桂林，卅年向往偶然经。千峰染黛连霄碧，一水拖蓝照眼青。科第词章称绝代，江山文物更钟灵。岩高恰有新开磴，登眺先容览七星。

张孤帆

张孤帆（1893—1954），名维尧，字泛洋，号孤帆，室名话云楼，永定人。先后就读于汀州中学堂和漳州中学，长期主持湖雷小学、道南学校校务，抗战时在福建省政府任职。著有《话云楼诗草》四卷等，惜毁于“文革”。

垂　钓

山色秋来淡，柴门傍岸宜。渔人生事足，垂钓一支颐。

放　棹

孤塔崚嶒望里遥，江心放棹景偏饶。朋俦话到情豪处，已忘鱼龙水底骄。

咏　史

弓藏鸟尽浑闲事，一例英雄说感恩。记取登坛真意气，也应销得未央魂。

冬　　夜

有酒需当醉，忘怀岂俟机。今宵踏月去，明日凿冰归。华烛三条尽，寒梅满郭飞。眠迟更鼓振，听到寺前稀。

汀　　州

作客初从故郡游，万山深处是汀州。盘崖雉堞千寻起，抱郭蜗房一望收。地冷何尝因絮薄，音迟未免动乡愁。僧钟清彻群鸦静，木落天高好倚楼。

秋　　感

流光如驶去骎骎，焦尾难为爨下音。东海桑栽惊世变，西山木落感秋深。胸罗今古成虚愿，迹逐江湖剩苦吟。赖有狂名能作客，未应低首馁初心。

苦　　雨

一望溟蒙锁碧阴，花疏柳懒恼余心。江天有恨惊归雁，午夜无家噪宿禽。帘外凄其和泪诉，灯前明灭伴愁吟。低徊休说平生事，书卷销磨感不禁。

赵醒东

赵醒东（1893—1961），祖籍同安，生于福州。1919年保定军官学校毕业，任军职于云霄；后辞职赴上海进修牙医。1928年起，先后在厦门、云霄开设牙科诊所。云霄县政协委员。著有《醒东遗稿》。

四时即景（四首录三）

一

春信无边至，何曾气候温。梅仍肩雪瘦，云若挟峰奔。爱日开东阁，惊寒试酒樽。乡关何所似，羁客苦黄昏。

二

春事一声了，沿塘絮不温。露湿花香歇，风扬麦浪奔。梅边谁弄笛，竹里客开樽。雨意连朝急，鸠呼暮霭昏。

三

西风连夕紧，簟枕不生温。砌下秋虫起，林梢铁马奔。登榻凉侵席，推窗月入樽。斜窥园内景，树影尽昏昏。

漳滨垂钓

学得渔翁面目真，谁怜鬓发逐时新。身常伴月留清白，纶为随风任屈伸。有约溪山容我傲，忘机鸥鹭亦相亲。吟肩但祝长无恙，镇日垂竿曲水滨。

吴得先

吴得先（1893—1962），又字竹仙，名菁，漳州诏安人。先后任教上海、漳州、厦门等地中学，曾任诏安中学校长。1939 年赴新加坡，任南洋美术专科学校教授。兼工书法、篆刻。著有《守琴轩诗稿》《守琴轩书集》等。

题墨莲

同予有何人？田田空净植。鱼儿恐相戏，未敢着颜色。

题牡丹梅花清供

富贵无端献岁来，胆瓶斜插几枝梅。霜姿自足供清赏，大地春回绝点埃。

感怀（十首录三）

一

未有悠然趣，于何见南山？悦怿随所接，出入不逾闲。众卉嗟摇落，乘时以折攀。秋风忽其老，归去复来还。大化孕俦物，劳劳指顾问。

二

贵贱观时变，青莲出淤泥。世人爱纷奢，夸名相倾跻。应物岂无心，孕化得大齐。霜姿空绝代，衰草蔓旧蹊。为问陶彭泽，尚存菊几畦？

三

南洲有阿茝，托根无寸土。嗟彼霜雪姿，悄然厄荒圃。岂真羡炎燠，羞与折腰伍。何以佐夕餐，芳心徒自苦。郁结凭谁舒，黯然著菊谱。

刘子才

刘子才（1893—1962），字松筠，宁德福安人。毕业于福建师范学校。幼年好学，青中年时，当任过教师，喜好作诗，民国时期秋园诗社社员，一生创作诗歌一千多首，著有《松筠诗稿》上下两册，现仅存上册。

和李雪樵师《秋夜偶感》原韵

世事苍黄棋半局，光阴荏苒鬓将皤。繁华谁似孤高好，烦恼都因结纳多。到眼浮云原变幻，逢时小草亦婆娑。寒江一穗难成梦，坐听秋风韵树柯。

呈福州林伯屏师鼓山寺题壁

三年饥渴此名山，今日何时快跻攀？层峦万壑接不尽，掉首回顾非人间。奔涛巨浪卷长天，鲸鱼蛟龙吐云烟。百千幻变穷色相，扁舟一叶入无边。有时斜日落深渊，千乘万骑走进鞭。或如金蛇奔百段，摇头鼓尾争腾骞。千村万落归眼底，绿树青林纷意蕊。胸中浩荡廓然空，一奁宝月在止水。相携朋侪两三人，置身陡绝出风尘。浩歌一曲彻仓溟，并入天风海涛鸣。呜乎！富贵不可求，神仙不可修，何如处此长遨游，放怀任我探清幽！

送李克猷同学海行

情融深处转无言，勉强敲诗当佐樽。开拓胸怀收浩气，放舒心胆镇羁魂。万金点水遥含斗，一碧通天不见门。闻有熊罴相辅助，安澜切莫肆鲸鲲。

纸　鸢

从容摇曳入云霄，一线因风一叶飘。时局关情频俯仰，尘寰无意任逍遥。等闲只说青天阔，惆怅空嗟碧海寥。何日翩翩应附骥，超然高举俗愁消。

李若初

李若初（1893—1974），名景沆，号凤林山人，宁德古田人。入省城罗山学校读书。执教于霞浦作元中学、福州三一中学及陶淑、毓英女中。被省首批检定为合格高中国文教员。政协古田县二至四届委员。平生精书画，工诗词，善篆刻。著有《鸼寄轩诗草》《凤林老人印藏》。

题《水墨梅花图》

冷月山斋寂夜禅，横斜疏影满窗前。写梅记取天然本，往事樟溪五十年。

题画梅

底用危桥踏雪寻，写花自慰寂寥心。故园访旧凋零尽，唯有寒梅伴到今。

柬之六

老归村野断知闻，日见衰颓瘦几分。漫说山人逢饭颗，却欣门士有河汾。胶庠片席千间屋，著述群书一代文。久别十年殷再晤，那堪梁月与江云。

八旬杂感（八首录三）

一

一生所事在成均，转瞬流年八十春。向学为山勤覆篑，总期改火见传薪。悬锥难脱囊中颖，韫椟谁陈席上珍？合是村民耕有耦，归休长作太平民。

二

无才早愧尸师席，不怠差堪慰此心。疑义穷搜三箧富，一文审定五更深。为求桃李春成荫，致使须眉雪早侵。赢得齿牙馀论在，爨材犹幸有知音。

三

听雨新添一炷香，衰龄闭户百堪伤。青灯同辈存无几，白首深交隔远方。奖掖每承先达教，宴游曾逐少年场。追思往事浑如梦，凉月虚窗泪数行。

齐天乐·自题，时年七十有四

此身濩落成何事？蓬飘竟随师席。榕峤卅春，松城十稔，赢得桃红李白。延津上舍，铎移振芗江，远迎词客。记住名山，幔亭灯火校吟集。　　而今衰老纵甚，少年情味在，豪气难抑。选石眠云，寻梅赏雪，自笑烟霞顽癖。山庄伏枥，拼长物诗瓢、画乂耕笠。瘦影谁怜？鬓须摧秃笔。

吴　石

吴石（1894—1950），原名萃文，字虞薰，闽侯人。学诗于何振岱，早岁考入保定军校。辛亥革命后赴日本入陆军大学，“九一八事变”回国，抗日时期历任军政要职。抗战胜利后，任国防部史政局中将局长。1950 年牺牲于台湾。1973 年，国务院追认其为革命烈士。

绝命诗（二首）

一

天意茫茫未可窥，悠悠世事更难知。平生殚力唯忠善，如此收场亦太悲。

二

五十七年一梦中，声名志业总成空。凭将一掬丹心在，泉下差堪对我翁。

王卓生

王卓生（1894—1955），原名道，字谷青，同安人。1915年毕业于福建省立法政学堂。1918年到新加坡，不久回国协助陈敬贤负责集美学村建设，1927年任同安县建设局长。后辞公职，北游苏浙。抗战胜利后参加厦门筼筜吟社。著有《百兰室诗集》《鸿渐集》《夏云集》等，多散佚。

清明（三首录一）

风光三月幻非真，飞絮残霞悟夙因。逝水波回鱼聚沫，落花烟浸梦生尘。久无睡国堪长隐，那有佳人不老春。惆怅溪头数株柳，丝丝斜系艳阳晨。

步王渔洋《秋柳》元韵（四首录一）

当年婀娜不胜衣，此日相逢事事非。金缕已难歌婉转，玉楼犹自梦依稀。丝丝古驿随烟断，寂寂灞桥带雪飞。一样灵和消息异，可堪怅绪旧情违。

《镜湖吟草》题词（四首录二）

一

大地多噫气，瞿然入岛噫。穷年双鬓改，秃笔短檠知。天意馀孤愤，行吟到九夷。故山悬北斗，夜夜数归期。

二

卅载云涛隔，雁鸿不断飞。旧游劳梦寐，雅什孕芳菲。独抱难谐俗，清华未式微。还将亲几席，把卷对朝晖。

和洪镜湖答诗韵（四首录二）

一

忆过汪伦宅，桃花水浅深。即看潭外影，不听潮中音。坠绪谁能拾，颓风不可禁。只应沧海月，千里照云林。

二

嗣宗多逸响，淡定思无华。陡觉身不系，微吟手屡叉。台中曾一瞬，世外已千差。待许幽谈日，深杯五柳家。

章秋海

章秋海（1894—1962），字函而，号适园老人，龙岩人。省立九中毕业。1930年到厦门大学教务处执文牍数载，后任宝安县文教科长。1938年到新加坡，任侨中秘书兼会馆文案，晚年回乡定居。著有《适园随笔》等。

赏　月

孤身浮海三千里，搦管营生二十年。举目乡关何处是，故园明月挂天边。

赏　菊

寄迹风尘五十年，拈笺我欲问青天。黄花何幸逢陶令，留得芳名万古传。

享二白

萝卜白盐白饭均，坡翁三白可骄人。我今萝卜虽难得，二白粥盐亦足珍。

咏 项 羽

八千子弟起江东，万里纵横意气雄。钜鹿阵前彰勇略，鸿门席上显仁风。何期垓下歌声迫，仅剩乌江夕照红。斗智可怜输一着，千秋遗恨惜重瞳。

忆登虎岭山

城西远眺立山头，百里风光一望收。四面峰峦撩眼翠，万家栋宇傍林幽。野田千顷连山碧，绿水一湾抱郭流。最是动人清兴处，忘机鸥鸟自沉浮。

苏警予

苏警予（1894—1965），又名苏甦，又字耕余，别署二庵。南安人，世居厦门。曾执教于厦门同文书院、励志女校，兼任《思明日报》《江声报》《厦声商报》主笔。1930年任新民书社编辑。抗战爆发后往菲律宾，任菲律宾诗社籁社首任社长。著有诗集《菲岛杂诗》《旷劫集》《怀旧集》等。

和缉亭先生八十自寿元韵（四首录一）

关河望断羽书迟，世变沧桑换劫棋。造士育才行素志，解纷排难振雄词。霜髯飘拂风神迈，道貌庄严骨相奇。思买扁舟归去也，与公日夕学聋痴。

次韵茂植将归留别四律（录一）

同是天涯历劫身，此身犹在未忧贫。萧疏白发才知老，风雨青灯最可亲。不有阴符资国策，尚馀心血作诗人。遥瞻前路衡门至，快引壶觞伴海珍。

岷江初夏

四月清和草色齐，荒郊装上碧玻璃。椰浆酿酒衔觞咏，蕉叶为笺信笔题。忽听桑鸠呼布谷，乍晴梅雨便生霓。纳凉结伴驱车去，巴石河边夕照西。

补 破 书

宋椠夸珍本，陈编饱蠹馀。荒摊遭弃置，珊架念居诸。收拾藏缃帙，摩挲展缥书。蕉窗镫下读，夜雨起萧疏。

滩　　头

滩头馀落日，景色夺天工。人影婷婷立，车声轧轧隆。披襟风忽至，入耳曲三终。望断孤帆渺，低徊不语中。

一　　枕

一枕悠悠思，家山梦见之。团圞妻子在，零落故人稀。难忘恩仇事，犹惊鼓角悲。破窗明月至，照我赋新诗。

故人（四首录一）

重光天日我生初，流落身经丧乱馀。千里已劳相问讯，开缄喜读故人书。

孙世南

孙世南（1894—?），字雪庵，厦门人。幼失怙恃，少受业于厦门诗人李禧等，弱冠随宗叔到南洋，居新加坡。后长期在新加坡工商学校就职。加入邱菽园创建的诗社檀社。60 年代逝世。著有《雪庵诗稿》，在新加坡刊行。

六十初度书怀（三首录一）

万里投荒海外来，至今无事不悲哀。览身原是添吾累，舞剑定能振散材。夜夜闻鸡思曩事，时时倚枕辄低徊。老夫不觉愁昏迈，犹尚多情念故梅。

自题诗稿旧作（二首录一）

落拓谁能继谪仙，清诗潇洒至今传。江山依旧才人渺，湖海尚留翰墨缘。书卷等身增感慨，风沙扑面更凄然。胸怀郁结愁难遣，敢把寒吟儗昔贤。

步吾叔印川自寿诗原韵（三首录一）

杖国耆颐世所稀，欲供薄酒愧飘离。泛舟每爱思归隐，抚鹤多情尚滞之。陟屺望云愁堕泪，倚床对月闷如丝。天涯濩落卅馀载，何幸今朝诵寿诗。

王谷青以寿诗见赠却步原韵六律郢正（录一）

问年将耳顺，娱老无多时。率性频挥草，偷闲辄咏诗。缁尘犹未了，玄鬓已成丝。久隔乡关路，怀归那有期。

归隐（二首录一）

老来万兴俱销沉，惟有寒梅辄印心。浪迹天涯今已倦，家山何处梦难寻。

黄紫霞

黄紫霞（1894—1975），字德奕，南安人。抗战期间经营泉山书社、创办《爱国画报》《一月漫画》，后兼任厦门罐头厂经理及汽车公司董事。曾任厦门慈勤女中校长。新中国成立后任泉州市文物保管委员会委员，晚年在家开设晓峰艺室。著有《养拙楼诗稿》《黄紫霞诗画集》等。

元月二日同苏丈荪浦访林丈醒我

雅兴犹如昔，逢春意更融。友声求北郭，佳气转春风。延客分书榻，敲诗落酒筒。临歧频指说，枝上几梅红。

元宵观灯次和笠山

一片团圆月，清辉异昔年。君方思故里，人若饮狂泉。灯火鱼龙夜，旌歌鼓角天。望尘偎市立，欲语转茫然。

雨中晚翠亭听琴

万象罗方寸，泠然作古音。春声三月雨，晚翠一亭阴。鸟语花开落，云行水浅深。苍茫弹入海，听罢复沉吟。

公园独步

破闷携筇出，悠然任所趋。园林方郁勃，我意独萧疏。耳目成空接，形骸总不拘。谁能共笑语，四顾转踟蹰。

题黄石斋先生画松

素练风霜起，萧森欲迫人。排烟双干屹，得月万髯新。劲节传遗墨，贞心见老臣。应知千载后，又现威寒身。

秋感（二首录一）

垂老于时感赘疣，忽惊霜鬓又逢秋。人经久乱身轻虱，骨尚堪支状若鸠。梵呗有心皈净土，江湖无梦到孤舟。遥闻极北初烽火①，独倚南天作杞忧。

注：①时朝鲜南北战争发生。

送笠山教授之榕城（二首录一）

一氈寥落坐江城，汐社相依尽友声。梦入西风秋万里，曲歌离恨月三更。身经湖海襟怀旷，腹皮诗书箧笥轻。遥想三山多故旧，此行应不负平生。

王德愔

王德愔（1894—1978），女，字珊芷，长乐人，词人王允晳之女。师从何振岱学诗，师从林琴南、周愈学画，福州寿香社才女。著有《琴寄室词》。

寄淑勤

芊绵芳草望偏赊，昔日朋侪鬓已华。原野欣闻多黍稷，市廛更与植桑麻。消愁祗有青州酒，解渴犹思顾渚茶。遥想天涯双燕子，花辰月夕合思家。

余昔随侍先严碧栖公游杭湖

春光大好雪初残，十里秾桃尽染丹。傍水人家横略彴，附篱茅舍植檀栾。嘉兴雨色迷高阁，灵隐钟声递远滩。小艇苏堤还载酒，清游踪迹记承欢。

台城路·游方广岩

盘盘小磴随林转，危峰插天如立。履蘚防虚，攀萝怯窄，路滑筇枝无力。钟声渐密。看邃宇弥烟，凸岩悬石。法雨添泉，古檐垂溜日千滴。　　荒凉禅意更寂。问空山隐者，何地堪觅。箧里词篇，屏间画稿。留取颓云踪迹。沧桑暗易。念世外桃源，几人曾识？一片斜阳，暮蝉喧细翼。

南乡子·新寒

风色转虚廊，黄入疏林叶叶霜。正是瘦人天气也，徜徉。自去添衣掩茜窗。　　寒气逗银缸，炉火微温意更长，知道梅花消息近，思量。春隔江南水一方。

钱履周

钱履周（1894—1982），名宗起，字履周，后以字行，晚号件翁，祖籍浙江绍兴，生于福州。民国期间曾任福建省政府主任秘书、行政院秘书、台湾救济分署署长等职。中华人民共和国成立后历任福州大学、福建师范学院教授兼中文系主任，福建省文史研究馆馆员。著有《钱履周先生遗诗》等。

病入康复医院，追念亡友荫庭

何因垂死忍须臾，转徙荒郊正草枯。吾病固知催见汝，汝存定喜数过吾。重泉世异怜犹远，一息针支弱欲无。闻道孙枝又添茁，魂兮倘稍慰幽孤。

寄示台友

记得基隆着陆时，欢呼声里泪承颐。版图再返期非远，碧海青天映赤旗。

祖荫同学出示神州游览诗画索题

平生亦嗜游山水，只是西行欠到秦。读万卷书行万里，君诗与画两清新。游踪已觉神州隘，画稿宜将大宇描。衰病自嗟无健翮，鹏搏羡汝上扶摇。

畏公自署梅翁有诗纪之依韵奉酬

人在何忧曲已终，春山雨霁见晴空。任呼牛马吾能应，恰好头衔换件翁。

一九七九年农历重阳寄台湾诸友诗

茱萸花发又重阳，金马台澎梦未忘。积岁远离桑梓客，思亲佳节更怀乡。日月潭清阿里秀，朋俦游兴近如何？银船精美应犹在，兄弟高山盛意多。

自注：余离台时，高山兄弟民族惠赠银船，精工巧制，余转赠台北博物馆保存。

题与蔡芷洲兄合影

旧侣皇华什九亡，唯君健在喜非常。提壶往事人留影，他日重逢话海桑。

沈国良

沈国良（1894—1987），字高袍，永定人。闽西南名中医。少时拜漳州保生堂名医胡伯良为师，先后在平和、漳州以及南洋等地行医。曾任平和县首届医学会主任，福建省中医药研究所特约研究员。著有《沈国良医案医话》等传世。

自　　勉

医人司命任非轻，济世悬壶步不停。精益求精存本系，保民保健保安宁。

八五书志

人生七十古来稀，八十年华不算奇。八十五犹拼力气，赋闲百岁不言迟。

参加省振兴中医大会感赋

金风送爽菊盈篱，蒙召来榕赴会期。振兴中医孚众望，弘扬国宝展新姿。八闽杏苑舒眉宇，满座群英举酒卮。灵素岐黄经典在，利民济世古今宜。

为学员讲解《黄帝内经》

神州医学几千年，历代相传有俊贤。正本清源扶正气，喧宾夺主负皇天。从前落后应遗恨，今日超前快着鞭。结合中西扬国粹，内难经典谱新篇。

王芝青

王芝青（1894—1987），女，别名珊梅，福州人。林纾、陈衍的学生。父亲王福昌，早亡，叔父系清末民初翻译家、官员王寿昌。擅长国画，客居上海，上海文史馆馆员。有《芳草斋诗词》。

池台闲望

倒影栏干在水中，小亭西畔簇芳丛。风光原是黄花好，看取斜阳尽意红。

春晓倚栏看花（二首）

一

晓风暖日压重檐，小立花间春色妍。庭院深深蕉影绿，诗心画意倚窗前。

二

竹马儿时迹易陈，春晖黯黯最伤神。风光梅里浑如昨，不见高堂白发人。

元旦书怀

瑞雪初晴送旧年，红梅翠竹水仙妍。花香风透重帘外，又觉韶光一岁迁。

湖山泛舟题画

一舟容与在中流，山色湖光下上游。水阁无人春昼永，此怀真欲傲王侯。

卢少洲

卢少洲（1894—1990），名觉斯，号趣人，又号六龛室主，宁德寿宁人。毕业于省立工业专科学校土木科，1915 年应全省经界局招考获第一名，历任交通部主事、福建洲田委员、三沙海关关长等职。早年任教福州，中年讲学马来西亚等地，1963 年回国定居。寿宁诗社名誉社长。著有《瘦秋残草》。

饮　酒

独得松中趣，朝朝脸晕丹。世皆称美禄，人亦借联欢。手把丛残集，胸罗宇宙观。劫余有零草，醉里更加餐。

庆祝建国四十周年

上林莺啭百花红，尚记还乡唱大风；四十周年如隙驷，老翁扶杖看晴空。

思　归

不应浩荡怨灵修，睥睨南天满古忧。十四字题楼柱角，三千曲落野桥头。淮阴自是无双士，温矫宁甘第二流。也欲乘风归去也，斜晖沧海一天秋。

归　国

卅载饥驱作远游，长期浪迹在南州。谁知变幻人难测，不觉蹉跎鬓已秋。盛世得逢原是福，林泉归去复何求。微躯且喜犹顽健，老至依然似壮牛。

祝寿宁诗社成立

我已皤然百岁翁，振兴诗事赖诸公。筑坛初树鳌阳帜，建县长怀景泰风。格调高须攀九岭，吟哦盛直压三峰。漫云僻壤无珠玉，唱遍旗亭句更雄。

秋　霁

巨浸身焉托，微飔胆亦寒。杜陵餐量减，沈约腰带宽。饱受生前悸，宁求死后安。忽觇秋霁涌，含笑独凭栏。

寄六都张帙栋

一炉香烬又黄昏，秋满山中但掩门。我只药铛茶鼎伴，悠然神往竹枝轩。

江　煦

江煦（1895—?），原名启漳，字仲春，号晓香、晴庵，晚年自署松山农，海澄（今属厦门海沧区）人。1916年前后寓居厦门鼓浪屿，先在厦门英商集记、和记洋行任职，后任厦门海关文牍。加入菽庄吟社。1943年12月离开厦门，任职于拱北海关文牍处。后定居澳门，约60年代后期逝世。著有诗文集《草堂别集》《圭海集》，辑编《鹭江名胜诗抄》《闽三家诗》《闽四家诗》等。

寄怀凌霜拙叟（二首录一）

小草焉知非远志，天涯到处可为家。无才济世怜樗栎，抱节疏篱爱菊花。白首为郎嗟易老，孤山放鹤愿犹赊。天津桥上鹃啼血，世事而今似乱麻。

山居即景（二首录一）

天空又海阔，野老乐无穷。窗透芭蕉绿，帘搴夕照红。月明虫语噪，风静竹烟笼。况有山歌好，不知在客中。

敝庐风雨吟

敝庐蔽风雨，料峭砭肌肤。淅沥与玎珰，笙簧差足娱。何必丝与竹，天籁聊胜无。道丧向千载，歧路独踌躇。有志殊未骋，覆瓿草玄虚。耕牧称其用，吾还爱吾庐。

黄花谷

在松山之阳，秋日野菊盛开。

处士多傲骨，应耻拆腰辱。性本爱丘山，幽居在深谷。盘桓倚孤松，三径友修竹。风月任逍遥，遑知世清浊。繁华梦已醒，名志甘淡薄。秋来斗风霜，劲节赢草木。春兰自有芳，挺秀岂能独。重阳谁就我，隔篱倾千斛。

望海潮·澳门怀古

苍松笼翠，红莲衣落，清风淡月疏星。濠镜浪翻，萧墙祸起，新愁旧恨难平。独自感飘零。正雁飞鹤唳，秋思凄清。月下裴徊，愿倾东海醉还醒。　　横琴一奏潮生。有龙翔凤翥，虎跳猿鸣。仙乐洞庭，霓裳桂殿，离人更不胜情。从此莫谈兵。任何人击楫，国事休评。惟念孤臣望洋，暗自叹伶仃。

念奴娇·壬辰中秋，市蟹沽酒煨芋，招重华草堂赏月

草堂风静，正中秋华灯，炯炯无色。仰视广寒谁起舞，摇曳井梧落叶。瞟眇孤光，婵娟共影，秋水俱澄澈。持螯煨芋，煮酒聊与君说。　何事公子无肠，横行一世，肝胆真如斗。昂首吴刚挥玉斧，桂树蟾宫辽阔。绰约仙姿，轻盈似雪，笑我还为客。问天把酒，月明今夕何夕。

何维刚

何维刚（1895—1970），字惇畴，福州人。何振岱长子，业医。来往京闽间，能传父学，工诗词。有《竹间集》《意珠集》。

自题诗稿

引杯看剑忆华年，老托微吟悦性天。学古差能裁伪体，论才奚敢拟前贤。飞扬何羡凌云鸟，幽洁偏怜在涧泉。覆瓿笼纱干底事，晓寒已负衍波笺。

雨夕校订先君遗稿感题

归养曾期好质疑，翻成掩泣诵遗诗。父歌子和来生事[①]，凄绝虚庭

夜雨时。

注：①乙酉时先君题刚诗稿有句云："父歌子和同于喁，有若林鸟闲相呼。"

浣溪沙

杨柳千条拂苑墙，海棠枝外尽丁香。微熏花底共徜徉。　　人去人来原梦幻，冰澌冰结亦沧桑。能知离恨只斜阳。

浣溪沙

化作灯光照苦吟，愿为炉火暖孤衾。当时痴语忒情深。　　未老终当偿夙诺，暂分肯信异初心。搅人离思是青禽。

林介愚

林介愚（1895—1973），福州人。工诗善赋。著有《榕阴集影漫咏汇考》《一喟轩诗存》《一喟轩骈体文存》《痛定录》等。

谒李忠定公墓

回忆十载前，我向横江渡。双桨快如梭，踏上桐溪路。中房访觉翁，恰与觉翁遇。君喜不速来，我言有所慕。请君导我游，为谒孤臣墓。联袂信步行，谢湖迷烟树。仰瞻大嘉山，山椒双望柱。翁仲石兽蹲，前除华表竖。环茔竹毵毵，山鸟呼名屡。山花寂历红，岚光添胜趣。巍巍忠定坟，幸哉此抔土。主战策当时，公能奋神武。耿李怯主和，佥壬辄为伍。在相七旬馀，汪黄谮罢辅。公论在人心，击坏登闻鼓。欧阳澈陈东，伏阙上书数。九哥懦且庸，陈欧冤刀斧。嗟嗟建炎年，偏安沦外侮。易代只推陈，佳城峙江浒。绳绳过来人，凭吊都拜俯。小子愧不文，衷肠聊一吐。

题咏李公祠

在福州小西湖荷亭。祠有联曰："一舍岿然，与丞相祠堂同不朽；

此湖佳绝，问钱塘风月竟何如”。

闽中景物亦清嘉，丞相祠堂绕荷花。让彼钱塘风月好，此湖可爱傍吾家。

己酉端阳丁夜枕上作和河西

无书插架兴殊违，垂老维摩静掩扉。每造文潜常品茗，一思子野便抠衣。倚声羡乃君怀放，绝响行将此道微。回忆西湖逢竞渡，临观仕女各眉飞。

和河西重九登高（二首录一）

正肥郭索菊初黄，闲抚无弦对夕阳。彭泽篱边怀悒悒，李陵台上感茫茫。漫山丹叶山容冶，隔水苍葭水气凉。风雨满城才七字，句中衰飒似南唐。

怡山唐荔

飞骑红尘底事忙，千秋艳曲话明皇。水晶宫里曾供奉，也有王家十八娘。

西禅宋荔

声声知了噪黄昏，捐弃龙皮快莫论。倘步苏髯啖三百，合留玉带镇山门。

高茶禅

高茶禅（1895—1976），原名幼铿，又字忱牵，晚号去非老人，福州人。历任教师，以工诗词擅篆刻名。有《茶禅遗稿》行世。

岁晏书怀十二首（选一首）

倚声花底费精神，嚼羽含商浪效颦。秦柳两窗三影外，我惟豪放主苏辛。

阅陈衍《近代诗钞》

断代钞成百衲诗，除非标榜即阿私。一篇冠盖簪缨录，罕见人间有布衣。

临江仙

一九六四年甲辰八月初一为安吉吴昌硕先生百二十年诞日，福州金石同人先期集会纪念。率成一阕，用淮海《临江仙》六十字体。

湖州安吉吴昌硕，大师金石千秋。异军海上起仓头，文何看尽洗，汉魏入冥搜。　　印社西泠尊北斗，缶庐膏馥长流。鸡林声价信无俦。雄浑卑袭古，苦铁夺琳璆。

满朝欢

日本田中首相来华，谋复中日邦交，弃仇成好。于我国庆前夕，签定公布九项中日联合声明。此一历史大事，举世震动，老朽病中，喜谱兹阕纪之。

露溥铜龙，云翻银燕，绛都门外清晓。两极交欢握手，春返秋杪。鲸波万里，引契合二京，仪宾三岛。销灭干戈，霸权不作，桓文矫矫。

回想东沟启衅，甲午熸师，往昔曾遭强暴。而今反省，满意重敦盟好。奠定东方，和平世界，核国惊心罢了。欢呼九鼎昌言，不朽千秋长保。

贺新郎

过西湖桂斋，怀林少穆乡先生。用稼轩《三山怀赵丞相》韵。

桑稻丰盈野，恁徘徊双桂斋头，万松冈下。十里波光开潋滟，可有小姑未嫁？只一抹斜阳难画。烟月衰翁谈往事，唱洪塘西去郎骑马。宜把盏，素心写。　　南州风物夸春社，记藕花穿桥艇宿，浚湖成也。金碧琳琅诗句满，丘壑新兴园榭。更裙屐招邀良夜。伟绩虎门燔毒卉，问当年帝子谁存者？今看罢，我华夏！

氐州第一·八十自寿

侪辈夔蛠，江湖雁鹜，垂杨瞬骇生肘。歇浦风涛，剑津云物，尘梦不堪回首。秉铎研诗，更獭祭虫雕何有。八十年光，大千世界，蹉跎一叟。　　渐觉初心辜负久，况霜鬓侵寻老丑。藕孔逃烽，樱花人寇，皮骨空奔走。女中敷桃李荫，操丹记重探二酉。带病跰蹮与延龄，将焉无咎。

林语堂

林语堂（1895—1976），原名和乐，后改名玉堂，漳州人。毕业于上海圣约翰大学，在清华大学英文系任教。1919年起留学美国哈佛大学、德国莱比锡大学，获哲学博士学位。1923年任北大英文教授。1926年到厦大任文科主任。次年任武汉国民政府外交部外交秘书。1932年起在上海编辑《论语》《人间世》《宇宙风》等刊物。1936年赴美从事写作。晚年思乡心切，定居台湾。著有《京华烟云》《苏东坡传》《吾国吾民》等。

临江仙

三十年来如一梦，鸡鸣而起营营。催人岁月去无声。倦云游子意，万里忆江城。　　自是文章千古事，斩除鄙吝还兴。乱云卷尽縠纹平。当空明月在，吟咏寄馀生。

浪淘沙（五首录二）

一

且喜梢头好鹧鸪，随波浥浥羡闲凫。鸿声雁影真还假，山色空蒙有且无。

二

约莫黄昏日已斜，凝思故国旧烟霞。山头只欠飞来塔，讨得心安便是家。

念如斯（自度曲）

东方西子，饮尽欧风美雨，不忘故乡情独思归去。关心桑梓，莫说痴儿语，改妆易服效力疆场三寒暑。尘缘误，惜花变作摧花人，乱红抛落飞泥絮。离人泪，犹可拭，心头事，记不得。往事堪哀强欢笑，彩笔新题断肠句。夜茫茫何处是归宿，不如化作孤鸿飞去。

调寄采桑子，作于庐干（Lugano）湖上（二首）

一

庐干盛夏湖光好。早也堪游，晚也堪游，怎不开怀上扁舟？　　老婆对我不嫌老。既不伤春，又不悲秋，俯仰风云独不愁。

二

钓翁之意非关钓。扑面杨枝，合我心期，水底行云荡漾时。　　何人解赏此中意？这是鹭飞，那是鱼追，白首陶然共忘机。

林远堂

林远堂（1895—1980），字树源，莆田人。历任莆田通德小学、咸益女中、中山中学、仙游金石中学等校教职。早年加入莆田壶社，兼工书善画。历年诗作多毁于“文革”期间，遗稿由其子女编成《一鸣集》问世。

首都北京

高屋建瓴古帝都，此间政合作中枢。北门锁钥关山海，西部梯航入版图。明代十三陵旧迹，清朝二百载规模。条条大道都通达，天堑长江得似无？

参观曹杨新村

斜阳衰柳近黄昏，境界分明又一番。另辟田庐成好世，自为珍域作新村。有茶有酒供宾客，宜室宜家长子孙。鸡犬相闻随处乐，从今莫再羡桃源。

闽北公路车中

夹道修林一望青，开山筑路改峰形。引蛇未必皆神话，世上原来有五丁。

渡河有感之三

由来祸福自人为，谁说黄河不易治？今日犹将资溉灌，百年终有一清时。

钱塘观潮口号（二首录一）

百万军声震鼓鼙，滔滔白浪与天齐。夫差枉费三千弩，争奈潮头不肯低。

哭陈晴山兄（六首录一）

每翻诗箧见君诗，总觉时时动我悲。不仅梦中呼白也，还从卷里哭微之。

刘　蘅

刘蘅（1895—1998），女，字蕙愔，号修明，福州人。黄花岗烈士刘元栋胞妹。从陈衍学古文，又从何振岱学诗词及古琴，兼工书画。中华人民共和国成立后执教于福州业余大学，并受聘为福建省文史研究馆馆员、福建逸仙诗社社长。著有《蕙愔阁诗词》。

江村闻雁

花香月影浸柴门，夜色迷离画水村。惟有雁声无著处，著人心上断人魂。

送梅叟师安葬金砂山

数仞宫墙未尽窥，忽来哭拜墓前碑。心丧痛洒三年泪，肠断难成一首诗。白骨青山俱不朽，慈颜馨泽永为思。春风归路云相送，蒿里难伸跬步随。

九月朔日为余七十有八初度

绿云变作一梳霜，古镜寒光却有芒。仰啸临风无可语，衔哀度日枉回肠。吾生正值秋光好，节候先期菊蕊黄。此际棘心思母难，亲恩未报寿空长。

戊辰春庆祝龙年

三山佳气贯榕城，天际寸闻戛玉声。马齿频增终不老，龙年难得庆承平。赏心海峡春风暖，解意池塘芳草生。美景当前酬不尽，入诗岁月太多情。

理箧中残稿

细字伤虫蚀，低吟只自惊。箧中残纸乱，窗外夕阳明。可味庄骚旨，难追班马情。古今多少事，杜宇两三声。

南乡子·浣桐傍花摄影，年八十，怡然妍茜，足见心之有文，得其所养，爰填一阕贺之

对影一开颜。彷佛清淡小阁间。花蕊嫣红相映里，眉端。惜别愁痕却未删。　　问我若为欢。陋室无尘且自安。那得如君才八斗，文坛。下笔雄风卷翠澜。

蝶恋花·纪念辛亥革命七十周年，追念先兄元栋，会上即席写怀

小阕新词旌烈誉。俯仰沉吟，咄咄难为语。离合悲欢谁可诉，思兄泪落晴天雨。　　革命胸怀深几许。一触风云，起作鱼龙舞。就义扶颠流血处，粤山有幸名千古。

黄幼溪

黄幼溪（1896—1968），原名祖荫，字寿跻，泉州人。幼习儒业，

曾与友人创办水隅学校，执教多年。又曾任职于法院，担任记室。

游弥陀岩遣兴

古迹弥陀一啸台，骚人过客此低徊。模糊篆籀无从考，阴翳森林扑不开。碑畔草花香满路，岩中瓦砾叠成堆。夕阳西下鸟歌舞，游罢扶筇带月回。

中秋双江月

三五中秋夜，乘舟载酒行。紫清山倒影，浯笋水回声。浓露沾衣湿，凉风拂面迎。更阑恋月色，返棹已天明。

秋　　夜

夜深不寐听虫鸣，起视窗前残月明。飒飒凉风吹落叶，满阶滚滚送秋声。

听　　鸠

缘何夜半树间啼，应是无巢觅处栖。寄语枝头休叫唤，来朝教鹊早封泥。

渔父吟

侧身天地似沙鸥，月影浮沉一叶舟。举网得鱼充腹饱，乘风破浪顺潮流。承先启后行吾素，说古谈今乐自由。堪笑世人争富贵，不如渔父度春秋。

何　曦

何曦（1896—1973），女，一名敦良，字健怡，福州人。何振岱女，中华人民共和国成立后，聘为福建省文史研究馆馆员。著有《晴赏楼诗词稿》《晴赏楼日记稿》。

窗　光

忆昔知读书，便爱窗光好。书性养心胸，窗光接怀抱。矧不怜众嬉，亦能贪据稿。往行从追寻，前言乐幽讨。就中无穷境，爱之乃为宝。外象有迁移，窗光无衰老。

春初苦雨

淅淅初停响，潇潇又有声。天低云欲坠，树暗海疑倾。径藓稀人履，庭柯断鸟鸣。溟蒙终有极，拭目待晴明。

南乡子·新寒忆北

炉火乍相亲，白醉南窗意更新。坐拥图书消百感，佳辰。只此何须别羡人。　　锦幄夜香温，户外严冬户内春。绿酒红灯皆可忆，氤氲。座畔茶烟起片云。

临江仙·剑意

愿铲妖氛消众魅，至刚原属多情。人间悍怯苦相凌。好凭三尺，万恨为君平。　　记昔秋霜飞夜月，寒锋照胆晶莹。剑光人影两分明。云山千叠，来往一身轻。

买陂塘

连日惊秋，亲朋远散，浣桐数见访，足慰岑寂。君将有连城之行，黯然难别，赋此奉赠。

是何声飞来天际，顿教愁思难说。悲秋已判柔魂断，那更知交言别。争兀兀。只似醉如痴，忍看江船发。欢悰一瞥。记劝洗闻根，乱蛩絮语，无碍双荷叶。　　垂杨路、此去寒溪荒县，依依儿女相挈。剪翎笑我雕笼里，仰望云霄辽绝。思归楫。知甚日阶苔，再印词人屧。肝肠谁侠？剩密镂深存，自珍悴影，共照篱边月。

傅柏翠

傅柏翠（1896—1993），谱名秀中，学名柏翠，字克飞，号慧亭居士，晚号渔道人、百拙老人，上杭人。毕业于日本东京法政大学。1927年加入中国共产党，曾任红四军第四纵队司令员、政委，1931年脱离革命队伍，1949年率地方武装起义。中华人民共和国成立后任福建省人大副主任，民革中央常委、福建省主委，省文史研究馆馆长，省诗词学会名誉会长。著有《类狗集》等。

上杭怀念毛主席

怀念毛主席，一度到上杭。驻节浮桥门，楼屋面江乡。凭栏远眺望，寥廓万里霜。莅止十天前，此地是战场。时值重阳节，菊花分外香。诗人吟兴发，填词倚采桑：人老天难老，秋光胜春光。

一九五九年老人会上蒙周总理关怀并聆讲话（四首录一）

入座春风拂面来，满堂斑白尽颜开。听公一席关怀语，胜饮醇醪酒百杯。

重返上杭记事（三首录二）

一

卅年重返上杭来，纵览家山喜满怀。败宇颓垣浑不见，簇新建筑焕长街。

二

临江楼上访遗踪，寥廓江天入眼中。近水远山无阻隔，铁桥飞架路车通。

倦　归

四海飘零感渺茫，故园松菊幸青苍。携将儿女归来日，溪畔垂竿对夕阳。

咏　花

解语含情默倚栏，临春秀色恰堪餐。自怜老眼昏无睹，却怪旁人走马看。

答谢诗

九十贱辰，故旧宠贶书画诗词，中多溢美，愧不敢当。仰感隆情，谨申谢意。

九十春秋百折程，谬蒙文采饰生平。犹怀隔海金瓯缺，盼赏中原璧月明。回首老牛惭踽步，轩昂群凤起清声。漫寻芹献挥馀热，报答诸君黾勉情。

严叔夏

严叔夏（1897—1962），原名琥，号系珠，福州人。严复第三子。曾任福建协和大学校务委员会主任，福州大学校务委员会副主任、教务长、教授；1952 年出任福州市副市长。著有《严叔夏诗词》《纪批李义山诗之商榷》等。

漫成（四首录二）

一

无可宠春春自去，漫缘溪径逐潆洄。宵来底处山洪急，没尽前滩十八堆。

二

远水鳞鳞明远岫，轻云漠漠走轻雷。天公惯作婴儿面，啼笑因谁总浪猜。

春日杂咏（五首选三）

一

可算新奇在小篱，菜花风里鹁鸪啼。生葱拔得连根煮，一半辛芬一半泥。

二

日日思归未得归，浓云泼墨四山围。空廊背手移情处，雨打风桅珠乱飞。

三

窥人初月斗弓弯，仿佛幽人共往还。知我至今留结习，壁苔上写米家山。

叶莘昌

叶莘昌（1897—1976），字轩孙，号紫尾老人、卖药翁，福州人。与潘主兰、陈子奋时有唱和。任福建省立医院中医科主任医师。有诗集《吟屋卖药翁诗》。

春晚（回文诗）

霏霏晚雨细如尘，白下山痕水外春。归鸟与云残断岸，飞花数处坐闲人。

医院楼上同功辉医师坐月

浅秋檐露酿轻寒，危坐罗衣已怯单。路阔月光泠似水，一萤流过碧阑干。

宪侄问安，作句谢之

老来独坐八荒虚，多谢香车问起居。最是孤灯欲昏焰，忽然灿烂月明如。

秋溪晚渡

布帆半片趁西风，齿齿溪岩透迤通。暮色转旋人语外，秋痕迢递水声中。天低归鸟如依岸，木落青山欲入篷。好景何妨只一顷，去犹回杖立空蒙。

河干访主兰

石桥尽处又庄村，树下深深第二门。径负苔痕趋四面，月携河影入黄昏。远山檐短犹能接，小鸟庭闲自与喧。如此清泠如此境，主人焉得不温存。

访子奋月香衕

折入城南细路长，路随林曲晚苍苍。涧泉纷乱门犹寂，衕草新纤月有香。压瓦何妨山影重，过楼时一雁声凉。归程偶尔回笻望，只觉吾身已下方。

萧百亮

萧百亮（1897—1978），字研仙，安溪人，生于厦门。少从长兄学画，1917 年赴南洋谋生，抗战时期参加陈嘉庚领导的新加坡筹赈总会和华侨抗日会等组织。1954 年携眷返厦定居，重拾画笔。曾任厦门市政协委员、厦门市侨联委员、福建省文联委员。著有《萧百亮诗选》《萧百亮画集》。

庚子中秋夜

桂花香里酒名新，蟾影依依倍觉亲。海外同侨于此夜，能无怀念故乡人?

注：毛泽东词《蝶恋花》有“吴刚捧出桂花酒”句。

华侨新村杂咏

楼台错落似繁星，小树丛花照眼明。有客入村无吠犬，访人到处听鸡鸣。

春夜偶忆

槟风椰月隔天遥，曾听胡琴奏此宵。客梦一醒惊卌载，人前懒说是归侨。

一九六九年春节前夕偶成一绝

灯下儿曹笑语繁，明年此夕念今欢。寒花自浸瓷瓶水，入鼻幽香尽发酸。

重九前题自画菊

说近重阳日尚赊，满城风雨已交加。潘生不及萧郎甚，尽管关门画菊花。

己酉年中秋夜无月

桂花香溢夜凉天，云散风流怅渺然。何故当空无皓魄？抚心未敢自团圆。

陈掌谔

陈掌谔（1897—1981），字幼穆，厦门人。毕业于美国春田体育大学。1924年回国，任厦门大学体育部主任、教授兼训导处处长。1938年赴菲，曾任菲律宾大学体育教授和华人体育机构负责人。1966年在菲律宾创建词社寰球词苑，任首任苑长。有词集《五全会杂咏》，1935年印行；《古奥词》《曼谷词》《罗马词》《体育词》《澳洲词》以及《中华词》等，均在菲律宾印行。另有《奥林比克词选》，台北1972年刊印。

少年游·离别国门

离别今日觉凄凉。天未白，已神伤。故乡情重，临行心事，回首便难忘。　如今远望千重水，空迷乱，梦魂长。再见何时，欲言无语，多少恨思量。

阮郎归·由厦出发

归来春色已阑珊。游人懒倚栏。香车驰骋杏林间。漳龙连碧天。

下斜岸，上层峦。云霄高又弯。平芜一片过东山。望洋到诏安。

番枪子·鹭江

绝早飞去清波隔。好钓碧山头，春消息。美景鼓浪冲天，虎溪明月看难得。鹿洞雾烟中，千山寂。　　花园四季浓香，红梅秀质。金鸡笑啼声，全球白。龙须桥上风光，云岩游罢游万石。五老色葱葱，超尘域。

斗百草·携内子刘玉英女士飞赴东京，过厦门空上。有感

俯首篔筜，故园在望空悲吊。正忆春花，又愁明月，花月恼人易老。问如何、念往日风流，疏狂堪笑。更寂寞思量，时时叹息，顿成惊扰。　　还是柔肠欲断，方寸纷纭，生死辱荣谁管了。一阕填词，万般填恨，记芳苑、重欢恨悄。而今也、梦里吟魂凭机绕。碧天皎。看银涛、鹭江杳杳。

玉楼春·寄怀中国体育总会董守义副主席

燕京塞上弦歌舞。遥望千山烟水路。至今回首使人愁，何日相逢谈夜雨。　　梦中不见思无语。只有飞花兼落絮。东君怜我唤东风，吹我上天君处去。

莺啼序·古代奥林比克运动会词自序

蓬莱地灵嶂秀，拥爱琴苍翠。波影漾、宝岛辉煌，娇杨宠柳罗绮。更熟了葡萄，红了樱桃，橄榄华飘纚。问当年、三代枭雄，几人英伟。

雅典名城，松山险垒，逐鹿斜阳里。正潮撼波斯，绣缆楼船万里。听奥林、胡笳成角，未上阵、雄心先醉。看健儿、肉搏威风，欢呼如市。　　翔麟驌驦。倚鹿輶轩，莲炬接寒水。慨畴昔、那知兴废。到今犹听歌声，遗音亹亹。诗翁清韵，髫鬟才艺。金人燦烂麒麟阁，锦衣归、锣鼓动天地。千杯共酾。粉红眉黛情深，空负又，秋风起。　　沉思斐勒，铁骑成群，满城旍帜。抛玉饼，掷银枪，拚得一生豪气。扬鞭

里诺风流泪。回首希罗，踪迹都如此。可怜一灼金瓯坠。忆奥林、今古疆场戏。骚人有恨填词，联序莺啼，敢传青史。

卜算子·奥林旅次深夜作

行人何事愁，苦忆岷江处。望远悠悠正入秋，挂在相思树。　　夜半青衣舞。歌曲如鹃诉。窗外奥林叠叠山，遮万里，千重路。

萧笠云

萧笠云（1897—1984），原名焕章，漳州东山人。早年赴法国东方工学院攻读纺织专业，回国后曾在上海中纺公司任技术处长等职。后返乡，在福、厦、漳等地任教。1948年赴台湾。

和韵题洪甄枇杷画轴

玉脂炎果数清条，碧树金丸颗颗娇。应是洪甄长绘事，画中婀娜舞纤腰。

壬辰中秋月夜乡居有感

不堪回首话神州，客地平添几许愁。佳节频临难遣此，举头明月又中秋。

忆桃花源

桃花源上锁深烟，蹊径未通千百年。渔子问津今绝迹，骚人买棹早无缘。柳暗花明犹在望，山回路转未能前。世外桃源何处是，空馀惆怅在人间。

陈声聪

陈声聪（1897—1987），字兼与，号壶因、荷堂，福州人。上海市文史研究馆馆员。著有《兼与阁诗》（附有《壶因词》）《兼与阁诗话》《荷堂诗话》等。

论诗绝句四十八首（选四）

霜鬓东坡四海知，高楼花近可无诗。沧江一卧惊秋晚，涧谷空嗟见日迟。（陈沧趣）

匹园旷放谢镌雕，广接群流下笔骄。荡决纵横无不可，诗中倘是霍票姚。（陈石遗）

重译每夸信达雅，小诗独自取观群。高谈天演稗瀛外，风月撩人意亦云。（严几道）

闭阁焚香自在眠，一琴只合是无弦。论诗谁喻深微旨，细雨疏花意欲禅。（何梅生）

鉴真大和尚像回国探亲，飞临扬州大明寺，千秋盛典，以诗和赞

星槎归泛自东头，一别千还二百秋。梵夹十方通觉路，琼花万劫破迷楼。灯传故土光无尽，杯渡当年水在流。城郭绿杨回首处，慈云法雨话扬州。

东风第一枝·颂东方红号卫星上天

大野新铓，东风急箭，环飞直破空碧。或占瑞应联珠，漫云海填恨石。人间曾说，要达到自由王国。看朵红随日同升，生气与雷争激。

光烁烁，斗箕并立。歌缓缓，汉津不隔。候台运捷璿玑，刑天舞回干戚。伊人彼岸，蓦惊起，看花愁悒。似房老顿失专房，漫妒比邻春色。

念奴娇·南京长江大桥

白门城郭，俯中流人物，潮翻沙卷。自古长江天堑险，南北今，谁能限。水底鱼龙，山中狐兔，铁锁新钩绾。寄奴如在，亦知残霸须翦。

蓦地匹练横空，垂虹十里，来去喧舟辇。野阔星低天四幕，宵静明灯遥灿。马粪诸王，乌衣子弟，梦也何曾见。钟山无语，六朝惟有飞雁。

水调歌头·颂珠穆朗玛峰登山队

我怪此山顶，底用插天高。曾闻亿万年上，还是海中槽。笑拍洪崖问道，何日鹏抟鲸击，万仞挟风涛。太古雪犹在，冰壁倚岧峣。　　长空寂，飞鸟绝，百灵逃。看人胁息，梯栈不辞劳。上欲众星手摘，下有巨鳌首戴，天顶赤旗飘。祖国好儿女，世界识英髦。

陈守治

陈守治（1897—1990），笔名瘦愚，号乐观词客，晚号乐观翁，南平人。曾就读于北平燕京大学，后回乡以教书为业。先后任南平县督学，尤溪县教育科科长，南平中学、福州第一中学等校教员。福建省文史研究馆馆员。著有《神交唱和集》《乐天安命室词删》《愚窝诗词话》等多种。

临江仙

百岁还差十五，人生总觉空虚。闭门谢客读残书。瘦还依旧瘦，愚更比前愚。　　耽酒犹堪一斗，醉来踯躅樟湖。老荆相伴又相扶。卧舆怀靖节，涤器笑相如。

朝中措·七夕

牵牛早起看银河，觉得水无多。却被农民车去，向天引灌田禾。

天孙今亦，不能称巧，频蹙双蛾。俯瞰尘寰织布，电机改变穿梭。

红娘子·咏番茄

品种如茄子，又唤西红柿。色似杨梅，形同苹果，祖家南美。在明清之际入中华，路经英吉利。　　果实真佳丽，采摘盈筐篚。既作嘉肴，又堪制酒，别饶风味。我小园栽种百千株，恃伊君陶醉。

踏莎行

侧帽填词，耸肩觅句。僵蚕未死丝犹吐。老来岁月恐无多，笔耕墨耨忘辛苦。　　文学韩欧，诗宗李杜，词师姜史都嫌古。而今花样要翻新，自家轧轧鸣机杼。

三台令·昆明（二首）

一

鬟镜轩中眺望，云华洞外逡巡。快睹昆明全貌，置身百尺龙门。

二

千载圆通古刹，海棠万朵齐开。始信昆明气候，四时都是春台。

何励生

何励生（1897—1996），号惕庐，浙江瑞安人。1928 年起在厦门大学校长办公室从事行政工作，直至退休。有诗集《消寒吟》《山居集》《长汀集》《胜利词》，遗稿《双燕庵》，其后人辑为《期颐老人何励生诗集》刊行。

清　　明

韶光九十未应迟，花底东风已暗移。瑞市清明谷雨日，浙南草色仲春时。江城灯火迷烟雾，倦鸟羁栖恋故枝。偶写桑榆闻见事，他年待订草堂诗。

佚题，和俞大文韵

莫道崎岖世路艰，玉皇许与老年攀。林花经雨香犹在，芳草留人意自闲。往事已随残腊去，新晴有望暖春还。登楼无奈寒云疾，欲览青山未展颜。

乙巳新春怀笠山，用前岁赠诗原韵

吟笺光几席，古谊意悠悠。熙攘逢春节，金汤壮海秋。畅谈当世好，莫作旧时愁。一别两年易，梦思忆老谋。

旧居即事（二首录一）

儿女时来视，客程偶整襟。固贫乐晚景，退息遂初心。湖田鱼米富，山郭竹林深。寄语同堂友，叙见将秋砧。

散　步

斋窗镇日对山开，山色不时送青来。为恐斋中看未足，早霞散步上层台。

黄曾樾

黄曾樾（1898—1966），字荫亭，号慈竹居主人，永安人。福州马尾海军学校肄业，法国里昂大学文学博士。曾任北平女子师范大学教授、南京市政府社会局局长、福州市市长等职。中华人民共和国成立后，任福建师范学院中文系教授等职。辑有《陈石遗先生谈艺录》，著有《慈竹居诗稿》《永思堂诗稿》《荫亭遗稿》等。

参加万里农业社秋收

高秋天气抹微云，如此丰年古未闻。莫笑黄牛骑当马，抢收南亩共诸君。

访石遗师故居（二首录一）

舌底潮音不可听，海棠两树亦凋零。重来花下谈经地，剩有苔痕似旧青。

搜　书

搜书求画若成痴，尚友娱情只遁辞。颇识古人甘苦意，发潜拾坠有心期。

次韵答二适

肯当寻常赠答看，抵书谋面两艰难。微吟尚许凌千劫，孤抱真怜徇一官。阅世坐令成土木，安心作计守残丛。淫哇沸耳天同醉，各据枯桐莫浪弹。

病　树

病树还留几日阴，悽惶相对只孤吟。残生敢笑三秋叶，未死真怜一寸心。酒与排愁无奈醒，书能遮眼不防淫。泪痕血点垂胸臆，杜老沉哀孰浅深。

陈国柱

陈国柱（1898—1969），原名陈继周，又名廖华，莆田人。1917 年参加护法军，1922 年在厦门大学参加学生运动，加入中共，回莆田创立党组织，后辗转全国各地从事地下工作。新中国成立后任福建省政府委员兼教育厅副厅长，后调中央文史馆办公室主任，1954 年任国务院参事。著有《碧血丹心集》。

柳亚子先生来访未遇作此致谢（二首录一）

屯田绮思放翁才，南社原从复社来。一部闹红题满帙，百篇浮白酒盈杯。残明逸史龙门价，香港新诗虎背裁。每检遗文劳点校，感公更感鹡鸰哀。

莆田同学留京合影照相（八首录一）

一别家山卅载过，乡音未改鬓毛皤。首都此日逢同学，话罢寒暄喜欲哦。

访雷经天同志故居（二首录一）

事业千秋炳故居，卅年奋斗溯当初。沪江反帝名犹在，岭表誓师志未舒。数度突围宁伍乞，几回亡命绝温裾。功成革命身先死，长使后人式比闾。

秋节文史馆馆员聚饮作此祝贺（八首录一）

秋花秋水酌秋卮，难得人间有此时。土改已销封建制，援朝先救近邻危。万家共庆翻身福，大地齐赓庶绩熙。抗美年头抗美月，毋嫌菲酒祝期颐。

步石匏老人原韵奉寄并陈邢冕之齐景班二先生（四首录一）

阅尽关山患难馀，眼看胜利乐何如。居虽隘小堪容膝，道未为孤且检书。细读时文求进步，闲拈古韵意安舒。燕京天末凉风起，敝帚自甘敢羡鱼？

莼衷先生惠赠《淑园诗文集》《燕都丛考》作此道谢（四首录一）

读罢三山忆旧游，韵珊已耄易园留。天遗一老羁燕市，节近初冬念故邱。乌石山前馀燹迹，无诸城里剩残楼。不胜重话卅年事，金凤湖中芦荻秋。

寄萨镇冰先生（四首录一）

停骖歇浦忆旧游，梦里三山思未休。翘首天南春树远，平安祝罢付星邮。

何　适

何适（1898—?），字访仙，惠安人。1923年就读于厦门大学预科，1929年毕业于厦门大学国学系。后任教于厦门集美中学等校。曾一度赴新加坡，在华侨中学执教。“文革”中去世。早年刊有《官梅阁诗词集》《官梅阁诗馀》，另有合编本《官梅阁诗词集》，新加坡1961年刊印。

怀归再叠寄谢云声

身如旅燕合春归，底事低徊未息飞？客邸闻歌惊折柳，江门系缆忆牵衣。居当市肆安眠少，性发溪山放屐稀。徙倚庭前时自笑，半生事业付依违。

感　　赋

飘泊萍踪卅载馀，阿咸为卜市郊居。篝镫对影宵评卷，抱甕教儿晓灌蔬。老去谁怜风骨瘦？穷来但觉故交疏。名心久淡尘心死，无那耽吟习未除。

忆鲁迅师次其悲愤韵

南来讲学记当时，欲革颓风拓语丝。忍为彷徨纡正路，聊从呐喊出偏旗。针时隐语狂人记，讽世危言野草诗。苦战文坛三十载，霜毫触处血濡衣。

丁酉除夕寄省长叶飞都讲（二首录一）

手栽桃李半成围，六十当休合引归。好扫庭除图息影，莫疏鸥鹭话忘机。阮生忤世缘青白，陶令归田悟是非。忍把衰年闲岁月，等闲付与落花飞。

来　　燕

春分昨到燕今来，数入吾庐语似哀。更定新巢怜幕薄，重寻旧垒怕梁隤。双飞好趁微风去，独舞须防鸷鸟猜。与雀处堂宁得计？柳塘春暖任徘徊。

返国舟中别穆侄兄弟

暮云黯淡锁江门，握别舟中泪暗吞。信美南邦非我土，好携眷属返家园。

念奴娇·丁酉三月清明日集美新堤上，次东坡韵

双江重到，且停车，细看新成时物：历古行人兴叹处，砌就长堤如壁。浪转禾滩，潮回杏浦，十里江飘雪。昔年荒渡，只今南镇推杰。

同望集美新村，延平故垒，绿树争春发。鹭立沙汀鸥战水，风摆渔舟明灭。满路风光，游春士女，绿鬓扶黄发；也惊轻负，一年佳景三月？

陈子奋

陈子奋（1898—1976），原名起，字意芗，号颐谖、凤叟，斋名宿月草堂、月香书屋，画室名鸟石山斋，长乐人。中华人民共和国成立后任福建省政协常委、美术家协会福建分会副主席、福州美协主席等。著有《陈子奋画集》《颐谖楼谈艺》《寿山石小志》《甲骨文集联》《籀文汇联》《古钱币文字类纂》等。

《读画札记》序

学画五十年，所得曾几何？况复古传统，浩瀚如江河。百家争雄辩，万派殊臼科。芸案忘衰老，锦轴穷搜罗。虽庆眼殊福，终怜力无多。急起记之札，求友相磋磨。

题徐悲鸿照片

皓目四流照，隙小而无遗。大雅喜一士，如食之于饥。平生何所有，乃荷披肝知。誉之或过实，爱之宁非私。至老一无就，霜白生鬓髭。讵知金陵别，相见终无期。语声歇清响，佳作犹悬帷。掩窗坐风雨，双泪流交颐。

赠沈觐寿、胡孟玺

二友爱村酿，有杯手不放。万事付胡涂，况复老健忘。题册二十年，句好证心匠。忽看鬓变白，所喜各无恙。有酒下汉书，文情乃清畅。有酒助腕力，笔锋益壮旺。今与二君约，更当增酒量。行乐趁明时，或跻百龄上。

题印（二首）

一

入土千年字迹残，封泥漫漶失边阑。时贤都道追秦汉，一片庐山隔雾看。

二

也非秦玺汉封泥，自异双吴与老齐。窗日晴佳风又劲，磨刀独自割天倪。

赠潘天寿

雄豪霸悍阿寿叟，泼墨画荷翻一斗。题壁有诗黄山头，送客多情深巷口。

浪淘沙·题吴其泌琴谱

红日映窗深，惜墨如金。洋为中用古为今。遵着延安经典语，耿耿忠心。　　深巷昼沉沉。扶杖相寻。江风山月听鸣琴。四十年来追艺苑，我愧知音。

胡尔瑛

胡尔瑛（1898—1977），字孟玺，号酒隐，又号不值一文斋主人，福州人。早年师从林纾，曾任县审判官、县政府秘书，抗战期间在福建省府教育厅供职，后任中学教师。著有《酒隐诗选》《畏庐先生年谱》。

山斋即事

无数山光隔短垣，生徒问字偶过存。溪声绕枕喧能静，蕉影横窗昼易昏。借地闭门成好世，伤时得句托空言。黄钟瓦釜供微喟，不信吾身是素飧。

梦中得红豆一联，醒后足成之

苦吟枕上伴阶虫，不用奚囊得梦中。新酿酒如春水绿，相思豆共夜灯红。风情老去仍难减，诗句穷来尚未工。太瘦有人嘲饭颗，徒劳自问永无功。

忆螺江旧游

巨树当门荫倒流，却忘炎夏似凉秋。江声澎湃临螺女，山色青苍对虎头。曲水一泓澜起伏，梅花三树室清幽。摊书休日无来客，绕步今还念旧游。

山居闻蝉有感

又惊物候总关情，一样风前太瘦生。未脱身终依树苦，能吟声或在山清。也知残照原如梦，谁念人间有不平。最是听残才尽我，先秋鬓影已分明。

积雨数日溪流暴涨

寒生六月坐愁霖，门外溪洪涨已深。我自一身支八口，无田旱涝更关心。

论诗一首，呈郑棕舲丈

天放阁前草木苍，一老摊书殊堂堂。袖诗走谒顾莞尔，谓我七古非所长。岂徒落语乏盘硬，且惜笔力难恢张。从容为诵老杜集，洗兵忆昔诸篇章。并检去冬雪中作，对我朗吟声琅琅。我虽才薄坐自愧，此时顿觉肠生芒。遗山论诗久倾倒，愿持山石喧女郎。

李黎洲

李黎洲（1898—1977），字伯羲，宁德古田人。现代革命家、教育家、诗人。历任福建省抗敌后援会常委兼秘书长、福建师专校长、福建省教育厅厅长。著有《羲庐残稿》《清诗人张亨甫及其诗》等。

屈原逝世纪念日志感

合向斯人爇瓣香，餐英饮露不寻常。大名湘水流无替，元气离骚郁更苍。六国以还秦亦灭，南风终竟楚能张。神州芜秽今芟尽，长看幽兰领众芳。

题连城五香池

弥天烽火命如丝，想见摧花急雨时。自是临危甘顶踵，何曾赴义让须眉。收场兰艾争俄顷，触景沧桑付小诗。清澈一泓明月下，至今人式五香池。

注：明末，当地有五女遇盗不屈，投身自殒，故地名“五香”。

中秋遣意

天际商声一雁过，榕阴吾辈许婆娑。登楼何碍秋无月，倚杖终看海不波。酒次襟怀曾未老，吟边气类倘无多。平生便有黄河句，端恐旗亭不入歌。

读沈笋玉先生中秋长句题后

胜游瀛海记归航，诗似其人老更苍。过眼风云征塔影，填胸邱壑荐秋光。台澎吾土销兵易，文献新篇着墨香①。可慰苏河旧行客，即今民气压强梁②。

注：①先生所编马江船政史，叙事精审，为极有价值史料。②埃及宣布苏伊士运河国有化。

踏莎行　贞惠忌辰，悼梅抒意。

坐月绮窗，寻诗空水，年时影事如波逝。记曾共此岁寒心，冰山雪壑开天地。　　瘗玉成烟，返魂无计，送春鶗鴂空酬泪。昨宵萦梦岭南枝，依稀缟袂飘云际。

菩萨蛮·庭菊

一樽相对吾知汝，开迟未怨年时误。淡泊谢丹墀，风标是白衣。

悠然全傲骨，一笑空霜雪。盆盎托孤根，何妨瘦几分？

萨伯森

萨伯森（1898—1985），名兆桐，字伯森，自号听潮子，又号爽盦，晚号爽翁，蒙古族，福州人，祖籍山西代县。曾任事于厦门运副公署、福建省印花烟酒税局、闽侯印花税局、福州市政筹备处、福建佛教医院等部门，福建省文史研究馆馆员。著有《仁寿堂吟草》《听潮吟草》《识适室剩墨》《游踪梦影》《垂涎录》等。

福州西湖菊展

大好湖山在故乡，游人络绎赏秋光。亲朋孤岛休惆怅，归对黄花晚节香。

义心楼贴沙鱼

义心楼上贴沙鱼，宋嫂工夫似不殊。张翰倘教来作客，秋风未必忆莼鲈。

读叶剑英委员长向新华社记者发表谈话，喜赋

恭听佳音喜欲狂，同胞隔海定思乡。三通未遂情难恝，九点重申意更详。对等推诚商国是，回归团聚话家常。中华民族前程好，无缺金瓯永炽昌。

忆藏海园中壬秋阁落成诗会

藏海园中忆旧游，当年高阁建壬秋。许多座上联吟客，白发萧萧我独留。

注：曩岁值壬戌之秋，七月既望。鼓浪屿藏海园中壬秋阁落成，陈香雪老人代林菽庄主人（林尔嘉）发简招邀吟局。余年最小，幸陪末座。岁月不居，今周甲子矣。感赋小诗，曷胜怅触（香雪老人名海梅，乃陈培锟之父。当年培锟任厦门道道尹，将香雪迎养来厦，居鼓浪屿）。

忆题《青芝山志》

郑觉斋以所撰《青芝山志》一卷相示，浏览既竟，知此志分形势、岩洞、人物、艺文四门，馀为杂录，颇详晰，前有刘通、郑丽生、张宗果三序，叶逸凡及余题诗，范问照题词，林家溱作赋，皆旧雨也。喜右箴之愿已遂，因成七律一首，即寄与觉斋，枨触旧游，曷胜洄溯。

阔别青芝四十秋，孱躯无分续前游。鏖吟犹记来徵社，轰饮还思上可楼。[①]松叶求仙何处觅，梅花念友几生修。[②]相承冰玉勤蒐辑，一卷名山志已酬。[③]

注：①青芝徵社成立于五十馀年前，每岁重九，社人集寺中觞咏。可楼在琯江之滨，乃徵社附设之俱乐部。②“松叶满空山，仙人在何许？遗下三玉蜍，白日窥人去。”乃董崇相诗句。“满山松叶仙何许，几树梅花我不孤。”乃林右箴生圹联。③右箴欲修青芝山志，未竟而卒。今其婿觉斋辑成之。

连洛珊

连洛珊（1898—1992），字少鹤，斋名云水庐，龙岩人。省立九中毕业，后游学武林海上。历任泉州公安署长、新岩同志会长、旅外救乡会长等职。1933年起任职于厦门大学校长办公室。著有《武林杂忆》《海上杂忆》《鹭门杂忆》等，合著《竹园诗草》等。

清　　秋

小斋独坐远风轻，静听庭前叶落声。佳句每从新月得，夕阳偏向晚山明。寒塘疏影荷方尽，旧圃清霜菊又荣。对此眼前无限景，凭栏俯仰意纵横。

怀冰门老友

暮云春树忆丰仪，回首家山系梦思。具酒论文成往事，高轩赏菊又何时。丹青日作千重画，风雨夜吟万卷诗。白首红颜身益壮，南湖水上月华滋。

辞别岩中诸旧友

卌年做客等浮身，倏返犹如梦里人。落落故交头已白，依依风物景全新。十旬未尽偕游意，一勺难忘相待亲。逝矣流光今又别，何时得见鹭江滨。

贺冰门贤棣九十大寿

冰性勤聪颖，攻关不畏嵚。字追东晋体，韵接盛唐音。品德乡闾重，丹青海外歆。称觞遥祝寿，百岁武陵吟。

参观郑成功纪念馆

三百年来正气存，延平功绩八闽尊。鹭江东去滔滔浪，唤醒台湾故国魂。

缅怀黄花岗烈士

一死从容震九州，河山还我赋同仇。黄花岗上碑犹在，引领南天不胜愁。

元　　宵

元宵歌舞庆升平，佳节重逢又一春。火树银花明两岸，海天谁不念亲人。

余承尧

余承尧（1898—1993），原名自舜，永春人。先后就读于日本早稻田大学、日本陆军士官学校。回国后服务于军旅，抗战胜利后以中将退伍，经营药材生意。1949 年去台湾，后成为台湾著名画家。1991 年初在厦门置屋定居，直至逝世。著有《乘化室诗稿》三卷、《乘化室词稿》一卷。

怅　　望

怅望港边船不归，台湾海峡势多违。桃源青使无来讯，淡水春江有落晖。芳草但怀随野旷，布帆何意挂云飞？空濛雨色横天际，益觉艰难行旅非。

台南谒延平郡王祠（二首录一）

天高不老郑王祠，风起如闻败虏师。今日溪山归故主，当年戈甲定西夷。中原未复朱明祚，海外重挥大汉旗。最恨英年辞世去，回潮犹有昔时悲。

船抵高雄港即咏

穷海难容一叶舟，洪波汹涌感孤游。吞江巨浪湾前落，出塞长云雨后流。象外分明新蓼岸，烟中汩没旧沧舟。低回夕照霞光老，掠水飞沙自在鸥。

壬子春节即咏

不道浮云生与散，年年忽略世情疏。自来山畔林边住，淡薄生涯不问年。

过永春云龙桥

山高月小夜三更，隔岸桃花向眼明。静寂云龙桥上座，渔人何去水无声。

与吴守礼教授研讨闽南语

东宁旧学昔曾闻，不违故土发音纯。闽南之语中原系，寻源略辨漳泉分。勤收博集求不辍，东取扶桑古戏文。精真还向剑桥觅，得来校对尤殷勤。近时人士多研讨，辨别往往不如君。古音古语随口出，诗书经传方言存。闽南一隅文化古，华夏旧声岂妄云。多识古字声音辨，参之韵切详其源。语言在先文字后，有音无字枉纷纭。嘉君努力功必见，聊书数语揖清芬。

祝英台近

望巉岩，依翠树，花色浮江渚。怕到江头，春半多风雨。轻帆片片飞云，去来谁问。人远矣，斜阳归路。　　风柔渡，蹴浪花，舞沙珠。潮弄翻潮去，忍写柔肠，断断纤云绪。可堪白浪飞来，晴光如许，又历见鹭洲花屿。

吴普霖

吴普霖（1899—1969），字伯施，号天寥阁主，晋江人。旅居菲律宾马尼拉，长期担任记室。倡组菲律宾南薰吟社，以诗书名。著有《天寥阁诗稿》《天寥阁文存》。

先徵君遗著《守砚庵诗稿荷花生词合刊》告成感赋（四首录二）

一

等身先集昔亲编，剞劂蹉跎又十年[①]。历劫艰难存手泽[②]，馀生涕泪读遗篇。义熙甲子归田后，天宝干戈橐笔前。父执温陵留弁语，感音琴绪总凄然[③]。

注：①民国三十年辛巳以先集寄沪上付梓，未数月而太平洋战事起，遂以中止。②乙酉春菲京克复之战，携遗稿避难，幸逃燹火。③先集曾求序于苏浦世伯、菱槎社丈及家桂生夫子。

二

父书未读我滋惭，况复家传付蠹蟫。长记趋庭依砚北，不堪省墓阻桐南。关山黯澹新声倚[①]，金石琳琅跋语耽[②]。更向樵风寻坠绪，审音比律味醰醰[③]。

注：①庚申秋，先君自台北重游旧京，归止沪寓，舟车所至，填词纪游。②家居时以所藏金石书画自娱，著《守砚庵题跋》四卷。③晚岁耽于倚声间及音律，著有《词比》一卷、《词约》四卷。

近中秋小集次紫陌韵

异乡佳节近中秋，买醉江城怕上楼。地入炎陬劳北望，潮连沧海欲东流。冠裳漫拟收戈马，垒块难浇甚壑邱。扰攘乾坤何事可？一尊良夜思悠悠。

挽汪照陆年丈（二首录一）

春风杖履旧南天，主社曾留唱和缘。词客庚邮来异国，先人乙榜记同年。平生交数容斋挚，末祚才推钝老贤。事业名山无限恨，海桑何地著遗编。

出北郭过华藏寺喜晤铁庵

偶从北郭访名蓝，邂逅书家促膝谈。腕底雕盘风入寺，毫端蛟走雨穿岚。琳琅精舍碑千帙，璀璨梵宫佛一龛。法楫艺舟双彼岸，知君妙悟此同参。

壬辰元旦南薰诸子相邀留影

婪尾杯初罢，虎头画已传。言陪莲社侣，恰倍竹林贤。适兴联诗酒，怡情寄简编。拈毫争作赋，酬唱入新年。

次韵圭峰见赠

黉舍龙门峻，经时一面悭。秋怀天地外，诗思水云间。久客怜君瘦，无材笑我闲。随阳谋渐拙，倦羽共知还。

朱谦之

朱谦之（1899—1972），字情牵，福州人。现代著名学者。毕业于北京大学哲学系。历任厦门大学讲师，暨南大学、中山大学教授，1952年后任北京大学哲学系教授、中国科学院世界宗教研究所研究员。著作丰富，有十卷本《朱谦之文集》。晚年有《自叙诗三十四首》。

幼年杂咏（五首录一）

幼年哀痛过于人，凄绝孩提失两亲[①]。空有悼文遗子女[②]，尚留吟咏寄龙鳞[③]。花残月缺灯无色[④]，泪尽神伤意未伸。有风南陔吹苞棘，天涯从此便无春。

注：①四岁丧母，十一岁丧父。②母卒，父哀恸欲绝，手录遗稿，两志平生，附以悼亡之句凡一册，此为我所得于家之唯一遗产。③母有《咏松》诗云："立地参天一古松，风霜阅历独从容；漫嫌密密能遮日，且喜鳞高欲化龙。"④父悼亡诗有"花残月缺奈何天"及"伤心夜静灯无色"之句。

少年杂咏（十首录一）

少年破旧立新论，妄意人间有乐园。愿得少陵千厦庇，应如白傅大裘温。绿沉金锁全无用，蝉冕兜鍪不一存。梦想神驰空怅怅，白头剩有泪啼痕[①]。

注：①1959 年为纪念"五四"四十周年乃有《无政府主义批判》之作，彻底批判空想社会主义思想。

中年杂咏（九首录一）

中年折节抱虫鱼，过眼云烟万卷书。断简残篇窥不尽，开天辟地慧无馀。九流古怪争先读，四海新知正起予。绝业名山吾岂敢，等身著作此权舆。

老年杂咏（十首录二）

一

老年学习未为迟，辛苦酸甜只自知。七十光阴惭故我，三千弟子有宏规。读书万卷成何济，落纸空言实可悲。往事已同云雾散，从兹高唱太平时。

二

散诞生涯七十春，早年愚昧晚年真。三山五岳非名贵[①]，万卷千文未是贫。昔日哀伤云过眼，今朝苦乐雾中身。重来但愿成霖雨，世世生生更益人。

注：①三山，指出生地福州；非名贵，指出身家庭。

黄　羲

黄羲（1899—1979），原名文清，号大蜚山人，仙游人。著名人物画家、美术教育家，先后执教于上海美术专科学校、昌明艺术专科学校、集美高等专科学校、浙江美术学院等大专院校。有雕塑、篆刻、诗词等传世。著有《黄羲画集》《黄羲画学研究集稿》等。

刘阮天台采药图

刘阮天台路，于今百样新。车为流水接，物似白云屯。公社能营福，桃源难避秦。莫嫌归采药，草木异前春。

赠人寿

龙吟虎啸峙岚烟，百转溪洪尽几迁。龟鉴谈玄非问卜，羊裘将隐欲忘筌。庭前瑜珥奇编授，阶下环钗雅句传。耄耋飞熊应应兆，期颐长许佩荪荃。

题东坡笠屐

修髯野服写坡仙，笠盖双眉耸一肩。屐齿连江烟雨重，更从何处向诗禅。

题木兰从军图

铁衣窈窕代征尘，暗掩娥眉十二春。边月不知归梦远，殷勤照醒念亲人。

题梧桐寒灯仕女

小窗寂寞拥衾寒，挑尽兰缸影复单。最是西风吹雨急，更从何处觅徐欢。

题达摩佛

一苇渡江人，东来有几春。少林趺坐处，精魄贯青珉。

丘　洄

丘洄（1900—1954），名伯群，字洄，号百穷，别号花草主人，上杭人。花鸟山水画家。中学毕业后即辍学从事书画创作。先后在上杭和广东梅县、五华、汕头等地中学任美术教员，并设馆授徒，开设画店，又南渡星马、北上苏杭游历，举办画展。

屈灵均

昂头向天问，纵酒读离骚。江汉波涛涌，云霄日月高。

晚　景

白水鱼翻浪，青云鸟下林。夕阳补山缺，新月涤波心。

与高君在穗合照感赋一绝

不藉丹青入画图，人皆美满我清癯。重逢他日青云路，还认当年面目无。

题武陵独钓图

夏日炎炎晷影长，满江野草气浓香。武陵深处孤舟钓，渊水生涯心自凉。

题画竹

春风吹动数竿斜，泼墨淋漓两画家。湖上恰逢连夜雨，竹根应有笋抽芽。

胞兄在泉州当选市政协委员（二首选一）

岁序新春第一朝，酒酣泼墨兴偏饶。衰翁更比愚公壮，落笔须教五岳摇。

黄孝纾

黄孝纾（1900—1964），字颖士、公渚，号匑庵、匑厂，别号霜腴、辅唐山民、灌园客、沤社词客、天茶翁，福州人。历任北京大学、北京师范大学、青岛大学、山东大学等校教授。著有《匑厂文稿》《黄山谷诗选注》《左海黄氏三先生俪体文》等。

鹧鸪天

骋目高楼炙玉笙。欢丛长记绣春亭。曲翻玉茗歌犹咽，尊倒银蕉酒不停。　　心上事，负多生。烛奴相伴泪纵横。高邱终古哀无女，凄诉回风一往情。

暗香·为伯驹题红梅册，和白石韵

晕来血色。蓦眼中唤起，江城风笛。向晚一株，碧藓伶俜忍轻摘。芳帧番番澹影，还细勒、苔笺筠笔。但伴得、汐社传觞，飞蘂落吟席。

京国。旧约寂。共翠鬟暗移，换劫尘积。故山暗泣。红萼宜簪远成忆。休问湘春万树，凝望隔、平林凄碧。愿岁岁开更好，小园自得。

摸鱼儿·法源寺牡丹，用诵芬室主人韵

现庄严、华鬘世界，春心先已相许。天香缥缈倾城色，醉厌临风解语。漫延伫。怕绮梦、无端，忏尽云堂鼓。共谁小驻。看玉佩初翻，金裙乱舞，倚槛斗娇楚。　　无双艳，莫便相逢迟暮。及时为酹清醑。繁华休问平章宅，清净争如僧庑。春仍故。渺北胜南强，过眼纷无数。东风为主。任多买胭脂，升沉茵溷，未忍说相妒。

一萼红·暮春偕鹽弟瓠庵登崂山明霞洞观海

石栏阴。有缃桃一树，娇小不胜簪。箭路冲云，笋将穿岭，薄暮人意冥沉。碧山悄、松萝无极，渐梵呗、催起绕枝禽。青豆房栊，丹华洞府，且共凭临。　　缥缈隐娥珠阙，怕蓬山鸟使，易损初心。海外云来，中原地尽，还怜残客相寻。羁思共、灵潮朝暮，送春归、难买万黄金。刻意参天寻碑，不恨山深。

霓裳中序第一·青岛归途作

天涯雨似织。却背宾鸿归塞北。穷愁渐销酒力。正孤馆昼阴，虚檐烟涩。平芜自碧。渺去尘春伴孤客。家何在、瑶京梦浅，又被乱山隔。

无极。翠瀛荒汐。恼望眼阁扶片翼。灵修断无信息。长笛关山，虚舟踪迹。依依催去国。漫惜取投人短策。空回首、沉沉暮霭，潮落海天黑。

浣溪沙慢

槛侧旧树石，屏际闲烟障。翠阴院落，初柳官眉样。芳信暗促，一架荼蘼放。亭畔闲吟赏。真个养花天，却无端、游蜂酝酿。　　漫凝想。叹黍梦堂堂，又鸥天换劫，燕社送春，感旧成孤往。问讯水滨，年年笋争长。一醉欢无量。怎奈万般愁，酒醒时、依然怅惘。

谢云声

谢云声（1900—1967），原名龙文，南安人，幼随父迁居厦门。1922年任厦门同文书院华文部教员，先后兼任《江声报》《厦声日报》等报社副刊编辑部主任。抗战爆发后往新加坡，在中学任教。编著有《闽歌甲集》《灵箫阁谜话》《星洲集》《怀归吟》等，遗作结集为《来燕楼诗话》《海外集》《怀归集》刊行。

庚寅元旦书怀（四首录一）

乡俗还涂郁垒神，侵晨爆竹动周邻。海隅长阻真成梦，微抱初回待好辰。未卜归程听语燕，相期留命看扬尘。鞭轮莫挽羲和驻，寅岁将军要臂伸。

陈国珍学弟赴英留学，学成归国，过星相聚，片刻又别，赋此纪赠

天涯握手喜难言，似梦初醒合纪痕。挟策书生终有济，执鞭老朽尚滋烦。家山猿鹤知非旧，海峤亲朋幸过存。千里鸿毛希报讯，盘桓莫挽劝倾樽。

丁酉诗人节双林寺雅集

海角端阳久寂寥，惊心蒲剑挂门骄。一时济济存风雅，去日堂堂挽怒潮。古刹有情吾辈聚，骚魂无语美人招。诗人节史开前例，一吼狮城不世标。

南洋大学落成诗以张之

如火如荼盛一时，千年文化此支持。巍峨山阜开黉宇，蕴蓄才华立世师。惨淡经营遂初愿，硕闳建设待来期。联翩裙屐欢腾日，记否开山倡者谁。

湖楼觞月

一上穷千里，湖光四面青。珠帘凉卷月，画栋巧飞星。舒啸歌难已，流连盏不停。只怜为客久，身世感流萍。

丁酉元旦感作（八首录二）

一

去国瞬将二十年，家山面目觉非前。何当陆贾归装掉，阅遍长堤铁路连。

注：集美长堤及鹰厦铁路闻告落成。

二

电光石火去匆皇，久住炎荒习惯常。剩有箫心吹不得，腊梅开里想

家乡。

曾克耑

曾克耑（1900—1975），字履川，号涵负，又号颂桔，斋堂为涵负庱、罗盦、撄宁廙、天只阁等，闽侯人。系桐城派吴北江高足。曾任暨南大学教授和民国时期国史馆纂修。晚年寓香港，任香港中文大学新亚书院教授。著有《颂桔庐丛稿》。

答渔叔

平生九牧论交期，风晚才微辱见知。地负海涵终自惘，川崩山竭欲何为。大儒精魄追难复，诸佛威神接未迟。便拟摧烧文字了，独参般若断闻思。

次壮翁韵，送峻斋还昆明

寤寐孤衾窈窕思，好珍后约莫来迟。朱唇玉貌休疑梦，秾李夭桃要及时。三载泪痕青鸟记，双飞心事碧鸡知。多情欲语黄居士，倘有情天路一丝。

谢丹籍

谢丹籍（1900—1975），字鸿经，号仲文，宁德屏南人。屏南县医院中医师，并兼任中医研究所工作。被评为福建省72名老中医之一。有医著十余种，一百余万字。另有《梦草轩诗稿》《秋水山房酬唱集》手抄本遗世。

重游秀峰寺（三首）

一

楼阁清幽景未殊，老僧久去客怀孤。满堂佛像吾都熟，少个弥陀数不符。

二

前度刘郎行色匆，春风已过绿葱茏。后庭唯有杜鹃在，似解离情满眼红。

三

廿年再到倍依依，回想西窗景已非。剩有故人题句在，眼前顿觉灿清辉。

容拙轩杂兴

阅遍浮云意转平，酒诗无债梦魂清。书非时暇常难解，句索更深尚未眠。睡去不谙鸡报晓，醒来却困雀喧晴。散材畏遇搜林斧，拙若能容亦适情。

医馀感怀

退老隐山房，犹难稳睡乡。问津有西法，入梦杳南阳。欲把方书束，奚辞促诊忙。痌瘝难弃抱，拯溺等慌张。四诊原明委，私衷可酌量。法遵灵素旨，药按玉函方。气降地风息，火平既济凉。化痰宜判水，避疫必加香。真假分疑似，寒温细审详。阴阳防互隔，邪正认偏强。里实攻无误，表虚发有伤。一肩担祸福，三指判存亡。每治千般疾，均搜九曲肠。议方应慎重，认证勿荒唐。伐鼓凭桴应，立竿见影彰。套方难倖中，仁术异寻常。济世休矜技，回天不计偿。罕闻德报怨，勿认莠为良。病向邪神禳，身遭毒草戕。狂澜狂浩荡，坠绪坠凄凉。世态如云阵，医林亦剧场。堪叹佗与缓，被妒受罪殃。应羡陈和戴，扶倾世克昌。勿轻斯道小，愈历愈惊惶。

包树棠

包树棠（1900—1981），字伯芾，号笠山，室名无涯斋，上杭人。毕业于厦门大学代办的集美国专，先后执教于高等水产航海学校、昭昧国学讲习所，省立永安普专、师专，国立海疆专科，省师院等校，福建师范学院中文系教授。著有《汀州艺文志》《笠山诗抄》《笠山诗话》等。

庚子除夕

纪鼠吾生序又迁，徒增马齿愧前贤。二松丛竹寒斋友，百子群经旧业传。白屋能安毋辞岁，丹砂何用与延年。灯光灼灼添吟兴，一觉鸡声夜不眠。

哭家千谷先生（二首）

一

曲曲东溪抱草堂，须眉不照影加霜。遗篇手校忘寒暑，微命天留阅海桑。未报音书千里外，相思魂梦两年强。一经愧守鸿胪业，往教吾犹世道伤。

二

去日东溪旧草堂，书声寂寞水声长。拜床盲左头如雪，别梦无涯月似霜。一息慭遗几卫武，孤篇成录继维康。孰知风雨重阳近，闭骨穷山素旐凉。

游西禅寺

甲午大暑前一日，偕铁苍、道之游西禅寺（唐曰长庆），有赋。

三人出郭访西禅，绿野纡回度陌阡。荔子残柯天水种，伽蓝遗迹李唐年。力畴僧庶艰斯食，聚学群伦物可研。我爱昌黎非辟佛，娱游暇日共延缘。

己亥武夷游草

至天心岩永乐寺转九龙窝，观大红袍；登三仰峰碧云洞，频瞰崇安县治，咫尺武夷最高处也；过流香涧，泉石独绝。遂成长句。

万壑千岩随处生，大红袍茗最知名。高低山自云中出，曲折人从石罅行。日丽天心藏古寺，地穷闽鄙见孤城。厓泉独邃流香涧，一路琤琮碎玉声。

游塔江金山寺

初过洪塘路，清明烟雾微。一尘飞不到，众水去何归。无墜擎孤寺，有舟舣独矶。老僧同话旧，蔬笋供庖肥。

故乡风物——上杭城

之字江流曲抱城，水西渡口唤舟横。还乡浑似辽东鹤，雉堞苍凉晚照明。

洪心衡

洪心衡（1900—1993），号梦湘，闽侯人。曾任福州英华中学教员。福建省立师范专科学校国文科副教授、人民教育出版社语言组编辑。1956年之后任福建师范学院中文系教授。著有《东风引吭集》《汉语语法问题研究》《汉语语法句法阐要》《词的并列结构与古义》等。

喜玉梅盛开

都门过岁惜无梅，今喜玉梅三月开。万蕊迎风珠作串，千条拖地锦成堆。幸容南客心相赏，合谢东君力与培。不为多情怜好景，敢辞镇日独徘徊。

长安山师院春日

忆昔沦为荒秽地，而今广厦竞崔嵬。尽多生气书声满，别有欢情春色来。绕砌花枝舒好朵，沿坡树荫补新栽。凭高望远山群峙，一似中原后起才。

访鲁迅故居

怀贤过故宅，时节正高秋。名岂文章显，心尝天下忧。疾呼闻呐喊，热血见奔流。志行终无易，先生谁足俦。

望泰山

岱宗瞻望石岩岩，高绝天门待与攀。雄峙一方齐与鲁，敢言造极小诸山。

访林庚教授且喜其屋外丛竹为赋

闻久住京华，冠盖耻相逐。潜心游古今，著述盈千轴。谈笑生春风，扇人忧不足。名大弗自求，天涯有私淑。所居静且幽，沿窗一片绿。欲问此中人，但看户外竹。

绮罗香·夏意

荔子堆绡，瓜儿剖玉，莫奈夏长时节。午枕炎氛，一梦难寻蝴蝶。颇思量坐石林阴，更企盼卧冰洞穴。纵偷闲日试温泉，终还风趣半消歇。　　年时影事明灭，画舫湖西，轻楫划沉凉月；吟席楼头，丽句唱残红药。记不尽蘋馆幽踪，又几度荼棚芳约。总悠悠岁月无情，如风吹落叶。

琐窗寒·感念宋省予

花卉生涯，山川襟抱，画义吟笔。声华敛尽，一室独依岩石。怆秋风金井坠梧，故人何处寻消息。正满天星斗，云凄水冷鸟啼蛩泣。

沉寂。情偏激。对几上水仙，旧缘历历。逝川莫挽，却又眼前春碧。遍当时醉酒名园，论年最少良自惜。到而今约杳遨游，孰共匡庐觅。

沈　光

沈光（1900—1993），字照亭，漳州诏安人。诏安一中语文教师。著有《照亭吟草》。

夜宿琯溪

已过十馀里，呼船泊水涯。风来波小动，月上竹微斜。按谱频吹笛，谈诗续煮茶。一宵饶兴趣，聊以艇为家。

石榴洞故址

游人到此爱留连，绿绕翠环别有天。眮岃雄挥双健笔，栖迟欢聚七英贤。高风亮节声名重，佳木清泉景物妍。当日联吟碑记在，榴花照眼尚嫣然。

闻学宽学弟跌伤腿骨赋此慰之

爱汝方逢耳顺时，夕阳未必逊朝曦。多才岂止称歌手，一跌何能挫健儿。老骥长存千里志，劲松永葆万年姿。沈腰自笑枯杈似，早日看君展碧枝。

满庭芳·感怀

少不如人，老犹故我，贫士长被人嗤。送穷无术，从未展双眉。漫说寒窗十载，应窃笑、徒读书诗。终输与、工吹善擂，各自逞雄姿。

怡怡。予及汝，残书秃笔，永不分离。任呼马唤牛，只好装痴。早已认非作是，空慨叹、积重难移。君休奏，高山流水，此志有谁知？

沁园春·丹诏风景咏

丹诏风光，水秀山明，气象万千。有侯山胜景，诗人题咏；天开佳处，游客留连。漫步云根，频推风动，景物奔来到眼前。苍松下，听晶莹清澈，滴沥鸣泉。　　摩空渐岳多妍。更海月、中秋双璧圆。羡初稽悬瀑，喷珠溅玉，钟门巨浪，飞雪飘绵。樟朗春云，长湖秋水，妙笔成图景色鲜。观止矣！把千姿百态，写入吟笺。

许英三

许英三（1900—1993），原名隽杰，号许醉、饮三，莆田人。曾在莆田涵江任中学美术教师，后任德化第二瓷厂彩画师，以书画名。福建省文史研究馆馆员，莆田市首届政协委员，莆田市美协顾问。

题杏春弹琴写照诗

不是无聊是有聊，丝桐在壁早相招。波沉人影形如洗，船载琴声韵更娇。未似凉风吹午梦，可堪旧雨恼春宵。穿窗晓旭佳禽语，报道山行曳杖朝。

纪念李耕诞辰一百周年

一见知心自古难，书斋二老对相看。星辰有约邀君去，天地无情促梦阑。遗稿收成新画册，声名应占旧骚坛。布襟竹杖阑珊处，想见黔娄不畏寒。

过彭褰岭

木末明残月，行人无著鞭。羊群迷去路，鸟道入遥天。雾重晴挟伞，山高夏衣棉。故园何处是，东望海云边。

为埭里郑世荫写照题诗

不谈道释不谈仙，浪迹天涯又一年。管甚天荒与地老，任人呼我是疯癫。

浪淘沙·与三教友人同游九鲤湖

九鲤旧曾游，云水清幽。未穷九漈肯回头？啸侣高峰天相接，万籁生秋。　　鸟道去悠悠，危磴停留。珠崖玉筋望中收。大块文章惊绝妙，水峙山流。

水调歌头·韵和苏东坡

开瓮逢陶谢，好鸟闹春天。呼童汲水煮茗，溪水似流年。堤畔行吟来去，钟动隔江寺宇，夜话竹窗寒。送客衣冠免，游戏落人间。　　饮花坞，香半炷，午须眠。临流濯足，东邻笛叫月轮圆。难得听琴情合，雨后云填山缺，乞得名花全。快事寻常有，况有月婵娟。

刘孝浚

刘孝浚（1900—?），字晓村，福州人。民国时期曾在海军任文牍工作；中华人民共和国成立后，任福建省直机关业余学校语文教师，著有《聊复尔斋诗词》。

荔　枝

漫云身世侧生微，曾入昭阳伴雪衣。丹縠轻笼霞彩绚，绛囊新擘水晶肥。群芳谱记吾州最，新曲名曾昔日归。妃子笑时天下哭，色香犹是汉宫非。

金缕曲·1981年题鼓山诗社

共结红云社。想朋簪，风华謦欬，行吟山下。漾绿鳝溪春水涨，诗老烟簑学稼。待细把、林峦描画。麦垄飘香过十里，任榴花洞口斜阳挂。中好句，人难写。　　料量景色轻车驾。望高层，涌泉石鼓，僧伽闲话。几许游人停屐齿，数杵疏钟清夜。正晚课禅参初罢。培壅新葩贻后起，看他年韵事谁传者。期再约，荔支夏。

满江红·戊戌晋安河浚工

左海名州，旧曾是晋安郡邑。流风在、东郊河水，命名犹昔。佐汉匡唐寥落久，钓龙射鳝依稀识。剩当年胜事付渔樵，成陈迹。　　荦路辟，岳峰侧；联水陆，增沟洫。数明时经始，众心同德。夜月光生南浦涨，秋风水继东湖碧。听云车风笛数声长，如鲸吸。

庆春泽·辛丑禁烟纪念日

无饷堪筹，无兵可练，名言极谏当朝。君暗臣昏，宁知国本飘摇。楼船满载罂花乳，祸神州罪案难饶。痛煎熬，产荡家倾，骨立神焦。

雄风迅落夷酋胆，算虎门一炬，震慑天骄。横扫欃枪，几声霹雳咆哮。丰功换得伊犁戍，化穷边，变瘠培硗。待今朝，令闻重昭，鸩毒全消。

林惠祥

林惠祥（1901—1958），又名圣麟、石仁、淡墨，泉州石狮人。1920 年入厦门大学预科，后转入社会学系，1926 年毕业留校任教。抗战期间往南洋，1947 年返回厦门大学。历任厦门大学人类学社会学系、历史系教授，历史系主任，海疆资料馆馆长，人类博物馆馆长等。诗作收入诗文集《天风海涛室遗稿》。

厦门解放周年喜赋（二首录一）

鸦片寇侵已劫灰，沉沦百载剧堪哀。久经丑虏英倭暴，历受淫凶党吏摧。拯溺即今多国手，经营满岁见通才。馀生犹得同欢庆，一纸诗笺一酒杯。

送吾女安娜入军政大学（二首录一）

中华鸿运此时开，巾帼从戎亦快哉。齐唱新词前进去，竞辞妆阁参军来。双眉不为伤春蹙，一命拼教爱国摧。喜汝稚年能附骥，倚闾伫望凯歌回。

抵京后闻徐悲鸿先生噩耗，诗以志哀

迢遥方拟赋重逢，忽报高人弃世踪。艺苑有功推老马，尘寰无命叹卧龙。挥残双管纾邦难，剩有千图作画宗。深感同留南岛日，即今犹忆旧仪容。

国庆两周年诗以志喜

国庆双周届，欢声动海滨。援邻正克敌，建设又逢春。百载沉沦满，万方气象新。乃身逢此日，喜煞劫馀人。

鹰厦铁路完成志喜（六首录二）

一

武夷岭溃戴云摧，千里神龙奋迅来。缩地于今非幻想，长安咫尺不须猜。

二

孤岛风涛海里藏，驾鳌无术叹汪洋。行人车马安然过，请看双堤十里长。

李根香

李根香（1901—1962），原名李琨，字根香，号园丁，又号春蔬楼主，泉州人。毕业于集美师范，曾在泉州西隅师范学校任教。后旅居菲律宾，长期执教于菲律宾华侨学校。先后加入温陵弢社、菲律宾籁社、菲律宾南薰吟社和南社南洋分社。著有《春蔬楼吟草》。

奉和百嗤原韵（二首录一）

软红聊托迹，风物未缘悭。月色帘栊外，江声枕梦间。喜晴群雀喙，退院老僧闲。安得除尘鞅，杜门谢往还。

子鹤归自南岛次民华韵奉赠

客中归旆海之南，掠水轻帆胜驾骖。老去词源犹倒峡，闲来馀话续分甘。殊乡风月尊前赏，故国云山梦里探。谁似漆园文史富，骚坛从此作佳谈。

江楼困雨有怀天寥，即用移居原韵（二首录一）

谁令泛海远居夷，俯仰随人岂尔宜。心远未妨廛作隐，才高始信句能迟。临风怀想情无那，似水淡交意不移。千顷波澄秋月肃，为君竟日起相思。

悼明堂

误传消息到南洲，哭我情深感旧游。痼疾难瘳君不作，遗篇重检泪交流。更无说论能规短，忍说赓诗为应酬。此日长辞何限恨，凄凄寒雨北邙秋。

夹竹桃

渭州千亩思君子，人面桃花认旧门。长爱此花兼两美，凌云高节女儿魂。

椰　风

森森椰树拂云端，翠羽翻风泻急湍。一觉华胥回午梦，潇潇六月不胜寒。

陈明玉

陈明玉（1901—1967），字望翁，晚年自号紫霞山人，晋江人。旅居菲律宾。曾就读于厦门集美学校。旅菲经商之余，在菲华报刊及各诗刊、诗集发表大量诗作，屡次在菲华诗词大赛中获奖，参与组建菲华籁社、南薰吟社、逆旅大同盟等诗社组织。著有《陈明玉吟稿》等。

留别岷江诸吟友

旧好相知取次寻，离情翻比大江深。秋风故国黄花日，春酒新亭绿叶阴。生解风流堪抵掌，交非文字肯倾心？五更杜宇三更月，怕上江楼听笛音。

哭汪夫子照陆（二首录一）

悔将韵语落言诠，隔海长生谶憬然。月会三三人厄运，韶华七七佛生年。伫看诗卷留天地，不许吟才让鬼仙。一瓣香心万万古，风骚无际月无边。

注：夫子病中，予寄怀句云："几度雨丝风片里，为君隔海祝长生。"不料语成诗谶，后悔莫及。

甲午重阳次宜秋吟弟原韵

节届登高夜转凉，且谋妻子暖壶觞。杯从得句浮来白，花在无人爱处黄。豪气全消双鬓雪，吟魂半入九秋霜。予怀浩荡乾坤迥，尘世悲欢早两忘。

己亥客中七夕

雨帐云床月蹇修，仙缘曾此结风流。金枢太岁逢亥豕，银汉秋波送女牛。未免有情空握手，泥丸无鹊不髡头。侨乡十万双星宿，一样人天感别愁。

五五自寿并致鲤城洪词丈寿田、汪夫子照陆二诗翁（五首录二）

一

艾酒才倾五日罇，一篇自寿未成文。洪崖山色桃潭水，已涌诗潮寄北云。

二

秋来盼断几邮程，双塔迢迢水一泓。几度雨丝风片里，为君隔海祝长生。

沈剑知

沈剑知（1901—1975），原名觐安，以字行，福州人。1921年冬毕业于福建马尾海军学校，抗战前任江南造船所上校官，晚寓沪，能书善画，并擅长书画鉴定。著有《茧窝残稿》等。

游黄山宿文殊院，登梦像台晚眺，风劲月微，未能穷其胜概

中峰顶上结精庐，石破天惊一梦馀。重叠山围猿鸟国，微茫月出斗牛墟。知多灵境悬人外，定有遗踪閟古初。筋力半生轻掷尽，高台倚杖

转悲予。

家翘内侄婿远涉重洋观光祖国，喜慰之馀，奉赠小诗，以为纪念

珍重尊前见在身，摩挲白发倍情亲。归来已换人间世，指点江山日月新。

江楼九日

买得秋光不碍贫，一瓯哦菊度霜辰。长江入社无今古，独客登楼自主宾。船去船来心且住，窗明窗暗鬓常新。白鸥出没烟波里，政为难驯却可亲。

百丈台观瀑，既晴复往，则已涸矣

峻壁驱悬水，奔腾坠涧来。倒飞三尺雪，乱转一溪雷。晴到天无滓，枯馀石几堆。平生江海客，多病此登台。

庚寅十月十七日，硕果亭作放翁生日，分韵得未字

放翁慷慨耻和议，心有中原父老泪。生希飞将死鬼雄，安问此身诗人未。杜陵窃比稷与契，梦断朝班亦天意。难从李郭取功名，空共尤萧争位置。由来才命两相妨，世路崎岖蜀道易。是非万事赵家庄，惆怅残年禹迹寺。大江终古几斜阳，莫厌吾曹饮文字。幸能及见九州同，何必告翁定家祭。

注："生希李广为飞将，死去犹能为鬼雄。"皆放翁句。

苏福畴

苏福畴（1901—1980），字小沤，号笑鸥，别号卧云少主，龙岩人。省立九中毕业，后就读全闽法政学校，历任溪口县佐、北洋政府法部典薄。曾任高级军法官，抗战胜利后参与审判日本战犯和汉奸。后去职执律师业。东渡台湾后参与创办台北龙岩同乡会并任理事长。

忆卧云楼五首依万卷楼主人原韵（五首录三）

一

一角楼台萦短梦，千山云树望南天。干戈乱后今无主，风景依稀独怆然。

二

梁间巢燕衔云衤卜，水面浮鱼解听经。最忆黄昏僧饭罢，数声疏磬入楼清。

三

自别山灵事事非，蹉跎湖海竟忘归。心如在岫云还冷，乌鹊无枝欲倦飞。

通心曲（二首录一）

海誓山盟总是空，经年消息断来鸿。欲乘双子星飞去，又恐仙凡路不通。

七十贱辰奉酬诸吟长

易老冯唐亦可哀，几时漂泊到蓬莱。艰危我负生斯世，樗散天胡寿不才。少日交言闻道晚，匹夫无罪洗冤来。吟朋珠玉还相警，尚有移山志未灰。

精 忠 柏

亭外起风波，忠奸莫辨何。沉冤骄铁马，铸佞肖铜驼。生欲南枝壁，死无向北柯。人间霜雪满，一木更嵯峨。

忆 岭 梅

归梦天南岭，山川剩劫灰。数枝常斗雪，一萼久含梅。冷艳魂难返，黄昏瘴不开。醒来仍是客，蜡泪对残杯。

包天白

包天白（1901—1986），名贞孚，字天白，号曼郎，上杭人。上海公学毕业，后就读于神州医学院，曾任上海中医专门学校和神州医学院教务长，后移居香港，创办中医学校。1976 年到台湾，任台北中医学院教授、系主任兼台湾中西医学院副院长。著有《天白诗词选》《基本诊断》等。

甲子七月望夜昙花喜开并蒂

侧叶连枝并蒂开，九嶷双降绿华来。霄迎弱质怜风露，月送清香染砌苔。一现多情惊绝艳，相看无语费疑猜。优昙妙法谁真悟，笑约牛郎共酒杯。

悼亦圆

微吟摇落动天涯，圣夜何堪去鹿车。入网明珠应有泪，离巢雏燕岂无家。卅年湖海存豪气，五载蓬莱失枣瓜。他日楼头争韵处，一瓯愁对北山芽。

台游将归赋别友好

一番春事付芳菲，陌上须歌缓缓归。今日平原犹恋恋，故山云树总依依。黄梅做雨催诗起，翠柳摇烟带梦飞。要乞东皇重许我，不教红瘦绿轻肥。

妈祖庙顺承门

碧海冥濛不可望，顺承门外有沧桑。百年宫殿风沙里，一角芜城倚夕阳。

西瀛观音亭望潮未至

长思旅梦望潮回，未见银涛舞月来。晼晚凉风吹短发，江湖余涕不胜哀。

明故宫酒家午膳

楼上帘招有好风，依微乡味旧家同。停杯杜老愁霜鬓，红袖双怜出故宫。

归　途

迤逦归途日欲斜，蔗屏蕉障隔人家。此来绿浅春无迹，圃里偏怜菊早花。

林朝素

林朝素（1901—1993），泉州石狮人，李根香妻。集美女子师范学校毕业。16 岁时协助其父在家乡永宁创办竞新女校，后担任校长二十多年。1940 年起相继在晋江多所小学任校长。1980 年后曾任泉州市政协委员。

元宵前接在台亲人家书感赋

乍通鸿雁慰平生，酬却白头梦里情。一掬盈盈思母泪，几回款款唤儿声。卌年生死倚闾痛，数字家书释得平？何日江山归一统，离人长聚月长明。

元宵怀念在台儿子

顷刻浑忘鬓发斑，月圆灯火满人寰。卌年多少倚闾泪，会向春风度玉山。

复夫诗简

笔锋如剑芒，割取我柔肠。飘泊天涯子，直须还故乡。

郑超麟

郑超麟（1901—1998），漳平人。1919 年旅法勤工俭学，后到苏联留学。1924 年回国，出席中共四大、五大和八七会议，任新党报《布尔什维克》主编。后成为托派在中国的代表人物。中华人民共和国成立后入狱多年，1979 年恢复自由，任上海市第六届政协委员。著有《郑超麟回忆录》《玉尹残集》《怀旧集》。

深秋杂忆（六首录二）

一

芦花别有好丰姿，仅见园门袅数枝。因忆故山溪水上，年年飞雪晚秋时。

二

霜稠篱菊委尘埃，忽有红花五瓣开。未得诗人吟晚节，只缘新自泰西来。

步韵和羊牧之赠诗（四首录一）

婆娑春梦近温馨，忘却如今异幼龄。缚虎擒龙非我事，枪林弹雨旧曾经。

诗人行——六十自寿

少年有志作诗人，秋月春花学怆神。不写欢心写愁思，明知无病谩呻吟。现实严师督促忙，无心再访浪漫娘。但求理解是与非，不愿欢笑不伤悲。斗争数十年，幸未赴黄泉。尚占人间一席地，萧萧华发戴南冠。吟诗不觉旧技痒，轻弄笔头写惆怅。少时每恨愁无多，如今愁大如天样。今年甲子恰重周，捧觞称寿有温柔：诗篇数十作寿酒，少年雅志今得酬。诗成无人赏，留与秋坟听鬼唱。

绛都春

生涯何似？似生圹砌就，盘旋圹里。一息尚存，渴饮饥餐离人世。此身本有千丝系，剑斩断血淋心碎。有情翻羡，山中块石，不知年岁。

憔悴，鬓皤腰瘦。幸方寸未乱，是非能理。两耳尚堪，透过重墙闻歌戏。寂寥尚有心园憩，任采撷愁花恨蕊。词成付与秋坟，赚谁落泪！

摸鱼儿

纵多回人间换世，江南依旧佳丽。少时羡慕苏杭好，说与天堂相似。曾系寄，带铁索银铛，共步苏杭市。运河景美。记炮艇护航，囚徒押解，船过太湖外。　　松陵路，亲见长桥横水，波光山影明翠。追思张翰秋风兴，顿忆莼羹滋味。生此地，惜时值中春，未见琼丝缀。相思梦里，愿一舸秋游，豉盐拌菜，数箸且尝试。

念奴娇

西风重九，记童年往事，悲欢交集。青草枯萎黄菊绽，杖履曾陪父执。明寺门廊，西山绝顶，几度当风立。众峰罗列，一川寒水流急。

卅载抛撇家门，平原作客，无处寻山级。篱菊山松无恙否？闻说寺馀焦壁。啸傲烟霞，流连诗酒，后辈何人习？千年华表，行看孤鹤临泣。

叶国庆

叶国庆（1901—2001），字谷磬，漳州芗城人。厦门大学历史系教授。长期兼任厦门大学人类博物馆馆长。晚年归居芗城。曾任福建省诗词学会顾问、漳州市诗词学会会长。著有《笔耕集》《笔耕集续编》。

喜漳州市诗词学会成立赋此就同仁请益

龙湖奇句振吟风，七子伭云志气雄。浩浩芗江诗侣在，逍遥健笔继芳踪。

注：《漳州府志》三十卷：伭云诗社七子为张燮、蒋孟育、高克正、林茂桂、王志远、郑怀魁、陈翼飞等人。

黄道周诞辰400周年感作

乾坤淑气钟闽海，诞降词臣第一流。答问榕坛宣礼乐，涤陈帝座斥賨莸。敢将血肉裹仁义，犹有英威慑寇仇。未克挥戈回落日，明诚二字足千秋。

题陈元光陵园

畿荒一德见真铨，绥抚南闽屯火田。唐化唐人夸海外，英雄英气贯天边。回收兵革孜耕种，建设书城眷圣贤。朗颂功勋俱啧啧，陵园闲步仰飞鸢。

东郊散步

闽越于今断瘴烟，奇花异卉引游仙。远山破雾龙抬首，大树摇风笔扫天。珠缀荔枝红艳艳，香飘莲叶绿田田。芗江鱼米人温饱，不羡王侯万贯钱。

漳州建制一千三百周年纪念（二首）

一

千百年前创大业，泉潮之间建清漳。祖孙父子定荒服，礼乐书诗化海疆。笑把甲香赠北国，喜看闽士著文章。里邻馈问姻亲在，秦越一家卜世昌。

二

放马西林息战尘，漳江将士计谋新。招亡不用逞兵刃，编户何须辨越秦。一卷龙湖功补史，高吟燕翼气通神。渐知炎域风光好，共庆嘉禾两度春。

龚礼逸

龚礼逸（1902—1965），名纶，福州人。福建省文史研究馆馆员。著有《意在楼吟稿》《寿山石谱》等。

小孤山

冬旱水涸，不涉可登。

江行看山日百变，晖阴朝夕自易倦。曲终人杳已牵情，绵邈愁心更何恋。凭舷举首惊突兀，盈盈凌波此殊绝。危亭有客似相招，浅步接畴应可越。我舟西上江自东，峨峨髻鬟烟雨中。回头怅送渺无睹，欲乞丹青难为容。

寄怀范梦樵

少年跌宕喜权奇，一别相逢鬓有丝。不酒而狂终胜俗，因贫得健可无诗？是非论世悲歧路，语默从人赌局棋。时节听蛙尤念汝，懒抛心力辨官私。

游石鼓山白云洞宿（二首）

一

迈崖云袭衣，投林月窥面。别崦有人家，一径细如线。

二

灯火城万家，松月庵一榻。云海忽平铺。天风自鞺鞳。

不　寐

苜莉舒馨夜气清，虚廊风过沸虫声。幽怀牵梦浑无那，自起推窗对月明。

建瓯旅次

辨得溪声与雨声，中宵盈耳转分明。非关客枕难成寐，只为嘈嘈尽不平。

黄廷璋

黄廷璋（1902—1983），小名勤兜，字玉樵，宁德蕉城人。毕业于福建英汉格致中学。执教五十多年。系宁德鹤场吟社、福州说诗社社员，诗作曾得到近代名诗人陈衍赏识。著有《竹溪书室诗稿》三卷。

游东湖感赋

烟波壮阔水无边，大泽东移思浩然。燕子今年飞海去，争传故国换新天。

春日游霍童山（口占二首）

一

春来宜雨又宜晴，幽谷流莺隔树鸣。独立高岗凭眺望，苍然三十六峰横。

二

欹危窄径步迟迟，愈入深山景愈奇。为爱霍林春色好，夕阳无语立多时。

怀林圭甫文瑄夫子

回首莲峰梦一场，三年曾记托门墙。学诗常对窗前雪，问字不知楼外霜。去后文章馀蠹简，别来明月满吟床。城南我欲重来访，载酒临风吊白杨。

漳江夜望

凭栏四顾意清凄，夜色苍然雾气低。几点流萤明乱苇，数声村犬吠长堤。潮回港口渔灯集，月暗江隈舟舍迷。遥望三都无限感，奚堪闻笛小楼西。

和周祝声预营生圹原韵

知公荣辱已无瑕，老去先营身后家。诗句勒碑留韵事，杖藜扶梦感年华。但求息影盟幽埌，莫为埋香怨落花。好向青山开笑眼，桑榆晚景看余霞。

叶可羲

叶可羲（1902—1986），字超农，号竹韵轩主人，福州人。1925 年入北平艺术专门学校，曾师事何振岱。民国时期执教于厦门、福州多所中学。1983 年受聘为福建省文史研究馆馆员。有《竹韵轩集》。

观　　海

千顷琉璃涌翠澜，水天一色望漫漫。河流何事分泾渭，万派能容羡尔宽。

万松湾散步

松心鹤性本相投，清籁鸣泉自唱酬。一径浓阴同信步，凉云冉冉夏疑秋。

送奇如赴沪

少年离别已堪伤，况是衰迟鬓有霜。昨日湖光曾影并，如今堤柳引愁长。光阴垂老容轻掷，言语临歧倘勿忘。多少游踪应记省，淞江信美总他乡。

咏　　蝶

映日蹁跹影，缤纷五色衣。草梢和露宿，花底带香飞。却讶霓衫妙，翻疑粉本非。何当齐物我，欣戚两忘机。

人月圆·庚子元夕

星球火树韶年梦，梦境尚依稀。春灯黯淡，芳樽寂寞，情景都非。

赏春有侣，风光解惜，且遣愁思。古梅相畔，圆蟾影里，同赋新词。

蝶恋花·七夕

弦月娟娟风款款，屏际秋光，如水凉痕浅。银烛销迟人欲倦，瓜筵梦里依稀见。　　踪迹天河凭隔断，一缕柔情，尽把双星绾。灵鹊愆期劳望眼，桥成可奈宵将半。

陈铁城

陈铁城（1902—1997），谱名坤生，学名玉钰，字元培，号铁城，室名铮庐，龙岩人。省立九中毕业，后就读于上海新中国医学院和福建甄别医师班。曾任龙岩医学会医务部长，系龙岩名医，擅诗书画。原龙岩地区诗词学会顾问。

乙亥深秋中山公园菊花展志盛（八首选三）

一

层层叠叠九重山，簇簇群芳绕膝前。不是雁声惊九月，几疑人醉杏花天。

二

小似星星大似盘，环肥燕瘦尽鲜妍。要知多少辛勤日，才得眼前一瞬看。

三

千红万紫向阳开，缕缕清香拂面来。独立花前人欲醉，悠悠无奈总萦怀。

赏月并祝卫星上天（二首）

一

一声霹雳破长空，惊醒嫦娥睡梦中。从此春心关不住，红星已叩广寒宫。

二

狂欢醉拂晚来风，昂首高歌一曲红。今夜举杯邀明月，明年举酒月球中。

陈雯登

陈雯登（1902—2000），漳州东山人。1922 年受陈嘉庚先生之聘，任新加坡爱国学校校长。1930 年辞职回国，任南京遗族学校教导主任。抗战胜利后，督学台湾。1963 年随宋美龄赴美，任西雅图大学伦理学教授。

思　父

西望故乡怅白云，谆谆庭训裕后昆。祇今海宇多成器，最是伤心父不闻。

一九七八年春游星洲书赠星洲东山会馆

君自故乡来，应知故乡事。苏峰长拱秀，石斋垂青史。才人复辈出，济济有馀子。一岛海隅悬，岛上少稷黍。望海以为田，民生多仰此。敦厚我民风，性天独进取。历涉七洲洋，溯自远祖始。创业常艰难，勤劳无休止。今日辄有成，奋勉永所矢。美哉离乡人，将之耀桑梓。

九十感怀

今年逢九秩，亲友共称觞。才疏与识浅，门第唯书香。业由执教起，作育在春庠。中枢授所命，劝学驰八荒。桃李添新秀，菁莪竞吐芳。半生为教育，夙志勉云偿。忧患邦多故，匡济喻苞桑。宪制启新页，庶政谋以臧。膺选参国会，宪坛事赞襄。无忝斯职责，建策亦将将。在昔贤内助，鸣案咏相庄。当前众儿女，孝友秉纲常。瓜瓞滋蕃衍，五代同一堂。缅怀我祖考，萼楼遗爱长。为善当最乐，男儿好自强。庭训犹在耳，盛德其无忘。九秩焉足纪，移作望云章。继善崇先泽，馀庆兆家昌。两岸今何苦？蛮触斗未央。企盼升平近，谐和诚可量。中华呈一统，是处更壶浆。

原注：先公生前居所称萼楼，号萼楼老人。

谢凤唫

谢凤唫（1903—1978），字兆华，宁德周宁人。小学毕业，潜心自学，致力教育事业，曾任赤岩小学校长。著有《乐天室诗草》两卷四百多首，是周宁现存1949年前私人四诗集之一。

田　　家

草屋几间护短墙，桑麻场下畜牛羊。蓬门父子犁锄响，篱内啼鸡午饭香。

秋日过西溪庄（二首）

一

溪头秋色乱成堆，醉逐西风几度来。应与黄花多预约，年年相对笑颜开。

二

樽前儿女会相欢，草草吟成宇宙宽。毕竟山村风味好，嫩姜肥蟹饱加餐。

自注：该山人以姜蟹供余午膳。

春郊晓发

一雨便新晴，天寒人不冻。恨煞黄莺儿，啼破晓窗梦。早起轻骑去，闲把笛三弄。郭外微风生，山川笑容动。东皇觐余来，惠我春满瓮。道旁桃李花，嫣然解相送。

初　　秋

井桐叶落影生愁，永夜无情独倚楼。短笛数声天地晓，寒风一夕海山秋。菊花预醉陶潜酒，霜露初惊季子裘。安得弃家千里去，卧看芦荻送扁舟。

沈雪夜

沈雪夜（1903—1981），号雪道人、松菊老人，漳州芗城人。曾在龙溪、双十、大同中学及漳州二中任教。有诗名。遗稿由学生辑为《雪夜诗存》。

七夕有题

有蟹霜溪频贯酒，无蝉柳驿亦题诗。老酬令节翻迟钝，睡过鹊桥嘉会时。

访友不遇

交情嵇吕隔西东，宅徙寻君址弗通。恕我暮云春树里，锦书无处托江鸿。

秋翁见寄龙头吟

彩笔绘龙女，娇艳寄幽情。我诵龙欲跃，窥牖旅魂惊。僧寺壁偶破，叶公妙点睛。锦书传柳毅，佳期卜君平。何时一壶茗，招君仔细评。

题叶翁谷磬学兄港桥头新居

霞东拣胜卜幽栖，买得新居花满蹊。野客可曾将鹤赠，骚人料应有诗题。琴樽娱榻茶烹陆，花鸟窥窗画读倪。最是敲门无俗气，钓船斜系港桥西。

清明节谒闽南烈士墓

华表褒忠谒绛霄，一溪环抱众峰朝。丹心贯日旌圆嶂，碧血幻虹拱彩桥。马饮龙津勋世炳，旗悬虎岭美名标。闽南胜迹雄风在，剑气频惊转斗杓。

客　来

活计蜗居雅趣存，客来煮茗涤襟烦。灶烧武火汤翻鼎，瓢剪香涛乳注盆。葵扇摇轻风力饱，铜瓶沸聚雨声喧。戏呼陆羽商茶事，更扫花墀好置樽。

刘铁庵

刘铁庵（1903—1986），名钢，字子骏，自称鹭江人，厦门人。毕业于厦门医专，20 世纪 30 年代在厦以中医为业，并以诗书篆画名。1938 年厦门沦陷后，与苏警予诸名士南渡菲律宾，后在马尼拉行医。晚年归故乡，病逝于厦门。有《铁庵印存》、诗集《铁庵诗存》刊行。

中秋夜晤瑞今妙钦善契诸上人于信愿寺

晚风飒飒日昏时，缓逐轻车向寺驰。愤世金刚皆努目，悯人菩萨亦低眉。一轮皓月欣同语，六度精严喜共持。底事尘缘能解脱，颇思遁迹隐峨媚。

清和住持八秩大庆

曾向玄门结胜缘，恰如净检现身前。度人善用利他行，闭户安修自在禅。只有慈航扬圣教，更无鹿迹上心田。精神已入莲华藏，祝嘏何须计大年。

注："慈航"，杂志名。

挽吴普霖

金石论交卅载馀，每逢黄菊便相呼。论诗可许知三昧，治学无惭富五车。笔法管亲锋欲敛，豪情犹忆酒初酣。何期微疾缠绵后，竟谢尘寰赴太虚。

赠演培上人

山中唯习静，久不问桑麻。新月窥禅榻，上人转法华。如亲临济棒，共啜赵州茶。我亦思燔发，严著一袈裟。

赠张纫诗女史

炎域知名久，缘悭识面迟。廿年勤雪案，一艺擅秾枝。妙咏香兰句，周游海岳奇。青山如可待，为写牡丹诗。

怀李绣伊

自从惊屿挹清芬，每见梅花便忆君。紫燕金鱼无恙否，恼人坡老误传闻。

陈明鉴

陈明鉴（1903—1988），闽县人。1927 年毕业于福建协和大学哲学系，并留校任职。1950 年到厦门大学，任财政金融系教授、系主任，图书馆馆长，并当选厦门市人大代表、担任政协委员等。1976 年退休后回福州定居。当选为民革福建省委常委、顾问。系福建省逸仙艺苑首届理事长。著有《存可庐诗稿》。

周恩来总理挽词（二首录一）

跃进方虞力，红都陨巨星。居行同掩泣，中外叹遗馨。济变能持正，扶危不独醒。广场三百万，愁对海天青。

晨热漫步西湖

侵晨犹暑气，柱杖水边行。乌噪馀温树，鱼穿改色苹。荣枯原造化，醒醉各平生。昂首唯前看，何须浪计程。

立冬前书怀

爽气濒冬转郁纡，宵眠昼起两愁予。沉阴翳翳游无侣，默感深深食有鱼。直道险遭时势毁，立身真愧识才疏。风雷但使长相契，八骏如云望眼舒。

忆

九曲亭阿路几千，争教同调不同弦。珮环北送迎风辇，襟袖南招鼓浪船。留枕有情疑隔世，问花无语记当年。而今楼阁还人境，鹊噪莺歌得稳眠。

卢嘉锡院长工作五十周年志喜

当年共事羡鸿才，指点躬承眼界开。科学层峰辛苦越，欣夸泰斗好音来。

李挺病中属题书法集

童年花巷共牵裾，投老犹能瘦硬书。往事成尘堪一噱，病怀宜寄更宜舒。

潘希逸

潘希逸（1903—1989），字樵云，号月笙，南安人。上世纪 20 年代与诗友组建春晓诗社，并加入泉州续桐阴吟社。1942 年在永安加入南社闽集为社员。曾任晋江南侨中学教师。福建省逸仙艺苑诗社、刺桐吟社社员。南安县第四届政协委员。著有《盂晋斋诗存》。

闲居有感

沧桑增感慨，鸿雪记依稀。放眼乾坤大，惊心日月移。亲恩怀罔极，友谊爱长期。细数平生事，何从慰所思。

春日写怀（二首录一）

容易浮生七一春，眼前万象又更新。畹梅蕊放添幽韵，园杏花开不染尘。幸沐钧天甘雨露，静观深谷老松筠。毛锥似觉消锋锐，人海徒劳写受辛。

罗稚华诗友书赠诗笺和韵以报

仙岛蓬瀛不老春，爱君风骨独嶙峋。名缰利锁黄粱梦，鹤发童颜太古人。酒满金樽花醉眼，诗描彩笔月盈身。待邀沧海辉犀照，共叹奇观认秘珍。

重抄潘诗泓《桐轩吟草》有感

梧桐叶落正秋深，回忆诗人费苦吟。旧句重抄沾热泪，新坟怅望失知音。魂归华表悲黄鹤，梦断蓬山隔故林。留得生前心血在，千秋似听伯牙琴。

天心洞观瀑

林外遥空望杳冥，悬崖瀑布作琴声。龙潭碧水深千尺，照见禅心分外明。

眼儿媚·登漳州芝山远眺

攀藤附葛上芝山，路险不辞艰。三亭鼎峙，百花吐艳，万树绿环。

九龙江曲城关绕，美景满人寰。绮楼林立，农庄棋布，烟霭联绵。

俞啸川

俞啸川（1903—1989），名清泮，字学官，号啸川，又少川，晚年又号愚叟，晋江人。1920年南渡菲律宾谋生。回国后曾任厦门晚报社副刊编辑，并在家乡夜校任教。新中国成立后，任职于安海工商界，曾任晋江县政协特邀委员。著有《啸川诗文集》。

有　感

浮生自料已无多，对镜愁看两鬓皤。七四衰翁惊世变，三千弱水逐流波。枯株不茁回春蘖，垂老难挥退日戈。年矢无情催羯鼓，花前那惜醉颜酡。

感　怀

风情渐老见春羞，傲骨成灰恨始休。酒债如完方撒手，尘缘未了怎回头。谁同高洁云中鹤，我契幽闲水上鸥。七十八年惊一梦，梦中做梦且淹留。

落　花

横遭暴雨与飙风，一片西飞一片东。蝴蝶梦中魂已断，杜鹃声里恨难融。忍看艳骨埋青冢，应化春泥护绿丛。待得时来香更烈，不须惆怅悼残红。

古长城

蜿蜒万里走长蛇，雄踞淆函作帝家。硎谷折拉方肆虐，阿房兴建亦穷奢。心惊博浪英风急，魂断沙丘落日斜。边塞烟墩烽不举，犹闻朔漠响胡笳。

访南天寺

寻胜探幽古寺前，莺花三月艳阳天。摩崖自昔光先哲，勒石于今继后贤。灵鹫宝山吞雨雪，泉南佛国卧风烟。海鸥真迹梅溪笔，各有千秋互挺妍。

敬步郭沫若院长咏安海五里桥原韵

天下无桥长此桥，石镌联语未全消。风帆渔火回青渚，云影波光漾碧霄。却信留侯曾拾履，休嗤梦得怕题糕。安平胜景知多少，锁海长虹练一条。

钟震瀛

钟震瀛（1903—1991），谱名洪音，学名震瀛，字实君，上杭人。北平工业大学毕业，任职铁道部门，抗战胜利后调往台湾铁路局。历任台北督导区主任、代总工程师、秘书、研究员。1970年移居美国。

怀故乡

儒溪半曲抱村流，来去无踪出进幽。矮寨书声禽伴奏，临江潭邃鲫浮游。河川狭岬秤勾角，闾里腴田幄斗丘。吾家广袤大夫第，门对青山碧绿畴。

注：矮寨、秤勾角、幄斗丘，均村中小地名。

八十述怀（二首）

一

虚度韶光八十春，新斑两鬓白如银。云山多是客中望，梓里偏从梦里亲。差幸身躯犹健朗，也曾肠胃发愁颦。昂藏七尺徒辜负，老到他邦作顺民。

二

古稀诞日在俄州，曾有诗篇记壮游。纵目海洋登险岬，骋怀都市上高楼。十年羁旅留乡梦，万里家园动客愁。儿女多能敦品学，荆妻偕老复何求。

注："登险岬"句，指 1972 年 8 月游加拿大诺佛斯科厦、卜利敦岬高地国家公园。"上高楼"句指登美国纽约摩天楼，曾数度登上第一百零二层。

谢肇齐

谢肇齐（1903—1995），武平人。集美高级师范毕业，入黄埔军校第五期受训并参加北伐，曾受派往英国皇家陆军学校深造，毕业后回国参加抗战。历任国民党军师长、副军长及军校教育长、陆军军官学校校长等职。1949 年去台湾，曾任黄埔军校校长等。退役后任台大英文教授。

除夕思亲（二首）

一

忆昔从戎远别时，依依欲语竟无时。阿娘含泪频相嘱，除夕团圆归莫迟！

二

迢递关山归梦赊，年年腊尽在天涯。何当合宅同归省，莱舞庭前笑语哗。

观京戏《追韩信》（二首）

一

国士宁辞万里求，汉初三杰尽归刘。怜才莫谓寻常事，此道如今已不留。

二

身悲治粟知音少，铗唱无鱼感慨多。自古英雄常寂寞，人间难得是萧何。

夜　归

公罢归来月满衣，远村灯火二三微。流萤点点催诗绪，乱逐马前马后飞。

春郊试马

余寒阵阵晓风轻，十里桃花照眼明。马上喜吟新得句，枝头惊出乱啼莺。

童庆鸣

童庆鸣（1903—1998），连城人。早年到广州求学，参与创办《汀雷》杂志，后随北伐军返乡。任连城县立中学、私立明耻中学校长。中华人民共和国成立后任连城县政协常委。原龙岩地区诗词学会顾问。

游连城石门湖

此日同俦趁晚秋，石门湖上泛轻舟。山回水绕风光好，胜似五湖九曲游。

步罗启钊老师《怀念》原韵

志同安久论，道合敢云师？把臂常嫌少，抒怀只恨迟。诗歌权作伴，山水结相知。莫说黄昏近，怡情正及时。

雁门书院落成

雁门书院踞山头，俯瞰全城眼底收。背负双峰千仞障，面临九曲一川流。飞檐斗拱叹观止，彩栋雕梁莫匹俦。寄语旅游风雅士，诗情画意此中求。

登国家5A风景区连城冠豸山揽胜

豸山佳景久驰名，迭嶂连云百鸟惊。双顶如冠拔地起，一峰似烛向天擎。莲花洞里熏风爽，金字泉中顾影明。鬼斧神工看不尽，旅游此日慰生平。

连炳文

连炳文（1903—1996），字冰门，斋名雪庐，号冰雪老人，龙岩人。毕业于集美师专艺术科。创办龙岩公学，聘请邓子恢等革命家任教。历任溪中、雁中校长，县立中学、一中、侨中图画国文教员。原龙岩市诗词学会顾问。

重游东宝山（四首录三）

一

东山胜景好流连，忆昔攀登争向前。诸老同游抒快意，仰看旧庙换新椽。

二

游人互勉步高峰，耸翠层峦入眼中。好鸟引吭歌小曲，鲜花带笑送清风。

三

先师曾隐卧云楼，低咏长吟意自悠。昔日高轩今不见，雄涛依旧碧天流。

晚秋散步河边

晚秋新雨后，落日半含山。闲步清溪畔，常吟疏柳间。凉风飘白发，流水映苍颜。且喜身犹健，高歌踏月还。

古　　松

古松挺立众山巅，雪压霜侵骨愈坚。旭日光芒溶大地，东风浩荡解长天。清涛漫涌宜琴和，老干峥嵘当画悬。守节耐寒申五德，凌霄固土志难迁。

王　真

王真（1904—1971），女，字耐轩，又字道之，福州人。何振岱高足。任中学教师。有《道真室集》《道真室集稿》《福州说诗社始末简记》《二十年同怀回忆录》。

奉和墨巢丈硕果亭看花元韵

嘉会名园趁好风，朋簪络绎盛时同。颇疑造物私迂叟，未用名亭踵醉翁。诗语铿锵谐乐谱，花光潋滟破晴空。骚坛管领春常保，始信吾徒道不穷。

赴　　校

绕道南池子，回车远远看。秋如林影瘦，天入露痕干。麟凤方沉陆，章缝孰抱残。客怀何处着，海气正弥漫。

雨中杂作

除却烦忙性自灵，恍如沉睡得初醒。小斋夜雨三更后，不打残荷也好听。

倚　　栏

秋削群峰瘦，云流一水寒。诗情无限好，只在倚阑干。

诣鼓山

高峰随云出，云积半岩间。岩亦不隐云，推云上林端。林风急吹人，又向群峰攒。山云相明灭，青翠倏万般。转瞬觉寂寞，云敛露全山。山光自掩映，云影何清闲。幽人当此时，默默欲忘还。

百字令·游方广岩

孕楼怀阁，是巉崖一片，擎空危立。石嶝千层回互上，四面翠交天窄。松借云腴，苔添径滑，岚气沾衣湿。珠帘何在，溜痕犹挂檐隙。

凝望似海苍茫，风摇修竹，烟暝生遥夕。寂寂禅关幽绝处，尘世炎凉都隔。踏月听蛩，笼灯觅蝠，留我闲游迹。归扶残梦，悄然还恋深碧。

罗　丹

罗丹（1904—1983），原名贵秋，别名罗丹，字稚华，号慧印居士，连城人。1927年后在漳州、厦门及南洋等地经商和从事印刷业务。抗战时客居永安，发起组织南社闽集。“文革”后任中国书法家协会理事、厦门市文联顾问、厦门市书法工作者协会名誉主席等职。著有《稚华诗稿》四集，1949年刊行。

壬寅仲秋林英仪绘赠长松图并题七律一首敬步原韵

长松拔地影拖云，一瓣心香好自焚。禹域河山看黼黻，书生笔砚总殷勤。头颅渐老犹思奋，肝膈成诗每夜分。略有余闲容徙倚，秋风浩浩独怀君。

集美宝珠屿即兴

万古涛轰一石圆，凿崖来看海中天。摩霄塔拥峰千叠，斗浪船依屋几椽。隔岸碑腾龙虎气，夹堤车竞水云边。劳人手定千秋业，造物于今讵有权。

庆祝党中央伟大胜利步心如韵

飞章引领暮云遮，北国英风动海涯。一夕雷霆犀烛怪，十年人鬼浪淘沙。民心望治天开眼，国运旋乾獬触邪。额手愿同君更始，春光转眼遍梅花。

戊午回连城村居感赋（四首录一）

归来仍对豸峰巅，屈指离家六十年。破屋有情怜旧主，荒阡无语注重泉。蹄涔隐约儿时路，陵谷深移万古川。不尽存亡今昔感，此身安可问人天。

赠槟城林维雄

卅载归来一笑逢，蜗庐喜接远人踪。秋风始下高梧叶，沧海洄游大泽龙。万里嘉猷酬素志，几人物望许登庸。知君书画同吾好，何日趋陪水万重。

画山水赠黄子荃

豹隐南山雾，龙潜不测渊。放怀皆妙境，习静得长年。画笔嗟予老，尘心剩墨缘。卌年江海客，何日遂归田。

浣溪纱·题日光岩图赠黄诗礼

巨石插天一径通，望中烟水碧连空。笔端谁为写鸿濛。　　大海波光腾晓日，隔江龙虎聚春融。神州万里遍东风。

浣溪纱·赠许霏晦庐

海峤论交笔一枝，十年风雨鬓成丝。艺坛振旅视今兹。　　金石喜同崇缶老，襟期莫放负明时。隔江謦欬系人思。

邱继仁

邱继仁（1904—1986），字夏棣，宁德霞浦人。厦门大学毕业。担任中学校长、教师三十多年。编写《高中古文注释》等书。退休后连任霞浦县政协第五届、第六届副主席。霞浦长溪诗社首任理事长。

寄海外亲友

骨肉家长在，亲朋眼欲穿，深知乡思切，愿早尺沟填。

南京纪游（十首录三）

序　　诗

老去耽游不碍迟，蓼花红叶拟春时。征车直向江南道，快睹新颜践梦思。

过钱塘江

向晚钱塘江上过，六和塔踊影婆娑。狂澜息后波如镜，宛听渔舟乐放歌。

南京博物院巡礼

开天辟地从原始，吸髓敲膏到殖民。自有纪年凝血泪，人间伏虎救星亲。

偕肖于、世英两老游松山后港竟日而返

岚光塑岫趁春晴，鸥港松山十里程。尽日绕堤看不足，渔村讶已簇新城。

读叶委员长九月卅日谈话后作于建阳

同是轩辕脉一支，彩云归岫正当时。不应重觅干戈梦，何似联吟玉帛诗。家国兴亡身有责，风涛险恶志无移。中山夙愿宁虚负，携手登攀事未迟。

金云铭

金云铭（1904—1987），字文铭，号皞如，又号宁斋，福州人。美国哥伦比亚大学图书馆学硕士，福建协和大学及福建师范大学教授、图

书馆馆长。著有《湖上吟草》《覆瓿馀草》《忆游律集》等诗词集，后收入《金云铭文集》。

十四周年国庆颂歌（三首录一）

卿云烂漫玉交柯，国庆今年好事多。击壤赓歌逢盛世，传筒题句颂休和。江山璀璨天初曙，河水澄清海不波。翘首东方红日上，升平景象乐婆娑。

士武馆长在疗养中忽寄一诗因次韵（二首录一）

同道论文阅卅春，何期衰病屡侵身。长思神采修翰少，漫抚鬓丝览镜频。虚愿桑榆惭小补，不才樗栎慕芳邻。周苏香火前缘在，从此唱酬亦夙因。

庐山诗草，和黄寿棋教授《睡仙》韵

人居雾里似神仙，高卧匡庐学米颠。冒雨登山寻好梦，偷闲闭户息劳肩。探幽岂惮千峰峻，买醉为贪十日眠。摘句联吟消昼永，与君共展武陵笺。

读张力同志诗集题赠（二首录一）

两卷新诗纪岁华，如君言志更堪夸。光芒各有千秋在，题品还矜一字加。苦为呕心存粒黍，不教历劫委尘沙。济时才具能文武，何必纷纷读八家。

踏莎行·福州仓山区文化馆新春一唱折枝诗刊题词

博物张华，传经刘向。天吴紫凤翻新样。五都银海眩生花，汤盘周鼎难详状。　　萧选规摹，夷坚志仿。洛阳纸贵争欣赏。我来学步唱邯郸，虎贲漫误中郎将。

曹英庄

曹英庄（1904—1988），女，字觉尘，宁德福安人。毕业于福州女

子师范，一生从事教育，创办福安女子小学，历任福安女子小学、文英高等小学（即穆阳小学前身）校长，福安县政协委员。擅长诗词，有闽东才女之称，著存《竹窗吟稿》。

晚自修后于月下续完家书

蓝煤无焰案灯轻，将就家书续不成。幸有嫦娥怜客意，一轮斜照半窗明。

一九七九年报载台湾同胞怀乡诗，爰步原韵（四首录二）

一

疏星历历隐云端，听说宵深尚倚栏。南国本生红豆子，春来怕折一枝看。

二

时移世改物华新，卅载萦思海外人。毁却阋墙迎统一，兰艭载酒接乡亲。

看诸孙嬉戏

毕竟爱孙胜爱儿，九年十幼助携持。含饴哺枣晴窗下，就湿移干雨夜时。泥我说书谈故事，看她歌唱扭腰肢。如斯蔗景归恩党，报答涓埃好自期。

回忆童年

韩阳祖籍忆童年，矮屋柴扉学署前。祀孔春秋观二祭，读经昼夜记三篇。山洪暴发人逃命，米市常关灶断烟。放眼四郊空旷地，高楼今已耸山巅。

和特荣侄婿

一九八三年，劭光将余所写红楼梦诗录寄特荣，随收特荣寄赠一律，因又和复。

远接吟章喜共论，专家红学已穷源。离弦漫向篁林谱，客梦难教湘馆温。现代再无宝黛恨，伦常终有死生恩。乘凉每自登楼坐，宿鸟还巢日未昏。

静夜感怀（三首选一）

良母贤妻我弗如，些些诚意对乡闾。箱无剩帛分衣着，案有留笺代作书。药饵亟需滋病体，羹汤聊以慰幽居。东风未绿寒枝日，安敢吾生有特殊。

函请焕卿、介繁诸友好莅穆一游

连篇赠句感何如，穆水文峰旧里闾。蓬荜门前名士篆，狮山岩上昔贤书。纵无陶母留宾发，尚有陈蕃下榻居。安得游踪能过我，定教扫径迓高车。

林　镗

林镗（1904—1993），号声甫，莆田人。毕业于集美国学专科学校，先后在莆田中学、莆田师范专科学校等校任教。莆田县第五届政协特邀委员。参与清乾隆版《莆田县志》校点。福建省诗词学会首届理事，莆田市诗词学会副会长。著有《蔓草吟丛》。

纪念南宋词宗刘克庄诞生八百周年

等身著作孰传薪，寂寞骚坛八百春。笔大如椽推燕许，词开新派继苏辛。筹边谁整熊罴旅，弹事空怀骨鲠臣。濩落壮图馀一剑，后村归卧对松筠。

县教育局县教工总邀请从教三十年以上教师联欢呈诸老友

磨墨磨人五十春，相期不负百年身。青灯搜得书中趣，白发羞为席上珍。相马谁云空冀北，饭牛几见老山垠。园丁只解勤培育，树木知沾雨露新。

纪念湖民先师诞生一百周年

抱朴全真德望尊，偏客狂狷傍师门。学诗空想花生笔，对酌常邀月在轩。忍看图书心共裂，那堪壶碟梦重温。悲欢往事将谁诉，衣上征尘杂酒痕。

题东岩山妈祖行宫

忆昔宗祠接驾回，云礽迎赛颂南陔。今营此地三层构，共赴东山万寿杯。鲘岛冕旒昭海表，麟峰宫阙对蓬莱。湄洲湾外台湾路，海不扬波贾客来。

访友人重游囊山古刹

寄傲南窗赋索居，羡君犹拥未焚书。自埋名姓知何等，闲话渔樵乐有馀。蔬圃溪边泉自汲，药栏屋后草亲锄。村童指点幽人宅，一望秧田绿映裾。

为壶碟诗社三十周年而作

诗可兴观可怨群，妄人臆测自纷纭。无情风月多情我，指点江山酒半醺。

诗人节述怀

诗人怀古伤时作，佩蘅揽茝皆有托。众人诺诺一士谔，吹牛拍马应惭怍。孔丘不把《硕鼠》削，子云维新终投阁。差喜极左能纠错，诗词容许新探索。肥田毒草何曾恶，莫为甘草和百药。林泉啸傲甘淡薄，风花雪月酬清酌。骚坛今喜不寂寞，百花争吐迎春萼。

贺新郎·自寿

岁壬戌，余年七十有九，内子七十生日。

性癖耽吟事，偶偷闲嘲风弄月，招来集矢。未敢人前轻感慨，破帽遮颜过市，听争说斯文扫地。天道无常难测度，况风云变幻人如醉。独醒者，知谁是？　　金鸡为报衔幡喜，赋归欤科头抱膝，臣心如水。曾作人梯缄默惯，冷对千夫戟指。旧公案无须谈起！菊秀樨香天气爽，且关门自寿倾觥兕，无别祝，邦家治。

郭化若

郭化若（1904—1997），福州人。中国人民解放军中将。中华人民共和国成立后任上海警备司令、政委，南京军区副司令员，军事科学院副院长等职；福建省诗词学会名誉会长。著有《郭化若诗词选》。

登鼓山

凌霄战鼓震闽中，万马奔腾向大同。渔阵扬帆迎曙色，飞桥流水过晴空。浪号五虎岿然立，旗满三山分外红。星火燎原延彼岸，普天无处不东风。

重游青岛

关山风雨几经秋，名岛重来乐一游。云水玲珑添妩媚，海天寥廓更清幽。惊涛频涌千层雪，眉月轻笼百尺楼。鸿雁南飞何处宿？荻花枫叶意悠悠。

出外长城

长城北上越雄关，自笑书生纸上谈。李牧出奇寒敌胆，窦军勒石壮燕然。和亲自古非良策，出塞于今有美谈。遥望阴山千里浪，胡笳羌笛未阑珊。

重过惠州有感

卅五年前往事浮，戎衣骨立戍清秋。荒城梦断三山①咽，落月魂销二水②流。投笔寸心寻玉杵，荷戈斗胆碎金瓯。数来多少英雄血，开遍红花改九州。

注：①三山：即福州。②二水：指东江、西江。当时余戍东江，伊人则已往西江之台山，惨然永别，无再会之期，然亦因此成为促余走上革命之一因素。

征途回顾

艰难奋战想当年，风雪江山斗志坚。帷幄频传神妙计，沙场叠显史诗篇。长征塞北临燕赵，直捣中原换地天。飞渡大江收闹市，独披荆棘肃凶奸。防空任重千斤担，边戍繁忙百练肩，遥悉和谈消核弹，又传开放泯烽烟。九州民主千邦赞，四面红旗万物鲜。野马轻尘无寸效，但留点墨在人间。

一剪梅·壬子除夕有感

战马征途路亦遥，风又萧萧，雪又飘飘。逍遥津畔话孙曹，王气全销，折戟全销。　　爆竹声中旧岁消，往事如潮，豪气如涛。诗魂飞傍月轮高。送却今宵，迎着明朝。

黄宜秋

黄宜秋（1904—?），字奕章，号漪亭，南安人。旅菲经商。参与倡组菲律宾南薰吟社。著有《漪亭吟草》《呕心草》等。

黎刹纪念碑

当年慷慨此成仁，霸气消沉民气新。故国河山终自主，王城雉堞剩游尘。英名遗像传珠岛，手泽存诗赖玉人。堤畔浪淘千古事，悠悠空见海鸥亲。

岷江晚笛

娟娟新月宛如钩，花影扶疏独倚楼。三弄笛声摇把石，一腔离恨忆凉州。江城西望烽烟阻，海舶南移王气收。莫谱鹧鸪伤客思，关山无处不生愁。

注：岷江一名把石河。

中秋日为宿务埠苹社复兴八周年纪念

相携朋侣快登楼，重整社盟纪岁周。湖海不归华客鬓，关山入望豁吟眸。文思沛作江潮夜，诗兴清于月午秋。应有鸿篇酬盛会，琳琅佳什锦囊收。

重九雅集南来酒家露台

海国重阳气乍凉，酒家台上引壶觞。江天月淡烟涵碧，楼上风清菊瘦黄。客路遑于鸟绕树，乡心醉似叶经霜。愿将无限兴亡意，付与今宵酩酊忘。

怀　　乡

一别家园十六年，白云望断久怆然。扬尘沧海无亲舍，落日荒山剩故阡。庄舄吟声仍越调，仲宣赋意属秦川。人情怀土今犹昔，归老何乡百岁前。

观　　画

廿载乡园系梦思，海天云水滞归期。披图恍对溪山旧，涉笔钦成意象奇。拟放平潭孤棹去，来看飞瀑小帘垂。蓬飘半世关河外，凝望画中一展眉。

柯子默

柯子默（1905—1960），字紫陌，别署片石，泉州石狮人。年少即随父往菲律宾谋生，后长期在菲从商。参与倡组菲律宾南薰吟社。部分遗诗收入泉州刺桐吟社编《锦江先贤存稿》。

五十书怀（五首录二）

一

偶感生如寄，幽怀郁不摅。一廛宁可假，三径比何如。未敢追高躅，时还爱敝庐。云山回首处，白发倚乡闾。

二

百岁人方半，低徊愧壮年。偶思今后计，难息客中肩。松菊宁无怨，鸡虫任自然。还欣摇落候，转眼小春天。

游子吟

悄立江城对夕晖，劳人草草此鞍几。白云陇上愁无尽，少妇楼头悔已非。针线无知慈母意，风尘空叹锦衣违。浮生输与关山雁，北去南来有定归。

题　照

履端尊酒庆良辰，好趁春风入照新。却感栖栖长作客，漫嗟草草不如人。相看二色玄霜鬓，共爱中年历劫身。作违如今能几辈，闲云野鹤最清真。

迁居告诸友

何嫌瓮牖更绳枢，寥落骑楼不用租。地去旧居差一箭，木馀疏影恰三株。尚愁风雨难高枕，且寄形骸在客途。十丈流尘除净后，安排吟钵与茶垆。

以诗代柬呈璞翁

久隔天风咳唾新，分笺未敢扰清尘。老当益壮颜常好，性不阿人语最真。去国宁忘三径远，居夷独羡一家春。明宵有酒劳词伯，君纵无诗亦上宾。

李　淡

李淡（1905—1968），原名李兹淡，字明我，泉州石狮人。早年就读于厦门大学教育系，后转入上海大夏大学就学。20 年代后期往菲律宾，长期从事华侨教育事业，历任多所华侨中学校长。二战后在菲经商。菲律宾“寰球词苑”成员。著有《李淡诗词钞》。

怀念大小姑山

金鞍宝盖两姑山，仙洞鲛宫几度攀。大海涛声新浪涌，巍峰塔影夕阳殷。鳌城吐月笼村野，虎岫生风动宇寰。欲击洪钟闻冀北，空留异域赋江关。

遥寄信兄

停云望切讯消沉，难得凭人报好音。南雁有怀归岭表，孤舟无计访山阴。九州雨顺丰粱粟，四海风清感鹤琴。共转乾坤遥袖手，惭从万里示丹心。

书赠王炳煌文兄存念

曾于周报读回章，未识伊人早断肠。握手应怜缘太晚，谈心正喜意初长。文风载道行千里，海学翻波各一方。自笑背时歌古调，敢希鸣世发微光。

初游拉卯书感

扶轮年会近春分，南岛初飞带细君。海角来时寻旧雨，天边到处驾轻云。胸怀纵许新潮涌，身手徒劳白发勤。且向江山收景色，稍添平素未知闻。

忆旧游

五十年来忆旧游，烽烟几度老春秋。椰风蕉月长相伴，卤变桑田望九州。

岷江行

日落岷江看楚舞，何如归玩苏杭沪。青松烟雾碧瑶游，不及邀朋牯岭聚。人称瀑布北双寒，吐蜜匡庐恨未睹。纸醉金迷恋异乡，半生辛苦为财虏。食思龙眼与荔枝，芒果香蕉何足取。美丽火山赞马熔，日观泰岱更称雄。故园一曲清溪水，别有幽情在其中。

高阳台·怀故乡

宝盖银江，鳌城虎岫，故乡景物多娇。关锁闽南，峦巅古塔凌霄。七星伴月金鞍峻，洞难寻，壑险岗高。立岧峣，俯瞰千村，万户耕樵。

滨浔遍野盐田改，有渔舟阵阵，撒网抛锚。深沪梅林，天蓝碧海风飘。兵荒马乱山河壮，斩长蛇，逐虏清妖。看今朝，重整乾坤，云涌新潮！

王健侯

王健侯（1905—1979），曾名王健，字钝斋，惠安人。早年在惠安、晋江等地中小学任教，后以商会文书、工厂会计为职业。1958 年到畜牧场劳动，1962 年退居在家。遗诗由其后人辑为《王健侯诗词集》刊行。

题惠安近代名人诗集，次询兄原韵

临流叹逝操于陬，乡邑名贤墓木秋。气孕山川才间出，笔惊天地句终留。残编吐焰长恩护，轮劫生身短梦浮。赖有汝南工月旦，拾珠沧海未曾休。

原注：此集经许君编辑完，孙君拟为付梓，因事未果。

哭汪师（六首录二）

一

大年七十七春秋，怛化俄闻正首邱。身命箕中天地簸，功名枕上菀枯收。南疆风月何人主，前代衣冠几辈留。佛说有为如梦幻，是非得失总悠悠。

二

弱冠倾心泰斗尊，刺桐花下择师门。儒宁可教公垂爱，业不能精我负恩。嗜古耻为阿世学，逢罹冤戴望天盆。广陵散后知音寡，枉却遗编满箧存。

赠郑君照星

老来安命舍儒巾，刍牧兹山五度春。烟里林峦丹瓦屋，陇头风雨绿蓑人。执鞭岩磴朝行脚，叩角阑牢夜托身。君擅饭牛吾拾粪，暮年相见宿心亲。

次韵和薇翁八三书怀四首

字容诗骨喜双遒，对菊称觞九月秋。高蹰雾中玄隐豹，前盟汀上白寻鸥。身强不倩筇扶老，心逸何烦酒扫愁。一事萦怀唯望岁，恒旸占雨听鸣鸠。

自题小影

六旬须鬓白，顾影尚从容。心迹晴空月，形骸古涧松。人情本矛盾，吾道自中庸。留眼看周易，尼山是正宗。

林从周

林从周（1905—1981），漳州诏安人。1930 年厦大毕业后在泉州、厦门中学任教。1938 年应聘到南洋古晋福建学校当校长。曾因积极宣传抗战，两次遭日寇逮捕。1970 年回乡定居，任福建省归国华侨联合会委员、诏安县归国华侨联合会副主席。

步仲老赋赠并寄南中诸友好元韵（四首录三）

一

遁迹南溟四十年，归来倍觉意绵绵。凌云有志随风发，只奈霜华满鬓边。

二

几度南归几度秋，客来频问几人留。多情王粲常怀远，我亦凄然怕上楼。

三

知命安贫颜自开，何须万贯始归来。粗衣淡饭如无缺，且把庭阶兰桂培。

步仲姚前辈1976年仲春二月感怀原韵

年迈七旬体验多，文章事业早磋磨。藏书成癖嗟遗失，剩简犹珍勤网罗。难得丹心如砥在，了无旧念遂流过。老逢盛世倍欣慰，放眼田畴山与河。

杨虚白

杨虚白（1905—1984），名孙渥，字君璞，号止园，泉州石狮人。泉州省立第十一中学毕业，后入厦门大学就读。1935年往菲律宾，长期就任菲华侨校教席及侨商社团秘书。以诗文书法蜚声侨社。参与组织菲律宾南薰吟社及寰球词苑。著有《虚白诗存》《止园诗草》等。

南薰吟社同人壬辰元旦留影

成连海上抚瑶琴，记取屠苏献岁斟。国历重华开夏正，天文横艾逗春心。沧桑阅遍功名淡，翰墨交逾骨肉深。笑对须眉长不老，年年泥爪证苔岑。

癸丑人日适拙集《虚白诗存》由台运岷

绝业名山未敢期，劳神无那笑君痴。历经风雨共谁诉，得失文章只自知。岁月惊心才已尽，云烟过眼雪频欺。诗成癸丑逢人日，瓿稿难酬酒一卮。

久客书怀

数载天南事事违，家园回首忆庭闱。离人楮墨无从寄，游子心情底处依。海外山峦椰树影，梦中城郭雪花飞。凉冬朔气风萧瑟，久客如何不早归。

夜　话

良朋乍晤话前缘，别后风云几变迁。怜念故交添白发，怆怀旧物失青毡。偬多妄想萦心曲，难遣穷愁付酒边。相对歔欷人静夜，小窗灯影照无眠。

甲寅七十生朝书怀（四首录一）

老来蔗境渐回甘，绕膝儿孙乐且耽。虚室迎祥人介寿，鳣堂有庆客停骖。风烟过眼添豪气，诗酒兴怀助笑谈。长愿心闲天与健，他年高会到江南。

次韵送李明堂社盟南游

一肩书史伴吟旌，白也飘然欲远行。潭水早随春水绿，诗潮争共暮潮生。连篇珠玉来天外，大海风涛壮客程。拟把离筵消别绪，尊前愁绝子规声。

甲辰岁暮感怀

守岁人方健，离乡近卅年。高情怀故国，小谪寄胡天。煮酒消尘劫，联吟结胜缘。明朝春报喜，七秩正开先。

吴梅林

吴梅林（1905—1987），字仁声，号蠖叟，上杭人。上杭早期中共党员之一，曾任红四军宣传科长，参加古田会议，后脱党从教。中华人民共和国成立后曾任上杭县政协委员，系琴岗诗社首任社长。

乙丑中秋柬诸吟长

盛会中秋忆往年，杭州风雅仰吟鞭[①]。伤时感事追工部，出语惊人踵谪仙。南社迟居洛社后，蓝溪岂让玉溪先[②]。嘤鸣今夜声相应，共振骚坛继昔贤。

原注：①浙江进士马天翮来杭长厘局，与本县拔贡雷熙春等前辈结吟鞭社。②邑前辈丘文荷公，蓝溪人，与柳亚子共为南社社员。李商隐号玉溪生。

春节农村即事（二首）

一

春来信步到村中，户户桃符耀眼红。一派欢腾新气象，只缘食足与衣丰。

二

欣逢乐岁庆丰登，锣鼓喧天逸兴腾。矫健男儿身手好，舞狮终罢舞龙灯。

浣溪沙·送外孙陈晓升之上海

一纸家书报弄璋，梦中芳草见祯祥，孙枝挺秀醉千觞。　　字曰兰生徵梦吉，青云直上慰爷娘，吾当拭目看腾骧。

太常引·丁卯中秋读辛词有感

水天一色静无波，金镜恰新磨。我欲问姮娥，天上比、人间若何？

杭川光景，年年增色，一片好山河。不仅舞婆娑，欢乐处、笙歌更多。

唐仲璋

唐仲璋（1905—1993），侯官人。1950年从美国留学回国，先后任教于福州大学和福建师范学院，1971年到厦门大学任生物系教授，1978年任厦门大学副校长。1980年当选为中国科学院生物学部学部委员。有《唐仲璋教授诗词集》刊行。

聂耳墓

空留青冢对斜阳，芳草离离掩客殇。一曲浩歌醒万众，八年征战忆殊方。江山点缀因文藻，魂梦飘零岂旧乡。日暮寒烟啼鸟怨，哀音犹似谱宫商。

建阳途上

晓风习习拂行车，宿雾栖林晨照斜。水是武陵津隔代，山疑摩诘画笼纱。群峰翠染征人袖，断壁岩存瀚海沙。到此竟忘劳顿苦，三千里路上京华。

重过福清县血吸虫病区（七首录二）

纪念毛主席不朽诗篇《送瘟神》发表二十年。

一

登临走访旧山庄，打谷场边谷稻香。入望小村留记忆，颓垣丛草说穷荒。

二

村居门巷各熙攘，佳侣婴童遍一方。破甑尘封今不见，当年曾是寡鳏乡。

自题闽江小画赠何博礼老师（三首录一）

闽江春水绿于苔，皎洁波光入画来。应是墨痕多乡思，桅杆一角是南台。

涂大楷

涂大楷（1905—1994），字师竹，泰宁人。曾任中国农工民主党福建省委秘书、三明政协常委，三明麒麟诗社社长、书画院院长，中华诗词学会会员、福建省诗词学会理事。著有《虚心斋吟草》。

游明溪玉虚洞

玉柱凌霄汉，涵虚接太清。朝天看跃鲤，俯地有藏莺。幽壑浑忘世，新泉堪濯缨。醒时宜击壁，长作鼓鼍鸣。

陪同慈母偕玉韫表嫂等郊游得小诗（录一）

踏遍青山日已斜，无心拈得一枝花。遥临古寺悠悠地，劳尽诗魂始还家。

金湖三剑峰

洪荒初辟肇鸿蒙，削出三峰插碧穹。世道崎岖天敢指，山峦庸碌子称雄。化龙应许归沧海，击电何时入太空。悬索桥头长护卫，斩邪驱恶立新功。

忆秦娥·晚景

车声裂，飚轮千里关山接。关山接，天涯望断，隔江难越。　投林宿鸟都休歇，烟笼四野行人绝。行人绝，孤星闪烁，一灯明灭。

高阳台·瑞雪迎春

风卷南溟，云横北塞，银蛇狂舞三千。飞絮扬梭、素娥织锦高天。山河一片晶莹玉，待丹青彩笔濡研。付婵娟，细琢瑶环，闲镂花钿。

律回又是春来了，有寒梅斗艳，丽日呈妍。徒倚朱栏，待迎归燕蹁跹。协和已兆升平世，喜中华佳讯联翩。擘吟笺、试卷珠帘，赟赋琼篇。

吴联栋

吴联栋（1905—1996），顺昌人。北京民国大学毕业。抗战前曾任《福建民报》等报刊编辑，后转为教育工作。曾任顺昌县中学校长，后居三明将乐。晚年任将乐县乐野诗社社长。有《桑榆集》《晚晴阁诗词钞》。

燕　归

社燕归来觅旧檐，呢喃絮语噪堂前。和风阵阵吹轻暖，一抹溪南柳色妍。

秋日抒怀

千里边鸿至，江南正好秋。水天同一色，日月见宏猷。满路飘黄叶，遥汀宿白鸥。高楼人远望，纵目数归舟。

菩萨蛮·暮春卧病

乍寒乍暖天时恶，藤床卧病垂帘幕。拄杖步闲庭，遥山忽转暝。

落红飞片片，几处芳丛见。一向不相关，方惊春已阑。

南歌子·吾家

门外驰车疾，窗前落日斜。村翁席地话桑麻。木屋泥墙闹处是吾家。　　檐有呢喃燕，庭开紫白花。案头笔砚映红霞。时听吟朋笑语透窗纱。

鹧鸪天·闽江今昔

一叶沿江往上游，青山两岸入双眸。夕阳犹在扁舟系，道是前滩无处留。　　人也换，岁华流。闽江桥架达幽州。铁龙一夜行千里，骇浪惊涛不再愁。

翁少奇

翁少奇（1906—1968），字金振，室名花园厝，龙岩人。工书画。早年到广州勤工俭学，亲聆中山先生演讲并投笔从戎。后下南洋，抗战时回国参加救亡运动。中华人民共和国成立后从商。

抗战胜利五周年祭

闽海英雄气，历经烽火煨。征衣时带血，冷夜惯眠莱。境险浑无惧，鹃啼不尽哀。两千袍泽去，百战几人回。

乙巳忆抗战（二首录一）

民族存亡际，凡夫许国时。凛然披甲胄，慷慨荡倭夷。连战长沙捷，同撑独岭危。萧萧悲咽马，风雪夜挥师。

自注：独岭指独山，于1944年12月2日失守。独山一失，重庆无险可守，准备迁都西康。时中日双方皆投重兵反复争夺，阵地几易其手，其惨烈程度世所罕见。是役予日寇重创，终于当月8日完全收复。

缅怀文丞相

孤臣仗剑挽狂涛，半壁东南百战鏖。故垒至今留正气，千秋谁不叹英豪。

大炼钢铁

城砖拆去建高炉，土法制钢从古无。老树可怜遭滥伐，炼成废铁不成殳。

归　鸥

白浪滔滔一望遥，海堤尽处接云霄。楼船水打桅樯外，试问归鸥第几潮。

江城子·忆寒食踏青

儿时寒食忆犹新，际芳春，集群孙。剪纸糊鸢，洗爵备斋荤。碓麦枣泥和燕饼，郊野祭，趁良辰。　家家修禊水之滨，草如茵，雁摩云。插柳流觞，属对赏毫银。童饮凉茶爹饮酒，歌起伏，乐天伦。

高张栋

高张栋（1906—1972），字云生，号伯梁，漳州云霄人。民国时任泉州盐务分局局长。曾任云霄县政协常委、秘书长。

过马溪

一笺感召兴何齐，结伴盘山过马溪。主客相欢缘底事，交情奚只为诗迷。

三叩柴门（三首）

一

趋叩柴门不见开，萧萧篱落久徘徊。枝头好鸟曾相识，托汝啼声告客来。

二

再叩柴门复不开，踏残黄叶趁空来。马溪频涉增亲切，一路波光送我回。

三

三叩柴门始见开，主人采药已归来。溪泥凫爪斜阳里，几度闲情逐水洄。

咏杜塘水库建成

改造山川立禹铭，居然丘壑变沧溟。长渠曲引如飘带，高坝重围俨列屏。欣看膏腴千顷润，相期沛泽万年青。人工已夺天工巧，拾取讴歌入水经。

王锦机

王锦机（1906—1978），字进忠，号梦惺，永春人。曾任泉州海疆学校副教授，永春一中教师。早年亲近弘一法师，著有《弘一法师年谱》《莱园文稿》《慈风草堂诗集》。

赠别老友李延年（二首）

老友李延年，别且三十载矣。一九五六年农历秋间，领马来亚联合邦工商业贸易考察团莅京观光，遍游南北各地，载兴而归，赋此赠别。

一

南北驱驰不计程，江山到处绮怀生。一轮红日当空耀，万里黄河照眼清。驾税京华歌胜节，鞭挥塞雪指长城。凭君摄尽风光好，带往南洲报国情。

二

几时鹭绪共徜徉，一别相看鬓欲霜。蚤岁论交同骨肉，卅年去国感沧桑。天涯云树回清梦，秋晚莼鲈话故乡。最是难忘风谊重，累君儿女费携将。

赠梁披云并题其集（二首）

一

携手相看历劫馀，平生怀抱几时舒。知君早系苍生望，浮海逾山总不虚。

二

蜀栈秦关展壮怀，长裾孤剑赋归来。论交自昔钦风谊，访旧难忘到草莱。

得喆庵书却寄（四首录一）

左海淹留三月期，桃溪归去熟梅时。清宵待解西窗榻，一勺山泉听说诗。

简笠山六庵（四首录一）

八载江城几度游，西湖兰菊记春秋。扶衰觅药风尘客，赢得萧萧雪满头。

余　质

余质（1906—1990），字遗之，号钝轩，宁德古田人。曾在各种中学执教多年，后受聘为福建省文史研究馆馆员。门人为印《钝轩遗稿》。

柳州待渡

山光水色未全收，一片渔歌浣耳柔。如縠波纹轻漾桨，晚风吹月上江楼。

泥　　鳅

甘居泥淖素无求，未肯随波与逐流，堪取一言铭左右，平生踏实不轻浮。

湖上醉吟

薄醉湖西二月天，桃花迎面柳垂肩。十分春色浓于酒，红上衰颜又少年。

秋郊远眺

四时佳景废冥搜，爽朗情怀淡入秋。谁助诗人多得句，碧山红树夕阳楼。

吟 诗 乐

自爱吟诗乐，神来笔自然。心澄题易得，手快韵常便。邀月拈词隽，移花拾句妍。格高如岳峙，调雅较泉悬。工处精灵助，奥时禅旨宣。中边参意境，左右触机缘。草木虫鱼鸟，山川雨月烟。纷纷呈笔底，簇簇迟阶前。一任驯供役，何曾滥用权。百篇成斗酒，渴慕李青莲。

故居题壁

生在斯兮食在斯，堪娱况复际明时。山青照眼如披画，水绿当门便洗诗。煮药炉依慈母坐，作书案倩小孙移。瓣香默向苍天祝，乌哺长期遂我私。

三山行

携家廿载三山住，久矣三山索我句。三山喜我性情真，我爱三山风物裕。鸟有好音花更香，人自幽闲景清凉。高借层峦清借水，养我浩然之气发文章。月明如昼今何夕？纵酒放歌浮大白。浮大白兮披肺肝，相与三山周旋成莫逆。三山无语长含情，但闻谡谡松风入座声。自以天然籁，证此岁寒盟。慎勿教人误作不平鸣！我亦欣然振衣起，调琴翻作《三山行》。三山与我相示各大笑，一时山花山鸟皆震惊。

游　寿

游寿（1906—1994），女，字介眉、戒微，宁德霞浦人。曾在中央博物院筹备处、中央研究院历史语言研究所、国立中央图书馆金石部从事研究工作，并任四川国立女子师范学院、中央大学教授。1949 年后历任南京大学、山东师范学院、哈尔滨师范大学教授。

寄沈紫曼

冬初小恙高烧，梦子苾来访不遇，唯见案上留诗。余出门追之，倦极而醒，乃一梦也。成此诗，数月寄与。

冰花又见满窗棂，数尽飞鸿入北溟。唯有故人深入梦，留诗案上意叮咛。

答沈紫曼岁暮怀人（十首录二）

一

绝塞从来不见春，珠玑锦字倍可亲。劳思万水千山隔，采菊加餐劝故人。

注：紫曼笔名绛燕，与余先后在南苑，后同在金陵研究，均胡、吴名宿高弟子。

二

龙沙郁勃久栖迟，春尽夏来柳未丝。粟末楼头寂寂夜，那堪回忆对床时。

注：松花江辽金谓粟末水。

有　　感

闻征奇字问子云，江南弹射久纷纷。交亲零落耆宿尽，不知何人作殿军。

跋：前岁总理问王冶秋同志，国内能读甲骨、金文者几人，以不及十人对，东北区及老身矣。因计划南大、武汉承担任务。南大自吾去后，闻高名凯与方光焘争语理论，有立死于座上。年来曾昭燏、杨白华相继自绝于世。近沈紫曼示余诗，有“一编奇字老边城”句，感而赋之。

东坡诗翁九百二十五年生辰诗会有作

既尔崔浩悔可惜，撄鳞之死非怀璧。达哉坡老放狂言，朗诵遗篇彻金石。纵鲸入海得其时，南迁瘴疠原不辞。岂为荔枝三百颗，甘辛酸苦真味知。刚贞叵碍暂蒙垢，清流往事果何有。朝堂柘结偏袒争，五代江山割裂后。谁复戎韬收燕云，女贞牧马昏边尘。素餐禄蠹谏诤废，叹息元祐竟无人。旧邦新法从所择，国计民生失谋画。仓皇北去哀王孙，殷鉴不远琼楼别。

看银幕登珠穆朗玛峰

昔闻瑶台白玉京，今看珠峰垂络缨。辎车长队迤逦进，彩旗笳鼓送长征。水陆珍味从空降，氂牛负重上峻坪。天地室庐之屋脊，星河闪耀天门开。玉龙酣战混沌劈，群峰拱卫势峥嵘。岩壑上升沧桑变，广寒仙境会群英。若问终古谁主宰，摩云割取骨结晶。瞭天测景定气候，诊脉望切六气平。奇草采撷供药饵，高原清旷人长生。竹间熊猫折玉实，雪猿窥客若猩猩。珍禽飞掠迷花谷，彩凤和鸣声幽嘤。为登绝顶雄欧亚，峰峰次第建野营。女娲补天遗漏壁，架将飞梯冰柱擎。俄倾风紧天呼哨，濛濛雪海观者惊。登山壮志不可夺，倏忽澄清雪峰晴。霞光映出烘炉艳，人在主峰树旗旌。却笑封禅小宗岱，证今谁能比此盛。

王远甫

王远甫（1906—1996），名福钟，宁德古田人。古田一中语文教研组长。福建诗词学会会员。有《求是斋诗词存稿》《北游集》《北游续集》。

晓登郑州二七纪念塔

塔中藏有林祥谦烈士革命工潮斗争历史事迹。

凭塔势凌空，全城俯瞰中。胸前悬海日，耳畔响天风。史写工潮烈，人争革命雄。吟边生意满，原付郁葱葱。

长春九日怀闽中故人余质

隔岁疏存问，时时想故人。梦悬关以外，情寄海之滨。九日黄花意，三山白首身。启窗空望月，夜久尚凝神。

乘旅游车登福州石鼓山

过雨郊原绝点埃，相邀随喜入山来。人如飞鸟度柯叶，车类爬虫穿壁崖。上界境清天共穆，高林日薄雾方开。卅年不到沧桑改，转为吾生惜有涯。

过南京长江大桥

望里微茫互彩虹，忽闻天堑有途通。石头终古涛声壮，浦口而今渡次空。帆挂黄昏飞冉冉，草鸣白下过匆匆。中流砥柱成奇迹，更比银河架鹊工。

登飞来峰

漫云径陡步难哉，叆叇云争屐底开。拄杖峰巅成一笑，飞来峰顶我飞来。

鹊踏枝·定陵地下宫

底事泉台森若许？凄绝幽宫，剩有魂归处。千古帝王尘与土。沉沉地下冥中路。　　九陛穷奢民疾苦。龙去鼎湖，寂寞风和雨。客水襄陵潴作库。斜阳一抹鸥相语。

陈万年

陈万年（1906—1997），漳州漳浦人。抗战期间任教于平和小溪双十中学、云霄简易师范。抗战胜利后赴台，不久还乡。曾任漳浦县政协副主席。

迎送台湾亲人绵芳、井方两宗兄感怀（二首）

一

长空喜候客航机，四十年来人事非。今日重逢相对泪，徒嗟头发镜中稀。

二

锦水东流友爱珍，丹山风雨动芳邻。归根落叶原非梦，寝食萦怀是故人。

家居杂咏（四首录二）

一

绿竹猗猗客问津，荔红瓜熟飨亲人。幽栖自觉北山好，陋室清阴不染尘。

二

金菊临风展石阶，孤芳傲骨竞秋开。老来但愿身粗健，晚节黄花酒一杯。

题张虎亭

悠悠鹿水向东流，太尉庙堂欣葺修。梁岳浮云迷故郡，罗山旭日照神州。唐时猛将谁堪比，明室忠臣莫与俦。漫步斯亭开视野，无边景色任优游。

注：张虎乃唐代陈元光开漳名将，为闽南张姓开基始祖。张若仲、若化兄弟系明末进士，不仕清朝，隐居丹山。

王　闲

王闲（1906—1999），女，字翼之，号坚庐，福州人。师从何振岱学诗，1982 年受聘为福建省文史研究馆馆员。著有《王闲诗词书画集》《味闲楼诗词》《心印草稿》《翼斋诗草》等。

戊戌秋复移西湖宛在堂作绘事（二首录一）

榉香静里度晨昏，秋好何曾共一尊。咫尺湖壖成契阔，阑干独倚易销魂。

白玉兰（二首录一）

映盘傍茉莉，皎洁欲争香。恍惚髫年梦，浑忘鬓渐霜。

丙午立春后即事

照几寒花似慰予，檀心朱蕊灿吾庐。啼鸦不扰枕边梦，秉烛还温心上书。撼树风狂簾影暝，暄阶雨歇月光舒。非关索句吟肠涩，壶盏常倾笔砚疏。

卜算子·晚菊

庭树已萧疏，墜叶浑疑雨。几阵西风到短篱，菊蕊黄初吐。　　开晚躲炎蒸，宁畏冰霜阻。映月凄清画不成，为汝端相苦。

清平乐·夜坐

风清月静，帘映修篁影。吟到三更犹未寝，赢得空灵诗境。　　漫嗟衰鬓馀年，朝朝展卷牕前。趣好却忘炎热，身闲自在如仙。

苏幕遮·甲午重九

菊花新，枫叶丽，雁阵悠悠，谁信云烟滞。孤僻何曾甘世味。忙里偷闲，忍把琴书废。　　鬓添霜，眉减翠，帘底秋光，已换年时矣。待欲移樽谋浅醉。弦月多情，窥户如相慰。

林　臻

林臻（1906—2000），号蓝田客，又号九霞山人，漳州诏安人。归侨。民国时曾任福建省粮食局稽查专员等职。著有《蓝田诗草》《蓝田馀墨》。

水仙花新咏

陇上黄花共李花，诗人幽致总称嘉。一盆金盏偏奇绝，别有芳馨入我家。

送胞弟林逢返台湾高雄

长记莼鲈爱故乡，感秋伤别过重阳。离人愁绕三更梦，归雁声迟十月霜。衣带一条横海峡，盘螺数屿认瞿塘。亲情销尽轮蹄铁，何处寻求缩地方。

参加榴屋诗集首发式感赋

玫瑰含葩不少时，花开此日莫嫌迟。听来流水如弹瑟，绣好春幡再买丝。诗笔一支兼画笔，图书半壁尽经书。公园西巷花香重，榴孕珍珠累坠枝。

海滨偶步（二首录一）

野径晨霜一杖轻，渔灯蟹火亮晶晶。海知进退能潮汐，天有权衡作晦明。结识白鹇称素友，栖迟绿野飨青精。老夫寥寂如孀妇，再醮无名了此生。

迎春诗会得“同”字

老去颓唐梦不同，一番风雨转晴中。人心暖似春江水，蜃气朝悬大海空。铜鼓儿童争巷陌，梅花笔墨响丝桐。且看世上聪明地，几个渔人几个农。

思佳客·秋心

一样秋声几样心，新题诗句旧题吟。酒痕总比泪痕浅，苦海还同恨海深。　　人悄悄，夜沉沉，者番蝶梦懒相寻。西风吹起沙鸥眼。半看晴明半看阴。

吴秋山

吴秋山（1907—1984），名晋澜，字秋山，笔名白冰、茅青，漳州诏安人。毕业于复旦大学并留校任教。与郭沫若、郁达夫、柳亚子、茅盾、李叔同等人有交往。后归故乡漳州，任福建第二师范学院中文系教授。著有《枫叶集》《秋山草》《松风集》《偶吟集》等。

登湖山亭（四首录一）

一亭岩上独凌空，雨霁苍穹抹彩虹。屐下湖村静入画，唯闻邻壑起松风。

登正定龙藏寺

龙藏名古寺，云物画图看。户外滹沱水，槛前苇泽关。登临多胜慨，徙倚脱嚣烦。旧拓遗碑在，摩挲兴未阑。

游云洞岩

传闻云洞景逾常，未及遨游梦寐长。承贶华篇堪讽诵，难凭幻境作平章。料知翠竹无凡韵，亦觉红梅有暗香。遥想鹤峰真化鹤，海天空阔任翱翔。

老友黄寿祺来访留饮话旧，即席赋此

喜鹊声喧傍小斋，有良朋自远方来。朝辞榕峤和风送，暮抵芗江朗月偕。久别谊深话旧雨，重逢兴逸酌新醅。明时到处春光好，即景吟诗大爽怀。

挽沈雪夜同志

晚岁客芗城，与君为挚友。过从十馀稔，相待情谊厚。同有旷达怀，景慕栗里叟。君曾号松菊，我亦怀五柳。居恒茗屋聚，时或郊原走。驿亭同小酌，联吟抒感受。方欣逢盛世，怡乐可长久。罔料遘浩劫，白昼忽昏黝。十年历艰辛，文物遭践蹂。生气恃风雷，蓦地驱群丑。大地喜回春，互祝南山寿。荏苒又五载，诀别长分手。君遽归黄泉，我辄愁白首。浮生浑若梦，梦残星散后。相见更何时？默默送灵輀。

莺啼序·芗江即景

春来百花齐放，正芬芳满地。晓莺啭，音滑流泉，淡烟疏雨初霁。喜晴曛，风吹垅上，茫茫麦浪无边际。试开镰，频打连枷，满场金穗。

布谷声催，料理耒耜，趁溪流涨腻。共挥手，忙播秧针，满田渲染苍翠。柳梢头，鸣鹂正闹；芳阡畔，飞鹭方憩。蔚蓝天，云散烟消，晴明无翳。　　绯桃吐艳，皓杏争妍，水乡景色丽。矧更有，荔枝芒果，李柰柑桔，叶叶垂青，乘风摇曳。长渠泛绿，遥峰含黛，牛羊坡上翻成浪。听悠悠，牧笛和风起。春光骀荡，村姑唱和山歌，调儿婉啭清脆。

茅亭尽处，蓼溆蘋汀，有紫莲绽蕊。叶梗下，红鳞翻跃，翠羽斜穿，藻荇兜流，藓苔侵砌。成群水鸭，波间游泳，留连水暖沉江去。乍翻腾，舒展飞双翅。堤边泛起涟漪，日影回光，更饶画意。

岑雨畊

岑雨畊（1907—1995），原名如炯，以字行，福州人。工诗擅书，

为福建省文史研究馆馆员、福建省诗词学会会员。

江楼偶踬，坠地数丈，却无所损，亦云幸矣，诗以纪之

失足几千古，江流去浩茫。出泥终不染，漱石又何妨？正道谙桑海，馀生许稻粱。告存赢大喜，晚福倘重商。

哭邓拓学长逝世廿周年

乌麓芸窗忆昔年，合眸犹是影翩翩。毓贤榕峤千秋仰，刺恶燕都一集传。岂许浮云遮杲日，长留正气薄云天。先灵此际应含笑，换劫群獠尽化烟。

金婚自纪并示内子

莫道平生值几钱，自来无价好逑篇。风裁我笑西方陋，匾以黄金便索然。

退休后暂主中馈（录二首）

一

至亲舌本不同官，那得肴烹味百般。儿爱咸些妻爱淡，真教左右做人难。

二

闻一端须二亦知，恍从中馈悟生涯。尝深旧世辛酸味，也解葱珠煮笋丝。

陈鸿铿

陈鸿铿（1907—1997），字云牵，福州人。福建省文史研究馆馆员。

徐吾行兄山居归来索句

乌山驰骋梦成尘，握手相看白发新。锦瑟泉声传北鄙，樱花露次忆东邻。人生可贵惟能寿，世事深尝自不贫。溯史寒门悬有榻，七年阔别

喜重亲。

参加《汉语大词典》编写会议

编典群英聚一堂，周公遗愿议从长。宁同煮字勤勤学，恰似缝衣细细镶。秉笔闻鸡挥辣手，检书烧烛索枯肠。攻关四化征歌壮，自善临年幸附缰。

甲子仲秋怀留台故旧

弹指驹光卅五年，别时犹忆各翩翩。悬空自古无双月，隔海由来只一天。流水琴声怀杵臼，彩云雁阵恋林泉。重逢深信非难事，定见蟾圆人亦圆。

菩萨蛮·缅怀西安鹤汀丽庄、鹤洲金秀伉俪

欣欣握别诸名手，年年绿遍春堤柳。翘首望长安，云迷无数山。

闲将双鲤剖，聊慰相思久。夜静卜灯花，何时归鹿车？

八节长欢·夜静伤省予，念瘦影，赋呈秋痕

回首前尘，十年旧梦，记忆犹新。寒交杵臼，倒屣过蓬门。青灯话雨夜，联吟味，似兰同出情真。愧对家醅若水，宠比陈遵。　　彩笔凌云飞胜燕，惊骇落溷飘茵。红杏舞缤纷，程窎远，江城玉笛无闻。黄昏后，楼寂寂，片月撩人。堪慰是、鳌头岭下，南枝伴尔长春。

黄介繁

黄介繁（1907—1997），宁德福安人。早年留学日本，归国后在广西、上海、南京等地供职。中华人民共和国成立后，先后在福州、泉州商业部门工作。创办福安富春诗社，任社长。

品　　茶

分泉瀹茗伴清吟，沁齿留香手自斟。我比东坡输一着，夜来二碗已

难禁。

九　日

题联对酒足欢娱，更负萸囊碧巘趋。却笑老来筋力健，登山不用杖藜扶。

自　嘲

颜柳钟王靠一边，奇形怪状竞新鲜。平生不写乖张字，愧与时人作比肩。

纪念谢翱逝世七百周年

击筑哀时血泪倾，西台恸哭独垂名。子陵滩下潺湲水，犹带当年呜咽声。

鲁军一去四十年今忽归来喜成一律

一赴戎场不再逢，江南江北寄行踪。思乡梦逐烽烟远，念旧情随岁月浓。在昔才名推吐凤，只今艺苑羡登龙。相期更展冲宵翮，好趁扶摇上九重。

徐汝瑚

徐汝瑚（1907—1998），建阳人。国立北平大学法学院法律系本科、日本东京帝国大学研究院毕业。民国时，曾任北平中国大学讲师，福建学院副教授、教授，暨南大学、厦门大学教授。中华人民共和国成立后在司法学校及电视大学法律班任教，受聘为福建省文史研究馆馆员。

庵山即景（二首）

一

凌晨拄杖上山巅，东望迷茫云海边。但见霞光三跃浪，一轮红日碧空悬。

二

北峰俯瞰浦西舸，曲折南航入建河。公路蜿蜒车掠影，千峦万壑起烟波。

庵山吟

孤峰独耸障潭东，匍匐群山拜下风。岩似狮蹲泉隐吐，坛傍龙迸雾烟笼。鸾鸣竹浪声幽嘎，虎啸松涛吼碧空。处士石湖欣得地，结庵峭壁养真功。

王克鋆

王克鋆（1907—2004），字铁耕，小名维骙，宁德蕉城人。毕业于福建省政训所。曾在教育、财贸界工作。原宁德鹤场吟社社员、鹤鸣诗社顾问。著有《维骙小集》（“文革”中付于一炬）《归回馀稿》。

清明扫墓

又值清明节序流，柳丝无力却勾愁。先人冢树青如许，扫墓儿郎已白头。

下放故乡有感（三首录一）

无端遣返故山居，深悔儿时读父书。憔悴江湖三十载，不关名利为饥驱。

写　　怀

一声霹雳动乾坤，垂老参耕抵故园。秋早喜看稻菽熟，归迟幸有菊松存。折腰五斗羞无地，托足三年未入门。我比山僧还寂寞，更无人影问晨昏。

步春兄北山茅屋原韵

不求广厦许容藏，却喜栖迟别有庄。绕闼浮云过渺渺，穿檐白日去堂堂。频年偷虑胸中解，午夜欢声梦里狂。若得馀生长寄此，心香一瓣谢穹苍。

报载特赦战犯二百九十三人阅后有感

纵目江山万里春，回思往事倍伤神。罪愆自分遗千古，悔过犹能赎百身。岂可执迷仍故我，合当改造作新人。赦归共顶二天德，白首前程各自珍。

东湖塘诗（四首录一）

际门如齿漱江流，十里塘堤景物幽。试上塔山高处望，青青禾黍满田畴。

梁披云

梁披云（1907—2010），名龙光，又名雪予，永春人。曾就读于广东大学、上海大学和日本早稻田大学。曾任国立福建音乐专科学校、国立海疆学校校长。旅居南洋多年，后定居澳门。曾任全国政协委员，澳门特区筹委会委员、推委会委员，全国侨联顾问，澳门归侨总会创会会长，澳门中华诗词学会会长，黎明大学名誉董事长。先后获澳门特别行政区颁发的银莲花勋章和大莲花勋章。著有《雪庐诗稿》《雪庐诗稿续编》等。

澳门初夏凤凰木盛花

五月凤凰纷著花，参差巷陌吐朱霞。凭谁嫩绿深红笔，点染濠江十万家。

返 永 春

偶尔还乡入永春，溪山晤对倍情真。东关访罢登天马，茶圃柑林处处新。

雪如率惠娥幼娥叔蛟归国寄怀

横海将雏最有情，吾衰累汝又孤征。调糜笑语今犹昨，补屋惊心雨乍晴。卅载结褵慚浪迹，老来呼犊待清声。旌旗百万高歌日，五处相思说太平。

重九寄怀南州诸友

南溟风雨梦空驰，又负登高把酒期。海角听涛心自壮，东篱采菊意何之。千岩曙色兼天净，万里秋烟独鸟迟。作伴返乡前约在，江山如画待题诗。

《澳门日报》十六周年夜宴席上

入座浑忘孰主宾，胆肝相照映杯新。笑吟明月生南海，共盼晴光绕北辰。天水澄鲜秋更好，乾坤摩荡笔尤神。风雷鼓吹身都健，醉挹银河莫厌频。

重读虚之蜀道劳军感旧赠诗

秦关蜀栈劳军时，肝胆平生各吐之。愿我狂言时怒目，听君高咏辄舒眉。天人事业堂堂去，湖海襟期渺渺思。幸有清诗纪鸿爪，一回披读一神驰。

暮　　年

过尽崎岖入暮年，纵横意气逐风烟。宴居空抱扶危策，退食仍思种树篇。有子有孙聊自足，无趋无竞更何牵。馀生倘许长乘兴，一杖千岩作散仙。

浣溪沙·海山凝望

叠叠重重路几盘，来时非易去尤难。风斜雨细鸟绵蛮。　　已惯沧洲波浩荡，漫愁碧落月高寒。海天空阔独凭栏。

胡浪曼

胡浪曼（1908—1991），名桂浪，字迈，号浪曼，永定人。早年参与创办下洋公学，曾任汀漳道农民运动讲习所所长，南昌起义部队营副。后南渡星洲，历任《星槟日报》《总汇报》《星洲日报》主笔、总编。著有《曼园诗选》等。

中秋无月

欲赏中秋月，抬头数望天。万峰云雾里，何处觅婵娟。

马六甲道中

轻车飞向古城行，满野秧青农正耕。恍忆故园春二月，双柑载酒听啼莺。

慧园杂咏（三首录二）

一

油油草绿似平湖，画意诗情两不孤。欲寄数行山外友，淡烟微雨待骑驴。

二

到门有客反迎吾，日仿石涛山水图。况复调羹妙手在，园蔬漫摘胜郇厨。

题自摄双鹅图

一

泛渚眠沙处处情，不随鸿雁事长征。夜来添得新堤水，又见相依款款行。

二

爱逐朝晴玉羽轻，微波荡漾影双清。人间那得情如许，愧向江头忆旧盟。

光汉斋兰花三开置酒画横幅征题

醉乡久已欲为家，酒阵鏖兵勇自夸。楚畹曾经三次赏，湘缣还见一茎斜。二难美具杯头举，七字诗成手未叉。愧我不才徒好饮，也随人后足添蛇。

陈　鹤

陈鹤（1908—1992），原名瑞凤，字超凡，晚年自号闽叟、闽中老人，莆田人。马来西亚归侨。莆田第六中学教师，莆田市书法家协会主席，莆田市美协顾问。著有《陈鹤诗词集》三册。

鼓浪屿日光岩

琼楼玉宇小蓬莱，瑶草琪花处处开。辽海无边天作岸，峭岩绝顶石成台。穿云曲径迷人意，涵日烟波旷我怀。倚槛披襟同一快，雄风不为楚王来。

八旬双寿家不称庆惟楼前三角梅倍见鲜红，宛似为余祝嘏

三角梅开满院红，刊诗祝嘏意花同。不传香气招浪蝶，却爱丹青伴寿翁。结彩檐前呼喜鹊，举杯台上迓宾鸿。杖朝虚度酬家国，笔下山君海外雄。

涵江乡龙津社陈公文龙纪念馆成立画刺竹并题

虬枝南向精忠柏，耻见山河残半壁。刺竹森森智果旁，潇潇风雨为谁泣。西湖日耀照丹心，葛岭霜凄彰劲节。此君应是正气生，千古长青伴忠烈。

绶溪钓艇

漠漠烟光隐翠微，杏花细雨湿春衣。轻移钓艇菰蒲动，点破苍天白鹭飞。

咏菊花

不禁风雨芳菲谢，节到深秋三径香。独有黄花留晚节，繁荣战胜满天霜。

新桥夜泊

源从新港过新桥，海外归帆趁晚潮。静泊银河风月好，舟人弦管乐清宵。

冲心晓烟

轻烟冉冉淡沧洲，隔水崎山日色浮。朝气冲和萦古寨，养生应到此同游。

吴味雪

吴味雪（1908—1995），原名高梧，以字行，福州人。福州托社成员，中医主任医师。曾任福州市政协常委、福建省诗词学会理事、三山诗社副理事长。

随喜西禅寺，赠梵辉上人

偶发春游兴，西郊访众香。开山先石鼓，听水迩洪塘。丹荔浮禅悦，绿榕被佛光。披心参丈室，相对鬓俱霜。

己未秋重游白下

五十年前此地游，秣陵杨柳未经秋。而今憔悴西风里，尔失青青我白头。

品　茗

细啜香能舌本留，怡神养气胜珍馐。卢仝七椀宁知味，当酒寒窗话九州。

鼓山涌泉寺邀赏牡丹

何须洛下看花来，石鼓精蓝着意栽。魏紫姚黄虽不语，也知特为老人开。

铁佛因缘（二首录一）

铁树花开靡有期，佛堂雅集且吟诗。因依自是长年侣，缘法同参妙悟时。

观寿山石雕，琳琅满目，喜而有作

青田花乳传元章，昌化鸡血名益彰。寿山晚出更挺秀，瑾瑜璀璨发奇光。云蒸霞蔚具五彩，就中指屈推田黄。芙蓉出水温如玉，灯光照座寒凝霜。磨砻雕琢狮象虎，制钮神手推周杨。清卿薄意随色质，山水花鸟各擅长。晚获晤对常终日，为我治石留锋芒。东西两派今汇合，商略攻错欢一堂。流传异域惊绝艺，辇金求市争珍藏。

王映青

王映青（1908—1997），泉州石狮人。少年时离乡到南洋谋生，侨居菲律宾，长期在商行任记室。系菲律宾南薰吟社、岷江诗社及瀛寰诗社成员。著有《映青诗稿》。

庚申重五感赋

海外逢端午，何心问九天。栖迟蹉久客，哀乐过中年。举世惊烽火，一身累俗缘。故园归去好，风月正无边。

客居感咏

椰雨蕉风四季春，江山如画笑迎人。居夷漫作安家梦，易代终成异国民。老去诗书犹可读，闲来松竹总堪亲。浮生草草原如寄，风月婆娑莫怨贫。

怀　乡

山形虎踞水回旋，霞泽风光岂偶然。东望海天来紫气，西连关锁浥苍烟。弦歌学宇声华茂，极目江村景物妍。一片乡心愁日暮，钓游何处忆当年。

注：霞泽，村名，在福建晋江。关锁，塔名。

中秋忆旧

去年今日过中秋，五老峰前记胜游。喜看庐山真面目，更思岷海狎沙鸥。丹枫妩媚翻红浪，词客风流笑白头。猛忆故人天际去，寒蝉衰草怕凝眸。

翠华厅雅集

莫使流光逐逝波，翠华厅上且高歌。欢声动处诗声壮，春雨来时旧雨多。漫向骚坛张壁垒，相期风雅遍山河。斯文骨肉情何限，地老天荒永不磨。

赠李冰人社长

老来何幸识冰人，潇洒襟怀信可亲。林下闲情三斗墨，海涯高会一扶轮。横戈草檄思当日，无冕称王又此辰。南亚采风经历遍，酒诗长伴岁寒身。

王克鸿

王克鸿（1908—2004），字宾秋，又字如禧，笔名江鸟，宁德蕉城人。福建学院法律系毕业。历任省立三都中学、宁德县中学教员。宁德鹤场吟社社员，曾任宁德红旗诗社、鹤鸣诗社顾问。著有《盗天室吟草》。

读谢翱集有感

恸哭西台日，知交海内空。凄清心似水，磅礴气如虹。吴越文章满，山河感慨同。遗民终汐社，千载仰高风。

贵岐晚眺

独立江头望，归舟向晚喧。四围都是水，一屿自成村。蛎蛤天然利，鸡豚自在蕃。断云迷渡口，仿佛是桃源。

偶检旧箧得雪妃诗帕爰赋短章以舒积愫

罗帕香犹在，相亲不可期。吞声寻旧誓，忍泪读新诗。爱极翻成恨，情深竟似痴。怜才非慕色，心事两人知。

贵岐即事

黄叶村前夕照微，渔讴起处晚烟霏。乘风一舸如飞至，道是城关卖买归。

客窗偶成

半树秋声两鬓丝，满腔忧思一灯知。文章气节皆尘土，不是穷愁不作诗。

石笋客窗

路转峰回别一村，几间茅舍傍崖根。断云漠漠低于屋，修竹毵毵绿到门。风定江潮平似镜，秋高山月大如盆。东湖胸次舒寥廓，新境邻翁与细论。

陈海亮

陈海亮（1908—2007），字洗天，宁德福鼎人。曾任福鼎县图书馆及民众教育馆馆长、北岭中学教职。抗战期间，担任总政治部南昌战地文化服务处总处主任，回闽后升任省社会服务处处长、省政府视察等职务。晚年担任闽东台属联谊会副会长，福鼎台属联谊会会长，太姥诗社社长。主编《福鼎县文史资料》，撰有《拙诚斋剩稿》。

牧草吟（四首录一）

野草贱轻任雨淋，荣枯随化自浮沉。可吾寻到丰茵草，笑在眉头喜在心。

怀令成胞侄（二首）

赣北寄书

举目无亲久赣居，陌生犹子寄鱼书。慧心飞动真心跃，胜似千金惠远余。

故乡相见

同是他乡沦落归，相逢抱哭有馀悲。廿年骨肉流离泪，洒满元潭水一池。

久别怀林兄嘉澍（代柬）

契阔万馀日，悠如千载长。相距隔一水，不啻绝遐荒。怀思神独往，欲访桴难航。东望浮云驰，徒羡海鸥翔。佩君多建白，声名扬四方。嗟吾樗栎质，蹉跎梦一场。感承远存问，挚谊刻衷肠。行年及望八，满顶已凝霜。义高期重聚，幸勿托黄粱。鹊桥两岸架，盼早渡牛郎。来时轩驾归，车迎尘土扬。亲朋叙别愫，口泽有馀香。舍弟名振美，瀛洲教会襄。君如与相识，嘱渠雁讯常。佩玉薰宜武，请代问嘉祥。旅居多自爱，高寿宜还乡。匆遽献俚句，勿哂老犹狂。未罄万一悃，只此祝健康。

八秩自嘲（四首录二）

一

膺民选命秣陵驰，筚缕摧颓蹶马羸。心比天高招自苦，力如绵薄赚孤危。胼胝枉负奔波累，恩义长亏诧傺奇。颠沛此生何所有，仅馀方寸报相知。

二

投身抗日忾同仇，烽鼓栖遑半九州。寇袭车翻遭劫密，兵荒马乱历危稠。望门投止方张俭，坦步趋衙便督邮。喜卜晚晴苏蠖屈，桑榆拙守幸无尤。

宋省予

宋省予（1909—1966），谱名连庆，字谦卿，号省予，上杭人。中国美术家协会会员。幼随父习画，中学毕业后，先后在上杭树人学校、梅县美术专科学校、潮州镇海学校、上杭艺术专科学校任美术教员，1959年执教于福建省师范学院。福建省首届政协委员。著有《宋省予诗选》《宋省予画集》等。

春　游

春游芳草马蹄骄，握手班荆酒一瓢。践约追陪攀石鼓，临风歌啸傲江潮。客途有旧俱元白，圣代无人不舜尧。长羡身闲诗笔健，称觞岁岁庆花朝。

秋　花

花事匆匆剩几时，秋光淡淡动幽思。繁英委地无人扫，老圃经霜有蝶知。栗里黄香陶令宅，莲房红坠杜陵诗。徘徊无限怜芳意，长向西风怨别离。

壬寅过岩画兰赠地区文代会

离乡日久动归思，岁岁行装画与诗。途次岩城参盛会，漫留鸿爪写兰芝。

题丘洄山水图

云自无心水自流，松风吹老万山秋。居然一幅耕烟画，合赠君归作卧游。

李少奇画虎、丘洄补景，索余题句

李画山君丘补景，索余题句愧诗才。试看画理如人世，恐有雄风扑面来。

题牡丹图

持家建国唯勤俭，道德钦崇朴素风。一自承恩新雨露，神州无处不花红。

题松鹤图

松老成龙鹤也仙，一轮红起万峰巅。明时瑞溢多祺寿，耄耋期颐遍大千。

黄松鹤

黄松鹤（1909—1988），字漱园，厦门人。少年时南渡印尼。“二战”南洋沦陷期间，因参加抗日活动被捕，出狱后携家返厦避难。抗战胜利后居中国香港、印尼万隆。1981 年后居厦门，倡组漱园雅集。著有诗集《鹤唳集》《黄花草堂诗钞》《漱园诗摘》《黄花草堂别集》《煮梦庐词草》等。

题厦门万石岩新碑林

旧梦家山气象新，归来老我见天真。松间话茗宜招月，竹外听泉不受尘。终古云情闲自锁，依然石意笑相亲。岩碑错落留题在，对此能言更可人。

鹭江长啸洞读施李二公石刻唱和诗有感次韵

万里人归旧五湖，探怀犹剩破兵符。几番桑海黄魂起，一片岗陵碧血铺。行路何如山更险，渡江真比鹤还孤。摩挲残碣遗名在，愧向秋风话脍鲈。

庚子春节书怀

卅年湖海旧游人，节序芳菲话一新。碧树鸠呼何待晓，红泥燕逐不成春。闲门坐冷南窗雨，试墨磨开古砚尘。望里家山归棹渺，无心再问落花津。

三保洞怀古

奉使当年下垄川，天风浩荡拥楼船。衣冠寂寞山亭在，藤缆依稀石洞悬。两字平安三尺井，万家心愿一炉烟。余杭客过留题处，千载寻君更惘然。

和铭诗感怀（六首录一）

满腔垒块望穹苍，楚水吴山泪几行。蝉唱三年怜复社，鸡鸣一旦忆莼乡。寒枝已惯连朝雨，傲骨能禁彻夜霜。留得怀沙诗命在，幽情寄与旧松篁。

读眇公遗诗呈俊承秀伊二丈

伤春何事又伤时，落魄江湖杜牧之。无冕称王人去远，有家作客我归迟。红裙低首情犹在，白刃横眉事可知。不是陇西存二老，更谁校印眇公诗。

重阳节近怀寄正书

花期风雨近，独客思悠悠。叠浪歌来岸，堆山笑入舟。虎溪明月夜，鹿洞暮烟秋。归梦家何在，漫漫古渡头。

城头月

鹭江一别何时晤。追忆多成趣。藏海观涛，留云听雨。来去黄家渡。　　游踪遍尽江南路。最是逗人处。红荔横舟，黄花展墓。相对教无语。

虞　愚

虞愚（1909—1989），原名德元，字竹园，一字佛心。原籍浙江山阴，出生于厦门。曾入武昌佛学院、南京支那内学院学习，上海大夏大学预科毕业，就读于厦门大学教育学院，1934 年毕业留校任教。后离校从政，1942 年返校，历任哲学系副教授、教授。50 年代调北京工作，1982 年任中国社会科学院文学所研究员。著有《虚白楼诗》等，遗诗收入《虞愚文集》第三卷。

九日南普陀寺小集

旋磨乾坤等一劳，可堪节物入萧骚。战秋落木声声瘦，横海飞鸿点点高。天放名山容我辈，手携大句压惊涛。逢辰作健坚前诺，恐有新霜识鬓毛。

中秋节法源寺看月

笑携万古中秋月，来向庄严古寺看。缀露黄花犹皎洁，带星杰阁自高寒。清光炯照心源澈，短梦微怜履迹残。赖有丁香慰岑寂，钟声虫语落栏干。

庚戌元月梅生词丈八十生日，寿言交谊以祝之，录呈粲正

雪飘京国曾相对，春满鹭江喜再逢。南北相望思不尽，江山信美看无穷。神游万物陶甄外，诗在先生杖履中。安用养生求四印，曈昽快睹日方东。

十月二十八日又至北京

宣南已是三年别，留命重来喜可知。大国足稽天下士，长城或待北山诗。天回地转开奇局，雷动风行值盛时。从此不忧豺虎乱，五洲四海认红旗。

寄怀郎栋兼谢其惠正溪茶

尺素南来倍觉亲，可堪摩眼向风尘。十年家国无穷事，万里关河见在身。归梦欲呼沧海月，客心饱受正溪春。相从谈艺知何日？历历肝肠

久更新。

春日独坐怀故山

几回岛屿忆春临，两岸人家翠色侵。法曲妙于峤南曲，潮音胜彼世间音。云开远海千帆出，风落巉岩万木深。踏破九州吾亦老，梦痕境系好园林。

国务院恢复古籍整理出版小组愚忝为成员喜赋

神州文化地天垂，典籍如林系国维。抉隐钩玄原有责，焚经亡史夙同悲。闻风老骥思千里，迎日青松粲万枝。拟共群贤商邃密，追寻坠绪报明时。

厦门大学群贤楼前安立创办人陈嘉庚先生铜像敬题

演武场开大学堂，连云广厦起山冈。群贤楼接星辰气，此老功争日月光。缝掖匡时关至计，菁莪爱士固苞桑。渊渟岳峙供瞻仰，教泽高歌海水长。

黄双惠

黄双惠（1909—1989），女，宁德福安人。毕业于省女子职业中学，创办福安县妇女工读学校，一生为妇女教育、小学教育服务，任教师、校长。诗著《零翎集》等。

咏　　竹

幽兰长空谷，云岩生秀竹。昂藏浥清露，不屑折腰禄。

校门对岸景

婉转藤蔓短石桥，依依翠带雨中飘。数竿碧竹亭亭立，不向垂杨学舞腰。

菊花吟（六首录三）

一

孤高独自倚超群，端的经霜益自芬。何事秋来偏妩媚，不甘征逐嫁东君。

二

园角篱边取次探，扶疏黄绿自阑珊。依稀病客支离甚，犹待携持偎倚难。

三

一从谪落久经秋，溷此凡寰欠自由。何事低头无片语，问卿端的为谁羞。

玉楼春·自遣

新渌一杯澄于玉，倦意未舒聊细啜。闲看庭宇静悄悄，几案犹明颇悦目。　　心旷神怡一事无，阶上徘徊苔痕绿。清明时雨复时晴，蓦地枝头梅就熟。

沈济宽

沈济宽（1909—1992），号老济，漳州诏安人。旅居马来西亚，任古晋中华中学校长多年。曾创办《沙捞越日报》，宣传抗日。后从商，任沙捞越诏安会馆副主席、古晋福建公会署理主席。

故乡感旧（五首录二）

一

少壮离家老始归，故乡面目已全非。良峰莽地皆工厂，广宇民居绕四围。

二

南山寺在南山下，自小相亲不忍离。今日归来重见面，山青人老暗伤悲。

除夕有感（二首录一）

故乡远在白云边，江海茫茫路万千。十载离情谁可诉？空劳魂梦绕亲前。

汉宫春·诏安会馆成立五十周年庆典

结彩张灯，奏乐迎宾客，共庆金禧。双狮起舞助兴，演技精奇。连翩入座，对琼筵，互举金卮。五十载，驹光逝水，倾樽勿复迟疑。

回首当年建馆，想前贤策划，大费心机。今宵置酒聚会，尽是亲知。乡情畅叙，莫相忘，彼此提携。愿馆誉，蒸蒸日上，人人寿晋期颐。

吴春晴

吴春晴（1909—1993），南安人。毕业于上海大夏大学。1935 年任泉州《国民日报》社副社长兼编辑，1948 年当选国民党立法委员。1949 年去台湾，曾任国民党台湾省党部书记长，国民党候补“中央委员”、顾问。拥护祖国和平统一。著有《寻梦草存》。

重登赤嵌楼谒郑延平王祠

铩羽归来犹逐荷，侵疆还我旧关河。东隅事去真能补，鼎命天亡可奈何。庙貌心香人百拜，楼头烟雨梦重过。不堪西望丰州道，污尽家山鸟兽多。

大夏大学六十一周年

六一星霜转眼更，健强犹自颂天行。存疑出处亏名节，下笔艰难为述评。稷下堂谁依万柳，虞初世已换春明。丽娃河上潺潺水，可似当年弦诵声？

次均武公瀛社五周年志感

自将清课当衔杯，忘却星霜是几回。一例义熙存甲子，千秋正始起衰颓。藏山词钥心何壮，垂钓严滩事竟灰。此日凋零惜朋旧，天涯岁暮益增哀。

菲京赠伯施

遗文两代锓清芬，书礼桐南一线存。自古克家称有子，于今贻厥数诗孙。瀛天市远谁高隐，乱世兵多失故村。我托苔岑通气谊，十年前此共寒暄。

燕雏世讲书告其尊翁铁刘健在，附寄其所著繁霜榭诗词集，喜而有作

万金难抵一封书，况复平安竹报馀。燕翼贻谋豪有子，繁霜小雅感谁初。台澎首见吴中雁，淞宝深资隐者居。可奈治生无善计，眼看涸辙欲何如。

注：台员从未见有雁过。

元日和定公（二首录一）

十载长为客，惊心腊又残。连年谈挞伐，一棹返艰难。霁雪知何日，生灵正苦寒。神州烟点点，泪眼不堪看。

罗佩光

罗佩光（1909—1995），谱名珮光，别号任夫，连城人。早年就读上海中国公学，后转大夏大学。毕业后辗转于连城、长汀、永安等地任职。后去台湾，在省府下属部门任职，创立台北连城同乡会并任理事长。晚年曾回故乡探亲。著有《李白杜甫研究》等。

回乡（二首）

一

离乡卅载庆归来，久梦成真笑眼开。冠豸山前曾驻足，石门湾外我徘徊。

二

行装甫卸客频来，相见情怀笑口开。旧雨新知欢聚首，还期一统再添杯。

忆内（五首录三）

一

夙括诗词互唱随，遗篇披阅不胜悲。从今夜读伤无伴，兴到推敲又与谁？

二

生前误作平常妇，死后方知世上稀。遗作诗词千百首，如今无翼满天飞。

三

寂寞双溪夜又阑，虫声处处坐难安。窗前风月虽依旧，无奈楼空不忍看。

刘蕙孙

刘蕙孙（1909—1996），原名厚滋，字佩韦，室名双燕庐、水心草堂、莫愁精舍，江苏丹徒人。任福建师大历史系教授、福建省诗词学会顾问。著有《中国文化史稿》《中国文化史述》《刘蕙孙论学文集》《刘蕙孙周易讲义》《铁云先生年谱长编》《铁云诗存》《老残游记补篇》等。

有忆（二首）

一

四座谈风总不如，半生宦迹百囊书。不关兵燹残篇尽，莫再人间恼蠹鱼。（钱履周）

二

每到忘言不自持，胸中块垒竟谁知。宝公绫锦开图案，踯躅阳山老画师。（吴启瑶）

湖上杂咏（七首录三）

一

南渡繁华梦不留，西湖依旧水风多。一千年事无人解，谁识鄜王子弟过。

二

薰风送暑与湖居，百劫归来歇壮图。水似蔚蓝山似黛，一肩明月一囊书。

三

繁星如系月初沉，手把轻罗拂过茔。小夜曲传瑶瑟怨，隔篱吹送口琴声。

无　　题

火箭经天迈白虹，东风吹到广寒宫。千层冰影留环印，万里金飚破太空。莫向姮娥寻顾兔，欲梯明月射亢龙。青天碧海年年恨，从此团栾世不同。

念奴娇·武汉市逢端午戏填呈苏翁仲翔

石榴花发，又匆匆，荆楚朱明时节。角黍堆盘，缠续命，客里风光堪悦。采斗龙舟，幡簪虎胜，翻忆儿时日。轻愁如缕，浪游嫌有离别。

遥想南阁丁帘，正鲥鱼樱笋，雄黄蒲碧。玉腕金樽，私祝伊，江上远人珍摄。紫燕呢喃，多情应与我，早传消息。情怀慷慨，别付与坡仙笔。

洪干堂

洪干堂（1909—1998），漳州东山人。1927 年赴南洋谋生。1946 年回国。1950 年入伍参加革命。曾任东山县侨联主席、县人大常委、地区侨联委员、省侨联委员等职。著有《洪干堂诗词》。

黄道周四百周年诞辰纪念（二首录一）

四百年来几足俦？忠魂毅魄耀神州。婺源一战功难遂，气节如山万古留。

咏石僧拜塔

石肖高僧自不虚，袈裟礼塔起何时？禅心皓月长相照，古寺渔村合有诗。修炼倘能超物外，形骸何复滞山陂？如今我劝先生去，了却弯腰好展眉。

东山海上吟

苍烟翠雾罩山门，洲外之洲尚有村。夜夜月为沧海镜，年年舟吊汨罗魂。秋涛卷白梨花舞，晓曙浮红紫气屯。无限岩滩堪坐钓，何如大海逐鲸鲲。

洞仙歌·夜游石庙山佛寺

暮春过尽，又飕飕凉透。细雨如丝晚昏后。夜无声，山寺灯火窥人，炉烟畔，惟见纤纤素手。　相逢多旧识，南国萧娘，锦绣河山把她诱。便万里归来，不怕艰辛，心灵处，只求神祐。问甘露杨枝可还灵？且四顾凭栏，漫天星宿。

临江仙·题三友人合影

三十馀年成一梦，韶华暗换堪惊。小楼曾记话平生。灯宵留韵事，踏月向郊坰。　不尽沧桑陵谷感，相看鬓影星星。劲松那怕雪霜凌？几番风雨后，挺拔更长青。

杨贡南

杨贡南（1909—1999），名士琛，字贡南，号杜园、姜翁、晚香室主人，福州人。佛教居士。著有《杜园诗文稿》。

颂中英签署香港声明

平生扬眉事凡二，降倭与今收失地。卢沟衅启图鲸吞，河山破碎都郡弃。漫天烽火噬生灵，浴血八年始胜利。回头耿耿跂南州，明珠合浦还犹不？畴昔战败割边徼，英攫港九控咽喉。魁杰往往出患忧，活国强兵善运筹。樽俎笑谈消宿仇，居然玉帛化戈矛。两制奇策寓刚柔，眈眈束手息诈偷。行看璧还完金瓯，一朝洗尽百年羞。歼倭以兵此智谋，不武而威难中尤。敌成友兮史无俦，八纮啧啧亿民讴。讴声撼岳笑声稠，朝野一德勠力奋上游！如何台澎负嵎据海陬？阋墙岂许永鸿沟，狂澜且挽况细流。不闻往哲相射钩？莫恋蜃楼早归投，九州一统大白浮。

题《萨公鼎铭轶事》

清廷不纲疆日蹙，少小投笔誓匡复。长城海上倚元勋，破浪乘风作颇牧。一身尝悬国危安，四海咸尊此耆宿。奈何阋墙搒攘倾，骑驴湖上愤沉陆。慨然乘桴归故乡，桑梓敬恭广化育。赒饥拯溺万家佛，至今父老馨香祝。赫赫雁门故将军，寂寞鬻书舡作屋。立马矍铄拊髀嗟，北望中原看逐鹿。终睹承平宿志酬，甘棠泉山有小筑。儿时侍父觐堂前，姁姁温语宛在目。莫读父书人已老，忆公思亲失声哭。

注：公施赈南港时，居夹板船中，停泊江上凡数月。九十岁有立马小影，自题云："行年九十，壮志犹存。乘兹款段，北望中原。"

题郑善夫少谷草堂

高风劲节炳千秋，馀事词章也罕俦。未竟英才青史恨，堂前徙倚思悠悠。

迓太平

大义深明轻割舍，孤灯自照表坚贞。一场幻梦慵回首，耄耋同跻迓太平。

杜诗读后（三首录二）

一

字字珠玑谁可必，格高韵胜便难能。闭门索句怀无已，出语惊人拜少陵。

二

无心厚古薄时贤，争奈词坛阒可怜。自有千秋公论在，岂因显晦判媸妍。

张　述

张述（1909—2000），字孟嘉，惠安人。1934年毕业于厦门大学经济系。后往南洋从事华文教育。抗战期间任国民政府侨务委员会专员等职。抗战胜利后任厦门市银行行长。后在河北工作，1983年回厦门，任致公党厦门市工委主任、厦门市侨联副主席。著有诗集《诗海混珠》，编入《孟嘉诗文存稿》刊行。

寄寓台福星侄

泣对东陵阮侄诗，蓝关拥雪已多时。鲸波万里孤城渺，市虎三传两鬓丝。愧向乡贤怀往事，颇同越岛眄南枝。山丘华屋云烟逝，应有今生相见期。

戊辰春暮喜东郡世昌兄远至

半世参商隔海东，依然豪气似元龙。家山久别惊逝水，霜雪犹存不老松。闻道充闾有佳气，欣逢夹岸起春风。人生无限桑榆意，尽在庞眉杖履中。

塞上和陈君

越鸟何因巢北枝，木棉红豆最乡思。孙阳未遇休归里，平老当权许吟诗。焉得兰陵琥珀酒，漫谈沧海横流时。森森玉树凤池客，白首论交已大迟。

崇武建城六百周年抒怀

轮蹄历遍海东南，饮水长怀故里甘。瓯脱孤城人俊彦，屏藩两岸世夸谈。峥嵘堞堞翻新貌，浩渺烟波喜蔚蓝。桑梓敬恭嗟我老，发扬光大待研探。

喜闻惠安重修县志

地气氤氲古海滨，衣冠文物一时春。兰台石室重修整，竹素芸编喜创新。蝶梦乡园千里意，螺阳松柏百年身。包罗万象名山业，校勘钩沉费苦辛。

市侨联邀上虎溪祝寿

登高韵事承关情，应节虎溪寿老成。喜望崦嵫犹未迫，恐闻鹈鴂之先鸣。黄花菊酒欢秋节，贤主嘉宾颂太平。岁在龙蛇风浪靖，须登绝顶看崚嶒。

戊辰之秋回乡·灯塔

宅前灯塔瞰蓬瀛，指顾风涛世识名。一缕银光摇怒海，舟航过往任宵征。

潘主兰

潘主兰（1909—2001），原名鼎，长乐人。曾任中华诗词学会顾问、福建省诗词学会副会长、福建省文史研究馆馆员，国家一级美术师。著有《素心斋诗稿》。

壬戌又四月重游武夷

不寐连宵岂饮茶，浑忘逆旅即浮槎。且依卧榻听溪溜，犹念摩崖剔石花。莫测雨晴天气变，敢私泉壑世人夸。倦飞却笑投林鸟，输我遨游兴未赊。

画兰自题（四首选二）

一

禊事兰亭结古欢，茂林修竹映清湍。何如气类求贞石，同抱冬心耐岁寒。

二

沅湘终古集骚魂，空谷由来好托根。不与万花颜色斗，素心相对闭柴门。

迎　春

神州歌舞乐承平，六合同春万象更。花鸟也知迎节候，尽情开与尽情鸣。

写兰读骚图

爱写秋兰读楚骚，是何意态托霜毫。涂朱抹紫沧江笑，吾素吾行气自豪。

南京雨花台谒烈士陵园

头颅抛却换中华，悲壮忠魂绕雨花。郁郁松楸啼鸟下，篇诗凭吊夕阳斜。

自题竹石图

夜雨涨空塘，枝枝叶叶狂。固知标格在，偏为写真忙。

九十题照

貌无今日变，衣是旧时装。夷惠之间我，生来即倔强。

傅玉良

傅玉良（1910—1979），原名月良，连城人，罗佩光妻。台湾知名作家。省立龙溪职业中学毕业，后就读台湾师大夜间部。做过小教、职员。作品散文见于报端，有《傅玉良诗文辑要》行世。

春　感

潺潺流水绕孤村，花落堆红印屐痕。客里伤春复伤别，何年重返故园门。

长相思・秋思

桂花香，菊花香，深院残花少蝶狂。离人独举觞。　　夜苍茫，影栖遑。月照空闺人断肠，入秋天更凉。

更漏子・怀乡

故乡秋，疏荫薄，红叶一庭飘落。风瑟瑟，雨霏霏，旅人迟未归。

迢遥路，何时聚，思念孤鸿最苦。云暗淡，月朦胧，相逢唯梦中。

忆秦娥・怀乡

西楼月，寒风吹落疏桐叶。疏桐叶，飘飘似蝶，异乡伤别。　　年年今日深秋节，关山万里音书绝。音书绝，飘零游子，梦随乡月。

长相思・思亲

聚无常，散无常，飘泊人生独自伤，何时归故乡？　　夜长长，海茫茫，骨肉分离各一方，此情长不忘！

眼儿媚・戊午冬夜怀念亲人

怀人冬夜夜初长，梅影映纱窗。异乡做客，归期难计，鬓已如霜。

家乡万里同明月，骨肉在何方。离愁无限，与谁倾诉，两地思量。

郭宣愉

郭宣愉（1910—1987），号凤山老人，宁德福安人。省立高级理工学校毕业，一生从事教育事业，曾任福安一中工会主席。精通古典文学、诗词，擅长书法，为当时福安书法第一人，且对书法理论研究颇深。诗著《凤山集》。

论书三十绝（录二）

一

蚕尾银钩理要明，心仪手习巧中生。最宜自出无牵挂，方是高才盖世英。

二

书能脱俗始称珍，垂露悬针便入神。纸背直穿腕有力，一枝斑管重千钧。

悼念烈士黄丹岩同志

丹青千载仰同侪，岩上苍松挺不移。烈火金刚宁畏死，士民感戴哭桐西。

咏　　菊

秋来丛菊满庭陈，魏紫姚黄可比珍。座有诗书君作伴，时翻文史尔相亲。盛年豪气随陶后，晚节清香与柏邻。老际升平余热在，将临八秩志嶙峋。

注：1930年，曾栽菊数十盆，盛开之日，陶铸同志适住吾家，朝夕相处，受益启发甚多。

踏莎行·周宁鲤鱼溪

披彩飞光，吹花唼絮，泛波影动溪边树。悠然逝止忒多情，游人眷顾留佳句。　　额点龙门，书传尺素。藻香苔嫩春长住。远憧胜景叹蓑翁，何时得上浦源路。

黄秉炘

黄秉炘（1910—1991），字荣辉，号焕卿，宁德福安人。福安扆山中学毕业，历任学校训育主任、教导主任、校长、副镇长、火电厂督理等职。福安文史研究造诣颇深，遗著有《栖凤窗诗文集》。

八十述怀（四首录二）

一

前身合许是书痴，入世于今不计私。一切虚空宗老释，百般忍让效齐夷。兴来得句羞余唾，老去耽吟摈折枝。潦倒半生多错节，安然未损旧毛皮。

二

好作人师古所非，滥竽讲席教鞭挥。湖山早播繁花艳，韩坂旋追硕果肥。举目胜蓝桃李发，满头披白雪霜飞。文明盛世尊耆宿，到处推崇愧贱微。

吊屈原

世浊独清缘独醒，汨罗江畔自吟行。怀沙空尔倾衷曲，哀郢何能悟梦生。鱼腹葬沉千古恨，龙舟渡竞万民情。诗人去后忠贞在，赢得骚坛不朽名。

平斋兄屡以纸烟见贶感以谢之

故人遗我相思草，知我穷愁多潦倒。瓶空无酒奈愁何？坐困愁城形如槁。得此奇兵从天降，庭为犁平穴为扫。吞云吐雾耳目新，烟绕雾环幻文藻。飘然随风神与俱，历遍三山穷海岛。河山建设日日新，祖国风光更美好。千秋万代永升平，盛世党恩容吾老。

望海潮

山川形胜，韩城景物，人文自古繁华。驱雾撩云，惊涛骇浪，笔底竞走龙蛇。自笑乱涂鸦，西风何肃杀，争奈奇葩。白首雄心，破浪征帆去天涯。　　激情铁板铜琶。国际悲歌，狂飙呼啸，老当益壮堪夸。病树发新芽。胜似春光好，晚节黄花。且看秋来井圃傲霜赊。秋娘未老枫叶衬流霞。

蜜沉沉

携来玉液自天厨，蜜作杜康翠作壶。海底珊瑚红绰约，杯中甘露冽扶揄。初尝涔勺芳留颊，纵饮霞觥醉透霄。巧手良工夸造化，韩城佳酿誉清都。

注：蜜沉沉，福安名酒。

陈绵芳

陈绵芳（1910—1992），漳州漳浦人。黄埔军校毕业。抗战胜利后携眷赴台，经商，并从事诗歌研究。曾任台湾诗经研究会副会长。

漳浦八景吟咏（八首录三）

虎山怪石

漫山怪石自参差，兽宿禽栖景亦奇。不用良工加篆刻，形骸肖可辨雄雌。

龙井甘泉

泉迸龙喉穴自开，如珠滚滚挟江来。碑铭文有朱公笔，客里题诗梦忆回。

梁岳晴云

瑞气周流绕一梁，去来离合任徜徉。卷舒高挂金冈上，影落山阳宰相乡。

敬和万年弟感怀（二首）

一

从心简服上飞机，卌载还乡面目非。离合悲欢相见泣，尤嗟发皓老朋稀。

二

迎送瑶章拱璧珍，尖峰似笔兆祥麟。怀乡念祖伦常重，跋涉舟车晤故人。

刘崇峰

刘崇峰（1910—1994），字斯湛，以字行，福州人。福建省诗词学会会员、福州铁佛因缘成员。著有《馀馨室诗稿》。

忆老梅

壬戌嘉平，谢义耕家集吟，纪念陈无竞先生百岁诞辰，拈题限“涯、花、斜”韵。

冰姿铁骨发为花，无限风光遍海涯。百岁香台遗范在，上心疏影尚横斜。

中秋望月，怀旅台三兄弟（六首录二）

一

三十年来盼至今，沉鱼渺雁一无音。青天碧海何从问，抚臆难禁泪满襟。

二

月里婵娟知不知，雁行影乱最堪悲。白头未识谁多健，客次今宵可有诗。

甲子初冬，荷泽禅院集吟，呈梵辉上人

精蓝随喜值佳辰，难得高僧不避尘。骚意禅心谐雅契，清吟联席十三人。

林少穆公诞生二百周年献辞

祛毒返民魂，此功古未有。粤海挫夷风，沉陆挽在手。方期藏殊勋，胡乃翻坐咎。佥壬安足论，宸听蔽非偶。负屈无怨尤，荷戈毅西走。许国秉忠贞，浩气贯牛斗，祸福不避趋，生死轻已久。馀绪理边陲，荒漠化绿亩。随地可利民，风徽足启后。岳降纪佰年，厘祝竞晋

酒。所喜今神州，无复闭关守。互市遍寰瀛，四境皆窗牖。香屿告珠还，九京当颔首。公志已尽酬，醒狮发巨吼。

蔡君谟公九百七十五周年诞辰暨纪念馆落成志盛

鲤湖泻入木兰水，代出名人良有以。端明学士忠惠公，鸿才博学耀青史。循吏儒林两传之，千载乡邦谁媲美。利民功著洛阳桥，荔谱茶经馀绪耳。辉煌新馆辟今朝，万百纪公永无已。

刘松年

刘松年（1910—2003），字老苍，福州人。中学语文教师。

纳　　凉

无灯无月坐墙隈，迎面南风拔弄来。似与吟人助幽趣，一星蓦地划天开。

菊

牡丹富贵非吾愿，桃李秾纤怯履霜。唯有篱边容寄傲，寒英劲节挺秋光。

意芗谈诗主清、新、真，甚获我心，记之

必曰宗何派，徒然瘦与寒。欲还真面目，须脱旧衣冠。意惬生清籁，心雄写险滩。书籍容坐久，诗境海天宽。

听蛙池馆

飞檐碧瓦漾清漪，斋馆毗连傍下池。墙外山如人露髻，门前柳为客轩眉。常赓酬唱蛙三鼓，足慰孤芳菊半篱。座上未嫌来不速，东家添酒我添诗。

蒋颐堂

蒋颐堂（1911—1979），字养天，号长乐酒徒，晚署惜农山农、岩

前叟，长乐人。书法家、诗人。

应福州西湖二届菊展征吟率赋博粲

满城雨霁过重阳，金蕊湖村一味黄。应有桂丛惭并艳，任教梅萼妒先芳。诗如明月开高会，花共西风战几场。我与樊川豪兴近，吟鞋踏遍九秋霜。

乙卯秋日为兆凯兄画并题

自署藤山一酒徒，兴酣悉意写狸奴。颇嫌脂粉污颜色，为问饶兹手段无。

西湖菊展观后漫赋

秋残错认是春回，万紫千红费剪裁。疏雨冷烟湖上路，无人不为看花来。

读松村前辈《思亲》遗作，和韵（四首录二）

一

一生一死见深知，里闬过从溯旧时。展读遗诗逾念友，纵横老泪可胜悲。

二

故人有子佐明时，告慰泉台可杀悲。愧我风怀骎减尽，小诗勉和一酬之。

张永明

张永明（1911—1983），原名维烈，字焕光，号永明，别号观沧海日楼主，武平人。中国大学国学系毕业。先后在武平、福州等地中学及福建省立音乐专科学校、福建师专等校任教。1947 年去台湾，历任台北师范、东吴大学等校讲师、教授。著有诗文集《居台吟草》《风尘漫草》等。

初至佳里寄示台北旧友

欣闻斯里素称佳，袱被南来暂作家。莫谓塞翁悲失马，可怜螳臂欲当车。身经大病神犹健，节近中秋月自华。寄语群公应释念，唯希鱼雁到天涯。

辛卯除夕曾国光乡兄招饮松山寓庐感作

几回翘首望归程，万里关山入梦频。目下即更新历日，尊前喜见故乡人。不闻腊鼓催年夜，只为郊居隔市尘。犹有家乡风味在，感君饷我玉厨珍。

丁巳岁暮感怀（二首录一）

卅年空望归田庐，荏苒风尘逼岁除。我自祭诗陈酒脯，人家祀灶荐椒糈。老来无复群儿兴，病久偏教百事疏。陋室一楹聊寄迹，庭园荒秽未曾锄。

赠晓梅赴美深造

晓梅为童济贤君之令媛，兹因赴美深造，爰赋诗篇，以留纪念云耳。

富丽繁荣海外天，伫看远去意缠绵。喜君从此登云路，顾我依然困市廛。回忆前尘如逝水，不知何日是归年。临歧一语聊相赠，爱惜春华猛着鞭。

秋夜读书

中夜兀然坐，挑灯读我书。神游千载上，时入二更初。唧唧声相和，优优意自舒。沉甜忘寝食，此乐复何如。

琅环诗社击钵联吟之作·夜月小集

莫教回首望家山，喜得良朋会此间。今夜月明凭共赏，且将樽酒洗愁颜。

中秋深夜不寐感作

秋来渐觉客情非，望月思乡未得归。如此团圆如此夜，人间天上巧相违。

谢义耕

谢义耕（1911—1988），原名荔生，福州人。工书善篆刻，著有《二无斋诗稿》。福建省文史研究馆馆员。

立春本慈惠梅，赋谢

不是寻常事，今朝觇我梅。闻香非咫尺，顾影欲徘徊。寒未从心转，春先触手来。入门妻子笑，尽意看千回。

十一月十五夜中庭独坐

诗新酒美月当头，不信人间尚有愁。望着长天无一滓，坐过中夜孰吾俦。万家都在清光里，大地难容只影留。似此团栾非独赏，关河景色浩难收。

九日孟玺、子仲约集西湖，不遇

去年重九记屏山，又是相逢指顾间。却喜佳辰人作健，若忘今日事犹艰。满城风雨原如此，少日光阴总不还。着意寻秋秋在那，菊花想亦愧衰颜。

九日江头小步

九月授衣天未霜，槐花夹道色深黄。敢因小病辜佳日，偶爱闲行趁夕阳。照水才知双鬓改，登高非复少年狂。江山自古皆如此，不惜风光惜晚芳。

无竞师九十寿

师九十、我六一，老者安之少者吉。月食太仓谷三斗，坐似洪荒忘得失。默诵典谟若有思，胸次枒杈文与字。故旧去来一杯水，颂今讽古生清致。每闻新政开笑口，便作佳题出妙手。平生爱国爱物心，敬恭厥躬乃忠厚。是何因缘坚固力，此身堪为世之则。儿女半在天之南，孙曾又在海之北。岁时问安附有诗，伻者叩门来得得。喜雨乍寒天欲雪，梅花消息春在侧。待宴期颐我古稀，应笑门生头尚黑。

肖　华

肖华（1911—1992），又名肖晔，字亮东，明溪县人。归化县立新民小学毕业，曾任温庄小学教师，后长期在家务农。晚年眼疾仍吟咏不辍，被称为聩瞽诗人。

偶　怀

书剑飘零袛自怜，雄飞志气付沦渊。凄凉人事遗长恨，潦倒风尘误少年。际遇迍邅难避命，行经坷坎竟由天。生涯粉笔原消极，国难临头强着鞭。

无　题

厄逢阳九十年前，离别亲人各黯然。流落那堪怀往事，归来差喜叙馀缘。清才一代为君惜，野老三朝自我怜。毕竟男儿能本色，激昂休废祖生鞭。

中秋遣愁

日月其除不我留，六旬加六又中秋。一轮天上清光满，万里人间薄雾浮。潦倒半生归索处，激昂馀气付寒流。吟情偶动因佳节，聊赋巴词籍遣愁。

蝶恋花

我恋红尘君作古，梦里相逢，惆怅人天阻。琐尾流离无救补，君灵不泯追孙武。　　代谢新陈成历史，事业继承，传统耕和读。凭吊心香如草束，九宵含笑何须哭。

潘　受

潘受（1911—1999），字虚之，原名潘国渠，南安人。新加坡著名诗人。19岁赴新加坡，初任《叻报》编辑，先后执教于华侨中学、道南学校等校。1937年任南洋华侨筹赈祖国难民总会主任秘书。后辗转到重庆，抗战胜利后返新加坡。1953年参加筹办南洋大学，后出任秘书长。1994年获新加坡卓越功绩勋章。著有《海外庐诗》《潘受诗集》等。

东南亚上空夜飞短述

未敢高吟动帝宸，飞槎欲拂女牛津。九天相遇云成队，四大皆空月是邻。稍脱世间人事扰，始知局外客观真。兵戈何者非蛮触，海浅东南又有尘。

得龙老澳门来诗次韵却寄

渐老方惊岁月驰，故山又负菊花期。管宁渡海将归否，王粲登楼且赋之。光射斗墟龙剑在，秋兼兵气雁书迟。临风待践平生约，草草聊先报此诗。

谢云声以悼波外翁兼题其遗诗之作见寄，次韵一首

了无所恋亦英雄，琴操安能尽醉翁。衰世悠悠馀叹凤，壮夫往往殉雕虫。九州回首吴趋远，一水招魂楚些同。吟罢玄晖刘墓作，梦中乱草咽悲风。

夜梦蒋抱老明日忽得其耶嘉达书及新什，写此却寄兼讯梁大

得安枕处便安居，烟雨蛮村结里闾。乱世多成风后絮，故人相忆梦先书。老投市井深怜子，高咏江山尚起予。烦与伯鸾问消息，苦窥光怪斗牛墟。

南园送别第一届毕业诸生二首（录一）

满目芳菲也，春风第一期。草俱怀远志，树亦解相思。忠信无夷夏，声华各鼓旗。汤盘堪作则，新又日新之。

注：远志一名小草可作药；南园大门夹路种相思树。

闻庄居士有诗相赠久未见寄，寄此速之（二首录一）

久矣疏相见，传闻有赠诗。不胜延伫甚，何以寄来迟。架课拙千帙，笔挥愁一枝。图南鲲辈在，吾亦滞于夷。

甲子秋集美鳌园谒嘉庚先生墓（二首录一）

忍对新亭泣楚囚，起呼炎黄援神州。追随杖履才如昨，谒墓门生已白头。

满 江 红

新加坡东海岸勿洛为1942年日占领军大屠杀华人之一处，今成歌台舞榭、呼卢喝雉之场所，月夜过此，茗坐感赋。

东虏南窥，闻曾此、狂屠吾族。千义士、血添波浪，海翻红哭。何处鹃来凭吊骨，当时鱼避横飞肉。渐夜深、渔鬼火交明，悲风作。
尘劫换，笙歌续。沿废垒，驰香毂。满月台花榭，酒春人玉。拂镜翩翩狐步舞，绕梁隐隐乌栖曲。尽坐间、呼喝助寒潮，喧幺六。

赵复纾

赵复纾（1911—2000），名宽，字绰庐，惠安人。早年毕业于苏州

美专，师从徐悲鸿。后在厦门的小学和职业学校任教，以书画名。1949年到香港，不久移居台北，长期从事美术教育。后病逝于美国洛杉矶。先后加入惠安初社、厦门筼筜吟社，著有《倚月楼诗存》。

渔篷相违卅余载，鱼雁不通。庚申除夕忽得来信并诗，喜成二律却寄（二首）

一

初社当年年最青，君今花甲我稀龄。沧桑世事山中弈，聚散人生水上萍。烽火鸿飞乡国远，云天雁断海门扃。此生应见河清日，不信苍穹醉不醒。

二

百战山河万劫秋，天教海峡作鸿沟。登楼曾不仲宣惑，对酒还知平子愁。瀛宇别开新世界，人间安访旧朋俦。卅年阔别相思苦，双鲤欣逢除夕收。

赴崇武诗社宴诗以留别并表谢忱

月满高楼绮宴开，群英毕至乐衔杯。创坛广结盟鸥客，入座应多吐凤才。尘海风涛吾老矣，金城杨柳可叹哉。峡云飞越匆来去，明日天涯员峤回。

望高石晚眺

望高石畔垒萧萧，百战山川洒血描。天海量沙初罢唱，江流锁铁未全销。荒丘啼鸟悲华屋，夹岸飞花送客桡。欲吊诗魂何处是，夕阳斜照夕阳寮。

自注：望高石位厦门同文书院旁，诗人阮畴生夕阳寮遗址。

奉和云山先生《五十述怀》

潇湘烟水未归人，云海栖迟久避秦。勤化台员山上雨，桃花种作武陵春。

观雕塑崇武故乡模型有感

莲花旧城廓，突兀海之隈。一别三十载，缅邈空梦回。楼阁仲宣恨，江关庾信哀。果老原仙客，山川咫尺开。宛从千里外，缩地入蓬莱。雉堞喜无恙，鱼龙欲出来。汉高新丰市，王溃望乡台。乡思倒慰藉，刻画妙肖哉。

林振新

林振新（1911—2003），常用名井心，字汤铭，莆田人。教师，国家级田径裁判，体育记者。毕业于上海东亚体育专科学校，历任福建省体育科学学会理事、福建省体育文史委员。著有诗集《学诗》。

悼周总理逝世周年次陈景汉韵

浩浩英名贯九州，苍生恸哭巨星流。风云世荡斯人杳，将相才兼孺子牛。大厦极难支一木，高寒终自有千秋。年来不尽沧桑感，更为伤麟一唱酬。

次和憨生中秋夜坐

喜是斯文日再中，百城坐拥万嚣空。五年小试冰霜劫，千载知难案牍同。河汉有云虚夜月，檐阶凝露对西风。岂无一可如今日，肯信秋诗胜夏虫。

申父堂上折枝梅花

陡向堂前见一枝，三分风韵七分诗。欺将白雪香犹暗，绊得先生梦不支。时亦有天青眼近，世如在夜故交知。封书纵隔河桥路，肯放山陬与水湄。

山中夜坐

对面青山看几回，苍茫夜色一灯催。鸟声如隔樊笼怨，月影知将何处来。入世无欢金作祟，依人有恨路须猜。却怜赋客山村少，春草春花处处栽。

偶　成

春去今年未有诗，可堪老是不吟时。旧朋置酒欢犹作，细雨泥人病亦支。落尽好花归燕子，搜将新句抵良医。门前未辨先生柳，敢道高风某在斯。

题陈经邦故居

尚书旧第拟甘棠，今日风来草又香。四百年中苍狗幻，旁人休问是何乡。

韶山冲毛主席故居

假得奔轮四百程，韶山冲里景行情。门前一片荷花水，沁得游人远更清。

陈禅心

陈禅心（1911—2006），原名陈春霖，字畏佗，莆田人。抗战时期投笔从戎，加入中国抗日空军第四大队，被誉为抗日空军诗人、集句圣手。福建省文史研究馆馆员，福建省诗词学会首届理事，著有《抗倭集》《沧桑集》《江汉词钞》《海峡和平合一家》等多部诗词集。

鹧鸪天·纪念抗日战争胜利四十周年

饮至筵开四十秋，回思浩劫赋同仇。尸峰血海人烟绝，弹雨枪林士气遒。　收失地，伏顽酋，穷兵黩武梦全休。中华统一今朝事，胜算还须俊杰俦。

定风波·两岸同胞纪念妈祖诞辰1026周年

海峡和平颂女神。中华值此振兴辰。一水分明衣带似。桑梓。门闾犹倚百年身。　　胜友广交关大计。时势。台澎莫更隔朋来。谁遣五洲航海稳？风顺。浪恬波静护归人。

卜算子·奉怀台湾军政界老同事

旧识苦无多，我已垂垂老。偃蹇蓬庐不计秋，觉还觉青春好。　　忍话抗倭年，寸寸心如捣。久别时时望断鸿，人也归飞早。

霜天晓角·怀台湾国民党爱国元老于右任先生兼寄旧日空军诸同事

一群鸿雁，无复同霄汉。那得再凌云翼？战线共，长相见。　　谁教袍泽散？思量难觏面。华夏天开新貌，和平事，全民愿。

临江仙·庆祝全国政协成立四十周年寄赠海外“三胞”

政协年周四十，披肝沥胆殊勋，何山青不接昆仑？天开新日月，人辟旧乾坤。　　世局最宜安定，神州只一朝暾。前嫌涤尽了无痕，和颜期此会，平气赋同文。

思佳客·纪念柳亚子先生一百周年诞辰

天上人间隔梦思，早年直欲拜吾师。请缨锐意从飞将，赠序同仇誓抗夷。　　南社立，北庭悲，国魂唤醒吼雄狮。追随革命劳喉舌，举世争瞻绝代姿。

满江红·开发湄洲湾，振兴莆田市

文献名邦，风华里、壶兰照邑。今古事、郑樵通志，后村词笔。荔子桂元天下誉，梨园田径神州识。念民族，节义壮文章，英雄迹。　　天后贵，航海吉。湄港建，群才集。更资源广进，振兴朝夕。万舸运输夸得便，三胞来往欢何极？看中华，统一赋和平，腾飞急！

注：福建省莆田市湄洲湾是海峡和平女神妈祖的故乡，孙中山先生曾在建国方略中提到开发它的计划。

邓　拓

邓拓（1912—1966），原名邓子健、邓云特，福州人。曾任中华全国新闻工作者协会主席、《人民日报》社社长兼总编辑。著有《燕山夜话》《邓拓诗词选》《邓拓散文》《邓拓文集》等。

游杜甫草堂

浣花溪畔草堂开，几度梦魂展谒来。骨瘦心坚诗朴厚，满园老竹伴寒梅。

天安门（二首录一）

举国欢腾起舞时，天安门下动遐思。春秋大事书万卷，不敌英雄纪念碑。

颂山茶花

红粉凝脂碧玉丛，淡妆浅笑对东风。此生愿伴春常在，断骨留魂证苦衷。

题　画

三十年前赋远游，八闽山水少勾留。只今解放新时代，回首乡园喜有秋。

记梦，用毛主席《答友人》七律原韵

五更风雨梦如飞，烟水苍茫夜色微。话到海山无滴泪，写来笔墨不沾衣。高情消尽千秋怨，碧血凝成万古诗。默向长天寻新路，霞光芳雾映春晖。

留别《人民日报》诸同志

笔走龙蛇二十年，分明非梦亦非烟。文章满纸书生累，风雨同舟战

友贤。屈指当知功与过，关心最是后争先。平生赢得豪情在，举国高潮望接天。

郭虚中

郭虚中（1912—1971），字展怀，号砚池、剑池，宁德福安人。上海东亚大学、中国公学大学部、日本东京帝国大学毕业。曾任商务印书馆编辑，国立暨南大学、国立英士大学教授，后回闽执教。有多种文史等类著译行世。

恭读毛主席诗词

雄文四卷发灵光，犹托声歌启八荒。独有心胸开万世，不关辞采轶三唐。眼中事物多奇迹，腕底江山尽胜场。一怒风雷天下服，九州生气荡诗肠。

杜二娘制小青端砚（四首录三）

吴门杜二娘制小青端砚一方，背镌双燕飞翔杏林，以小篆题“杏林春燕”四字，面凿莲叶水池，旁卧一蛙，皆极精致。余二十年前尝见于榕垣沈氏斋头，乃其家传旧物，后未知何时流出。立哉[①]院长近偶从冷摊得之，真巧遇也，展玩之余，漫成四绝。

一

端溪四山下龙渊，中有岩璞藏千年。鸾刀踏天割龙尾，坐令几案凝云烟。

二

妙手吴门杜二娘，镂金镌玉石生香。鬼工雷斧琢成器，霜毫一夜飞清光。

三

尤物从来等凤毛，浮沉湖海感牢骚。脱囊盛世得知遇，石不能言亦自豪。

注：①立哉指时任福建师院院长张立。

金缕曲·读王仲瞿先生诫子勿识字诗感作

纵得金如屋，把人间、奇书珍籍，兼收并蓄。半世寒窗灯火里，笔底琳琅珠玉。只换得、盘中苜蓿。勿怪苍师初作字，已累他神鬼宵宵哭。千秋罪，功难赎。　　先生此计思真熟。看古来、许多名士，都遭穷酷。信是文章难当饭，日日斋头枵腹。总输与、庸庸之福。莫向蠹篇精力尽，悔归来嫂傲妻儿辱。刘项辈，何曾读。

黄寿庆

黄寿庆（1912—1984），上杭人。1935年厦门大学数学系毕业。曾在厦门大学任教。后任福建泉州国立海疆学校、福建航海专科学校副教授，大连海运学院、西安公路学院副教授。

寄　　友

分手琴冈夕照中，天涯海角偶相逢。头童齿豁垂垂老，岁暮情深处处同。故土闽西多壮志，赤都陕北立新功。他年兴尽归来日，细与朋侪话旧衷。

月夜书怀

世事沧桑变幻中，岂能成败论英雄。周唐宫殿埋荒草，秦汉兴亡付转蓬。胜地杉城传盛事，炎黄华胄立奇功。中秋月色明如许，普照环球感应同。

和包树棠先生赠诗

学习认真勤看书，羡君早日乐宽馀。老当益壮身犹健，南望云山一襟舒。

张兆荣

张兆荣（1912—1985），仙游人。早年毕业于日本早稻田大学政治经济系，曾任西北大学、西北工学院、南京大学等校教授，1949年8月到厦门大学，任经济系、国际贸易系教授。曾因历史问题长期遭受不公正对待，“文革”后平反。

癸丑初冬十一月四日，与易庵、陈佳、丙仲、修祺、仲玉、仲云诸友修禊太平岩寺，分韵得删字

莫笑老夫筋力孱，犹堪拄杖强登山。汲泉煮茗禅房内，剔藓观碑崖石间。良会缘君怀故友，胜游共我慰愁颜。终朝联句豪情在，日暮只应促驾还。

丁巳除夕感兴（四首录一）

好风落帽忽经年，鹭岛平居意适然。送酒宁忘良友德，持家端赖老妻贤。谛观古籍三千卷，赋就新诗一百篇。多谢旧时李明府，岁除又寄草堂钱。

己未感事呈匡校长

二十一年弃置身，何期此日见阳春。钟山含笑迎来客，白下相逢有故人。契阔师朋罄积愫，团圆婿女叙天伦。从今唯竭驽骀力，四化前程斩棘荆。

己未重阳

沦落天涯二十霜，闲情今始度重阳。持螯把酒邀新雨，扶杖登台望故乡。雁叫西风声惨烈，马嘶落日气悠扬。昇平盛世欣重覩，朋辈何时首一昂。

将返厦大，拜别匡校长亚明师

春风坐我忽经年，拜别登程一惘然。鹭岛几番延故客，金陵无计献新篇。诲言尚乞随时锡，伟绩行看到处传。夺取长征新胜利，诸维康健寿绵绵。

题郑成功读书处

太平岩上白云飞，想见书声落翠微。暂借林泉温史策，欲凭肝胆挽天机。雄师威逐红番去，义帜光增白日辉。叹息英雄长作古，夕阳空送晚潮归。

贺刘浑老赴政协报道

佳讯传来慰我心，喜心倒极泪沾襟。只今还盼曩时友，次第同霑傅说霖。

注：杜甫诗："喜心翻倒极，呜咽泪沾巾。"

黄寿祺

黄寿祺（1912—1990），字之六，号六庵，宁德霞浦人。北平中国大学国学系毕业。历任福建师范大学中文系主任、教授、副校长。曾担任福建省政协常委、文史委副主任，省诗词学会首届会长等。著作有《群经要略》《易学群书平议》《汉易举要》《周易译注》《黄寿祺论易学》《楚辞全译》多种易学论著及《六庵诗选》《蕉窗词》等。

洛杉矶南港纪游

太平洋上浪排空，万里天风拂藐躬。我似沙鸥舒两翅，飘飘双袂任西东。

鲁迅先生诞辰一百周年纪念大会敬赋

早期国运得新更，血荐轩辕吐赤诚。一卒彷徨犹战斗，百年涵煦见清明。最难师表长垂世，何止文章独擅名。禹甸群才称济济，几人伟大似先生。

与王西彦诸同志乘汽艇环游鼓浪屿有作

海天南国正清秋，鼓浪乘风绕屿游。龙虎两山雄对峙，鹭浔双水汇洪流。延平垒壮怀先烈，沪上人来喜旧俦[①]。吟眺何须愁暮霭，日光岩好在前头。

注：①指王西彦同志。

赴厦车中作

论文又向鹭江行，难得征车趁乍晴。波静远帆疑不动，云开列岫似来迎。秋田经雨禾添实，老树当风叶有声。转瞬名城三五过，每凭里语辨前程。

嘉峪关

层楼杰阁耸云烟，天下雄关在眼前。皑皑祁连峰上雪，滔滔讨赖峪中泉。长城东去如龙体，远客西游正虎年。俯仰山河今胜昔，登临能不赋新篇！

庐山纪游

槐轩昔日说庐山，山在江湖浩淼间。峭拔轩昂凌五岳，燠寒宜适甲天南。风云变幻尤谲诡，岩洞灵奇恣跻攀。皋比坐拥陈形势，指掌掀髯到夜阑。夜阑人静一灯明，剡藤手擘染丹青。图成密密题诗跋，期我名山早晚行。此事磋跎二十年，高人骑鹤已登仙。我如陈烈居闽海，州庠讲贯守青编。不觉星霜添两鬓，敢期风范继前贤。佥谓我劳宜暂憩，匡庐逭暑足林泉。得谐夙愿亦欣欢，旋携笠屐出杉关。新建鹰潭才小驻，浔阳又听水潺湲。凌晨挈侣上庐峯，车路蜿蜒若跃龙。山下微晴山半雨，山头奔雾漫长空。行人咫尺颜莫辨，置身恍在云海中。十日栖迟留牯岭，探奇抉胜穷幽靓。晓霭风飘乱絮堆，寒泉月照空无影。山光水色景交融，深林滴翠草抽茸。曲磵闲游扶绿竹，层峦凭眺抚孤松。北行穿过香山路，花径亭台开晓雾。大林寺畔咏桃花，乐天于此留佳句。至今有亭称景白，犹引行人频驻步。散原碑记擅雄文，剥落莓苔读无数。仙人幽洞名西北，佛手岩端富奇石。玉液琼浆不断流，鼎炼丹砂栖羽客。江心扬子有归帆，眼底东林谁卓锡？观妙亭高野趣饶，老君殿古空陈迹。西向芦林桥上度，镜湖一曲看浴鹭。黄龙寺掩松篁坳，手抚婆罗三宝树。石门深涧峙西南，天池峰上曾留驻。远公高致久低徊，阳明题石欣如故。南游转进含鄱口，彭蠡风帆天际走。汉阳峰耸入青云，我欲直上扪星斗。俯身远望见金轮，渊明醉石在陶村。栗里风光堪揽结，一杯我亦欲忘言。科头留影东南征，纡回更上女儿城。女儿城傍玉山顶，遥看云霞缕缕生。云霞倏忽去无踪，五老峰秀玉芙蓉。太白书堂虽不见，千秋犹令仰高风。峰下丛林三四所，华岩路与栖贤通。逢吉读书传折桂，众流海会共朝宗。兼得考亭弘教泽，洞规白鹿古今崇。回头却过汉口峡，三迭飞泉在岭东。东西两谷通无阻，日照深隧似穹窿。山巅耸立诺那塔，转瞬浮雪面面封。东北有坡名好汉，悬崖峭壁百千重。濂溪墓在莲峰下，襟怀霁月想音容。烟霞胜慨探难尽，逸兴常留永不穷。生莫恨晚空怀古，古人不见今人功。环山驰道数百里，锤幽凿险媲神工。截涧拦河发水电，电光明与日月同。何待夜游更秉烛，林栖宁复惊伏戎。宾馆殷勤迎过客，剧场歌舞乐朋从。疲癃有医为施药，童稚有师为启蒙。芸阁羽陵富图史，歌声弦诵彻苍穹。此乐王谢不能得，遑论屡空之陶公。生际休明万象新，名山事业莫因循。归吟长句记鸿爪，梦魂犹绕碧嶙峋。

蝶恋花

居闽苦雨，重游京华，风和日丽，杨花如雪，拂面沾衣，欣然有作。

连月闽中频苦雨，九十春光，黯黯无寻处。踏遍仓山多少路，冻云寒雾迷深树。　　不道重来京国驻，门外楼头，镇日杨花舞。好景应添闲意趣。陶然亭畔吟诗去。

念奴娇·楚天怀古

古来三楚，聚天下文苑骚坛英杰。屈贾高才，喜嗣响王粲登楼卓绝。崔颢题诗，祢衡作赋，故事争传说。琴台如昨，钟家犹见由蘖。

共仰霁月襟怀，爱莲周茂叔，丕承前哲。佼佼船山逢鼎革，俟解遗书盈箧。当代词林，湖湘崛起，有主盟人物。纵观今昔，吟情应许清发。

杨敬村

杨敬村（1912—1990），建瓯人。无锡国学专门学校、南京政治大学高等科毕业。民国时曾任福建省地方行政干部训练团教员、《南方日报》编辑、建瓯县立中学教员、南京政府社会部观察等职。中华人民共和国成立后，任建瓯业余中学教员，福建省文史研究馆馆员。

游归宗岩

寻幽攀曲径，拾级路朝天。山顶疾风渡，岩间夕照穿。林深稀鸟迹，寺僻远人烟。愿继曹刘后，归宗度晚年。

秋夜独步江阴公园

江滨漫步夜苍茫，几点星辉映水光。月照孤松惊影瘦，风吹细柳觉衣凉。亭边石径堆霜叶，阁上疏林拂粉墙。俯仰人间头已白，冰心一片对云端。

示子侄

杨氏遗徽世泽隆，渊源久远著高风。传家祖训守清白，报国史功惟尽忠。五代尚书非可耀，四朝元老不夸崇。培根始得根基固，衍盛应求今古通。

钟山弟兄久别四十年再聚榕城志念（三首录一）

黯然断雁望云山，几度沧桑几度关。莫道秋蓬飘海角，尚留白发在人间。琴声三叠见珍贵，旧雨重逢岂等闲。记取今朝此盛会，此生此会几时还。

沈郁文

沈郁文（1912—1994），漳州芗城人。曾任教员。后被错划为右派，以卖饼为生，常吟咏以自娱。著有《书梦集》。

摘　帽

满引醇醪舞夕晖，北风吹过景风吹。金鸡遍照南冠落，细数飞花总不知。

禹甸回春（二首录一）

燕舞莺歌暨九州，白云苍狗去悠悠。道陵掣剑妖氛静，晏子登台庶政修。日月经天开朗照，江河行地任安流。十年国事难回首，浊浪掀天一叶舟。

元日南山寺和韵

多负流光饯腊冬，春元初动梵王钟。空门十指迷华蝶，净境几疑拜赤松。一树梅花矜我瘦，伊人诗思斗春浓。人生过隙随陈迹，屐齿何时续雁踪？

苍园定居

一生流徙无常住，晚近栖迟有小庵。排闼已嫌冬向北，推窗差喜夏朝南。啼蛩月黑疑相吊，落木秋深病不堪。三十年来回望处，疑山梦泽路漫漫。

寄思云东北

深林伐木响丁丁，尺素书缄万里情。陇上春风吹谷雨，樽前佳节过清明。江干杨柳怀张绪，塞外牛羊滞子卿。浊世浮沉谁是主，问君健否羁边庭。

喜蔡东君见访

侧路停车盖，蓬门当落晖。多君如晏子，不谓故人微。薄酒聊成礼，浮生念久违。明朝嵩屿路，分手各依依。

郑朝宗

郑朝宗（1912—1998），字海夫，笔名林海，福州人。1936 年毕业于清华大学外文系，1938 年到厦门大学任教。1949 年赴英国剑桥大学留学，1951 年回国后，任厦门大学中文系教授、系主任。1979—1985 年再任中文系主任。曾任福建省文联副主席，1989 年任福建省文史馆副馆长。

喜迎春

腊向尽，鼓频敲，千军万马迎高潮；争改革，开新局，好一派中兴气象也。喜赋一律。

积阴为患久艰危，扫尽残云是此时。负重难依羸马力，创新须拜哲人师。事能谐俗终如愿，计倘非疏莫更疑。炼得补天修月手，誓将衰貌变雄姿。

雨中谒林文忠公纪念馆

漫天春雨细如丝，来拜高人万古祠。四壁巍峨陈伟业，一龛庄重见威仪。庭多竹石饶生意，案有诗书系梦思。无欲则刚公所尚，两间正气赖扶持。

祝建校六十周年

树蕙滋兰六十年，而今名字更芳妍。当时开辟原非易，中道流离亦可怜。雨过百川争浩瀚，春回万象竞婵娟。前头尚有艰虞在，珍重吾侪好著鞭。

国庆节前夕听叶剑英委员长讲话感赋（二首录一）

良宵闻吉语，百念集孤襟。喜极翻成涕，情多不碍吟。卅年分裂苦，一夕思量深。辗转真无寐，悠悠报国心。

戊午春月首登武夷

风光虽好鸟声喑，万象沉冥直到今。我愿众灵齐引吭，闽中山水要新音。

黄山归来有感

八闽文献久消沉，敢有豪情继严林？已分冥顽同槁木，山灵触我旧时心。

都门访钱默存值其出国讲学怅然有作

摄衣来拜振奇人，叩户方知误却春。廿载相思悭一面，可知俗骨佛难亲。

郑丽生

郑丽生（1912—1999），字一序，号恬斋，福州人。福建国学学校专修科毕业。历任《南方日报》《中央日报》《福建时报》等多家报刊编辑。中华人民共和国成立后，参加《汉语大词典》编写及审稿工作。福建省文史研究馆馆员。著有《玉兰庵诗钞》。

熊猫行

世界稀有动物中，我国熊猫称特独。其形似熊复似猫，具体而微性和睦。耳耸目睕口鼻高，胖胖身躯便便腹。乳脂毛色斐成章，宛若玄圭间白玉。岷山秦岭峙西陲，万转千盘通巴蜀。插天碧嶂郁岧峣，烟雾弥漫迷卉木。四时少暖而多寒，积雪皑皑被隧谷。坚中能兽耐冰霜，偏向遐方蕃厥族。丛篁绵密恣优游，淡泊自甘寡嗜欲。竹萌竹叶及竹枝，适口充肠无不足。温文亦自具威仪，竹鼺穿牙咸慑伏。时攀高树饮清泉，吐故纳新知自淑。偶然延致至通都，得觏丰仪夸眼福。从来物以罕见珍，奚诩凤毛与麟角。顾兹瑰异閟巉岩，典实末由稽往牍。考古学家费探求，若干万年前旧躅。谓在北京人时代，遍布江南逮河朔。自然环境后变迁，适应范围渐敛缩。四川盆地隔尘嚣，原始森林犹荒服。穷陬乃有此孑遗，一脉尚延丁绝续。而今划为保护区，王朗[1]地居平戎属。猎蒐樵采厉禁悬，虫豸获全俾孕毓。瀛寰艳羡我琛奇，争欲观摩活化石[2]。我作歌诗为发皇，信手拈来好题目。

注：①王朗，川北平武县属，今划为熊猫保护区。②熊猫于今世界除我国外，几已绝种，外国人已有“活化石”之称，石字古音读蜀。

古藤歌

瑞云岩上烟岚蒸，草木密蒙多古藤。此间此物成特征，只惜不为前人称。何来修绠与长绳，披离纷拏满丘陵，刚强柔劲势厉凌，纵横排奡肆骄矜，宁甘委屈勃然兴，扶疏直上最高层。篠篁森郁石硼磴，老柏乔松皆友朋。龙蛇空际恣飞腾，日月无光天阴凝。吁嗟兮闽山我几遍行縢，似此古藤见未曾。

喝水岩

无水亦佳处，怡然见涌泉。喧中知有寂，劫外信皆缘。共领迷茫趣，如参自在禅。雨山看更好，转不逊晴妍。

洪塘吟集

为展端阳一举觞，故人风雨聚洪塘。眼前胜景金山塔，心上孤臣曹石仓。芳树依然畴曩碧，横流更比去年狂。酒阑不尽登临意，徙倚青冥望八荒。

游湖绝句

冒雨冲烟水几弯，舟中私喜此游闲。游山争若游湖好？饱看环湖面面山。

张瑞莹

张瑞莹（1912—2005），字子纯，号云豀，漳州云霄人。少年就学晚清廪生陈荻园创办的高山讲舍，为业师得意门生。原云霄县政协文史委主任。曾任福建省诗词学会理事、云霄县漳江诗社社长。著有《云谿吟草》。

秋瑾烈士就义八十周年纪念（四首）

一

九霄凉露盼婵娟，九畹幽芳浥蕙兰。漳水云山怀女侠，那堪“愁恨感千端”。

二

长忆银釭午夜青，寒窗风送读书声。宝刀磨砺锋铓出，赢得辉煌奕世名。

三

沧海空教精卫填，轩亭碧血万年鲜。成仁取义伤人杰，每对遗篇一泫然。

四

秋雨秋风八十秋，炎黄奋起振神州。九京好慰英雄愿，十亿元元展壮猷。

注：光绪戊寅（1878），烈士祖父秋嘉禾任云霄厅同知，子媳随侍。翌年烈士诞生于衙邸。迨己丑（1889）秋公再任云霄，烈士已髫龄，邸舍书声，邑人称颂。

忠荣世弟自台返里祭扫先茔

展拜先师墓，峰峦碧四围。慈祥怀教泽，质朴仰清徽。瓜瓞绵明德，佳城静晓晖。东风春浩荡，海峡彩云归。

云霄师范楼廊

运启文明曙色开，峥嵘楼阁巧安排。荆榛满地更番斩，桃李成畦取次栽。共说沧桑终递嬗，重闻弦诵几低徊。新花吐艳新苗茁，知是春风化雨来。

孔庆铨

孔庆铨（1912—2009），字志超，上杭人。早年就读于上海正风文科大学，1949年东渡台湾，任静宜大学教授。著有《南征吟草》《瀛海行集》《词学十论》《诗词与习作》《志超文集》等。

杭川杂咏

杭川城郭壮江滨，雉堞雄豪镇八闽。赣浙牵连通粤桂，参差叠瓦似龙鳞。

杭川竹枝词（十首选一）

闻说杭川西校场，新都建市尚堂堂。长街十里东临郭，高石桥头照夕阳。

来台卅载纪旧有感

奎星塔影砥中流，袍岭朦胧水上浮。舟过石潭人偃息，风高土埔月含钩。渡江击楫人何在，投笔书生志未酬。遥望回澜三折水，临行悲愤恨难休。

金山凭吊

远视金山接太清，烟霞飞起脚边生。遥遥折水环如带，落落山峦起伏间。如此江山如此美，奈何天地奈何情。梦中岐路无他嘱，愿我常临载酒行。

西安牧笛

春风杨柳拂如丝，牧笛无腔信口吹。牛背横时新芍药，陇头兴到竹枝词。西安有忆徒伤梦，东岛无由寄远思。安得昔年歌乐地，重骑竹马似儿时。

驷马樵歌

出自西门望眼舒，大桥通驷爽风徐。雕栏石砌应犹昔，护岸垂杨可复初。夕照樵歌传隐约，晓岚枫叶影扶疏。几番绿岸怀春意，风景依稀入梦余。

袍岭朝云

挂袍山影入苍冥，晓起朝云映眼青。危岫浮岚遮砌道，奇峰郁垒护圆屏。钟声雾掩闻山寺，风过松香满室馨。昔日龙华开法会，曾经顶礼诵丹经。

王仲焜

王仲焜（1912—2015），字同任，武平人。长期在银行任职。主编《武平金融志》，合编《武平乡贤诗联选抄》，曾荣获国家、省县级健康老人称号。著有《西窗漫草》《期颐摭拾》等。

游福州鼓山（二首）

一

驻足榕垣日日闲，初秋时节访名山。龙泉洞内泉甘美，喝水岩前水不还。新竹参差绕古寺，奇花吐艳缀禅关。达摩面壁清幽处，安得结庐隐此间。

二

峰头小憩兴悠悠，无限风光眼底收。僧隐山中忘岁月，云封洞口记春秋。滔滔川水朝东海，济济人烟是福州。怅望家乡何处是，飞帆点点马江流。

早春登梁野山

梁野巍峨插太空，攀登心似少年雄。云飘曲径千层白，春染枝头数点红。石鼓高悬迷雾绕，禅林深隐乱山中。柱浮出米传奇迹，览胜还须上险峰。

谒岳王墓

莺飞草长武林春，西子湖滨谒岳坟。“还我河山”怀壮志，“精忠报国”表坚贞。中原怕复愁昏主，冤案形成恨佞臣。千载难平三字狱，炉香岂足慰英魂。

杭州西湖杂咏（四首录二）

一

参差竹径通幽处，佛寺长廊别有天。寂寂花阴梵音静，柳边停歇待船归。

二

平湖如镜静无波，画舫轻摇听棹歌。闻说中秋三五夜，长天一色月明多。

李拓之

李拓之（1913—1983），晚年自号衍碧楼主，福州人。1931 年主编《南华日报》《朝报》的文艺副刊，后任中学教员，并从事文艺创作。1949 年到北京新华通讯社工作。1953 年受聘为厦门大学中文系副教授。后被错划为右派，1979 年得到改正，重回厦门大学任教。所作诗词编入《李拓之作品选》刊行。

白城晚望

海水扬波夕照斜，白城一逻望中赊。星辰闪烁三千界，岛屿迷茫十万家。太武潮音催曙梦，延平垒火发春华。老渔能话前朝事，指点空台噪乱鸦。

游厦门鼓浪屿

园亭小筑枕寒流，丛绿风吹水国秋。揽梦市声虚入榻，负暄海气浩当楼。闲云一往无归鸟，高柳孤垂有去舟。指点延平遗垒在，至今万马看潮头。

无题（二首录一）

二十年前此处居，月光曾照夜窗虚。倒流逝水伤无及，直上层峰愧不如。匝地繁英红掩映，参天乔木绿扶疏。重来南普陀边路，难得春风尚拂予。

哭邓拓（八首录二）

一

鹃啼何处与招魂，纸剪梅花致九原。生献危言撄世网，死怀直节甲天阍。文章未必投圈溷，日月终教照覆盆。泪洒春风遥告汝，神州今已转乾坤。

二

凤池共砚记髫年，惜别丘园几度迁。慷慨重逢燕市酒，蹉跎相隔鹭洲烟。心声剩有忧先句，手泽残藏劫后笺。国正需材人已往，嗟予一读一泫然。

赠虚受回国观光

浪迹天涯鬓已皤，壮游远志岂蹉跎。思乡梦断行吟久，怀国忧深陨涕多。花放初惊新岁月，燕归犹认旧山河。故庐门巷依稀在，若盼亲人一再过。

以诗代简寄苏一隅（二首录一）

逖闻游子解征衣，玄鬓西投皓首归。四十年中羁讯渺，八千里外友声稀。天涯料汝情难遣，海上逢君梦已违。太息故交零落尽，何当相对话歔欷。

注：苏君自蜀返闽，盖离乡几四十年矣。

鹭江胜迹杂咏·海畔钓矶

楼望迎仙世已非，书堂无复挂蓑衣。门前海水如山立，何处重寻旧钓矶。

注：金榜山迎仙楼，唐陈黯所居，书堂有新罗松二，海畔有石即黯钓矶。

郑华民

郑华民（1913—1987），又名衍庆，字怡轩，泉州石狮人。早年曾在厦门《江声报》安海分社任职，抗战前夕往菲律宾，历任华侨中西学校教务，菲律宾《公理报》《大华日报》《华侨商报》编辑、记者，主编《艺风》《艺林》等专刊。参与倡组南薰吟社、岷江诗社和籁社。著有《怡轩诗草》。

偕友游黎刹公园

难得鸥盟续，郊游乐靡涯。劳生怜草草，世事感花花。撩思千丝柳，擎天几树椰。殊方多美景，愿共赏芳华。

登马罗山

葛岭归来兴未阑，今朝又上马罗山。车声得笃市声远，人语钩辀鸟语蛮。剩有游踪留岛国，不堪回首望乡关。刘郎重到知何日，草自青青水自闲。

谨次吟侣《简岷江诸诗友》原玉

鸥盟海外喜重寻，诗满奚囊酒满襟。默对流光惊岁暮，且将潭水比情深。离愁缕缕长亭柳，客思悠悠两地心。棹返岷江期不远，好携春酿赏瑶琴。

友人赠句谨依瑶韵奉答

椰岛栖迟事舌耕，青毡黄卷卅年情。一生耽好诗兼画，四海交游弟与兄。世累无多成逸话，乡心何限付吟声。照人古道频关切，午夜青灯入眼明。

春草（二首录一）

绿映帘栊细雨馀，离离原上待吹嘘。戏看扑蝶香侵袂，却待囊萤夜照书。见说酬恩犹可结，为留生意不须除。东风吹醒骚人梦，正是池塘得句初。

和友《秋日郊居即事》（二首录一）

园门虽设不常关，延客同消半日闲。更上层楼凭远眺，白云深处是家山。

董　珊

董珊（1913—1987），字纪弥、几微，福州人。毕业于厦门大学。曾任《汉语大辞典》编辑。福建省文史研究馆馆员。

福建逸仙艺苑纪念孙中山先生诞辰百廿周年敬题

先生之名永璀灿，先生之度靡涯岸。致力革命瘁终生，屈而能伸凭实干。帝制流毒二千年，手破天荒捣稀烂。共和由此渐肇基，亿兆斯民祛灾难。何妨总统再为民，爱国忧时议论新。三策揭橥重联共，是诚至理合书绅。即今红旗遍大地，高瞻一着喜成真。诞辰回首百廿年，人间燠煦乐新天。一笑同胞虽隔海，遗箴应不忘生前。秋风起兮乡思绵，曷归来兮跃蹁跹。

寿山石歌

混沌疑开又一天，娲皇采处不知年。连峰作势绵春黛，得地钟灵蕴玉田。到此允符仁者寿，多君奢想石能鞭。浮生半日消奇境，也复濡毫学米颠。谁道青山不白头，只今头白转风流。泥沙尽洗呈尤物，文采何来豁众眸。稽品欲添求古录，趋时合扁富民侯。入秋还称黄花艳，定惹诗声未肯休。我岂生公说法来，停车岌嶪暂徘徊。搜同拱璧休矜价，历纵红羊那便灰。但得野人常与块，莫嗤废物总成材。些些珍重携将去，欲与黄金竞筑台。成羊故实费推寻，输与传薪阅历深。多少溪山收罨画，等闲人物待钩沉。逢场甘下畸才拜，面壁何殊胜景临。恨不灵犀通一点，漫将格物论从今。

题集邮簿

方寸巡行大块宽，尽黼畦畛入团栾。绝怜万里传书后，犹许人间作画看。

貂裘换酒·闽清黄乃裳纪念馆落成，赋贺

地拓蓬瀛外，问当时，英雄有几，这般能耐。未觉遐方光景异，凿此山环水带。仗群力利他何碍。别出心裁耕壑好，翊邦交，夷夏黼疆界。论创业，足模楷。　　州人相向轩眉再。最难忘，菁莪造就，芬贻新代。多士扬舲弘教化，犹话先生风采。又岂逊乘槎浮海。八十年来追往昔，俨堂堂博望风流在。春尚驻，世虽改。

金缕曲·厦门大学六十周年校庆暨陈嘉庚纪念堂落成志盛

卓立摩苍昊，溯黉宫，鹭江新构，士林犹噪。五纪芳韶陶冶地，何限猗兰香草。记曾与弦歌年少。半壁东南资钥智，看千红烂向枝头早。敷化雨，冠闽峤。　　华堂盛世瞻清晓，尽先生国光故实，枌榆能道。壮岁海天飞舸去，名满十洲三岛。只馀事归舒春抱。慷慨输将衡卜式，问封侯那及培才好。烟水话，共鸥鸟。

张秉恭

张秉恭（1913—1987），漳州云霄人。曾任国民党云霄县党部文秘人员；新中国成立后，任云霄县政协委员。

咏马山诗

绿野平畴望蔚然，扶疏桉树绕村边。杜塘灌溉渠畦满，岁岁长为不

旱田。

哭母（三首录一）

西山怅望白云浓，恸哭临风叩昊穹。线断故衣痕尚在，百惌莫赎憾无穷。

悼　亡

伤心时节届清明，挈女携锄上冢行。一路鹃声都是恨，十年鸳梦总关情。筑坟未就贫怜我，奠酒无多量适卿。愿得精魂归石上，他生重证白头盟。

过虎头潭（四首录一）

忍见当年掩泪题，荒山古寺草萋萋。依稀景物犹如是，憔悴香魂何处栖？几树绿杨斜照冷，一帆归棹暮烟迷。陌头辜负春光好，载酒无心问碧溪。

七十书怀

如霜两鬓怅鬅鬙，七十惭无一事成。学殖空疏难应世，交游寡陋拙谋生。疗饥欲借紫芝曲，耽咏犹怀庸社盟。差幸有儿知奋读，韦编期不负前程。

刘浑生

刘浑生（1913—1992），字勖中，宁德福安人。曾任闽警一期毕业，莆田、仙游等县警察局局长，厦门鼓浪屿区分局局长、警察局主任秘书，福建省保安司令部中校视察、第四行政区专员公署主任秘书，厦门市警备司令部上校军法司主任，民革厦门市副主委等职。诗著《勖中遗玉集》《勖中吟草》。

鹤　子

饮啄相随意气豪，翩翩傲骨胜儿曹。他年声闻于天去，也算吾家一凤毛。

答福安旧雨

盘错方成盖代材，有谁物色到尘埃？游秦张仪何曾死？破楚吴胥早不来。饮雪尚持苏武节，歌风应上沛公台。潜龙且耐秋江冷，只待春时起卧雷。

甲寅回乡杂感（四首录一）

成尘往事眼中遮，竟落陀罗一树花。碧血青山怀壮烈，白云苍狗话桑麻。蠹鱼枉食神仙字，倦鸟羞还处士家。只为恩仇难解脱，吴钩空映鬓霜华。

重游西湖有感

再过西湖四十年，双堤垂柳尚依然。五陵裘马今何在？三竺风烟剩目前。花港观鱼怀旧侣，孤山寻鹤问青天。朱云愿似飞来鹤，飞向三潭印月边。

寄伯圆上人诗

曾传共命有频迦，与子同庚岂有差。飞燕伯劳殊志向，孤鸾灵鹫各天涯。空馀野老谈双虎，浪说诗名负八叉。寄语故园春总好，云游毋忘望京华。

在陆军325师起义35年纪念座谈会上，回想起国民党325师副师长陈言廉率部在晋江安海龙山寺起义，怀留台旧雨

三十五年旧将台，龙山寺外阵云开。陈侯英气今犹在，蒋氏朝廷去不回。堪笑田横甘自缚，应知张翰是真才。血浓于水君知否？无负炎黄一脉来。

春日登鼓浪屿水操台怀古十六韵寄台湾旧雨

报道新年近，登临旧将台。龙旗扬海宇，虎贲劈蒿莱。尺剑驱夷

虏，偏师定厦台。南明王气尽，北伐荩臣哀。未遂焚巾志，空怜济世才。台澎遗爱国，经堧守成呆。鹿耳门潮恨，牛心战阵摧。丹心辉日月，赤手震风雷。二百馀年后，重遭割地灾！可怜蓬莱境，遍是劫馀灰。抗战全民起，万千白骨堆。马关仇可复，台岛必争回。惨胜来非易，阋墙事不该。田横不可取，汉帜岂易猜。中国皆龙种，何妨两制开。寄言问游子，底事尚徘徊。

陈建英

陈建英（1913—1996），字涓音，号浪墨轩主，福州人。福建省文史研究馆馆员。

福州怡山西禅寺春游

乍别西禅复几时，名蓝新貌更矜奇。花迎笑靥心如醉，山接吟眸步自迟。遣兴何妨茶当酒，抒情奚止画兼诗。寻芳偏是清幽境，十丈红尘识破宜。

读邓小平同志南巡讲话感赋

南巡谆诲释群疑，华夏春生不姓资。新蘖欣欣荣共向，和风习习惠均施。活源天地俱开拓，特色江山任骋驰。万道雄关俱敢闯，前程展望尽雍熙。

缅怀周总理

恩逮群黎尽子来，解悬一日感天开。雍熙重见唐虞世，辅弼宏施管乐才。微笑声威扬四海，高瞻形象耀三台。星河耿耿心相照，不着人间半点埃。

南京长江大桥

劳者能收造化功，人工制胜力无穷。架梁铺轨飞天堑，填石沉箱入水宫。烟散车过桥以下，电通梯动堡之中。蜿蜒十里龙何矫，横跨长江势更雄。

重游玄武湖

秋昊无垠一碧晴，明湖潋滟笑相迎。短栏柳拂铜钩井，复道藤缘木架棚。白苑传餐常座满，翠洲待渡恰舟横。前游卅载过如昨，景物依然未陌生。

春　　草

恍同秧陇较高低，绿满芳塍雨半犁。一例春风勤化育，参差良莠却难齐。

郭毓麟

郭毓麟（1913—1996），字浴菱，福安人。1931 年就读于厦门大学，后毕业于福建协和大学。曾任福建协和大学中文系副教授。中华人民共和国成立后任职于福州师范学校、福州教育学院。福建省文史研究馆馆员。著有《蛰庐吟稿》。

《汉语大词典》第二次审稿会议告竣，留别省主编洪笃仁、顾问黄典诚两教授

患难馀生两鬓更，鹭江椠笔慰平生。心田时雨歌新政，口角春风感盛情。巨擘容斋罗体要，片言鲁直撷精英。囊萤书味分明在，多恐离居茅塞萌。

自注：余一九三一年负笈厦门大学，在囊萤楼上课。

春雨连绵寄叔有

韶华逝水去骎骎，雨晦真怜欲陆沉。春半闭门花事尽，日晡倚槛客愁深。纷纭世事伤经眼，寥落朋交几赏音？剩有旧时同学侣，相期不改岁寒心。

过得贵巷旧居

旧巢难觅燕泥香，一度经过一感伤。屈指世交馀几个？牵怀儿辈尚他乡。柴门终隐惭元亮，信史能传羡子长。履约易辜吟社散，饯春空有泪盈觞。

英华中学鹤龄楼夜眺

灯火层楼不夜城，悠悠诗思望中生。天擎高月容无影，树撼微风静有声。零露忽惊千瓦湿，停云乍觉四山平。年来师友愁分散，数追残更梦未成。

述　　怀

未悔当年献厥辞，庾尘一例掩清姿。是非那得淆分界，敌友宁容溷举旗。文字祸身多直士，宫闱乱政半妖姬。春风换劫襟怀爽，愿假馀年稍学诗。

百年难遇岁朝春

百年难遇岁朝春，耀眼风光分外新。秉轴初开长治局，席珍行作小康民。安贫心不簪缨羡，娱老情唯翰墨亲。循例隆冬招雅集，桃樽共醉福骈臻。

有人不知诗为何物，戒子弟勿学诗，赋此喻之

缘情言志此心声，异代殊方起共鸣。李杜今犹喧国际，风骚最足见生平。兴观群怨宏收效，草木虫鱼广识名。堪笑俗人轻鄙弃，岂知诗乃艺之精。

黄墨谷

黄墨谷（1913—1998），女，名潜，号墨谷，同安人，出生于鼓浪屿。厦门大学中文系毕业。历任马来西亚槟城福建女师教员，新加坡建

国学校校长，缅甸福建女师校长。1953 年到中国科学院工作，后在河北省师范学院中文系任教。1987 年被聘任为中央文史研究馆馆员。著有词集《谷音集》，编著有《重辑李清照集》等。

有感二首（录一）

衡门之下可栖迟，绕树飞乌得一枝。自是中流沉滞久，落帆彼岸尚惊疑。

注：余于丁卯年（1987）滥竽中央文史研究馆。

披云兄书赠武夷山诗依韵和之

吾闽风物此山奇，客舍挑灯诵好诗。自分今生燕蓟老，凄凄归思梦醒时。

鹧鸪天

丁卯（1987）暮春，小院丁香盛开。风雨连朝，落花满地。惜韶光易逝，美景不驻。感赋。

烟雨溟濛三月时。丁香一树纷离披。紫浅绿深何清丽。槎高梗短总参差。　闲伫立，玉阶墀。天边燕子归飞迟。无端向晚东风急，吹落琼英化作泥。

念奴娇

庚申（1980）三月，披云兄来京师，阔别数十载，相见恍如隔世。

卅载燕北，叹淹滞、光阴毕竟虚掷。花谢花飞春已暮，依旧长安倦客。笔砚荒芜，琴书尘垢，往事空追忆。故人相对，惆怅今夕何夕。　又见魏晋风流，续传书谱，铅椠求翰墨。惊蛇舞龙神韵好，如此雄才卓识。华夏奇文，瀛寰瑰宝，碧纱劳护惜。新词题罢，知音自古难觅。

念奴娇·奎翁命题五一盛节图

江南屏障、绕山城，滚滚长江潮急。舒卷红旗千百面，来报大同消息。层雾烟消，高云风暖，军民欢庆日。如斯佳节，欣逢开国第一。 将军百战疆场，数韵诗成，巨声如霹雳。建设家园，万众齐心努力。夜雨巴山、问何年，认取旧游踪迹。九龙坡外、群峰青翠欲滴。

金缕曲·赠杜民同志

同作长安客，最难忘，团城故垒，垂柳千尺。杯酒论文当年事，惆怅光阴虚掷。早两鬓皤然斑白。我已古稀君花甲，算凌云壮志、皆陈迹。多少恨，忍追忆。　　惊涛骇浪都经历，扫寒斋，图书满架，耕耘朝夕。欲写疆场英雄貌，来补乾坤空隙。有万字珠玑盈册。了却人间繁华梦，只相观而善，意相得。时翘首，跫言逼。

注：五十年代初，杜民同志与外子竹韶同参加筹建革命博馆工作，筹备处在北海团城和故宫。余时适赋闲，常游焉。乙丑，杜君花甲离休，索句，为赋此阙。

望海潮

映雪书馆，囊萤文院，弦歌尚记当年。词爱漱玉，经传左传，夙兴夜寐悬悬。刻锲素心坚。近普陀萧寺，好景留连。故垒雄风，水操台上仰豪贤。　　风云变幻突然。愤东邻铁骑，大地倾巅。军旅弃甲，黎元涂炭，先生敌忾争先。投笔去征边。喜相逢京国，共话从前。馀热犹炽，珠玑万字，有宏篇。

自注：丙寅深秋，盛配学长枉顾寒舍。阔别数十载。忆余于一九三一年入厦门大学中文系，以词受知于江山毛夷庚先生。先生精通《左传》，许以相授。未几日寇入侵东北，盛配学长主持学生会，号召罢课。之后余渡海赴马来西亚之槟城执教。不意半世纪后在北京重逢。知盛配学长正在撰写词调订律，不胜钦佩，词纪其事。

念奴娇·笔架山感旧

笔山之麓，旧曾倚，小楼阑干一角。佳日春秋，畦圃内，开遍幽兰素菊。深夜闻蛩，清晨浥露，数丛潇湘竹。崎岖荒径，朝夕来去踯躅。

堪恨倭寇侵陵。匆皇抛别了，故家池阁。从此飘零，似散蓬，几番风涛南北。少小离家，老大回返，往事惊如昨。人生若梦，可悲梦，何曾觉。

林　山

林山（1913—1999），惠安人，壮游南洋经商，晚年归厦门定居。20 世纪 90 年代初在厦门招集诗友举办秋园雅集，持续多年。曾任厦门市诗词学会名誉会长。诗作见于合集《秋园雅集》等。

八十生辰述怀（十首录一）

劫灰扫尽焕春华，一夜诗坛又着花。整肃文风人有责，弘扬国粹乐无涯。发挥馀热殚遗力，检点平生去玷瑕。社结秋园吟友众，温馨亲切总如家。

一九九四年诗人节感怀（二首录一）

帝阍白眼最堪悲，侘傺当年诉与谁。剡棘层枝怀楚橘，荷裳芰带试初衣。一篇骚赋传千古，旷代辞章炳两仪。翘首汨罗何处是，云山万叠树参差。

咏　菊

久隐疏篱未染埃，何须瓶供与盆栽。自甘寂寞迟迟发，不慕繁华默默开。重九非君难尽兴，霜天有蟹总贪杯。冰清玉洁无尘态，谅是仙姝降世来。

江边行

踏月江流静，荡舟无限情。沉浮思往事，俯仰笑功名。幽谷松涛啸，深山听鸟鸣。高歌寒意动，更举一杯盈。

重阳杂感（三首录一）

雨霁秋园树色新，晴云万里百花臻。盼来两岸群贤聚，今日登高醉几人。

自　咏

自古英雄冒险艰，世难历尽始还山。胸中多少不平事，都在馀生一啸间。

叶范生

叶范生（1913—1999），字一民，号庸庐、凡僧，漳州平和人。平和一中文史教师，县志编纂委员、县政协文史委特聘编员。曾任漳州市诗词学会常务理事、平和县诗词学社顾问。

村居（二首）

一

何处杨花发，飘来入酒杯。檐前春意好，换盏试新醅。

二

冒雨来相访，斋中竟寂然。老残何处去，檐水自涓涓。

退　休

少无大志老疏慵，倦鸟归飞恋旧丛。蚁酯一杯能助兴，龙团七碗自生风。玉堂金马难成梦，末俗颓波不苟同。得失何须殷计较，从今随遇作闲翁。

癸酉元日

岁月增中减，村居静默过。徒行健孱体，蔬饭却沉疴。种竹休嫌少，栽花不在多。虚生跻八十，痴气未消磨。

重访九峰旧城

风和日丽展晴空，联袂驱车访九峰。盛世又逢修史志，承平正好采民风。摭闻故事探新义，辨析残碑溯旧踪。二十四年重到此，古城凭吊夕阳红。

盛国荣

盛国荣（1913—2003），南安人。早年毕业于上海国医学院。1946年迁居厦门，曾任厦门市中医师公会理事长。历任厦门市第一医院中医科主任，福建中医学院副院长、教授，厦门大学海外教育学院名誉院长、兼职教授，福建省中医学会副会长，第五届、第六届全国政协委员。

七十感怀（二首）

一

布衣淡饭复何求，世事浮云一笑休。客里光阴惊草草，晚年心事转悠悠。读书未及三千卷，坠地于今七十秋。漫道故园莼菜美，鹭江风景好淹留。

二

生来性癖爱幽暇，尘世沧桑度岁华。斗室蜗居心地阔，蓬门僻巷足烟霞。忘忧惟觉读书乐，得趣无他独品茶。逸放未能宜藏拙，卧看苍狗夕阳斜。

缅怀词长虞愚先生

倾盖论交世几稀，深情挚意尚依依。忍看墨宝思无尽，重读遗篇事已非。旷达胸襟随所遇，清谈薄饮醉言归。讵知一别终成梦，千古唯留怅夕晖。

为纪念近代名中医吴瑞甫先生逝世三十周年而作

门第书香诗礼家，文章横溢笔生花。朝乾夕惕重洋去，壮志豪情意未赊。南国春回称扁鹊，中原济世颂长沙。鸿篇遗著从头读，遥望云天怅若霞。

庚午岁暮遣怀

逝水年华岁又阑，浮沉人海鬓先斑。立身每觉折腰苦，处世常思强项难。倦鸟闲云容我放，衰颜傲骨镜中看。悠然自得寻知趣，冷眼荣枯静里观。

遣　　怀

尘劳苦乐本相关，冷暖炎凉醉眼看。万种牢骚馀坦荡，千般忧患尚开颜。何妨名利漫天去，那管荣枯任往还。不愿世夸声色好，只留嘀嗒在人间。

林默涵

林默涵（1913—2008），谱名如杰，笔名默涵，武平人。早年留学日本。回国后到香港《生活时报》任副刊编辑，抗战时先后在武汉、延安、重庆、香港等地编报刊。中华人民共和国成立后曾任文化部副部长、中宣部副部长，全国文联副主席。著有《浪花》《在激变中》等。

六九述怀

平生不善稻粱谋，逆水行船棹未休。岂惜微躯投鳄鳖，甘为孺子作驹牛。接传天外真知火，化却人间冻馁忧。莫道春归花事尽，夕阳红叶耀高秋。

注：1982 年 11 月谒马克思墓后作。

狱 中 吟

秋风瑟瑟雨丝丝，坐对囚窗欲暮时。雁过长空音讯断，云封别浦梦魂驰。谁教急管吹愁曲，我自低吟托远思。黯影森森笼四壁，月华一线上征衣。

答 友 人

1975 年，我被囚禁 9 年后，又被流放到赣江之滨，达两年半。其间得友人赠诗，感而奉和。

百洞征衣满路尘，敢因风雨惜微身？铁窗动荡悲歌气，客梦迷离故国魂。谁道高丘无静女，分明白屋有芳邻。横腰长铗今犹在，留得寒光烛乱云！

忆旧游

结伴青春赴虎门，苍波默对吊英魂。百年史事兴衰变，卅载交情手足温。滴翠山雄今更好，飞红梦倩尚遗痕。相逢不用悲华发，放眼神州共一樽。

秋日登临

客中病起上高台，秋入江南草半衰。燕市云浓家不见，长江水远雁稀来。篱边菊笑陶公醉，泽畔歌吟屈子哀。人说丰城藏剑地，青锋何日出尘埋？

夜读史

春宵漠漠一灯残，展卷浑忘破晓寒。百代绮罗馀寂寞，万重金粉尽阑珊。诗怀有忿和忧写，青史无情带笑看。动地荒鸡鸣大野，攀天硕鼠泣危杆。

赣江边与牛合影题照

炎凉历尽复何求，默坐烟郊对老牛。风雪十年罹浩劫，江流九派洗沉忧。岂无黄土埋忠骨，自有青山伴白头。远望隔江垂暮色，夕阳红破一天秋。

海边漫步

晚潮平履迹，晓翠拂素衣。梦里长安迩，催归总未归。

龚书煇

龚书煇（1913—?），字徵庸，一字庸，别署申叔，晋江人。厦门大学文学系毕业。旅居菲律宾，长期执教于马尼拉华侨中学。晚年移居美国旧金山。菲律宾南薰吟社成员。著有《芳草诗钞》及续集六辑、《龚书煇诗文集》。

回乡有日感赋（二首录一）

难禁度日竟如年，卌载破冰梦太虔。如此家山如此日，我将何语对苍天。

天安门广场

大道长安一望赊，蛰雷草莽起龙蛇。闻曾地辟天开日，七十万人灿若花。

南薰成立廿周年作（二首录一）

廿年文宴事犹新，依旧江山笔墨亲。四始颂南聊养性，一帘花月足怡神。惭无经国千秋业，敢作班门弄斧人。及冠觞为诗卷寿，薰风曲罢五弦春。

悼汪照陆前辈（二首录一）

秋风萧瑟痛斯时，菡萏香销水陆池。三径尚存归隐处，十年多少未编诗。漫劳薤露歌千遍，孰荐生刍酒一卮。儒雅即今馀想象，江山文藻不胜悲。

家　　山

膝软怕登楼，项强遥企愁。刺桐花怒放，双塔影横眸。云绕清源白，溪流浯水柔。家山永在望，五十载悠悠。

望秦川·鹭门杂忆（四首录二）

一

五老西峰雨，鹭江南渚晴。驱寒逐暑七年情。一种芳醪，卅载有馀醒。　　白袷招邀日，黄骢挑挞行。秋花春月等闲迎。临水登山，永忆小蓬瀛。

二

映雪人初静，普陀月正明。晚钟梵宇一声声。花影扑帘，几度梦难成。　　墙草绿无赖，木棉红有情。黄鱼新脍酒盈觥。嬉笑当年，何处省前盟。

鲍乐民

鲍乐民（1914—1990），号无怀，安徽歙县人，寄籍福州。福建省文史研究馆馆员。

春雨连朝

布春青帝信开端，转眼芳菲壮大观。沽酒前村山色冷，催诗北郭雨声寒。溪桥桃浪涨三尺，谷口杏花红一栏。桃叶饧箫风日好，放晴几得博同欢。

抗战期中胡孟玺在永安吉山诗会，有“斜阳经雨瘦于诗”句，传诵一时，回首斯集，忽忽四十馀年矣，感而作此

秋柳桐花去不还，又传佳句卌年间。而今人亦如诗瘦，细雨斜阳忆吉山。

福州郊区怀台诗会上作

惜别于今四十春，岸花岛树记犹新。羡他鸥鹭无拘管，一水奚分两岸亲。

有　　赠

心香一瓣事南园，枯树秋风正断魂。少日书名喧远近，钓龙台畔墨翻盆。

泉州探刺桐

城以花名植刺桐，清秋何处觅芳丛。他年应趁春风里，载酒清源树树红。

孤雁儿·别情

年年怕过西园路，载不尽离愁去。啼鹃几度滞天涯，怅望岭云江树。飘零身世，崖栖谷寄，爱共渔樵语。　剑津柳色青如许，逊昔日风情处。征鞍小住又关山，未遂画眉还误。茅斋岑寂，恼人春色，错落着梨花沾雨。

吴耀堂

吴耀堂（1914—1991），号夙川散人，泉州人。旅居香港。曾任武荣诗社、刺桐吟社顾问，香港东南亚研究所董事长及《诗坛》主编，泉州市书法家协会顾问。

清源胜会（二首）

一

清源胜会继前修，扑蝶遗风此日留。终是古城三绝妙，挥毫落纸一山幽。

二

满山红树烛南天，俯视晴川夕照边。宿鸟归林游客醉，芒鞋竹杖乐陶然。

和潘受先生四首忆录（录一）

多君如玉意犹温，故检征衫觅酒痕。柴门目逐南飞雁，一点灵犀出晚村。

哭胞弟

细嚼薯根忆昔年，前尘如梦复如烟。惊寒雁阵浯江浦，急难鸰原除夕天。死若有知宁久别，弟缘何事遽登仙。从兹暂息埙篪奏，春草池边带雨眠。

步启伦宗兄

又说宅边可种桑，乡邦西望解愁肠。秦关蜀道虽艰阻，楚奏越吟亦怆伤。谁继三仁除弊政，能防六月再飞霜。依风代马南枝鸟，岂有葵花不向阳。

经凤川逢大雨，看奔流有感，奉和蒋抱一仁丈南海漳月夜感寄

碧落堤崩似，奔川泻急流。辞山归大海，载舶出瀛洲。蚕路通无阻，鱼书达有由。索居长戚戚，我思亦悠悠。远别情尤切，相逢语未周。庸主终误国，将军枉断头。何如江上客，吟啸阅春秋。

李影鹃

李影鹃（1914—1991），字秋魂，号梅庵，泉州石狮人。福州中医专校毕业，毕生悬壶行医。1956 年起即任石狮医院住院部医生，直至退休。石狮凤鸣诗社顾问。著有《菊心吟草》《野草吟集》，其后人编有《李影鹃诗词对联集》刊行。

有　　感

柴门向午尚慵开，也料无人访我来。羸骨生多劳药石，散材老是等蒿莱。未酬萱草摧心切，转恨驹蹄抵死催。一枕游仙重梦否，穷通路上笑低徊。

春　　雨

绿蕉洗尽洗红英，又向阶前滴到明。水动鱼疑珠点破，山青鸟误玉装成。晓窗烟湿愁怀乱，远浦云遮别绪萦。拟欲杏花村里去，沿途怕听子规声。

久稽雁信思难禁

久稽雁信思难禁，增缴云罗疑羽沉。影落喜看书系足，声闻无负客关心。一生劳顿传邮急，万里殷勤寄意深。两字归欤堂上望，买舟无计是腰金。

观旧《岷报》有南薰吟社诗稿，题为《久别》，乃步其韵

别泪依稀落枕边，天涯望月几时圆。大荒雁过乡书误，南国花开客恨牵。谁向楼头怜粉絮，人从壁里掷金钱。年年欲作还乡梦，何处能沽载酒船。

凤鸣声杳姑嫂影藏有感

凤鸣鸣后记年年，待听凤鸣响易迁。无价词章劳墨客，有情姑嫂化江烟。原知物事随苍狗，岂把兴衰问碧天。铅椠何时重再现，不虚翠色染云笺。

有　感

生似远行客，名何苦不扬。风多云易幻，世短梦难常。炯炯思红烛，萧萧感白杨。所逢非故物，无计挽流光。

重访草庵

晓露车轮湿，重来访草庵。花知迎客意，我忍认禅龛。拟把碑文拓，翻从佛座参。山将衔落日，又作几回眈。

黄典诚

黄典诚（1914—1993），字伯虔，漳州芗城人。厦门大学中文系教授、博士生导师。曾任中国语言学会理事、中国音韵学会学术委员、福建省语言学会会长。著有《训诂学概论》《切韵综合研究》《诗经通译新铨》等。

大　　佛

佛法无边应护身，如何剩蚀化风尘？还须工匠来修补，毕竟神灵不及人。

乙丑上元即事

明王一怒下鲲身，部曲无非桑梓人。宗祖乡关留地望，岁时风俗似南闽。劫波渡尽恩仇了，嫌隙宜从骨肉泯。又值上元灯月夜，不眠个个为思亲。

原注：明王指延平郡王郑成功。台湾有七鲲身之称。

寻根母语到中原赠河南省语言学会

河洛中原是故山，永嘉之乱入南闽。谋生遍到椰林地，击楫全收淡水湾。漫谓蛮人多鴂舌，须知祖语在乡关。寻根岂是平常事，唤取同胞早日还。

谒黄石斋故宅

见说铜陵毓圣贤，石斋芳烈可熏天。纲常万古谁能偶，节义千秋孰比肩。为作传奇扬正气，更笺榕颂显儒先。今朝来拜文明宅，犹自严装一肃然。

瓶水馈弟

浪迹台南四十秋，弟兄都讲忆漳州。必恭敬止桑和梓，伊可怀兮源若流。瓶里凌波香寂寂，罍中江水思悠悠。琼浆渴极方倾饮，即以其馀属妇酬。

水调歌头·丁卯中秋即事

一样中秋月，今夜倍婵娟。不知娥也何事？恁地喜开颜。见说居诸潭畔，解冻似真有日，仿佛在家山。消息疑其早，毕竟令人欢。　卅馀年，朝暮盼，梦千番。江南莺飞草长，话旧总潸然。不道峰回路转，尚有花明柳暗，破镜可重圆。渐染恩仇泯，携手拜轩辕。

金缕曲

寄子瑜星洲，以词代书，时丁酉仲秋于厦门大学。

一别念馀载。记分明，瀛洲旧梦[1]，愈增悲慨。鼙鼓不堪蜂螯甚，无已南浮瘴海。回首处，波涛澎湃。万里时牵家国念，恨奸人，竟把中华卖。倡为偶，跪如桧[2]。　　夷氛息去风波在。料深知，兴亡大势，独夫当败。累岁攻书穷万卷，写就鲁翁诗话，只不合受人亏待[3]。倦羽应从天末返，尽平生所学贡当代。共黾勉，诚再拜。

注：①子瑜尝著《瀛洲旧梦》一书，记九流诸子浪迹瀛洲故事，亦即其回忆录也。②子瑜尝上书国民参议会，倡议为汪精卫铸造铜像，跪于中山陵前，各电讯社争传其事。③以子瑜之才识，闻在星洲亦颇受偃蹇。

刘瑞泉

刘瑞泉（1914—1994），字浚源，永安人。原市立医院儿科医生，曾任永安市政协委员，燕江诗社社员。

丙午清明节（四首录三）

一

萋萋青冢水去限，种得梅花十万枝。待得年年花发日，移供吟榻慰相思。

二

举世难寻续命丝，药炉五载愈难期。红颜未老身先死，天道无凭谬可知。

三

一掬寒泉酹墓门，子规啼血倍销魂。只将热泪酬知己，憔悴人间忍独存。

游桃源洞

攀登绝顶景清幽，远水东来一涧流。十里桃花春有色，千寻峭壁世无俦。溪山入画胸开阔，沙鸟飞翔眼底收。轮奂亭台新建树，不堪回首话前游。

村居杂咏

一窗凉月一灯明，倚枕怀人百感生。自缚春蚕丝万缕，穷栖寒雀泪千行。荒鸡茅舍乡愁织，疏柳溪桥别绪萦。归梦欲归归不得，村楼又听鹧鸪声。

张兆汉

张兆汉（1914—1994），仙游人。曾任中共福建省委统战部部长，省政协文史研究委员会主委，福建省诗词学会名誉会长。

忆陈嘉庚先生

横海归来报国心，天安门上听纶音。倾家兴学垂功业，历动逢辰慨古今。南渡茹辛钦远识，北游把袂忆高襟。春风一路延平道，遥望鳌园迥且深。

悼陈天章烈士

叛逆耶稣师廖始，敢于傲啸骂枭雄。缴枪江口称三杰，扬帜闽中与首功。土革风雷兴左海，苏区重地拱边冲。讵知芦尾烽烟陷，壮志难酬恨靡穷。

西游杂咏（二首）

一

秋色携俱出国游，御风瞬息到杭州。晴明遥望群山净，潋滟微分两水流。倏忽南来将薄暮，倥偬西去又遐陬。高飞不厌五千里，挥斥长空意气遒。

二

擎天玉柱独崔嵬，一代豪雄穆拉莱。俄帝窥疆宁得逞，英人弃甲亦堪哀。漫游异国丛深慨，剧喜殊方产大才。虏骑山崩蒺藜侧，奇兵一夜自天来。

注：穆拉莱为1880年后阿富汗抗英民族英雄。

郭行健

郭行健（1914—1999），谱名秋生，学名启昌，笔名佑人，字行健，号仰竹庐主，上杭人。早年从戎，后就读于上海艺术大学，1932年回乡从教，后在武平县政府部门任职。1946年去台湾，历任台北市民政局主任秘书，台湾省民政处长兼救济院长、专员。著有《旅美集咏》等。

江楼倚望

长年海上泛桴游，何必归程总滞留。既恼烟波拦客路，还教时日浸乡愁。云天不老吟怀远，泉石多情逸兴遒。每酌月前容半醉，河清切望倚江楼。

迁离溪园

人生恍似一沙鸥，到处为家掠水游。北海风云怀浪迹，东鲲烟雨滞归舟。溪园小筑栽盆石，村野长廊仰竹楼。又告迁离添客感，安身立命顺时谋。

八十生朝感赋

几经月夕与花晨，若寄浮生瞬八旬。少日惶惶城易帜，壮年扰扰寇扬尘。剧遭隔岸烽烟阻，长使飘蓬客梦亲。书剑无成人已老，好春端合及时珍。

和白翎兄七九初度原韵

优游鲲岛卌年秋，诗酒陶情任自由。运笔词章铺丽句，放怀山水遣闲愁。河清醉赏悬天月，海晏归乘破浪舟。七九稀龄名士寿，朋侪宴庆满江楼。

延平郡王祠

壮怀当日辟洪荒，再统中华据海疆。千载延平垂传烈，义存明室凛纲常。

台湾保钓游行

战胜方收鲲海回，憎今寇迹演重来。华人保钓联寰宇，民族声威岂港台。

杨伯西

杨伯西（1914—2000），字纯一，漳州芗城人。抗战胜利后赴台任职。喜爱吟哦，为花莲诗社社长。著有《望云楼诗稿》。

岁暮寄怀作人舅父（二首）

一

乡关一别水迢迢，愁对屯山木叶飘。欲向天涯问消息，恼人风雨正潇潇。

二

举目湖山景物非，芗江回首倍依依。槐堂韵事应相忆，惆怅梅开人未归。

鲲南诗会别后有寄

嵌城四月聚吟鞍，一曲歌阑兴未阑。文物可知前代盛，杯盘宁抵故人欢？新声举世方如醉，古调多君不厌弹。回首昨宵游宴地，鸥波烟树梦中看。

旅夜书怀

花自含情草自妍，熏风时复度朱弦。登楼王粲悲乡国，弹铗冯谖感岁年。啼壁暗蛩如有怨，窥园残月肯相怜？东来旧事难回首，无那情怀已似烟。

乙亥清明前六日还乡，作人舅父喜赋长句，敬次原玉

历尽沧桑感岁年，归来总在百花前。晤言每恨时光短，酬唱惟求心意联。远适羁人深有幸，安居故里竟无缘。匆匆一聚匆匆别，回首漳城隔海天。

戊午重阳

叶落庭阶已作凉，客中谁与遣重阳？投闲笑比沙边鹭，经乱添多鬓上霜。蛮触纷纷频入眼，雁鸿杳杳久回肠。登高剩有苍茫思，斜日枌榆隔海望。

张荣娇

张荣娇（1914—2000），龙岩人。早年就读于基督教女子学校，曾任职于龙岩爱华医院、明德学校，系龙岩市基督教会长老兼传道。著有《讲道集》等。

纪念鼎新女学创办八十周年

女学招生红榜抬，古州千载一声雷。曳裙着袜辞闺去，款步轻歌放学回。街上渔樵惊注目，族中父老望成才。山城嗣后无缠足，从此西闽风气开。

翁园纪胜

杏茂桃夭李挂风，清幽别院假山东。护城河绕榕冠荫，曲栈桥横菡

蕊丰。玲塔冲霄栖过雁，渔津唱晚聚嬉童。湖心亭上天心月，又照鸳鸯入梦中。

自注：翁园辟于清末，占地十六多亩，仅水面面积就达六亩有余，系闽西自清以来唯一大型人工园林。翁园二字出自榕垣著名书家陈宝琛之手。园内古榕蔽天，亭台楼阁，假山宝塔应有尽有，各种珍稀果树、花卉多达一百多种，惜因种种原由而荡然无存。

助学受旌表感怀

力薄无多贶，今番忝得旗。但希诸学子，莫负少年时。

龙　湖

暑色初消四面葱，沿湖野柳拂柔风。蜻蜓款款鱼轻跃，菡萏含晖落照中。

南寨山红豆

假日郊游上翠微，写生留影欲相围。天教红豆随风荡，惹得吟翁久不归。

鹧鸪天·遥忆女校学妹

为妇为戎各自艰。潇湘跃马战倭殚。校园我演梁红玉，军旅卿成花木兰。　星淡淡，月弯弯，孤舟底事渡瀛山。睽违卌载无消息，垂老征鸿还不还。

陆绍椿

陆绍椿（1914—2000），字伟孙，宁德福安人。霞浦初级中学暨义教班毕业，历任教员、简易小学校长、乡长等职。台湾光复时去台湾。

韩阳十景（选四）

仙岫晴云

仙岫奇峰翠接天，云停山半袅晴烟。排空故伏惊人笔，俄顷倾盆骤雨涟。

岩湖板障

悬崖峭壁障岩根，千载疑留试剑痕。鸟道行经危涧处，山风呼啸客消魂。

鹤岫朝烟

晴朝山色蔚青青，一抹轻烟拂画屏。瑞彩疑浮金鼎篆，疏林摇曳晓风馨。

龟湖夕照

课馀漫步向龟湖，醉写残霞夕照图。倒影山幽樵唱处，归鸦声逐片云孤。

客心无日不怀乡（四首录二）

一

江湖老去尚投荒，悔恨思齐愿未偿。卅载飘零双鬓白，客心无日不怀乡。

二

长溪水色泛微茫，烟雨湖山客思长。欲借天南一勺水，寄将离恨到韩阳。

黄柏楷

黄柏楷（1914—2002），名紫翼，号箴士，泉州人。少时为温陵续桐阴吟社基本社员，17 岁南渡菲律宾，浮沉于商界，数次出任菲律宾华侨学校校长。曾任菲律宾环球词苑苑长，马尼拉蕉阴吟社和菲律宾籁社副社长。

听　泉

夜月秋山怯梦寒，忽闻云涧溅珠丸。平生冷暖深知足，虚枕长教浴肺肝。

吊古战场

万骨枯成一战功，反教时势造英雄。漫天烽火侵胡月，匝地笳声动塞风。废帐游魂野燐碧，征袍战血土花红。沧桑世界如棋局，付与旁人冷眼中。

前　　路

当空皓月照离人，百里长车过海滨。岩壑有情开眼界，风波无赖动心神。久拚老死随猿鹤，但愿祯祥出凤麟。前路分明期待我，振衣欣见世图新。

秋城晚笛

霜染江枫雉堞东，谁调玉指咽长空。落梅一曲悲迁客，遣兴三吹弄晚风。响彻层云开皓月，惊沉孤雁转秋蓬。馀音犹谱鹧鸪韵，欲向寒山问马融。

风入松·往见

青梅旧事记分明。肠断久心铭。年年屡次思相见，一回见，一度伤情。老去依然绰约，清音犹胜啼莺。　　归前欲送至长亭。泪雨恐难晴。新茶品后浑如醉，有当时，纤手香凝。长恨娲皇不补，村居夜夜酸生。

木兰花慢·乡思

清风千里梦，梦何去？细追寻。为去国离人，凄凉写恨，幽怨难禁。深深意还未尽，再添他：明月一声砧。谁捣征衣夜半，妨伤游子归心。　　升沉已叹负光阴。寸寸失黄金。看绿叶窗畔，十分好月，照澈园林。于今岁逢玉兔，欲团圆，寄望正情深。鸩舌楼中快聚。善读书处高吟。

解连环·丙午中秋

故国空忆。正婵娟万里，九衢秋溢。念别来，亲舍白云，久闾倚门依，思儿望媳。夜不成眠，怎一个，归期难得。有昙花，为我今宵放蕊，辉添蟾魄。　　韶华那堪浪掷。庆年逢丙午，饼娱情适。好倚声，按拍填词，读坡老旧歌，稼轩遗册。起舞琼楼，咏送月，独标新格。又关心，宇宙飞行，广寒作客。

郭　己

郭己（1914—2003），谱名奎昌，号惟群，室名真吾斋，龙岩人。福州师范肄业，上海美专毕业。先后在龙岩县立初中、福建省立高中、省立师范、龙岩一中执教。原龙岩市诗词学会顾问。著有《真吾斋诗草》。

新　　生

回天有力东风劲，动地惊雷觉已春。亏我中枢明掌舵，“三中”擘划纪元新。

凭吊南昌滕王阁故址

南郡神来笔，洪都岁月稠。滕王馀粪土，一序亘千秋。

关中怀古

秦关汉唐月，陵阙古城楼。百代兴亡史，英雄血泪仇。

登福州鼓山

古榕咚石鼓，响彻涌泉幽。极目江天阔，滔滔入海流。

有亲自台归

忆昔望洋叹，空期骨肉全。思亲无日夜，岁岁尽熬煎。

林家钟

林家钟（1914—2005），字浣生，号梅园，福州人。福建省文史研究馆馆员。

丁巳秋上新店升山寺

山行何所畏，直上翠微巅。入寺疑无暑，逢人说拜禅。此间无世虑，到处绝尘缘。任放今何处？望云思渺然。

辛亥秋泰宁山居小卧

午枕才闻稻米香，鸟声窗外已斜阳。青山衔日晴逾好，绿树无风晚自凉。炎暑瞒人流荏苒，新诗如梦落苍茫。辞归何必求三径，小室残书尚满箱。

壬申述怀

心乱纷如野马驰，老年伤逝总非宜。从来寡欲方能寿，自作多情反近痴。少日莺花嗟幻梦，几番风雨剩空枝。死生离合寻常事，枯木逢春尚可期。

己未夏荷花生日，有怀陈兼与词丈

不与群芳共艳春，诞生朱夏水之滨。皈依入座能亲佛，绰约凌波若有神。湘浦荃兰齐彼美，申江风月属伊人。天仙骨相花君子，同度良辰有夙因。

丁卯庆福州列为历史文化名城

文采风流数此城，地灵人杰久闻名。建亭望海程师孟，造舰横江沈葆桢。自古三山称福地，当年两塔拟神京。宋明里巷留遗迹，历世儒乡罕受兵。

张宗健

张宗健（1914—2005），字子乾，号天行，沙县人。中华诗词学会会员、省诗词学会会员，三明麒麟诗社社员。著有《松雪斋存稿》《松雪斋存稿续集》。

夜　读

星斗一天寒，银缸夜未残。琅琅声振荡，澎湃起文澜。

洞天瀑布

漈岭亭头水，势如万马驰。苍崖银汉落，削壁雪花飞。喷玉垂长练，明珠映碧微。洞天观瀑布，枕石不思归。

送　穷

耄耋年华一老翁，杜陵身世古今同。吟窠纵有生花笔，哪见文章可送穷。

纪念隐元禅师诞辰四百周年

千古名山毓秀灵，慧流佛海照心明。穷翻贝叶无遮念，静对莲花悟夙成。黄檗中兴绵祖法，禅林再建慰生平。红尘不染蒲团坐，东渡传经遍彼瀛。

鹧鸪天·《老年人权益保障法》公布

敬老遗风自古传，而今立法布新篇。晴崖丹桂千寻馥，秋圃黄花一色妍。　　娱蔗境，享松年，清时厚泽到霜颠。夕阳照眼情无限，试看为霞尚满天。

张凫生

张凫生（1914—2006），字孟玄，福州人。福建省文史研究馆馆员。

谒林觉民故居

百年国事乱如麻，壮士雄图敢顾家。一去丹心明海日，千秋碧血夺江霞。羊城倘未兴兵刃，汉水何当动鼓笳。旧宅梅花犹铁骨，瞻依不觉夕阳斜。

偶　　作

湖海归来秋复秋，豪情早付大江流。云烟看惯浑无觉，风雨经多总不愁。里下病躯疑是赘，江东吟侣散如沤。暮年何事差堪慰，昔日佳人共白头。

太姥山诗社成立纪念

白也曾经梦天姥，不知太姥更奇殊。千泉万壑传焦尾，绝巘奇峰匹属镂。莲社自当留锦句，辋川何用作新图。盛时景物都堪道，定有诗声壮海隅。

南池画师以凡章诗老远赠新历作七律报贶属和，谨步韵就正

日日新中景物迁，闻鸡共舞入祥年。健蹄驰疾谁能及，倦羽声瘖底自怜。邀月转惊衰后影，探梅又忆旧来躔。知君身即诗中画，驴背斜阳手一鞭。

重游洪塘金山寺

银浪徒狂吼，金山未易吞。环峰亭不见，孤屿塔犹存。细雨扁舟暮，轻烟古刹昏。难延今夜月，谁为绾诗魂。

临江仙·春雨

桥柳低垂烟雾重，轻阴何处藏莺？一湖绿涨欲堤平。寻芳难尽兴，扶醉坐愁城。　　无奈添香消永夜，小楼倍觉寒生。檐前滴溜到天明。朝来应听得，深巷卖花声。

高　怀

高怀（1914—2007），字念之，号十庐，惠安人，生于厦门。早年就读于福建省立第十三中学（厦门一中前身）。退休前为厦门市工商联干部。曾任中国书法家协会理事、福建省书法家协会顾问、厦门市文联顾问，厦门市书画院院长。著有《高怀墨迹》等，诗词作品编入《高怀作品集》刊行。

闲　居

老来高卧小山房，瓜瓞绵绵桂子香。默坐焚香消世虑，深居读易寄行藏。倚声直欲追三变，拈颖差堪迫二王。最是雨馀斜照里，水光山色晚风凉。

登天界寺旷怡台

莫对青山认劫灰，扶筇直上旷怡台。征倭诗壁垂千载，搴地雄风起巨雷。天界晨钟何处觅，仙人凫舄几时来。殷勤老衲频嗟叹，净土犹难避俗埃。

逸园诗社雅集

群鸥闲集鹭江湄，得失何曾物外知。击节同歌长短句，倚窗共赋去来辞。松高菊瘦名园逸，日丽风和世虑遗。满目秋霞红烂漫，人间最爱晚晴时。

鼓浪石之歌

金带水畔奇石黝，满身皱纹似老叟。当年女娲欲补天，一时遗忘弃海边。地老天荒星斗换，至今何啻千万年。砥柱中流张巨口，激浪奔风作狮吼。喑呜直使天地惊，叱咤欲令山岳抖。汹涌澎湃震海湾，雄奇岂让石钟山。水经不载此胜迹，郦元应自恨缘悭。光阴荏苒时世转，沧海而今变桑田。波涛不至黄沙积，奇石屹立犹如昔。三缄其口学金人，默默无声送潮汐。人民政府重文物，列入厦鼓风景册。千方百计为呵护，嘱余题书鼓浪石。吁嗟乎！人间变幻如苍狗，谁能参同天地久。短碣落落立海边，愿共此石长不朽。

诉衷情（四首录一）

日光岩下海藏园，明月出东山。琴声隐隐何处，江火认渔船。
沙岸静，陌花繁，步松间。清风良夜，高唱低吟，且共盘桓。

高阳台（二首录一）

倦鸟还林，暮云恋岫，斜阳烟树霞村。守拙幽居，沙鸥野鹤相亲。一生碌碌吾滋愧，算而今半作闲人。盼庭柯，一曲新词，一斝芳醇。

老来底事堪惆怅，叹空抛岁月，徒负吟身。见说时来，朽株枯木逢春。焚香拜祝求良愿。愿春风，化雨沾匀；祝来年，千骑飞腾，万象更新。

八声甘州·丙寅诗人节怀念台湾吟友

看棱棱角黍万家香，时节又天中。问江干泽畔，谁来吊古，共抚丝桐。陌上榴花吐焰，斜日暮天红。羁旅天涯客，何日重逢。　　长叹流光逝水，念故人远隔，劳燕西东。望梁间月色，惆怅托飞鸿。料今朝，离骚频赋，想张郎，老泪洒西风。听鹈鴂，不如归去，鲈脍香浓。

黄瑞盼

黄瑞盼（1915—1963），女，字慕兰，号梅影，永安人。婚后在家事亲课子。上世纪50年代初曾加入上海乐天诗社。诗稿在堂兄黄曾樾帮助下，汇编为《燕水微澜》一册待梓，在“文革”中佚失。

纪年和韵（二首）

一

工愁善病负芳春，耐苦坚劳却胜人。邓尉梅花来附魄，西湖莲子是前身。原无国色传千载，薄有闺名播六亲。诗为卌三龄自咏，不谈沧海几扬尘。

二

性比黄花不竞春，世间算是最痴人。闲看翠柏迎栖鹤，倦借疏筠暂倚身。四十三年词赋少，九千七日尺刀亲。先生才气冲霄汉，莫笑妆楼望远尘。

菊影（三首）

一

不染铅华不竞春，重阳佳节是生辰。凌寒月引来三径，入世谁如绝四尘。玉露洗心霜炼骨，竹篱寄魄墨涂身。菱花镜里人同瘦，帘卷西风梦也亲。

二

想窃几枝入素绡，惺松霜管不胜描。云端瘦日西崦没，帘外斜风北极飘。静赏俄惊秋已去，举杯漫把月相邀。可怜多病愁如织，欲语登楼伴夜遥。

三

勺水凝冰涨胆瓶，愁人枕上梦祈醒。柔枝摇曳侵罗幕，瘦影鲜妍漾锦屏。不是纱窗浮素魄，还疑仙女幻丹青。中宵空剪兰膏烛，欲赋秋痕笔欠灵。

方晋乘

方晋乘（1915—1976），自号拾鳞叟，漳州诏安人。终身执教。有《拾鳞集》《拾鳞续集》。

野菊花

委身草莽自撑扶，总任时光笑贱夫。泥首岩泉安夭寿，依人篱落有荣枯。芳心磅礴烟霞照，傲骨崚嶒雨露濡。一别陶家三径后，不嫌樵牧共游娱。

鹧鸪天・林郊晚眺

田舍连阡小径通，平芜绿映夕阳红。盘桓归鸟盘桓客，断续炊烟断续风。　　樵采妇，牧牛童，相将里叟下农功。山光云水思吟伴，目送高飞北上鸿。

满庭芳・次韵乙卯重九

槛菊传香，寒潮报讯，又是风雨东篱。天机难识，谈笑说玄微。剩有狂朋怪侣，重阳节、相约文期。凭栏望，黄花无绪，蜂蝶苦争枝。

夕阳留野草，桥名朱雀，巷曰乌衣。看飞云残叶，秋满天涯。堪笑王侯蝼蚁，又何愁、月暗星稀。夫如是，琴书共醉，底事动忧思。

刘宗璜

刘宗璜（1915—1983），笔名刘依林、白蓬、丁秋野，宁德福安人。就读于上海光华大学，是福建省两位左联作家之一。历任福安县财粮科科长、电厂厂长、地区医药站干部等职。

怀淑卿老

惭愧当年学步迟，颠仆原差一着棋。眼底三山青可即，何须魂梦逐峨嵋。

恭祝胡允恭先生八秩寿（二首）

一

元龙豪气老尤雄，恰似撑天百尺松。壮岁从戎惩腐恶，耆年讲学为农工。独伸大义降魔爪，坐镇孤城遏寇踪。政绩口碑传扆邑，至今人尚慕高风。

二

皖山盘郁育奇翁，劲骨刚心映日红。偶渡东瀛穷奥理，漫游宦海立潜功。雨花台畔常怀旧，日月潭边屡弭凶。抗暴忆曾随杖履，安能再诣启愚蒙?

除夕寄邵光

声声爆竹报新年，瘦影残灯独不眠。车笠曾过长路雨，苔岑或结再生缘。病羸百事皆人后，憔悴孤怀尚日边。安得携壶同醉卧，共倾肝胆乐吾天。

除夕再寄邵光

阑夜残灯独不眠，相看已觉逾华颠。痴顽谁识当年意，蹉跌或缘少日癫。放眼炎凉堪笑置，到头恩怨费猜寻。幸留老眼看明世，好把深樽细酌斟。

吴作人

吴作人（1915—1994），南安人。在厦门任中学语文教师多年。所作《柳梢青·鹭江杂忆》八阕颇为人传诵。上世纪80年代后参加厦门市诗词学会、逸园诗社和湫园雅集、秋园雅集诗词活动，著有《作人词稿》。

八声甘州

辛未初秋，承林山长者邀请诸词长雅集于锦江酒楼，同仁深致企慕，一座尽欢。爰缀芜词，聊表谢忱。

正一番暮雨浓清秋，凉气豁双眸。共冰心一片，寸衷千缕，情满高楼。俯瞰江心鼓屿、不胜收。难得今朝会，高谊长留。　　经世主人多矣，想扬舲寰宇，万里遨游。羡豪情如许，慷慨自风流。借东风轩窗有托，料清吟秋水可盟鸥。随群雅，绮章同赏，得句相酬。

满庭芳

绿屿流莺，江城乳燕，学友呼伴邀群。一时相聚，扶老有儿孙。转眼沧桑世换，休还问，书苑晨昏。清游处，薰风丽日，四野正同春。

情殷。应爱惜，韶华不再，乐事犹存。恰今日联欢，遣此闲身。过尽来鸿去雁，天涯鹄，聚散如云。人归也，青山依旧，泥爪宛留痕。

解连环·茶乡行

露香犹浅，正三春季节，乍寒轻暖。自顾影，谁慰飘零，只孤寂旅怀，积错难遣。久隔樊篱，奈一点，游情未断。任踏青缓步，咫尺茶乡，看近还远。　　参差四山绿遍。见新梢露滴，香芽吐满。结伴侣、村女笼茶，听娇语轻盈、互歌流啭。碧水多情，陶灵性，豁人心眼。绾离愁，乱云过尽，竟然忘返。

风入松·赠方毅学长

荣膺闽政庆昭苏，德望万人孚。勋名沪上深筹策，理纲维、翊赞中枢。十载瘴烟扫尽，千秋劲节谁如。　　微闻邺架富经笥，何止五车书。学从邃密臻淹博。寄馀情、翰墨堪娱。融会翁蝯矩度，精湛僧素功夫。

柳梢青·鹭江杂忆（八首录二）

忆筼筜渔火

昔日渔湾。浮家泛宅，野水荒湍。夜色沉沉，灯光点点，掩映江干。　　轻风吹动微澜，似星斗，斑斓汉端。渔笛无闻，棹歌声寂，露冷更残。

忆万寿松声

奋游曾忆。老龙吟啸，风涛齐发。万寿岩中，钟传开宝，阅深岁月。　　今来野色苍凉，晓钟静，松风皆歇。惟有泉声，足音相应，踏残幽绝。

陆承鼎

陆承鼎（1915—1996），宁德福安人。毕业于福安县立扆山初级中学，经福建省地方行政干部训练团地政系培训，历任司书、录事、乡长、政府科员、师管区职员等职。1949年后任上白石乡、穆阳区人民政府秘书。著存《夕照集》。

七十述怀（四首录二）

一

苍狗浮云太陆离，非关坠地不逢时。怕随流俗缘才拙，岂怨迍邅是数奇。独识焦桐长镂骨，尚含亡肉未扬眉。匆匆去日成何事，偏向残年苦学诗。

二

寥寥骨肉晨星散，难得团圆笑语亲。负米我同悲子路，为炊妻不薄苏秦。一经西席儿无忝，坦腹东床女不贫。孙辈欣看雏凤起，不辞酣醉乐天伦。

游周宁九龙漈，并呈振铭、延祚两同志

驱车转罢崇山脊，扪葛攀萝步险窄。宋君东道殊殷勤，挽臂侧身护游客。莫惊鸟道似羊肠，经营已费五丁辟。下临无地目不眩，岭旁参差列短柏。忽传峡谷响雷霆，水帘横挂三百尺。哮咆汹涌势无前，直注巉岩成沼泽。万籁齐喑若寒蝉，唯见深潭漾空碧。临渊避滑走潭边，小珠喷薄身半涂。仰视洋洋此大观，快马飞电骇心魄。骄阳卓午夏生寒，闪闪银光耀眼白。风尘护落鬓毛皤，空负平生山水癖。旧雨新知邂逅逢，沉醉烟霞坐片石。开樽相对听轰鸣，嗽流枕石荡尘迹。俯瞰巨流东下势如龙，“龙珠”“龙牙”恣腾掷。闽东电力福万家，赖此奔流朝继夕。难穷九龙雄伟姿，脚力艰难诚可惜！归读罗君水墨写真图，依稀犹可窥全璧。斗室卧游续此行，快哉不枉寻幽屐。

春　色

桃花历乱飘红雨，麦浪轻柔漾绿波。叱犊恰逢秧出水，劝农春色此时多。

纪念爱国词人张元幹诞辰九百周年

《芦川》读罢梦难成，九百年前丧乱并。棘里铜驼悲黯淡，域中胡马任纵横。椎奸义愤伸词翰，灭虏雄心付角声。遗恨不随东逝水，千秋长作不平鸣。

陈文旌

陈文旌（1915—1997），同安人。幼随母迁居厦门。厦门大学法律系毕业。20 岁时往南洋，在新加坡中国银行任职。祖国抗战期间发表大量爱国抗日诗词。后寓居香港，上世纪 80 年代初回厦门。曾任厦门市诗词学会创会名誉会长。著有《风雨楼主诗集》《南洲杂忆》等。

甲戌孟春述怀

惯于绝处见通津，德不孤时必有邻。云晦欣看山宿雾，波平无复海扬尘。悠悠日月空千古，莽莽乾坤又一春。却喜家园朝气盛，归来好作太平人。

谨赠厦门政协诸公

白发朱颜气尚横，百花齐放百家鸣。尊贤处士参新运，协政人民重老成。华国文章今有价，传家诗礼早知名。预看四化收功日，应谱钧天颂太平。

鹭江初晤郑鸿善词长喜赋

鹭门一见便欣然，诗社楼头话半天。喜悉才华韬盛世，犹将翰墨遣耆年。生涯不用纵横术，货殖端为信义钱。文旆欲留挽不得，春风时雨送归船。

鼓浪屿水操台怀古

楼船一夜逼南都，草木风声虏势孤。怒海横刀施号令，狂飚搭浪正长驱。扬威华夏呈雄略，收复台湾奠远图。正气乾坤磅礴在，英名千古竞传呼。

壬申仲夏谒吾乡民族英雄陈化成将军祠堂感怀，口占五言二律（录一）

淞水遗雄烈，治军有俊声。当关坚铁垒，卫土作干城。大勇惊夷虏，深仁恤士兵。捐驱殉国日，千古仰英名。

集美纪游（十首录二）

一

凝眸顾盼海门潮，帆影歌声去未遥。待得中秋明月夜，重游胜地驻经宵。

二

横流迫岸竟无波，车驶长堤顷刻过。极目海天共一色，初潮平似镜新磨。

陈祖宪

陈祖宪（1915—2001），字伯章，号易庵，泰宁人。早年在泰宁县任中学、小学教师，新中国成立后在农工民主党福建省工委、厦门市委工作，后被错划为右派，1979 年平反后在农工民主党厦门市委任职。厦门逸园诗社社长，厦门市诗词学会原副会长、名誉会长。著有诗集《怀古斋焚馀草》。

乙丑重九逸园诗社成立雅集喜赋

橐笔行吟鹭海湄，逸园今又结新知。联吟喜践黄花约，拈韵争呈白纻辞。自与雕虫微技异，不教翙凤正声遗。扶持骚雅吾侪事，合有篇章赞盛时。

厦门首届敬老节献辞

插萸此日庆良辰，首赐蟠桃敬老人。向晚斜晖延淑景，登高令节集嘉宾。煌煌盛典隆千叟，熠熠殊荣诲四民。白发我怀馀热壮，献芹岂敢后同伦。

壬子仲春与兆老、仲云、仲玉同访修祺未遇，小憩萩庄有作，次兆荣韵

且看草树又春深，人事何堪岁月侵。佳日莫教闲蜡屐，好风唤取涤尘襟。笛声江上和渔唱，鸟语花间助客吟。为访诗俦归去晚，夕阳如血染江心。

重九凝想去台旧雨归来探亲

卅载饥驱到海圻，鲈鱼久负故乡肥。吾侪此日谁乌帽，知己今朝只白衣。脚健方欣人未老，情殷又迓客初归。茱萸遍插登高处，见说三通已转机。

听宣中央十一号文件有感（二首录一）

春风昨夜落南冠，逐客情怀得少宽。铜镜自怜双鬓白，玉壶谁识一心丹。梦回且拭频年泪，痛定还敷旧日瘢。惟喜顽躯差幸健，天留老朽耐悲欢。

旧案平反，重回工作，报到志感（二首录一）

逝水韶光梦里过，梦回华发镜中多。此身却在斯为累，念载长闲似养疴。白首何曾忘报效，青春无奈已蹉跎。衰迟自笑谋生拙，又向雍门一鬻歌。

纪　事

细数经年事，心惊听漏馀。地崩唐岳断，血溅帝城淤。天上三星坠，人间四害除。狂澜终必挽，关键在真谞。

林聿时

林聿时（1915—2002），原名陈必猛，宁德古田人。1938 年加入中

国共产党，长期参加革命工作。1949 年前曾任新华社编辑科科长，《东北日报》副总编等职。1949 年后任《人民日报》理论部主任。1957 年调中国科学院哲学社会科学部哲学研究所，任《哲学研究》编辑部主任。

风月吟

懒向苍苍诉不平，芸窗著述本初心。霜边玉女应夸巧，雪下龙孙可出新。历尽风波知冷暖，犹馀肝胆照星辰。何当把盏吟风月，寄兴溪梅与涧松。

除　夕

独步湖边送岁除，抬头愁见柳眉舒。牵情芳草天涯绿，顾影红梅雪后癯。千里离家三月半，几回寻梦五更初。殷勤问讯南来雁，可有吾家锦字书？

呈楼适夷前辈

平生履险总如夷，不为浮名不为私。横扫妖魔曾奋笔，直抒哀乐也吟诗。桃李争春甘寂寞，雪霜压顶见威仪。自惭朽木难成器，更恨随公卅载迟。

过簸箕岭分水岭有怀

簸箕岭上一泉幽，分作东西二水流。千里旱田期灌溉，两河枯鲋待抒忧。在山本色须珍重，润下初心不动摇。莫作世间儿女别，相逢只在海东头。

陈嘉音

陈嘉音（1915—2011），漳州云霄人。云霄一中退休教师。曾任云霄县对外文化交流协会副会长，漳江诗社副社长。

谒唐开漳陈元光将军陵

固始衣冠土一丘，开漳盛业耀千秋。斯民络绎来瞻仰，恰似龙江万古流。

军 陂 歌

衣冠南渡辟新天，边守边耕垦火田。拦水军陂犹屹立，先民遗泽至今传。

题云霄高溪观音亭天地会发源地

观音亭里起狂飙，叱咤曾掀四海潮。一脉源流今大白：洪门肇始在云霄。

园 丁 吟

火尽薪传万世垂，开来继往道为师。端凭常理衡真理，犹赖先知觉后知。粉笔长持彰大义，弦歌不辍颂明时。树人我亦尝甘苦，谁树园丁没字碑？

朱鸣冈

朱鸣冈（1915—2013），原籍江苏宜兴，生于安徽凤阳。原沈阳鲁迅美术学院教授。曾任中国美术家协会理事、辽宁美协副主席，中国版画家协会顾问。1985 年离休后寓居厦门。著有《朱鸣冈书画集》《朱鸣冈题画诗选》，部分诗词编入《朱鸣冈作品集》刊行。

赠新洲叶天勇校友山水画

平生心迹托烟霞，老去优游乐岁华。门外白云新景点，溪边红叶旧篱笆。春云江树频招客，秋雨寒窗独品茶。我有青山堪娱老，何须三径觅黄花。

题梅岭春回

梅岭名声久播扬，观梅岭上客情长。欣闻梅岭重栽树，喜见寒花暗送香。盛世于今多雨露，衰年何忍负流光。五湖四海留踪迹，已把他乡当故乡。

卜居厦门有感

北国居留久，南来重建家。只因情缘厚，那顾鬓如花。海角从兹近，天涯寄望奢。亲情割不断，岁岁发新葩。

题山水画（二首）

一

历尽荣枯不计年，虬枝突兀直撑天。霜风不减凌云志，一片红霞映夕烟。

二

白练凌空灿若丝，红山经雨洗胭脂。借来五彩缤纷色，谱写人间浪漫诗。

题青山翠谷图

青山翠谷红叶树，终日相对看不足。老来生活乏色彩，欲假图画来相助。十日画山五日水，中间白练写瀑布。瀑雨如烟湿征衣，白云缭绕迷归路。迷归路，莫回顾，一往直前穿斜谷。不到山穷水尽时，柳暗花明怎显露。

罗选才

罗选才（1915—2013），谱名禹贤，斋名虚圃轩，永定人。旅居新加坡，曾任《星槟日报》《星华日报》编辑、主笔。中华人民共和国成立后回永定重执教鞭。退休后任县政协常委。原龙岩市诗词学会顾问。著有《虚圃轩选集》。

重游东华山（四首录一）

磴道肠回绿半封，再来细认旧行踪。昔年勇足攀千仞，今日难如上九重。最喜人间春又满，也知方外雪当融。为逢盛世情怀畅，老去登临兴自浓。

苍　　松

山川咆哮起狂飙，急雨惊雷地欲摇。万木一时齐屈膝，惟君笑傲不弯腰。

傍晚游菽庄花园（四首选二）

一

攀岩越洞力将穷，且倚桥栏沐晚风。几点孤山浮浪绿，一轮落日滚球红。

二

雷鸣风动晚来潮，万顷惊涛拍小桥。雪浪飞来衣欲湿，别添风味兴偏饶。

敢　　笑

敢笑寒梅异众芳，半生我亦共清狂。断桥驿外甘零落，不向朱门送暗香。

蔡　园

蔡园（1915—2014），仙游人。中国人民解放军少将。13 岁参加革命，解放战争期间参加山东、淮海、渡江等战役。新中国成立后历任 85 师副师长、空四军 21 师师长、空四军副军长（正军级）。荣获“八一”勋章、独立自由勋章、解放勋章、红星勋章。晚年寓居上海。著有《蔡园诗草》。

枫　叶

无边曙色从戎时，声碎马蹄血染衣。莫道经霜枫叶老，壶兰道上一兵归。

种　墨

横空云岭贯东西，初夏雏鹃带血啼。种墨园中旗鼓振，声声号角马扬蹄。

秋思（二首）

一

申江东望尽洪波，老马长嘶路几何？江北江南心事在，归田解甲听骊歌。

二

一潭碎月逗秋思，犹记横戈北戍时。春树暮云怀旧雨，壶山兰水问归期。

寄邑人

莆山回首忆童年，为爱兰溪夜不眠。桑叶葱茏春水碧，乡心先到柳池边。

塞上行

千里秦川新雨夜，车声辘辘耐难眠。路遥不惮秦关险，陇道盘行渭水边。

释梵辉

梵辉法师（1916—1990），福州人，生于缅甸。福建省文史研究馆馆员。曾任福建省人大代表、福建省佛教协会副会长、福州怡山西禅寺首座、福建省诗词学会理事。著有《福建名山大寺丛谈》《西禅古寺》等。

西禅重兴喜赋

六朝胜迹话西禅，飞凤灵龟古井泉。宋荔犹留金线种，唐碑永志紫衣缘。新台依旧安新佛，旧柱翻新现旧联。殿阁流丹花再发，十方衲子庆尧天。

赵朴初会长莅临西禅，承赐诗毷勉，谨依韵奉和（二首）

一

法云垂迹光西寺，古刹重兴瑞气长。躞蹀闲行花外地，春风送到几回香。

二

稜祖堂前双荔树，死生千载各分离。净名既悟真空理，色见声求岂不宜。

戊辰怡山啖荔诗会

西禅种荔自唐末，时临赵宋始腾达。君谟曾纪荔谱中，兴公社集酣击钵。竹坨联吟如贯珠，激赏尤欣约友于。不羡岭南三百颗，岭南争似海之左。爰例园开小暑旁，骚人墨客满云堂。闽海诗词第一会，绿叶青枝捧绛囊。吟馀频看食指动，嚼后还留齿颊香。今日缔盟头角露，他年昂首更飞扬。

黄润梧

黄润梧（1916—1996），字子珍，斋名润梧楼，长汀人。做过学徒、教员、职员、校长，在当地有“四君子”之誉。著有《润梧楼史联集》。

润梧咏楼

雅对双梧空气清，小楼不许人嚣声。昼眠梦远蝉呼转，夜读兴浓月报更。儿继萤囊耕研地，孙槌老背慰馀生。闲来把酒临窗饮，喜听枝头小鸟鸣。

门前双梧桐

身高干壮叶蓁蓁，蔽日临街撒绿阴。冷看炎凉人世态，惯遭风雨四时侵。枝头露洗为栖凤，质体冰清可制琴。一度雪霜一度茂，能经摇曳在根深。

卧 龙 山

卧龙山上雾蒙蒙，云捧北楼入太空。远列苍峦推旭日，近翻绿浪卷松风。烟波浮絮迷村落，露草含珠映碧穹。景物无边随眼到，会疑身在九重中。

朝 斗 岩

烟霞如锦覆冈岩，飞阁腾空半壁镶。泉水淙淙弹调古，汀江滚滚送帆忙。山花香扑通幽径，小鸟欢喧礼佛堂。十里平畴随眼展，和风拂野绿波扬。

清流景色（三首录一）

盈盈一水环山过，碧玉盘中堆锦螺。宛似江心浮小岛，风声如笛啸清波。

怀念（二首录一）

一道飞虹挂九霄，天抛彩练带云飘。愿期彩练连双岸，化作台湾海峡桥。

陈克昌

陈克昌（1916—2000），号忍寒，福州人。寓居南平。福州中医专门学校毕业，曾任大专院校财务及医务工作，南平二中教师。原南平剑州诗社理事。

会　亲[1]

洗尘雨洒暮秋天，万里翱翔到古延。相对已皆无绿鬓，初逢亦尽过华年。[2]莱衣锦织将何用，姜被尘侵只自眠。强忍两行凄怆泪，还将乐事说当前。

注：①别后四十多年，戊辰暮秋，嫂自台赴美携侄冒雨回来探亲，痛母与兄均在台仙逝久矣。②嫂已耄岁，余亦逾古稀，俱发白矣。儿女与侄初会，均年届不惑前后。

茫荡山春游

驱车屈曲上高峰，探胜无须借短筇。松鬣留云生妙趣，鹃花迎日展欢容。参差鸟语穿林出，远近泉流击石喁。茫荡山中风景好，尽多诗料伴游踪。

咏　　日

入夜无寻处，何曾离碧空。操心分冷暖，涉足遍西东。或偶因云淡，还常使月融。群阴俱敛迹，端赖此彤彤。

桑榆吟趣（四首录二）

一

弹指华年双鬓白，未曾如醉失真吾。奈何不识随风转？总是由人笑老夫。

二

卧床蛰处成聋聩，秃笔何来锦绣篇！所幸鬓斑心尚赤，高吭可共颂尧天。

金缕曲·咏纺织女工

一样红酥手。却从前人犹未老，已先皮皱。为了嗷嗷儿女哺，累杀蛾眉蓁首。况笞掠还须忍受。苦水虽多何处吐，但吞声饮恨和愁绣。如此世，意平否？　　天孙今始韶华茂。信春回、阳光普照，党恩深厚。走线飞梭酬素志，不似当年瓮牖。竞奋发、真如神授。暖送千家忘有己，合劳模会上坚相候。红榜样，共长久。

康晓峰

康晓峰（1916—2000），斋名凯庐，号凯庐主人，长汀人。书画家，金石书画鉴赏家。青年时代即旅居潮州，曾经营纸行，加入潮安诗社壬社。诗文与饶锷、石铭吾、詹安泰等论交。著有《劫馀集》《晓峰先生诗文集》等。

送故人返乡

江上送归舟，舟归不可留。宵来应有梦，随汝到汀州。

黄老画菊，风神迥异，喜题一绝

一老皤然画兴狂，东篱泼墨补重阳。孤标意趣欣同调，我亦诗成笔带霜。

乡村即景

二三子共看春耕，野草山花争眼明。每遇羊肠曲径处，归牛侧立让人行。

龙湫宝塔

忆昔江郊送别时，乡心离绪两依依。多情剩有龙湫塔，日盼行人海外归。

北阁纪游

奇花异卉不知名，似笑招人却有情。北阁既添新气象，韩江仍作旧涛声。浮岚呈秀真堪画，盛世无言早退耕。登上天门一纵目，亭台崛起见升平。

九日湖山放歌

卅载重阳客里过，乡思犹自梦中多。为销羁旅千寻绪，来向湖山一放歌。白酒黄花消永日，登高念远问谁何。遥怜海峡小孤雁，盼汝翱翔返旧窠。

八十遣怀兼以题像

太公八十遇文王，叱咤风云奠万方。笑我康强犹奕奕，随人义举喜洋洋。躭诗难以锻佳句，乘兴犹能急就章。昔日翩翩今奚似，依然楚楚服西装。

刘大夫

刘大夫（1916—2004），原名钟声，广东潮州人。中华人民共和国成立后历任龙岩地委常委、秘书长、宣传部长、统战部长。离休后任省老体协顾问、闽西大学副董事长、龙岩市诗词学会名誉会长。著有《小草——刘大夫诗文》。

三　峡

夔门雄峙迓飞舟，客子欢腾入峡游。脉脉巫峰频拱手，依依江水几回头。昭君腕泽留馀韵，神女心期可得酬。世界大同终有日，琼楼玉宇乐千秋。

赠汕头老游击战士

谁安掌上称明珠，怒发冲冠一匹夫。执意参加青抗会，甘心愿掷黑头颅。带枪休笑书生气，对敌横眉老大粗。血雨幸存梦一统，苍龙飞起乐欢呼。

延安行（二首录一）

巍巍宝塔插蓝天，俯瞰延安在水边。九级攀登抱日月，万人访问探源泉。长征落脚创民业，抗战施威靖寇烟。华夏翻身从此始，王家坪史颂千年。

闽西旅游抒怀（三首录一）

锦绣赞神州，闽西兴旅游。梅花探秘趣，兰穗溢香柔。性海参金佛，天宫观日头。沉缸益寿酒，未醉齿芳留。

采桑子·庆祝老年节

秋光万里菊花好，今日重阳，胜旧重阳，老而健康最吃香。　　宏图跨纪震寰宇，进入小康，超过小康，翠竹松梅笑冷霜。

郑子瑜

郑子瑜（1916—2008），漳州芗城人。旅居新加坡。1960年代初被聘为日本早稻田大学语学教育研究所研究员；1980年代被聘为东京大东文化大学中国修辞学研究教授，复旦大学顾问教授，厦门大学、北京大学客座教授，香港中文大学高级研究员。著有《中国修辞学史稿》《诗论与诗纪》《郑子瑜诗文集》等。

夜半口占，时在汶莱水寓

不期流窜遍天涯，昨日山居今水家。梦里长安春色好，觉来椰影透窗纱。

为纪念漳州建州一千三百周年而作

建州领县千三祀，史迹昭彰海内稀。愧我离乡逾半世，望风遥想独依依。

黄遵宪纪念诗

满腔悲愤自吟哦，国是蜩螗失误多。纵有雄师三百万，狂澜难挽久蹉跎。

咏九七回归

扛鼎之功焉可没，移山倒海胜神明。芳邻原自荒烟地，转眼已是万厦城。欲使危言难耸听，应教同德力躬耕。明朝展现繁华景，共庆回归望远程！

满江红·怀林则徐英雄作

九七回归，数强弩流连未歇。思往岁，芙蓉毒雾，毒吾俊烈。幸得明公焚禁彻，忠心耿耿天和月！奈清廷，割地且驱公，民怨切。　　是奇耻，终当雪。看夷狄，风光灭。愿金瓯，自此长无残缺。气壮山河无反顾，枕戈提戟犹啼血！酹香江，草木向荣兮，东城阙。

水龙吟（用陈同甫“闹花深处”原韵）

胡姬别后推迁，百家尽涉风轻软。红须碧眼，桃娇李嫩，墨缘深浅。假日登高，水龙吟罢，人间春暖。念香江舍斧，簪花谁赏？却又作，回归燕。　　寂寞危栏意远，恨年年，似天边雁，鸿轩把臂，槐厅论字，如烟消散。歌管频吹，柳枝垂泪，试题红怨。叹文章覆瓿，名山事业，梦随枫断。

邹子彬

邹子彬（1916—2012），斋名彬庐，长汀人。曾任《幸福报》主编，后从教。退休后创办长汀县诗词学会并担任会长，主编《汀江诗词》。原龙岩市诗词学会顾问。著有《彬庐诗稿》《汀州风物志·今古钩沉》等。

城南花坞

城南漫步访花农，邀饮名茶池畔东。爱看暖风梳柳絮，生来无意洛阳红。

江桥夜眺

风清天净水南流，桥上凭栏诗意稠。最是撩人乌石影，云骧阁上月如钩。

重游霹雳岩

名园霹雳记游踪，丹灶犹存景不同。楼宇平台竹影静，巉岩古洞霭云笼。旧题剥蚀字能读，佳境清幽径尚通。汀水潇湘新有主，风光仍在旱桥东。

呈逸荪兄

秋风诗眼逗，喜得一笺来。天地存肝胆，屏山有隽才。清歌疑客至，绛帐待君开。何日迎俞扁，从兹萦梦回。

龙　嶂

汀水回江坳，众峰如走豹，小舟逐浪来，峡谷风呼号。悬崖金斧劈，骇涛争咆哮，喧声惊水禽，江云飞袅袅。一山拔地起，高矗入云峤，旅人翘首望，船叟也停棹。峰顶突悬岩，危石势巉峭，状似螭龙首，口张欲嗷啸。咽喉插宝剑，唇吻合刀鞘，赤髯双弓勾，瞳睛睨浩淼。深山有壮士，险登百丈梢，攀藤飞陡崖，骑龙抽锷宝。隔岭可摇剑，为民除恶暴，故事传千年，其义实堪褒。仰望龙山巅，竹云愁半腰，一泓天际来，百丈泻飞瀑。绿潭摇嶂影，桃汛疑鲛鮹，奇胜非寻常，“郦注”未曾到。

注：龙嶂临江陡立，流传“隔江摇剑”故事。“郦注”，郦道元《水经注》。

郭绍恩

郭绍恩（1916—2015），笔名鲁非、苍叶，宁德福安人。曾就读于上海私立持志学院，历任国民革命军驻福安团管区书记室上士文书、上尉副官，福安县政府助理会计、岁计股股长、法院会计等职。1949年后任福州福安会馆副经理，供销公司会计，系福安县政协第五届委员、文史组组长、工商咨询办公室负责人。著有《松筠唱和集》《苍叶吟稿》等。

钓　鱼

轻将香饵下江河，可奈鳞稀钓客多。自笑孤竿非上策，何妨收拾漫张罗。

元宵无月

百花红艳谁同赏，欲唤嫦娥下碧穹。底事浮云偏见妒，无端遽掩广寒宫。

爱国诗人谢皋羽逝世七百周年祭

南宋谢皋羽，岐嶷颇自诩。少年负大志，经文又纬武。进士未登第，弃举古文补。铙歌鼓吹曲，太常乐工谱。宋衰胡骑侵，勤王伸义举。倾家募乡勇，赴难以身许。追随文相国，咨议参军伍。国破文相殉，燕京洒泪雨。狂澜嗟莫挽，遗恨咽千古。埋名甘遁迹，流亡闽浙土。幽忧无所寄，广结诗酒侣。漫游好山川，吊古雄心沮。严陵钓台过，设主奠天祥。号天与怆地，恸哭泪滂滂。乃作招魂歌，凭吊问云何？石俱如意碎，丹忱握太阿。难酬少壮怀，独负匡时才。《西台恸哭记》，《冬青引》碧瑰。天地间气钟，《晞发》千卷该。死念文山节，魂归子陵台。文稿殉于葬，锦字伴青苔。逝年今七百，啼血杜鹃哀。青史垂不朽，摛词赋归来。何以慰先贤，汉家屹九垓。何以励吾曹，正气斗星回。三贤祠配享，忠义长依偎。诗魂邈何许？故里发寒梅。昌诗辟新世，天地锦绣堆。灵兮如不昧，闻歌笑口开。

秋　夜

昨夜西风过小楼，却疑落叶早惊秋。颓然一醉欹枕卧，梦里依稀在壮游。

有　感

方城博采战方酣，喝雉呼卢杂女男。赢则寻欢恣所乐，败而走险未为惭。买花岂惜钱逾万，沉醉何妨酒过三。纵是浊流仍泛滥，向来泾渭不同潭。

观日出

晨星寥落曙光呈，潋滟红波照眼明。一色水天云作岸，千层岱岳雾为城。凝香晓露群芳醉，和煦朝晖百鸟鸣。登自泰山观浴日，纵横无处不峥嵘。

郑鸿善

郑鸿善（1916—?），字世庆，号余泽，永春人。旅居菲律宾经营布业，曾任菲律宾同业公会理事长、菲华商联总会副理事长。中华诗学研究所研究委员，瀛寰诗学研究社社长。著有《泽余吟草》《励园词稿》等。

岁暮怀人

短景催残腊，朔风一夜吹。乡心天海外，旅梦水云湄。欲写相思曲，翻成懊恼词。悠悠南滞客，底事独归迟。

翠华雅集

南薰吟社宴易教授席上拈萧韵。

南北风骚侣，相逢意气饶。同倾湖上酒，分咏客中谣。序速端阳近，心清溽暑消。翠华邀月饮，椰影夜萧萧。

厦门市诗词学会成立志盛

六合茫茫世几迁，菽庄风雅记当年。虎溪夜月吟声壮，鼓浪洞天韵事连。景物依稀怀故国，江山明丽入新篇。嘉禾又集神仙侣，重契人间翰墨缘。

厦门诗词学会盛宴招待即席赋谢

阳春结伴故乡回，桃李争荣竞艳开。汐社风云初际会，骚坛师友共传杯。河山华丽人文盛，尘世沧桑岁月催。忍忆嘉禾年少事，白头老我又重来。

词友小集寒舍感赋

结屋近郊草木荣，疏离绿野篆烟清。浮沉闾里三秋思，际会风云一笑轻。椰阴凉生恬午梦，竹窗昼静恼蛩鸣。客来正值黄昏近，煮酒灯前气意横。

客中除夕（二首录一）

浮家湖海又春朝，寥落乡心故国遥。欣看稚儿争守岁，为怜老父独残宵。壮怀畏说中年近，薄酒休将垒块浇。腊尽诗成天欲曙，晓钟初动已魂销。

吴师赠别谨次原韵（四首录一）

炎荒何日重来游，别后云山万里秋。若过东宁新马邑，报君消息复金瓯。

林　楠

林楠（1917—1980），号沧浪，漳州诏安人。归侨。历任诏安、平和两县文教科长，漳州等地中学教师。曾蒙冤，妻散子亡。遗稿由友人搜集编成《沧浪室遗稿》。

六一初度遣怀（四首）

一

也喜呱呱坠，但怜生性愚。烽烟驰白土[①]，骑射入苍梧[②]。槎卷韩江水，鸿飞越海隅。谁知缘绝后，乱叶绕归途。

二

九月寒砧急，悬弧六一吟。黄花初破蕊，白发不胜簪。未写穷途恨，犹存捧日心。庄生迷晓梦，蛱蝶已难寻。

三

伯道悲无子，馀生自醉歌。十年烧野火，一命殒长河。鸿雁音容杳，爹娘涕泪多。忠贞亭上血，何日息风波。

四

六亲皆断绝，一雁独哀鸣。荷锸刘伶恨，悲凉宋玉情。沉疴愁乏药，长剑动轻生。我已晨炊断，黄金不可成。

注：①龙岩新四军后方留守处。②平和县中共漳州中心县委所在地。

陈松青

陈松青（1917—1989），曾化名陈宣，常用笔名何来、梅影，宁德福安人。就读于扆山中学，曾任中共福安县委副书记。1949 年后，长期在港航部门工作，曾任首届政协福安富春诗社常务理事兼秘书长，福安秋园诗社副社长。

凤凰台上忆吹箫·哭左翼作家刘白蓬

泪洒韩城，三江恸哭，斯人其萎悲哉！任生前功业，付与尘埃。死别千秋私谊，成永诀，痛悼无涯。灯芯竭，更阑漏尽，花谢花开。
哀哀，难酬壮志，床笫永缠绵，璞玉沉埋。剩何言相慰，自笑驽骀。爆竹声随心碎，休再道，遗恨难追。空惆怅，文星陨落，顿失雄才。

东风第一枝·新春寄友人

腊鼓年残，东山雪霁，谁家早报春息？任它利剑霜风，应怜满腔热血。年来岁往，思曩昔，激情横溢。史笔千秋放光芒，司马永垂功绩。

迎冷箭，敢张健翮。持正义，恁遭袭击。扪心自揣何愆？黄花晚节香翊。千山万水怅劳燕。东西南北，九天无际寄云笺，愿友谊长相弼。

浪淘沙·闽东水电站

兀突出奇峰，气势何雄？人间奇迹夺神工。峭壁悬崖修电站，巨坝驯龙。　　迭峰几千重，水色山容。飞溢瀑布倒翻宫。铁塔凌空伸电网，光遍闽东。

临江仙·夜梦亡妻

底事相逢悭一语，魂兮入梦何灵。抱头相对却无声。梨花春带雨，憔悴泪千行。　　信是黄泉无去路，谁怜卅载伤情？天涯此日倍伶仃。醒来心已碎，孤枕耐残更。

周宁鲤鱼溪

海内驰名一鉴溪，天然秀色丽人姿。桃源水域鱼怡乐，锦鲤仙乡鸟唱诗。不跃龙门腾九宇，甘居禅窟傲丹墀。少陵搁笔无佳句，鸿爪旧踪入梦时。

施子荣

施子荣（1917—1992），名成柱，字子荣，号文檀，泉州石狮人。早年随父赴菲律宾谋生，营商创业有成。得暇则肆力治学与为诗，先后加入菲律宾南薰吟社、岷江诗社、寰球词苑和寰球诗学研究社等社团，著有《晨曦阁诗集》《楚鸿轩词稿》《施子荣诗词选辑》等。

邮　差

曾随塞雁逐风沙，腰带万金到海涯。蓬岛时传红豆子，陇头春送白梅花。洪乔昔有投江误，驿使今无按户差。久客南洲归未得，凭君两字报吾家。

岷江秋思

又是秋霖阻雁鸿，故园芳讯久迷濛。三千客路披荆棘，六十韶光沐雨风。灯火朦胧寻旧案，更筹断续动初衷。百年自有深藏计，那怕漏声一转中。

岁暮思亲

三年睽隔老慈颜，岁暮乡思泪欲潸。关陇几时归庾信，蓬瀛何处访阿环。身驰湖海诗怀减，梦入家山蝶径宽。万里寒光增客绪，朦胧月色绕梁间。

客　　居

卅年踪迹走天涯，顾影自怜鬓欲丝。风雨五更空断梦，春秋频转叹归迟。黄鸡紫蟹同谁赏，白雪红花只迷离。月夜李陵台上望，乡心凄逐马蹄疲。

听南音梨园演唱

玉盘珠走韵圆圆，一段香奁荔枝缘。今夕楼中檀板响，昨宵台上眼波传。弹来幽怨尘飞落，唱到欢情客意癫。赏识佳人歌唱后，乡关几度梦魂牵。

归朝欢·村居

磨尽轮蹄疲作客。绣幕楼台今远隔。葱茏纵眼晓山青，娇柔浥露连阡碧。坎烟环村宅。禾粱喜见都琼粒。歌击壤，椎庐农舍，万户皆春色。　　花落花开朝复夕。转觉韶华驹过隙。卅年风雪扑征衣，两肩囊橐随归艓。尘襟空自涤。休嗟壮岁曾移甓。江村美，寒梅古苑，容我恋芳迹。

念奴娇·渡头

凭山俯水，望绿波翠影，曲江春色。柳条丝丝遮野渡，轻拂岸旁舟楫。芳草如茵，青萍微荡，映眼苔痕碧。风光何处，尽归来往画鹢。

我亦吟赏涟漪，凝思沉醉，拟结风骚客。沧溟无边云是岸，湖海长歌飞逸。破浪乘风，追鲸万里，鲛网临渊织。忽听渔唱，一场空幻消失。

李永绥

李永绥（1917—1993），龙岩人。早年留学日本，毕业后到台湾，执台大教席，中年回祖国大陆执教。历任龙岩中学、适中中学、高级农校国文教员。

清　明

雨雨风风暖复寒，泥岗步滑动心酸。荒坟零石萌青草，断树遗根结黑瘢。羊角枝疏姿色瘦，桃娘丛密貌神端。几声爆竹惊幽寞，泉下尘间泪不干。

自注：羊角即山杜鹃，桃娘即桃金娘，俗名倒莲子。

七夕偶吟

暮雨才收浴后凉，银花横贯众星煌。尘姑梦羡仙缘美，织女心追世俗强。天上人间相仰慕，同时异地各悲伤。隔墙难睹比邻苦，凡事何须较短长。

咏昙花

云淡新秋月，金风亲绿裳。舒容羞敷粉，启目盼流光。情怯承宵露，思幽透暗香。惯怜清静夜，未敢事骄阳。

蝶恋花·冬咏

南国飞霜晴日暖，松竹昂然，梅树贞香晚。鱼介沉浮清水浅，回归候鸟多丰馔。　冰雪山原舒望远，纯洁坚晶，寒素何羞赧。无限潜能生无限，觉时地动连天转。

祝英台近

桂元圆，黄柚甜，新稻已炊饭。鹅鸭肥鲜，水陆满汉宴。焚香烛焰氤氲，五魁四喜，任酒沫口涎飞溅。　钞成万，区区数桌何难？茅台整瓶灌。颠倒乾坤，来去通神殿。财源路广四方，上天入地，把把钥匙由吾管。

自注：过去酒楼茶馆常挂水陆大席或满汉全席以招食客。

渡江云

登高一望，长鲛迅翅，初报海潮平。雾消迎旭日，两岸晨曦，清晰闻回声。渔歌铁笛相思久，互问行程，愿秋风对流碧水，安渡过台澎。

衷情，朱颜早改，白发丛生。纵天荒地老，还依旧，败毫淡墨，细写黄庭。悠悠岁月春秋去。只付与，两地牵萦。宜记取，泪花勿记亏盈。

陈特荣

陈特荣（1917—1996），字勒钟，宁德福安人。曾任第二区新潭川乡（今潭头镇）事务员，第二区东崑保国民学校、社牛乡青石保国民学校、隆坪保国民学校校长等职。台湾光复时赴台湾。

题《觉尘诗草》兼序（四首）

由友人处辗转得窥诗草，虽一鳞半爪，予人以重睹家山之快，惜余不文，未能作序，谨成四绝，以志景仰。

一

揖别程门近五旬，海天有幸诵鸿鳞。高龄犹写蝇头字，益佩康强秉至仁。

二

岳叔修文上紫都，家风全仗苦心扶。诗中情节从头读，展现贤妻孝子图。

三

穆水狮山记忆新，高堂衰迈莫相亲。望中返哺还巢鸟，我负春晖一罪人。

四

一诗一句味前因，如向家山晤故人。今把瑶章重展读，他乡人饫故乡春。

乡情（二首录一）

探亲结伴带春回，旖旎家山入眼来。戚友相逢皆白发，近乡情怯任徘徊。

虞美人·忆韩阳

仙岫晴云鹤岫烟，生态本天然。凌云双塔蔚奇观，天堂有路，旅游任盘桓。　　石门漏月夸奇景，罗山朝虎井。兼闻马屿喷泉香，古韩名胜，骚人笔底扬。

林英仪

林英仪（1917—2007），字少逸，别署天风海涛斋主，泉州石狮人。1941年毕业于福建省立师范专科学校艺术科。曾任厦门书画院副院长，厦门书法家协会副主席、顾问，厦门书法篆刻研究会副会长，华侨大学艺术系客座教授。著有《林英仪作品集》《林英仪诗抄》和诗词集《风涛集》。

记集美村

文章载道问浔津，天马山高万象新。扑地闾阎开学府，摩霄碑柱薄星晨。兴农志愿兼航海，设教东西涉太真。大义凛然干国是，誉腾中外仰斯人。

注：太真，原质也。《子华子》太真剖割，通而为一，离之而为两，借谓物理裂变新学也。

东圳水库

九华耸翠出重霄，形胜闽中誉独标。填壑造湖环瀛岛，排洪发电起潜蛟。海隅有陇沾甘泽，空谷来舟应晚潮。一篑功成人地杰，移山夯坝看今朝。

晃岩月光会

晃岩月下望台湾，鹭水玉山一抹间。夜到中秋同皓魄，脉联片土续唐山。天涯针线慈亲泪，瀛海须眉华厦纶。缕缕琴声霄汉外，乡心邀共浪涛还。

咏陈化成墓

决战南疆昼转昏，海天游击守双门。丧心列爵无颜色，戮力尚方捍节幡。十日殒躯昭北斗，一朝华表祭江村。兵标提督同歼国，铁炮吴淞万古存。

注："双门"指厦门、金门两岛。

应厦门旅游局邀登胡里山炮台（四首录一）

胡里山头旧炮台，振衣底事久徘徊。时干凌弱民心壮，国步更张海宇开。一派桅樯波上去，数声铁翼日边来。兴衰处处关宏度，积健成雄始伟哉。

得谢投八师赐转令爱雪如妹从台湾远致曹秋圃师玉照及尊况感赋（四首录一）

甲午奇羞痛割台，倭奴扫穴又重来。童蒙惴惴犹惊梦，师泽沾沾比宝瑰。穷访吉光争片羽，飞将真影下琴台。恍然隔世音书到，无那夺眶热泪催！

题　　竹

七子清狂不可寻，潇潇风雨夜难禁。故人尚秉凌霄节，雷电横天龙正吟。

黄超云

黄超云（1917—2012），字山樵，晋江人。原漳州市地方志编委会编辑。福建省文史馆馆员。曾任福建省诗词学会理事、漳州市诗词学会顾问。著有《螺壳斋诗文集》。

春　宵

春风寂寂夜温馨，一枕银河淡欲冥。织女牵牛都不看，却从天外觅寒星。

华安杂忆（七首录一）

远去深桥学种茶，寒宵灯火护春芽。满山虫鸟鸣天乐，独揽乾坤俯万家。

水　仙

圆山九畹种灵根，生长佳人举世尊。西子浣纱深爱国，汉姬解佩早销魂。凌波款款罗裳静，映月盈盈绮梦温。纵使明妃甘出塞，也应长记故乡恩。

漳州怀古十咏（录三）

陈元光

消除动乱奏肤功，儒雅风流亦总戎。筚路山林勤创业，建州胡越竞从风。鼓鼙犹动人思将，碧血虽寒我颂公。青史留名何足道，庄严庙貌口碑隆。

黄道周

邺山讲舍久成墟，远到铜陵拜故居。报国真堪轻九死，穷经奚止惜三馀。兼旬绝食知何补，一决成仁遂厥初。我本庸才惭后学，安排剩日读遗书。

南山寺

南山古寺气沉沉，多少僧尼向往心。太傅见几甘舍宅，婵娟悟道愿孤衾。晶莹玉佛来荒服，珍重铜钟蚀股簪。万朵水仙香满院，凌波海上思难禁。

病中吟

耄耋夸矫健，每与造化争。不期罹一疾，跬步痛神经，咫尺若千里，溟运羡鲲鹏。卧床五旬日，服侍仗女甥。无乃老病废？惕若暗心惊。国家费廪饩，原期功有成。颇思安乐死，撒手归太清。人我各无累，泯然齐死生。又恐未闻道，朝夕苦摒营。且捡佉卢文，认读杂哀声。寸阴宜爱惜，力学可忘情。况忝修市志，人物待品评。亦欲呈一说，褒贬付公评。此志老犹笃，二竖莫我赢。我有如椽笔，画汝面狰狞。此是摩诘室，问疾皆高朋，凭藉菩提力，挥尔出门庭。我与东山约，期颐再一行，重拜石斋舍，重会诸弟兄，但愿民皆富，不惜己伶俜。余怀何渺渺，慷慨泪纵横。以此斗志满，气盛心自平。计日可勿药，秣历奋长征。

八声甘州·为《镇海卫志》作校注

记雄关御寇列兜鍪，英杰卫南州。把八幡驱尽，倭奴扫迹，力挽狂流。赢得百年安谧，高枕庆无忧。遗恨那堪再，一错全休！　　剩这空城废堞，尽晓烟暮草，凭吊生愁。取虫残孤本，校注祝长留。纵白头，穷年矻矻，撒巨网，海底起沉舟。唤群英，重宣旗鼓，震煜千秋！

戴光华

戴光华（1917—2013），笔名逸冰，漳州人。20世纪40年代曾任厦门市府督学，厦门解放前后任厦门市立第二中学校长、私立禾山中学校长，1951年到集美商校任教。曾任中国民主促进会厦门市委会副主委兼秘书长、顾问。编著《厦门诗荟》《唐诗十家》等，著有《逸冰诗选》。

《逸冰诗选》付梓感赋（二首录一）

学士文彪六十年，人生历练苦甘牵。名山事业初经始，逸致闲情入雅篇。放眼云霄长浩浩，醉心河岳自绵绵。明时莫道桑榆晚，暮景微霞尚满天。

奉酬易庵庚午元宵雅集志盛

月夕花晨每自亲，愧无雅句献嘉宾。蛇归大泽山河靖，马跃高岗岁序新。且听诞歌欣改革，伫看烟火祝长春。逸园盛事年年举，莫笑吟坛老此身。

原韵奉酬台湾黄清源吟长癸未书怀一律

艾蒲缘亲意纵横，家山惜别赋深情。笑啼棋局终须变，骨肉死生自可争。啖鬼何需劳口舌，读骚默契总心倾。词坛聚会开新境，诗宿台澎合与盟。

厦大内迁甲子重周兴怀感赋

回首山城五纪过，烽烟陈迹费摩挲。东桥日影馀波逝，北阁钟声逸韵多。四载诗书萦旧梦，五湖风月发新歌。青春作赋蹉跎了，剩有豪情共取鼍。

李兄陆大由香港归来在海景雅集喜赋（二首录一）

已凉天气未寒时，海景崇楼会旧知。满座温馨叨絮絮，良宵劝饮醉卮卮。闲关寄语欣无恙，席上相逢合有诗。夙素萦怀多雅趣，人生汇合总相期。

悼冰心

颂湖颂海总情深，更颂宾朋与母亲。读者三编同笑哭，还乡一记自温馨。文思潮涌千堆出，亮节风清百练淳。花谢花飞真爱在，天心月缺痛斯人。

鹧鸪天·八十初度抒怀

百代光阴孰可惊，风霜历练出群英。读书未尽三千卷，云路犹思万里程。　　逝水年，咏骁腾，名山事业苦无成。初臻耄耋人称老，少壮情怀气尚横。

赵玉林

赵玉林（1917—2017），字恒一，别署佛子明壁，出生于福州。福建省文史研究馆馆员，曾任中华诗词学会理事、福建省诗词学会副会长兼秘书长，国家一级美术师。著有《玉林诗词》《玉林词选》等。

戊辰岁暮屡得旅台亲友函告归期喜赋

隔海怀亲临岁腊，岭梅先我展新颜。离情浩瀚波千顷，诗思微茫月一弯。不有远人同梦毂，焉知高谊溥尘寰。剧怜堆案多书札，都道明春买棹还。

一九七七年七月廿一夜广播中共十届三中全会决议，邓小平同志复出，群情欢沸涌上街头，自动游行，倚楼口占，时客贵阳

传来决议忒英明，片晌万人空巷行。寄意东山喁望重，好施霖雨慰苍生。

与诸弟别廿三年，丙辰春重聚榕垣，癸亥仲秋合影留念，题照二十字

茅屋论天下，艰难几死生。轮囷肝胆在，老泪已纵横。

南湖烟雨楼

南朝烟雨此名楼，定鼎中原一叶舟。偃草风薰还解愠，柳丝拂水共悠悠！

答李经纶

未获金铓照野，那能玉弩惊天。不避折花蝶梦，长愁留叶蚕眠。

烟台海滨

昨住天山北，今来黄海东。驼铃犹在梦，燕语已流空。风送涛声远，沙舒暝色融。人生若浮梗，随遇意何穷。

红 豆 吟

红豆复红豆，春风几枝秀。欲采最高枝，惹妾长相思。相思隔云汉，婉娈情难断。何事轻别离，离愁万丈丝。鹊桥安可渡，鲲岛迷寒雾。妾心金似坚，郎身海外悬。女萝施于树，那敢伤迟暮。头白也归来，合欢花再开。

水调歌头·辛未九月重游南平明翠阁

丹阁挹明翠，往事早模糊。几多萧瑟风雨，欲觅近还无。剩得溪声如故，衬着岚光绝妩，倍觉一身孤。本已息心久，重又慨今吾。　看两岸，仍矗立，这浮屠。檀栾梵宇，余日应许学蹦跌。敌忾当年发竖，国难弃家躬赴，初志岂曾辜？愿掬剑津水，为我证区区。

叶孝义

叶孝义（1918—1996），建瓯人。厦门大学历史系毕业。曾任建瓯中学校长等职，福建省文史研究馆馆员。为《中华人民共和国地名辞典·福建分卷》编委会学术顾问，省地名学会、省地方志学会理事，曾参与编纂《南平市志·人物卷》。

拂晓登九峰山

晓星残月上三峰，俯瞰市区灯海中。下得山来催鸟醒，喜看老迈练新功。

虞美人·百合市花

野花闲草宝珠好，百合花中宝。多姿多彩蝶蜂邀，巧夺天工犹有麝香飘。　　君如花蕊重洋逐？娇嫩茎梢绿。含苞待放见人羞，细雨和风庭院更清幽。

江城子·滨江大道通车贺词

黄金大道闪金光，傍双江，浴朝阳。外滩景似，浩淼望闽江。绿树绕湖光荡漾，居闹市，景无央。　　宋城遗迹更辉煌，振工商，路康庄。通车吉日，龙舞彩旗祥。难得倾城参盛典。窗口启，越重洋。

江城子·参观沙溪口水电站工地兼怀台湾旧友

今朝盛夏下层楼。鲤鱼洲，结同俦。电站观光，溪口水悠悠。放眼蓝图知远景，工业电，不须愁。　　滔滔溪水向东流，利行舟，便遨游，巧夺天工，高坝傲千秋。台友闻知当雀跃，何日返，放歌喉。

余振邦

余振邦（1918—1997），字克非，别号步月斋主、风雨楼主，漳州南靖人。原厦门《宇宙报》社长兼总编辑。1949年赴台。曾任台北市南靖同乡会会长。著有《乱离吟草》《步月斋吟草》《风雨楼诗词》《瀛海飘零集》《瀛海留踪集》等。

探亲杂咏（三首录二）

一

君问归期已有期，行程待定转迟疑。故乡亲友多零落，不禁凄然喜更悲。

二

特备轻装便旅行，不须辎重阻长征。直从瀛海穿闽海，改驶龙江到靖城。

南靖见闻（四首录一）

两行流水汇双溪，环绕城村入望迷。直涌九龙江上合，遥从一鹭海中挤。鱼舟点点歌声远，游棹徐徐笑语低。终日奔波犹未息，只看孤月又沉西。

家居有感

一到家乡百感生，满怀心事莫能名。劬劳未报双亲逝，夙愿难偿两袖清。失散鹡鸰频入梦，分飞鸾凤未忘情。秋风萧瑟增惆怅，静听司晨报五更。

寄荆山诸友

遥寄荆山众弟兄，铭心镂骨忆平生。少年结识怜皆老，早岁筹谋幸有成。各展才华膺重任，共襄风雅著贤声。重逢别后情尤挚，喜极盈眶泪纵横。

客台有感

岁月如流逝不还，几经沧海变桑田。兴亡有迹知前鉴，战乱无休问彼天。作客徒劳馀白首，归乡所愿在新年。登楼远望苍茫甚，中夜愁闻泣杜鹃。

叶鸿辉

叶鸿辉（1918—2000），宁德周宁人。周宁县和平起义人士，周宁县初晴诗社发起人之一。著有《叶鸿辉诗词》。

九龙漈瀑布（五首录二）

一

银河泻水落高峰，又见潺潺千万重。百炼悬空从此始，出潭昂首若飞龙。

二

山势峻嶒一劈开，潜龙奋起疾如雷。流珠泻玉年年在，千里游人得意回。

鲤鱼溪观鱼

鼓鬣扬鳍戏水边，何时振翼可升天。浪悠每见金梭舞，波浅频看玉尺穿。竭泽客来成妄想，投竿人至亦徒然。冯谖到此休弹铗，结网空思在眼前。

自　勉

豪气长虹贯九霄，也思投笔效班超。千茎白发书勤读，万丈青云路不遥。运蹇黄金非易得，愁多绿蚁亦难消。何时可遂吾生愿，驷马高车始过桥。

黄天从

黄天从（1918—2001），字庭经，南安人。长期从事教育工作。曾任南安武荣诗社顾问、南安书协名誉会长。有《白水集》稿本。

随缘过南海谒普陀洛迦有感

万里天风荡碧波，舟山名胜数迦陀。沈门有峡横三角，佛海无疆过百柁。善信持诚朝圣迹，潮涛涌浪叩岩阿。心香一炷通灵境，身性自存般若多。

九日山纪游

重来九日忆前游，山自崔嵬境自幽。石刻摩崖征旧事，风光随物展新猷。欧阳盘憩姜秦隐，邦伯莅临处士留。名胜名贤昭简策，地灵人杰并千秋。

天心洞龙潭

一泓深澈挂龙涎，倒影回清见碧天。松竹临崖风细细，烟霏绕壑水涓涓。仙家妙法开奇境，俗客澄心结善缘。任是红尘多困累，胸襟到此亦怡然。

满江红·为我国第一颗原子弹爆炸成功而作

震撼乾坤，秋原上、巨雷乍响。九州外、和平人众，欢欣赞赏。塞上风光添秀色，京中电子掀波浪。抒豪情、一曲“东方红”，参天唱。

科技赛，呈万象。和平业，足依仗。看潮流一转，东风更旺。牛鬼蛇神咸敛迹，鼠肝虫臂皆沮丧。喜中华、云锦织天章，万邦仰。

水调歌头·北坪寄迹

才啖鹤山果，又喝北坪茶。振衣岵岭东望，沧海碧天赊。杨子凤尖覆鼎，天柱丹炉飘忽，胜境似仙家。皎洁松间月，红紫草山花。　　寄形迹，餐云雾，沐烟霞。峡湖水去，喜见阡陌稻粱嘉。声彻谷中谷外，人闹山头山下，崖壑想仙槎。有日虹桥架，咫尺缩天涯。

柳梢青·重返鹤山

北岭栖羁，鹤山往返，弹指经年。东陌桃李，西园杏蕊，又见鲜妍。　　山楼闲望云天，面北阙，心潮涌然。窗外风光，胸中肝胆，镜里髯颜。

林祖韩

林祖韩（1918—2008），莆田人。莆田市总工会干部。福建省诗词学会理事、名誉理事，莆田市诗词学会首任会长。主编《莆阳文献丛书》《莆田县宗教志》等，编著有《湄港联珠》等。

挽邓小平同志

世真不朽几人斯？谋国心身瘁不辞。功罪漫论三黜后，饥寒入抱万家私。竟教海岳翻神气，改得乾坤制社资。历史氛埃清扫了，令人千古有馀思。

次韵奉呈恭祖宗长返台

岂有东西各一天，银河真见落天边。眼劳浩浩洪波过，肠断盈盈带水连。审势要知时不再，苟安难道局非偏。人生百岁谁能料，已是相思四十年。

湄峰妈祖宝像

崔嵬屹峙立峰头，豪雨罡风总不愁。面向东方凭瞭望，身联北港对相酬。从知立石重阳日，恰值升天千载秋。照夜冕旒灯一亮，分明指示去来舟。

王元机学弟九秩双庆

似火榴花照读书，静深陋巷小茅庐。回头不觉沧桑屡，转瞬如今耄耋俱。我室荒寒无纸砚，君家兰玉郁陔除。一方铁笔兼毛笔，仗溯源流志绪馀。

注：君正在筹划出版所著《莆阳诗画印人物志》。

黄一凡新疆归晤

十载辞乡万里行，还来作客语音生。亲人略尽添坟土，诸老依然托酒觥。好占龙沙瓜瓞谱，难忘燕翼谷贻情。当年八乐青庐约，吹和犹怜汝弟兄。

福州高湖少谷草堂重修落成

闽海诗人唐宋多，有明七子奈公何。平生山水甘为殉，此日文章总不磨。梓里声光垂气骨，草堂精爽足吟哦。木兰溪上游踪在，怀古春风又绿波。

深圳赤湾左炮台林则徐石像

已靖神州海气昏，岩岩遗像拄乾坤。合教图画登麟阁，长见精神照虎门。人物百年青史笔，河山一发中兴魂。秋风指点登高处，计日金瓯复旧痕。

南禅社丈百周龄诞辰纪念

我尝为翁寿，逢辰一韵遣。东坡乞数珠，和笺成九转。今腊百周龄，翻搜出箧衍。历历萦我心，永怀不可卷。梦中蝴蝶俦，且多老惫喘。翁今天上乐，不复人间返。人间捩乾坤，巨手亦重茧。杯酒酹告翁，东海日以浅。

张人希

张人希（1918—2008），原名张仁熙，字迦叶，法号胜是，泉州人。曾任《福建日报》《青年日报》记者；新中国成立后历任厦门书画院副院长，厦门市美协副主席、顾问，厦门市文联顾问，厦门政协常委。部分诗词编入《张人希作品集》刊行。

黄松鹤老人周年祭

去年雅集事吟哦，梅石斋前醉客多。今日落红堆满径，旧时燕子识残窝。空怀北海清樽酒，苦忆南朝白纻歌。春雨梨花开似雪，故人门巷忍重过。

题画（四首录一）

晃岩峭壁矗晴空，云水苍茫浩浩风。写得凤凰花似海，长歌万里一征鸿。

题黄永玉黄山图（三首录一）

斑斑泼墨自何时？老友丹青远见贻。忽似重逢黄子久，萧萧风雨对谈诗。

观仲谋遗画有感（四首录一）

无边往事了无痕，转瞬流光那忍论。笔底千花谁得似？重披遗画总消魂。

弘一法师圆寂四十五周年（二首）

一

明月前身冰雪姿，生涯一钵一囊诗。惭予学佛灵根浅，书画金文受我师。

二

适来重读旧时篇，陡忆红尘小劫年。一片慈悲遗泽在，虔诚合十礼先贤。

重游寒山寺（二首录一）

独立枫桥意自闲，辛夷花发鬓斑斑。卌年来践寒山约，今日重游带雨还。

卢红伽

卢红伽（1918—2009），字芦庐，号紫鸾，又号九莲居士，宁德寿宁人。1935年毕业于无锡国学专修学校。从事教育工作。曾任寿宁诗社、四海诗社顾问。著有《拜观楼剩草》《红伽杂咏》等诗集。

书所见

落叶下庭除，飞鸟上空碧。两两各无心，奄忽已相失。刚喜安澜好，江天一色鲜。何来投石客，又激水花溅。晓风杨柳岸，尽是落花处。流水是无情，切莫随它去。断港鸣惊瀑，幽花媚晚晴。牧童与青犊，共傍柳阴行。

咏斜滩瀑布

是何素练太空悬？倒泻银河地欲穿。溅作珍珠千百粒，风吹不断碎还联。

月下理弦

明星熠熠闪遥空，绕指柔丝拨未终。一种缠绵人意外，数声呜咽月明中。楼高玄鹤纷来舞，夜静长松忽有风。最是徽音寒澈处，阳春白雪感何穷。

登福州越王城

曾闻易水饯荆卿，千古其人尚若生。伏阙陈东忠孝志，登埤温矫激昂情。纷纷世变馀长铗，落落生涯对短檠。搔首问天天不语，振衣独上越王城。

乡居乐

傍来疏广钓游乡，醉即狂歌倦即床。新语枕边搜世说，夜谈灯下续天方。蠹鱼出没书盈架，青鸟联翩札隔洋。更爱荷香清且远，亭亭宛在水中央。

春寒晓起

懒于人处拾芳菲，困卧荒村白板扉。感旧潘安销鬓影，伤春沈约损腰围。帘前解语花何在，梁上双栖燕又归。斜倚栏杆聊破寂，晓寒酝酿不胜衣。

许沙洛

许沙洛（1918—2011），漳州诏安人。原诏安画院院长。曾任漳州市诗词学会顾问。著有《榴屋诗词选》。

偶写牡丹漫题

惯于清淡老生涯，偶画名园富贵花。所欠燕支何处觅，呼童乞取女郎家。

竹鸟图

林鸟无声天未晚，卷帘惟见墨云沉。竹边一派风兼雨，洒向思乡万里心。

自题《兰花水仙图》

自惭粗疏惯，所画人嫌弃。空谷结同心，何用图取媚。凌波冰玉清，偏是情怀寄。料峭问东风，春寒安可避？欲寻旧梦痕，明月知我意。

清明寄海外亲友

春雷动地八方鸣，喜雨如油草木萌。天外风来怀骨肉，坟头酒酹恰清明。西窗烛剪今宵梦，活火茶烹故国情。华夏文章烟景好，彩云归衬百花荣。

迎本世纪末新年兼为诗人祝福（二首录一）

蜗楼不怕网蛛丝，世纪将完恋此枝。窗外依然多翠色，心中难再有情辞。偏劳芳草年年绿，枉费青春处处驰。最喜周三客常至，兴来合与共裁诗。

浪淘沙·己未五月

煮茗叙离衷，断雁哀鸿。当年故地喜相逢。待到黄昏怀更好，依旧春风。　　心事总无穷，聚散匆匆。重来犹认昔时容。月色空濛风色软，输与情浓。

解佩令·春夜寻诗

春来花好，春归花老。夏将临、声声知了。夜色澄鲜，碧月下、未曾惊扰。望苍穹、白云杳杳。　　诗朋不少，诗情更妙。最难忘、灯红人俏。秀句盈囊，拾取尽、离离芳草。伴吟边、乱莺啼晓。

癸酉啖荔吟（用东坡《食荔》元韵）

炎云夏火似锤炉，及时好雨草不枯。果中魁首丹荔熟，压倒群芳自驰驱。乌叶丛中挂红襦，凝露晶丸冰为肤。八闽香脆推第一，南诏名种比名姝。荔枝有节亘古无，开发边城富海隅。品果投资乡情重，大啖三百拣红粗。今岁小年更稀贵，犹待夺取骊颔珠。后岭南溪更秀出，掷地有声美而腴。我生此土爱此果，强胜为官苦思鲈。淡泊生涯堪回味，闲来聊作《消夏图》。

刘宗祺

刘宗祺（1918—2014），漳州诏安人。诏安一中退休教师。福建省文史研究馆馆员。著有《雪翎飞歌》。

夏　晨

烹茗追凉坐绿阴，壶中杯里有冰心。虚怀净涤同明月，独对清空自在吟。

咏水仙花

亦是污泥不染花，宓妃风韵果清嘉。娉婷玉蕊偏奇绝，沙水扬馨入梦斜。

咏丹枫

八闽妩媚诩夭桃，谁识枫林韵味高。有叶经霜红胜火，无花惹蝶静如蒿。森森挺翠穿云劲，耿耿流丹带醉豪。回首夕阳霞蔚处，秋山颜色共熏陶。

浪淘沙·梅岭风情

雪浪涌苍穹，爽朗西风。碧云如幕饰秋容，骚客多情深自许，诗意朦胧。　倚石仰青峰，笑语融融。崖边犹印旧游踪，梅岭风光今独好，醉我癯翁。

一剪梅·中秋怀远

露涤清空人倚楼，月赏中秋，句觅中秋。婵娟千里共凝眸，笛韵悠悠，窗谊悠悠。　　极目遥天动别愁，梦系归舟，风送归舟。孤帆远影向西流，玉镜心头，锦字心头。

卢郁蕴

卢郁蕴（1918—2023），永定人。毕业于厦门大学。历任长汀中学、永安师范、永定一中教务主任，中学首批特级教师。曾任《汉语大辞典》编委，龙岩市诗词学会顾问。晚年定居厦门。

榕城寻梦

街头踯躅欲何之，四十年来浪梦思。旧境依稀犹掩映，前尘缥缈已飞驰。喧阗闹市人谁识，寂寞幽怀只自知。犹忆摩崖回雁影，涌泉寺里月明时。

咏高陂桥景

一道飞虹桥孰建，半轮明月竞天工。人行宛在青云路，寺隐如藏丹桂宫。袅袅峡风飘瘦柳，幽幽潭影下凋枫。牧童牛背赋归去，荻管声沉落照中。

题坎市观音阁壁

梵音响彻红尘外，榕阁拈花一笑逢。客至莫嫌茶味淡，禅心不比世情浓。

咏坎市三官堂景

青灯黄卷伴三通，绿瓦红墙映竹丛。千载画图山色里，四时歌曲鸟声中。

怀　远

音尘就此各茫然，别恨霜侵两鬓边。最是风清月白夜，为谁独自倚栏前。

继往开来盼后人（二首录一）

秀水名山育锦心，远游负笈见深沉。云川代有人才出，院士三名五翰林。

自注：予家乡坎市古名云川，三院士分别是卢嘉锡、卢衍豪、卢佩章；四代五翰林分别是廖鸿章、廖文锦、廖维芬、廖寿丰、廖寿恒。

王人杰

王人杰（1919—1979），又名一仕，字时贤，泉州石狮人。1936 年到菲律宾谋生，经营纺织厂和贸易公司。二战后参与创组菲律宾南薰诗社和籁社。著有诗集《网珠集》《人杰诗词集》。

华侨节感咏

放眼秋将老，依然作客身。爱侨偏有节，思汉岂无人。纪事惟留迹，居吏等卧榛。薰风能解愠，吹不至菲滨。

明珠楼雅集

丝竹悠扬夜气清，邀朋重整旧吟旌。时艰触目多荆棘，世乱何心醉死生。道义沦亡昏六合，斯文未丧赖群英。座中济济多佳士，行看薰风拂满城。

岷湾落日

杜威堤畔偶停车，万顷江田蘸晚霞。暮霭苍茫天接水，寒潮汹涌浪生花。下春连石渔收网，倦鸟归林客忆家。惆怅西风催我老，不知何日看京华。

闻　莺

长年去国感生平，极目乡园隔几程。不见江南滋绿草，忽闻花外啭流莺。艰难客路怀家日，怅触春禽求友声。倘使闺中惊梦觉，也应似我不胜情。

归　心

书剑飘零感不禁，江山信美懒登临。少年事业杯中付，故国风光梦里寻。四野啼鹃愁客耳，几回游子望云心。金钱屡误闺人卜，柳色青青费苦吟。

问　竹

久违君子讯迟迟，未审淇园剩几枝。欲问故人今粉态，可存当日旧丰仪。虚心独具凌云志，高节但观解甲时。不识七贤仙去后，梅松而外孰相知。

吴士蕃

吴士蕃（1919—1985），又名声蕃，字上屏，号剑梧，宁德蕉城人。福安师范学校毕业，曾任蕉城小学总务、训导课长、民教部主任等职。著有《愚耕诗稿》《凤山草堂诗草》。

纪念戚公塑像落成（五首录二）

一

南国安居地，何为剑戟林。宁城沦鬼域，闽海起胡尘。

二

饕餮东来寇，屠烧兽性狂。将军膺大义，北下卫南疆。

种园豆

一年一度种园豆，人肥种到人脸瘦。豆儿一岁一青春，人生几见老还少。

枫林如画

一幅嘉陵妙不凡，迎春枫树绿浮丹。画家俗识其中者，须向天然仔细看。

丙午年秋台风涉后

断柱残梁逐水浮，沿溪秋暴共洪流。雨摧伏地花无奈，风坠倾巢鸟亦愁。曲涧流难分泾渭，潜鳞视乱困沙洲。群生欲息滂沱患，筑坝疏渠即好谋。

山　　居

俗事缠人脱又牵，烹茶打水起炉烟。瓜瓠雨缺同儿灌，鸡鸭笼疏教女编。澹泊半生明养性，清寒一室恍参禅。耽吟心有难舒处，为欠诗朋与酒钱。

重九游南屏峰

巍然龟岫广观瞻，清汉云飞一道烟。脚下舟帆才满指，眼前楼屋不盈肩。俗教胸荡登瞭可，莫虑年衰攀越难。不信人云行此路，有如蜀道上青天。

陈秋顺

陈秋顺（1919—1995），漳州东山人。长期从事县志整理工作。东山县政协委员、县文联顾问。遗稿辑成《陈秋顺诗联谜选集》。

九仙岩怀古

得闲访胜上苍颠，十仞攀来别有天。峭壁龙蛇留翰墨，层岩台阁锁云烟。孤忠报国回残局，百战攘夷著早鞭。水寨寒泉喧昼夜，不堪惆怅忆当年。

漳州建制一千三百周年纪念

开漳建郡镇南疆，赫赫威名世代扬。地极七闽平寇乱，境连百粤拓陬荒。文章礼乐昭千载，经济农工惠四方。古径云深留剑石，将军庙貌水天长。

老人节登高怀旅台亲属

老人佳节值重阳，仿古登高共醉觞。天下达尊称齿德，世间最乐是康强。儿孙绕膝虽云幸，骨肉浮萍亦感伤。但愿金瓯成一统，不烦霜鬓日牵肠。

咏风动石

壁石御风下太清，超然独特寄东城。点头忽讶千钧转，信手何期一发轻。万派怒潮难震撼，五丁力士乃攻成。携来百侣添游兴，故里三忠不朽名。

注：石上镌有铜山三忠臣黄道周、陈瑸、陈士奇姓名。

题东山岛黄道周读书处

古塔凌霄汉，回澜障海门。名从后世赫，峰到上方尊。岛屿群星列，云山远水吞。我来寻石室，斑藓字犹存。

程　序

程序（1919—1998），福清人。早年参加革命。中华人民共和国成立后曾任辽宁省委工业部部长，1981年调任中共福建省委书记兼省委组织部部长，后任省人大常委会主任、党组书记。原福建省诗词学会名誉会长。

卜算子·敬悼伟大领袖毛泽东主席

巨宿殒东方，风雨昏如夜。领袖长辞肺腑摧，热泪淹华夏。　功绩盖寰区，日月光同射。四海千秋悼念公，遗志齐心写。

忆秦娥·敬悼周恩来总理

天风咽，栋梁一代哀摧折。哀摧折，兆民痛失、邦之人杰。　鞠躬尽瘁殷谋国，丹心妙手宏图揭。宏图揭，江山如画，世间无匹。

李可蕃

李可蕃（1919—2005），字壑帆，闽侯人。曾任福建省文史研究馆馆员，福建省诗词学会副秘书长，福建省楹联研究会副会长。著有《藏舟盦集》《古懽室文稿》等。

雪峰消夏二首

一

才脱蒸笼热，奇寒虑彻肤。象峰头未白，偏雪我圆颅。

二

座局仍容鸽，岩狞几象狮。登临辜听法，石我共顽痴。

河南巩县杜甫纪念堂落成

江河喧万古，椽笔颂猗欤。谁复窥堂奥，真当绘里闾。圣功推作者，灵气毓生初。轮奂今朝办，奚辞奋腕书。

得沪上陈兼与老词丈讣临风一哭

霹雳晴天作，灵光鲁殿倾。歌吟摧大纛，风义感平生。不啻文宬坏，谁持彩笔赓。后来孤启迪，空有涕纵横。

论　　诗

羚羊挂角迹难追，天籁拈来不自知。发自心声才振聩，融于物理莫矜奇。当其意蕊逢春顷，便是词源倒峡时。甘苦个中谁会得，要探根本惕趋歧。

如此江山·寿山石

太初谁叱羊成队？菁英尚留兹地。冻裂云根，华凝石髓，莹绝金刀轻试。红泥艳渍。付夷舶官斋，誉蜚中外。巧取豪攘，一鞭当日甚赢帝。　　何年鳌戴莫记。翠微今焕貌，光国材贵。勒胜燕然，怀同卞璞，应许他山攻媿。重熙老际。算再炼娲皇，不衔精卫。倘有三生，乞通灵我畀。

南歌子·福建省诗词学会成立祝辞

砚洗三江水[①]，毫萦四岫烟[②]。旗擎左海荡红鲜。更拟红铺海峡托花笺。　　词薄东坡犷，诗訾太白颠。励精振惫扫陈篇。看取清时谁拓崭新天。

注：①指闽江、九龙江、汀江。②指武夷、太姥、冠豸、石鼓。

李经汉

李经汉（1919—2006），字倬云，别号固穷子，明溪县人。曾读私塾和小学三年，业中医。三明市诗词学会会员。著有《诗词分类选集》《新编汤头歌括》《临证一得集》。

夜长不寐

菊月薄寒天，宵深不易眠。装壶茶作酒，包药纸搓烟。门外三回叩，心中一线牵。诗成殊未惬，曙色上窗边。

三明车站

上车还比坐车难，队似长龙汗不干。待得车来门不启，蜂趸蚁聚闹空欢。

卖旧书有感

苦读寒窗石砚穿，编书须读廿余年。一斤旧籍才三角，扫地斯文不值钱。

业医有感

一发千钧几剂汤，责关司命不寻常。望闻问切多分辨，表里热寒细度量。虚实阴阳三部脉，君臣佐使一张方。枯肠搜得回生术，始觉安心入梦乡。

蝴蝶儿·红砖赞

满身红，出窑中，铮铮硬骨算英雄，脱胎变体功。　　炼得真本领，风霜雨雪中，层楼大厦穿天空，几百年不轰。

王作人

王作人（1919—2006），名迪坤，以字行，漳州芗城人。曾任漳州市地方志编委会编辑。曾任漳州市诗词学会顾问。著有《括斋诗文集》。

南溪晓行

长堤十里号防洪，一片溪山入眼中。信是晓行空气好，只愁老骨不禁风。

登　　岱

登岱亦云幸，驱车了不疲。居然小天下，真个俨封仪。叠嶂叔明画，飞流太白诗。此游得异境，不计晚归迟。

登八达岭长城

生涯罢去老何求？八达长城得壮游。百二雄关欣一瞥，六千里路笑回头。风烟滚滚人冲雨，砂碛迢迢雁叫秋。莫问当年争战事，今朝主客足风流！

将谒石斋公墓，漳浦宾馆作

客里难忘赴北山，北山恨未岁来还。沧桑坷里馀抔土，正气先生塞两间。拍照欲凭瞻仰便，遨游莫作等闲看。明诚道大谁能赞，俯仰吾生泪暗潸。

先父手植梅枯四十年矣，今岁补植，已发花

乐趣频添我不贫，种花聊以慰先人。一株争与沧桑长，数点迎来天地春。上苑琴樽成绝响，灞桥风雪证前因。亲前旧事从头忆，泪洒孤山转怆神。

马明哉

马明哉（1919—2009），宁化县人。毕业于中南军政大学，离休干部。原三明市诗词学会副会长。著有《晋水诗草》。

寄友人

栽花得异香，书案置三章。不敢芳孤赏，分君一瓣尝。

病　　起

浮云系不住，积雪自消融。一病三冬去，孤魂半世穷。醉题窗下月，号叹砚中风。堪笑秋蓬短，原来四壁空。

谢魏老师代刊诗作

铁笔良工艺可钦，山川景物巧留音。诗坛涉猎十年事，刊出江湖万里心。

印山安居有酒邀友同酌

印山居住妥如衷，远近峰峦一目穷。夜火逗人星灼灼，晚霞裹我影彤彤。风翻树海千重碧，露醉花山万簇红。好景岂能常待额，三樽聊请与君同。

忆江南·三明好

三明好，四季吐嫣红。水秀山清翻翠玉，文明礼貌蔚成风，建设正兴隆。

林希柱

林希柱（1919—2011），笔名砥斋，仙游人。1946年赴台湾，就读于台湾省立师范学院国文系，1949年前回大陆参加游击队，后到仙游中学任教。1957年含冤身陷囹圄，后移居明溪县夏坊乡，平反后任夏坊中学语文教师。作品收入《中华诗词佳作选》及台湾《承璜爱乡集·续集》等。

济川妈祖庙

海上生明月，慈航入夜来。三通酬众愿，何日下金台。

思　乡

多年羁旅未能归，梦入关乡泪欲飞。坟草离离谁祭扫，空山静寂雨霏霏。

春　景

水满池塘绿满山，一枝花发竹篱间。二三蝴蝶翩翩舞，为闹春光未敢闲。

纪念谭嗣同诞辰一百四十周年

心忧家国见深情，独自横刀豪气生。华夏瓜分知有日，黎民泪洒暗吞声。尽输肝胆千秋仰，一掷头颅举国倾。虽死犹荣醒众梦，昭昭史迹树高旌。

武夷山纪游

独占东南第一山，武夷自古即仙寰。林岚难掩大王貌，云岫初开玉女鬟。雾暗群峰晴亦雨，溪流九曲水如环。扶摇直上天游去，我欲乘风叩九关。

邱铁汉

邱铁汉（1920—1990），厦门人。归侨。1949 年参加中共游击队，后任平和县政府文教科科长等职。1957 年被错划为右派，平反后，曾任漳州市民盟副主委。福建省诗词学会理事、漳州市诗词学会副会长。

武夷山小吟（十二首录三）

一

多少名流访武夷，登峰四眺喜题诗。幔亭肃立留风韵，九曲迂回展妙姿。

二

狮子低头迎远客，群山细语问归期。晨曦初照宫房美，古色古香安忍离。

三

岩底偷看一线天，洞中处处响清泉。自然造化何神妙，拾级登高幸有缘。

东山纪行（六首录二）

一

碧波白浪接云天，两岸情深一水连。亟盼金瓯相补缺，千家万户庆团圆。

二

忠义双全赞道周，成仁不惜落苍头。无私史笔纪英烈，万代高风亮节留。

罗汝武

罗汝武（1920—2001），连城人。福建师专毕业。先后在连城师范、龙岩师范、龙岩市教师进修学校执教。龙岩市诗词学会原顾问。

石门泛舟

一

千顷琉璃浸绿苔，青松倒影镜中来。乍看翠鸟舟旁起，又见岩花傍石开。

二

云影天光漾碧空，碧空却在水当中。轻舟不碍鱼儿乐，春日融融淡淡风。

登冠豸赏菊

萧瑟秋风篱菊春，名山佳景转增新。乃知天地寒凝意，不厄坚强奋发人。

春耕宣传道中遇雨

古道盘纡狭磴危，江头春草正迷离。悬岩滴水苔痕滑，幽谷封云石影奇。惟愿千家沾雨泽，何愁一己受淋漓。此行端愿农工好，未及登山访旧碑。

闽江早航

霭霭青云水上浮，江山无语是深秋。参差帆影西航去，起落江涛东向流。似酒诗情心欲醉，如烟旧事迹难收。平生所愿更何物，一鹤青天任自由。

陈存广

陈存广（1920—2002），笔名陈言，南安人。华侨大学中文系副教授。曾任福建省语文学会理事、泉州市政协常委兼文史委副主任、泉州历史研究会副会长、泉州市书法家协会顾问。

戊寅元旦献辞（录二首）

一

远寺疏传林外钟，涛声隐隐起长松。尘劳每扰三摩地，冥悟聊参一指宗。填海心坚精卫鸟，平山志决太行农。千株自是同根出，故旧相逢展笑容。

二

岁序推移斗转寅，风从生气一番新。卿云缦缦光华复，虎变斑斑妙理陈。直谅多闻资益友，仁和高义结芳邻。青山无恙人易老，吾道未孤俗尚淳。

榕桥访李贽祖居

龙湖当日待公来，片石还为国士开①。便揭童心清叆叇，直掀天盖激风雷②。死留毁誉凭扬抑，生论是非自主裁。燕狱已颓豪气在，卓吾老子亦奇哉。

注：①旧有“国士出，片石开”，“龙湖辟，居士来”之谚。《焚书》中亦有“天生龙湖，以待卓吾”诗句。②《后汉书·延笃传》：“不知天之为盖，地之为舆”；唐独孤及诗：“天盖倾西北，众星陨如雨。”

参加严羽学术讨论会登沧浪阁

邵武名城峙一方，论诗佳话出严坊。艺林直绍雕龙绪，慧眼初开正法藏。羚角迹空神悟见，沧浪阁在水源长。熙春台下鱼矶畔，欲觅遗踪托瓣香。

贺龙江吟社153周年社庆

弦歌处处鲁邹乡，见说龙江雅韵扬。一代诗风观正变，百年社史纪沧桑。白沙古寨山犹壮，溟海星槎客待航。伐木丁丁声应远，吟鞭遥指水之方。

丁明镜书法集题记

马蹄淳化传泉帖，三绝桥碑举世称。墨妙堂湮遗记在，书风心画两相凝。

连江秋

连江秋（1920—2003），龙岩人。抗战时毕业于省立永安音专，先后执教于县立龙岩中学、省立龙岩师范，后南渡星马执教40余年。系私立省音乐学院董事、龙岩市诗词学会顾问。著有《千人嵌名联集》。

江山美景

茂盛兰花处处香，菜蔬翠绿遍村庄。江山美丽多毛竹，草动风吹是故乡。

惠民坝

惠民桥上好风悠，坝水萦回浪未休。过了一滩还一坝，龙门塔下水长流。

中山公园

公园美景可清幽，猴洞猴山老少游。最喜虹桥花正茂，临风远眺又深秋。

养鸭人家

竹林深处有人家，鸡鸭成群又种茶。绿色连云山谷满，丰收桃李自堪夸。

韩国磐

韩国磐（1920—2003），字漱石，号蘧庵，斋号老榕书屋，江苏南通人。1945年毕业于厦门大学历史系，1946年留校后长期在厦门大学任教。生前为厦门大学文科资深教授，中国古代史和专门史博士生导师。曾任福建省诗词学会顾问。诗作编入《韩国磐诗文钞》刊行。

六十虚度随笔

俯仰人间六十秋，阴晴显晦几欢愁。漫言玉烛传三岛，可有新词动十州。四害烟消天浩荡，三千水击意优游。风光满眼情何限，更上元龙百尺楼。

喜闻郭化若将军近况赋赠一律

相逢犹记十年前，淮水鹭门路几千？徒切暮云春树想，难求撼岳唾珠篇。忽闻青鸟传佳讯，共喜丹心照碧天。挥洒龙蛇磨玉斧，豪情应不减当年。

窗外老榕

窗外老榕十亩阴，迎风送月作龙吟。云来气接千峰雨，日出光飞万点金。信有空心容蚁垤，何妨朱实养珍禽。行人莫道庸顽甚，独耸重霄阅古今。

游居庸关

北门锁钥几千秋，访古来寻旧垒游。塞上风烟连大漠，关前天地接炎州。当年楼橹限南北，此日輶轩任去留。满目河山新气象，霞光红彻故城头。

雨后秋寒

昨日炎蒸犹暑热，今朝一雨便秋寒。窗前落叶初敲砌，海上洪涛欲涌山。省识风云欣豹变，经营合浦待珠还。独怜铅椠功何在，赢得萧疏两鬓斑。

鼓浪屿杂咏（五首录一）

明月潮声春复秋，家居鼓浪任优游。谁人得似东皋客，一枕晃岩到白头。

踏莎行·南北史学会年会

塞上风云，中原楼堞，金戈铁马任驰突。当年逐鹿决雌雄。可怜洒遍生民血。　　政美均田，歌传敕勒，魏齐兴废从头说。千秋信史要精研，邺城大会论英杰。

吴捷秋

吴捷秋（1920—2008），名思，以字行，晚号樟园主人，泉州人。从事泉州梨园戏曲研究，国家一级导演，执导《陈三五娘》等梨园戏名剧。曾任泉州文联顾问、刺桐吟社（现泉州诗词学会）社长，泉州书法家协会顾问。著有《梨园与梨园戏析论》《梨园戏艺术史论》《樟园书诗文存》等。

旭山石刻

发舶祈风九日山，摩崖石刻见斑斓。通商自古能航海，游旅于今岂闭关。国步恢弘兴四化，民情奋发藐千艰。横流濯足金鸡水，迎旭登临放眼看。

清源山正式开放十五周年诗书画笔会喜赋（二首录一）

山灵莫笑未攀巅，为爱丹枫秋色妍。岩上瀑飞神洒脱，石中居憩意流连。闲来景物堪娱老，兴至诗书可永年。笔会三家名胜地，清源风月自无边。

题梨园戏《王魁负桂英》

梨园上路唱新声，重演王魁负桂英。背义书生存薄幸，抚危烈女枉多情。素服鸣冤天地怨，金刀刎颈鬼神惊。昭昭法理人心在，一曲传奇吐不平。

崇武古城抒怀（二首）

一

故垒雄风六百年，严关据险扼滩前。建于洪武人崇武，耕在菲田海作田。坚御倭夷安万户，豪当渔父泛千船。登临遥望台湾岛，赤嵌城楼一水牵。

二

南垣炮击洞留痕，乡土疮痍示子孙。半壁东南倭患烈，孤城今古史篇存。旗飘雉堞成天堑，人执干戈守海门。此日欣延鲲岛客，避风闪浪泊渔村。

题清源石中居小榭餐厅（二首录一）

山光水榭石中居，渴饮香茶食有鱼。远望烟霞双塔影，湍声飞瀑送游车。

陈雅年

陈雅年（1920—2014），斋名天助楼，永定人。历任培风诗社副社长、《培风诗刊》主编，龙岩市诗词学会顾问。著有《南窗诗草》《南窗诗草全集》等。

岁末感怀（二首录一）

梅枝又献蕊苞香，欲待迎春始放光。荒草渐苏春意动，寒泉微漾影流长。循环物理皆无尽，消长阴阳自有常。否泰人生凭遇合，何须名利独彷徨。

初春偶吟（二首录一）

春归啼鸟啭玲珑，出谷莺梭薄雾中。更待织成三月锦，诗怀何处不春风。

夏夜抒怀（四首录二）

一

夏日行天似火球，晚风驱暑便成秋。荷池微漾摇明月，溪水浮金影若流。

二

流萤上下似飞星，池畔花香隔水清。明月前身昨夜梦，清风拂袖故人情。

紫云山纪游（八首录二）

一

紫云高耸入苍穹，石级凌空气势雄。独立山巅何所忆，振衣千仞乘长风。

二

树杪亭亭刺碧空，悬崖侧畔倚青松。回风卷雾飞面急，人在烟云第几重。

陈子波

陈子波（1920—2020），字荆园，闽侯人。寓台，曾任台湾省中华传统诗学会副理事长，台湾中华学术院诗学研究所研究员、福建省诗词学会顾问。著有《荆园诗存》《荆园游草》《百梅图咏》等。

重复振威仪

蛮烟祸中土，财穷国势微。主昏臣且聩，政窳事日非。种弱兵奚用，民贫官竞肥。文忠膺阃寄，早已烛先机。兴邦首禁毒，制敌在立威。一炬寒夷胆，英风举世推。虎门氛甫靖，又见羽书驰。无端复挑衅，舰向长江窥。海疆纷告急，防弛莫能支。兵烽延数省，势欲犯京师。廷议无良策，求和实可悲。割地且赔款，啖敌解燃眉。思之眦欲裂，再思涕泪垂。流光逾百载，势易时亦移。中华历鼎革，重复振威仪。强堪御外侮，仁足抚四夷。香江终收复，国耻一湔之。欢声腾八表，蔽日耀旌旗。海外闻风悦，伫看两制施。定一期非远，赓歌再献诗。

新世纪辛巳首夏啖荔诗会

怡山有古荔，传自宋时遗。实若朱樱颗，肌如白玉脂。薰风堪入画，弄日亦宜诗。味胜江瑶柱，尝来快朵颐。

还　　乡

垂老生还尚有期，西风吹老鬓边丝。省亲欲省亲何在，怆忆牵衣绕膝时。

纪念福建船政 145 周年

一

建制应知创始难，追思往事泪汍澜。海军经费遭移用，增丽颐园共一叹。

二

四夷交侮势猖狂，抗虏宜先固国防。船政筹谋同戮力，马江造舰国威扬。

三

设校培才历万难，健儿波浪气桓桓。马江造舰功成日，伟绩应推沈幼丹。

注：沈葆桢，字幼丹。

过西湖礼宛在堂叠前韵

菊绽东篱水满溪，堂瞻宛在过湖西。坛壝百代尊山斗，俎豆千秋献酒鸡。咏芷有诗思屈贾，采薇何处隐夷齐。台员卅载伤寥落，怕听鹃声入耳啼。

亲友问讯作此答之

频年歌哭为伤时，岁月悠悠鬓已丝。河海槎乘殊博望，豆萁诗咏感陈思。重来漫拟鲲归壑，三匝仍如鹊绕枝。安得波恬烽火息，食于斯也聚于斯。

陈珍珍

陈珍珍（1920—2021），又名樨香，泉州人。1948 年礼性愿长老为师，法名观妙。1991 年主编出版《弘一大师全集》。历任中国佛教协会常务理事，福建省佛教协会副会长、顾问、咨议委员会副主席，泉州市佛教协会副会长、代会长、名誉会长，弘一大师研究会创会会长，泉州市人大常委等。著有《静园诗词集》。

闻虞愚教授赴泰安参加学术讨论会喜赋

频年风雨湿征鞍，不畏钩玄探赜难。为报明时穷摭索，敢辞耆耄惜疲殚。论师宏构倾莲社，多士同尊主杏坛。此日群贤临岱岳，丕承端赖片心丹。

《弘一大师全集》问世有感

寂灭香光逝水流，尘封遗墨几春秋。不因舒指窥明月，焉得凝眸望斗牛。东塔毗尼兴坠绪，南山律学赖重修。事编已获利梨枣，缘此名城著九州。

注：唐道宣祖师创南山律宗，怀素律师创东塔宗，法砺律师创祖部律，称为律宗三家，或律宗三律。

赵朴初会长惠赐墨宝喜赋

再现维摩世所崇，清才早著启鸿蒙。三株树色盈庭茂，一脉书香奕代同。抚汉规秦求质朴，临碑摹帖夺天工。皖西山水钟灵秀，艺苑争传共仰公。

读李根香老师《春蔬楼吟草》有感

投荒万里泛槎行，羁思犹萦故国情。争说绛帷留鲤郭，长栽桃李满菲京。春蔬笔泻珠如雨，南浦诗成月有声。一自淡洲捐馆后，闽山空望海潮生。

云仙引·告别新加坡诸大德

一苇凌波，传灯异域，毗尼净化心田。怀先哲，慕前贤。追思晚晴风范，千载南山伤寂然。宣祖芳规，律仪重振，砥柱擎天。　　长空缥缈云烟。慨遗著尘封年复年！廓尔亡言，华枝春满，殊胜因缘。乡关一呼，诸公景从，付梓韦编奕世传。中兴坠绪，厥功奚伟，法雨绵绵。

注：为编纂出版《弘一大师全集》余专程赴新加坡向几位闽籍大德法师筹集助印经费。

金缕曲·壬戌元宵灯节怀台湾故人

岁月催华发。忆当年、桑园植李，绛帷同设。清紫葵罗登临遍，连苑榕阴翠叠。念去去、故人长别。却道是天涯咫尺，递锦书驿使无由达。阋墙恨，不堪说！　　家山又庆元宵节。望鲲瀛、隔衣带水，冰轮照彻。竞霓舞虹裳飘缬，南曲绕梁清绝。招双燕、归心更切。倩浩渺烟波暗叩，问苍穹何日朝天阙。怎忍看，金瓯缺？

饶　肇

饶肇（1920—?），福建浦城人。曾任中学高级教师。中华诗词学会、福建省诗词学会会员。

庵山十八景

景色娇娆誉远扬，迎风异卉送清香。庵前拥翠修篁茂，殿后成阴古木长。青士迎宾呈笑脸，苍松引客遣愁肠。龙潭石屋留痕迹，日出东山绣建阳。

纪念游酢杨时立雪程门

程门立雪再弘扬，游酢杨时永播芳。重道尊师千古诵，文明守信万年昌。诚心求学承衣钵，立志经邦授典章。身教言传毫不倦，遗风流泽八闽光。

陈奕仁

陈奕仁（1921—1992），南安人。中医师。泉州刺桐吟社社员、南安武荣诗社顾问。著有《医余诗钞》。

斗室（三首录二）

一

斗室真如一叶舟，四时风露不须忧。隔窗一样听春雨，何必元龙百尺楼？

二

低垣矮屋且羁留，春色频添吾院幽。双燕年年寻故垒，共安陋巷过春秋。

雷峰寺题壁

拾级登临石径斜，白云深处是僧家。十年不作游山乐，误了樱桃几度花。

刺桐吟社成立感咏（二首录一）

一劫骚坛事杳然，何期今日续前缘。三中会后通新政，百柱寺中聚谪仙。欲借锦囊添艳句，恼无彩笔落吟笺。自怜垂老心犹壮，骏马春城好纵鞭。

丙寅中秋

节序催人庆晚晴，暑威初敛露华清。天高月破层云出，地广人和百物生。市有琴歌知岁乐，山无烽火喜时平。呼童巷陌沽新酿，醉看今宵分外明。

远瞻天柱峰纪怀

鹤比精神鸥比闲，同来白首看青山。炎云百尺兴江际，幽鸟三声鸣壑间。有德自能孚众望，无邪何必拜禅关。葛衣芒履望天柱，稍御轻飙即广寒。

秋　柳

舞罢章台窈窕身，衰荣何处问前因。春来巷陌迎归燕，秋去关山忆故人。消瘦任凭鸦点影，低垂且与菊为邻。而今不管人离别，只有弯腰揖雁宾。

傅佩韩

傅佩韩（1921—1992），泉州人。毕业于泉州昭昧国学讲习所，民国时曾任《泉州日报》《福建日报》副刊编辑，后执教于集美、泉州等地多所中学。

金陵绝句（四首录二）

一

当年金粉繁华地，曼舞清歌月照楼。为问秦淮遗迹处，荒烟衰草古桥头。

二

山青水绿散清凉，湖畔徜徉日正长。我自愁添双鬓雪，莫愁到底有何方。

丁卯盛夏自榕飞沪于机中作

乘机那复计安危，拨雾凌空险亦夷。大厦竟成三寸屋，田畴恰似一枰棋。已知列子御风意，不叹长房缩地奇。赖汝便无关塞隔，吴云楚树不胜思。

武夷大王峰

此间佳气郁葱葱，碧水丹山入望中。云起尚能分远近，风来何暇辨雌雄。顶青恰似五冠戴，石赭真如铁甲蒙。南面称尊千万岁，不知人世有穷通。

卓亦溪

卓亦溪（1921—1994），宁德福鼎人。曾任编辑、记者、教师。中华诗词学会发起人之一，福鼎市政协太姥诗社首任社长。著有《太姥诗词》《福鼎的古迹》《也是居剩墨》《晚霞斋诗》《北游集》等。

宿栖林寺

十年此寺已三登，倦鸟栖林感不胜。荒径野狐私拜月，虚窗山魅暗吹灯。园亭好处诗皆画，色相空时我亦僧。回首昭明在天上，眼中惟见白云层。

寄林饮虹乡友

不信交情别后疏，天涯咫尺近何如？满城风雨千家梦，两地音尘一纸书。吟兴应从花外觅，愁怀欲向酒中除。今朝辜负登高约，可有新诗慰索居。

壬戌春节有怀台湾亲友

辛盘相对惹萦思，又值屠苏泛酒卮。一水家山嗟阻隔，卅年骨肉怅分离。街衢笑语春风畅，庭榭笙歌晓色迟。为报故园更旧貌，问君何日是归期。

返里感作

他迁返里翻如客，圆觉寺前身再经。灯火万家霞似织，儿时残梦只晨星。

缙云夜宿

千里寒光苦夜长，半床明月一林霜。山村改革民风异，只有鸡声似故乡。

夜游烟台山

天外白云山外山，远山更在白云间。高楼灯火中天月，影入寒江碧一湾。

瓯江月夜泛舟

东瓯佳山水，落日泛扁舟。渔火江村近，钟声野寺幽。片云依古堞，眉月逗荒陬。雁阵回天际，寒潮入海流。川途千嶂夕，客思五湖秋，断续清箫语，真同赤壁游。

俞元桂

俞元桂（1921—1996），笔名吴钧，莆田人。毕业于福建协和大学中文系。历任福建协和大学中文系讲师，福建师大中文系教授、系主任，福建省政协常委，福建省民盟副主任，福建省文史研究馆副馆长。著有《中国现代散文理论》《桂堂述学》和散文集《晚晴漫步》《晚月摇情》等。

怀魁岐母校

楼台掩映碧波明，校景东南负盛名。济济良师辉讲席，莘莘学子拥书城。葱茏树影藏人影，宛转琴声杂鸟声。漫步江边风习习，千帆竞发趁潮平。

家　　居

大暑欣看雷雨倾．炎威消却暗凉生。青蔬忽涨惊人价，丹荔还叨弱妹情。随意栽花驱寂寞，专心伏案费经营。童孙顽健机灵甚，亦作歌吟顿挫声。

宿马江海员俱乐部

轻车熟道绕江干，片片风帆下急湍。过眼山川丘壑异，怡情鸥鹭海天宽。旗飘大舶更生港，树拥高楼冲积滩。回首绿榕城不夜，罗星塔畔久凭栏。

文顶贤友伉俪存念

钩稽史料始征程，面壁十年喜有成。不贴标签分礼帽，只凭实证写心声。来生细织豪华梦，此世永怀淡泊情。惜取朱颜仍本色，晴窗述作拥书城。

今夏苦热偶忆小时故乡情景有感

长夏鸣蝉惹梦思，故乡瓜果正当时。沟渠水满荔枝熟，园圃墙低龙眼垂。试味无烦阿堵物，推销不仗弄潮儿。如今谁识民风美，只见黄金未见诗。

许浑谢亭送别书应善文同学雅属

芳歌一曲解行舟，红叶青山水急流。日著酒醒人已远，满天风雨下西楼。

林添生

林添生（1921—2000），字筹一，号天星，室号觉庐，漳州平和人。平和一中文史教师，县志编纂委员、县政协文史委特聘编员。曾任平和县诗词学社副社长。著有《雕虫集》《山居集》《回春集》等。

种　　花

我爱莳花木，无心细剪裁。生机任自发，喜见向人开。

水仙吟（三首录一）

不爱仙家爱俗尘，蓬莱一别到江滨。金银台上霓裳舞，玉石盆中姹女身。翠袖轻飘风淡荡，芳苞绽放气清新。孤标不是求珍赏，只向人间见本真。

编志书感

文献搜罗费苦心，广征博引几沉吟。好凭零褚资龟鉴，犹借陈篇作药箴。古往今来留验证，境迁事易耐追寻。闻鸡投笔方惊起，曙色穿窗忘染襟。

平和诗词学社成立大会欢迎辞

晋书韵事记兰亭，百世流传有正声。琯水岂能方曲水，微情自可表深情。南州木铎丈公序，闽海诗坛七子盟。何幸诸公临下邑，朝霞焕彩满阳明。

吊定远将军李公残碑

将军究何名？今仅存其姓。昔年必叱咤，跃马尘沙净。旄头落日低，腰间角弓劲。想当裹尸还，笳鼓悲不竞。碑文蚀风雨，蟠螭埋野径。依稀存六字，吊古资吟咏。代远空摅怀，草荒欲没胫。吁嗟百世下，谁念霍去病！

陈景汉

陈景汉（1921—2004），福州人。1947年毕业于厦门大学，曾任福州市教育学院副院长、中共福建省委党校文史教研室主任，副教授。福建省文史研究馆馆员，原中华诗词学会理事、福建省诗词学会常务副会长。著有《未已斋吟草》《林则徐诗词选注》等。

论　诗

沧桑饱历发为诗，荡气回肠不自知。境必躬临萌妙思，声从心出摈陈辞。雕虫亦与千秋业，攻玉还劳一字师。大雅扶轮吾辈事，探寻岂畏路多歧。

泛武夷九曲

数从画里望蓬莱，此际蓬莱眼底开。溪转忽惊山突兀，岩移似逐水潆洄。赏心深领奇文趣，造境应推大块才。触目尽多佳绝处，唤将吟思涌泉来。

上杭临江楼

举目江天阔，登临恰及秋。金风扬劲节，千载峙高楼。

注：一九二九年秋，毛泽东同志率红军入闽西时在此小住，据云《采桑子·重阳》即作于此时。

乡村夜意

风拂秧针绿，月摩波縠平。催耕谁作曲，水响挟蛙声。

孙　儿

爱听故事不容迟，夺我毛锥捋我髭。吟思几番教打断，奈他不得是孙儿。

哈哈镜

镜名哈哈只供娱，一笑何妨面目殊。修短妍媸姑听尔，世间毕竟有真吾。

西安武则天墓

巾帼临朝旷代奇，至今褒贬论犹歧。只凭没字垂青史，差胜林林颂德碑。

寿山石雕歌

寿山石产天下奇，晶莹如玉润如脂。寿山石雕天下妙，缤纷有画妍有诗。花繁果硕自生色，鳞游羽奋各含姿。刻镌人物杂今古，传状神貌穷纤微。文房珍宝绝清雅，兽颃螭纽古意滋。琳琅满目皆隽品，使我欲去复踯躅。女娲补天遗五彩，琢之磨之凭人为。阐奥力能夺造化，经营惨淡思无遗。一錾一凿注心血，镂彼真同镂肝脾。庖丁奏刀节皆中，宗匠运斤风为驰。神乎技矣进乎道，以之移拟差相宜。金石文章虽殊趣，灵犀通处尽堪师。奇礓奇艺出吾壤，盛誉早扬州人眉。况今海瀛若庭户，闽江一水通九逵。照世瑰宝人尽爱，扬帆沧海斯其时。

郭永榕

郭永榕（1921—2011），笔名尹盈，斋名简庐，上杭人。抗战时期任《前线日报》战地记者，后任《实验简报》总编。1948 年去台湾，任《联合报》编辑主任，1976 年起任美国中文《世界日报》主编。著有《杜甫文学游历》《杜少陵传》等。

甲申六月再返杭城陪同坤祥伉俪与老友聚晤（二首选一）

老去难寻里社烟，年年来往看杭川。樽前齿豁人称长，座上头童我避贤。叶底鸣蝉犹晚唱，花间语燕自联翩。江边舟子今何在，空忆南门系钓船。

甲申中秋兼柬谢厦门、上杭亲友

万里澄秋月正圆，朝来枫色水云边。殊乡风物经时见，故国河川梦里牵。江海多姿自壮丽，湖山有约旧因缘。亲朋散处天涯远，欲待倾怀又一年。

车过白砂镇忆少年同学袁启南

六十年前把酒卮，君家门外柳丝垂。今朝车过白砂镇，空忆主人送客时。

灌　园

篱角披离叶底瓜，故园无复忆桑麻。西来寂寞三千日，学得种蔬如种花。

访杜甫成都草堂

我来逾万里，西出碧鸡坊。濯锦江依旧，浣花溪迹荒。山人馀道气，野老自疏狂。千载沧桑劫，草堂风貌长。

登岳阳楼

混茫天接水，万古岳阳楼。文正苍生念，少陵家国忧。我来巴蜀道，此去楚舟浮。多少登临意，湖山一览收。

林献洲

林献洲（1921—2012），字先舟，龙岩人。1946 年毕业于福建师专艺术科，历任龙岩师范、国立第一侨民师范、长汀师范讲师，龙岩侨中高级教师。原龙岩市诗词学会顾问。著有《群芳白鸟吟》等。

石　榴

牖前万绛映妆台，花果绯瓤入眼来。世上难逢张口笑，可嫌龋齿向人开。

白头翁

随意遨游可自由，老来何必太多愁。平生只叹无乖巧，岁月蹉跎白了头。

雄　鸡

帻绛平生噤语声，利民不妄与人争。常逢暗境恒先觉，守信临晨立自鸣。

鹧　鸪

凄风苦雨泪啼枯，悲恐行艰老鹧鸪。莫道关山多险恶，空中陆上择通途。

吴端甫

吴端甫（1921—2018），建瓯人。毕业于福建省立师专国文科，中学高级教师。曾任小学校长、县教育局长、建瓯老年书画研究会会长、南平诗联学会会长。被评为全国第三届“书香之家”，建瓯市“十大文化名家”。已出版《魏碑书法教程》等。

晚　　晴

敢慰桑榆夕照明，民生世态总关情。几多希冀几多梦，化作诗书颂晚晴。

牡　　丹

国色天香百卉君，姚黄魏紫粉脂匀。看花只说花容美，几个能思莳侍人。

登擎天岩

一柱擎天大可观，龙池古刹碧云端。石阶千级青苔蔓，老树三围红豆杉。岩上试心知善恶，槽边看剑识温寒。先贤诗句警人魄，细品迟迟未肯还。

龚诗模

龚诗模（1922—1997），字祖泽，号箴斋，泉州人，生于厦门。集美学校商科毕业。后在银行部门就职。上世纪80年代后参加厦门市诗词学会、逸园诗社和漱园雅集、秋园雅集诗词活动。辑编家族诗选《南塘龚氏诗存》。著有诗词集《箴斋吟草》待梓。

集美同学联袂游山

浔江共砚卌年前，转眼飘霜满鬓边。聚首鹭门观海浪，相携万笏跋山巅。野餐别有新风味，品茗欣逢玉露泉。兴尽归来频顾盼，松涛飒飒夕阳偏。

三百里滇池放桡

问君买棹欲何之，欲放滇池尽水湄。海梗园前千帆起，碧鸡岩上万峰移。荧荧夕照舒红锦，滟滟清波泛绿漪。不觉舟行渐忘晚，讴歌引亢月相随。

故乡山水多娇好

历尽名山与大川，归来始觉梦魂牵。漓江碧水烟岚远，鹭海惊涛晚照连。若谓黄山多瑰丽，吾夸万笏更清妍。寻幽未若乡关好，何用芒鞋踏破天。

沁园春·癸酉岁首感怀

梅蕊争春，仙子凌波，岁序更新。叹年华易逝，鬓霜偷换，平生碌碌，与世陈陈。壮志消磨，老怀堪慰，有女诗名遐迩闻。风华茂，喜兰熏桂馥，好媳娇孙。　　藏真野鹤闲云，任笑傲林泉聊寄身。愿花间信步，山川揽胜，杯茶在手，有酒盈樽。赏画聆音，裁诗染翰，知乐忘忧无怒嗔。吾何憾，有吟俦共唱，学友论文。

偷声木兰花·中山路彩灯一条街

瑶光溢彩中山路，革履靓装喧笑语。灯比星繁，两岸烟花闹上元。

霓虹怒放千花树，但只见鳌山处处。万蕊红莲，春满人间月正圆。

注：厦门金门两岸同放烟花。

周洪国

周洪国（1922—1997），字缵绪，尤溪人。民国尤溪县政府科员。中华人民共和国成立后改行经商。中华诗词学会会员、江南诗社社员，紫阳诗社首任社长兼主编。著有《升斋诗词选辑》。

九仙山即事

高山长仰止，拄杖访禅林。怪石生奇态，仙禽发妙音。苍松浓画意，水月沁诗心。曲径寻幽趣，摩苔志短吟。

九日书怀

不作登高计，吟情付小蛮。酒移篱下饮，诗向菊边删。秋与人同老，云忙我自闲。茱萸羞插帽，双鬓早成斑。

读《易》有感

立天立地立三才，两两相推动阖开。只为见仁兼见智，纷纷演出鬼神来。

太平寨天后宫即景

一山高矗势嶙峋，旧寨新宫草木春。槛外平湖澄似镜，寰中圆峤净无尘。烟笼宝鸭祯祥集，日照神龛俎豆陈。远瞩群峰抱笏立，风光宜我亦宜人。

《紫阳诗社成立大会专辑》编后

伏狮山下献嘤嘤，击壤忻联友和声。幸庆晚途逢盛世，共输余热赞文明。颁来佳什笼纱护，汇集专刊付梓行。难免鲁鱼讹亥豕，玉成还仗老先生。

郑兆武

郑兆武（1922—1999），号桐村，漳州诏安人。原诏安一中教师。著有《百花诗》《桐村诗文稿》。

苏小小墓

帝王陵墓等闲看，诗国不嫌门第寒。有幸西湖埋玉骨，梅花缭绕作阑干。

龙眼花

阅人多矣眼如龙，沧海桑田顷刻中。盛世小楼南北客，良辰大树往来风。诗情难比春光艳，花气不如佳果浓。只是声名归本草，未随迁客入词宗。

秋日忆胞兄

无花佛国苦群蜂，湿雨奈何千万重。鸿雁竟嫌云海阔，菩提宁证色情空。弟尝祝酒秋依旧，兄若登楼景不同。咏史难堪两行泪，含悲聊诵二南风。

忆胞兄侨居佛国

相思南北白头吟，一寸鱼书一寸金。远客登楼嗟美景，近邻作赋惜瑶琴。苍生未尽千秋泪，烽火难分四海心。有待南邦敦睦使，弟兄同饮荔枝林。

沁园春·清明

塞雁归期，水弹琴韵，山换春衣。看枇杷遍树，江村鸟杂；芭蕉满岸，野渡人稀。微雨魂销，清明意重，父母旧坟芳草披。拜碑下，听杜鹃情切，未息悲啼。　　诸兄觅食南夷，剩幼弟、未曾膝下离。慕史迁长寿，父能宽慰；曾参无误，母免惊疑。一子焚香，双亲不语，应喜和风牵酒旗。惜迟暮，望轻烟袅袅，垂柳依依。

彭序唐

彭序唐（1922—2002），字慕尧，号西柏，宁德蕉城人。七岁入私塾，接受儒家传统教育长达九年时间。为诗落笔清新，犹工香奁。福建诗词学会会员、鹤鸣诗社常务理事。

南漈初晴观瀑

雨歇山犹翠，风高云白浮。银河情万缕，莫肯付东流。

春　　心

征人未返画楼空，斜倚雕栏怅落红。愁积病添佳日误，不知花信几番风。

东湖泛棹

荷花香动觉风凉，轻棹渔歌泛夕阳。可解楼头儿女意，还休欲语指鸳鸯。

山茶初绽

调阳未律待春华，冉冉绿阴草始芽。寒掩山门休午后，一僧雨里看茶花。

梦华山舍乐桑榆

梦华山舍可闲居，一榻茶烟一卷书。香动桂花风入户，绿浮竹叶水平湖。秋蝉饮露鸣何稳，倦鸟低云翥自如。拄杖还堪驰远目，夕阳沉醉上桑榆。

陈　虹

陈虹（1922—2002），笔名江文，漳州人。曾任全国政协委员、福建省文化局局长、省委统战部副部长、省文史研究馆馆长，福建省诗词学会顾问。

漳州芗潮剧社成立五十周年纪念

芗城叱咤中，潮涌万霞红。凝视南山麓，凌霜不老松。

辛酉年春泛筏畅游武夷九曲溪

九曲春风荡碧波，翠峰倒影舞婆娑。问君何处寻仙境，此地酣游答卷多。

壬戌秋晨于南平茫荡山宝珠峰观云海

云海茫茫腾叠浪，宝珠烁烁映朝阳。岚光竞荡千峰现，疑是雄师过大江。

中秋书怀

莹星皓月两含羞，碧水深林意自悠。几缕浮云催客鬓，一杯芳醑解乡愁。（一九九一年九月于美国洛杉矶）

浣溪沙·拙作《岁月回眸》脱稿有感

扬子江头喷血花，中原逐鹿殁泥沙。英豪飒飒岂无家？　岁月讴歌幽致远，红星帽角闪伤疤，壮心挥笔梦天涯。

汪启光

汪启光（1922—2018），安徽祁门人。原福建地勘局地质队办公室主任。中华诗词学会、福建省诗词学会、中国楹联学会会员。著有《浪花集》。

对 月 吟

九州悬宝镜，沧海望明珠。两岸团圆日，同斟酒一壶。

冬令登山

霜雪寒风劲，更寻疏影横。苍松斑竹节，衰草细虫声。岁暮心存热，年增体觉轻。登山何惧步，情托白云行。

水调歌头·省地勘局闽西片老人年赛会

九九迎双庆，喜事接联翩。麒麟山下欢聚，共贺老人年。鹤发童颜兴畅，壮志豪情再现，金色夕阳天。老骥不甘伏，英武赛从前。　银球舞，飞镖射，太极拳。冠军准夺，各显身手力争先。几处棋枰对弈，知识赛场分数，无不扣心弦。歌舞升平乐，康寿两绵延。

【中吕】山坡羊·院内老人

寻常朝暮，殷勤翁妪，孙儿接送严寒路。肩犹劬，手牵扶，餐余院内规方步。老伴终身相沫濡。闲，邻舍叙；娱，牌桌舞。

吴炳光

吴炳光（1922—2019），号子明，笔名黄进，大田人。教育系统离休干部。中华诗词学会会员，海南省诗联艺术家协会会员，三明市民间文艺家协会会员。著有《黄进诗词联集》，合著《大仙峰麓五老诗词选》《田阳吟集》《梅山今古观》。

清明偕友上大仙峰

蜿蜒盘转上峰台，夹道鹃花带笑开。伫立峦巅观雾海，却疑此处是蓬莱。

永安桃源洞一线天

崔巍峭壁屹江滨，一线探奇倍爽神。不见桃花随水去，偏留渔叟问津人。

陈祥耀

陈祥耀（1922—2021），字喆盦，泉州人。无锡国学专修学校毕业，温陵弢社社员。曾任福建师范大学文学院教授，中华诗词学会名誉理事、中国韵文学会顾问、福建省诗词学会顾问，中国书法家协会会员。

著有《喆盦诗集》《喆盦诗合集》《喆盦书法选》《胸罗卷轴笔落烟云——陈祥耀先生诗书集》等。《喆盦文丛》（三册）于2016年由人民出版社出版。

曲阜谒孔陵孔庙

故林苍郁护陵闉，犹见堂前礼器陈。作述能凭增损异，行持未恤涅磨频。何方可济千秋治？探本无非一字仁。老墨同时俱不废，独容华夏托精神。

读《寒柳堂诗》（二首录一）

作者大师读细儒，不同身世岂同趋。看花惭抑伤春泪，病目钦悬照夜珠。行止有愁耽屈杜，文章无力颂唐虞。粤山闽水原邻近，凤翼犀心独向隅。

纪念抗日战争胜利六十周年

当时闻捷喜兼哀，甲子周添又此回。阶厉终期明史鉴，本隆始可弭兵灾。有如预蓄三年艾，不失防燃再死灰。华夏中兴非昔比，睦邻真谊看方来。

阳历十二月十二日自北京乘飞机返榕城

晨风扬雪别京华，顷刻楼台入望赊。已向人间轻险阻，何须云路畏欹斜。齐烟岱色晴相映，淮浪江流雾薄遮。万里客程归半日，不知脚底有尘沙。

泉州洛阳桥晚眺

虹影卧长桥，海色青于染。群山如环臂，烟水气难掩。抱日衔山边，一红团奇焰。返照落江海，光芒随潋潋。混茫浩无涯，清明媚不减。故乡看落日，得此可无忝。低徊山海意，不逐余光敛。

桂林山水行

桂林山水天下知，阳朔尤称奇中奇。叠彩高处览遥胜，栖霞芦荻穷逶迤。独秀伏波自挺立，象鼻下饮名不欺。从兹南行山无数，夹江列峙江清漓。仰观端尖如簪剑，下视躯体如钟彝。远看波涛接淼淼，近瞻队舞连熙熙。山自夹江江抱山，江山夹抱屡推移。浪石嶙峋冠岩邃，画山众马骏奔驰。兴坪五指亲朝版，布滩七女干天规。东郎异态分横侧，两姑多情认睇窥。螺狮海豹巨灵浴，鲤颠龙首银汉垂。彩虹横亘峰环顶，白鹤截断流绕嵋。朵朵芙蓉城包裹，重重屏障光蔽亏。桅竿高竖帆堪挂，笔架卓立事奚为。山外有山山有洞，洞中洞外景相资。江水或从洞底出，明如飞瀑暗如澌。洞最宽深舟可行，水陆瑰妙两兼之。百千龙象百千佛，百千座盖百千帷。倒挂上插横纷拏，洞中石笋斑陆离。沉沉埋伏森芒角，水底真峰尤险巇。峰回径绝开阔大，洞中洞外遘时时。山奇洞诡谁镌镂，纵有造物技难施。随园昔作栖霞游，入洞出洞目惊眙。设想万类冶洪炉，精灵腾踔正酣嬉。欲去不能藏不得，化石忽被罡风吹。发兹妙想足性灵，后有作者难方追。迩来科技抉奥妙，地质探究言孜孜。三亿年前海成陆，此地山水肇厥基。熔岩年久弥神异，风雨侵蚀乃艺师。学理往往败诗兴，好奇亦可损幽思。赏奇难得眼界豁，探幽更愿心魂怡。山峰吐绿饶秀色，江水澄碧显幽姿。览奇览秀兴不败，魂销情眷在江湄。

水龙吟·纪念杜子美诞辰1250周年

大星降落人间，煌煌千载称诗史。许身稷契，致君尧舜，为苍生耳。酒肉朱门，道途冻骨，号呼谁理。更乱离天宝，颠连陇蜀，看多少，伤心事。　　孤愤全收笔底。浩淋漓，两间无气。新松恶竹，吟边微物，都存深意。广厦悬思，长镵托命，白头犹是。可曾知此老，古今膜拜，岂徒文字。

水龙吟·夏瞿禅教授率诸生访辛稼轩旧迹赋寄

壮年戈甲驰驱，渡江真是经纶手。平戎十策，治安九议，心殚攻守。君相偷安，河山破碎，长才空负。忍回思往事，重围轻骑，帐中贼，亲擒取。　　飞虎雄军废后。剩闲居，盟鸥栽柳。倚声寄慨，掀天豪气，千秋谁偶。风树悬瓢，明湖似带，几曾消受。到于今赖得，词坛知己，特来探旧。

陈桂寿

陈桂寿（1923—1997），别号馨吾，笔名后山叟，宁德福安人。省立三都中学肄业，历任教导主任、干事，系福建省戏剧家协会、福建省诗词学会会员，曾任福安秋园诗社副社长。

四友图（四首录二）

松

雪霜寒铁骨，风雨刻龙鳞。虬枝招鹤竚，黛盖引蝉吟。抓石根能稳，参天干可伸。百卉争朝夕，独领古崖春。

竹

虚心能上进，蓦见碧林成。高节天难仰，深阴草不生。梢摇筛日碎，叶动滤风清。潇洒赁筜子，栖幽听鹿鸣。

日　出

闻鸡启牖望苍茫，雨足郊原欲返旸。宿雾初开鱼肚白，新霞渐染蟹腔黄。枫林尚隐三秋色，塔顶先沾半面光。终见一轮喷薄出，九重城阙尽金镶。

见画追忆子轩先生

瓮作壶，碗作杯，醉笔淋漓信手挥。纵横参错御风行，铁干铜枝玉瓣梅。忽而一枝飞天外，不费笔墨意自会。忽而千钧一削处，老干连根生纸背。天马行空风雨疾，满座屏息神同翠。先生画梅自写真，卓荦之笔即其人。一树棱棱挺岁寒，一身峣峣立风尘。声价不为权门贵，坎坷终生处士贫。我从先生恨太迟，穆校识面半学期。自疚误解曾相抵，积日风骨始心知。知得先生人已矣，独留南窗傲雪枝。纸老根深墨不褪，心潮难抑涌为诗。

注：子轩：闽东画梅名家缪晋。

登长城

群山簇拥尽朝东，一线逶迤贯险峰。北漠烟尘冲万马，南关鼓角动长龙。当年带砺诸胡限，此日埙篪百族同。猎猎秋风凭吊处，车流八面注居庸。

遣　怀

少年书剑两无成，老学填词作楚声。多少故交车与笠，万千世变杞还荆。帆归潋滟渔歌晚，鸟渡氤氲树色晴。鼓棹弄潮儿辈事，且磨馀墨富馀生。

骆炳南

骆炳南（1923—2007），号兰冰，惠安人。1946 年就读于厦门大学中文系，肄业。后任厦门大学中文系教师，1982 年离休。1990 年参与创建厦门大学离退休教师诗词组织晚晴诗社，主编《晚晴诗刊》。著有诗词集《微澜集》《微澜集续编》。

戊辰教师节感咏

驽马奔驰数十年，而今伏枥未扬鞭。焚膏岂计当时苦，解惑难忘去日虔。馀热还须襄郅治，晚晴端合写新篇。欣看桃李花生树，勤溉殷培忍息肩？

六老同游南太武山

七十华年不老翁，名山圣地寄游踪。探幽那怕舟车累，揽胜偏寻险隘通。万丈丹梯沉碧海，千章奇石挂苍穹。登临俯仰情何限，一水金台眼翼中。

重游南普陀寺

普陀胜地几沉浮？秋到空门景物幽。殿宇巍峨环翠柏，禅林高洁俯清流。千年古刹欢今日，万里胞波畅此游。五老峰前车似水，书声笑语共绸缪。

参谒民族英雄郑成功纪念馆

云烟缭绕水操台，旭日凌空馆榭开。游子胸怀潮起落，英雄肝胆海低回。千秋大业驱荷虏，一代雄师扫劫灰。指日金台归一统，尊前俎豆赋归来。

诗人节咏怀

诗人有佳节，可以寄吟怀。咏古情何限，扬今志不衰。鹭江营火会，湘水屈原杯。极目南天外，行藏遍九垓。

登太平岩

入寺看山识太平，登岩望海话征程。豪怀不减当年趣，浩劫难磨老骥情。

方文图

方文图（1923—2007），厦门人。中国民主同盟盟员。新中国成立后先后在厦门市文教局、市图书馆和市文物管理委员会任职。后任厦门市地方志办公室副主任，厦门市政协第五至八届委员。曾任厦门市地名学研究会理事长，厦门市诗词学会理事。

乙亥仲春夜宿东宫魁星楼早起感赋

殿角熹微紫雾横，宫前飒飒动旗旌。炊烟旧社浮晨色，灯火新区彻夜明。泉漱龙湫声细细，海浮蜃气浪盈盈。千年已卜当兴地，况是慈怀感众生。

注：旧社为青礁、院前村，新区为海沧投资开发区。

参访登州水城谒戚继光像

天高海阔古登州，宫阙蓬莱自一洲。缥缈神仙浮海去，岿然儒将水城留。十年纪效领雄镇，一代筹边出远谋。民族英雄名不朽，戚公遗像足千秋。

随夕阳红团队登岱

登临量力认高龄，索道飞驰若驭星。极目海天云浩浩，漫怀丘壑蔚青青。天街信步玉皇顶，铁瓦犹留老奶庭。但得时空尚我与，重来观赏泰山铭。

咏金榜公园造石布景

金榜山前世事移，唐时场老曾垂丝。沧桑巨变无陈迹，水石新修有美陂。漫道灵娲能补隙，堪夺巧匠善誉之。浑然池上耸岩壁，寄语骚人好赋诗。

画堂春·赠人（二首录一）

春光潋滟满汪洋，市郊雨后斜阳。去年扑鼻烤薯香，滋味同尝。
曾记绿茵歇足，相从海角徜徉。凭栏此刻自神伤，世事无常。

周汉泉

周汉泉（1923—2008），湖南益阳人。曾任邵武市“樵川诗社”副社长，中华诗词学会、福建省诗词学会会员。

武夷一线天纪游

谁抡巨斧灵岩劈，洞府中开一线天。日色当空如过隙，电光掣顶倏投鞭。归巢鸷鸟难舒翅，摘果刁猴苦擦肩。白蝠因之称得所，以生以息不知年。

天游峰

银梯挂缆上天游，万象盈眸接不周。百丈云涛峰起伏，一轮日影海沉浮。仙人楼馆迷茶洞，佛顶光环上客头。霞客当年夸第一，都将九曲望中收。

小桃源

沿溪溯涧踏松根，犬吠鸡鸣别有村。一坎石门通净界，四围峰嶂隔嚣尘。麦畴青舍农家趣，鹤氅黄冠道观春。岂为避秦谋胜地，名山僻处好修真。

七夕（古风）

仙姬下界嫁牛郎，天上人间誉一双。何竟瑶池兴恶剧？狠教银汉拆鸳鸯。烟波浩渺遥相隔，如此生离同死别。新婚一刻值千金，万斛衷肠向谁说？难得殷殷喜鹊情，群怜邀集解金铃。飞桥入夜跨双岸，七七良宵会两星。桥头絮语时何促，桥撤人分仍故旧。会前悬盼日如年，会后重期奚耐受？俯瞰人间女共男，河洲对咏尽关关。少年竹马青梅证，壮岁调弦枕席酣。天庭桎梏何年作？弗许有情成好合！花前月下绝私谈，柳巷黄昏无密约。安得银河起怒涛，繁星挺戟捣凌霄。千枷万锁沉沧海，世易时迁铁尽销。

满庭芳·鸳鸯湖畔唱鸳鸯

谁领鸳班？谁传芳信？邀将美眷双双。年年雁叫，比翼到仙乡。乐此云衾天帐，地菌暖、交颈安祥。朝还暮，湖心戏浪，溪岸任翩翔。

风光。争羡汝，瞻游士女，醉倒裙旁。聚天下骚人，唱响词章。为底良辰不住？杜鹃唤、又去何方？叮咛遍、金风再度，归意莫彷徨！

凌　青

凌青（1923—2010），原名林墨卿，侯官人。历任常驻联合国代表

(特命全权大使)、政协第八届全国委员会外事委员会副主任、对外友协副会长、福建省政协副主席，原福建省诗词学会会长、顾问。

为纪念建党七十周年而作

神州风雨起申江，海内贤豪聚一堂。建党建军垂业绩，为民为国竭衷肠。艰难险阻皆踰越，伟大英明竟颂扬。共仰十年规划好，明朝知更跻康强。

恽圻苍同志浮雕林则徐像赋诗以和之

虎门一举震中州，敌忾同仇断毒流。将勇兵哀身易献，君昏国弱志难酬。师夷长技倡良策，固我金瓯赖远谋。祸福辱荣抛度外，英雄正气照千秋

缅怀高祖林则徐

粤海销烟扬我威，但悲港岛易英徽。国耻家仇今尽雪，只缘华夏已腾飞。

福厦路上望荔园

万绿丛中点点红，重重稻浪卷东风。河山壮丽人民富，喜见丰收乐意浓。

西禅寺啖荔

快啖荔枝甜又鲜，寺中雅会兴无边。人民喜获丰收果，改革超前志更坚。

缪播青

缪播青（1923—2011），宁德福安人。在福安师范就读时参加青年远征军，二度赴台，后被华东大学社会科学院录取，历任报社部队记者与编辑、教官、干部文化学校教员，复员回乡后辗转于闽东多所学校。

诗著《青翠篸播青吟草》《神奇山川张家界》等。

山　　游

空谷携秋入，徜徉薄暮天。鱼嬉波底月，犊下夕阳烟。过雨苔衣茁，通潮石齿穿。平生林壑梦，到此一悠然。

问　　蝶

轻匀脂粉殿残春，成对成双倍有神。傍着藕花飞栩栩，问渠可是梦中人。

嬉　　春

挈榼园林赏嫩红，洞箫吹彻玉玲珑。水边只有梨花月，村外仍饶燕子风。

送友之陇西

又作虫沙万里行，披襟慷慨话平生。天南孤剑英年泪，花下深杯旧雨情。芳草池塘蛙阁阁，落红庭院鸟嘤嘤。明朝送别瓜州渡，更有新诗壮客旌。

抗战胜利六十周年纪念喜咏

缅昔狼氛袭九垓，卢沟炮火似惊雷。旌旗歙浦排空起，鼙鼓榆关动地哀。八载降幡东岛竖，九州战史积霾开。红花如锦君须记，都是同胞血染来。

林秀明

林秀明（1923—2015），宁德福安人。福建师范专科学校毕业，中共地下党员，历任中共福建师专支部书记、闽东工委特派员、福安武装工作队队长。新中国成立后任福安县文教科长、林业科长、县政协副主席等职，福安秋园诗社理事长。著有《履步留痕》《花木吟》。

雁来红

叶呈异彩不矜奇，无意争春斗艳姿。物候临秋情未了，花红偏待雁来时。

朝天椒

一生从不酿春愁，翘首高天傲劲秋。老去辣浓红似火，霜欺雪侮未垂头。

七十述怀

亦真亦幻步迷离，花甲回春庆古稀。啸傲烟云消块垒，衡量风物忍艰危。白头不作悲秋客，赤胆唯吟砺节诗。俯仰平生无愧怍，为非为是寸心知。

满江红·悼念阮英平烈士遇难40周年

闽海之东，风雷激，燎原火发。惩腐恶，红旗高举，犁庭扫穴。立马湖山峰独秀，凌云翠柏坚如铁。有英平，走马取甘棠，真豪杰。

驱倭寇，艰喋血；愤内战，睚眦裂。为人民解放，风餐露宿。壮志将酬遭暗算，群英负屈堪悲切。喜今朝，历史转乾坤，怀忠烈。

王　卉

王卉（1923—2016），原名王声玉，字劲草，号藤翁，原籍浙江平阳。曾就读于上海美术专科学校、杭州国立艺术学院，1949年参加解放军南下服务团到福建，任职于省出版部门，又执教于福安师范、城关中学。福建省文史馆馆员，原福建美协常务理事、秘书长。

题水墨小鸡画

几点团团墨，茸茸毛骨黑。君知乐意呼，何必丹青色。

题 古 梅

屈铁龙蛇老，凌寒古艳姿。笛风清弄影，最是月来时。

题蕉阴小鸡图

蕉心舒卷东风暖，雏影玲珑毛色新。不学机谋争势利，但知烂漫写天真。

穆阳水库坝景

削壁千寻降玉龙，珠玑万斛洒晴空。豪情激荡云烟起，谁写江山一派雄。

韩郊晚步兼示王峰

龟湖风物远烟尘，山抱韩城可问津。红树拥溪波弄影，青峰吐月霭渲轮。菊香老圃经霜傲，笛唱渔舟入耳亲。且为寻幽时漫步，敢凭笔墨写精神。

山藤古风歌

韩城环溪之西，地名湖口者，生有巨藤，干大似斗，拔地凌霄，与高树交错掩映，苍古奇绝，情趣盎然。余游名山大川广而多矣，佳景异物如斯者，亦属罕睹。几度写照徘徊不忍去，乃作《山藤古风歌》。

湖口山藤干如斗，草颠气壮龙蛇走。梳风沐雨绕高枝，拔地凌霄昂其首。古木槎枥掩映深，流水铮淙石色黝。山魈目眩混流萤，愁云惨雾凝尘垢。无猜细语宿幽禽，岂曾相知话野叟。数百年来林泉老，如此老藤难常有。敬而护之未可轻，春风绿酒为君寿。几度徘徊不忍归，天机造化良师友。兴浓遣入丈绡中，留待他年评奇偶。

临江仙·韩溪秋色

夜眺韩溪疑入梦，问谁泼墨淋漓？横生笔趣境幽奇。寒波重树影，暮霭远山迷。　　一片朦胧何处是？渔家惯辨东西。几声笑语钓鱼矶。鳞光随网跃，松火逐舟移。

林恭祖

林恭祖（1923—2017），号思谦，仙游人。寓居台湾。台湾大学文学士，美国加州世界艺术文化学院荣誉文学博士。曾任台北故宫博物院简任编纂，中华学术院诗学研究所副所长暨中华诗学杂志社社长兼总编辑。受聘为中华诗词学会顾问，莆田市诗词学会名誉会长。著有《林外诗稿》《友竹居诗稿》《诗与歌》等。

春节怀大陆

谁凭彩笔写馀晖，一发青山渐向微。今夜失眠非守岁，天涯无客不思归。寻梅踏雪西湖月，破浪乘风燕子矶。万里长江春又到，莫言头白故人稀。

用《春节怀大陆》原韵再答二律（录一）

今古江山几落晖，岁寒不觉漏声微。才闻腊鼓咚咚响，又见云帆片片归。此日唱酬偕凤律，他时对饮话鱼矶。阳春一曲情无限，谁说人间和者稀。

湄洲祖庙

时逢九月秋，朝圣到湄洲。两岸波相接，长天风自流。鱼龙邀作伴，鸾凤喜同游。更把灵源水，携归洗客愁。

赋贺乙酉中秋泉州海峡两岸诗学交流大会

明月一轮照刺桐，嘤鸣树树度禅风。开元古寺灯千盏，都在诗情画意中。

白头翁

闽台一水隔西东，两岸烟波久未通。今日归来探亲友，相逢都是白头翁。

夜　渡

我从天上来，复往海上渡。大舸入鲲洋，东溟谁独步？浩荡看洪波，灵鳌留我住。鱼龙皆我友，随波遥相护。岛屿灯如星，天低云若雾。海遥梦不成，鸥飞天已曙。

陈泗东

陈泗东（1924—1996），字延颖，号幸园，泉州人。毕业于上海国立暨南大学文学院历史地理系。先后任泉州市文物管理委员会办公室主任、泉州市文化局副局长兼方志办主任，泉州市政协常务委员、文史资料研究委员会副主任。福建省文史馆馆员，原福建诗词学会副会长、泉州刺桐吟社社长。著有《幸园笔耕录》。

丙寅新春、元宵感怀叠韵四章（录一）

去岁初归老，春临五柳居。常思治世策，补读养生书。极目青山翠，忘身白发舒。名城今古事，落笔一轩渠。

读潘国渠先生海外庐诗

山河多劫难，诗绪落扶余。屈子骚中意，苏卿海外庐。戴星洲渚近，羁旅柘桑疏。何处瞻潘鬓，国门敞待渠。

叠韵感怀再呈虞愚先生

万劫难销翰墨根，生机取次绿名园。渔人已入桃花渡，迁客空馀黄叶村。料理琴书迎曙色，交驰羽檄讨权门。一樽待话千秋事，过眼浮云不足论。

题李根香先生《春蔬楼诗草遗稿》

太息清才老异乡，海天帆影去茫茫。北山楼下春蔬绿，南国墓头秋草黄。闲走龙蛇挥素纸，苦吟霜月满诗囊。温陵如续儒林传，好向韦编列一章。

扬州感怀

十里珠帘万里情，薰风吹我到名城。垂杨堤圮美人老，豆蔻香消词客惊。诗上不堪淮左句，耳中忽有广陵声。西湖瘦尽金山小，依旧楼台设色清。

声声慢·黄花适放与佩韩、朝基二君共饮

黄花适放，物候新惊，病次心志犹醒。益友良宵，盈尊有酒当倾。人间风霜历尽，故园相对话升平。共记得：曾垂髫总角，竹马欢情。

枫叶青衫白傅，琵琶一曲，清泪洒江城。已是晴空丽日，陈迹无凭。愿随时加餐饭，晚晴天色爱秋声。扶残醉，立灯前疾草诗盟。

永遇乐·泉州市庚申春灯诗会席上怀台湾故人

缺月初圆，香灯依旧，桃汛乍至。相别如沉，相思似茧，相会谈何易？春风化雪，红炉酒热，转胜金戈铁骑。算深情、轩辕骨肉，那堪久阻双地？　淡溪江水，武夷岭树，岁序欣同染翠。一峡浪平，卅年梦醒，莫洒离人泪！今宵佳节，开元寺内，喜看灯花爆瑞。灯花亮、穿云渡海，商量归意。

林其锐

林其锐（1924—2002），闽侯人。长期在邵武从事教师职业，是邵武樵川诗社早期骨干会员。退休后回家乡。原福建省诗词学会理事、福建省逸仙诗社秘书长。著有《二半斋诗集》。

自　　嘲

打牌跳舞两无缘，笔砚长随又一年。体健或因多走动，心宁只为少谋钱。香烟再好无从与，诗事虽忙总未蠲。褒贬由人何足计，超然自在

即神仙。

鹬蚌相争

老蚌因何上浅滩，野禽无事妄相干。身离海底珠胎损，脚践波边翠羽残。开口不如缄口稳，缩头方见出头难。早知尽落渔翁手，云水飞潜各自安。

寄怀樵川诸诗友

无情岁月去如飞，遥望樵川怅两违。避暑二都心自淡，阄诗范府梦犹依。沧浪古阁常悬念，忠定崇祠每仰唏。已约迎春诸友会，竟难如约我知非。

诗人谊重

当年曾作不平鸣，针弊心丹岂为名。吠影喧嚣咸戟指，吞声寂寞守锄耕。六亲惧祸无投谒，一老同情独契盟。自是诗人情谊重，不因世弃异论评。

怀李纲

靖康危局几精英？社稷扶倾仗赤诚。力主抗金持苦战，心存保国矢孤撑。七旬相位千秋业，一集《梁溪》百代声。邵武崇祠曾数谒，抚今思昔仰鸿名。

自　适

村居屋角荔阴阴，翰墨为朋托此心。蕉色半窗容啸傲，潮流三叠怆升沉。经常入市宁争利，自在闲居未废吟。窃喜腰肢还老健，远联诗谊契苔岑。

黄柏龄

黄柏龄（1924—2008），泉州人。毕业于上海复旦大学，曾任华东师大体育系教授、球类教研室主任。1950 年入选新中国男子篮球队的首任队长并获得“篮球国手”称号，后任中国篮球研究学会副会长。著有诗集《神州行吟草》《九日山志》等。

九日山一眺石晚眺

一眺石边几度看，西峰落照最堪怜。夕阳且慢下山去，你本无家何急还。

弘一大师墓塔

春满华枝亭塔静，悲欣交集水云闲。空山何处无明月，此地天心月最圆。

苏幕遮·宿清源山南台岩

伫巍岩，长俯睇。眼底岗峦，入海群奔骥。鹰背斜阳崖下唳。巉寺炊烟，落日山门闭。　　夜网垂，笼晋鲤。初上华灯，五万人家丽。扯落银河星洒地。浩月高台，谁省今宵意？

水龙吟·寄老队友并勉后来健儿

当年铁马金戈，并肩攻守掌声起。开关破阵，凌空招数，跳投绝技。顾往瞻前，篮坛老骥，壮心难已。把桂冠戴上，群雄虎觊，方能了，英雄意！　　叹我神州古国，历崎岖，早伤元气。五洲逐鹿，病夫难对，赛场高艺。可喜如今，木兰传檄，奖台飞泪。问须眉，甚日金杯到手，告轩辕祭？

江城子·寄杨子山陈珍珍居士

泉南游子客东吴。岁将暮，雪花铺。窗外寒芜，落日忆禅庐。对景临笺填一阕，长短意，寄音书。　　延平故垒浪沉浮。海风呼，夜寒初。杨子山弧，冷月照清孤。念菜根邀尝有约，机未到，味何如？

张簪塔

张簪塔（1924—?），泉州石狮人。厦门市体委棋牌社象棋队教练，厦门市诗词学会发起人之一、首任秘书长，后任创会名誉会长。2010年前后去世。

题慈济东宫

厦门市诗词学会会员于一九九五年六月四日朝访青礁慈济东宫，吴真人慈惠济世之伟大精神感人至深诗以记之。

雅集骚俦沐惠风，青礁览胜访东宫。情牵两岸人同仰，慈济群黎世独崇。丹井至今泉不断，龙湫依旧翠无穷。名医大道长留史，一颗仁心万古红。

庆祝石狮建市五周年感言

四十年来滞鹭门，家山遥望欲销魂。平郊皆已营新市，狭道何从觅旧痕。欣有贤能谋拓展，愧无雅赋颂荣繁。腾飞五载兴狮史，游子他乡乐与论。

九五年重阳即席奉和林恭祖词长席间赋诗原韵

兰水壶山碧树秋，君家元是古仙州。荔枝夹岸头边过，龙眼飘香口角流。海峡骚人天下友，鹭江翰墨五洲俦。今宵孔府千杯少，岁岁重阳直可求。

祝贺菲律滨《瀛海诗声》创刊百期

国粹传扬誉早驰，骚坛瀛海树旌旗。笔耕诗教二千首，玉刻珠磨一百期。力挽风怀随俗韵，栽培吟苑逞芳姿。菲山鹭水乡情系，遥祝佳篇无尽时。

鹧鸪天·步台湾黄清源词长《谁解乡思味》原韵

癸未初春缅怀已故厦门市诗词学会创会名誉会长林志良、陈文旌、林严心先生。

除夕迎春岁岁同，韶华虚度百忙中。同俦永别悲怀久，萍水相逢往事空。　　思不断、见难逢，几从格律想遗风。但知韵业当方盛，犹自宽心目未蒙。

唐文桂

唐文桂，1924年生，字丹秋，号霞峰居士，莆田人。中学教师，离休干部。中华诗词学会、中国楹联学会会员，莆田市诗词学会顾问。著有书法诗词集《霞峰余韵》。

乡居述怀

半生偃蹇处乡间，每饭难忘旧故居。原野生机长焕发，海滩大气广凌虚。心弦弹尽穷通曲，意室浩藏懋德书。劲节矜持轻利禄，犹夸梓里老蒲庐。

港澳回归感怀

中华屹立气恢张，一废百年守旧章。两制辉煌昭史乘，双珠归返挫权强。文明大厦同心建，世纪方舟自在翔。寄语儿孙开慧眼，沧桑惨史细端详。

游玉华洞

玉华岩洞灿祥光，一水中藏波不扬。异树奇花凭想象，灵禽怪兽欲趋翔。仙棋枰下樵柯烂，罗汉岩旁岁月忘。满目秘珍观不尽，重游来日合携粮。

次韵王琛《咏莆仙戏祖庙雷海考》

谁云盛世不沧桑，安史烽烟乱李唐。帝阙沦胥王气暗，梨园零落胡笳扬。冷看权贵如粪土，独有雷公自昂藏。大节辉煌昭史乘，千秋俎豆颂优倡。

汉宫春·台胞张承璜先生捐建承璜中学落成典礼

九鲤钟山，是处添锦绣，楼阁轩昂。离乡游子，德泽广被苞桑。难忘何岭，少年时，苦乐无央。溯往昔，陶朱纵富，只能弟友同昌。

两岸浪平波静，奈乡愁脉脉，爱国情长。鸡年适逢祝嘏，骚客流觞。同庚不佞，协诗朋振雅扬风。标盛举，咏怀高吭，由衷赞颂承璜。

吴树成

吴树成（1925—1962），江苏南通人。1941年参加革命，次年入伍新四军。历经反扫荡、反清乡、苏中反攻、淮海战役、渡江战役、战上海、抗美援朝等重大战役。从部队转业后，任龙岩专区重工业局局长。

乡　　思

一去闽关万里遥，旗亭话别忆吹箫。依依旅雁停云唳，细细飞泉夹雨飘。叱咤沙场寒敌胆，纵横湖海恋乡潮。年年戎马亲何在？架尽天涯百二桥。

自注：正欲解甲归田之际，又衔命率部开赴鹰厦铁路前线，专司架桥工程等。

归　　田

少小从军南北驰，戎装解后自由姿。凭高敬颂出师表，望月闲吟归去辞。剑戟为犁家国幸，晨昏尽孝父兄怡。从今课子黉园内，科教兴邦正际时。

登仙霞岭

危峰人独上，故垒迹难寻。峡缓桃花艳，风回蒿草深。流霞堪寄意，爽籁自鸣琴。极目乌溪渡，谁同论古今。

别　　趣

自许登临趣，山川各具姿。无岚不纵目，有月或成诗。志远千峰近，波辽一棹迟。神游天地外，快意寸心知。

建设鹰厦铁路杂咏（二首）

军中女医护

回生救险系安危，旦夕操劳苦未辞。犹有木兰英气在，谁言巾帼逊须眉。

铁道兵风貌

凿洞铺桥辟岭陲，苦中作乐险如夷。闲炊野味东坡肘，醉诵花间太白诗。

赖　再

赖再（1925—1995），原名冠豪，晚号拓翁，宁德古田人。早年曾任南平《南方日报》记者、编辑。先后在晋江石光中学、古田一中任教，为中学高级教师。历任古田县政协常委、政协文史委主任，古田诗词研究会会长、古田诗社社长，福建省诗词学会理事。编著《古田历代诗选》，著有《拓斋诗稿》。

偶　书

一行雁阵送斜阳，遍地稻黄起晚凉。万籁悲秋凝目处，青青山下是吾乡。

过瓜州渡

神游缥缈千秋上，身渡微茫一水间。历代英雄长已矣，眼前非复旧江山。

百合吟

花中真隐者，遁迹水云乡。立足虽无地，倾心独向阳。歌吟鸣画角，咳唾落华章。相对情难已，身濡一袭香。

呈远甫师惜别

老归故土又离乡，亲友满城黯神伤。雨湿翠屏情怏怏，云迷华顶意惶惶。如椽大笔雄南国，似海诗名播朔方。何日重迎夫子返，玉田文苑再生光。

虞 美 人

风风雨雨何时住？怕踏春城路。去年柳眼又垂青，方寸无凭，乍喜又堪惊。　　锦笺当日传心志，且见相怜意。迩来重拟觅芳踪，无奈朝朝，雨雨又风风。

念奴娇·还乡

别来无恙，喜家园依旧，青春形貌。脉脉青山开笑眼，垂柳千丝拂道。桃蕊娇嗔，梨花妩媚，杜宇声声叫：不如归去，有劳亲切相召。
　早岁慷慨从军，金戈铁马，投鞭收孤岛。日照旌旗歌奏凯，喜对惊涛吟啸。壮志犹坚，华年已去，恨不归来早。晚凉风定，小溪差可垂钓。

王展采

王展采（1925—2006），建阳人。协和大学国学系毕业，在龙岩、上杭等地执教，任龙岩师专副教授。原龙岩市诗词学会顾问，《西闽吟草》主编。晚年移居新西兰。

参加中国修辞学会广州年会归来

一

新知旧雨最萦牵，两岸文心四海缘。座席无虚勤探讨，羊城五日胜三年。

二

名城胜会两相宜，言语经纶竞异姿。学术无涯惊白发，却逢冬日得春时。

登建阳翠云阁

一阁临江水气飘，半城大厦半城桥。溪东十里炊烟起，无限风光隔岸招。

不了情

云海茫茫万里行，空闻留去费纷争。人间芳草凭谁问，海角天涯不了情。

比　　干

少师苦谏费砭针，空为兴亡谋虑深。未有朝歌身自剖，谁知千古比干心。

纪念林则徐诞生210周年

雪耻销烟忆虎门，心肠赤热化诗魂。狂澜独挽英伦怯，浩气长留大道存。民瘼伊犁传政绩，西文译馆辟荒原。至今遗泽心碑铸，道德文章百代尊。

李思烨

李思烨（1925—2011），字火华，号仲谿，又号大理山人，将乐人。将乐四中高级教师。1991年发起成立将乐县乐野诗社，创办《乐野吟草》诗刊。著有《火华吟草》。

暮江，和陈以光《晚境吟》

人生天地中，遍著雨和风。熬到东方白，赢来夕照红。

重游华山含云寺

华山多胜景，旧地约重游。古刹含云立，金溪带水流。青苍连四野，翠绿展平畴。双塔冲宵汉，镛城足下浮。

壬申元宵

春雨丝丝半月绵，花灯盏盏满街悬。腾龙起凤通明夜，羞得嫦娥不露颜。

访安仁石富白莲寺住持释了凡

明月青松咏素心，白莲灵寺访知音。菩提早种追先绪，贝叶长翻醒世箴。诗载麒麟光佛国，联书证觉著禅林。归真返璞迷津渡，炼性参玄彼岸寻。

吴修秉

吴修秉（1925—2012），福州人。曾任福建省文史研究馆副馆长、福建省政协文史资料委员会副主任、福建省诗词学会会长。

榕城元夜怀海峡

上元月色雨中看，龙岁龙灯斗未阑。春到榕城千树暖，燕旋梓里万家欢。连朝桂棹频催发，两岸银花并作团。最是思人当此夜，更深屈指意难安。

畅览福州鼓山万松湾

触目群松似万夫，昂头攘臂壑中呼。何当更借天风力，来为青山扫朽株。

油 灯 赞

了无华焰摒妖妍，只把青光照简编。谙尽案头甘苦味，山窗伴我夜三千。

登井冈山黄洋界

云伴黄洋界上行，当年天堑拂红旌。西风直入林间啸，浑似萧萧战马声。

快临山海关

秦时明月看犹在，矫矫龙头起海东。今日雄关招万国，中华文物气如虹。

天涯海角行

人到天涯意转豪，一腔心事付滔滔。还思趁此扬帆去，试弄沧溟万顷涛。

登日光岩（二首）

一

东海望滔滔，龙头碧汉高。昔人今已没，犹听鼓鼙豪。

二

登临无别意，都为仰英贤。神骋风涛外，弹丸几岛悬。

黄峰林

黄峰林（1925—2013），别名三山，笔名共田，长汀人。省立永安师范毕业，曾任小学校长、进修学校教研员、县外贸局干部，《汀州诗苑》副主编，龙岩市诗词学会理事。著有《三山诗联集》。

天龙山览胜

高嶂深沟若铁关，亭幽寺雅路回环。一桥飞架双崖上，锁住烟霞不出山。

丹 桂 花

金风阵阵爽身凉，丹桂飘来扑鼻香。谁把落花收拾去，嫦娥酿酒为吴刚。

游龙潭

我爱龙潭景物优，玲珑古洞自通幽。琼楼杰阁云中掩，怪石奇岩水上浮。骧马追风观宇宙，巨龟望月诉春秋。换乘画舫沿江驶，疑是蓬莱境内游。

黄卓文

黄卓文（1926—1994），武平人。儿时逃荒广东，参加革命后在龙川县工作，“文革”期间调回武平。曾任武平县方志办主任、县志主编，原龙岩市诗词学会顾问。著有诗文集《晚霞红》。

重上冠豸山

结伴石门泛小舟，俨然人在画中游。数峰倒影船头挂，万壑横空眼底收。穿径攀亲会五妹，扶崖觅趣戏金猴。身临绝顶三千尺，纵目连城十里楼。

闲　趣

解甲归来时有闲，搬平弄仄伴馀年。为寻新意眠秋月，因猎奇章梦谪仙。飞燕鸣鸠皆入韵，丹枫翠竹自成篇。行间偶见箴时句，旨在忧民戒后贤。

过惠州

鹅岭英姿映旭辉，凭栏兀望客忘归。西湖湖水蓝如昨，人面市容日日非。

过梅县

难忆当年多少愁，沿门乞讨宿街头。如今不见穷人面，笑满梅江两岸楼。

唱　　歌

菊绽晴窗夕照红，彩霞撩乐老文工。夫妻学唱一团火，不尽风流对笑中。

闹　　房

当年营地草成双，今日金婚补闹房。抖尽硝烟人已老，重温往事笑沧桑。

何吉荣

何吉荣（1926—1996），漳州诏安人。曾任新加坡诏安会馆副主席。

游武夷山过玉女峰

浅滩游过接高山，九曲清溪十八湾。最美女峰三姐妹，插花早嫁展芳颜。

题葫芦瓜图

欲待灵丹返老颜，使臣一去不重还。祖龙梦断长生草，谁识葫芦在此间。

敬和清进士黄开泰重登祥麟塔元韵

遥情乘兴跋奇巅，景物依稀似昔年。水涨沔洲波沸塔，风高腊屿浪滔天。幽禽出入深岩洞，竹筏逡巡浅水边。雨后青山腾白雾，长虹一道海空连。

赖　丹

赖丹（1926—2007），谱名肇增，笔名振之，连城人。龙岩学院副教授。抗战后期曾任《漳州侨报》编辑。1949年在香港参加中华文艺家协会，后回闽参与创建闽西文联。曾任《福建教育》副主编。原龙岩市诗词学会顾问。著有《闲啸集》《艺窗琐记》等。

游中华山性海寺（四首选一）

农桑并重有遗风，宏丽巍峨佛法弘。夜颂华严数万卷，日耕茶稻二千钟。大雄宝殿金光显，卧佛经楼妙相同。香火氤氲游客织，骚人题墨说禅宗。

厦门海堤行

车过堤上海中分，慧剑遥挥劈水云。集美回眸呈上下，碧波浩瀚两无垠。

福州西湖灯火

西湖春色水纹平，月点波心一色澄。夕影沉江风止浪，星河灿映万千灯。

醉思仙·忆香港九龙福建茶楼有饯

酡颜红。饯绀弩北上，秦似为东。睹风华文采，宛若神龙。明似镜，织云彤；月娟影，剑如虹。漫沉吟，聆夜戏；申徒嘉所亚容。

五十年华久，几多往事倥偬。念九龙春梦，叠嶂迷濛。仙鹤杳，月宫寒；飞碧落，缈无穷。叹红尘，埋玉雪；奇才挥泪东风。

减子木兰花·粤闽路上

罗经坝会，东粤风云来海外。秀色无闲，初见兴梅几朵山。　飞舟旋渡，峰市湍流回转处。闽水新澜，文化尖军越险滩。

中吕【山坡羊】泰山口观峰

泰山横岫，长河环秀，湖山风貌今非旧。何所忧？枫叶秋。　水晶宫阙人间有，月殿嫦娥悔不留。云，空际悠；水，江上流。

丁　宁

丁宁（1926—2007），宁德古田人。中学高级教师。曾任南平师范专科学校中文科副主任、南平第一中学副校长。中华诗词学会、福建省诗词学会会员。著有《丁宁诗词集》。

东风第一枝·观现场直播“亚洲一号卫星上天”喜赋

方寸荧屏，三千胜景，环球竞睹今夕。“亚洲一号”遨空，“中国长征”舒翼。苍旻碧海，炎黄胄，神驰何极！似繁星，指示灯荧，闪烁在吾心壁。　　山岳震，众魑辟易；天地撼，巨龙腾逸。欢声沸作雷鸣，激情发如电击。茫茫云汉，画轨迹，谁挥椽笔？驾飞艇，奔月昂霄，偻指可期明日。

武夷吟天游峰

登天真不易，我竟上天游。仄径盘岩险，凉风拂面柔。群峰环拱手，九曲闪回眸。飞袂白云上，嚣尘一啸休。

永遇乐·南平巨变

古邑南平，沧桑风雨，今启新页。大道滨江，康庄砥矢，放眼神怡悦。堤萦玉带，桥浮星汉，双剑凌空腾越。踞长街，东甍西堞，依稀宋时风月。　　碑撑碧落，功垂青史，争仰千秋宏业。簇簇琼楼，高堪摘斗，入耳笙歌热。宏图巨构，铁肩银手，尽出山城英杰。待明日，龙津宝献，更蟾桂折。

九峰清境——九峰山建园十周年作

九朵芙蓉九峰比，亭亭玉立接天际。竹树葱茏岩壑幽，山光摇曳楼台美。悬桥飞索铺彩虹，峻阁凌云吐金蕊。凉风清籁送仙音，薄雾晴岚飘霞绮。双塔轩昂霄汉外，千家明媚画图里。江天一览尽忘机，缕缕诗情涌心底。

玉女峰

碧水映明眸，岩花缀满头。临流梳雾鬓，风雨涤烦愁。

赏　　菊

缕缕秋光扑眼来，寒香冷艳满窗台。晨呼曙鸟迎风笑，夜沐星辉带露开。绰约丰姿骄国色，清芬素节绝尘埃。品黄咏白抛千虑，寥坐沉吟寄九垓。

陈纬地

陈纬地（1926—2015），笔名野云，莆田涵江人。福建革命大学毕业。中华诗词学会、省诗词学会会员。著有《野云集》《涵江集》《拂尘集》《秋声集》。

画卦洲

凫鸟伴游舟，南溪水顺流。风吹行客路，日落憩沙洲。静听春潮涌，凝眸卦象浮。前贤遗迹在，何必费搜求。

向　　晚

向晚窗前立，星疏月色明。远山凝雾气，庭树送虫声。回首儿时事，常怀故旧情。人生如小草，何必叹枯荣。

梅列夜市

携幼休闲夜市行，熙熙攘攘喜升平。霓虹五彩炫人眼，十里长街有笑声。

自　　咏

千册诗书伴老身，清风飘拂室无尘。宁为艺苑闲吟客，不作官场窃禄人。秋菊春兰能脱俗，粗蔬淡饭不言贫。端居僻壤求心静，世事纷纷莫究真。

陌上花·秋声

更深夜色茫茫，正淅淅潇潇雨。滴滴声声，仿佛畸人幽诉。心烦意乱难成梦，落叶飘飞敲户。问苍天，何故乌云遮月，黯然无语。　　再回头，望家山邈远，可恼蒙蒙迷雾，此际风寒，独自凭栏凝伫。悠悠怨笛催人泪，扰起啼鸦声苦，不堪听、默念亲朋音杳，离情千缕！

郭道鉴

郭道鉴（1926—2022），福州人。曾任福州晚报社编辑，福建省诗词学会常务理事、福州三山诗社名誉社长。著有《渔子吟草》等。

纪念福建船政145周年

积弱遭欺奋自强，辉煌船政振炎黄。先贤决策输心血，英彦培才铸栋梁。横海雄狮欣肇建，腾空铁翼喜初翔。欣迎开放春潮涌，载誉艨艟更远航。

乙丑暮春，逸仙艺苑招游怡山西禅寺喜赋

春风古刹翠岚浮，十载创痕已不留。玉佛有缘来永驻，诗僧无虑此清修。犹荣宋荔知兴废，重叩晨钟历喜忧。艺苑芳辰多士集，琳琅佳作纪兹游。

人月圆·煌煌“七一”

神龙苏蛰冲霄起，百载颔珠归。煌煌“七一”，佳辰双庆，为党增辉。　台澎何去？高标两制，堪式前徽。审时度势，促成一统，好共腾飞。

满庭芳·重谒福州开元寺

千载名蓝，萧梁古刹，巍峨铁佛千钧。毗卢大藏，有万卷堪珍。长

记入唐涉险，迎空海，驻锡留宾。尤难忘，高僧反战，壮烈竟焚身。

重来惊新貌；探研奥旨，弘法传薪，丛书喜精编，指点迷津。更看励青助学，兴善举，文化扶贫。慈航渡，闽台交往，携手趁芳辰。

改革开放四十周年赞歌

小岗村民大包干，鲜红手印起共鸣。十一届三中全会，指引改革启征程。春天故事歌嘹亮，春天四野生气盈。深圳渔村惊巨变，国际创新大都呈。科学盛会英才萃，科学春天催鼓钲。知识分子受尊重，海外回国贡忠诚。学者专家归讲学，丹心都为祖国倾。改革路上新举措，千五百项展瑶琼。世界第二经济体，发展速度举世惊。南海之滨同奋进，博鳌千帆春潮赞。深化改革不停步，海南昭示新标杆。发扬特色拓新境，宏图大展春烂漫。两个百年勇攻坚，复兴圆梦指日看。以民为本守初心，报国忠贞听召唤。引领时代成伟业，江山万里喜璀璨。

黄宝奎

黄宝奎，1926 年生，字葆葵，莆田人。1949 年毕业于厦门大学商学院银行系。厦门大学经济学院教授、博士生导师。厦门市诗词学会原顾问、莆田市诗词学会顾问。著有《涵清楼吟草》等。

有　感

南海承恩入梦频，念年弃置自坚贞。可山笏石伤心地，汨水长沙请罪身。未老还乡肠欲断，当初许国志难伸。儒冠莫道从来误，万里东风病树春。

注：1956 年冬，我曾于中南海受到党和国家领导人毛泽东、朱德、邓小平等的接见。可山、笏石两地系我下放和劳动处。

受聘为厦门市政协顾问感赋（二首录一）

峥嵘岁月节尤坚，万里晴空红欲燃。斗雪奇葩迟渥露，经霜傲骨淡凌烟。神驰凤阙披肝切，心系鹭门献曝虔。科教兴邦争不懈，秋风老骥奋攀巅。

归来厦大七绝（七首录二）

一

花信频催返鹭江，有心老我卧芸窗。当年悔走还乡路，归屐猗猗老树双。

二

白首重来一梦中，南园枯木又东风。入门无语情多少，香老石榴秋渐红。

采桑子·鼓浪屿情思（十首录二）

一

东风渐觉风光好，似画如诗。鼓浪瑶池，迟露蔷薇卧晚枝。　　名园别墅何曾数，香径徘徊。笑我书痴，燕尾龙头归路迷。

注：燕尾山在鼓浪屿西北角，龙头路则靠近轮渡码头。

二

当年负笈新生院，爱赋新诗。往事依稀，尽是翩翩年少时。　　今朝轮渡抬头望，博爱神驰。两鬓成丝，旧梦青灯只自知。

注：抗战胜利后，我考上厦门大学，当时新生院院址设在鼓浪屿八卦楼等地，男生宿舍在博爱楼。

黄金许

黄金许，1926 年生，莆田人。副教授，离休干部。先后就读于龙岩师范、福建革命大学，执教于长汀河田中学、龙岩二中等校。曾任龙岩师专图书馆馆长、《汉语大辞典》编委。

西楼远眺

绿阴掩映凭栏处，横卧远山睡美人。环绕群峰争起伏，松涛疑是海涛湮。

送外孙负笈北大

长车送学子，春色正迷离。善划履端计，龙文顾影驰。

喜闻家中君子兰开

遥知兰绽讯，喜煞种花人。未得衔杯赏，犹能逐梦寻。昂昂君子态，耿耿报春心。归去来兮日，朝朝相与亲。

一剪梅·怀念江秋老师

剩水残山战火烧，风雨潇潇，家国飘摇。先生教唱黄河谣，学子同仇，国恨难消。　　为觅生刍去国遥，异域舌耕，李艳桃夭。而今何处仰风标。一瓣心香，水永山高。

一剪梅·金婚题照

犹忆骊歌晓喝声，一个东行，一个西行。红旗猎猎上征程。莲水清清，汀水盈盈。　　粉笔生涯谱此生，岁月峥嵘，桃李崚嶒。相依半纪鬓星星。风雨深情，尽入斯帧。

一剪梅·九十三岁抒怀

九十三年弹指间，世路弯弯，霜鬓斑斑。广文苜蓿长阑干。夫也心甘，妻也心甘。　　何必遑遑问渔郎，难觅桃源，今在桃源。前瞻后顾喜无牵。晓得鸡鸣，暮看霞天。

赖元冲

赖元冲，1926年生，笔名司徒慧，上杭人。副教授。福建师专毕业，先后执教于上杭一中、龙岩师专。曾任上杭县政协副主席、省人大代表。系《汉语大辞典》编委，龙岩市诗词学会顾问。著有《慧庐剩稿》等。

登日光岩

击楫横江鼓屿游，天高日迥正初秋。波涛壮阔千堆雪，云水夷犹一叶舟。迎客山川矜壮丽，驱荷人物忆风流。水操台畔披襟立，逐浪心潮涌未休。

登乌山

片石冲霄汉，登临正晚秋。云回飞鸟疾，烟淡夕阳浮。丛菊开三径，长风御八陬。乡关何处是？思入大江流。

读《1903—1949 福州诗与散文选》有感书后

昨日黄花幸未残，东篱差得一枝安。当年豪气今犹在，历历前尘仔细看。

寄福建师专老同学（四首录一）

满头清鬓化成丝，路上相逢两不知。幸得双鱼来往快，鸡鸣风雨话当时。

望海潮·为上杭置县千年庆典作

碧波三折，青山四合，杭川形胜堪夸。千仞峻峰，百寻铁郭，枕河数万人家，历久更风华。俊秀布星斗，福泽无涯。岸跨虹霓，路多兰芷，护轻车。　　重峦迭嶂谽谺。有三秋板栗，十里梨花，郭北乌梅，水南萝卜，苍松翠柏桑麻。色艳赛烟霞。绿縠池塘漾，产富鱼虾。信是物华天宝，老树发奇葩。

金缕曲·寄台湾友人

诸子平安否？计重聚，又须二载，相思怎受？前岁相逢欢何似，结伴登高携手。勒石壁，以文会友。更握笔为文作记。放眼看，历历曾无咎。松与柏，长相守。　　《漪丝》韧似风中柳。五十年，离多聚少，挚情依旧。鱼雁难通诗魂返，对饮故乡醇酒。幸今际河清人寿。期此会连开十次，愿苍颜白发烟霞叟，齐活到，九旬九。

张宗洽

张宗洽（1927—2004），莆田人。厦门大学政法系毕业。曾任职于厦门市民政局，后任厦门市郑成功纪念馆副馆长。1994 年受聘为福建省文史馆馆员。福建省诗词学会原理事。著有《郑成功丛谈》等，诗词集《听雨楼诗词选》《宗洽自选词》等。

登日光岩怀郑延平

延平遗迹在高丘，故垒萧萧落木秋。为愤腥膻蒙社稷，欲凭肝胆挽神州。田横抗节衷心苦，祖逖挥戈壮志遒。今日虫沙无处觅，犹闻浩气啸山陬。

咏菽庄公园（三首选一）

一自台湾陷铁蹄，菽庄始筑鹭江湄。座中尽有咏骚客，杯底宁无悲黍诗。光复故园怀俊杰，留连山水寄襟期。后人莫笑颠狂甚，诸老当年别有思。

鹧鸪天·春到晃岩

春到晃岩树发芽，山花烂漫似云霞。游人乘兴登高至，戏闹喧腾有女娃。　　山背后，路横斜。古榕荫里是吾家。有人终日耽诗卷，觅句烹茶度岁华。

苏幕遮·寄解放前夕厦门大学诗社诸社友

忆当时，成学友。少壮年华，忍见群魔走。结社呼朋诗几首。夜气如磐，各把丹心剖。　　岁华流，人变丑。地北天南，一向相思久。我愧蹉跎成老九。浩劫来时，诸位平安否？

金缕曲·致厦门市政协新一届委员

诸位先生好。仰诸君，多才博识，厦门之宝。我亦前年参议政，只恨才疏学少。论贡献，羞无可道。眼见特区生巨变，识其中政协功非渺。我已退，也倾倒。　　山河秀丽厦门岛。几年来，卫生环境，万民称好。反腐倡廉须监督，切忌空呼口号。多少事，容君探讨。反映民情多献策，为国家，休顾乌纱帽。言不尽，供参考。

如梦令·陪海外亲人回乡祭扫祖墓（三首录二）

一

薄酒难消离绪。梦绕故乡烟树。海外倦游人，可识家山归路？归路，归路，应是婉蜒无数。

二

喧动满村箫鼓。围聚宗亲如堵。阖族尽依依，共拜先人庐墓。庐墓，庐墓，拜罢泪飞如雨。

韩学宽

韩学宽（1927—2011），漳州诏安人。曾任教员、诏安县文化馆馆长、县政府文教科科长等职，离休干部。原漳州市诗词学会顾问。

山行即事（二首录一）

晓来卧听水潺潺，犹记源头出深山。雨后田畴青欲滴，晴空一片白云闲。

遣　怀

又见春回绿满畴，连朝苦雨锁闲愁。挥戈未使流光返，搦管徒赢浪迹浮。有志无能甘寂寞，宁庸勿俗乐优游。老来不问荣枯事，肯作当年喘月牛。

草坪闲话

清谈雅谑最消愁，旧事新闻总入流。对月倚栏花促膝，随心信口石摇头。惊闻美帝燃烽火，快意贪官作罪囚。莫道无腔牛背笛，闲言不掩杞人忧。

风入松·庚午迎春诗会作

龙蛇笔底付云烟，骏马骋河山。丹城吟侣携春至，春何处？春在诗篇。四座清茶当酒，一腔妙句奔泉。　　芳园莺燕又翩跹，朝野共挥鞭。不辞献曝君休笑！君知否？翰墨千年。栽遍骚坛香草，招来景色无边。

满江红·重九敬老日感赋

秋色连天，金风起，人心奋发。休笑我，崦嵫红日，春初残雪。归隐山林情未泯，几经风雨心犹热。记当年，碧血染江山，怀先烈。

勗少壮，珍曦月。休虚度，悲华发。记居安思殆，后车前辙。媚外拜金低格调，修文育德高风节。看新中华，历史诞新人，翻新页。

沁园春·有所思

大地苍茫，人世沧桑，朝雨暮晴。看嘉禾映日，千家温饱；英才脱颖，百废俱兴。艺苑繁花，科坛硕果，十五春秋万里程。君知否？自南巡铎振，改革风行。　　青苗莠草同生，只为了金钱乱性情。叹文明舞榭，暗藏污垢，新潮发屋，幻出红灯。彻夜寻欢，连朝醉酒，淡化民间疾苦声。吾老矣！记当年筚路，思绪难平。

王禹川

王禹川（1927—约2015），南安人。曾任中华诗词学会会员、福建诗词学会理事、武荣诗社社委。主编《九日山历代诗集》，著有《王禹川诗文集》。

泉州清源山老君坐像

坐地巍然千岁翁，垂须飘拂刺桐风。清官污吏兴衰事，尽在煌煌两眼中。

咏九日山（七首录二）

秦君亭

秦君何故隐溪山？生不逢时世道艰。亭废溪山依旧在，诗魂长共白云还。

祈风碑

丝绸之路沧桑变，千载碑文依旧存。莫道碑藏丛木里，海交史上吐芳芬。

初　寒

一叶随风入砚台，轻声报说雁南来。老妻问我身寒未，买布新街为剪裁。

悼陈泗东老诗人

幸园丛菊向阳开，今日王郎再度来。欲问是非无处觅，庭花不语独徘徊。

渔父·鸟不踏花

绿叶含烟口吐红，赤皮带刺体如龙。虫绝影，鸟无踪，一花一火照庭空。

张开铦

张开铦（1927—?），字君竹，以字行，惠安人。任职于泉州市教育界。刺桐吟社社员，曾任武荣诗社顾问。

温陵怀古

十里江城一抹秋，前朝重镇武荣州。七门开阖窥兴废，八卦纵横引洫沟。邹鲁遗风参圣庙，典章消息问谯楼。当年络绎丝绸路，落日烟波古渡头。

崇武建城六百周年（四首录一）

六百星霜迹已陈，祇今风物逐时新。一隅蕞尔弹丸地，半是沧桑历劫人。父老犹谈烽火厄，儿童宁识太平春。登临乐只清秋节，回首当年亦怆神。

三兄旅台四十三年今日还乡喜赠（三首）

一

电传得得报归期，乍喜还悲信半疑。契阔倍亲相见日，逢迎翻忆别离时。三千客路迂回急，四十驹光辗转驰。多少后生甥侄辈，今朝识面总嫌迟。

二

一水难凭一苇航，鸿沟惆怅隔汪洋。弟兄夤夜亲行色，父母当年望断肠。检点离愁添白发，遭逢浩劫叹红羊。明朝犹及清明节，共爇先茔一炷香。

三

三更灯火抖心魂，料峭春寒差被温。细忆沧桑悲喜事，畅抒今古是非论。且凭良觌消离恨，莫使闲愁损慧根。来日相期重把晤，邀同嫂侄识家园。

清源山练胆石

君恩山重客情深，题字英雄何处寻。一石犹存都督胆，千秋尚见老臣心。武功伟烈昭青史，文采风流绚碧岑。寄语山灵须爱惜，摩挲苔藓莫相侵。

自榕乘机到西安

铁翼西飞览帝京，也如列子御风行。三秦景物云中幻，万里河山眼底明。缩地有方催顷刻，凭空无路任纵横。居高兀坐身安稳，浑忘人间道不平。

王国明

王国明，1927年生，字国铭，福建南安人。1948年到印尼谋生，跻身商界。自1986年起，每年出资在家乡贵峰村举办读诗班，三十多年坚持不辍，贵峰村因此于1995年被中华诗词学会授予“诗村”称号。曾任南安西溪中学、贵峰小学、芳龄小学等校董事长。

讲　　学

乡教承延负我肩，书坊到处觅诗篇。平生浅学虽无几，将尽所知酬少年。

诗班杂忆（三首录二）

一

三伏将临忆返家，轻装飞越海天涯。历耕八载诗词苑，欣看亲栽桃李花。

二

五代师生共一堂，桃红李白继书香。三唐两宋诗词法，选取精华入我乡。

闻村童平仄争论

百首篇章似有成，俊英遍地朗吟声。儿童未解尝诗味，墙外纷纷平仄争。

论　　吟

熟读篇章理解深，性灵分别仄平音。乐哀喜怒随心发，白雪阳春任我吟。

与老友欢谈忘机行善（二首录一）

左耳听来右耳空，去年今岁不相同。人生百岁如流水，富贵贫穷一阵风。

孔庆洛

孔庆洛（1928—2002），宁德霞浦人。霞浦县卫生局副局长、中医副主任医师。主持编写《霞浦本草》《霞浦医案医语》《霞浦中药炮制经验》《霞浦老中医经验集》等书16种。诗作生前未收辑保藏，所剩部分经他人搜录，结为《轻雷万丝集》行世。中华诗词学会、福建诗词学会会员。

笊篱溪村有见

蔓草纵横小径斜，傍崖疏落数人家。茅檐低矮鸡栖树，几处山桃半着花。

春　耕

淡烟如縠雨如帘，濯濯新秧恰露尖。梳柳轻风穿燕子，一分春色十分甜。

归旧居

鹊巢鸠占十周星，又见蓬门此日青。几信令威能化鹤，谁怜王粲久飘萍。相逢邻舍如初识，把味灵兰守一经。犹有素馨花恋旧，清香夜夜溢前庭。

纪念谢翱逝世七百周年

节概当年独伟奇，毁家慷慨挽时危。从军南剑心何壮，掬泪西台事可悲。愤积诗人尤桀骜，萍飘踪迹总迷离。山川生色遗徽在，一纸终难寄尽思。

读林则徐诗文集

虎门炬火卷腥膻，功罪何期竟倒颠。放眼向洋人第一，投荒逐莽路三千。赋骚尚寄灵均恨，击楫终扬祖逖鞭。强国富民今有路，不须耿耿对苍天。

张方义

张方义（1928—2006），漳州南靖人。福建省漳州体育训练基地退休干部。曾任漳州市诗词学会顾问。著有《朴石诗词》。

咏　蚕

吐尽长丝自裹身，投汤无悔滚中沦。愿将千缕缫成锦，裁就罗衫衣尽人。

题盆景

螺峰羽竹蚓桥通，千亩龙潭似酒盅。斗室包容天下景，一方山水尺盆中。

春游岱仙岩

未踏岩阶闻爆竹，相将雀跃进山门。寻碑拾句宜庸叟，扑蝶抓虫笑稚孙。春色一川铺绿毯，荔花千树映红暾。仙翁眷恋琵琶坂，长与凌波共一村。

夏　至

芒果初黄日日晴，昼长早见小窗明。心牵骚赋忙新作，面对桑榆惜锦程。事冗焉知花有态？病衰欲谢酒多情。总缘不解琴棋乐，一意寻求翰墨精。

卜算子·咏菊

露重晓寒轻，日落西风冷。不与繁花一处开，坐爱秋庭静。　　寂寞向黄昏，月照疏篱影。云淡天高展素心，谁赏清香永？

翁鼎山

翁鼎山（1928—2017），永定人。曾任永定县农业局长、农委主任，县人大常委、侨联主任，兼任县科协主席。中华诗词学会会员，原龙岩市诗词学会顾问。著有诗文集《圆山吟草》《岁月留痕》等。

永定古镇铁路大桥

壮丽桥横古渡东，铁龙驰骋双腾空。笛鸣峡谷惊飞鸟，日照长潭映倒虹。百里侨乡歌锦绣，千年古国颂兴隆。建成致富通天路，直上云霄九色中。

潮州即兴

粤东名胜数潮州，古迹风光尽兴游。广济门前腾碧浪，凤凰塔畔泛渔舟。观澜北阁寻郝井，浴日湘桥访铁牛。圣刹开元藏国宝，韩祠碑刻万年留。

连城冠豸山

冠豸钟灵秀，游人拾级行。云开山水阔，雨过谷林清。芳草依崖长，藤萝攀石生。高峰连广宇，百里见纵横。

异国访亲（选二首）

广州至印尼机上

舒座波音思渺然，浮云似海浩无边。暮年有幸游他国，椰岛亲人盼月圆。

椰城妻会老母

耄耋龙钟老母亲，南来异国卅三春。女儿抱膝亲娘叫，惊问跟前是什人？

浪淘沙·思念

素月照东墙，独倚窗傍，沉思脉脉忆家乡。宛见当年稼穑处，浸透春芳。　　离绪固难忘，儿女情长，萦怀异国梦黄粱。远望南天心惆怅，鬓发飞霜。

方南生

方南生（1928—2019），福州人。1949 年 1 月加入中共福州城工部，1950 年毕业于福建师范学院中文系。曾任中华书局中国古典文学编辑室主任、图书馆馆长等职。著有《〈酉阳杂俎〉版本源流初探》《齐飞集》《呢喃诗选》等。

谒威惠庙有感

漳江有庙祀将军，唐史无书岂不闻。德在黔黎心是传，千秋香火自氤氲。

注：庙在闽南云霄县西门。

桂林芦笛岩

鬼斧神工水底宫，嵯峨上下两相同。银光闪烁危岩坠，疑自云天落此中。

大连森林动物园

一湾曲径到山庭，枫树殷红柳叶青。虎豹如今多友悌，奇禽刍犬伴精灵。

蝶恋花·望月

烟淡河轻云皎洁，桂子香飘，渐近中秋节。薄酒清茶肠已热，灵犀一缕凭谁说。　　夜市华灯红似血，阛阓酣歌，处处声飞越。遥望南天情意切，归心且托当头月。

西江月·游圆明园

福海苍茫泛碧，西山荟蔚流丹。婆娑舞影起龙蟠，桥畔芳菲烂漫。

昔日梁雕栋画，如今壁断垣残。且留遗址子孙看，记取申猴劫难。

蔡厚示

蔡厚示（1928—2019），字佛生，笔名艾特，江西南昌人。长期在厦门大学任教，20 世纪 80 年代初调福建省社会科学院，任研究员。曾任中华诗词学会副会长、顾问，福建省诗词学会副会长、顾问。著有《文艺学引论》《诗词拾翠》《双柳居自选诗词》《唐宋词鉴赏举隅》《蔡厚示文集》等。

瞻浏阳苍坊胡耀邦同志故居

山色葱茏映石廊，松风竹雨满苍坊。长怀十亿人民愿，忍见九州花木霜？扶正驱邪言凿凿，光明磊落气堂堂。多情最是浏阳水，犹为英魂作颂章。

自北京飞伦敦

燕都始发夜溟濛，直逼寒蟾未见宫。喜伴繁星三万点，惊翻峻岭九千重。沙迦灯美羞新月，黑海波明赛古铜。划破欧云穿雾峡，机临大不列颠东。

长沙江阁咏

一阁临江渚，三湘下此间。地依枫作岸，洲树桔为环。街近贾生宅，气凌岳麓山。谁人长伴我，读杜开心颜？

题二妃庙

长记秋风北渚辞，湘娥泪尽竹斑枝。我来已是春花落，红染君山血染诗。

车入湖南境怀芸子

之子潇湘去不还，霓裳久望泪潸潸。如今车入湖南境，水似横波岭似鬟。

读林则徐、陈独秀诗书后

二百年来国势危，前狼后虎不胜悲。图强御侮堪谁是？少穆襟期独秀诗。

温泉绝句

初试汤池浴，凉温各在心。惯看深浅态，一意任浮沉。

燕归梁·喜迎澳门回归

镜海碧，塔峰巍，三岛焕珠辉。望洋山上竖红旗。妈阁更多姿。

濠江畔，卿云烂，了却廿年心愿。芙蕖香好趁春时，连理发新枝。

陈　征

陈征，1928年生，江苏泰县人。福建师范大学原校长，教授、博士生导师；中国《资本论》研究会原副会长、顾问，全国高等师范院校《资本论》研究会会长，中国人民政治协商会议第六、七、八届委员，福建省社科联原副主席、顾问，福建省诗词学会顾问。

赴美考察途中

凌云振翮任翱翔，俯视环球藐八方。翠黛烟霞成一色，横空飞渡太平洋。

西江月·红梅

赢得一生清净，了无半点尘埃。敢云香自苦寒来，妒煞蛾眉粉黛。

争羡晚霞似火，浑如旭日流怀。冰霜风雪奈何哉，铁骨丹心常态。

金缕曲·《〈资本论〉解说》书成题后

史页开新貌。正笔底风雷叱咤，龙蛇缭绕。无限晶光环宇宙，争说人间瑰宝。胜无数山崩海啸。天外凤凰谁得髓，问人生真谛知多少？千秋业，群山小。　　补天顽石原草草。倩祖生鸡鸣起舞，着鞭先否？学海书山勤撷取，岂为翱翔华表。但愿得环球春早。廿年辛苦寻常事，赞神州十亿春先到。人依旧，心未老。

阙硕龄

阙硕龄，1928年生，永定人。厦门大学毕业，特级教师，离休干部。先后执教于永定一中、武平一中，历任副校长、校长、总支书记，多次被评为福建省劳动模范和先进教育工作者。原龙岩市诗词学会顾问，著有《阙硕龄诗文集》。

登山海关城楼有感

常遣雄关寄梦魂，老来酬愿值初暾。山凝疑似三军伏，海啸惊如万马奔。雉堞千寻横北郭，城楼五字镇东门。古来多少安边策，用处全无岂足论。

六十初度述怀（二首录一）

不虞周甲只须臾，往事缤纷费理梳。半世功名三奖纸，一生财物五箱书。穷边设帐心恬适，陋室传经意泰舒。久历风霜翎翮损，问衷从未悔当初。

武平一中高考双中全省文理科状元喜赋

文理魁元梁野得，占鳌喜属两妍姑。一之不易常年有，兼则綦难并世无。秀毓亭岗夸独步，名钦学海竞宏图。春风桃李芬芳日，校史峥嵘应鼓呼。

江　船

重庆飞舟下，夔门趁夜航。山崖开复聚，江水缓而狂。游客惊呼语，嬉猿懒搭腔。晨曦凝绝顶，神女正梳妆。

蓺　菊

清姿弱质斗霜开，逸气悠然扑面来。岂让东篱专蓺菊，阳台我亦数盆栽。

董楚扬

董楚扬，1928 年生，漳州云霄人。云霄县政协原副主席。曾任云霄县漳江诗社社长。

舟行南江口占

村簇依山势，楼林一片新。物华收眼底，致富小康人。

礁　石

烟涛浩浩水无涯，历尽艰辛不自夸。浪打风掀脊梁竖，悠然屹立看飞花。

谒乌山圣地

十里盘盘山势隆，高标纵目万丛中。青林云邈秋花艳，长壑泉喧木叶红。水尾当年流碧血，公陂那月捉沙虫。横空乱石深深涧，圣地观瞻忆旧踪。

注：乌山位于云霄、诏安县边境。二十世纪四十年代，系中共闽南地委机关所在地。

与旅台校友游金銮湾

潮声拍岸浪飞还，玉屑沾衣觉嫩寒。娇日云边浮潋滟，好风水际见翻澜。晴空鸥影驰孤艇，远处烟痕抹白峦。但愿齐心归一统，婵娟共舞版图完。

思佳客·泛舟漳江口

万顷波摇日色柔，百年层塔矗中流。山云回抹青天外，江口艨艟泊埠头。　　烟浩浩，水悠悠，乡关迢递梦宁休。台澎本是同源裔，早日归来好趁舟。

张毓昆

张毓昆（1929—1994），南安人。曾任泉州五中党支部书记、南安一中副校长、南安县县长。武荣诗社（南安市诗词学会前身）创社社长，诗作《丙寅武荣诗会感事》在全国首届中华诗词大奖赛中获奖。著有《澹庐诗钞》《张毓昆文集》。

壬申武荣诗吟盛会喜迎四海嘉宾

南巡一语动生机，猎猎吟旌拥海湄。故郡迎来诗八斗，骚人剪去柳千丝。清声雅韵追唐绪，北调南腔协鲁篪。会饮中兴三窖酒，狂歌泼墨铸丰碑。

陪耀堂先生之石井访郑成功纪念馆

昔年立马此江边，览胜同来事已迁。鼓角硝烟今不见，凭栏指顾入诗笺。

参加白鹿洞中华诗词研讨会

千里来寻翰墨情，紫阳旧馆树文旌。一泓秋水连山碧，三叠飞泉接涧清。白鹿呦呦求胜友，吟骢得得上新程。老成未老青枝秀，共谱风流入正声。

偕内子游桂林登独秀峰

叠翠如林不亘连，山山拔地自岿然。远瞻窈窕尽佳丽，近仰崔巍一柱天。拾级相扶三鼓气，凭栏并立两成仙。会当留影清虚界，共证今生苦乐缘。

相见欢·两岸校友欢聚有赠（二首）

一

桐花似火泉州，共绸缪。剑气书声年少正风流。　　长亭酒，劳劳手，逐飞鸥。风雨半生，如梦水悠悠。

二

一轮明月中秋，纵归舟。把酒东篱无语诉离愁。　　人依旧，情依旧，意难休。珍重夕阳，相挽上层楼。

王文淡

王文淡（1929—2002），号芹斋居士，仙游人。中学教师，中华诗词学会会员，莆田市诗词学会第一届副会长。有《芹斋诗词集》稿。

济川揽胜

三十六湾入济川，风光如画惹人怜。双龙戏浪嘶山涧，半月沉江照稻田。盘古开天雷劈石，银河落地水生烟。不知何代神仙到，足迹于今尚俨然。

重来古邑书院

五十年前事渺茫，沧桑犹见鲁灵光。重来书院寻春梦，恍忆当时上学堂。满眼烟花伤杜牧，无情岁月老冯唐。穿檐燕子殷勤甚，认得乌衣旧姓王。

馨山书院怀古

丹心壮志石难移，武穆词章信国诗。白雁狂飞生死以，黄龙未捣古今悲。八年抗日驱强寇，三户亡秦举赤旗。青史后先相映照，馨山赖此显威仪。

送温友珊兄回榕

几年梦想谒须眉，盼得欢逢荔熟时。东阁才瞻知己面，阳关又唱送君诗。鸟迎佳客争歌舞，人到衰年怕别离。文字因缘逾骨肉，分襟难怪泪交颐。

纪念南宋爱国诗人刘克庄诞辰八百周年

国步艰难孰与扶？哀鸿遍野竟悲呼。两河萧瑟丛狐兔，大地凄凉失版图。未必人间无好汉，可怜朝内半庸奴。书生漫有凌云笔，落尽春华壮志孤。

送某县长离任

三年辛苦种甘棠，才得成阴去又忙。明世易为从政客，好官不愧读书郎。花开艺苑香生笔，风肃兰衙冷欲霜。检点归装无别物，鸿文几卷压行囊。

咏旧棉衣

缊袍久敝满尘埃，曾是慈亲手自裁。拂拭仍思加补缀，破残争忍便抛开。不关节序催人老，犹许风霜送暖来。敢厌凋零颜色故，御寒总是济时材。

陈祖源

陈祖源（1929—2005），笔名泓泉，宁德古田人。长期任职于南平汽车修理厂。曾任南平剑州诗社副社长、南平市诗词楹联学会会长、福建省诗词学会理事，系中华诗词学会会员。

七十初度

临水中村一布衣，归真返朴趁明时。青丝自爱耽文墨，红线随缘系电机。卌载奔波唯碌碌，馀年漫咏得怡怡。春华秋实留驹影，世纪之交亦幸儿。

台湾记者首次来大陆采访

神州新况果何如？卅八年来音问疏。每望京华依北斗，暂辞台峤看吾庐。登临鹭岛云天近，游览香江旅席舒。青鸟殷勤探看早，故乡明月照归途。

郭化若同志为《剑州诗词》题署喜赋

儒将风流笔墨酣，三番敦请允题三。九峰亦仗留芳久，双塔同沾溥泽覃。展布军功扬沪上，激扬诗教梦江南。文光射斗推雄健，东海樽开溢美谈。

武夷仙船岩

风雨三千八百年，楠棺不朽碧崖悬。虹桥架壑谁修栈？古穴凌霄岂化仙？何日蓬莱迎桂棹？几时沧海变桑田？郭公莅此论天葬，释惑滔滔始豁然。

注：郭公，指郭沫若。

颂闽江工程局在水口电站等大工程招标中夺魁

春秋三十数程途，绝技精尖冶一炉。筑坝擒龙拦碧水，扪天摘斗缀明珠。鬓丝织就图千幅，指茧磨成屋百区。少试锋芒魁宇内，岂徒闽峤为欢呼。

清平乐·过上杭

苍苍柏桧，风至鸣清籁，渌绕清溪飘玉带，静对山城暮霭。　临江楼外谈兵，古槐荫尚青青。曩昔朱毛笑语，心悬万里长征。

张惠民

张惠民（1929—2007），江苏扬州人。中医主治医师。中华诗词学会会员、福建省楹联学会常务理事、南平市诗词楹联学会副会长、建阳市诗词楹联学会创会会长。

登香港九层宝塔豪吟

不尽风光眼底收，神怡潇洒碧云头。雄心欲折蟾中桂，畅写春秋壮九州。

潭山公园

天然幽雅四时青，水秀山明若画屏。翠竹如尊朱子阁，苍松似敬宋慈亭。晨曦色染奇英艳，夜月光贪异蕙馨。路绕楼环人织锦，风光旖旎石长铭。

满江红·朱熹故里情

梦系嘉禾，永铭是、源头水活。天地证、诲人不倦，考亭心血。废寝忘餐难计晷，培桃育李曾俦月。引文人、风雨晦明时，精神谒。
南闽彩，花点缀。功犹在，清风拂。览遗踪旧迹，喜翻新页。几度东风吹改革，千秋往事随潮崛。阙里情、松柏长依依，怀人物。

凤凰台上忆吹箫·瞻仰文公祠

别有风光，宛如蓬岛，丹曦永助娇娆。看四方林海，悦耳松涛。山若尊崇围揖。抬望眼、景接青霄。浩然气，清明秽绝，碧水迢迢。
昭昭。引中外客。均络绎而来，共仰文豪。读万千遗著，理学高标。启迪文人多少，春风拂、化雨如浇。精神在，桃繁李荣，不朽功劳。

陈孝纲

陈孝纲（1929—2009），字俊明，自号百尺楼后人，宁德蕉城人。福建省诗词学会会员、蕉城区诗词协会会员、蕉城鹤鸣诗社顾问。著有《采薇吟草》一卷。

闻蝉有感

自役形骸愿已违，何堪觅食更迟归。蝉犹有悟呼知了，应笑闲云出岫非。

闲　　居

拆馀一角得闲居，蔽日楼高入夏舒。雨霁云开身朗健，老来犹读未焚书。

游麒麟观迷路

雨后溪山积翠重，苍茫树坞隐仙踪。尘心未脱多歧路，观在崇阿第几峰。

中央一号文件下达

春风春雨贵知时，原野欣荣共载熙。布谷声声催早作，复耕扩种恰农期。

龙湫半间楼

半间楼阁傍山岩，石径生苔花气深。云影烘晴笼寺院，泉声带雨出磎林。梵音已破华胥梦，天籁长操伯子琴。一卷黄庭消盛夏，好风习习涤尘心。

土地与人口

漫夸地大物质多，人口倍增奈若何？百子千孙徒累赘，一禾九穗费张罗。充饥那得调丹石，蔽体为能衣薜萝。生态平衡关国计，惜源珍土莫蹉跎。

郭继湖

郭继湖（1929—2011），笔名郭外，上杭人。早年就读于福建师专，参加城工部和解放军。曾任上杭县委党校副校长，高级讲师。原琴岗诗社社长、龙岩市诗词学会顾问。主编《琴冈诗词九百首》等，著有《杂花生树》。

掩　　卷

推窗青叶拂，梦断卷帘迟。揽镜怜新发，披衣觅旧诗。糊涂书读始，敏悟稿焚时。圣哲灰烟去，苍冥月似眉。

阑　　干

阑干盆玉桂，绰约月梳香。夜照三分色，分分是故乡。

问　　月

问月沧桑事，嫦娥忽卸妆。不闻人伏虎，云下是他乡。

浪淘沙·答战友丘建民《浪淘沙·宝石赞》之赠

梦里少年时，滨海戎衣，激扬挥斥总成诗。曾去滩头寻贝壳，宝石耶非！　　未老罢游归，迟识天机。伯夷堪笑暮采薇。炼石女娲今在否？宝软顽兮！

眼儿媚·甲戌中秋寄“漪丝”诸兄姐皓首重聚

清辉四洒暮云收，谁与话中秋？轿车呼啸，霓虹竞耀，木叶飘悠。

梦阑重聚相思续，美月寄风流：红颜绮事，壮年多事，诗酒争休？

原注：1944年省立上杭中学读书时的文学兴趣小组“漪丝社”友，于星散五十年后，均从无匪海角返回重聚。余适在美探亲，不获参与，惆怅之甚。

饶汉滨

饶汉滨（1929—2018），上杭人。中学毕业后从军东渡台湾，退伍后就读于台师大，毕业后在台中市任教。多次回祖国大陆开展文化交流。著有《诗文宝岛情——登山健行诗文随笔》。

过山古道

紫花青草蝶双飞，石磴如梯接翠微。暂憩方亭回首望，狂涛雪浪拍渔矶。

朝日温泉晚归

十里沙滩涛卷雪，暮云挥墨染馀晖。温泉浴罢潮风起，笑指渔灯缓缓归。

重游情人湖

情人湖畔笑声残，回首烟波梦已寒。看遍青峦犹照影，为谁痴望倚危栏。

忆江南·思乡（三首录二）

一

家园忆，最忆是琴冈。春到满山红似火，浮州十里菜花黄。年少踏青忙。

二

漂泊久，不敢问归期。水远山遥音讯渺，夜阑风雨泣凄迷。仿佛鹧鸪啼。

游　默

游默（1929—2018），永定人。印尼归侨。历任中国戏剧家协会书记处书记，《中国戏剧》主编。中华诗词学会会员、中国楹联学会会员、中国戏曲学会常务理事。原龙岩市诗词学会顾问。著有《徜徉戏林艺海》等。

回　乡

沧桑卅六春，返里稻畦新。深岭闻闽语，痴情觅旧津。横云遮远岫，细雨湿微尘。几度寻乡曲，南音倍觉亲。

过秦淮河

访胜秦淮过木桥，庙前庙后市尘嚣。河幽桃叶应无恙，画艇寻芳草未凋。

游辽宁千山

林深径曲净心田，古刹香烟映古泉。拾级握环登巨石，置身千壑万山前。

车过湘西

湘西雨霁水朝东，尘净岚空在画中。将醒还眠心似镜，炊烟直上静无风。

中　秋

波浮玉镜海云中，天上人间寂寞同。夜色悠悠吟淡泊，但求清影伴清风。

夏　憩

凉簟风微憩画楼，异乡往事梦中游。廿年一觉生华发，乍醒抬头月似钩。

点绛唇·暮春

浅暑清风，落英流水难留住。柳河飘絮，骤雨遮归路。　岁月传情，梦断寻花处。长盼苦，问天无语，今又逢春暮。

叶锦铭

叶锦铭（1929—2019），笔名金名，尤溪人。历任南平地区法院、尤溪县法院领导。中华诗词学会会员，曾任尤溪紫阳诗社社长兼副主编。著有《福山杂咏选》。

河内镇国古寺

菩提凌碧汉，庇荫与时绵。联语中文撰，梵音越地弦。老禅谈普度，香客卜灵签。俗士追名利，佛家只说缘。

访活水亭

流水高山荡碧波，清音雅韵自调和。偶来览胜凝神听，好似腾蛟起凤歌。

晨兴倚槛眺雪

晨兴启牖面文山，遍野晶莹放眼看。峻岭铺银披素裹，层峰塑玉佩珠鬟。犹如翡翠崖前挂，更似珊瑚海底盘。多谢梅花先报讯，兆丰瑞雪降人间。

一剪梅·紫阳诗社成立喜作

忽听春雷动地惊，山上风鸣，江上涛声。含苞待放百花荣，桃也盈盈，李也青青。　　活水源头永不停，前辈兼程，后辈攀登。紫阳翰墨喜重赓，诗骨峥嵘，词骨纵横。

临江仙·为迎接香港回归而作

香港回归奇耻雪，人民十亿眉扬。五星旗帜更辉煌。明珠辉碧海，灿灿焕东方。　　两制共存成特色，英明倡议堂皇。主权行使握中央。江山归一统，万世有循章。

黄百宁

黄百宁（1929—?），泉州人。泉州黎明大学副教授。中国摄影家协会会员，泉州著名摄影家。曾任泉州清源诗社社长，著有《影馀吟韵》。

过罗湖桥得老战友专程来接，长夜剪烛，作通宵谈

分界桥头两老翁，天南异域一相逢。无眠长夜三更话，不尽征途万里踪。投笔难忘甘苦共，枕戈曾记死生同。人生最是情深处，离合悲欢点点通。

祝九日山吟社成立

未泯童心故意长，来寻诗绪在家乡。悲欢少小居闾里，老大羞惭见梓桑。谨借新贤忝雅会，愿凭往事索枯肠。于今就教趋吟社，九日山边尽栋梁。

宿山美水库

十里澄波泛碧光，千重山外落斜阳。归飞鹭影栖新渚，闲泊渔舟钓晚凉。灵秀独钟唯此地，深幽再觅问何方。一尘不染清如许，万籁无声夜未央。

重登莲花峰

莲花峰顶觅芳菲，桃李春残任意飞。墙上旧题何处是，寺中故事已全非。石亭不老人皆老，杜宇自归君莫归。相对儿歌同一曲，声声和韵叩心扉。

水调歌头·花甲抒怀

时序自更换，不怨老朱颜。但余迟暮情趣，信手拍江山。闾里桑榆斜照，湖海渔舟唱晚，何处好流连。举首问天意，幽草最堪怜。　　借光影，托思绪，构新篇。相机药袋，无何衰朽惜残年。多少炎凉风雨，几许非难褒贬，一笑对讥谗。留得青山在，丘壑置胸间。

忆旧游·桂林感怀

忆湘漓远去，梦想魂牵，今幸重逢。莫道当年事，惜青春似水，白

发如蓬。别来岁月无恙，龙隐问渔翁。但北岸沉沙，南溪泛渌，逝者匆匆。　　秋风，伏波上，有几许行人，多少萍踪？只见穿山外，负浮云情意，徒绕群峰。月牙不照前路，关塞阻飞鸿。趁叠彩余晖，归途暮色须渐浓。

黄建琛

黄建琛，1929年生，字闽远，宁德蕉城人。1955年毕业于厦门大学，先后在商业部、青海外贸局等单位任职。1982年调回厦门大学任教，曾任厦门大学对外贸易系系主任。厦门市诗词学会原顾问。著有《养心诗词选辑》《养心斋吟草》等。

暮春归蕉城省亲走笔（二首录一）

涉足江河源上源，环行半壁省家园。五年客次如流水，万里亲前一负暄。未得结庐依太姥，直须挥剑削昆仑。炎凉阅遍人间世，归听溪声细绕村。

注：余以于役边疆援例每五稔归省一次。

回母校厦大执教书感

化雨犹怀昔日滋，上弦场畔月如眉。培才有愧群贤侣，钥智真看半壁资。小住芙蓉留梦馥，旧盟鸥鹭笑来迟。无多嘘拂春风意，绿染楼前第几枝。

仰视一九三〇年全家福相片有感

从无定省仰椿萱，双失谁赓惠大恩。隔世情怀何渺远，陈年人事淡馀痕。临风桂树飘零尽，断字秋鸿三两存。垂老频思童趣乐，开樽弥足补春温。

闻汪辜二次会晤已达成协议

海峡烟消淑气开，满天星斗烛蒿莱。西山红叶迎嘉使，黄浦清江映月台。二度香梅欣启绽，三年雏燕叹徘徊。诚知机遇随风渺，把袂秋阳遂此回。

张兆荣师古稀初度赋贺

青灯绛帐忆从前，鹭岛楼高尚敬贤。海岳全图开盛世，春秋九鼎晋稀年。相烦长绠千寻汲，犹许馀薪一脉传。万里迢迢归献斝，横渠双鬓正皤然。

注：张师早年毕业于日本早稻田大学，时为厦门大学外贸系教授。

函悉挚友伤胸住院率成奉慰

万里报飞灾，躬同肺腑摧。无伤成竹在，犹胜塞茅开。块垒绕通彻，星辰敞去来。补天期圣手，还与献春杯。

鼓浪屿之行

健翮凌云飞，山川频领略。息影栖东南，依然忆前昨。胜处每垂翎，聊逐家园乐。岁首晃岩登，巍似蓬莱阁。摩崖观擘窠，天风伴搜索。琴岛世称扬，音符透林薄。市井物琳琅，游人熙攘踱。白石塑郡王，戎装神矍铄。操练遗寨门，筹兵鄂王若。滨海起楼台，菽庄鹭中鹤。曲槛枕江流，潮汐永不涸。约翰好主张，强身扫积弱。护婴大名医，巧稚苏民瘼。表彰立碑亭，崇彼爱心博。幽邃洞天行，笔山耸郊郭。入耳石鼓訇，涛声撼村落。岗峦接翠微，石径通寥廓。佳树簇繁花，快意屠门嚼。八卦楼高骞，四围景依托。环屿列弹丸，别墅丛交错。典雅大厦群，栉比留佳作。西望海沧桥，披霞势磅礴。我爱嘉禾人，展臂苍龙缚。春风临海隅，金波长闪烁。吉日猎奇忙，视阈顿开拓。珍禽舞青池，翩翩蓝孔雀。入晚华灯灿，宝光射天幕。如此美大千，诗材满囊橐。安能此结庐，长伴好丘壑。融身大自然，得失咸抛却。

杨良哲

杨良哲，1929 年生，仙游人。福建师院毕业，中学高级教师。中华诗词学会、福建省诗词学会会员，莆田市老年书画艺术协会常务理事，莆田市诗词学会顾问。著有《象山翠叶》《甲申吟草》《壶兰秋色》等。

莆阳赋

海滨邹鲁荔枝乡，文献名邦宇内扬。壶岳巍峨还瑞气，湄湾辽阔泊帆樯。沟渠网密田园秀，山野春浓花果香。楼厦摩天鳞梯比，日新月异显辉煌。

耕读赋

漫云老骥古稀年，暮景壮心志愈坚。除草毒虫松石下，挥锄种菜竹篱前。粗茶淡饭神犹旺，疏发浓眉体未残。泉洁气清蔬果美，归真返朴享天然。

游麦斜岩

峭壁削峰指九天，千家农舍展山前。稻田映日黄金野，石涧喷珠白玉泉。洞怪春秋迎雅客，岩奇今古宿英贤。红军驻地丰碑树，游击战歌奏凯篇。

九鲤湖

九仙采药炼灵丹，乘鲤升天别世间。一抹行云神宇掩，千寻飞瀑石崖穿。银簪玉箸垂秋汉，雪幕珠帘卷暮峦。探胜窥奇低首视，浑身毛骨顿生寒。

春游（二首录一）

良朋作伴步芳尘，盛世江山分外新。雾漫壶峰寒欲雨，烟笼兰水柳知春。繁花似锦迷心眼，碧草如茵驻路人。入画荔乡多胜景，莺声鸟语不时闻。

望海潮·涵江赋

闽中形胜，三江名港，涵头自古繁华。畴秀野平，沟繁水抱，勤劳勇敢人家。林带绕堤沙。舸船卷霜雪，来去天涯。古镇丰姿，百寻楼厦碧天遮。　　晴和极目烟霞。看桃红李白，蛱蝶穿花。佳节彩灯，笙歌闹夜，人归月魄西斜。朱户映葱茏，绿树丹荔挂，歌赞诗夸。四季春光永驻，听笑语喧哗。

程华兴

程华兴（1930—2003），宁德古田人。曾在古田一中、三明市委统战部工作。中华诗词学会会员。著有《兰溪生遣闷集》。

村居应调书怀

蒙垢曾为累，苦辛次第尝。一朝披竹素，廿载继书香。往事空回首，前程正向阳。乘时宜自勉，晚节见秋霜。

霜　晨

风色霜天厉，游船冻静漪。高楼人懒起，深巷日来迟。黄见前山叶，红迎遍地曦。悬知冬尽候，春讯漏南枝。

晓　窗

鸡声阵阵透寒斋，簾卷晓窗曙色开。万盏星灯争见伏，一天云锦漫徘徊。

咏江滨公园

园林艺苑两通融，延槛崇台气势雄。篁竹中宵鸣玉佩，箫韶一曲舞潜龙。娇花光艳明霞里，细草香浓清露中。更有鳞虫添乐趣，玉壶春酒几回同。

教师节抒怀

文籍纵横春夏秋，志甘淡泊岂他求。清斋陋室毫端守，毓秀培英德业修。百尺栋梁支广厦，三春桃李艳神州。明时深喜兴邦策，重教尊师决胜筹。

李新奇

李新奇（1930—2007），宁德古田人。曾任南平师范专科学校政治处主任、南平市诗词楹联学会副会长兼秘书长。

咏 南 平

山城何处不兴工？水陆兼施日夜中。大道滨江千载壮，高楼遍地万家隆。化龙神剑腾波起，镂玉飞桥洞地通。故郡延平难觅迹，春光无限趁东风。

注：镂玉，意指开发玉屏山。

满江红·依韵奉和炉火先生

剑浦溪山，铜关踞、翠峰叠叠。红日出、彩图新绣，地灵人杰。四十功勋齐喜悦、万千业绩须超越。卷雄风、彻底扫贫愁，豪情切。
江天阁，龙凤歇，金光道，崎岖别。改革兴，全换旧时城阙。励志增添群众福，精心创建时新物。展宏猷，绚丽壮山河，腾热血。

官沙田寄兴（二首）

一

昔时沉寂沙丘地，今日巍峨学府城。欲问文明兴建事，西溪畔上听书声。

二

青山绿水夹官沙，胜地盛开桃李花。但使芳园花似锦，何辞劳碌度年华。

注：官沙田，在南平西溪畔南平师专所在地。

张志华

张志华（1930—2007），连城人。中学高级教师。曾任永安市燕江诗社社长。著有《流舟吟稿》。

抗日战歌

久立从戎志，新逢抗日秋。誓将兹血肉，换取敌人头。

安贞古堡

屹立西华堡，峥嵘越百年。环廊堪纵马，陡壁欲摩天。历劫痕难灭，重修垒益坚。向来倾慕久，此际得留连。

万人大合唱

抗日歌声燕水扬，万人合唱震山冈。从军一曲犹萦耳，又送儿郎赴战场。

永安修竹湾

只疑身到武夷溪，路转峰回几度迷。满壑幽篁烟漠漠，一湾流水草萋萋。香泉淅沥凭人饮，怪石嶙峋待客题。乘兴还攀千级磴，扶摇直上紫云低。

江城子·忆台湾友人

思君客里度春秋，起乡愁，动离忧。海峡风高，相见总无由。纵使今宵花月好，惊坠泪，怕登楼。　　当年燕水久羁留，念悠悠，几时休。古洞桃源，何日更同游。望共长征奔四化，归梓愿，定能酬。

谢继东

谢继东（1930—1998），漳州诏安人。曾任诏安县方志办副主任。

原福建省诗词学会理事。

舅父由台返梓，而吾母已故，痛作

泪尽平生独怆神，空留遗恨向江滨。伤心万里归来客，不见堂前唤弟人。

东京渡口即兴

一代沦亡事可哀，断垣残塔忍徘徊。烟潮不是无情物，日共春风拂柳来。

注：渡口在诏安县，传为宋帝昺渡海处。

宿海滨中夜闻涛

黄昏曾踏半江沙，夜听狂涛挟浪花。潮水也沾时世态，退何泄泄涨何哗。

登东山岛文昌阁

湾外汪洋水外滩，陆桥不见见狂澜。登临最爱文昌阁，千里东宁隐约看。

咏　　月

皓魄清辉淡淡心，雨藏晴露古犹今。世间公道唯公最，广厦蓬门遍照临。

闲居偶成

畎亩空忧愧壮图，风霜历惯等夷途。诗书满架宁非富，宾客盈门未是孤。立世肯同樊哙伍，资身聊作越人徒。频年苦恨知音少，谁共吟边扣缺壶。

青海来鸿读后

十年曾拂五云车，欲托天台未有家。对雨徒思青帝泽，凭栏空忆赤城霞。浮名任作沾泥絮，孤况谁怜落蒂花！望断风烟无限思，玉关万里夕阳斜。

旅夜书怀

胶轮逐逐走西东，客邸三更梦未逢。诗兴每从游处盛，霜情渐向鬓边浓。千秋岁月摩肩外，万里江山转眼中。检点吟笺明日路，飞云岭上绘秋风。

余　纲

余纲（1930—2012），字维之，宁德古田人，出生于漳州。1950年考入厦门大学中文系，后毕业于中国人民大学研究生班，获硕士学位。历任厦门大学中文系副教授、艺术教育学院美术系教授，曾任厦门市文联副主席、厦门市书法家协会主席。著有《余纲书法篆刻选集》等。

怀恩师海夫夫子

提携奖掖毕生铭，身教言传早敬承。嫉恶如仇宁折剑，怜才若渴每垂青。老逢盛世心常惬，文有至情品自清。仰见晴空云返岫，月明永夜梦魂萦。

访先师李若初先生故里

生离死别事悠悠，结伴来寻学稼楼。自愧庸才负冀望，共嗟残稿费搜求。诗篇破损糊窗牖，书卷飘零委蠹蚰。且喜凤林祠宇壮，煌煌遗画炳千秋。

甲子回乡感怀

匆匆来去不期然，一别家园卅八年。后辈都成新伴侣，梦痕犹恋旧山川。庭前争食鸡虫聚，梁上安巢燕雀眠。明日鹭江重作客，得瞻亲故想流连。

丙寅仲秋访问广西师范大学遇闽人林君驱车任导游

轻车一乘好驱驰，载我游踪任所之。娓娓能教山献态，殷殷顿使客忘疲。情牵翰墨宜求字，缘结艺文解索诗。更有闽中乡谊切，天涯珍重别离时。

题　　画

南行万里海天秋，为写梅花赠远游。此后他乡明月夜，披图如对鹭江楼。

自题印集三绝句（录一）

风雨青灯勒肺肝，才心甘苦卌年间。邯郸学步终何补，每念推陈总汗颜。

释了凡

释了凡（1930—2014），俗名杨廷春，将乐人。曾任将乐白莲寺主持、县佛教协会会长。著有《静尘集》《字诀歌》。

迎 春 曲

借问春从何处来，追随日月自天回。迎新偏爱傲霜竹，辞旧欣逢斗雪梅。隔叶黄鹂歌盛世，凌空紫燕颂贤才。飞禽草木知时序，总为阳和展畅怀。

游玉华洞（二首）

一

禅心才动着诗魔，今写玉华意若何？满眼风光悬石壁，一溪星月透天河。谁知仙子飞升去，深使游人感慨多。为问洞庚春几许？观音不答笑呵呵。

二

洞比桃源景不赊，总嫌洞外欠桃花。初通幽谷临深壑，未看晨星带早霞。休向武陵寻紫府，好游乐野看三华。问津渔父情难禁，风送帆归日影斜。

王磊之

王磊之（1930—2017），山东诸城人。1949 年随山东商专南下福建，任职于三明市商业部门，离休干部。中华诗词学会会员、福建省诗词学会会员。著有《秋山叠翠》。

村　　晚

日暮霞晖艳，昏鸦噪远天。农家兴电气，不见昔炊烟。

桃源洞天

巉岩高百丈，曲径梦魂牵。峭壁悬飞瀑，清潭吐细涟。新桥横涧壑，古树沐云烟。更上升天阁，飘飘竟欲仙。

劝　　学

学海茫茫渡，操舟勿懈留。群书多涉猎，百集广追求。不洒千颗汗，何来万绿稠。登攀无止境，一步一春秋。

七五初度

稀龄欣晋五，霜叶胜朝华。秃笔耕乡史，春泥护国花。书林寻逸乐，韵海舞龙蛇。耄耋何言老，秋山照晚霞。

沁园春·桃源胜景

十里桃源，绚丽多姿，百丈峻岩。望悬崖峭壁，峰岚叠翠；涓流细瀑，珠落漪涟。云雾悠悠，阁台隐隐，疑是仙宫跃世间。怡神处，探幽幽古洞，一线光天。　　欲穷碧水丹山。最妙处，开怀走马岩。览层林葱郁，山花烂漫；莺啼翠谷，燕舞前川。丽景逶迤，凌霄劈秀，无限风光映镜潭。斜阳坠，见龟山夕照，片片归帆。

谢世芳

谢世芳（1930—2018），宁德周宁人。1949 年普通师范肄业，长期在寿宁县人民政府科、局、区、乡及县政协办公室任文秘。福建诗词学会会员、周宁初晴诗社社员。著有《素心淡墨》《乡园夕思》《一石吟草》《金秋拾穗》。

坐九岭凉亭

南瓜栽九岭，梦里黄花妍。一月苗枯萎，伤财民苦煎。荒唐大跃进，胡思乱挥鞭。今日凉亭坐，思之自赧然。山中土瘠薄，滴水无涓涓。瓜蔓萎坡地，痛绕我心缠。创新要温故，脑热易招愆。一人知有限，众智可防偏。暑退身凉爽，路长莫歇肩。边走边思过，迟迟越岭巅。

注：1958 年“大跃进”中，我提出在九岭山上大种南瓜的建议被区领导采纳实施。

敬和卢红伽先生《春晴》

字字晴光照壁中，飧馀陋室暖融融。天公有意添春色，窗外桃花一树红。

和周日培同志《老骥新歌》

雨风过后暖春明，按辔徐行步履轻。山道当年攀百遍，海空此日壮千程。黄花慢弄三秋雨，白发还歌六月晴。欲为小康吟数首，扶筇把笔效从征。

和玄同《无题》及《初冬早赋》二绝句

一

东衙昨夜落飞星，雨打风吹散了萍。山下矮楼天地小，春花秋月也无情。

二

寒风半夜啸呼来，锥冻墨凝砚不开。梦里敲诗欣有得，晨光一缕透窗台。

林海权

林海权（1930—2020），惠安人。福建师范大学中文系教授。曾任福建省语言学会理事、中国李贽研究学会（筹）理事，中华诗词学会会员、福建省东南诗社顾问。著有《诗词格律与章法》《李贽年谱考略》等。

游冠豸山石门湖

石门湖上驾飞舟，群侣随心汗漫游。河马崖边风习习，鹿儿岛畔鸟啾啾。山环水抱春容好，草茂林深景色幽。冠豸共登争捷足，香兰亭下浪花浮。

通州谒李贽墓

小艇翩翩海子河，南风翻动绿塘荷。赫然题墓焦竑笔，依旧惊心长者歌。应喜远孙来拜谒，故教香楮舞婆娑。燃灯塔畔游人众，敬问先生意若何？

初到永安

抗战声中念永安，少年书剑路漫漫。今来急往车窗望，燕水犹翻百尺澜。

游永安石林

鳞隐山中饶石林，剑丛列戟境森森。玲珑透剔无穷趣，移入书房自在吟。

游日溪皇帝洞

两山巨石涧中开，空际一泓瀑水来。泻入寒潭深不见，篙声筏影任徘徊。

萧　彪

萧彪，1930 年生，广东大埔人。漳州市委党校原副校长兼教育长，副教授。曾任漳州市诗词学会会长。著有《剑花吟》。

如琴湖

湖光山色莽苍苍，一曲如琴妙韵扬。靓女花环笼黛发，匡庐七月尽春芳。

剑花吟

梅岭芳花血样红，横空倚剑气如虹。擒龙射虎当年事，建圃修坛向晚风。时读苏辛望晓月，夜吟陆李听秋桐。蓝天一抹清如洗，砚海兴波笔点峰。

漳浦六鳌天然抽象画廊

峡谷玄岩幻画廊，天然雕绘各堂堂。飞仙裾带随风舞，走笔龙蛇写意狂。卷角绵羊观碧海，金毛猛虎踞山岗。路边野菊无人赏，石上棱花似更香。

眼儿媚·海峡圆梦

年年秋月出云团，永夜倚栏杆。青丝褪尽，银河阻断，望眼成穿。

忽闻海峡飞鸿雁，热线连双端。燕梁传讯，鹊桥圆梦，交集悲欢。

吴　松

吴松，1930 年生，广东大埔人。离休干部。早年参加革命，1949 年随军入闽西，曾任龙岩地区行署办公室副主任、市老区扶贫基金会副会长兼秘书长。曾任龙岩市诗词学会顾问。著有《吴松诗词存稿》。

好事近·喜见梅开

隐隐暖潮来，又是一番春色。径入小窗深处，送我春消息。　　冰肌玉骨净无尘，仍然旧风格。只恨何郎人老，任幽香清绝。

蝶恋花·重游忆旧

俯仰人生真一瞬，少壮年华，转眼消磨尽。梦里难寻往日恨，重回又把相思醒。　　踯躅行来情不禁，庭院萧条，似有留芳影。眼底飞红知几阵，悠悠心愫无人省。

鹧鸪天·西安喜游

七十心仍不系舟，长安路上作闲游。超然物外须先觉，评点江山喜自由。　　尘扑扑，意悠悠，生逢盛世少烦忧。兴来翻诵新词语，且幸今生有白头。

菩萨蛮·春思

风回柳拂双飞燕，南园悄悄曾相见。素玉淡妆来，春花对对开。　　迢迢芳草路，花落归何处？花发不见君，悠悠知几春？

南乡子·辛巳除夕

日月似飞车，爆竹声中又岁除。袖手旁观身外事，踌躇。喜看春风万物苏。　　来岁复何如？小老唯耽几卷书。若问些年何得失，都无。仍是年年食有余。

范京增

范京增（1931—1998），笔名史存，永定人。毕业于厦门大学，高级教师。曾任永定县政协常委、副主席，主编《永定文史资料》。

凤城八景寻踪

潭阁呼鱼一问之，晏湖鲤化是何时？印浮龟石文应古，翠叠骊珠水亦奇。凤渚舟维杨柳岸，龙门樵唱竹枝词。南堤烟雨北楼月，惹得征人动远思。

中秋登凤山寄远

将雏挈妇凤山间，送爽金风兴盎然。野菊丹枫争献艳，苍松翠柏共生妍。重楼展翼迎峰顶，往事联翩逐眼前。两岸一家欣有日，弟兄再赏月儿圆。

忆友人（二首）

一

犹忆青梅竹马嬉，而今鬓发已成丝。悠悠岁月无终日，揽胜同车或有时。

二

对花思远浪千重，秀色翻添别恨浓。咫尺天涯难促膝，灵犀一点二心同。

一九九〇年元旦茶话会即席

福星高照沐春风，禄厚衣丰渐远穷。寿届古稀犹少壮，全凭政策建奇功。

詹其适

詹其适（1931—2004），宁德福安人。毕业于省立福安师范学校，1949年10月前加入中国共产党，曾任闽东工委穆阳支部书记，建立游击队，参加接管柘荣县，后转宁德地区公安处任职。离休干部。福安秋园诗社社员，省诗词学会会员，诗著《枫林一路秋》《石山吟》《题糕集》《抱瓮集》。

南冠漫唱

前事如师鉴古今，沉冤字狱苦相侵。长诗代哭辛酸泪，斗室沉吟黯淡音。少壮未酬鸿鹄志，暮年犹见赤诚心。残冬已逝冰漂去，傲骨寒梅紫气临。

忆　旧

未审“之乎”出有车，却因“而已”食无鱼。文章应许常雕琢，学问宁容任吹嘘。眼底沧澜心底事，窗边山色枕边书。南腔北调人都老，慷慨长歌意自如。

悼王伟烈士

南海沧澜不可侵，万方多难几浮沉。巡天壮士驱鹰鹫，守土英雄振剑镡。此日忠魂凝浩瀚，千秋青史铸嵚崟。霸权勿肆张牙爪，王伟长坚十亿心。

过三峡作

三峡天下壮，平生恣意看。夔门立千仞，巴蜀矗雄关。神女原是梦，巫山变幻间。香溪流腻水，越险西陵滩。出了南津口，楚天一览宽。万洲横巨坝，天堑截波澜。待到平湖起，江山更壮观。蛟龙看驯服，造福在人寰。

陈邦国

陈邦国（1931—2009），号忧民，宁德蕉城人。高中文化，曾任财会。福建省诗词学会会员，宁德鹤鸣诗社理事。著有《南窗吟草》。

六都八景（录二）

流炉永铭

水送鸾溪古石炉，化机妙造此间居。铭文善士人何处，袅袅香烟上太虚。

赤鉴平畴

曩昔湖光一鉴平，今朝阡陌绿盈盈。沧桑世态寻常事，何谓人间兴废情。

火车往返浙江

金铺成片菜花町，点缀车窗两浙经。短梦江南未逾月，插秧无处不青青。

游无锡鼋头渚

鼋渚茫茫烟水寒，此身隐约到三山。舟游一味穿云去，七二峰从何处看。

登六和塔有怀

危危宝塔影悠悠，浩渺钱塘眼底收。跨海桥通三级道，凌霄人在七层楼。半围山色青如画，四面云光白欲流。无际高天舒客绪，寄怀直想弄潮头。

黄拔荆

黄拔荆（1931—2015），字倍坚，闽清人。1958年毕业于福建师范学院中文系。曾任厦门大学中文系教授，厦门大学中文系副主任、校科研处副处长、古籍整理研究所所长。厦门市诗词学会的创始人、首任会长，福建省诗词学会原副会长。著有《中国词史》、词集《梅浦词》等。

沁园春·旧地重游

闽清、尤溪交界处之香林、湖厝、宝峰、柽云、上演诸村，乃当年我游击队之根据地。1949年10月前，余曾随军活动于此，今夏重游其地，喜今思往，感而有作。

雨后天晴，千丈彩虹，景色更奇。过香林村外，池深鱼跃；宝峰岭上，草软羊肥。劲竹干云，崖泉喷雪，百亩薯藤绿叶齐。关情处：见磨刀石在，系马槐低。　　依依旧地重归。乐鸡黍，招邀共故知。忆少年投笔，从戎杀敌；书生拔剑，举义兴师。遍地烽烟，燎原烈火，蒋记王朝化作灰。看今日，有东风万里，鲜艳红旗。

江城梅花引·夜宿桐山旅舍

辛亥十月十三日由福州赴福鼎，夜宿桐山旅舍闻雁。

重重花影压窗棂，月轮倾，耿疏星。夜半江干迎馆冷清清。别院谁人吹玉笛，梦惊起，对孤灯，听雁声。　　雁声，雁声，出云层。绕海城，鸣不停。去也、去也，去远矣！栖息寒汀。为觅稻粱老翅惯宵征。历尽关山罗网苦，憔悴损，欲高飞，力不兢。

暗香·秋夜闻笛

骈峰漏日，爱晚霞一抹，疏林烟隔。笑语轻扬，少女枝头摘新橘。次第江干人去，三五点遥空归翼。望两岸，千顷秋禾，黄入夕阳陌。

风息。露花白。正渡汉云微，渔港星出。水光荡碧。素月流天桂香溢。谁把丰年景象，都付与一支长笛。夜寂静、吹响彻，绿洲南北。

蝶恋花·纪梦

七月廿日，内子从桐山来信，问及调遣事，感其南归心切，代拟小词纪梦答之。

梁上呢喃栖燕侣，记得临歧，曾把归期许。冬去春来今又暑，天涯望断君何处？　　夜梦鹭江人寄语，整罢行装，挈稚登车去。正是凤凰花夹路，荔红时节疏疏雨。

蝶恋花·忆寿山石扇坠

内子于归时，随带半月形寿山石扇坠一枚。石略呈古铜色，质地光洁柔美，上有隐纹依稀可辨。“文革”抄家时失落，至今十又五年矣！适逢乞巧之夕，思之怅然！因作小词以寄慨。

玉斧谁人修桂魄，宇宙洪炉，炼出青铜色。当日九天惊霹雳，银河飞下支机石。　　石上斑痕犹历历，锦字回文，巧匠精心刻。大地风云龙破壁，梦魂何处寻踪迹。

江城梅花引·欢送中文系八一届毕业诸生

长空雁叫月沉西，晓星稀，曙鸡啼，海日初生天际彩云飞。岛外数峰青似染，待潮汛，送征帆，立水湄。　　水湄，水湄，绽红梅。折一枝，赠别离。去也、去也，不忍去，执手依依。犹忆校园寒暑夜阑时。四载萤窗灯影下，同论道，赏奇文，读楚辞。

江城梅花引·为祝贺第一届教师节而作

书刊典册浩如烟，讲坛前，砚台边，暑往寒来默默度华年。愿得终身随老圃，植桃李，育新苗，遍校园。　　校园，校园，夜阑珊。灯未残，人未闲。一卷、一卷，次第阅，评点增删。整罢诗文手稿五更天。早起双眸清炯炯，窗外立，看朝阳，出远山。

水调歌头·一九八二年国庆正值中秋

今夕是何夕，国庆伴中秋。良宵佳节难再，携侣欲遨游。夜静潮声回响，风动渔灯映影，沧海接天浮。露冷桂香溢，月上树梢头。　　晴空迥，星河转，潦烟收。新诗吟罢，管弦声动水云悠。愿得扁舟一叶，助我长风万里，吹送荻花洲。远近鸡啼曙，天际彩霞流。

阮大维

阮大维（1931—2021），字系舟，宁德蕉城人。曾任中文教员、县委文秘等职，宁德县外贸局退休。曾任宁德诗词协会主席、鹤鸣诗社社长，福建省诗词学会常务理事，主事宁德诗坛活动20余年。编撰剧本有《四季恋》《碧玉凝丹》《畲家情》等。著有《系舟诗草》等。

秋　星

荧荧亿兆汇成河，隐隐风雷旋作涡。生态不争鸦鹊少，河头老等奈谁何。

注：《老等》，世界名剧，从出场到终场只见一人孤等。

夜梦（学时下网上诗）

拢来云朵作衾裘，挪座横山垫枕头。夜梦不饶光武帝，蹴翻星斗若沤浮。

薄暮行舟沿闽江上南平

远火山根次第明，逆流薄暮渚风清。半天赭色镶云出，一水银光漾浪生。颇怪浮标频揖客，不虞伏石幻疑兵。舱前指点桥无数，车过时闻众螯鸣。

上海高架桥为花蝴蝶演出堵车越两小时

上下纵横路几重，尾灯闪闪摆长龙。蠕行十里憎爬蟹，麕集三停笑聚蜂。闹市明珠悬碧汉，欢场花蝶起霓虹。何加于我痴聋叟，一夜倾城禄万钟。

注：花蝴蝶，国际歌坛天后。

记西门食品站养猪场学习班

审查且三载，贬作牧猪奴。白字胸前号，蓝纹腰下裾。应班起清早，接水冲宿污。县令收瓜蔓，夫人煮麦麸[①]。秀才潜老九，组长荣任殊。述职方旬日，异闻动里图。围观多妇幼，指顾笑胡芦。阿胖居官贵，走资肚子粗。瘦人门下吏，铁杆保皇徒。喂饲谁差慢，短膘罪并诛。饿豚无少长，闹食只吁喁。卧溷脏如鼠，跳槽蹶似驴。恶臊原已惯，臭字久同濡。奔突人皆尔，跳踯世尽如。鞭笞忍汝责，痛楚体吾躯。狗仔狺名姓，妻孥早坐株。荆妻来探问，隔栅泪如珠。稚子唯茫顾，牵衣颜已枯。莫言斯豕蠢，就宰尚愿呼。我辈遭罗织，上纲本论虚。齐喑万马日，何处申其诬。

注：①少将夫人。

一剪梅·春节台商首次包机直航回台

一载离愁待酒浇，子发髻髻，母发萧萧。鸿沟两岸片时遥，越过江潮，便下云霄。　　利市归来钿满腰，香对神烧，色对人骄。奈何阿扁蹶哓哓，忘了宗祧，难去心焦。

坐车南归

一水长波复短波，随流村落隐崖阿。百年客路披图尽，万里乡心揾泪多。宰辅墓庐仍旧碣，圣人祠宇植新柯。江山不改人情改，且欲凭窗发浩歌。

庭前玉蕊花开

一春膏雨几曾晞，展蕊迎晴幸未违。状拟鹤翎怜瓣洁，肤犹田玉赏苞肥。不留片叶争坚白，尽占高梢欲放飞。晤对油然存敬羡，扶疏十尺亦巍巍。

丘幼宣

丘幼宣（1931—2020），字玉书，笔名左逢源、石韫玉等，宁化人。曾任福建教育出版社副总编辑、福建省诗词学会副会长。著有《大梦山房诗文集》等。

杜甫诞辰一千三百周年纪念

万汇汪茫集大成，感时忧国念苍生。朱门酒臭抨豪贵，茅屋秋高悯庶氓。翡翠鲸鱼风格富，青松恶竹爱憎明。锦江滚滚茆茨古，诗史长标诗圣名。

登新建屏山镇海楼

新楼突兀翠屏巅，丹碧辉煌栋宇骞。俯揽榕州百万户，仰摩星汉九重天。右旗东鼓云烟外，左海西湖足跖前。双塔迷藏华屋阵，三山偃卧大街边。荒村野甸兴廛市，速道高桥替陌阡。改革卅年瀛陆变，闽都儿女越先贤。

游蓬莱阁戏作

蓬莱阁下水连天，游客争谈泛海篇。买得葫芦三两个，也悬腰上学神仙。

永泰青云山凤尾瀑

百丈悬泉袅素丝，如烟如絮信风吹。仙娥投下鲛绡带，长挂青岩欲绾谁？

咏　竹

亭亭节士筠，宁折不弯身。曾借陈王手，揭竿覆暴秦。

红 豆 怨

红豆圆溜溜，相思令人瘦。红豆红绯绯，相思令人痴。劝君休采撷，相思虿啮骨。若谓余不信，请看巧姑镜。巧姑不识相思味，采得半篮相思子。爱它艳胜红珊瑚，缀成项链炫阿姊。一串持赠阿牛哥，一串自戴增娟美。两心相契结丝萝，鲽鹣情侣恩爱多。鱼水合欢才三夕，讵料晴空爆霹雳。蒋家败兵扰村坊，鸡飞上树狗跳墙。强捉全村丁壮去，哭号咒骂天亦怒。忍见亲人遭缧绁，可怜重演《新婚别》。新婚别，肝肠裂，巧姑痛哭泪滴血。血泪沾渍红豆链，仿佛香君桃花扇。哭声嘶哑喉头噎，巧姑仆地久昏厥。吁嗟乎！酸风苦雨天日昏，哀哀啜泣寡妇村。亲人逮去台湾岛，大海滔滔音信杳。日日思夫梦里亲，醒来涕泪湿枕巾。荧荧灯影伴孤身，耿耿星河映前尘。郎年十二侬八岁，抱我同骑黄犊背。沿溪春树鸣鸟雀，蜂蝶翩翩花灼灼。油菜田里捉迷藏，金黄花海醉人香。阿牛折柳扎花环，戴我头上夸好看！我扮新娘他扮郎，绿茵坡上学拜堂。野菜野果盛瓦片，罗列肴馔开喜宴。回思少小两无猜，青子回甘转伤怀。田园井臼勤劳作，孝养翁姑甘藜藿。巧姑巧手巧针线，阿牛生日新鞋献。遥祝夫君长安健，珍重脖上红豆链。我抚豆链时眷恋，君当见链如见面。海涸山平心不变，早日归来重缱绻。乌飞兔走五十霜，新鞋叠织半百双。昔别郎君颜如玉，而今发白鱼尾蹙。靓女化为老妪黑，觌面相逢应不识。豆蔻年华付流水，坎坷蹉跎怨谁氏？七夕怕见月如钩，勾起今昔五味愁。银汉盈盈鹊桥渡，年年相会离人妒。海峡茫茫航断路，两岸望月泪如注。愿化精禽填沧海，旷夫怨妇消恨悔。纵生双翼飞海东，欲会良人杳无踪。若道无缘匹佳偶，为何青梅竹马早牵手？若道已成连理枝，为何伯劳燕子各东西？呜呼！生不同衾死殊穴，三日夫妻嗟卓绝。久别离，长相思；长相思，久别离。离别悠悠恨无底，相思绵绵直到死！

望海潮·福州建城二千二百周年纪念

无诸都邑，东溟邹鲁，绿榕阴里闽哇。双塔九山[①]，三坊七巷，星罗百万人家。朱荔桂圆嘉，石雕丹漆美，方物奢遮。少穆销烟，又陵鸣铎踵芬华。　　风云廿载龙拏。喜川原焕彩，闾里添花。楼宇接天，霓虹彻夜，立交大道飞车。樯影蔽江涯。看缤纷市肆，荟蔚禾麻。指日台澎璧合，天堑笑浮槎。

注：①榕谚有云：三山藏，三山现，三山看不见。

虞美人·芸窗听雨

少时听雨芸窗里，并坐谈心事。雨声淅沥打芭蕉，眉眼盈盈一笑靥涡娇。　　老来听雨伤聋瞽，境异人非故。雨风大小总无声，只有当年梦影愈分明。

游德馨

游德馨，1931 年生，罗源人。曾任福建省人大常委会副主任、党组副书记，省政协主席、党组书记，福建老年大学校长、名誉校长，福建省诗词学会会长、名誉会长等。著有《湾畔吟声》等诗集。

邓小平诞辰一百周年

骤雨狂风看劲松，升沉几度意从容。丹心只为图兴复，百诞颂声壮晓钟。

游金湖

山如翠玉落人间，十里金湖入望妍。片叶轻舟摇嶂影，青天碧水一绳牵。

古田水电站

山如碧玉水连空，露似真珠月似弓。灯火万家机转急，库湖景色倍浑雄。

十八重溪

潺潺流水出群岩，十八重溪势不凡。借问景观何处好？绿丛环拥石风帆。

初登武夷

久有凌云志，初来登武夷。丹嶂拔地起，碧波九曲奇。亭亭玉女影，巍巍大王姿。放翁愁滩急，元晦多丽辞。东南此独秀，名山天下知。

潘兴吾

潘兴吾，1931年生，广东汕头人。曾供职于建阳化工厂、萤石矿业公司、矿管办等单位。南平市诗词楹联学会会员。有诗词集《布衣集》。

残冬寄远

水流花谢两匆匆，离乱天涯难再逢。木叶萧疏寒大野，玉山明洁忆高风。沧波历尽千帆远，霜岭犹存一树彤。惆怅馀霞斜照里，笳声旗影已朦胧。

冬　野

北风昨夜扫千村，冻野凝寒日色昏。木叶飘摇禽悚瑟，江流瘦损石嶙峋。斗霜丛菊黄如染，涤雪修篁绿更匀。肃穆高丘英烈墓，素碑如剑指天云。

浣溪沙·秋意

细雨飘寒涤碧丘，绿波拥恋白沙洲。双双白鹭啄清流。　　雏菊梦回千滴泪，老荷叶落一溪秋。礁矶钓叟独垂钩。

踏莎行·武夷山鹰嘴岩

背负长空，翼挥豪雨。引吭高啸惊狐鼠。后羿畋猎挽雕弓，身残羽落投荒土。　　钢啄撕云，金睛慑虎。号呼腾挪干天怒。玉皇授命儆神鹰，雷敲下颚雄如故。

满庭芳·中秋怀旧

秋色平分，清光万里，净天皎皎冰轮。凭栏怅望，任思绪纷纷：昔日同窗旧侣，凋零尽、云散星分。夜空外，数声长唳，有孤雁离群。

惊风云变幻，苍鹰落羽，棒打斯文。狂飚卷，黄沙万里雁门。别后音书渐杳，穷荒里、骸骨无存。今宵也，天涯落叶，冷月吊孤魂。

陈炯轩

陈炯轩（1932—1997），广东惠来人。漳州市芗城区环卫处退休干部。原漳州市诗词学会常务理事，《漳州诗词》《丹霞吟草》编辑。

丹霞吟社成立感言（二首录一）

不为题壁冀笼纱，雅聚从今喜有家。此去但求能梦笔，随心挥洒写丹霞。

填表入会即席赋呈（二首录一）

脱却皂衣披布裘，何从永日遣闲愁。廛间报有行吟处，笑问诗俦容我不？

草木吟（六首录二）

菊

家寒从未饰风仪，刚健娉婷自有姿。一入名园呵护后，可怜长此倚东篱。

梅

遍莳凡花不莳梅，非关老眼不怜才。冷芳自应居幽谷，莫使清踪近俗埃。

菩萨蛮·夜眺小金门赋寄亲友

海中泳月秋波皱，烟笼对岸云横岫。明灭一灯悬，离人应未眠。
盈盈咫尺路，邈邈星河渡。须待鹊回飞，相看喜泪垂。

庄友用

庄友用（1932—2008），宁德霞浦人。先后在霞浦县供销合作社、县计委、县电厂、县总工会、县粮食局工作。出版个人诗集《村语诗选》。

与友对饮

紫燕衔春喜忽来，鲜花解意为君开。人生能得几回聚，樽酒相邀莫再推。

重游罗汉溪

碧水无波景色幽，重游白首感东流。溪山厚谊犹如故，却恨青春不我留。

无　　题

权钱交易不知羞，海味山珍阔应酬。苟不杀风刀斧快，神州遑论展宏猷！

咏老人节

重阳九九步层峦，一路枫林入眼丹。黄菊抬头伸槛外，秋鸿振翅上云端。归田尚恋三椽屋，捐热宁辞百尺竿。四老成文皆有色，何须惆怅老来难。

简启梅

简启梅（1932—2009），永定人。毕业于华东师大，曾到北大进修。先后执教于湖南大学、华侨大学和龙岩师范、龙岩师专。曾任龙岩师范语文教研组组长，龙岩师专中文科主任、图书馆馆长等，中文副教授。著有《简启梅先生诗文选》。

行年六十感怀

此生已历二壬申，半是酸甜半苦辛。世态炎凉懒白眼，稻粱匮乏守清贫。险滩虽过仍嗟叹，峻岭难攀且逡巡。每读陶潜神释句，自然与我两相亲。

读李商隐《安定城楼》

安定城楼今在否，樊南篇什意朦胧。功成身退从来少，后倨先恭自古同。岂有鹓雏嗜腐鼠，更无鸱鸟止梧桐。贾生王粲迍邅久，人世几回穷与通。

咏　　竹

凌云怀故土，劲节却虚心。独抱岁寒意，何忧风雪侵。

访杜甫故里

瑶湾灵秀育斯人，沉郁诗风老更淳。篇什何能神鬼泣，忠君爱国且忧民。

疏　　影

天寒寂寞，有苔枝点点，风雨侵剥。落叶无声，不耐摧残，几度暗自飘泊。芳馨缕缕浮疏影，笑冰雪奈何寒萼。引古今多少骚人，举笔竞抒哀乐。　　犹记孤山和靖，悄吟伴玉骨，刻意雕琢。陆老瞿公，沉郁悲歌，荆棘丛中求索。都言只有香如故，仗隽句激扬清浊。叹花开依样年年，墨客早乘仙鹤。

谢澄光

谢澄光（1932—2011），龙岩人，出生于厦门。1953 年毕业于厦门师范学校。曾任厦门市文联主席，中国书法家协会理事、福建省书法家协会副主席、厦门市诗词学会副会长。著有《谢澄光书法选》等，其诗词作品附于《当代中国书法家谢澄光》一书刊行。

敬读毛泽东主席书法

纪念毛主席诞辰 100 周年

领袖经纶笔阵传，熔王冶素自开篇。万机静处蛟龙走，一阙吟馀激电旋。晓日飞云浮岱岳，雄师卷席下钟山。风雷满卷乾坤定，华夏英豪竞著鞭。

龙岩天富山观日出

四千梯砌上天宫，踏尽馀晖月挂空。攀磴不疲浑忘我，挥毫自在觉圆通。仰观北斗银河白，纵眺东暾玛瑙红。云际飘然飞步下，遍山旭彩照游踪。

颂厦门“鼓浪屿好八连”

海上花园好八连，特区卫士美名传。夺魁武艺神威猛，垂范文明铁纪坚。爱岛如家情切切，敬民似母意拳拳。军营到处歌双拥，共学雷锋志浩然。

咏岭上松

森森岭上松，凛凛荡襟胸。干直卑弯柳，枝蟠起蛰龙。凌风标劲节，斗雪显葱茏。根正如磐石，千年不改容。

谒金门·喜率厦门艺术家代表团访问金门

长相望，邻里路遥天旷。云鹭风狮文谊畅，笔歌浯岛浪。　古朴民风世尚，醇美高粱佳酿。更盼轻舟时荡漾，八缘长咏唱。

满江红·童年苦乐吟（二首选一）

余童年在家乡龙岩县适中镇读小学、初中，时抗日战争艰苦岁月也。

西闽钟灵，群峰秀，绿屏青幕。溪两岸，小桥丛竹，柳丝桃萼。带露采菇张嫩伞，披星掘笋删新箨，点松明，寒夜夹泥鳅，围炉酌。
辘车转，鱼落涸。随手拾，烹锅镬。喜山歌茶舞，贺春欢跃。油盏一灯兄弟读，红联几副亲邻托。感爹娘，舐犊最情深，童年乐。

陈朝定

陈朝定（1932—2014），松溪人。三明市委、市政府接待办原主任。中华诗词学会会员。著有《垦荒集》《耕耘集》《护秋集》《藏山集》。

衡山南天门

驾雾上南天，青云绕膝边。湘江飘脚下，龙岭跃山前。离顶半程路，飞车一瞬间。朦胧疑幻境，欲醉似成仙。

登祝融峰

欣乘盛世风，飘飘上祝融。车行岚翠里，人在彩霞中。俯瞰山峦秀，仰观天宇红。伫栏舒眼望，大地跃苍龙。

志 不 穷

来也匆匆老也匆，才闻坠地又成翁。人生本是一过客，贵在迍邅志不穷。

黄袍佛国

十个行人九个僧，三分繁噪半经声。南朝四百八佛寺，疑是全迁曼谷城。

阮郎归·登天安门城楼

胸怀深意上城楼，盱衡八面投。馆堂环立广场周，游人笑语稠。

人似鲫，辇如流，乾坤日夜浮。昔时专为帝王修，今天任我游。

王筱婧

王筱婧，1932年生，福州人。曾在福建师范大学中文系易学研究所工作，后在华南女子学院任教。诗词见载于《当代中国诗词精选》《词学》等书刊。

踏莎行·秋瑾遗像

利剑如霜，坚心似铁，破家待把匈奴灭。试看纤手挽天河，几人千古同英烈！　　桑岛樱花，轩亭枫叶，一般化尽啼鹃血。西泠桥畔碧云飞，年年风雨愁时节。

百字令·癸亥残秋重过西湖

相逢疑幻，喜峰岚无恙，水云依旧。一别应惊双鬓改，历劫山灵知否？高士坟空，名姝迹杳，枫冷秋容瘦。绿波何事，也教添了愁皱！

望极斜照孤山，断霞古塔，钟寂南屏久。陌上花钿无觅处，唯见潮烟湖柳。寻梦苏堤，感时岳庙，风满征尘袖。重来还约，河清长愿人寿。

秋波媚·金陵刘亦男示拈花旧影为题此词

雪痕鸿影十年过，重对旧双蛾。春风人面，最难消得，一寸横波。

散花怎似拈花好，不待问维摩。恍然断梦，盈盈凝睇，奈莫愁何！

人月圆·有谈恨事者，闻皆惆怅，戏作

人间多少伤心事，长似水流东。怎生消得，落花庭院，微雨帘栊！

千秋幽怨，三生慧业，半世飘蓬。十年魂梦，一般滋味，两处应同。

浣溪沙·春明杂咏（三首）

一

迢递随槎到日边，荼蘼花发麦秋天。饯春长是费榆钱。　太液不知兴废事，照人还似画中仙，漫教收拾入吟笺。

二

时鸟枝头送好音，廉纤雨歇薄寒侵。湿云风约酿轻阴。　小院春归花寂寂，红楼人静思愔愔。京尘不到玉壶心。

三

花落庭除作锦毡，浓阴拥绿到窗前。安排清韵付初蝉。　万里天风吹梦去，抛书人倦枕书眠。忘机可许学参禅？

洪国贤

洪国贤（1933—2014），别号秋声，泉州石狮人。早年在家乡学校执教，后长期任职于晋江县商业部门和工会部门，曾任晋江县职工业余学校教师，晋江县教育工会主席。

元旦偶书

匆匆过客不停留，弹指蹉跎又一秋。自许心雄缨枉请，徒嗟目暗笔难投。宿鸿展翼飞惊雀，耕马离鞍步学牛。得失沉浮身外事，征程万里莫回头。

秋日感怀

天高气爽近重阳，帽落青丝怯染霜。事了闲观溪水碧，兴浓欣赏菊花黄。清时辄怨人生短，浊世曾愁岁月长。莫管金风行肃杀，权将秋色当春光。

乍逢再别赋呈雨田夫子

卅年遥企秋复冬，望外今年两度逢。春暮伤离方折柳，岁寒欣仰未凋松。徘徊立雪门墙处，寻觅临池翰墨踪。嗟我二毛师皓首，云山又隔万千重。

重游安平桥

小别安平逾十年，西桥犹健我华颠。履痕已被尘沙盖，风物随同岁月迁。古渡今停游客辔，海门曾泊演兵船。逢人尽是生疏面，往事依稀在眼前。

春日登宝盖山

凌霄古塔浴晴晖，姑嫂蹁跹舞翠微。大地苍黄相代谢，春郊红紫竞芳菲。日融海面波光耀，风定山间瘴气稀。百里侨乡收眼底，桐城内外尽生机。

林弥高

林弥高（1933—2019），莆田人。1976 年部队转业到三明市供销社工作。中华诗词学会、福建省诗词学会会员，三明市诗词学会会员、市老年书画协会会员。著有《枫叶情怀》。

三明湿地公园景点

一溪携两道，十二景观连。竹影清风彩，兰花幽谷妍。云桥轻带露，碧水淡浮烟。叠翠山林隐，飞虹曲韵弦。

沙溪河两岸

一城风景半城溪，两岸林阴路欲迷。花发幽堤匀若剪，柳争曲径净无泥。满河烟霭衔山日，十里波光照涧霓。雕塑千姿枝畔立，鱼梭织浪鸟空啼。

尤溪南溪书院

宦海浮沉志不移，广搜典籍岂劳思。传经论道无休意，立说著书有隽枝。半亩方塘投足地，两株樟树赏心时。文公山下氤氲处，活水长流一院奇。

江城子·登虎头山

虎峰雄踞市区东。势凌空，接天宫。媚色幽丛，野瀑动清风。奇妙石崖如斧劈，观雾海，影无踪。　雨淋新绿畅心胸。步从容，绿荫浓。曲径游人，言志叙由衷。登上高峰躬古寺，关帝庙，万夫雄。

【越调】柳营曲·垂钓

背靠山，水一湾，锦鳞跃波悠自闲。轻掷鱼竿，定好丝纶，静候把心宽。艳山花，流水潺潺，淡浮烟，白鹭奇观。河边钓鱼，乐在碧波间。看，落日笑声还。

林　英

林英，原名金钊，1933 年生，南安人。福建海峡文艺出版社编审，获福建省五一劳动奖章。曾任福建省诗词学会常务理事。主编《诗词丛书》《冯梦龙丛书》等。

闽江明月想音容——缅怀先师黄之六先生（三首）

一

杏坛有幸沐春风，九畹滋兰日正隆。湘水高天悲屈子，闽江明月想音容。

二

趋侍吟筇太姥山，天开灵境出尘寰。初阳磅礴沧溟动，高宇涵虚意自闲。

三

逸兴遄飞晓岫青，江天入抱晚霞明。清词振水传音远，老树当风叶有声。

清平乐·还珠颂

香港回归，欢呼雀跃，为赋此阕。

红梅一树，新萼华光吐。照彻天涯芳草路。唤取王孙来聚。　　欢呼南海珠还，要盟莫望当年。愿共登高跃马，吟鞭更向新天。

沁园春·缅怀陈嘉庚先生

浪卷金鲸，堤骋铁龙，集美望中。看延平高垒，雄姿勃郁；鳌园胜地，佳气轻笼。绿瓦辉金，红墙映碧，漾影轻波杰构崇。繁花底，喜弦歌处处，笑语淙淙。　　“归来堂”上重逢，忆校主当年创建功。赖丹心一片，眷怀故国；甘霖百载，沾溉新松。习习春风，融融冬煦，嘉树欣欣竞向荣。更今日，遍东南海宇，桃李葱茏。

蝶恋花·美哉奎霞

故乡奎霞，地处东南之滨，乃著名侨乡。潮卷晴沙，帆点轻波。相思树影拂古道，浮莲蕴紫云。“问礼世家”犹在，书香氤氲，高轩流水，绮窗瞰海。水木清华，梦寐萦之。

风送潮声奎屿路，袅袅南音，似伴归鸿舞。欲问相思思我否，低声犹恐子规妒。　　海草平沙重认取，瓦舍瓜棚，依约藏烟雾。燕子巢梁今底处？巍巍广厦横空矗。

温祖荫

温祖荫（1933—2023），上杭人。福建师范大学文学院教授，曾任外国文学教研室主任，著有《世界名家创作论》《世界文学经典概览》《天涯芳草》《亚洲文学史话》等著作30余种，出版文字达900多万字。参加国家项目《鲁迅全集》和《鲁迅大辞典》编纂，并参加大学教科书《世界文学史》编写。

谒昭陵唐太宗墓

玉寝犹存石碣残，神州隆盛慕贞观。泾河波映一轮满，峻岭丘连百家寒。将帅同心平五岳，君臣共德壮秦关。驱风六骏今何在？留得雄蹄四海安。

访曹雪芹故居黄叶村

绳床瓦灶苦吟哦，门巷萧条漫薜萝。远富近贫天下少，疏亲慢友世间多。挥毫冷写秦淮月，按拍凄传燕市歌。无力补天纨袴子，空怀椽笔美娇娥。

登泰山

东岳雄奇叹壮观，柱峰高耸碧流寒。登临顿觉云天近，凭眺方知鲁地宽。早发同瞻红日象，晚归更赏黑龙湍。登临十八盘奇险，无限风光在勇攀。

栖霞山

风翔西岭虎眠东，石刻碑铭绕梵宫。山径丹敷秋日丽，林坳绿荡夏飔融。数莺啼谷人踪至，千佛浮龛匠意工。一代香茔何处觅？桃花犹倚涧边红。

游蓬莱阁

秦皇汉武觅蓬山，缥缈居然落此间。一步登天谁氏去？八仙过海几时还？蜃楼自古难遭觏，杰阁而今任跻攀。归听抗倭喧战鼓，水城犹有水声潺。

刘庆云

刘庆云，1935年生，湖南长沙人。1965年武汉大学唐宋诗词专业研究生毕业。曾从事文艺、新闻、古典文学教学与科研工作，湘潭大学教授。曾任中国韵文学会常务副会长、湖南诗词学会副会长、福建省诗词学会顾问。著有《词话十论》《词通》《绿烟楼吟稿》《筠窗琐记》等。

题将军石

百战归来勋业在，凌烟阁上未能图。天公铸就千秋像，何必封侯入帝都!

注：将军石在新宁扶夷江畔山顶。

拜谒耀邦陵园

英灵随体托山阿，相对青松浩渺波。磊落平生无愧怍，人间留取颂声多。

莫干山滴翠岩

云山石缝泄悬淙，滴翠岩前聚碧泓。奇字阴阳呈异态，人工天巧叹浑融。

注：滴翠岩前“翠”字高5米，壁上凹形，水中凸形。

念奴娇·秋日与先淮、连生同游赤壁，次东坡韵

华章读罢，几回梦、清壮黄州风物。逐浪飞车携俊友，探胜东坡赤

壁。二赋涵辉，雄词溢彩，梅老欺霜雪。诗辞书画，文坛旷世奇杰。

怀缅郊野躬耕，渔樵邂逅，笑语时相发（發）。坐看西山，岚影间、冉冉飞鸿明灭。穷厄等闲，神光四射，照我青青发（髮）。江干归晚，依依一片秋月。

虞美人·访李清照纪念堂

春波蘸绿晴丝袅，依旧风光好。浮槎渡海访遗踪，当日精神犹在画堂中。　　心如明月情如海，鹏翥青冥外。黄花瘦句出深闺，文采风流岂肯让须眉！

临江仙·登嘉峪关

喜上三重高阁，来瞻天下雄关。长城委折尚连绵。沙笼西塞地，云抹湛蓝天。　　依约狼烟突起，墙头马啸弓弯。惊惶胡骑急回鞭。燕山曾勒石，犹自气森然。

南乡子

辛弃疾诞辰日，与厚示、焱森、星汉、逸明、水敖、东遨等诗家于广西上思“长安”厅酹酒祭奠，予歌其《南乡子·登京口北固亭有怀》词，甚悲壮，步辛词韵以记。

骚客集南州，酹酒临风百尺楼。北望青山歌一阕，悠悠。千首雄词万古流。　　欲帅众兜鍪，尽扫妖氛志未休。醉里挑灯时看剑，虔刘。空羡江东孙仲谋！

游嘉瑞

游嘉瑞，1935年生，字山川，号立雪堂，永泰人。曾任省人大常委、省政协常委，海峡书画研究院院长，福建省诗词学会原常务副会长。出版有《游嘉瑞诗书印选》。

黄帝赞

德同天地启鸿濛，后世难忘制作功。继统昭昭垂郅治，中华元祖子孙崇。

福建省文史馆建馆三十五周年书以纪盛

书生已不怯霜寒，往事沧桑指一弹。应许同怀肝胆照，论交斯世复何难。

为新加坡潘受先生治印，承书示旧作，谨次原韵

华夏春和正好风，江山一代萃群雄。千秋文治初知贵，悟自先生一语中。

注：潘受先生旧作为：呜咽磨刀唱《大风》，古来好杀即英雄。书生用武非无地，鞭汉笞秦寸石中。

祖 国 颂

东风万类畅生机，隔海情牵人未归。岁月峥嵘绵永祚，河山壮丽展雄威。群英辈出风从虎，一老高瞻岳漾晖。改革花红芳草碧，欣看华夏正腾飞。

王 琛

王琛，原名琛銮，号紫云山人，1935年生，莆田人。北京大学毕业，莆田县教师进修学校教师。中华诗词学会会员，福建省美协会员，原莆田市诗词学会副会长，原莆田县诗书画研究会会长。著有《王琛楹联集锦》《小五哥故事》《莆仙方言点滴解惑》等。

湄峰宝像

圣母朝南立海头，慈怀耿耿似含愁。至亲两岸六旬隔，同室三通何日酬。那可蹉跎耽日月，亟需旖旎写春秋。洋洋峡水皆凝爱，长渡炎黄共济舟。

登莆阳第一峰望江山

望江山上望云山，眼底山河万点烟。忆昔红军征古寨，喜今赤县换

新天。天边碧海青毛竹，千载珍木红豆杉。选胜莆阳峰第一，笑他霞客缺游篇。

赞莆田老县长原鲁山

壶峤凌云湄海滨，鲁山铁汉赤飙临。一身风雨满腔血，千载官衙双袖云。东圳湖深凝德泽，两洋堤固见丹心。木兰陂立千秋后，民仰莆阳又一神。

八十述怀

年方八十鬓悲霜，辜负龙泉照夜光。梁灏占魁非我愿，吕望钓玉几人偿。丹青翰墨日和月，过眼忘怀苍与黄。豹隐鹏抟成往事，喜看世潮奔向阳。

题梅竹图

翠竹红梅共一笺，虚心傲骨两相兼。见贤趋步谦谦士，冰雪威前敢抗寒。

杂咏（二首）

宠物犬

食有鱼兮行有车，专门医院设专科。富翁手抱万金犬，多少孤儿泪成河。

狂车飚路

世原无路路人开，路上行人任往来。一自狂车飚路后，行人上路怕招灾。

吴玉海

吴玉海（1936—2014），莆田人。中学教师，福建省诗词学会会员，莆田市诗词学会常务理事。

故　乡

乐居故土漫斟茶，喜见东篱色可夸。着意诗书陶志趣，无心名利抚桑麻。野多硕果迎初旭，畦有繁花缀晚霞。四面青山明夕照，一溪碧水泛秋华。

莆田颂

东山晓旭凤来仪，兴化丰姿欲赋词。夹漈黉门言改革，游洋胜地景纷披。壶公脚下千钟菽，延寿桥头万卷诗。湄屿扬波荣两岸，荔乡四果正芳滋。

步台湾汉诗学会吴剑锋理事长“寿酒联欢”韵

春风送暖蕊千枝，回首征程唱和诗。海峡烽烟成过去，陆台呼唤本无奇。交流维系三通愿，发展腾飞一局棋。返祖归宗谋大统，富强家园奠鸿基。

纪念黄埔军校建校80周年致词台湾

浩浩长江东逝水，情怀系旧史难磨。未酬壮志朱颜改，不负雄心雅韵多。民颂三通翻碧浪，国崇双轨泛金波。今时禹域小康近，晚节欣闻击壤歌。

刘永尧

刘永尧（1936—2018），上杭人。福建师院毕业，高级讲师。历任长汀技校校长，龙岩市第一技校长汀分校书记。原龙岩市诗词学会常务理事，长汀诗词学会副会长兼秘书长、代会长，《汀江诗词》主编。

龙岩江山丞相岩怀古

元胡犯宋鬼狐嘶，丞相忠贞举义师。逐鹿东南驱草莽，屯兵积秣抗戎夷。铮铮铁骨酬云志，耿耿丹心赋血诗。且喜文公留墨宝，英雄正气永怀思。

汀州古城墙

千年古迹喜重修，胜地风光景色幽。雄伟壮观襟古郡，巍然屹立护名州。青山绿水环墙廓，闹市华容入眼眸。后秀前贤双立绩，保存文物纪千秋。

答友人

不薄新诗爱古诗，老夫兼喜曲和词。逢春万木沾甘露，南寨梅花又发枝。

游九曲山庄

九曲回肠绕九重，环环叠叠路相通。桃源佳境知何处，尽在绿林隐约中。

天龙山览胜

天龙览胜入西关，曲径通幽步九环。万寿桥亭留客醉，白云深处是仙山。

返　　乡

到得村前入眼新，身非过客是归人。离家少小乡音改，一听乡音便觉亲。

郭启熹

郭启熹（1936—2020），龙岩人。福建师范学院毕业，后留校任教，“文革”期间下放回乡。历任龙岩师范教务主任，龙岩师专教务主任、图书馆长，闽西职业大学党委书记兼校长、学报主编，教授。原龙岩诗词学会会长、名誉会长。著有《郭启熹诗文选》《音韵学基础知识》等。

登郭公侯王庙

竹篁幽密游人驻，猿啸鹰翔回谷空。雾霭徘徊岩涧底，叠峦簇聚爽风中。忠心恸地千秋泪，义胆冲天万众崇。何必追瞻侯主貌，屏峰满目映真容。

登天马山

夜雨无声去，枝头百鸟知。朦胧山野绿，已过立春时。

建溪冬泳

击水三千丈，冰霜奈我何？莫邪今在手，蛟怪岂云多。

诉衷情·腾飞龙岩

大山深处苦担肩，千古少人烟。工农凋敝穷僻，只为路愁牵。

通速道，上云巅，八方连。海西联结，惊美闽西，天上人间。

浣溪沙·随海峡诗会诸吟长登虎园

坪站铁龙唱大风，欢声齐上虎寒宫。竹林绿海迓诗翁。　纵跳争腾叼肉食，雄豪国宝展威容。令人长忆此苍穹！

阮诗雅

阮诗雅，1936 年生，周宁县人。宁德师院（原福安师专）中文科毕业，中学高级教师。中华诗词学会会员、中华诗词研习会理事、福建省诗词学会会员。曾获 2017 年《诗词家》杂志社首届“百名优秀诗词家”荣誉称号或诗词奖项。著有《桂斋七律集》。

游览亨廷顿图书馆中国园林

中华高韵环球客，文化明珠接踵踪。曲径通湖光滟滟，小桥流水影重重。亭台楼阁姑苏艺，歌赋诗词汉魏风。北美奇花摅厚谊，南京异木表深衷。

上海中心大厦

螺旋转动入长天，柔性幕墙环宇先。华夏形成新格局，浦东巧变旧容颜。停车地下双千辆，留客楼中四万员。上海之巅朝北望，城城广厦接幽燕。

港珠澳大桥

伶仃上下卧真龙，世界震惊奇迹雄。陆海康衢悬丽日，炎黄壮志贯长虹。一朝圆梦千秋业，三地同心万代功。捷报频传歌改革，江山秀美气隆隆。

香　　港

一国春晖两制同，不凡气宇贯长虹。观光胜境摩肩客，购物天堂盖地踪。维港湾中花滚浪，太平山顶鸟鸣钟。香江处处怡心爽，高度繁荣万象隆。

蔡景康

蔡景康（1937—2007），笔名何景良，晋江人。1959年厦门大学中文系毕业，留校任教，历任厦门大学中文系教授，中文系古典文学教研室主任。2000年受聘为福建省文史馆馆员。著有诗词集《力耘轩诗集》《力耘轩诗集二集》，遗著《蔡景康文集》在新加坡刊行。

丁丑庆香港回归

血雨腥风暗九天，百年丽岛尽胡膻。神州岂许金瓯缺？圣土回归炎脉牵。功盖千秋施两制，勋垂百世孰比肩。一支治港东君曲，吹醒繁花竞斗妍。

再贺致公党厦门市委成立廿周年

独峙一山鹭水西，归侨文士早心仪。此间偏是风光好，入屋方知丽日熙。榛楛何须嗔绿柳，良禽不过拣枝栖。齐心合力披肝胆，兴我中华更奋蹄。

癸未十一月与省文史馆诸馆老同游泉州

秦皇暴虐古书焚，汉武开明事或闻。昔日唐宗修馆阁，当今虞舜更崇文。吟诗作画歌盛世，蘸墨漫书不朽勋。把酒临风天作纸，挥毫驰骋任吞云。

澳门行·大三巴

濠江耸立大三巴，葡国风情世上夸。古柏参差威尚在，柳枝乏力托昏鸦。东西文化交融地，南北通衢旧日衙。教主已随花落去，钟声无韵夕阳斜。

浪淘沙·无题

姹紫艳阳天，莺燕蹁跹。春光挑逗总情牵。胡不早归当去处？乱我琴弦。　　莫向柳林边，怕见初圆。长亭古道柳丝连。岁月蹉跎寻旧跡，梦里书间。

念奴娇·缘

岁更月迭，转眸间，又值中秋佳节。黄发垂髫争博饼，卷袖狂呼轻撇。骰子飞旋，欢声片片，屏息三元揭。阴晴残缺，几人曾寄关切？
长忆古镇当年，月光如雪，亦是清秋节。绿水抱桥情切切，竟阻洛神相悦。青鸟殷勤，关山羽折，几度烟灰灭。人缘天定，如今一悟方彻！

李少园

李少园（1937—2013），泉州人。福建师范大学文学院教授，曾任福建省炎黄文化研究会理事，中华诗词学会会员、福建诗词学会会员、泉州诗词学会副会长，泉州市李贽学术研究会会长。著有《闽南文化风貌探寻录》等。

“永宁惨案”五十周年感怀

黄沙碧血黯神州，故垒重寻带恨游。乡老椎心怀郁痛，屠夫弄口掩愆尤。难移青史千秋证，不废黄河万古流。车鉴无情当记取，禹封中夜看吴钩。

贺新郎·祝贺泉州升地级市暨刺桐吟社成立十周年

瀛海丝绸路。问沧波、骑鲸破浪，启帆何处？晋水泉山弦歌地，万国梯航古渡。溯风物、隋唐遗绪。走海胸襟宽似海，看熙熙、百教千商聚。罗马客，赞繁富。　　清源间气钟今古。喜当前、星驰俊彩，弄潮人舞。名市宏规方十载，重振雄风竞赴。更业创、金湾银渚。唤取骚坛探骊手，写东方大港中兴句。珠玉韵，任君赋。

江城子·元宵家乡泉州市举办南音大会唱，感月圆人未圆，怀念在台胞兄

思亲怕见月华明。浪层层，水盈盈。风雨无端，凄楚阻归程。两岸清辉千里共，游子意，望中凝。　　灯城春色动歌笙。奏新声，祝龙腾。慢拢轻弹，曲曲故园情。拄杖高堂倚闾待，人未至，恨难平。

贺新郎·祝贺欧阳詹学术研讨会在泉州师院召开

俊彦上庠聚。喜黉园、倚山薄海，绿坡花树。共颂贤才开气运，八闽文宗美誉。抒谠论、评今究古。忆昔吾乡如长夜，假泉山、吟啸明灯竖。甘苦读，攻词赋。　　登高振臂时人慕。动江淮、声蜚朝野，榜称龙虎。举善四门真伯乐，一展平生抱负。倡教化、光施州闾。倜傥英姿垂风范，正当年英貌今重驻。慈像塑，紫铜铸。

徐恭宜

徐恭宜（1937—2018），南平人。少年从医，中年从政，系中华诗词学会会员，曾任福建诗词学会理事，南平市诗词楹联学会副会长，建

瓯诗词楹联学会会长。著有诗词集《竹山吟草》。

题武夷宫

春深花落武夷宫，崖畔留题藓迹中。何日幔亭重会宴，振衣欲上大王峰。

武夷钓鱼湖

澈澄似镜钓鱼湖，绿草如茵嫩芽舒。朱碧楼台皆倒影，镜中绰约有三峰。

斑　竹

洞庭千里起洪波，道是湘灵涕泗沱。洒向君山丛竹泪，啼痕点点至今多。

访书圣故里

写罢黄庭换白鹅，右军逸事说偏多。至今题扇遗踪在，留得桥亭向碧波。

登归宗岩

策杖归宗顶，群峰眼底收。摩云餐翠色，枕石听泉流。崖刻寻仿古，山僧话去留。仙磐棋局在，人世几春秋。

调省城未就戏作

平生无大志，只为食衣谋。且作鸡头唱，难随骥尾游。洋场虽穰穰，僻壤亦悠悠。何必论长短，萧萧两鬓秋。

纪念邓公百年诞辰

叱咤风云百战多，威扬淮海定山河。欲回天地遭三谴，誓挽狂澜斗四魔。改革多凭诸葛智，中兴全仗鲁阳戈。神州世纪称人杰，不朽丰功万代歌。

林东海

林东海（1937—2020），南安人。毕业于复旦大学研究生班，历任人民文学出版社总编助理、古籍室主任，编审。中国作家协会会员。著有《诗法举隅》《古诗哲理》《诗人李白》《太白游踪探胜》《杜甫》《师友风谊》等，诗集有《江河行》《清风吟萃》。

元旦感怀

新岁钟声响万家，且从电视看欢哗。轻歌曼舞场场戏，破闷销愁盏盏茶。白发已谙风化雨，丹心犹梦笔生花。寒窗廿载成虚掷，强举清樽奠物华。

过通州有怀乡贤卓吾先生

长埋冤骨运河滨，留得焚书四海珍。论道是功还是利，昌言非圣未非人。七情物理何容假，一念童心但保真。杰魄应谙桑梓路，温陵光景日争新。

次韵酬毓昆词长感事诗

凛然正气出刚肠，化作秋风振肃霜。曾执干戈旋地轴，还从霹雳识天常。鸣琴柳邑诗潮盛，旅雁都门意兴长。引领南云乡路远，西溪流水水汤汤。

水调歌头·中秋忆故山

皓月当空挂，此夕正中秋。金风漫卷落叶，瑟瑟奏离忧。欲借管弦理乱，一曲乡音未尽，却惹满怀愁。回首窗前望，灯火照重楼。　　思前事，徒有恨，泪空流。不知多少好梦，搅破自难收。每念故山风物，常恨人情冷暖，穷达定亲仇。且对金樽酒，醉眼送闲鸥。

西江月·次韵赓和周汝昌赠词

闹市喧腾车马，幽窗迎得韶华。高楼远眺雾如纱，料峭春寒雪化。斗志岂能消减，衣裘何用添加。纷纷头绪乱如麻，理罢方才作罢。

水调歌头·赋得峨眉山次厚示蔡兄中秋见怀韵

忆昔沉沧海，今仰出云端。峨眉西极环顾，怜月正团团。更喜清风吹拂，但见浮烟消散，明似紫金丹。山月相辉映，太白唱歌欢。　山流水，水流月，气相干。山高月小，无限风光正好看。常变黄尘清水，当识盈虚消长，何必问温寒。且奏峨峨曲，琴韵激骚坛。

杨美煊

杨美煊（1937—2022），笔名扬眉，莆田人。国家二级编剧。15 岁出家，曾到厦门南普陀寺居住修学三年，后毕业于中国佛学院。1960 年回莆田，后任职于莆田县编剧小组。曾任莆田市政协委员、市政协文史委副主任，中华诗词学会会员。著有《杨美煊剧作选》《杨美煊莆仙戏文史论集》等。

湄洲吟

二十年前忆旧游，环波拥抱认瀛洲。人间重建神仙府，圣屿更新黄鹤楼。泽被闽台昭海表，功同日月煜春秋。虔心总似潮音曲，地覆天翻唱不休。

出席两届海峡诗词笔会感赋

两岸同仁乐唱吟，闽西二度会诗心。老夫忝践名家约，古韵遥传大雅音。山水情怀弥缱绻，风骚格调益浸淫。兴观群怨嘤鸣共，国粹弘扬任款襟。

重上龟山赋

俗尘原不到山丘，走进深林闻湫流。云际峰头青入画，寺边树色碧于油。六眸龟引如来度，三宝门开自在修。末法梵宫逢盛世，重光有望续千秋。

秋游九座寺

何年胜地涌奇峰，壁立深林微径通。古刹禅灯僧影少，曲溪秋火道心空。青山有色天然锦，宝塔无尘文化功。如此名蓝如此景，我当搁笔待诗翁。

游海南五指山

山伸五指立云头，多少忠魂迎客游。无限风光呈画卷，更增高处不胜秋。

郑孝禄

郑孝禄，1937年生，字筱踏，号兰居山人，宁德周宁人，居福州。周宁初晴诗社首任副社长，曾任周宁县政协委员，福建省诗词学会常务理事，逸仙诗社社长，福州三山诗社副社长兼秘书长。现为福建省逸仙艺苑诗词院院长。主编《逸仙诗讯》《海峡诗声》《西园雅集》等。著有《东瀛吟草》《兰居吟草》《北游嘤鸣》。

游日本奈良唐招提寺谒鉴真像未果

中土大和尚，浮海唯一杖。六渡历万难，千秋成绝响。我今到扶桑，理合前稽颡。有幸拜肉身，此行方不枉。地铁抵奈良，驱车迅前往。寺名唐招提，构筑颇恢朗。循规购门票，顶礼趋跄上。龛右无真容，心中总怏怏。陪游谈路君，径向知客访。谓有中国人，远来拜法像。彼僧闻斯言，摇首频合掌。云未值定期，概不供瞻仰。佛法本无私，胡不门庭敞？咫尺隔庄严，木立一怅惘。既称唐人寺，唐人难观赏。禅师若有知，定作如何想？归来擘吟笺，疑义试一广。

围炉得虚字

葭灰老又逝居诸，独倚南窗雪映庐。煮酒但能抒一慨，攻书宁不奋三馀。投闲岂羡头衔显，掞藻犹惭腹笥虚。拥坐红炉聊拨火，何须惆怅食无鱼。

森林小屋

间间院落隐岩阿，古朴柴门野趣多。檐际朝曦收雾縠，槛前暮霭接烟萝。不期鹗荐思投辖，岂让驹阴任掷梭。胜概倘教赊我辈，竹篱茅舍作吟窠。

龙潭瀑布

动地涛声起半空，跳珠溅玉落迷蒙。划开青嶂风姿炫，冲破危崖气势雄。足下鸣雷疑逐鹿，眼前奔浪若腾骢。此时恍入洪荒境，涤尽烦襟窾窍通。

苏 铁 园

已成鳞甲未腾云，矫矫英姿自不群。细叶葳蕤翘凤尾，粗茎挺拔缀龙纹。栽培必向东南择，观赏毋教远近分。最是令人长向往，有情山水共氤氲。

游山海关镇东楼

第一雄关天下扬，扆山襟海望溟茫。临流鞭石嗤嬴政，返日挥戈效鲁阳。欲奠鸿基传玉玺，犹凭燕塞固金汤。长城凝聚华人力，义勇军歌最激昂。

沈天民

沈天民（1938—2015），永定人。福建师院毕业。曾任龙岩师专党办主任，龙岩师范校长、书记，高级讲师。后调任厦门市海沧投资区社会发展部副部长、办公室副主任。

海沧台商投资区开发建设十五周年感赋

十五春秋成伟业，欢歌笑语舞翩翩。新城错落青山下，工厂纵横绿水边。港系万邦轮互动，情牵两岸脉相连。方兴未艾宏图美，再创辉煌耀海天。

三亚风光

金秋时节下琼州，海角天涯胜地游。蕉雨椰风迷望眼，繁花绿树映群楼。滔滔碧浪行行鹭，渺渺烟波片片舟。港口喧腾残照里，夜来酣梦鹿回头。

厦门首届中秋博饼文化节菽庄诗会感咏

天风海浪月华开，人共中秋有几回？今夜菽庄吟友会，裁诗度曲酒千杯。

春游冠豸山（七首录三）

一

鲤鱼背上步云梯，面壁攀登汗注泥。极顶方知花甲至，回眸不觉夕阳西。

二

长寿亭台沐蕙风，群峰竞秀接苍穹。俯看巨烛冲天照，身在烟霞雾霭中。

三

登峰不易下坡难，追步前山第一观。书院墨香飘万代，文川九曲画中盘。

王晴晖

王晴晖（1938—约 2020），泉州石狮人。福建师大中文系毕业，先后任教于石狮多所中学，中学高级教师。曾任福建省诗词学会理事，石狮凤鸣诗社社长。著有《晴晖诗词集》《晴晖诗词续集》及《中华诗词家王晴晖卷》。

福州中小学吟唱会忝为评委并作示范吟唱有作

薰风三月满江城，雨歇云收霁色明。春圃融融花烂漫，诗坛朗朗韵琮琤。莫惭老凤无清唱，应喜新莺有隽声。古国歌吟多后继，闽都兴会乐嘤鸣。

纪念邓拓

往事如烟噩梦遥，记临厄运起狂飙。平生直笔遭诛伐，一代斯文死谤谣。夜话重温钦皎皎，锦词每咏叹哓哓。诗魂不灭沉冤雪，剑气今欣卒未销。

晋江白沙古战场

一场鏖战鬼神惊，三日清而五日明。得胜门怀良将勇，同归所吊义兵精。丹心刻石迹长在，铁戟埋沙世早更。今我来游登故寨，台澎遥望忆延平。

注：白沙为延平郡王郑成功抗清基地之一。现存东石寨（指挥台）、得胜门、同归所（阵亡将士墓园）和“丹心”摩崖石刻等遗迹。

谒开封包公祠

一湖清水映包祠，也尾人群礼拜之。堂上联褒严执法，炉中香敬不循私。钱神顿失千途用，铁面长留万世仪。到此奸贪何所报，铡刀锋利正相宜!

临江仙·退休

驾得轻车归故里，海门深处居留。宅前泊有水云舟。鳞波看澹澹，鸥鸟听啾啾。　　四十年来如一梦，几多风雨春秋。严寒酷暑记心头。园丁今老矣，忧乐付吟讴。

酷相思·侨乡别离曲

天际南飞征雁唳。几声血，几声泪。冷风过，浮云随影逝。君去也，侬心碎。侬念也，君心碎。　　大海茫茫舟不济。止无所，归无计。别离久，家山劳远企。梅蕊绽，空追忆。红豆熟，空追忆。

注：每一个华侨家庭都经历过别离苦，都饱含着相思恨。

林丽珠

林丽珠，1938年生，厦门人。1961年毕业于福建师范学院中文系，1974年调厦门大学工作，先后任《厦门大学学报（哲社版）》常务编委、厦门大学中文系教师。1992年后应邀赴菲律宾讲授中国古典文学等课程。厦门市诗词学会原副会长。著有诗集《鹿耳礁诗》。

旅菲感怀——答友人

五十馀年苦索求，韶华虚度水东流。每闻犬吠长难寐，为避尘嚣暂远游。无酒焉能消芥蒂，有花偏又触春愁。但求一席埋忧地，云影萍踪任去留。

久别戏赠故知

豪华时尚我家无，陋室寒庐满架书。帘外鸟声春永驻，窗前花影景堪娱。长男嗜画兼诗赋，次子传媒摄彩图。执罢教鞭爬格子，白头夫妇乐何如！

贺喆庵恩师八十华诞

应邀参加福建师大陈祥耀教授学术讨论会感赋。

博采诸长见解新，亦师亦友似慈亲。胸怀坦荡从无惧，形势迷茫未改真。臧否何曾关己事？炎凉无以损其身。沧桑历遍增康健，文质彬彬不老椿。

黄典诚教授十周年祭

一生多少劫？忧愤何由说！贱者赞其贤，贵者言其劣。治学无厌倦，秉笔不知歇。身处樊笼里，心藏万卷帙。疾恶性难改，年差近耄蠹。学术痛腐败，狂澜挽力竭。传单诬告起，围追加堵截。污水当头泼，雷轰复电掣。纵然大树倒，薪火焉能灭！遗著今传世，智慧光华结。唯有未竟事，异代同悲切！好人生世上，难免遭磨折。为要伸屈直，代价何惨烈！古今同此道，叹息肠内热。

群英赞——致引大入秦工程的全体建设者

引大群英意若何？誓将生命拼旱魔。风餐露宿不辞苦，隧洞贯通泪滂沱。冒顶泥流无所惧，笑牵龙首过山阿。峰巅倒挂双虹管，地下潜藏九折波。缺氧高寒等闲视，苍生温饱系心窝。为民辛苦为民富，河水争如汗水多。一十八年骑虎背，渠成水到绿荒坡。世风漫道炎凉变，西塞长留正气歌。

赏　荷

丙戌之夏，东邻古刹南普陀寺已休眠三载之荷塘重新开放。偕佳侣初探，蓓蕾盈塘，千枝万茎无穷逸致。于是，每日晨起绕池而行，观荷之日长日妍，至今已二月有余，诚避暑纳凉神聊之地矣！其气雪香袭人，其品磊落清纯，其姿婷婷阿娜，其态脉脉含情，令人留连忘还，因作一曲以歌之：

苦暑百花已绝踪，芙蓉出水笑熏风。免施粉黛赛仙子，雕凿无痕却自工。貌压群芳不斗艳，德兼五谷岂居功？千年俯仰情未了，翠盖红装立苍穹。恰似依依与人语：妍媸开合任穷通。

郑海峰

郑海峰，1938 年生，长汀人。雕刻书画家，非物质文化遗产传承人。从事美雕工作七十余年，作品获首都艺术院收藏，在东南亚享有盛誉。系龙岩市诗词学会、闽西书法家协会会员，曾任长汀县书法家协会、长汀县诗词学会理事。

游白帝城经瞿塘峡怀古

自古瞿塘天下雄，波涛汹涌自流东。崖高壁立岩千仞，雾散云消山万重。白帝托孤承汉祚，连营遗恨失英风。三分鼎足今何在，都入游人笑谈中。

自注：白帝城为三国刘备征吴战败后托孤之处。

龙山白云

满山好景翠葱茏，冉冉烟云绕碧峰。万顷密林藏鸟迹，一弯曲径寄人踪。东皋舒啸观平野，西倚闲游仰古松。欲探禅堂登绝顶，依稀听得几声钟。

自注："龙山白云"系汀州八景之一；"东皋舒啸""西倚听松"为卧龙山两个景点。

龙潭公园

汀州胜景觅何处，高阁幽亭信可寻。风散闲云明月朗，雨添活水碧潭深。沧江浪急穿闽粤，老树阴浓历古今。钓者垂纶矶石上，游人憩息细谈心。

题台湾瀛社百五周年庆

啸傲烟霞胆气豪，群贤扢雅擅风骚。深情景仰玉山月，着意心仪瀛海涛。鼓舞人文呈美好，弘扬国粹见清高。百零五寿千秋健，蓄秀儒林皆俊曹。

桃 花 渡

桃花渡口已无花，树摇秋风日影斜。结队游人过不尽，青山一抹是红霞。

天龙山揽胜

寻幽揽胜探禅关，殿宇庄严翠色环。蕉竹丛中闻鸟语，天峰亭外看云山。

李敏权

李敏权，1938年生，又名书匀，明溪人。原明溪二中教务主任。中华诗词学会会员、福建省诗词学会会员，三明市诗词协会理事、明溪县诗词协会会长。著有《麒麟诗词》《陇西山下》《李侗的子孙》《茶香千里》。

宁化客家祖地

尘世怜漂泊，艰辛载客家。浮沉游物外，得失话天涯。乡井垂深泽，云烟聚彩霞。悲欢浑忘却，一笑敬清茶。

探病感怀

英雄也怕病魔缠，潇洒儿郎忽变瘫。久病绵延思孝子，安心床榻最艰难。

明溪远眺君子峰

忍抛背负始从容，踏上凌霄君子峰。晓日如盘蒙淡白，长天似锦抹微红。低峦静伏千圈点，仄径新披一路风。击壤欢歌歌盛世，赏心何必步匆匆。

下象棋

炮火连天动地陔，驱兵掩杀国门开。楚河原本临时划，汉界谁云固定来。看我士林神态静，笑伊马队阵容呆。丢车保帅心如铁，高阁安居将相裁。

浪淘沙·送别

离绪漫如麻，儿女爹妈。春来冬去总由他。挥手依依情不禁，流水哗哗。　　四海共为家，休得咨嗟。乐随烟雨赴天涯。转眼匆匆车去也，一朵金花。

余元钱

余元钱，1938年生，字布泉，又字未名，号源泉，仙游人。北京大学哲学系毕业，三明一中高级教师。全国第一批诗教先进教育工作者，福建省诗词学会原理事、厦门市诗词学会原副会长，厦门市老年大学诗词教师。编著有《中华爱国诗词选》《诗词曲格律启蒙与创作技艺》《未名论丛》，诗词曲联作品集《未名集》等。

暮游未名湖

阵阵噪蝉催欲癫，沿堤独步思联翩。黄鹂有恃鸣高树，金鲤无端厄冷渊。岸上风声时正急，塔边云影暮尤玄。未名湖水休言浅，恶浪偏常起骤然。

奉和恭祖先生《东瀛行八首》（八首录一）

底缘野客爱长哦，唯是青山秀水多。朝出霞舒花灼灼，暮归风栉竹娑娑。置身丘壑吟成癖，寄傲林泉兴欲魔。肥马轻裘何足羡？葛衣自信胜绫罗。

嘉兴寨上忆延平·鸿山公园

直指云霄上寨楼，豁然环顾海天收。烟波浩渺连鲲岛，帆影依稀发鹭洲。剑卷红夷威万国，旗翻赤嵌炳千秋。仰今故垒雄风在，依旧轩昂冲斗牛。

咏砥柱山

环顾当今世界形势，云诡波谲。而吾中国以昂然雄姿屹立于东方，毋若砥柱乎？

地镇三门险，折冲千里流。乱云徒尔犯，恶浪黯然收。势峻惊风雨，气雄吞斗牛。任凭波诡谲，屹立御春秋。

二十八年诗教一瞥

耕舌古骚坛，迄今年廿八。何辞暑溽生，亦历寒风刮。每欲雅弘扬，剧思才萃拔。舟需顺水推，苗忌违天揠。绛帐贵机灵，鳣堂祛巧黠。伫看万里霄，振翮穿云鹘。

沁园春·访圆明园遗址

万苑之园，旷古奇工，何处访真？叹雕梁画栋，灰飞烟灭；彤阶紫禁，影杳形湮。枯柱倾天，断桥卧壑，满眼飘萧尽棘榛。幽阴处，只涓涓泉水，还咽晨昏。　　且询故地灵神，竟底事斯文厄运沦。是贪残二盗，心肝忒黑；疯狂一炬，玉石俱焚。六帝经营，一朝消歇，浩劫沉沉无与伦。残垣抚，这空前国耻，敢忘儿孙？

齐天乐·谒福州西湖林则徐铜像

绿阴掩映芳丛处，金身倚天昂立。羽氅生风，珠庭逼斗，目炯波光添色。雄姿俊逸。似知悉香江，米旗沉日。故面南空，逐随征雁迓云霓。　　人间桑海忍忆？虎门狂飓起，蛮毒俄寂。眊聩宸廷，无谋肉食，却割珠崖疆埸。铜仙泪滴。报虎伏狮醒，赵归完璧。引慰林公，笑飞湖峤碧。

陈琼芳

陈琼芳（1939—2017），号武荣处士，南安人。毕业于福建师范大学中文系，原任职于南安市文体局。中华诗词学会会员、福建诗词学会理事、泉州诗词学会副会长、鲤城诗词学会会长。

年　关

年关喜见把廉关，政自清明民自欢。但愿金猴挥巨棒，再加力度打贪官。

注：年关过了是猴年。

敬步黄清源诗丈《南安颂》原玉

故郡灵根旺，迎来新纪元。骚坛呈果硕，诗苑竞花繁。鹳雀楼频上，清渠水活源。引吭歌盛世，共建美家园。

花甲书怀

年当本命六旬周，亦喜亦悲将退休。喜为嚣尘终解脱，悲因逝水不回流。结庐人境耽佳句，寄兴河山恣雅游。仄仄平平敲永世，阮囊羞涩我何羞？

咏　　柳

东君于汝最钟情，岁岁春来百媚生。婀娜娇姿苍柏妒，缠绵柔态白杨倾。灞桥一折临歧别，陶宅五株高节明。飞絮飘时浑似雪，玉成道韫女才名。

减字木兰花·泉州南音入世遗，敬和施永康老书记原韵

五南奇曲，美味饱尝思再续。箫管弦琶，如醉腾云赏绮霞。　　金声玉韵，化石活存藏我郡。游子情深，海角天涯梦入心。

念奴娇·郑成功纪念馆

馆台高筑，拾阶上、娇媚江山披阅。海峡东边，如若见、游子思归翘切。眺望金台，舒开笑靥，似为三通悦。情深何患，一衣带水难越。

遥想国姓当年，率师驱外虏，威风雄烈。奋辟荆榛收宝岛，描绘光辉篇页。忍看而今，金瓯成裂珏，愧怀英杰。炎黄宗裔，岂堪分袂长别！

卓　三

卓三，本名谢德镆，1939 年生，宁德古田人。福建作家协会会员，福建诗词学会、楹联学会多届理事。刊有《中唐女诗人薛涛和她的诗》

及散文、英美诗翻译等数本书。

新城施工工余上步道思乡

步道工余步步书，写连石径过山无？白云生处听儿诵，添我乡愁心内呼。

别离阁秋日见空萤

蝉唱东篱独夜慌，空山愁色掩长廊。轻萤献照灯灯冷，红烛流辉寂寂光。雨后清荷珠映泪，窗前绿鬓柳梳凉。风声听断寒云闭，何日西厢共举觞。

无　　题

即便西风曾有约，也难随逝看从容。同来竹苑听蝉晚，又向松峦望影彤。履拾千阶终至顶，身临独秀始知峰。此生镜里迷蒙渡，才识庵山有暮钟。

小重山·江南春到方落叶

步径心惊怎似春，漫山飞彩叶、舞纷纷。江南何事倒乾坤？冬不见，留与这时分！　　数九去年身，寒风吹不醉、野山醺。补来今日入秋门。君知否，暖树早萌新！

喝火令·留绿夏日村隅

扰扰晨昏去，高村径自遥。罢锄休歇坐田寮。耕作几千年后，依旧乐弯腰。　　近处飞高铁，新楼比立骄。几弯田亩祖孙操。享受人生，世外有琼瑶。碧野最知人意，凉夏睡芭蕉。

曲玉管·夜听鼓浪屿琴愁

牖页如书，繁灯是眼，波涛送夜依星斗。倚听红楼飘乐，欹首悠悠，鸟鸣幽？怨怨痴声，丝丝愁念，失之得也何由究。笼雾低回，淡淡频惹投眸，任漂浮！　　指键心随，那情愫、缘谁能会，此中个里心思，寻寻只在崖周。问斑鸠！却无言焉对，晚碧高空难觅，紫帘情动，曲尽依稀，我独凝楼！

雪梅香·心飞相思树

海风急，匆匆赶路去无声。暗随君相顾，飘飘不用新旌。领路翻翩几花样，趁机捎带一风筝。碧空阔，哪里相思？春染林青。　　轻轻，约伊处，纸鹞为凭，默默含情。密密春丛，隐身岂匿香萦？俯瞰蓝巾忽吹动，紧盯红帽嵌晶莹。惶惶地，敢把言开？帮我黄莺！

施议对

施议对，1940 年生，字能迟，祖籍台湾彰化，生于福建晋江。先后就读于福建师范学院中文系、杭州大学语言文学研究室和中国社会科学院，曾任中国社会科学院文学研究所副研究员。1991 年移居港澳，任澳门大学中文学院副院长、教授。著有《词与音乐关系研究》《施议对词学论集》《施议对论学四种》等，编纂《当代词综》等。

戊子金谷苑送别有作

三月十七日，转头已再周。平生多少事，行退且无忧。一棹烟波远，大江滚滚流。崇楼天欲蔽，蕖影立沙鸥。我本农家子，白衣入翰林。始随永嘉夏，声学度金针。后逐海宁吴，袒诚款实襟。古粤移居晚，空阶寒气侵。唧唧复唧唧，当户未成匹。斟酌仰南斗，几箧文史溢。幸得素心人，光照临川笔。登高知几重，太白连太乙。

金缕曲·寄怀大学学友

能不尔思矣。甚年年、峰回路转，锦书难系。忆昔长安山无数，柳绿花红堪醉。费多少、青春歌吹。一自临歧挥手去，便天涯浪迹归谁计。功与业，逐萍碎。　　而今碌碌知何是。但鸡窗、清吟廿载，未曾空费。沥血文章三两块，换取些些名气。怎敌它、米珠薪桂。政策中年当落实，有千间广厦庇寒士。君共我，大杯备。

金缕曲·乙酉中秋前五日泛舟西溪有怀先师夏瞿禅（承焘）教授

曲渚罕人迹。望烟岚、秋眉山翦，溪流寂寂。古刹荒寒岩阿傍，匝地荻芦抽白。鹳鹤舞、莓苔点石。红柿黄橙香菱紫，绕祠堂松柏森森碧。追往事，悼词客。　　宗师一代曾谁识。想当年、高吟朗啸，月痕沙碛。风雨晴阴原无有，今夕不知何夕。觅好句、霜篷时入。门口依家应依旧，待先生料理三春陌。斟北斗，万梅侧。

金缕曲·敬呈饶宗颐教授

盖世饶公学。地天人、要终原始，群书卓荦。德镜清琴素怀寄，尘霭众山如濯。呈藻绘、文章颖烁。我志述删千春映，骋良图、上下看横廓。存大雅，正声作。　　初成一卷重交托。二仪兼、函弘韫椟，从容优渥。屋满春风荣末座，笔阵空来夜斲。念细菊、新开篱落。好树凋残秋蔬尽，履岩崖、万仞无桥彴。南斗仰，以斟酌。

贺新郎·生日自述

好取人嘉句。坐看云、兴来独往，南山何处。日夜乾坤凭轩北，秋水长天孤鹜。照我影、溪头三楚。九万里风星河转，举鹏程、不待东方曙。当锐巧，忘机旅。　　潮生潮落悲今古。酿清愁、一弯眉月，半蓑烟雨。容膝非同陶潜共，十面霓裳中序。在陋巷、稼耕自与。满屋堆书拈随手，锁窗寒、烛影移将午。诗梦就，晋龙虎。

贺新郎·悼程千帆先生

才迈雕龙客。记当年、有恒求学，籍书堆积。又记南朝佳丽地，平野虚窗幽寂。孤城打、几回潮急。彩凤箫鸾翩翩舞，结同心、翰苑留双璧。其赵李，岂堪匹。　　吴头楚尾蜀山侧。奈漂流、兵间活命，竟遭灾厄。已是乡思无肠断，夜夜松岗悬隔。幸岁晚、重登讲席。树木风烟今从愿，甚匆匆别去何追惜。浓绿拥，万花泣。

鹧鸪天·自嘲

岂为虚名役此身，我生乐道且安贫。大锅吃饭无愁米，小井看天自在春。　　居闹市，亦闲人。书城坐拥味甘辛。会当磨取数升墨，洗却毫端万斛尘。

庄晏成

庄晏成，1940 年生，惠安人。毕业于厦门大学经济学系。历任中共泉州市委常委、宣传部部长，泉州师专党委书记，福建省文化厅副厅长、巡视员。曾任福建省诗词学会顾问、泉州诗词学会会长。

桐城吟

廿载三洲路，风光日日新。愿倾东海水，再谱刺桐吟。

诗友赴南金采风

满坡绿伞映春阳，遍地繁花扑鼻香。吟友远来缘底事？采风酿蜜润诗肠。

刺桐吟社成立志贺

洛阳江上水迢迢，万世丰碑颂古桥。庙里骚人开盛会，诗词歌赋胜前朝。

退休感怀

半生飘泊在斋衙，道是无家处处家。好景还从迟暮得，故园归去满天霞。

童家贤

童家贤，1940 年生，长汀人。福建省师范学院中文系毕业，后执教于福建省第二师范学院。历任中共长汀县委副书记、纪委书记，长汀师范学校校长。曾任福建省诗词学会理事、龙岩市诗词学会副会长。退休后寓居厦门。著有《仰鹏居词稿》。

贺新郎·南湖船

浩渺烟波阔。望南湖，浪尖谷底，一篙明灭。不似郑和横海笑，手把唐瓶宋碟。更不是、京华残月。冷液寒波摇石舫，总萧萧、僵卧昆明侧。载不动，旧中国。　　恍然梦断悲歌发。向黎明，扬帆鼓楫，破冰冲雪。大渡河中如电抹，几许惊魂呜咽？尽滚滚、太平军血。自古长江非天堑，问神州、岂可划南北？飞百舸，下吴越！

唐多令·烈士语丝

谁与话茫茫？岭梅花正香。念征人，跋涉潇湘。不恨夕阳不我载，西去也，共温凉。　　剜腹又何妨？崩腾血一腔。化三千、铁骨红妆！但愿吾儿长记取，娘本是，有肝肠。

注：烈士唐义贞，陆定一夫人。红军长征北上，她因怀孕转移到长汀一带活动，不幸被敌人剖腹杀害。

满庭芳·黄洋雾海

梦里殷寻，客中真靓，望中一片迷蒙。梦乎非梦，底事总相同？雾海涛生浪息，何处觅、英烈遗踪？还多谢、朦朦曲径，唤我上苍穹。　峥嵘，碑百尺，半襟寒露，万里雄风。尽言是、当时炮指长空。吾料那人歇脚，将扁担、插向巃嵸。君不见、朱德二字，风雨欲腾龙？

虞美人·故乡情

思君恰似天边月，我是深山雪。深山雪化水长流。总总一轮、明月在心头。　　见君却是春江水，送我行千里。我行千里半瞑瞑。浪洗波淘，三五更分明。

双调忆江南·汀州杂咏（十二首录一）

汀州忆，云顶望梅林。霜月一江摇倩影，霓衣十万下仙岑。能不动归心？予来也，呵冻问青禽：香殒蓬蒿堪鹤唳，玉埋沼泽奈龙吟？愁向梦中寻。

水调歌头·冠豸山晋升为国家重点风景名胜区

豸也近来好？列戟耸烟峦。那回别后，晤对只在彩屏间。不见红莲笑靥，但觉雄风浩荡，千骑拥苍髯。容我傍牛斗，抚角问平安？　　人醒醉，山颠倒，夜阑珊。石门湖上，争底寥落几星寒？料想蟾宫此夕，斫却婆娑未了，剪烛宴新官。曲直杯中酒，功罪付歌谈。

鹧鸪天·海韵园读石

补剩南天仄海隅，聊将芦管伴鸥凫。乍闻春树千禽啭，忽听沙场万马趋。　　谁钓月？柳垂苏。何须渺渺叹愁予。撩人最是无声际，碧海苍茫一棹孤。

吕文芳

吕文芳，1940年生，仙游人。原三明市林委副主任，高级工程师。2014年获中华诗词学会第五届“华夏诗词”一等奖。著有《嵫景随吟》。

砖

泥土作灵魂，熔炉煅赤金。模型堪正己，位置任由人。构筑万家厦，关牢故国门。为圆华夏梦，不悔入红尘。

访正山村农户

文化下乡访新农，举家老少乐融融。子营毛竹油茶仔，爹酿佳醪坂面红。故址翻修村貌变，新楼便捷路途通。四层别墅连宽带，孙辈争先上网中。

七秩述怀

往事如烟感慨深，倚轩望远忆前尘。胸无点墨空忧国，囊缺纹银枉悯民。桂子逢冬香已去，愚公有志老将临。人生代谢如轮转，虚度年华七十春。

卜算子·游子思乡

游子爱唠叨，常说家乡好。绿锁青山打不开，牛啃斜阳草。　　转眼近黄昏，田野青蛙闹。横笛骑牛锦路回，屋后温泉泡。

临江仙·秋收

出外打工皆壮汉，守村只剩婆姨。秋收季节正逢时。肩扛朝日起，脚踩月光归。　　农具鸣声吞麦浪，田园点缀花衣。晒场粮垛与天齐。敲盘寻信息，网上卖商机。

徐继荣

徐继荣，1940年生，江苏泗阳人。退休干部。曾任华安县人事局副局长、县职改办主任等职。著有《养怡斋吟草》。

蜗　牛

闲游镇日步徐徐，留有奇文美篆书。岁月无忧真自在，子孙不用做房奴。

登　高

无边秀色喜眉开，直似诗书画里裁。古水微澜流韵远，锦帆一片剪江来。

登湖心亭

泠风含笑抚波平，月到中秋最有情。几缕灯光明灭处，谁家欸乃动江声。

清平乐·宦海趣闻

异常奇巧，上下相颠倒。旧部摇身成领导，往日谢仪要讨。　　风凰铩羽如鸡，退时气短眉低。事后双双落网，各人自领刑期。

渔家傲·贪官外逃记

平步青云春处处，经营几载私囊富。案发匆匆逃命去。逃命去，花钱欲买天堂住。　　寝食难安惊恐惧，恢恢法网乾坤布。惨淡凄凉逃命路。逃命路，断肠水尽山穷处。

施学概

施学概，1941 年生，字伯天，晋江人。中学毕业后入福建师范学院中文系就读。1961 年移居香港，经商创业。曾任香港特别行政区事务顾问、福建省政协委员，香港诗词学会永远荣誉会长、福建省诗词学会原顾问。1997 年在香港倡办迎回归诗词大赛，出版大赛获奖作品集《回归诗词百首》。

永夜微吟

永夜无眠思九州，微寒还雨入乡愁。莫辞海角伶仃泪，为客天涯迟暮秋。一脉清泉和我老，满园玉露缀荆幽。吟酣顿觉心神爽，明月高悬烨小楼。

郊游荷塘垂钓抒怀

天开日曜江城静，水抱山环维港幽。垂钓我犹禅寂定，放歌谁与意相投。清漪浥翠浮金碧，红雨涵光漾玉琈。倚竹怡然消暑气，芙蓉摇处一轻鸥。

登黄狮寨

笑客风流拾级攀，六奇旋望醉云山。乍惊飞电黄狮起，却是凝妆旭日颜。

兰陵王·悼李林

纪念巾帼英雄李林学长为国捐躯，一九八七年概与内子捐建集美

“李林园”“李林纪念馆”，其园馆系福建省重点文物保护单位，青少年教育学习基地，转眼廿五周年，香心一瓣，正拟筹备扩建升华完善，感赋：

沧波渡，诚毅真知永树。高怀远，寻取中流，英发南疆北行赴。心期破倭狗。娇女，书生志笃。弦歌咏，戎马笔耕，延水滔滔百花哺。浪人盗贼恶。铁骑策三光，腥血风雨。家亡国破悲难诉。双枪箭风快，征衣未捣，雄姿塞上斩骄虏。玉魂恸环宇。　壮举，舞红炬。寄无限风猷，巾帼勋铸。十洲云水华侨誉。瞰人间寒暑，和平谁与？矗昆仑柱，辩今古，正天目。

念奴娇

中华诗词，“人民呼唤焦裕禄”信息读后，达旦难眠。试作。

晨流清洁，见彤云初吐，闪星光射。兰考神游心系处，山水遥连芳碧。啸托黄河，奋威广漠，壮志雷霆力。何论身命，钦迟豪杰贞德。长向圆月魂归，怀思历历，弹泪中宵立。绿魄焦桐情不尽，莫用别寻标格。瘠壤根亲，尽心社稷，生死沙丘国。清风盈袖，普天尧舜红日。

满江红·纪念抗日战争胜利七十周年

读史挑灯，光射处、关河浴血。思万叠、烽烟八载，众心坚铁。仰祭英魂碑石立，不忘狼虎金瓯夺。得胜利、降表出倭皇，欢歌捷。新时代，情怀烈。前史别，和谐切。造化谋民益，壮哉高节。现实中兴真事业，潜能丝路宏论说。战祸消、点烛祀和平，雄兵阅。

张江波

张江波（1942—2014），宁德屏南人。毕业于福建师大中文系，任中学高级教员，屏南政协鸳鸯溪诗社副社长。著有《枕流集钞》《诗缘笔录》。

棠溪垂钓

夏雨兼旬曲岸平，棠溪四月浪花生。满山新叶群莺乱，一水银鳞数蝶轻。少有闲馀辞俗累，却逢假日送清明。垂纶自在浓荫里，又遣心中半日情。

鸳鸯溪冬韵

一碧屏山锁嫩寒，问樵寻韵到前滩。垂藤曲岸生幽草，削砥平流泛素湍。好木长宜经雪孕，侣鸳最耐隔林看。心轻却羡双飞鸟，地老天荒百样欢。

退休遣怀

数架盆花伴退居，东风时为扫庭除。晓寻好梦迎霜醒，夜咏清词趁醉书。我羡悠情回雪棹，谁飘红叶任墙渠。幽怀白发堪剖玉，吟断夕阳一岁初。

王仁杰

王仁杰（1942—2020），泉州人。毕业于上海戏剧学院戏剧文学系，国家一级编导。创作梨园戏《董生与李氏》《节妇吟》《陈仲子》，昆曲《牡丹亭》等剧本。二次获得曹禺戏剧文学奖剧本奖和文华新剧目奖。曾任全国政协委员、泉州市政协副主席，福建省戏剧家协会副主席、泉州戏剧研究所所长。

重游沈园

沈氏家园夕照中，重来临水吊惊鸿。东风白絮悲唐琬，岂独伤心是放翁。

读旧稿《陈仲子》（四首录三）

一

悠悠国史一枰棋，最是春秋人物痴。吾爱于陵陈仲子，阑珊灯火说忧思。

二

夙志贞廉向慕之，化身为蚓自存疑。可怜半李犹三咽，亦敬亦钦亦大悲。

三

烟尘既灭斗星移，犹念祝公一面师。慷慨倾谈首演夜，高山流水哲人知。

重读经典有感·《长生殿》

读到兴亡掩面伤，若论情处费思量。可怜才调枉抛却，误尽苍生李与杨。

潘心城

潘心城，1942 年生，长乐人。曾任福建省财政厅厅长、党组书记，福建省副省长，福建省第九届政协副主席、党组副书记，福建省诗词学会名誉会长。

西禅寺啖荔口占

时逢小暑荔香清，会友开园快意迎。待到凉蝉鸣再度，诗坛闽海更繁荣。

辛未年登黄山有感

天都一望杜鹃红，百里云间尽石松。不到黄山绝佳处，安知天下有奇峰。

己丑年元宵，余与省诚信促进会同仁应市人大高翔副主任、鼓楼区委柯有民书记之邀，登镇海楼感赋

登临一目动心波，镇海楼前感慨多。凭眺三山罗万象，如今喜自放高歌。

长乐度假村感怀

潮喧林海松涛静，浪拍水天云彩萦。昔日一片荒沙聚，而今浴场此

筑营。招来五湖四海客，共享大块恩赐情。晨步水边观日出，夜宿滩头赏月明。轻歌曼舞意不尽，渔火闪烁篝火盈。乘风远航学舵手，扬帆更需奋前程。

陈　永

陈永，1942年生，号竹影、原草、久庵，祖籍长乐，福州人。复旦大学新闻学院毕业。曾任省《人口与家庭》报社、《婚育导刊》杂志社副总编、主任编辑。中华诗词学会理事、省诗词学会副会长兼秘书长；省、市美术家，书法家协会会员、理事，福州市政协书画院画师。

登八达岭

龙蟠嵬嵬峙心中，直上凌云沐好风。永夜胡笳嗟往事，极天大野啸青峰。登山灿烂秋林醉，吊古苍茫夕照红。诸夏才人今辈出，振兴大业赖群雄。

分别六十年，参加福州五中初中同学会感作

风云六秩怅分飞，幸会霜颅际古稀。往事蹉跎何戚戚，青春逝水倍依依。于山朝旭书声朗，前进楼头月色晖。执手来生延旧谊，芸窗结梦共芳菲。

咏题春山游旅图

松翠岗清不染埃，寻春郊次踏青回。仰天云起添诗趣，照眼花明举酒杯。谁唱樵歌斜径外，时横钓艇危崖偎。逢人尽是看山侣，且过板桥逸兴催。

坐　雨

灰昊弥空阔，春声潜入门。霜风吹未尽，冷雨滴微喧。坐对芸窗寂，钩沉岁月奔。诗书尝有味，检索每温存。

多丽·喜迎首届全国青运会榕城开锣

绿榕城，清秋盛会光隆。汇群英，披坚执锐，拿云壮志凌空。夺头魁，心潮澎湃，为九夏，赤臂争雄。茉莉流馨，惊涛劈浪，建峥嵘报国丰功。概无计，悲欢荣辱，风范令钦崇。闽江月，桂花芳馥，气贯长虹。　　望神州，前程似锦，奋越无惧高嵩。更何妨，泰山压顶；誓满月，只手弯弓。竞技精猷，飞葩异彩，青春拼搏乐无穷。待接力，薪传炬火，燃遍五湖熊。中华梦，遥岑日丽，四海飘红。

满江红·改革开放四十周年大会感赋

四十年华，三中会，光昭史笔。欣觉醒，路逵飞过，小康如蜜。鼎革创新波浪阔，旋天谋国风云叱。仰玉京，盛会响惊雷，群星集。

辉特色，歌继武。坚自信，雄关越。护和平世界，共同收益。基伟峥嵘磐石固，图宏富丽神州屹。报雍熙，余欲献些微，心头热。

王翼奇

王翼奇，1942年生，原名萧佛寿，字羽之，祖籍南安，生于厦门。北京大学中文系毕业。历任浙江教育出版社编审、浙江古籍出版社副总编辑兼《作文报》总编辑、浙江大学人文学院客座教授，浙江省文史研究馆馆员、西泠印社社员，中华诗词学会理事、浙江省辞赋学会会长。著有《绿痕庐诗话·绿痕庐吟稿》等。

杭州马坡巷谒龚自珍故居

来从箫剑想英仪，太息当年国士悲。六合残梅喑病马，一缄红泪湿青词。秋风淮浦南归日，夜雪黄河北上时。我亦飘萍文字海，四厢花影欲催诗。

忻州吊元好问

太行元气此星辰，何止金源第一人。泾渭清浑疏凿手，沧桑歌哭乱离身。韩岩村古公如在，野史亭空草自春。束发读诗今展墓，摩挲老柏想风神。

括苍山中夜读李贺诗

千载灵均嗣响谁，中唐忽见此瑰奇。生来骨相非凡马，呕出心肝是可儿。世路蹉跎秋士老，诗魂寂寞美人迟。忆君亦有如铅泪，独下苍山夜半时。

杭州九溪谒陈散原先生墓

同光诗垒昔摩云，今日春芜属此坟。浮世几人倾大雅，生刍一束吊斯文。遥怜绝学无馀子[①]，永侍空山剩长君[②]。三爇馨香来再拜，不知心事竟何云。

注：①谓寅恪先生。②旁为衡恪（师曾）先生墓。

寄虞愚先生都门

宣南入室许抠衣，长愧微才早见知。杏雨一帘春试墨，梅花四壁夜谭诗。不聆雅教旋三载，再挹清芬是几时。京国平居佳节近，应看火树映风旗。

水龙吟

丙子初秋，自广州至香港，车中缅想林少穆、龚定庵二公恨事，慨然久之。丁丑仲夏赋此，时香港回归在即矣。

望中虎垒鹏湾，当时都是伤心地。故人横海，将军空拜，阴符难寄。呜咽秦淮，石头雄踞，翻成和议。痛空前变局，百年遗恨，魂不远，应挥涕。　　休说朱崖终弃。侭西风、人民犹是。气寒西北，神州长剑，倚天万里。七月归航，白豚跋浪，紫荆舒蕊。蘸霜毫急就，青词焚祝，令先生喜。

水调歌头·杭州喜晤蔡厚示先生

客里聆珠玉，儿时识姓名。枨触天南诗梦，漠漠海云横。今夜轻车松径，为报钱塘苏小，词客到西泠。欲赋高轩过，华发奈星星。　　鹭江雨，燕山雪，共先生。神交岂但倾盖，相见若为情。草草杯盘湖上，且向名园赋菊，长句更题楹。我岂眉能白，公莫眼加青。

方纪龙

方纪龙，1942 年生，号返朴斋主人，莆田人。中学教师。中华诗词学会会员，福建省诗词学会理事，莆田市诗词学会副会长，福建省文史馆馆员。著有《方纪龙诗词书法集》《方纪龙花鸟画册》《白描花卉》《返朴斋文集》等。

归乡自勉

世人谁不恋城闾，我却还乡蛰旧居。日赏江潮时涨落，夜瞻楼月自盈虚。闻鸡腕蓄千钧力，伏枥胸藏万卷书。常拭尘埃心似镜，归真返朴在清庐。

悼赵玉林夫子

不留雁塔亦留名，盛世已无矰缴惊。如戏人生非一梦，桑榆绚烂笑枯荣。

秋游白塘

白塘秋潋滟，浮屿影婆娑。佳节迎骚客，兰艭漾碧波。喧阗惊玉兔，秀丽醉嫦娥。衢植凤凰木，坡铺翡翠珂。仙宫精保护，名卉广搜罗。月朗三江彻，风微六合和。笙箫声满耳，漭荡艇穿梭。归鸟桃林宿，游鱼柳坞过。登汀观社戏，俯泽赏银河。聚散欢情短，盈虚感叹多。良宵当起舞，盛世共讴歌。少日狂犹在，何妨鬓已皤。

入文史馆述怀

馆墙忝列桂开时，登榜霜头莫谓迟。万贯孔方何足贵，聘书一纸重尊彝。樗栎凡材本碌碌，清贫却耻利名逐。闲庭静看云卷舒，秋菊经霜香更馥。丹青幼嗜又如何？偏事西文卅载多。幸得三师频教诲，修身正路艺之初。逆境相知情最厚，学海无涯二戒守。诗书万卷笔沉雄，睥睨浮华嗤怪丑。苦短人生数十秋，悬梁刺股笑蜉蝣。丹青满壁诗盈箧，一任清霜染白头。抱一勿离志如铁，毫端笺底晶莹雪。平生何物最心仪？陈画沈书和赵诗。今幸尾随登馆阁，好风借力报恩师。龙年将至闻鹊喜，奕世当歌千盅酌。我愧名龙欲效龙，翻天倒海冲天跃。国弱百年西学侵，中华文化博而深。喜看今日东风劲，醒吼雄狮赤子心。文化兴邦诚良策，报国何惜千斗墨。壮心未已迈古稀，传统赝扬匹夫责。

蝶恋花·陈子奋夫子去世三周年祭

铁划银钩诚不朽，重祭冤魂，昭雪三秋后。长憾未闻除四丑，百花又放君知否？　　逆境师恩情最厚，泪祭灵堂，哀乐低回久，寄语九泉斟桂酒，芬芳桃李承香叟。

唐多令·中秋画菊

绘菊度中秋，墨花香满楼。倩何人，共抒风流？桂酒欲斟心又虑，撩旧梦，惹春愁。　　秋色画中收，诗情楮上留。岂伤怀，转眼白头。璀璨人生非过客，观沧海，笑蜉蝣。

西江月·自题返朴斋

微雨茶花庭院，春风紫墨楼台。归真返朴远嚣埃，足可超然物外。
何必折腰权贵，岂能俯首庸才。书香满室月笼斋，看我逍遥自在。

李复华

李复华（1943—2001），光泽人。曾任光泽县诗词楹联学会会长，南平市诗词楹联学会理事。

秋　暮

才上高冈块垒空，山城十里画图中。烟升秋昊云皆碧，日落长河水尽红。一路行人编彩练，半林归鸟闹丹枫。登临我亦开怀望，见有诗名过远东。

咏　　桥

通津何处受欢迎，万态千姿总利行。安得如虹跨海峡，好同彼岸话亲情。

嘲　　钓

满腹机心碧潭畔，羡鱼偏又惧波澜。诸君但着江湖上，几个渔人把钓竿。

偶　　成

饭后澡完关闭房，恰如闺女守闺纲。人愁无币游商市，我喜有诗飘醉乡。奇句吟来山径险，灵光涌现海涛狂。浮生已是无多日，惜取韶华吐晚芳。

罗幼林

罗幼林（1943—2012），宁德福安人。自学成才，多才多艺，擅于编剧、雕塑、画画，秋园诗社原理事兼秘书长。

笋

本蕴凌云志，岂甘屈土中。顽尖穿乱石，劲节藐狂风。

驻足将军山

将军抬望眼，新竹影孤单。战火依稀在，征人去未还。干戈谁化帛，铁马自归山。共补金瓯日，双赢许可盼。

西部大开发

春风今度玉门关，万代冰川起巨澜。洗却黄尘披锦绣，昆仑额手笑开颜。

秋　园

冷月无声淡入秋，香泥雨湿惹谁愁。丹枫陌上摇金舞，岂与西风论不休。

苏幕遮·夜

月含怡，风带妩，爱到深时，反觉缄无语。静看牛郎牵织女，殿里长生，切切心相许。　　景依旧，人已去。红豆相思，卅载君知否？最是无情贫字杵，打散鸳鸯，梦里尤呼汝。

郑世雄

郑世雄，1943 年生，莆田人。福州军区军医学校毕业，团职干部转业。历任莆田市机关党委书记、市委组织部常务副部长、市委统战部部长、市人大常委会副主任、市政协副主席。中华诗词学会会员，福建省诗词学会常务理事，莆田市诗词学会会长。著有文集《妈祖精神摭谈》、诗集《闲鹤吟声》。

秋游岳阳楼

俯仰叹江流，霜晨几处幽。轻风吹皱水，落日载浮鸥。把盏云飘絮，凭栏雁入眸。长吟忧乐句，伫望洞庭秋。

建国七十周年阅兵

地动山摇气纵横，长街铁血点精兵。三军将士声威壮，十里流光甲胄明。马踏云关犹见雪，烟笼谷岭尚扬旌。柳营夜半思家国，不负江河万古情。

贺中华诗词学会四代会召开，步马凯韵

花开盛世不言迟，艺苑争芳又一枝。潮涌新人推浪出，枥藏老马奋

蹄驰。高山流水皆成韵，明月清风好入诗。放眼神州春烂漫，扬帆逐梦正当时。

丙申夏，重访服役十六年之侯马故地，喜会战友

情牵汾浍梦天涯，故地重游觅旧家。手捧金樽频寄语，胸腾热血忆流霞。龙潭捉鳖深潜水，虎帐谈兵漫饮茶。且喜征人今未老，台骀庙外锦葵花。

丙申闽粤港台诗家金秋笔会咏贤良港古码头

港岸频吹大宋风，千秋遗爱五洲同。沧溟雪涌涛声远，宇甸歌吟海路通。货有奇珍谋互利，商求信誉好相融。煌煌圣井谙神意，万里帆樯耀日红。

癸巳清明悼亡

何堪歧路望天涯，泪洒新坟把菊花。廓外荒冈肠断处，凄风苦雨一声鸦。

高阳台·纪念辛亥革命一百周年

落日残烟，暮鸦泣血，黄花冈上云稠。夜半枪声，武昌旗竖城头。奄奄气尽皇朝灭，庆共和、几处觥筹。却谁知，虎窃狼吞，辛亥蒙羞。

江山幸有新人出，把狂澜挽住，砥柱中流。扭转乾坤，放歌万里神州。祥云瑞霭霞光暖，喜迎来、盛世春秋。续航程，兴我中华，更上层楼。

许小梅

许小梅，(1943—2022)，原名守建，乳名大妹，宁德蕉城人。执业中医师，好象棋，诗工绝句。曾任蕉城区鹤鸣诗社第三届社长，福建诗词学会会员。

登宁德东湖塘二十五孔桥

惊涛起伏望悠悠，势逼宁阳撼斗牛。念五孔桥横水口，满江白浪尽低头。

奉化溪口憩水桥原蒋介石与宋美龄钓鱼处

桥影溪声野色昏，美人总统两无存。垂钩更有谋鱼者，心计何曾亚瑞元。

春客姑苏

含苞摇落再而三，花雨凝香入梦酣。莫是春风忘普渡，尽将红紫泼江南。

以农民身份拜谒宁乡刘少奇塑像（二首）

一

三自深恩法外开，幸存草吊恕迟来。伤心吩咐宁乡月，关照当年燮理才。

二

百死青丝雪已侵，六零旧事记犹深。自由一季寻常字，写出仁人菩萨心。

秋日旅武汉

故郡楼前落叶翻，秋风应序下中原。山从巴蜀云边瘦，水到吴江渡口浑。草色不因新冷减，鸟声尽向软晴喧。天心有意私荆楚，直使东湖碧到门。

郑高萩

郑高萩（1944—2013），龙岩人，出生于厦门。厦门集美区上塘中学教师。中华诗词学会会员、厦门诗词学会理事、集美诗词学会常务副会长，集美区老年大学诗词班教师。著有《诗词曲格律与欣赏写作例说》《轶苑诗草》和诗联集《浔江风语》等。

忆苏州

履迹久疏印旧吴，温文软语忆姑苏。名园附市藏幽境，澹月映桥过小舻。曲巷迷离人静后，桂花馥郁梦回初。遥知夜半钟声杳，月落乌啼在画图。

注：约80年代初，余赴京卖花，返程特在苏州勾留二日，居小巷中旅社。当晚游市，竟忘归途，逡巡良久，始寻桂春回宿。

过都江堰市

汶川震后暂无灾，白马奔腾负燕来。青瓦粉墙新市镇，箪瓢抔饮旧蒿莱。但从流末思江堰，便上山头认庙台。一瞥匆匆存蓄念，他年梦里独徘徊。

注：因要人阻路，改入都江堰午餐，匆匆一过，市容维新，民风朴素，惟不见堰，亦不见庙。

龙岩扫墓

天合天清任白云，海山驰骛转荆榛。倏来细雨秋容黯，拂过轻风野色匀。梓里山河留故事，坟前香烛祭先人。年年爆竹惊山鸟，顾我归飞有慨颦。

鳌　江

红树渡头舟楫横，琼楼玉宇伴潮生。心随白鹭凌波远，目极青山隔岸横。犹放襟怀容日月，也澄风浪纵鲲鲸。嘉庚德范垂千古，长峙时空照碧瀛。

注：马銮湾至鳌园之海域，南邻鹭江，东接浔江。

登林敦寨

凭风登废寨，野蔓杂丛筠。残砾堆行道，颓垣布棘榛。寻幽无战火，稽古念簪绅。日照东坡下，行商出旅尘。

注：位长泰林溪村，林承休曾据此抗倭，面积约7500平方米，今已废，唯馀寨门及颓垣。

风　过

草庐构爱绿边居，蝶影蝉鸣伴检书。莫谓蓬门无逸致，清风明月不曾虚。

蒋平畴

蒋平畴，1944年生，长乐人，生于福州。福建老年大学教授，福建省文史研究馆馆员，福建省书法家协会副主席，中华诗词学会理事，福建省诗词学会副会长。著有《书法述要》《中国书画精义》。发行有《书法心解二十讲》（光盘）。

丙辰十月，年仲夫子七秩双庆，俚句拜祝

七十犹豪纵，吾州一静翁。居垣挥椽笔，笔落惊群雄。曾上麻姑山，手搨仙坛记。行踪遍天涯，真迹穷罗致。斜月窥楼角，默默只抚碑。曙色方山隈，我辈怅来迟。细语三五声，万千字纵横。精妙倾东土，恬然见平生。燕瘦复环肥，却兼而有之。怪底出一手，颜褚共神奇。卧游佳山水，丹青见风神。偶尔篆金石，磊落如其人。索书穿户限，未曾以人更。问津常踵接，老少俱欢迎。我也亲函丈，相契逾十年。借助宋斤力，都道吾师贤。

重游莫高窟

寻踪几度尚心萦，岩壁鸣沙听梵声。千佛洞圆天地梦，三危山证古今盟。于斯画卷浑如故，别样风流已自闳。迷眼金光花雨下，重来又是月分明。

偕友盘桓郊次感占

久向丹青问道忙，笑吾犹未解迷茫。偶从野趣窥三昧，更觉天机隐

八荒。水引目光穿曲折，山同怀抱见昂藏。烟霞万缕流今古，随处泉源任取长。

梦中复忆少时从先母习诵苏轼《记承天寺夜游》，涕醒，口占

别离风雨哭萱堂，五十三年一炷香。泪到无人纷潸涕，言闻有母便忧伤。爱曾牵手轻轻抚，悟每谈天细细详。诵又空明坡老月，教儿何处不思量。

榕南江心村即事

江楼又听七弦琴，观水看山万古心。十里好春花下卧，一宵新雨梦中吟。随缘来未分朝夕，叩径从何计浅深。回首远因高致在，清风依旧是知音。

梦叩云山，醒起泼墨，绘成一卷，口占

快我溪山踏梦回，天长水远引新裁。攸归落墨心花放，因应由衷笔阵开。契阔云罗呵五彩，摩空羽舞抒无埃。俄然浑觉迎风里，不尽烟霞拂面来。

元日开题

岁朝老幼恣涂鸦，一写琼枝一点花。我欲虚些孙要实，经营好似过家家。

许更生

许更生，1944 年生，福建莆田人。福建师大中文系毕业。莆田市教师进修学院教研部主任，特级教师。中华诗词学会、中国楹联学会会员，福建省诗词学会常务理事，莆田市诗词学会副会长。著有《灵境文心》《妈祖研覃考辨》《莆阳名篇选读》《莆仙历史文化名人诗歌赏析》《红烛青果》《霞光菊影》等。

台湾行感怀

破浪凌云沧海东，双门畅达赖和风。似曾相识观瞻处，恍若徜徉梦幻中。日月深潭逢旧雨，故宫老树发新红。潮平春暖三通日，妈祖灵光两岸同。

尧　颂

丽日尧天岂妄传，庆都松柏似龙蟠。五常教化千家睦，一法颁行九域安。严己戒言心志谨，纠偏谤木庶民欢。杳然禅让浑成梦，浩浩唐河万古澜。

七旬清明上母坟

山花似雪草初肥，野径凄迷覆露枝。孤月三更思惨切，慈颜五秩梦依稀。清茶解意香如故，短烛怜人泪暗垂。鬓白须斑娘识否？龙渊寻儿倍歔欷。

山中闻胞妹赴闽北插队

十七辞家小妹行，可怜无母诉衷情。身更百事须持健，眼历千尘莫损明。广沐雨风增见识，勤随父老学耘耕。山重路远难相送，溪水频传呜咽声。

渔歌子·乙未大暑啖荔诗会

荔子横空渥彩飞，千树香郁绛囊肥。纵小艇，泛清波，熏风逸客不思归。

醉梅花·梅峰寺赏梅忆李富制干

绿燕高标远世尘，暗香浮动特清纯。精华尽出非惊艳，满树冰魂为乐群。　　李制干，美名真，文韬武略富犹仁；修桥兴学圣妈祖，千载芳菲寄渥恩。

满庭芳·长安喜迎奥运圣火

雁塔祥云，名都紫气，曲江无数华灯。灞桥烟柳，渭水涌欢声。圣火西来吉庆，迎奥运，空巷倾城。朱门敞，凌云壮志，四海共鹏程。

千秋羌笛韵，葡萄宝石，异彩纷呈。忆沙漠驼铃，九域风情。厚德方能载物，丝绸路，盛世中兴。和谐曲，兼容并纳，万代可双赢。

方成孝

方成孝，1944 年生，福清人。1969 年厦门大学生物系毕业。任职于厦门市贸易发展局，曾任中共厦门市纪委驻市贸发委纪检组组长。福建省诗词学会原理事、厦门市诗词学会原副会长兼秘书长。著有诗集《灵溪草》《棠棣集》。

咏厦门市树凤凰木

瑶池仙种谪江城，日照嘉禾火焰生。得意甘霖新叶翠，立根大地老枝横。浓阴密蕊浑无匹，碧血丹心别有情。海上明珠稀世宝，雄姿直欲压群英。

过清源山老君岩

软红不忍随春去，翠色俏然入画墙。莫道丹炉曾负我，神仙居处本荒凉。

毓　园

大夫园里平安锁，翠柏丛中白玉身。麟凤劳她双手托，人间博爱此情真。

献给扑灭山火而牺牲之消防队员

青山绿水发哀音，木里魂牵万众心。勇往明知燃爆险，悲歌一曲撼千林。

桂枝香·纪念毛主席诞辰一百周年

神州翘首。倾一代天骄，城楼挥手。多少男儿喋血，献身奔走。风云叱咤沧桑换，大酺开，万方乐奏。睡狮初醒，宏图乍展，群伦领袖。

数十载龙腾虎斗，问烜赫谟猷，谁承其后？忽忽春华秋实，绿肥红瘦。欣逢改革开新面，这江山、舒锦铺绣。巍巍衡岳，殷殷人意，挚情深厚！

春风袅娜·鹭江夜色

涌祥光一派，直上清虚。穷碧落、展虹霓。漾红蓝青紫，人间祥瑞，婆娑闪烁，扑朔迷离。隐约龙头，缤纷八卦，踯躅流连情侣欹。只道篷莱远天外，不期此地有仙栖。　鹭岛风光何限！山青水秀，引人处、夜景炫奇。琴声细、浪声低，游舫乍炽，汽笛犹迤。皓月当空，高楼映水，熏风习习人影熙熙。海天一色，看水晶宫殿，随波晃荡，心旷神怡。

白金坤

白金坤，1944 年生，漳州龙海人。原漳州教育学院副院长。曾任福建省诗词学会理事、漳州市诗词学会副会长兼秘书长。

中秋情思

东南孔雀未还巢，故里花犹二月娇。又是中秋无梦夜，相思两岸望寒潮。

芗江暮色

归舟已泊山将静，老树昏鸦争宿忙。莫怨西阳催暮色，大江流火也辉煌。

农家新曲

改革高潮暖玉寰，廿年赤县沸腾欢。荒山流蜜花成海，大地铺金米满川。柳拂清塘鱼正旺，曦明朱栋燕相安。且看农舍多新事，一曲春歌唱九天。

忆江南·咏荷

荷真好，一水尽葱茏。玉面如妃窥镜里，青钱似盖笑风中。羞退杏桃红。

雪梅香·三角梅礼赞

似春到，千山碧绿唤妖娆。看英姿潇洒，凌寒最是英娇。三瓣含情笑曦日，一心如意卷花潮。雁声里，不舍依依，音泛云霄。　　今朝，九龙水，竞发千帆，万里狂飙。我赶他追，问君谁是天骄。绿水青山展宏志，古城新貌唱新谣。花千簇，白的如霜，红的如烧。

欧孟秋

欧孟秋，1945 年生，福州人。历任中共福建省委党校理论月刊主编、福建省文史研究馆副馆长，中华诗词学会常务理事、福建省诗词学会会长。著有《菊潭吟草》《菊潭清响》《梅窗清影》《兰畹清馨》《竹轩清韵》等。

连城采风兼怀项南先生

和风开野曙，梅雨客连城。饱看云崖色，贪听水碓声。天怜名士气，人重故园情。迢递青山下，归来入梦清。

清游即兴

昨赴寻山约，今来水上吟。浮沉徒过眼，寂响不关心。初月窥人淡，微香惠我深。本然堪自在，去住有清音。

海南与小孙女泛舟

舟泛白沙门，湖澄似故园。椰风酥醉梦，蕉雨润清魂。天外云如海，人间爷与孙。微波双桨里，诗愧不知言。

访太姥山

车出桐城外，泠然靖世氛。心归三界碧，魂绕几梯云。花雨空山落，仙风隔海闻。诗禅元一味，问道在斯文。

景汉恩师十年祭

玉虚缥缈玉华闲，昔日游踪不忍攀。况独寻诗翻苦语。与谁沥胆话时艰。十年频梦星星泪，双鬓残霜点点斑。吟到柳河同步月，无涯萧寂对溪山。

答友人

君笑生涯若转蓬，经年诗事又春风。谁知一滴相思泪，照见江花过雨红。

定风波·望月

莫向时光论短长，转头又见一轮霜。圆缺阴晴都几许？孤旅，生涯不必费思量。　　老了书生何所去？闲步，青山绿水共炎凉。知是人间秋处处，回顾，只将白发对斜阳。

施永康

施永康，1945 年生，字宁杰，晋江人。厦门大学经济系毕业，经济师。1968 年入伍。曾任泉州市市长、市委书记，福建省九届政协委员、常委，中国共产党十四大、十六大代表。福建省诗词学会原顾问、泉州诗词学会名誉会长。著有《宁杰唱和集》《宁杰行歌集》《宁杰诗书集》等。

履新感赋

款款三叮嘱，路遥风雨频。成龙期盼切，追虎运筹新。踵事宜瞻远，增华俯问津。志坚当有道，情笃系人民。

注：1998年8月，上级决定我任泉州市长，贺省长代表省委召谈话。讲古论今，说职守，交重任，以同为政务长官相勉。并重温省政府省长办公会议，批准晋江撤县建市审议会上，时任省长贾庆林对晋江、对改革开放前沿泉州的殷切期望，进一步确立“盯住广东虎，争当福建龙”目标。

步潘心城副省长《登山》原玉忆三访黄山

崖悬夕照一天红，几处烟霞绕客松。难得栖山听夜雨，不知梦里是何峰。

步一放原玉《除夕忆友人》

车笠惜知音，曾经几访寻。风清连夜语，雨霁倚松吟。真爱原无价，箴言最有心。桃潭终古在，道故绽情深。

注：己丑大年三十傍晚，得《领导文萃》社长一放先生五律，难得少兄记挂。次日正月初一，“有感”复社长。

退休五年吟

尘氛岂得闲，解绶梓桑还。花果红南苑，茹蔬绿北山。农夫邀醉饮，骚友约登攀。何处吞云雾，悠然寄宇寰。

风入松·举全市之力攻贫困之坚

兴农助困著鞭先，擂鼓热潮掀。傲霜御雪披荆棘，挹银汉、澍降畴田。庶几梦萦苍碧，忽闻霄九鸣弦。　　柿红茄紫果蔬鲜，稻黍穗沉弯。黄莺云雀吱喳劲，日当空、百草情牵。父老频频加额，欢欣瑞满人间。

注：国以民为本，民以食为天。农业兴、农村稳、天下安。自1982年至1986年，中央连续出台关注“三农”问题的5个1号文件。至2001年，泉州还有219个发展滞后村，53个不适应村。市委市政府

更加坚定“举全市之力，攻贫困之坚”的战略部署，决心加快向宽裕型小康迈进。在攻坚的日日夜夜，走遍所有滞后村，是从政三十多年感到最充实的时光。

临江仙·晋江下游防洪岸线整治

驾驭波涛总宏愿，由来沧海桑田。几多长夜叹无眠。洪潮常肆虐，堤岸每崩穿。　　决策重修生命线，三年治水空前。成城众志薄云天。安澜今胜昔，白浪亦缠绵。

注：晋江，泉州母亲河。源戴云山麓，汇西北来水。涝患之年，下游艰难。市长曾召相关县市区长夤夜守堤待命：决定破南堤破北堤。1999 年市政协一号提案“关注生命线工程”获通过。时任市长受命办理。反复赴京汇报、连番动员人财物、数次加强工程领导班子，经常召开工程指挥部会议破解种种难题，终于如期建成抵御百年一遇洪水能力的两岸大堤。

周焜民

周焜民，1945 年生，泉州人。毕业于厦门大学中文系汉语言文学专业。曾任《泉州晚报》总编辑、泉州市委秘书长、泉州市人民政府副市长，泉州市书法家协会主席、国际南少林五祖拳联谊总会主席。编纂《五祖拳谱》，著有《岁月墨痕》《周焜民书法集》等。

访雅积楼

谱出春风无限恨，一灯如豆几人知。小楼寂寞庭花落，只有江声似旧时。

甲午岁溽暑怀外孙女小瓦

满城知了噪桑麻，门外声声卖豆花。啜菽旧年还记否，如今乡味隔天涯。

金门虚江啸卧亭留吟

伏波长剑早传经，又見韬钤啸卧亭。艻崱五云深处石，他年待勒斩鲸铭。

剑仆为秦岭雪接风夜饮笋江即席

聒耳市声文酒会，杯深漫作野狐禅。入诗旧迹賸残忆，缀赋青春逢乱年。渔火枫江无那老，断桥流水奈何天。苍苍大树如相待，宁负生才梅鹤边。

彭州行访泉州援灾指挥部

断山崩岸半荆榛，丁鹤归来忽见春。死别生离天作孽，乾旋坤转海扬尘。道途好语间关燕，闽蜀高情左右邻。辛苦万千相笑说，湔江茶绿正时新。

螺阳登科山

一啸清秋隐地寒，湖山未老紫毫端。春台乱落磴前叶，云路长舒劫后欢。海脉苍茫秦日月，诗魂冷寂汉衣冠。我来我去风飘岫，在涧凭谁赋考槃。

雪中泛舟武夷九曲溪

名山小作雪中游，九曲寒烟入竹舟。远岫有城稽史汉，虹桥无径问春秋。诗肠争奈霰霙骤，水势偏宜风雨稠。篙影行行崖尽处，杖头钱买酒家筹。

邵秀豪

邵秀豪，1945 年生，别署朏山樵子，福州马尾人。曾任马尾区教育局副局长，福建省诗词学会常务理事、《福建诗词》副主编。著有《和平斋吟稿》。

八月十六正值秋分，与诸侣汾溪赏月遇雨

令节秋方半，今宵月更圆。相邀临旧地，再聚续前缘。妙想当同畅，骚怀欲比妍。鸿钧虽不怿，万事本难全。大雨能留客，轻风若引贤。恰宜雄酒胆，不碍耸吟肩。云幔遮金饼，溪琴拨玉弦。任教喧彻夜，未逊照无眠。好构团栾句，胜参清静禅。来年期此日，把盏晤婵娟。

沁园春·癸巳重九前一日汾溪雅集

际此佳辰，扶筇携屐，结伴登高。看深溪流水，尤怜清澈；层林落叶，翻羡飘萧。倚石歌吟，凭栏笑傲，个个眉间意兴豪。琼筵上，共嘉宾贤主，把酒持螯。　　老来益显风骚，任残雪新霜染鬓毛。羡龙山吹帽，何其淡定；洪都援笔，不假推敲。些小功名，诸多烦恼，付与凉飚一例抛。期同健，约年年明日，闲话题糕。

梦游林阳寺赏梅，醒后以诗纪之

春新曳杖独行迟，梵宇寻梅未过时。蹀躅花前浑似醉，流连树下半如痴。法堂谛听僧留偈，照壁还疑我有诗。此境醒来犹历历，月光胜雪映窗帷。

品　　茗

围炉三两旧知音，素手青瓷细细斟。常啜自能轻俗骨，长参直可印禅心。怡情绝胜红颜伴，遁世何妨白发侵。曲曲画屏烟篆里，撩人诗思入山深。

沈耀喜

沈耀喜，1945 年生，漳州诏安人。原诏安县政协主席。曾任福建省诗词学会理事、漳州市诗词学会常务理事、诏安县诗词学会会长。

论诗（二首）

一

艰深故作义无伦，无病偏教效苦呻。独爱声从心上出，情真词显最堪珍。

二

抑扬顿挫调铿锵，写实言情韵味长。起舞循声才合拍，旧瓶新酒倍馨香。

诏安县诗词学会成立感赋

白发青丝共结盟，同心把臂举吟旌。欣期古韵增华彩，好藉骚坛寄盛情。咏物歌怀舒雅意，匡时颂世作新声。叨名岂欲图嘉誉，漫冀诗香沁诏城。

南歌子·惜花

玉蕊含娇态，红葩逞秀姿。无端风雨骤相催，忍见琼英零落化春泥。　　冉冉芳菲梦，沉沉寂寞思，怃然何计斡天机，一任斜阳眷眷照疏枝。

望海潮·纪念诏安建县四百七十周年暨首届书画艺术节

天高秋爽，亲归朋聚，南闽百里欢腾。花树竞妍，狮龙共舞。笙箫鼓乐齐鸣。人杰地钟灵。展优特名品，奇丽丹青。啜茗吟诗，满怀深意祝遐龄。　　风云岁月峥嵘。溯乌山举义，赤土飘旌。驱雾散寒，披荆斩棘，迎来硕果晶莹。三产日昌荣。更有诗书画，翰苑传馨。再创辉煌美景，鹏翥勇攀登。

曾庭亮

曾庭亮，1945 年生，漳州平和人。原平和县电影公司宣传干部，中级美术师。曾任漳州市诗词学会常务理事。

青　蛙

扑尽虫蛾护稻田，迓春开口我为先。好音一片星空下，已兆农家大有年。

水 仙 花

水仙殊可爱，破腊早春开。绰约风神逸，雍容馥气催。冰心舒素志，玉骨拒纤埃。四海留芳躅，魂分庾岭梅。

重阳佳节后偕友登高

攀峰重九后，就菊沐秋阳。契阔情珍重，来兹路漫长。披怀欣望瀑，摛藻激倾觞。难得相逢日，诚呈一瓣香。

夏日客至

湿云翳日雨还晴，溽暑蒸人燥绪生。衣物返潮墙冒汗，山川笼瘴夕蔫英。旷时打发披书读，佳茗开封款客烹。结习清言归橐笔，芬芳雅藻见真情。

高阳台·除夕守岁

爆竹声声，炉红酒绿，醉颜酡胜桃符。辞旧迎新，家人畅议宏图。烧芹焖笋银鲈脍，淡煮羹，老母行厨。赧然愧，生计萧骚，自叹身迂。

年华荏苒情何处，付高朋益友，半老微躯。壮志消残，寸心更与云俱。知时好雨催文思，挹清徽，整顿疏虞。趁良宵，一唱雄鸡，翰墨滋濡。

陈清仙

陈清仙，1945 年生，漳州漳浦人。原漳州市委讲师团团长，副教授。曾任福建省诗词学会理事、漳州市诗词学会副会长。著有《静轩诗词》。

蒙古包中见真情

雾散清风荡，云开草色幽。殷勤茶碗溢，盛意酒盅流。歌舞陶心醉，琴弦涤腑愁。佳朋频送暖，诗赋乐相酬。

谒瑞金苏维埃旧址

红色摇篮诞叶坪，井冈星火九州明。巨霆磅礴摧穷寇，赤帜雄浑励劲兵。掘井开泉功伟大，奠基创业绩恢宏。升平佳日来凭吊，先辈精神导我行。

咏 水 仙

仙子凌波俏扮妆，琴心尘绝自芬芳。清姿照水风情漾，倩影临窗韵味长。不羡杏桃争暖艳，敢同梅竹伴寒凉。娇花睡蕊频频绽，一醉佳颜梦玉光。

一剪梅・过厦门海湾公园

一片秋凉带露飘。绿岫披绡，翠柳垂绦。姣花郁树映池桥。菡萏夭矫，鳞锦逍遥。　　曲槛回廊望海潮。旭日舒韶，海浪喧嚣。星光靓道尽风骚。舞剑昂翘，激我心涛。

王仁山

王仁山，1946 年生，泉州人。历任泉州市档案局局长、泉州人大秘书长、泉州市政协秘书长，中华诗词学会理事、福建省诗词学会常务副会长、泉州诗词学会会长。主编《泉州诗词》《泉州当代诗选》《泉州当代词选》等。

郑王复台赞（古风）

鲲岛本禹域，饕鳄西来踞。郑王行天讨，海峡麾师渡。鹿耳荡舟穿，赤崁降幡竖。荷酋乞生还，列强皆震惧。殖民锋顿敛，东亚并翼护。疆土既恢复，置县且开府。徕民自漳泉，垦殖予薄赋。懋贩通远洋，文教化黎庶。礼制依中原，汉风煦布濩。敦睦原族群，山胞尽来附。望霓数十秋，于斯降霖澍。嗟夫业初创，遽然驭龙去。两岸立百祠，香烛奉万炷。雄风播寰宇，后辈当踵步。

九龙谷玄想

仙境初临雨洗尘，灵禽婉啭客来亲。天台迢递渺神女，姑射逍遥游至人。画虎未成归一笑，雕虫何用付千辛？谷缘居下水常满，齐物于心秋亦春。

宁德南漈山感怀

廉纤伴我入蓬壶，磴道通幽气象殊。亭翼泉香六一赋，岚青岫黛大千图。山中雾豹人难觏，云外冥鸿孰可呼。身却浮沉归栗里，心怀忧乐在江湖。

退 休 吟

盐车服未闲，税驾始身还。笑顾局中局，遥瞻山外山。南华谁与证，北阙众追攀。芥大须弥小，襟宽纳九寰。

贺新郎·明元儿援藏赴林芝赋寄

羁旅康安否？计征程、金风渐起，雁归时候。西望崦嵫云渺渺，已隔千重岭岫。万里外、应频回首。转眼中秋期又近，忆当年、博饼多赢取。遥祝祷，吉祥久。　　依依莫惦家乡柳。爱高原、犹涵翠色，冷杉翘秀。要辟崄巇通天路，游牧安居户牖。随藏俗、酥茶稞酒。红日银峰苍昊阔，更何须、檐下长相守。看雪域，翥鹰鹫！

雨霖铃·清明悼母

霏霏方歇。怅斜晖里、拱木成樾。徒燃楮镪香烛，嗟烟散后、惟遗碑碣。纵是音容宛在，已泉路遥绝。憾白首、犹负深恩，况有鹃啼正悲切。　　当年大爱苍穹阔。教诗文、稚作亲披阅。相依苦渡灾馑，留薄粥，让儿多啜。赎我沉疴，千叩祈天寿数甘折。母逝矣、除夕中秋，座上人长阙！

石州慢·游九日山感赋

梅雨初收，岚翠又新，山雀迎客。林中孤寺疏钟，岭半双亭飞翼。攀萝拾级，一眺浩渺江天，白云苍狗驹过隙。剩有众摩崖，记悠悠文脉。　　漫忆，秦君深隐，姜相偏居，共偷闲适。社稷难忘，叵奈当途荆棘。狎鸥垂钓，免与击楫中流，覆舟何似栖岩室。石佛自跏趺，任灯燃灯熄。

徐肖剑

徐肖剑，1946 年生，宁德古田人。曾任南平市人大常委会主任。中华诗词学会会员、福建省诗词学会副会长、南平市诗词楹联学会会长。

访台印象

造访台湾岛，犹如故里行。乡音闻处处，习俗见程程。文化同传统，心灵共至诚。终将归九牧，本是一根生。

重游武夷九曲

一曲灵渊一素琴，一层玉岭一银簪。一声归棹一岩响，一路篁排一谷吟。

咏 杜 甫

傲骨柔肠老益遒，羁怀天下愿难酬。疮痍家国心头痛，风雨沧桑笔底收。骆峪山前云岭暮，浣花溪畔草堂秋。吾曹今日承高义，吟唱当为黎庶喉。

全民抗疫

庚子三元异样情，只缘武汉疫横行。封城指导民心稳，守土驰援战鼓鸣。非典未遥医史载，新冠突起梦魂惊。溯源戾气当思痛，敬畏自然同太平。

摩梭风情

滇川交界泸沽湖，周边点缀木楞屋。八村一色摩梭人，耕山播水此繁育。不息火塘世代传，无限风情斯地独。家中有门不常开，出生入死同室沐。岁齿十三贺成年，自兹方著传统服。尊长爱幼民风纯，帮亲助邻真和睦。耽歌擅舞多欢娱，戒偷惩恶村规肃。欲觅阿注靠广交，画眉鸾凤不反目。谈情说爱抠手心，来往欢合非为渎。暮合晨离谓走婚，夫妻各受娘家禄。儿女从母不跟爹，姨也称妈无伯叔。舅操礼仪娘掌财，至尊无上祖母福。情郎爬上花楼来，看到毡帽往回宿。露天四野有温泉，男女欢歌共湖洑。格姆神灵拜虔诚，转山节庆千秋祝。乘坐猪槽漂大洋，艰辛创业为家族。四海游客叹稀奇，母系家庭藉流馥。中华民俗百花园，神奇故事传遍五大陆。

水调歌头·孙中山先生诞辰一百二十周年纪念

国破庶民苦，巨宿降华南。志专反帝驱虏，民主自由探。晚岁联俄联共，倚重农工大众，北伐始能堪。天不假公寿，两党各扬帆。　百廿载，逢庆诞，座倾谈。腾飞中国，宏图谋划出于蓝。九宇深期两制，便奏钧天广乐，一谏万民瞻。爱侣承功业，环宇仰奇男。

张奕专

张奕专，1946年生，屏南人。曾任中国人民解放军高炮某旅政委、中国人寿保险股份有限公司福建省分公司副厅级巡视员，高级政工师。中华诗词学会理事，福建省诗词学会副会长，《福建诗词》原主编。著有《鸿爪泥痕》诗文集、《三余斋诗词选》等。

南湖红船

一舸横波接岸青，风云浩荡绕篷扃。舱储黎庶开天梦，座揖中华破晓星。长夜难明张鹤焰，修途无限起鸥汀。历今时有涔雷动，不是英雄不解听。

怀欧蒋王谭诸诗友

红蓼苍芦摇日暮，凭栏吊影徒目注。雁足鱼帛自腾潜，误我林泉频欢聚。有分共成文字游，却憾难作邻并侣。常忆吴航挂檐月，曾伴联床琢佳句。法王寺畔领心禅，晦翁岩顶惬幽趣。常忆洛江仙公山，楼观突兀陈翚翥。指点城阙拂烟尘，啸傲溪山乐延伫。常忆桐城踏熏风，九鲤峰巅谒天姥。俯察沧溟狎翔鸥，遍巡崇峦怀静女。莆阳龙谷鹤场漈，凤山茶垄霞浦渚。班荆班草久徜徉，镗鞳铿鍧盈章抒。谁识卷轶奏埙篪？谁识川原蕴今古？昨夜梦中诸友来，低吟豪笑滔滔语。生松吐凤偲昂藏，敢与囊哲争态度。呼朋围坐偕相对，满前诗书香缕缕。雀舌蟹眼细碾磨，石鼎烹声绕庭户。会须七椀邀卢仝，涤尽烦襟腋生羽。甄拨寒峻扬风义，坚光奥响自轩举。忽闻墙外车笛鸣，推窗遽见天欲曙。

沁园春·高炮打靶

滚滚烟尘，猎猎旌旗，莽莽校场。看靶机出击，洪声震耳，雷仪捕捉[①]，神视追光。炮管成林，星徽耀目，敢与修罗较短长。传严令，正璇玑运处，直指天狼。　　书生底事戎装，奈事业今生在佩枪。任驱车骋马，风餐露宿；行军布阵，虎跃鹰扬。清扫阴云，端凭电闪，借得瑶台筑铁墙。吾何憾，有晴空作楮，恣写词章。

注：①雷仪：作战、训练时捕捉目标的雷达仪器。

鹧鸪天·过废营盘

绿暗辕门鸟雀喧，兵声旆影入浮烟。丛芦碍径蛛丝乱，碎竹穿檐莺语闲。　　军号壮，梦乡宽。几回试马忆秋原。白头犹抱风云癖，可奈风云回首看！

金缕曲·清明回乡为父母扫墓

哀怨何时了！问环山：林深谷迥，冷烟谁扫？宰木森森摇落日，添得凄清多少？更寒夜、雨斜风峭！抱恨长悲亲不待，荐烝尝、泪湿坟前草。冥纸舞，炷香袅。　　生平最恋衡门小。梦犹随、灶间廊侧，地头村道。梦觉方惊幽明阻，径僻川遥人杳。绾心事、如何禀告？皓首庞眉今非昔，隔重城、儿也垂垂老。千秋祭，几回到？

千秋岁引·榴花

酿绿张阴，悬灯报暑。竹簟轩窗听莺语。猩裙舞断西域梦，酲颜拒列东皇谱。博望槎，临潼玉，价如许。　　谁道春归无意趣？谁道解忧唯樽俎？朱夏林园奉新主。酒来愁去观赏乐，偷香解珮怡情赋。黄梅风，青泥路，闲鞮屦。

天仙子·休致

退养移除公事债，伸脚回腰无抑碍。轻车短策自逍遥，山泼黛，水泛彩，醉月吟风长自在。　　莫笑家居门巷隘，凉榻疏窗闲世界。搜奇问古觉心宽，神不拜，妖不骇，一枕华胥游物外。

谭南周

谭南周，1946年生，江苏高邮人。1969年毕业于厦门大学历史系。原厦门市教育科学研究所所长，中华诗词学会第三、第四届理事，福建省诗词学会原副会长、厦门市诗词学会原会长。著有《紫南斋诗词》《紫南斋诗钞》，主编《福建当代十一家诗词选》等。

癸未中秋菽庄花园诗会兴作

酒熟蟹肥秋意高，篱边黄菊赋风骚。千楼耀彩苍穹映，万户呼红博兴豪。赌胜去年浮碧海，放吟今日集诗曹。更来四十四桥坐，凝望蟾盘饱听涛。

丁亥冬日海峡两岸诗词笔会吟唱席上敬呈诸大吟坛

族共根连血脉通，绵绵不绝古今同。人文本是炎黄胄，民俗因循华夏风。端午龙舟怀屈子，中秋皓月唱坡公。更来高处茱萸泛，多少情思寄远蓬。

登剑门关

相携来赏剑州秋，陡峭孤门屹古楼。上下苍茫收眼底，古今风雨驻心头。撑天勋业怀诸葛，掷地诗音忆陆游。远望群山迷尺径，一夫扼守万夫愁。

颂廉政建设

谁将泾谓判分明，一秤人心是吏行。执政每谋黎首事，鞠躬当抱布衣情。戒奢持德除尸位，图治安邦著正声。共望早圆中国梦，廉风荡涤世风清。

抒怀寄友

心若云中鹭，身栖海上村。溪山长不老，岁月淡留痕。诗见闽风骨，卷遗吴客魂。何时华采约，扫叶迓高轩。

小满口占

云淡情如许，绿阴初夏知。闲言思旧事，拈墨写新诗。花品半开日，酒醇微醉时。人生多变故，小满最为宜。

自书《诗人百咏》题于卷后

诗星辉碧落，佳什满长河。笔纵千秋越，情留百咏多。素笺随意味，斗室费吟哦。侪辈询何累，悠然一笑呵。

何丙仲

何丙仲，1946 年生，厦门人，原籍惠安。复旦大学历史系文物博物馆学专业毕业。厦门市博物馆原副馆长，研究员。整理、校注《夕阳寮诗稿》等闽南诗词文献十余种，著有诗集《一灯精舍诗词》，主编《琴岛潮音——林尔嘉菽庄吟社及其家族诗选》等。

游蓬莱阁

振衣楼阁自崔巍，雾气弥天蜃气微。齐鲁群山青到海，神仙古树碧成帷。弹痕没羽惊陈迹，石兽临风对落晖。往复潮音人散后，心随鸥鹭不须归。

注：颈联：阁中石碑昔为日寇炮弹击中，幸未爆炸；大门一双石兽系吴佩孚帅府旧物。

游狮山寻郑延平遗迹

登高我欲接苍冥，极目大荒豪气生。泉瘦为寻幽壑响，碑残犹卧远峰明。摊经昼静龙吟壮，屯垒山深鸟道横。胜迹独寻人去后，天风时拂海潮声。

菽庄吟社百年纪念

琴岛秋深杂卉香，名园百载郁苍苍。犹牵秀色青山补，还挽潮音近海藏。修禊兰亭欣得句，谈瀛海上自搴芳。咏梅寿菊寻常事，一脉骚魂未肯忘。

终南山净业寺谒本如上人用王摩诘诗韵

才过香积寺，路转见高峰。塔拥千重树，云深一杵钟。年来悲白发，老自爱青松。翘首阿兰若，攀跻拜蛰龙。

感　旧

仿佛楼台碧树间，眉痕月影上栏杆。当时拾翠春相问，一隔蓬山梦已残。

念奴娇

家父痛于1982年10月4日弃养于台北，翌年家祭作此以寄哀思。

丁年荡寇，转飘零，垂老鲲身为客。从此团圆空入梦，屈指月圆月缺。目断云山，神驰故里，骨肉伤离别。向苍天问，金瓯岂容分裂？

鸣咽。风雨初晴，祥和在望，遗憾哪堪说！化鹤莫愁城郭远，何惧海天凄绝。阿里山青，鹭江波暖，灵爽思归切。清明又近，杜鹃休再啼血。

烛影摇红·洛杉矶展友人来信

入梦应难，相思总被时差误。洛城昨日起东风，故里三春暮。愁对海天谁语？忆当时，红楼隔雨。木棉开后，庭院深深，那人来去。

明月多情，更阑犹挂窗前树。眉痕笑语记心头，往事还如絮。惆怅天涯倦羽。展瑶笺，暗香轻拂。神驰万里，似此星辰，夜花深处。

翁银陶

翁银陶，1946年生，福州人。曾在建瓯京剧团工作，1979年考入福建师范大学中文系硕士研究生，毕业后留校任教。任福建师范大学中国古代文学教授，福建省诗词学会常务理事。

福州西湖咏声颂

一从郡邑漾湖声，便与歌吟共凤鸣。烟岛浮来忠惠意，荷花香入李纲情。西施未嫁晴如画，宛在欲招诗作盟。分社于今辟新路，争夸风物再鹏程。

《骚》辞赠公仆

手录骚辞字字金，赠贻公仆望铭心。木根薜荔随行止，菌桂胡绳且诵吟。莫饮高醝污腑脏，宜将坠露洗胸襟。更餐秋菊落英味，不愧两间名古今。

南　湖

南湖昔浪撼邦乡，今日锤镰引远方。途曲纵然兼阻遏，号声依旧更龙扬。

昙石山古文化与凤鼻山古文化

西东两岸出同文，一水盈盈共片云。昙石先人迁凤鼻，至今闽调岛常闻。

注：昙石山古文化与台湾高雄凤鼻山古文化相似，二者年代相当，故不少学者认为凤鼻山文化是迁往台湾的昙石山人创造的。

望海潮·家国情

古村祠宇，小城风味，大河岸上家乡。南北少林，茶馀比说；东西越剧秦腔，假日赏柔刚。更有乡贤训，融入肝肠。梦有尔家，尔魂有伴过汪洋。　　五千寒暑炎黄，有相承一脉，河洛长江。真草隶行，儒言道语，且观欧美传扬。五岳读辉煌，烙印铭中国，行健他方。莫作孤儿异域，祖国岂能忘？

蓝云昌

蓝云昌，1946年生，畲族，上杭人。曾任中学党支部书记兼副校长，中学高级教师；中华诗词学会会员、福建省诗词学会理事、福建省逸仙诗词院副院长。著有《风生阁诗词》。

井冈山

竹海随风送异香，林涛耳语辨难详。山形陡峭大城堡，哨口逶迤小曲廊。缱绻摇篮惊铁血，徜徉道路向霞光。而今自得登高趣，遍野殷红意味长。

福州解放大桥

宅在江滨月在空，卧波飞岸见长虹。华灯一线穿南北，干道千年说阻通。却忆当街拖屐女，笑谈席地纳凉翁。再造当初兴改革，钢梁矗立浴春风。

咏　镜

无盐西子不私偏，一例真容示汝前。齐士相形明受蔽，唐王引喻说亲贤。投眸借助衣冠正，照胆依凭恶劣蠲。欲问佳人何所恃，兼修表里节尤坚。

春　风

点花铺草醒群峦，遣燕驱莺送暂寒。帆影江间扬赤帜，禾苗陇上起微澜。梦中愿景八千里，望里诗情十二栏。岁岁东君如约至，相邀任性作奇观。

雨　后

散丝垂布刹时停，一道长虹架北溟。陇亩翻泥牛甩尾，池塘戏水鸭梳翎。绸缪田父情尤切，踊跃诗人眼倍青。试看今朝同逐梦，铿锵步履似雷霆。

李国梁

李国梁，1946年生，字子栋，永安人。美术师，中华诗词学会、中国楹联学会会员，诗刊子曰诗社社员。福建省诗词学会、楹联学会会员，三明市诗词学会指导老师，永安市燕江诗社副社长。著有《秋水流月》。

春之谷

莫负春姑约，翩翩绮陌行。长林风送笛，翠谷鸟呼晴。映水窥花俏，澄怀鞠月明。山庄新醉后，何不枕蛙声？

夕　钓

晚风堤上唱清词，花敞春怀柳弄姿。新月作钩情作饵，一竿钓起一湖诗。

晋江之夜

山光酿酒水溶情，沁绿晋江扶醉行。灯树粲开争亮丽，琼楼婷立列晶莹。物流四海商街盛，林荫万家花影明。湖上听箫斟月色，南音一碗入怀清。

长相思·陌上

怎问伊，悄问伊，可否荷锄阡陌随？山歌逗笑眉。　　弄风姿，写风姿，写到家园金色时，芳心嫁与诗。

多丽·梦梅

踏寒霜，五更郊野寻芳。酒忘沽、斟诗乏味，踽踽林外彷徨。隔疏篱、斜窥冷艳，探幽径、巧遇红妆。问汝闲情，娇嗔反诘：有缘无约又何妨？我却答：去年春望，是处蝶轻狂。罗浮客、寿阳佳丽，恐也迷茫。　　水渠边，相倾积愫，笑语流满池塘。我叮咛：小心傲雪，汝坦言：生少柔肠。时下歪风，殃民欺世，搏他千次志犹刚！气冲宇，断云梦落，惊醒沐晨光。开颜日，高歌玉洁，沉醉梅香。

江　山

江山，1946年生，号半亚斋，宁德古田人。宁德市特殊教育学校校长，全国优秀教师，中华诗词学会会员、福建作家协会会员、福建书法家协会会员、宁德溪山书院院长。著有《半亚斋吟稿》。

秋枫颂

灿若春花映满坡，萧森寒气奈其何。平生未解沾朱紫，历尽风霜红自多。

咏桃花（八首录二）

一

山中岁月几穿梭，笑我重来白发多。我认桃花红似昔，桃花认得我耶么？

二

红雨纷纷落满坡，枝间新叶渐婆娑。可怜欲把芳菲绘，注到毫端绿已多。

郊　游

东风一夜酿新晴，催我欣然廓外行。湖上波光肥塔影，山间云气湿莺声。沾屐草色纵情碧，拂面柳丝随意轻。更爱林荫竹里坐，相逢青眼话诗盟。

乙未羊年新正七十咏怀

旧岁流光转瞬空，迎新窃喜未瞑聋。痴贪堪笑攘羊父，祸福还思失马翁。所欲从心无逾矩，以贫守志总由衷。老夫不叹黄昏近，炳烛之明乐此中。

忆知青岁月

听从号令厉风雷，僻壤穷陬聚一堆。其境其情浮脑海，那人那事绕心扉。雪泥共踏手牵手，岁月频催谁梦谁。磨砺青春无怨悔，回眸难辨是和非。

宋寿海

宋寿海，1946 年生，莆田人。甘肃省科协副主席，甘肃省高级科技专家协会常务副会长兼秘书长，中华诗词学会理事，《甘肃诗词》总编辑，有诗文作品四卷，著有《格律诗词思维学导论》。

莆田一中旧忆

少年心事不忧贫，节食买书花几缗。独抱沉沉文学史，花荫深处度时辰。

从事落实政策感赋

深夜移灯阅卷宗，辽天时听一哀鸿。冤魂带泪期昭雪，笔底千钧拨乱中。

珠江夜渡

南国今宵意，珠江夜泛舟。临风听粤曲，照水看灯楼。直是银河渡，依稀海市游。神州多胜处，独醉在天头。

乘 公 交

人生路上此同行，门闭车开共一程。接踵能闻前者汗，并排不识左邻名。他人心事终非事，此刻无声胜有声。到站中途来复去，熙熙攘攘各从征。

忆赛神闹元宵

华屋高堂宴桌开，持香夹道接神来。灵旗望处摇黄幢，圣驾临时滚旱雷。忽见天旋棕轿摆，还惊星迸火龙堆。锣声更唤团圞月，共把心潮煮沸回。

打好冠状肺炎阻击战，步宋代高翥《清明日对酒》韵

神州抗疫守乡田，龙鹤翔云自宛然。但顾清明悲画角，还闻海宇遍啼鹃。羽书飘雪来天外，银燕腾霄到阵前。念我临危君援助，知恩滴水报甘泉。

念奴娇·木兰溪

江湖看遍，母亲河、犹自眷然回顾。两岸荔枝红蘸水，雾里鸡声柔

橹。青石桥来，古榕村过，曲港浣纱女。绿荫堤外，平畴金碧随处。

天马山路迢迢，上游应是、雷瀑飞云注。最喜钱妃堰筑，更有沟渠塘库。旱涝从人，洪潮可御，禹力千秋护。香山依旧，双灯风雨来去。

吴仰南

吴仰南，1946 年生，漳州诏安人。原诏安一中高级教师。曾任诏安县人大常委会委员、文联副主席。著有《松露集》。

自题《青松图》

曲涧悬崖亦自欢，雪中风口等闲看。大夫松好名山见，忆写雄姿夜已阑。

自题《梅花白菜图》

剧爱南园傲雪枝，寒菘堪惜味称奇。一清二白殊难得，风雨人生好自持。

丁亥立冬日，自题红梅图

横斜清瘦两三枝，湖石苔深突兀奇。偏爱月高霜白夜，一壶苦茗再敲诗。

戊戌冬游潮州韩文公祠

山峦笔架古名祠，一代文宗百代师。韩木花开今更烈，英才辈出有新姿。

退休感赋

风雨长随耳顺迎，满头赢得雪堆盈。家分三地离情苦，劳积多年病骨轻。闲煮新茶呼友品，偶成小画唤人评。尚存馀热心难老，每向苍天借一程。

余险峰

余险峰，1947 年生，福清人。福建省宗教局原副局长，省民族与宗教事务厅原副厅长、巡视员，福建省政协委员，福建省文史研究馆副馆长，中国书法家协会会员、福建省美术家协会会员，福州大学、福建行政干部学院兼职教授。有专集《余险峰书法》《险峰翰墨》等。

荆溪闲居

久慕桃源地，移家近水涯。疏篱堪度鸟，曲径好观霞。研洗三春绿，笔开万树花。含饴时听竹，天籁正牙牙。

赠陈君

榕城六月暑风清，座上飞觥笑语盈。几度京华寻故好，一番笠帽见真情。身如云鹤回翔至，心最乡关迤逦萦。报国有怀终不忝，行看展抱慰平生。

红螺山行

寂寂山行孰与同，双螺泉畔步从容[①]。多情岭树兼天绿，无主溪桃夹岸红。一缕浮云随意住，满渠清响洗心空。倚岩茅屋如留客，应许焚香听远钟。

注：①红螺山在北京市怀柔县，传说为玉帝两公主下凡所化。山上有双螺泉，山下有红螺寺。

登武夷黄岗山

武夷山月满轮秋，隔雾望岗听水流。半日寒暄晴雨会，一峰闽赣夕晨幽。铁杉千手焉施拯？萱草盈眸足忘忧。群燕蔽天如订约，明年再度此间游。

望梅壬辰重阳

溪亭柳老拂秋声，澹月疏云分外清。满院轻阴园半亩，登楼欲赋大江横。

何锦龙

何锦龙，1947年生，惠安人。1968年入伍，退役后曾任泉州市委政法委书记、副市长，漳州市委副书记、市长，泉州市委巡视员，福建省人大常委会华侨委员会主任，第十届全国人大代表。中国书法家协会会员。出版有《何锦龙书法集》《读〈三希堂法帖〉散记》。

晋江建市庆典

日升日落愈千秋，今起笙歌另运筹。继往开来争岁月，鼎新革故领风流。但将青紫旧书画，比看西东再计谋。市匾一方心手重，诚将五店大椽修。

安溪铁观音

遍种高山远岭间，何由饮誉世人前？独濒海峡吉风好，兼沐泉南瑞雨绵。自蕴本山三寸铁，更承菩萨十分缘。最夸秋韵余香满，掬取清源和露煎。

一剪梅·西湖即景

吞吐霞烟比玉龙。鲤邑西施，美夺天工。曾经百世纳洪流，今看濒湖，红火刺桐。　　新辈襟胸尤远宏。草树频栽，每趁春浓。晨歌暮曲和心弦，青剑花绸，舞伴群松。

八声甘州·延安感怀

圣地摇篮自幼萦怀，身临晚来秋。巡眸延河畔，三山昂首，双鋆穿舟。方阅杨家窑洞，又读枣园楼。往赏南泥谷，听信天游。　　子午幽关险要，称先秦锁钥，疆北襟喉。宝塔承天命，敢砥柱中流。逐倭凶，巧歼顽逆，奠宏基，更福耀神州。无相忘，步枪小米，尽奉鸿猷。

注：延安子午山、太和山、凤凰山鼎峙，延河、汾川交汇。

满庭芳·三峡工程感赋

雾雨云烟，水回山转，欲瞻惊世奇殊。沧波辽阔，恰眼畅怀舒。最美巍然大坝，分流巧，光电频输。添新力，天南地北，正气势如荼。道长河造就，寻源溯本，国略曾书。幸沐初升日，始绘真图。起落春秋六十，唯坚守，终灿明珠。犹回响，西江立壁，高峡出平湖。

注：筹划三峡工程，初见于孙中山《建国方略》。

水调歌头·南岳感怀

晴好步衡野，寿岳问高龄。月台观日怀远，水秀愈山青。回雁飞栖紫盖，易俗归宁龙隐，双柱拱天庭。石廪满仓谷，田圃热农耕。　祝融氏，取善火，布光明。少陵听凤，诗圣俯瞰老人星。环望平川湘楚，辈有俊才迭出，奉国屡精英。仰仗韶山岭，东日最晶莹。

注：回雁、紫盖、双柱、石廪为南岳山峰，易俗、龙隐为南岳地域河流。李白、杜甫曾登临南岳，均有诗赋。

吴鼎文

吴鼎文，1947 年生，漳州云霄人。原云霄师范学校高级讲师。曾任漳州市诗词学会常务理事。

六鳌城怀古

断墙深处长荒荆，野菊牵衣若有情。伫立榕阴临碧海，风涛犹作杀倭声。

知青吟草（四首录二）

一

不堪回首忆当年，正值莺歌燕舞天。野火焚烧成大道，银锄挥舞出梯田。闲愁散尽山川秀，热血浇来豆麦妍。未识青春红几许，随人饭后一枝烟。

二

载将别梦返山乡，廿五春秋寄意长。执手相呼惊白发，围灯共话叹红羊。故人聚散成追忆，旧事甘辛细品尝。瓜果烟茶狼籍后，不知窗外又朝阳。

风入松·江村即景

枇杷摘尽荔枝红，秀野正葱茏。牧儿戏水蕉林外，伴松涛，笑语朦胧。鸣犊稻花香里，游鱼荷叶池中。　　黄鹂唤我过桥东，村舍护油桐。年来自得东风便，机声响，人寿年丰。喜看欢歌起处，榴花照彻晴空。

水调歌头·登将军山

莫道书生老，一跃上将军。借得挥锄胆气，举手叩天门。不说平生风雨，不问眼前经纬，只以报新春。浩浩天无语，拂袖起飞云。　　水如带，山如染，醉游人。云霄真似仙境，万象共氤氲。且喜朝暾灿烂，照我峰巅长啸，山海助精神。无限登临意，何必酒千樽！

陈祖昆

陈祖昆，1947年生，网名山河揽韵，泰宁人。多年从事教育和文史工作，曾执教于三明师范，后任三明市政协文史办主任，原三明市诗词学会副会长兼秘书长。

菜园萝卜花

花微难入册，独向老农开。未得红妆裹，羞邀粉蝶来。留根厨下用，化籽土中培。且待明年发，芳魂隐碧苔。

秋日登锣钹顶

草色苍茫日影曈，莲花顶上沐春风。山高始觉城楼小，水远难知海浪洪。百岁人生终有限，千秋事业乃无穷。浮云信手题诗去，寄语崖前一老松。

龙栖山

盛暑龙栖亦觉凉，松青竹翠桂枝香。兰溪婉转撩鱼戏，晓雾飘摇伴鸟翔。曲径听蝉林韵远，深潭问瀑水源长。村醅醉遍三江客，笑揽山风入梦乡。

泰宁金湖藤茶

露润深山绿蔓生，新芽竞出正清明。村姑手巧林间采，邻妪情浓灶下烹。玉液随心含一滴，凝香伴我梦三更。金湖夜泊何需酒，且品藤茶待晓莺。

喝火令·思亲有寄

把酒常邀月，思亲总动容。隔洋来去几相逢。春夜梦回乡里，寻路问村童。　　转眼韶光老，题诗画意朦。落花无奈叶犹红。但见秋凉，但见暮云浓。但见雁飞天际，极目觅萍踪。

黄连池

黄连池，1947 年生，上杭人。历任中国人民解放军某部团政治处副主任，上杭县编办主任、体改办主任、文化局局长、紫金矿业集团党委书记等。福建省诗词学会理事、龙岩市诗词学会副会长、龙岩市老年诗词学会副会长、星火讲师团讲师。合编《柳园花萼集》《历代客家名人诗词选》，著有《小草微吟》《黄连池诗词选》。

谷文昌赞

风沙肆虐黎元哀，民瘼无时不挂怀。苦战数番沙岛绿，经营十载富源开。征衣初脱伤痕显，官帽始加棘事来。共产党人风骨在，万民含泪筑灵台。

山　　林

自生还自长，瘠土亦无妨。久旱犹葱绿，雷轰笑更狂。

老　　伴

岁月无情老丑同，春温常在偶秋风。何曾说过一声爱，心有灵犀不点通。

灾后秋收

开镰刈稻乘秋晖，银耀金沉喜动眉。忽忆青苗淤掩日，两行酸泪一横颐。

杭川杜鹃花

万团红焰欲燃山，动魄惊心更肃颜。不信鹃啼如许血，分明战火是当年。

重九见梨花

又见梨花二度开，疏疏淡淡带羞来。添得尘世些些景，早逝秋风不自哀。

张戊子

张戊子（1948—2001），字一戈，号鸿翼，宁德屏南人。农民诗人，作品获名家赞许。福建省诗词学会会员，屏南县屏山、鸳鸯诗社副社长。著有《稚草集》。

礁　　石

爱尔英雄概，长怀拼搏情。浪涛千丈藐，风雨一身迎。曾并鱼龙在，还偕鸥鹭盟。中流恒兀立，不肯逐波倾。

落　　花

恨著三春雨，愁生半夜风。缤纷怜瘦影，狼籍惜残红。迹剩马嵬认，香销金谷空。不堪幽怨里，一逝去匆匆。

满山红

何曾灌溉仗人工，开遍乱山似火红。热血一腔徒自沸，飘零都在雨风中。

旅浙返故乡途中作

折柳分襟感慨深，春酣一梦费追寻。落花不尽绸缪意，流水空多缱绻心。缘满十旬悲作客，情牵千里惜知音。列车已向闽山发，剩有新诗只自吟。

重　　逢

耳鬓厮磨笔砚同，谁教劳燕各西东。云程比翼曾留约，学海潜身莫竟功。狼藉共悲黉宇劫，凄凉独诉竹篱风。焦桐辜负知音赏，寂寂青山日欲红。

文艺创作座谈会感怀

中华此日最风流，海阔天高展壮猷。文运亦随国运振，春风红紫遍神州。小邑琴堂来俊彦，河阳欲植花盈县。文风有志振山城，罗致才华鸳溪遍。电波递语到农村，袜线庸才亦传见。艺坛翘楚集同堂，双百生春春正芳。经验交流期互补，一天云彩共飞扬。豪言壮语金色掷，座中独愧布衣客。未曾开口脸先红，期期艾艾言难白。有癖尝痂笑我痴，桑麻隙里觅芳枝。入手尚留泥气息，登堂脚步总迟迟。成针有愿曾磨铁，五夜灯寒心尚热。诗国问津几度霜，回肠路溅赢蹄血。赢蹄血染山花新，一缕香分上苑春。百尺竿头争寸进，寒灯熬却廿年辛。半纪光阴驹过隙，岂有长绳堪系日。谁教碌碌误东隅？满眼斜阳悲伏枥！无涯学海本悠悠，自古辛勤便是舟。莫对艳阳舒腐气，愿君更上一层楼。小草应怜生阡陌，万千嘉勉叨鞭策。官民握手共言欢，缕缕春温暖肝膈。感此春温志益坚，耕耘艺苑欲争先。腾黄已乏嘶风力，犹冀枝头硕果悬。

黄高宪

黄高宪，1948 年生，祖籍霞浦，出生于福州。曾任福州高等师范专科学校副校长、教授，中华诗词学会理事、福建省诗词学会会长等职，现任闽江学院明治书院副院长。著有《宝树园诗词集》等。

丙申仲秋教师节杂咏

菊爱秋霜洁，人求晚节香。暮年勤执教，守望蕙兰芳。

游将乐县玉华洞，观先君六庵老人手书大门楹联

当日留题笔有神，入眸墨色尚清新。佳联辉映山光里，风月长随作主人。

游菲律宾夏都碧瑶

登巅望极是天涯，眼底风光处处嘉。水似滇池皴碧縠，峰如玉女沐丹霞。林间华屋多名犬，溪畔农家有木瓜。最慕清凉消溽暑，夏都椰树荫轻车。

《龙湖集》读后，缅怀开漳圣王陈元光[①]

圣王生固始，正值早春晴。系牒公侯裔，悬弧俊杰名。清贞承祖训，规范益家声。常想伸鸿志，雄飞出禁城。为官廉正记，随父旌旗擎。闽越临沧海，骊驹赴远程。千山迷雾罩，万壑猛禽横。岩谷藤相接，潮漳水共鸣。儒冠盛酒迓，黎庶踏歌迎。瑞雨八方润，清风四座生。五经频诵读，六礼渐流行。书院培芳蕙，军营练劲兵。平獠非黩武，靖海谋延平。边徼兴师旅，秋深斩棘荆。磨刀惊野鹿，饮马映寒泓。万里扬鞭路，一心报国情。功成仍俭朴，位显不骄盈。语壮仁心

现，诗纯浩气宏：人才当翊国，世赏可辞荣！南国关山固，龙湖万象呈。汉唐今敢迈，两岸结心盟。

注：①《龙湖集》，唐陈元光（657—711）著，中华书局古典编辑室原主任、图书馆馆长方南生笺注、意译，云霄县文物保护协会燕翼宫工作委员会2014年6月编印。

辛丑清明悼念喆盦教授①

清明细雨知人意，共悼先哲泪潸然。喆盦初度惠安县，童年随父鲤城迁。秋声赋诵心陶醉，五经熟记慕圣贤。梅石书院吟声朗，年方十五作诗联。泉州才子扬美誉，骎社文豪喜结缘。无锡国专设沪校，北游求学壮志坚。茹经②、明两③和梦苕④，一代宗师执教鞭。杜韩健骨义山韵，传与菁莪文脉延。九州旭日喜高照，闽都授业思乾乾。坐拥皋比历寒暑，桃红李艳园圃妍。庚戌下放遣德化，崚嶒山峦学耕田。挚友鸿书凝高谊，互将心语藏薛笺。回榕惟冀芳桂茂，夜阑备课常失眠。无怨无悔人梯作，惟愿中华文化传。奖掖后学情深厚，如临桃花潭水前。立德树人垂令范，激励弟子勇争先。八十年间兰蕙育，三百万言巨著编。香象渡河步履稳，诗书妙境待众研。晚年尤重阐哲理，儒道佛学撰新篇。最爱唯物辩证法，仰观俯察倡周全。深仁厚泽孰能忘，实事求是心版镌。文朋诗友仰泰斗，益念祥光耀南天。

注：①陈祥耀（1922—2021.3.19），字喆盦，福建泉州人；国学名师、诗词家、书法家，福建师范大学文学院教授。②唐文治（1865—1954），字颖侯，号蔚芝，晚号茹经，著名教育家、工学先驱、国学大师。③王蘧常（1900—1989），字瑗仲，号明两，别号涤如、角里翁，著名中国哲学史家、历史学家、书法家。④钱仲联（1908—2003），原名萼孙，号梦苕，国学大师、诗词家、古典文学研究专家。苏州大学终身教授。

满江红

参观福建省革命历史纪念馆古田会议史迹展感赋，以此纪念古田会议召开 90 周年。

一代英豪，古田聚，雄姿焕发。历鏖战，黄花血染，帅旗谁接？九月鸿书纾困惑，四方勇士重欢悦。党旗扬，星火渐燎原，群魔灭。兴华夏，思英烈。初心守，终身洁。为民谋福祉，誓言如铁。航母雪龙频出海，嫦娥玉兔齐登月。国图强，须砥砺前行，嘉名杰。

贺新郎·鼓岭

鼓岭崇峦翠。眺武夷、云蒸九曲，闽川奇美。俯瞰三山擎双塔，坊巷飞甍栉比。向东望、岚城霞蔚。壮阔海天翔雪鹭，览鲸波、万国楼船驶。丝路远，由兹始。　　五洲雅士闻峤丽。接踵来、幽境逭暑，月亭酌醴。天柱山巅欣观日，灿烂晨曦涌起。赏飞瀑、莺啼悦耳。今日古村添新景，柳杉间、别墅连云际。花满径，人陶醉。

丁仕达

丁仕达，1948 年生，笔名丁临川、傅山子，江西临川人。中国作协会员，福建省文史研究馆馆员，福建省诗词学会艺术研究院院长。著有《丁临川书画诗文选》等。

康　　健

节欲心能淡，藏锋气自悠。无争才是福，康健复何求。

一年一度桃芳菲

武陵锦浪酿春阴，绮萼成蹊细雨侵。照水纤秾含醉态，临风明媚动吟心。

杜鹃花开红似火

血痕深染认芳丛，烂漫随霞漾碧穹。幸有空山容踯躅，只今浑作可怜红。

福州西湖八景吟

西湖公园位于福建省福州市区西北部。晋太康三年（282），郡守严高引东西北诸山的溪流聚此。初用来灌溉农田。唐贞元十一年（795），观察使王翃辟南湖。五代时，闽王王审知扩建城池，将西湖与南湖相接，并有河道与闽江相通，后几经修扩，建成了游览胜地。

仙桥柳色兮，拥蝉鸣而知情浓。大梦松涛兮，引鹤声恋语暗通。水晶初月兮，琼楼华灯而对酌。古堞斜阳兮，望夕晖双影叠重。湖心春雨兮，泛舟激心漪荡漾。澄澜曙莺兮，察人面桃花映红。荷亭唱晚兮，潜心听情歌互答。悠扬及远兮，暖风送西禅晓钟。西湖八景兮，伴君恰如诗如画。流恋忘返兮，入仙境韵味无穷。

卜算子·新年赞一带一路

瞩目大中华，德行施天下。四海承风怀万邦，丝路成佳话。　　项目作金桥，联谊情无价。伫见双赢捷报传，前景真如画。

张圣言

张圣言，1948年生，福州人。曾供职于邵武轮胎厂。南平市诗词楹联学会理事、邵武市诗词楹联学会会长。

赋得五四运动

瓜分欺太甚，反帝众呼声。学运围官府，工潮抗宪兵。前清虽逊位，军阀又横行。马列真诠授，城乡正义争。方针安国计，纲领道民生。白话书商倡，新闻报社评。街须归秩序，校可习文明。一路红旗引，中华曙色萌。

两岸文化交流

闽曲台歌姊妹缘，同声一句盼团圆。海楼明月花灯会，亲友相逢泪涌泉。

解放军颂

天风海月草青青，事迹传扬总动听。万里长征桥渡险，百团大战水云腥。不分解放和开放，都认红星作救星。堤比洪魔高一尺，军魂国魄最芳馨。

江南雨巷

江南终日雨绵绵，古屋河房百户连。石板路犹铺七巷，牌楼坊已立千年。旗袍迎面三围好，花伞回眸一笑妍。闺蜜相邀留倩影，心仪青瓦粉墙前。

诗须善作

诗非难事意为先，觅得文辞着手编。哲理回旋生警句，菁华荟萃获佳联。求知欲望新书蠹，激动心情老少年。敷衍粗疏皆不取，推敲反复善全篇。

浪淘沙·集数目字咏中国历史

赤县九州烟。舆颂千篇。七雄五霸百家言。四海三江风浪静，一统河山。　　亿众万斯年。兆类同安。八方十路尽英贤。不二忠贞肝胆照，六合尧天。

郭孝卿

郭孝卿，1948年生，笔名啸青、风华等，宁德福安人。长期从事教育事业，历任福安潭头、阳头等学区校长。福建省诗词学会会员，福安秋园诗社副社长兼秘书长，《福安诗词》《秋园诗词》执行主编，参编《福安市志》等多部志书。

冰冻昆明湖寻趣自勉

万顷银镶厚几层，平湖如镜步兢兢。坦途底下埋波浪，得意须知在履冰。

红 玫 瑰

玉蕊藏香却醉谁？艳红非豆欠相思。如何冷漠伤人刺，名冠情花第一枝？

龟湖夜色

繁星闪闪落龟湖，七彩摇波不夜图。疑是瑶池开寿宴，举头却见月轮孤。

萤

任是月沉灯火稀，未辞辛苦照行衣。荧光即熠风难灭，弱翅无刚雨尚飞。草野宵征餐露水，车囊夜读耀书帏。微躯一旦成埃土，也在人间播寸晖。

秋 雨

序与东风伯仲排，生遭青帝谪商台。染红枫叶萧萧落，洗白榛花簌簌开。泪冷难圆蝴蝶梦，心寒还润栋梁材。绵绵只合迎冬雪，无共春光一道回！

柯哲为

柯哲为（1949—2005），笔名喆维，莆田人。哈尔滨工业大学毕业。先后在三明、厦门供职。曾任中国楹联学会对外交流中心副主任，福建省楹联研究会副会长，厦门市楹联学会创会会长，厦门市诗词学会常务理事兼副秘书长，厦门市老年大学诗词班教师。有遗著《喆维诗词联集》。

母校莆田一中九十周年志庆

声名早著八闽天，风雨纵横九十年。馥郁三江桃李盛，崔嵬四极栋梁坚。荣光曾属红旗下，睿智终酬赤县前。共看莘莘迎世纪，期颐更卜万凌烟。

纪念李大钊同志诞辰一百周年

永夜谁招一线光，公同燧氏共流芳。肩担大义殚精以，情系倒悬浴血将。四海咸瞻邦有脊，千秋尚挽国之殇。齐州幸得英风在，长使民魂倍激扬。

悯农词

朝顶骄阳暮雨烟，八分山地一分田。垅登碧落翠微处，牛喘红云皓月边。立国深知农是本，浮生孰不食为天。何堪一日杭州府，宴散江吞五万钱。

新年寄语致台湾友人

东君应又到蓬瀛，冰释玉山多少甍。海日红翻兄弟血，春波绿泛古今情。精禽有泪犹衔石，皓月无心也解盈。九万里疆终合璧，寰中谁不仰长城。（1995 年元旦作）

甲申重阳有作

难能无我亦无求，才赋端阳又赋秋。搜得诗肠枯竭处，已登人事最高楼。

满江红·步岳飞原韵

万古波涛，东流去，曷曾消歇！淘洗出，许多人物，几番功烈。宋代衣冠唐代履，汉时关隘秦时月。共凭栏，雨后望神州，尤真切。

经毋数，霜与雪，看未彻，明和灭。况风云变幻，璧完瓯缺。眼外无边旌旆舞，其中不尽英雄血。振民魂，一曲满江红，成城阙！

金缕曲·新世纪看龙起

万古哀清季。忒颓唐、金迷纸醉，满朝皆靡。贼舰东来城高启，条约赔银割地。漫赢得、昏鸦千里。每念林公销烟义，整金瓯、谁复中流誓？珠有泪，几时止？　　工农定鼎乾坤异。欲凌云、天河尽挽，悉湔前耻。巨笔赓书昌明史，玉局一邦两制。欣港九、牛年更帜。鶗鴂犹存回归志，问何人、忍作分离计？新世纪，看龙起。

程经华

程经华（1949—2020），号己丑斋主人，江苏无锡人。曾任福建南平三中校长，南平市延平区教育局副局长，延平区人民政府教育督导室副主任。福建省楹联学会副秘书长，南平市诗词楹联学会会长。

神剑化龙

失剑双溪胜迹留，千年神物蛰清流。而今潮涌春雷动，欣见龙腾笑刻舟。

春染桃夭

红霞映岭满枝俏，叠彩含羞花叶姣。风软惬心倾灼灼，韵香醉意寄夭夭。丛芳恋啭莺声脆，树绿穿飞燕语娇。融趣情怀春日丽，畅游胜景峡溪瑶。

注：此诗为回文诗，顺读押二萧韵，倒读押一东韵。

水调歌头·回口前

了却多年愿，欣往口前行。难忘插队于此，七载谓知青。小巷依然可辨，村宅增添新貌，呼唤访亲朋。相与房东酌，倾诉别离情。　　耕田亩，战天地，写峥嵘。青春故事，无怨无悔慰平生。雨雪风霜洗礼，苦辣酸甜尝遍，感悟蕴心灵。养我富屯水，梦里也温馨。

太常引·访榕城冰心故居

夜昏小小橘灯明，点亮耀繁星。春水细无声，笔下淌、童真至情。　　黄花庭院，紫藤书屋，慈爱播芳馨。往事历峥嵘，一世纪、冰心玉贞。

破阵子·欧冶池怀思

喜雨轩旁凭吊，榕须拂动烟云。潋滟一泓池水在，风雨春秋幸未湮。泠泠三尺魂。　　锻灶升腾烈焰，锤磨多少奇闻。干将莫邪潭底合，亦教龙光射剑津。古今壮北闽。

天香·登浦城梦笔山

翠锁浮岚，孤山突兀，话说传奇千载。梦笔生花，江郎才尽，演绎文人无奈。那边田畈，三块石、访寻何在？惟有溪声叙旧，苍茫远峰如黛。　　晨光拂开雾霭。仰遗踪、盛名青睐。追念南朝轶事，不禁长喟。今沐春风抒慨。百花放、歌吟此时代。大笔枝枝，皆辉五彩。

陈德金

陈德金，1949 年生，字智毫，号淘沙者，福州人。原福州电业局退休，福建省诗词学会原常务理事。

听　　雷

忽闻巨响疾霆鸣，涤净腥氛仗此声。夜雨知时苏万类，天风趁晓放初晴。生机绿竞卿云绕，妙景红舒朗旭明。恰似中枢颁号令，山川织锦更峥嵘。

马江步月（二首）

一

饱吸江风当品醇，浪花如雪月如银。声声淘得骚肠净，大块文章不著尘。

二

夜色将阑分外恬，风梳岸柳碧丝纤。微澜似解催眠曲，摇曳劳人入黑甜。

谒中山陵

博爱仁怀海样宽，天下为公见披肝。此来凭吊殊沉重，山压心头舒气难。旷代伟人长眠处，年年梅放分外丹。风送幽馥红雨坠，疑是花神血泪弹。夕照逡巡未忍落，啣哀犹自悬烟峦。迎眸野色饶野趣，扑面轻飔生晚寒。忽见如玦新月上，惹我愁思簇眉端。何时告慰黄泉下，台陆一统共团圞！

菩萨蛮·看电视聋哑人表演千手观音舞蹈有作

柔荑变幻千双颤，散花默默飘花片。一曲妙无声，顿教天宇清。
慈云成彩带，世界多关爱。锦绣好征程，乍迎朝旭升。

高成东

高成东，1949年生，山东梁山县人。中华诗词学会会员，福建省诗词学会常务理事、副秘书长兼办公室主任，福建老年大学诗词学会常务副会长。

福州晋安河咏

淙淙碧水穿城过，十里花香遍翠萝。本始严高谋划远，而今闽邑绿阴多。锦鳞莲下忙嬉戏，黄鸟枝头好放歌。空气清新弥两岸，千年命脉晋安河。

注：晋安河为一千七百多年前的西晋时，太守严高为了扩建城池取土而成，后经历代多次疏浚，逐渐形成了今天北接新店溪，南通闽江，近十公里的人工运河。晋安河一度遭到污染，经过近年的治理，现已变成水清木华，栈道幽幽，环境优美，成为人们观光旅游的好去处。

重游福州金山寺

胜地重游隔卌秋，居高放眼景全收。金山小巧潆三水，古寺玲珑誉一州。石塔摇波矜倒影，香樟垂荫庇重楼。敲诗索句携吟侣，把酒临风共拍浮。

七十初度（五首录二）

一

风尘一路古稀边，平淡为真自坦然。庠序十年情贯注，柳营廿载志弥坚。仕途碌碌成往事，庶绩平平馀米钱。七十从心能所欲，与人为善更思虔。

二

如水光阴引兴长，七旬老叟自徜徉。流年虚掷情也切，诸事无成身却康。岸柳几番黄又绿，拙诗难得抑和扬。此生独爱松梅菊，偕友同心唱夕阳。

农家院里过中秋（二首录一）

云净疏星撒碧空，农家笑语入蟾宫。左邻水酒右邻枣，小院相娱饮几盅。

杨云鹏

杨云鹏，1949 年生，莆田人。原城厢区人大常委会主任，福建省诗词学会会员，福建省书法家协会会员，莆田市诗词学会常务副会长。

为侨胞黄先生七秩双庆祝句

七秩不稀犹盛年，东篱美意作华筵。飘洋迹远风云客，聚首缘深旷达仙。人慕精诚知业大，家传诗礼看瓜绵。笙歌盈耳椿萱茂，祝嘏称觞后胜前。

莆田市老年大学三十周年荣庆

莫笑老来心也狂，用功不落少年郎。诗书画影精雅课，拳舞弦歌雄丽章。卅载耕耘开菊圃，几番磨炼得秋芳。浓情清趣霞光满，同庆倾卮乐寿康。

戊戌中秋梅峰寺赏月诗会

梅林秋节渐成丹，一缕诗情接广寒。不碍疏云清朗月，无边法雨色空观。佛坛雁信声声近，福地香光在在团。共会禅心向圆满，晨钟依旧示安澜。

贺新郎·纪念马克思诞辰200周年

爝火威光赫。哲先知、悯情关世，探行无逸。主笔投枪抨时政，何畏流亡困厄；有佳偶、燕妮蕙质。心系劳工呼解放，鼓狂飙，志友欣相得。大义倡，宣言出。　　巴黎公社悲歌激。更深研、经行规律，远瞻博识。辩证思维唯物论，求索修为斗尺。越百载、清芬长析。变革图强神州异，溯初心、尤感公恩德。凭引领，万难克。

后村风韵颂千秋（四首录一）

平生磊落话凄凉，归赋莆阳绶水旁。梦痛多才孚若夭，醉同不忿实之狂。携观陌巷连棚戏，赞叹湄洲一瓣香。漫兴家山风物咏，情思脉脉泛崇光。

蓝牧羊

蓝牧羊（1950—2008），漳州漳浦人。原供职于漳州市工商行政管理局。曾任漳州市诗词学会常务理事。著有《听荷轩诗草》。

芗江月夜

舟泊寒江渔火闪，水光竹影共徘徊。箫声吹破波中月，一夜相思入梦来。

安溪山居杂咏（三首录一）

仙峰岩顶悟真禅，盛夏悠然抚七弦。石上弈棋尘世隔，不闻车响只闻泉。

咏白荷

冉冉凌波起，素妆盈笑眸。跳珠圆靥闪，叠翠短裙浮。玉藕埋泥洁，冰魂消夏愁。朝昏相对语，款款诉轻柔。

答友人

忆昔乡村同饭桌，秋冬相处友情稠。常闻诵赋红楼曲，偶看挥毫绿竹洲。落野逢君铭劝勉，回城去信慰忧愁。长怀品茗仙潭畔，再访知音泛碧流。

一剪梅. 思爱子

昨夜潇潇雨未停，飘荡秋千，空挂兰亭。萤光草影闪花丛，藤叶低垂，雏鸟悲鸣。　　梦断娇儿已五更，十二春秋，思泪如倾。屐痕无处觅含苞，天外狂飙，摧落飞英。

林金松

林金松（1950—2014），号清风老人，莆田人。莆田市《湄洲日报》社专刊部原主任，主任编辑。中华诗词学会会员，莆田市诗词学会副会长。著有《坐看云起时》等。

祝贺莆田市诗词学会第二次代表大会召开

桂天菊地共涵香，再聚骚人逸兴长。千古诗词通国脉，九年酬唱壮莆阳。喜看新秀才华展，羞话清风肺气张。苍狗白云多变态，嘤鸣依旧热心肠。

中秋望月有怀

云外香飘桂魄悬，空明澄澈共人天。多情望月盈三五，对影停杯绪万千。浩荡神州秋气爽，苍茫宝岛梦魂牵。婵娟自古无私照，区宇同风卜有年。

追忆辛巳夏游白帝城

滟滪堆边忆舍舟，诗城揽胜夏蝉啾。夔门眺望心雄壮，碑刻观瞻泪涌流。结义三英高万古，托孤一幕足千秋。临江险峻今成岛，还我青春再畅游。

戏剧大师陈仁鉴老先生百年阴寿感赋

为人睿智又谦和，岂料因才憾恨多。思想常翻千仞浪，文章能起万年疴。团圆春草含情绿，短暂晚晴忧发皤。遥祭期颐叹戏曲，何当扬马激颓波？

崇武怀古

濯足东溟控两湾，风云长驻此关山。漫夸形胜登临好，莫忘边陲战伐艰。风起人文标史册，蜃翻海色幻尘寰。年经六百兴亡迹，堞影潮声月一弯。

谒闽中游击司令部遗址

拜谒丰碑百感生，当年此地聚红缨。杜鹃犹染先驱血，油柰新传共建情。遗址堂堂腾剑气，隔墙朗朗彻书声。闽中子弟宜勤奋，为国同期踵父兄。

注：址在莆田大洋，有五星形纪念亭，亭中有纪念碑。今辟为闽中革命斗争纪念馆。周围有军民共建万亩果园，邻有乡中心小学。

梅峰寺访梅

后村全集复翻披，到处幽香惹仰思。闻道峰头梅报岁，心随三雅访高枝。

谢玉辉

谢玉辉，1950年生，漳州诏安人。原诏安县医院院长兼党总支书记。曾任福建省诗词学会理事。现诏安县诗词学会副会长。著有《松竹居吟草》。

新年喜赋

凌波微步笑，冷艳海棠春。欲语青梅俏，斜飞紫燕新。和曦开宝鉴，好雨沐祥麟。浩荡东风里，弄潮追梦人。

东溪春晓

信步江浔轻晓寒，草芽柳眼露珠残。依稀渔火摇舢舨，澹淡澶湾架钓竿。渭水难寻姜尚壁，东溪绝胜子陵滩。霞光破处浮烟散，一抹春山谁染丹？

闲居寄意（五首录一）

莫将得失挂心头，往事如烟一笑休。非老先生才雅逸，是真名士自风流。温书读史情思涌，漱酯吟诗趣味求。菊竹梅兰颐我性，松云飞瀑把闲偷。

金银花赞

幽兰瘦菊小园藏，却有忍冬攀短墙。老干新藤同委曲，银花金蕊竞芬芳。随风卷起清香气，和露浸成甘冽汤。梅雪君眉难媲美，一杯已觉透心凉。

江城子·参加福建省诗词学会第六届会员代表大会

芳菲未尽鼓山青。暖风轻，雨初晴。绿树阴浓，枝上闹流莺。笑语墨香迎远客，无缛节，却关情。　　八方诗侣聚榕城。散琼英，纳馀馨。老凤鹓雏，和切唱新声。欲使骚坛花似锦，齐振翮，共云程。

金缕曲·为海峡情丹诏美系列活动而作

傍海依南粤。古怀恩、物华形胜，地灵人杰。渐岳乌山争拱秀，湖水溪流清澈。醉冷艳、红星香雪，榴洞七贤高仰止，况九侯梅岭摩崖绝。翰墨苑，果珍结。　　一方乐土同凉热。看今朝、通衢交错，厂区增设。各色园林城乡遍，谁共春花秋月？常入梦、根连情切。烟淡云开天际处，正归帆点点长风烈。重把酒，莫离别。

注：诏安旧称怀恩郡。

何初光

何初光，1950年生，漳州诏安人。渔耕为业。中华诗词学会会员，漳州市诗词学会常务理事。著有《养浩庐吟稿》。

后林访友舟次竹港候潮

柳渚莲塘荡碧漪，竹溪亭畔月明时。萤灯小艇偎南浦，铜管春风过蟹池。

石榴洞怀古

七贤胜迹冠南天，帝昺崖山事可怜。前辙后车宜借鉴，梅洲唱和纪桑田。

山居春暮（二首录一）

荔圃群蜂闹，瓜田数蝶闲。岭云犹漠漠，涧水自潺潺。牧笛来牛父，渔歌逗浣鬟。但凭春雨露，绘出米家山。

眼儿媚·村居

新词赋罢近黄昏，晴圃采香荪。邻家门外，一篱雏鸭，满圈羔豚。

远峰残照衔江渚，渔艇载氤氲。诗心遥在，六朝烟月，两汉风云。

庆春泽·赵家城怀古

老柳吟风，新荷捧露，四畴春色斑斓。紫燕衔泥，悄然滴落檐间。长廊昨夜蜗痕绕，对斜晖，蛛网横牵。更重峦、啼鸟嘤嘤，飞瀑潺潺。

当年卜筑人何在，但垣披薜荔，阙圮藤缠。北望中州，故园归路漫漫。西湖竟日狂歌舞，任掩埋、半壁江山。问苍天：创业艰难？守业艰难？

卢先发

卢先发，1951 年生，永定人。国家注册规划师。历任龙岩市委办副主任、调研员、市委副秘书长，龙岩市建委副主任、党组副书记，龙岩市规划局局长、党组书记。原中华诗词学会理事、福建省诗词学会副会长、龙岩市诗词学会会长。著有诗词集《向阳心韵》《苦乐心韵》《经纬心韵》《老牛心韵》。

参加中华诗词学会赴台参访团有感

鸥鹭翩翩勇探寻，诗桥共架展胸襟。峡波正好磨浓墨，抒写拳拳精卫心。

谒谢翱祠

飘摇龙座木将支，纾难倾家风范垂。秋雨有心留墨客，细吟晞发和新诗。

纪念杜甫诞辰一千三百周年

骚坛称圣出凡尘，笔下风雷响万春。梦里犹惊三吏出，病中还惧独舟呻。正酬广厦庇寒士，已入衢途冻骨泯。邀月举杯工部约，放歌醉饮百千巡。

泰山纪游

历尽艰辛十八盘，南天门上玉皇观。山登绝顶目光远，人到中年肚量宽。万石有灵留墨宝，一碑无字耐人看。千秋功过山缄口，索道添花人喜欢。

清平乐·新千年遐想

地球村小，移住他星了。天际往来舟快巧，漫步蟾宫昏晓。　　人生百岁春红，唤风唤雨从容。劳动斯人首要，星球走进大同。

周书荣

周书荣，1951年生，福州人。福建省文史研究馆馆员，《福建文史》编委、《闽台法缘》执行主编，福建省诗词学会艺术研究院副院长。

有感于严几道乡前辈往事（二首录一）

铮铮国士迥凡庸，亦赖闽山秀气钟。横海楼船思起蛰，倚天椽笔见雕龙。才兼文理人犹仰，学贯中西世所宗。今日太平欣有象，尤当告奠护崇封。

注：先生尝有句云："太平如有象，莫忘告重泉。"

塞上吟（十首录四）

一

登台酬唱抒心灵，婉约雄豪待细聆。逸兴遄飞诗赋丽，千秋韵事媲兰亭。

二

御戎来访此长城，仿佛当年细柳营。记取诗人题句在，凭栏慷慨有馀情。

注：游盐池长城关。关为明嘉靖十年（1531年）总制陕西三边军务的兵部尚书兼都御史王琼所修。其七律《九日登长城关楼》气象雄浑，由今人补书镌石，平嵌地上。

三

史前遗迹任纷披，艺术长廊俊赏奇。诡谲图腾休诧异，羲和岩刻众争窥。

注：游贺兰山观赏岩画，太阳神岩刻为游人必观之处。

四

崇佛当年结胜因，浮屠兰若绝纤尘。流传释典稽西夏，活字尤矜版本珍。

注：西夏文佛经传世者，有木活字版与泥活字版之分，均为稀世遗珍。

有感于伟人钟爱张元干《贺新郎》词往事

金缕声声不尽哀，高吟逸气走风雷。有人千载称同调，一日循环听百回。

注：《金缕》指《金缕曲》，为《贺新郎》词牌之别称。张元干有《贺新郎·送胡邦衡待制赴新州》一阕，为宋词压卷之作。后由昆剧名家蔡瑶铣据谱演唱，并录音。毛主席生前十分喜爱蔡氏演唱的此词。某日曾反复播放聆听。

浣溪沙·福州华林寺

保境安民妙旨宣，名蓝高矗越山边。庄严宝殿冠南天。　　花雨一帘春旖旎，松风半榻月婵娟。我来瞻礼证诗禅。

戴冠青

戴冠青，1951 年生，笔名寸月，莆田人。1982 年毕业于福建师范大学中文系。历任泉州人民广播电台副台长，泉州师范学院中文系主任、文艺学研究所所长，教授。中国作家协会会员、泉州诗词学会副会长、泉州市作协原主席，福建省诗词学会原常务理事。著有《文艺美学构想论》《文本创生与文学阐释》，主编《诗海探骊》等。

古园品茗

古井一方映彩霓，春藤绕屋日来迟。柴门微敞榕阴郁，长椅斜伸客影稀。点点苔痕青石壁，浓浓草色绿窗扉。闲听莺燕悠悠啭，数盏茗香数句诗。

游埭美古民居

梦里犹回水上乡，溪环古厝树生香。房门对看里仁近，屋舍连排岁月长。袅袅炊烟藏笑靥，悠悠碧水浣衣裳。扁舟可否栖身老？短笛横吹待夕阳。

游泉州西湖

蒲月聚名流，林深径自幽。水清三叠影，天碧数行鸥。登阁风拂面，临丛花乱眸。诗成心不返，同醉一湖秋。

临江仙·游东溪大峡谷

雾罩青峰林茂秀，崖悬峡谷深幽。东溪直上雪山头。白龙知客意，飞瀑下天沟。　　碧玉潭中龟石巨，琴泉奏响风流。洞奇岩怪景千秋。人间仙境在，任我纵情游！

渔家傲·元宵

错彩镂金灯满路，长街十里歌萦宇。漫步花丛闻笑语，人多处，友朋相会欢如许。　　雪柳冰轮刺桐树，绿服红妆时尚女。社火烟星飞似雨，喧天鼓，金猴腾跃鱼龙舞。

青玉案·半生风絮

诗成总在低眉处，不自觉，芳华去。故学新知相与度。墨痕融烛，砚花当户，瘦影灯前路。　　耕文不计朝和暮，驰笔常思暖人句。试问痴情深几许？两肩霜露，半生风絮，一季濛濛雨。

陈金清

陈金清，1951 年生，字洁夫，泉州人。原三明市政文史办干部。福建省书法家协会会员、省政协书画室特聘画师，原省诗词学会常务理事。著有诗稿《淡墨清吟》，参与执编《三明诗词选编》《三明旅游诗词》《中国南方金字塔》《三明宗词集萃》《三明摩崖石刻》。

太行观野桃

遥立太行眺，山桃遍里馨。疑是天撞碎，竟撒满坡星。

梦游太姥

太姥梦中临，仙踪或可寻。波翻沧海壮，石锁暮云深。抱膝吟山月，澄怀纳素心。金龟攀绝壁，共我听瑶琴。

闽王颂

六合风烟急，挥师下福城。礼贤频纳士，薄赋促兴耕。拓土开疆域，扬旌结海盟。三郎骑白马，千古著英名。

游九鲤湖并和明人郑缵绪诗

履屐游仙应所期，湖山似画水烟漓。临渊玉柱崖弥健，挂壁珠帘瀑亦奇。九鲤腾空留胜迹，六如梦墨蘸神枝。邀朋欲醉知何处？最是登高啸咏诗。

卜算子·泉州九日山怀古

泉郡古来昌，三宝声名诧。九日山崖刻石昭，七次西洋下。　往事近千年，试看今华夏。环顾全球藉好风，丝路高帆挂。

刘明程

刘明程，1952年生，宁德寿宁人。供职宁德市公务员局。福建省书法研究会理事、福建省诗词学会理事。编写出版有《学生钢笔书法教程》《小学生颜体描摹字帖》《小学生欧体描摹字帖》《刘明程楷书千字文》等多种。

二○○七网友评出感动中国十大小人物（十首录二）

八十岁老太寒风中卖报

羸躯颤抖北风寒，卖报摊前缩一团。自力饴孙兼自食，行人另眼许相看。

十岁小冬香照顾病兄

重担如磐压幼芽，穷人孩子早当家。屏前莫叹憔娇影，此是人间不谢花。

过绍兴偕星儿谒鲁迅故居

茴豆乌篷旧街坊，课文故事俨身旁。三思未解三馀义，百载长留百草香。呐喊彷徨寻战友，忧民愤世举投枪。犹聆巨匠谆谆诲，挺直中华铁脊梁。

怀项南

改革潮头论废兴，闽陬主政拔榛荆。从容不善争高位，俯仰无如履薄冰。皎月一轮昭本色，清风两袖拂碑铭。明珠薏苡凭谁说？百姓心中秤自平。

题星儿博士毕业照

微传彩照作家书，显目标题似点朱。方帽垂绦淹岁月，红袍广袖揽江湖。鱼龙变幻儿当识，经济锱铢我不如。社会舞台驰骥足，居身时顾旧茅庐。

步奕专先生雨中游南潀山

初沸新茗绿满壶，骚人雅聚话当殊。长藤百尺牵诗思，细雨千丝润画图。翠谷繁枝花解语，苍崖落瀑鸟惊呼。重逢有待开晴日，再上南峰瞰两湖。

阮荣登

阮荣登（1953—2010），字昌彦，别号溪趣斋主，宁德福安人。经济师，曾就职于福安市口岸与海防委员会办公室，曾任福安市政协常委，市政协法制委、文史委副主任，福安市文学协会秘书长，秋园诗社副社长，中华诗词学会会员。著有《溪趣斋诗词选》《扣弦集》《溪趣斋杂谭》。

黄　山

万壑云涛相衬出，一轮红日喷薄生。危峰不与天争险，自有苍松岭上横。

为改革开放三十周年作

三十年头弹指间，挥师百万破重关。依然戮力君知否？敌垒深深更似磐。

初秋有感

一室相安两且之，妻操股票我吟诗。早尝弃置闲滋味，遑论昂藏老作为。杖履争随长巷远，文章讵让古人奇。夕阳窗外垂杨柳，已瘦三分知不知？

咏　蝉

绿杨窗外苦吟身，半为清高半为贫。雨露无多犹可饮，风霜不尽总来侵。淹藏最是人争妒，欲禁终因名自珍。应有枝头消息在，悬知万籁各声音。

退休感言

卅年履历入公门，将散樗才一纸文。梦罢卢生何处去？诗成贾岛此身存。闻鸡亦效刘琨舞，倚马奚如袁虎喧？只为桑榆犹可拾，不分薄暮抑朝暾。

清平乐·春燕

东风不管，一夜吹绵软。岭上青葱堤上懒，春色凭谁裁剪？　　此时草竞花喧，更兼流水潺潺。莫向乌衣巷里，还寻旧日雕栏。

朱金明

朱金明（1953—2016），号风月斋居士，莆田人。福建思阳律师事务所主任，河洛文化研究中心主任。曾任莆田市艺术家论坛主席、莆田市城厢区诗词学会会长。著有《风月斋诗词集》。

谒青云谱怀八大山人

竹木萧森夏日长，荷塘潋滟白波扬。诗从日月谈慷慨，画向乾坤写大荒。野老应休哭废替，山人且自笑疏狂。曾经鸟雀寻幽意，独立枝头望夕阳。

悼郭风先辈

四野苍茫月影移，子规雨里岁寒枝。风神洒脱千秋帜，懿范光明百代师。叶笛君初歌曼妙，薯花谁复赋新奇？芳坚馆杳成追忆，留取名篇寄梦思。

白仁将军抗倭殉国463周年祭

狼烟镇日起江干，万木萧森百草残。耿耿丹心明日丽，昭昭铁血碧空寒。魂归天地悲风雨，火化鸾凰喜涅槃。战地黄花秋后艳，紫金阁里报平安。

癸巳秋重访南山广化寺感怀

此生未悟许朦胧，重入寒门色未空。芳草已随春日老，诗人不解怨秋风。

汉口吟

极目江天雁字单，迢迢汉水现奇寒。十年一滴相思泪，流到如今犹未干。

卜算子·咏春

已是白头人，还植相思树。春在枝头点点蕾，错过桃花雨。　　雾里许多枝，陌上花无数。醉里看花不是花，总被多情误。

缪品枚

缪品枚（1953—2018），笔名吕文，宁德福安人。历任福安中学教师、福安市方志编辑室主任、宁德市人大民侨台委秘书科科长、宁德市地方志编纂委员会副主任。主编《福安市志》《宁德诗文选》《宁德史话》《闽东畲族志》《谢翱研究资料集》等。著有《长溪钩沉》《醉月居诗存》。

薛令之墓道碑

天荒惊破月溶溶，朝日诗成出禁中。不老江山枯俊骨，残碑肩雨又挑风。

过武夷精舍

晚对亭空更仰谁，当年精舍早成灰。紫阳不为春秋改，还照溪山水九回。

咏白水洋杜鹃花（四首录二）

一

白水洋横玉镜台，天工磨就绝尘埃。嫣红妆就春风面，也共鸳鸯照影来。

二

争奇斗艳一丛丛，满目山花绚灿红。望帝能流多少泪，人间总是要芳春。

白鹤岭古道

羽翼枉垂年复年，欲飞不去海成田。千阶石老春秋逼，半岭碑残岁月煎。造物嘲人都是客，流光误我不关天。丹书若许回鸾愿，洗尽此间行路难。

戊戌中秋有感

西风瘦马出韩城，乍到惊听杜宇喧。北郭寻梅思稚子。南园赏菊叹孤身。碧梧连日雨频落，雏凤经年翼尚宽。二十四轮秋夜月，今宵始作故乡圆。

许　总

许总，1954 年生，自号抱一，祖籍安徽桐城，出生于江苏南京。现任福建省文史研究馆馆员、华侨大学文学院教授、仰恩大学副校长，厦门大学、东南大学、西北大学兼职教授，福建省诗词学会常务副会长。曾首批入选省级跨世纪学术带头人、省优秀哲学社会科学工作者，出版个人学术专著 20 种。

古园晨望

霞光一线破熹微，啼鸟几声散缥缈。远岫茫茫雾上浮，轻云冉冉山尖袅。花草争垂繁叶露，衣襟每挹古园晓。欻然地轴转红轮，恰似铜钲挂林表。

贺缪钺教授九十寿辰暨从教七十周年

大椿桃李总相持，百代风骚一代师。巴蜀重瞻班史笔，灵谿犹见宋唐词。[①]东西学贯开新径，南北流分汇盛时。十载心仪忘宠辱，门墙出入忆成痴。

注：①缪钺教授与叶嘉莹教授合著之词论专著名为《灵谿词说》。

癸酉初夏抱一轩中《唐诗史》成感赋一律因题卷首

宏衍唐诗史，纷拏论议长。宗风神翥凤，变雅意相羊。音接六朝绪，流分两宋疆。新图重构起，抱一向微茫。

甲戌春偕文学史观与文学史学研讨会诸公同游福建东山塔屿

塔屿文峰耸，东山四望开。涛声兴海雾，岑影远氛霾。径转松林蔽，潮生石岸埋。何欣会嘉客，万里此同来。

古田会议旧址感赋

大略宏图据井冈，突围拓境击凶狂。山重水复层林染，柳暗花明叠嶂苍。旧习汰除过闽赣，新风整饬入汀杭。古田真义何由得？一盏明灯万杆枪！

贺福建省诗词学会第七次会员代表大会

沧浪妙趣衍流长，皀雁春江映翠篁。八闽艺传元邃密，卅年诗学复腾骧。宏猷大业千秋史，言志缘情百代纲。何幸硕儒襄盛举，新时新事焕新章。

贺叶嘉莹先生获感动中国 2020 年度人物（并序）

闻叶嘉莹先生获感动中国 2020 年度人物，因忆 1982 年余赴成都杜甫研究学会，初识叶先生，并有诗相赠。且其时改革开放不久，海外学术新观念纷纷传入，叶先生亦领风气之先者。今逢盛事，感而有诗，因以贺之。

杜学结缘四纪延，风仪初识锦江边。才闻外海新时念，复睹迦陵惊世篇。西往富车传正脉，南开筑舍育群贤。坐看赤子丹心血，十二楼头彩翮联。

黄　叶

黄叶，1954 年生，号不愠斋主，福建仙游人。福建省文史馆馆员，高级美术师，李耕国画研究所副所长，福建省诗词学会副会长。

赴杭州参加《世纪遗珠——黄羲诞辰120周年》纪念

识珠凭慧眼，放彩有西湖。规正重诸老，守真归一逋。孜孜研教创，穆穆画诗书。喜看今朝事，乡贤寂寞无。

庚子春分参加“枇杷季，话枇杷”主题沙龙咏书峰

何止百松傲，书峰处处春。黄金低碧树，青黛足遗珍。科技争兴业，林泉好洗尘。行看兰石谱，最爱与时新。

纪念抗元英雄陈文龙

报国焉辞险与危，飘摇大厦有谁支？玉湖风骨西湖恨，宦海烟云南海悲。青史合教双杰并，丹衷绝令大名垂。尚书公庙千秋在，奉作神明更济时。

宅家防疫有感

谁与浮生春日闲？宅家能使阖家安。礼疏权作移风俗，情急共来战困难。决胜更须凭硬核，深思何止在新冠。敲诗许不追风雅，只为心存一寸丹。

自题明德禅寺《十八罗汉》壁画

白发学童临又摹，重来面壁意如何。宗师粉本谁能比，留待后同细揣摩。

飞山诗社五周年社庆感作

书香茗韵最谐和，借此平台得益多。愧我何才能顾问，翻教秉烛更研磨。

壶岐岩绘《寒山拾得问答图》步宗伯胎青老题壁诗

尘埃奔走叹年年，今日来寻方外天。一壁云烟心事定，功夫到处即

参禅。

吕庆昌

吕庆昌，1954年生，龙岩新罗人。先后在龙岩市（现新罗区）、永定县、连城县等地任职，曾任龙岩市人事局局长、市委组织部副部长，龙岩市人大常委会副主任，现任龙岩市老区建设促进会会长。中华诗词学会会员、福建省作家协会会员。著有诗集《秋曲春声》等。

往韶山

呀呀学语念毛公，几度韶山入梦中。今日驱车圆夙愿，风停雨住彩霞红。

元宵遥寄

溪边农舍柳丝扬，皓月朦胧洒冷霜。邻院儿童燃焰火，隔窗翁妪望他乡。孤灯影映杯中酒，微信云飞海外郎。却说家中真热闹，元宵桌上正飘香。

回乡当知青50周年抒怀

独背行囊万里寻，北溪水暖泛乡音。荷锄七载风兼雨，秉烛三更书与吟。日出秧田耕绿梦，月归山道炼丹心。少年霜鬓情依旧，喜望桑榆灿若金。

送闽西援疆工作团出征

苏区辈出好儿郎，笑傲征程万里霜。戈壁沙飞扬锐气，天山雪化润柔肠。弟兄携手家能旺，民族齐心国必强。待到杜鹃红两度，葡萄美酒贺还乡。

赞一位农民工诗人

穿街走巷觅温饱，入市寻山踏日轮。车站扛包餐雨露，酒家载客赶晨昏。人生百态识冰炭，世事千般辨伪真。尝尽风尘甘苦味，心中却酿美诗文。

鹧鸪天·夏游梁野山

古母凌空云系腰，银河泻玉雪珠飘。藤缠曲径鸣知了，竹隐长亭袅洞箫。　　攀石谷，荡林涛，清风送我步廊桥。晶莹一掬梁山水，洗尽尘烦暑气消。

杨国辉

杨国辉，1956 年生，笔名青萧、吟石，莆田人。曾任宁德柘荣县文联主席。福建省作协会员，中华诗词学会会员，中华诗词研究所研究员。著有《青箫诗集》《石语箫魂》诗集。

柘荣东狮山探春

寒山霜尽绿初醒，野径寻芳且慢行。未得梅香收鸟语，细斟石味解溪声。春如知老花当泪，天若怀私日不明。借问坟中风雨客，于今谁悔未成名。

闻天宫一号成功发射

银汉摘星今不虚，浮槎遨宇梦初舒。蟾宫探月光为眼，帝阁擒雷电作车。沧海如杯堪入席，环球似豆可归锄。诸君莫问嫦娥事，桂酒殷斟忘寄书。

暮秋山行

秋暮溪山染落晖，乘风放足莫相违。千峰开合呈奇卷，一卷移来一卷归。

柘荣龙溪柳芽

一露青锋绿满城，群芳失色客生情。谁闻月下清溪畔，千叶争春万剪声。

春夜抒怀

月下春山起黛澜，谁移北斗入溪滩。疏星不逐流波去，欲为痴人照胆肝。

何泽中

何泽中，1956 年生，湖南临湘人。宪法学博士，研究员。曾任湘西自治州州委书记，中华人民共和国二级大检察官，福建省人民检察院检察长。中国作家协会会员、湖南省书法家协会会员。先后出版《百花妙言》《百物妙言》《物行天下》《花满人间》《毛泽东对联鉴赏》《毛泽东诗词集联》《毛泽东诗词书法集联》等。

满江红・里耶古城

凤阁临江，听酉水、滔滔不息。望峰峦、绵绵不绝，烟波山色。浣女艄公倚薄暮，游人商旅从舟楫。战马嘶、壮士执金戈，征尘激。
拓荒地，边陲觅。城壕溃，皆陈迹。看河山一统，万枚秦册。古井春秋藏往事，苍豪简牍书长策。洞庭郡、楚塞藉风和，云天碧。

临江仙・浦市古镇

浦市码头沅水畅，商街十里廊檐。物行天下燕双衔。舟船随昼夜，常岳与滇黔。　　屈子涉江成橘颂，高腔但使如酣。隐心古寺有浮岚。清风消雾气，暖日照西南。

清平乐・小溪

群山霞蔚，望眼三千里。过涧穿林游四纪，最养乾坤浩气。　　黄心夜合争芳，珙桐赛鸽回翔。闻瀑龙蛇起舞，听莺花木传香。

注：四纪，小溪为中南十三省亚热带海拔常绿阔叶原始次森林，是免遭第四纪冰川侵袭而唯一幸存的天然绿色基因库，世界植物宝库中的

一块稀有活化石。

满江红·观《绝命后卫师》电视剧

血染湘江，浩气荡、忠魂不灭。凌日月、六千子弟[①]，雄风还烈。受命临危担后卫，舍身奋战冲前列。阻蹑追、信念铸长城，坚如铁。

真父子，同敌决；亲兄弟，枪林越。战新圩[②]肉搏，信丰[③]拼杀。埋骨江东慷慨义，绞肠郊野[④]坚贞节。山河咽，悲壮恸苍穹，思豪杰。

注：①六千子弟：指六千闽西子弟兵。②新圩：指新圩阻击战。③信丰：指信丰河阻击战。④绞肠郊野：指师长陈树湘自己绞断肠子，英勇就义。

陈宗辉

陈宗辉，1956 年生，笔名牧云，尤溪人。正高级教师，中华诗词学会会员、福建省作协会员、三明市诗词学会会长、紫阳诗社社长。著有《牧云诗词》《牧云诗论选》等。

半亩方塘

活水方塘美誉驰，乡贤朱子浣云丝。清波皓月观书第，不种芙蓉种小诗。

乡　思

横山岭下朝阳处，萧飒村中蓬荜生。一地蛙声云外落，几弯犁镜月边耕。凭窗鸟唱三春画，出户花开九族情。最是悠悠东去水，重山总向梦中迎。

夜宿蓬莱山寺

蓬莱美景盛名传，石径云梯百丈悬。月过双峰亲桂子，风挲鲫水漾清涟。天盘顶上痴寻弈，紫竹林中醉说缘。一夜匆匆山寺梦，醒来笑是误成仙。

念奴娇·桂峰怀古

桂华树下，问衔书飞凤，晒秋何处？昔日岭前千万亩，隐约蛙声如鼓。珠露金风，梯田云际，稻浪摇山舞。更多衙署，算盘难记田赋。

顶戴消夜茶楼，南腔北调，醉卧京城故。大厝层层天外耸，弦管频传巾素。流水坑头，燕泥泮月，石印双花絮。玉泉三益，倩谁人再回顾？

念奴娇·记住焦裕禄

古今衙署，问何处，喝令风和沙碧？朱绂峨冠，深院静、唯道花香酒气！冬去春回，江山不老，谁解民生意。车船千里，风池来往如鲫。

兰考翠绿焦桐，一时成屏障，横柯云际。铁掌当空，枝叶舞、赢得满天清丽。更有根须，遍穿地府，恰似星群系。焦公佳梦，百川归海同记！

张振耀

张振耀，1956年生，笔名杏苑耕夫，泉州石狮人。中学高级教师，历任石狮市第三中学、华侨中学、凤里中学等校校长、书记，石狮市老年大学副校长。现为中华诗词学会、中国楹联学会会员，石狮市诗词学会执行会长、石狮市楹联学会常务副会长。著有《耕心阁诗文集》。

蚶江林銮古渡

时当初夏气清和，观海听涛感慨多。雨歇轻烟归雁渚，云开古渡卧鸥波。何须一棹飘然曲，自有千秋欸乃歌。荻岸花飞多靓彩，唐风拂过莫蹉跎。

游家乡石窟公园

空谷芳郊雨后青，凝眸塔影闻花馨。风涵石窟融诗意，水映山容入画屏。几抹春霞云袖染，数声钟韵竹庐听。撷来最美原生态，远隔尘嚣养性灵。

鹧鸪天·访蚶江古街

一线天街故事长，几经风雨诉沧桑。斜阳已透疏窗影，曲巷曾穿对渡帮。　　青石板，赤砖墙。米行酒肆剃头房。老街吆喝声成梦，岁月如烟渐渺茫。

雨霖铃·过大孤山

飞云初歇。伴长天晓，旧事心结。孤山塔影潮韵，风荡漾，钟声清越。石径苍凉湖畔，赏堤柳孤月。便去去、虚晃昭华，梦里飞花又成雪。　　人生自古情难绝。更难将、片片光阴接。而今对塔凝望，偏怎也、雁翔声咽。此去匆匆，零落依归，休说凉热。但远眺、山影朦胧，却见残阳血。

望远行·次韵宁杰施老书记《望远行·电视剧〈爱拼会赢〉观后》原玉

曩时忆念，西风紧、恰似归鸿南下。越穿秦岭，掠过长江，为桑梓添砖瓦。晋邑文明，堪可入畦耘梦，憧憬一生如画。得闲时、昆仲提壶论价。　　怡雅！风骨逸神永葆，世事淡、脱凡潇洒。改革浪潮，云蒸雾起，无奈刈袍分野。何幸贤嗣风发，农商联动，携手登楼临榭。趁一钩新月，兼程星夜。

施榆生

施榆生，1957 年生，漳州芗城人。福建省诗词学会监事长。原闽南师范大学文学院党委书记，闽南文化研究院副院长、副教授。曾任中华诗词学会理事、中华吟诵学会副理事长、福建省诗词学会副会长、漳州市诗词学会会长。著有《清吟集》。

咏　　竹

细枝疏影月华浓，露涤霜侵见碧丛。我愿与君同抱节，萧萧不尽作清风。

偕台湾诗友游鼓浪屿菽庄花园

嘉园草木正葱茏，磐石枕流风韵雄。记取当年吟啸地，诗声共振海西东。

咏怡山啖荔诗会

千载名蓝在，古风犹可寻。堂虚开俗眼，境静解烦襟。宋荔甘滋足，闽腔雅致深。诗禅两相契，最喜共清吟。

重阳有感

重九清秋节，高情自古今。却邪萸得意，献寿菊知心。新句频频改，方音细细吟。为传风雅事，愿与岁时深。

咏福建土楼华安二宜楼

雄浑古朴信堪夸，傍水依山宜室家。百户聚居成世界，双环并峙起烟霞。通廊隐秘巡行便，连壁斑斓绘画嘉。曾是神工能御寇，更留天地一奇葩。

海峡两岸第三届闽南语诗词吟唱交流会感赋

两岸吟朋聚满堂，海滨国粹喜重光。唐音宋韵亲缘近，古调方言兴味长。一脉风怀同播雅，千年兰藻共传芳。晦翁曾赞仁和里，堪羡斯文代代昌。

注：宋儒朱熹曾于晋江东石古寨讲学，见此地士民礼让有加，称赞真仁和里也。仁和里遂成东石雅称流传至今。

返乡台胞祭谷公歌（并序）

一九五〇年五月，国民党军队败退台湾，从东山岛抓走壮丁近五千人。新中国成立不久，东山县委书记谷文昌提出将“敌伪家属”改为

“兵灾家属”。一项德政，胆识超凡，惠及数万民众。三十多年来，每逢清明节，“兵灾家属”及返乡台胞纷纷参加祭扫谷文昌陵墓，“先敬谷公，后祭祖宗”竟约定俗成矣。

忆昔海岛血风腥，残军败退大抓兵。丁男五千被掳去，荒村到处无壮青。谁家新妇悲欲绝，邻里童稚皆啼声。可怜翁妪生别苦，从此骨肉隔沧溟。海峡战云久郁积，壮丁家属遭鄙斥。孤儿寡母增窘困，谷公察此心恻恻。敌伪二字改兵灾，同仁扶持真善策。倏见孤寡愁眉展，感戴新天降甘泽。救焚拯溺道义深，勇于担当凭卓识。为民求实典范在，德政原本知宽窄。白发老兵返故里，倾听往事双泪激。生刍一束祭谷公：没世不忘千载德！

郑汶高

郑汶高，1957年生，福建莆田人，寓居澳门、台湾。福建省诗词学会会员，莆田市诗词学会顾问。著有多部长篇小说。

夜宿三棵树天然居，步韵奉和欧孟秋吟长

无尘夜色入天然，锦上添花郁郁芊。玉树临风吹瑞气，恒星伴月降祥烟。苍龙皓首三生石，雏凤和鸣八面弦。把酒抒怀牵梦路，诗情勃发扰孤眠。

思　乡

阳光一曲唱天涯，游子愁牵两岸家。寄意春风圆美梦，山川水泊映流霞。

纪念辛亥革命一百周年

辛亥狂飙帝纛斜，金瓯岂让玉微瑕？牛郎喜看三通路，织女情牵两岸家。

鹧鸪天·夕恋牡丹红

路转山回不老天，飞花流水我犹怜。河山寸土曾踏遍，诗酒笙歌枉

少年。　　生有爱，死无缘。白头空恋旧红颜。沧桑未改童年梦，吟啸寻芳共夕烟。

一剪梅・团圆梦

苦短春宵恨别离。遥望家山，泪洗征衣。纤情难诉鬓霜丝。梦断黄粱，思恋依依。　　人字寒鸿两岸飞。劳燕情长，互送芳泥。吴刚携酒赠牛郎。喜架蓝桥，重会佳期。

西江月・咏莆阳诗坛

遥望文坛璀璨，近听骚韵悠扬。西东两岸总思乡，梦里心潮荡漾。
追忆当年燕舞，喜闻今日兰香。两樽菊酒劝君尝，功绩千秋无量。

刘福铸

刘福铸，1957 年生，莆田人。莆田学院教授，莆田学院妈祖文化研究所副所长。主编《妈祖诗咏》，著有《莆仙方言俗语歌谣》等。

秋杪访敦煌

戈壁黄沙奇宝藏，时当秋杪访敦煌。高原难免菜蔬贵，瘠土岂无瓜果香。石窟琳琅遗损阙，古经零落诉沧桑。盛唐气象今朝迈，不教强梁再炽张。

咏 雪 花

谁撒飘空六出花，红埃尽覆洁无瑕。鲛纱素绕琼英路，鹤氅银妆白玉车。野竹千丛增寿色，寒梅万蕊竞芳华。漫天飞报丰年讯，胜似人间富贵葩。

榆关即景

崇楼雄峙海山间，万里长城第一关。钥锁京津迎守易，障屏辽蓟入攻艰。固防不待垒高堞，强国尤须除巨奸。烽火狼烟今散尽，游人无数笑跻攀。

莆田石室岩揽胜

上方胜境辟何年，石室松门别有天。龙舌朝吞莆海水，虎岩夕聚荔城烟。倚空塔古恒迎客，绕殿香浓广结缘。半日登临尘鞅脱，穷幽还蹑碧峰巅。

丁酉周甲

周甲归休丁酉年，穷通由命寿由天。树功愧少酬今世，修德勉多追昔贤。业固滥竽无待补，书宜覆瓿不求传。自兹身许羲皇上，燕蝠鸡虫耻与缠。

洪峻峰

洪峻峰，1958 年生，泉州石狮人。《厦门大学学报（哲社版）》原副主编、编辑部主任，编审。现任中华诗词学会理事、福建省诗词学会副会长，厦门市社科联顾问、厦门市政协特约文史研究员。整理、校注《菽园诗集》等近代闽诗文献多种，著有《冈阳居诗稿》。

过 赤 壁

惊涛未许一舟藏，又见神州古战场。如此东风犹澹荡，当时暮色正苍茫。从知逐鹿分周鼎，孰听哀鸿怨鲁阳。烽火而今已陈迹，江天万里鹤高翔。

过西夏王陵

千里长车气若虹，贺兰山阙霸图空。数声鸿雁浮云外，几处陵台落照中。朔漠襟连黄土地，上河怀抱古英雄。萧疏槐柳秋将晚，故国何人唱大风。

拙著付梓感赋

从来雕版是穷途，郁郁南山吾道孤。椽笔几何终覆瓿，书生一用即操觚。合将纸上风云气，并入胸中海岳图。却有微言犹未尽，青灯依旧照庭隅。

注：拙著《思想启蒙与文化复兴》，人民出版社 2006 年出版。

岁　末

岁寒节物感何如，行色匆匆返故庐。堂上椿萱心上老，风中梅竹眼中疏。雁鱼已隔溪山外，鸡犬相闻作息馀。一室融融春又至，试听天籁看云舒。

访瑞金叶坪革命旧址

瓣香千里至，穆穆谢家祠。已恃风雷久，欲寻星火迟。中原方采菽，大野正燃萁。重踏啼鹃血，馀生识所之。

注：叶坪红军烈士纪念塔前地面用煤渣铺写着“踏着先烈血迹前进”八个大字。

游连城石门湖望冠豸山

坐对此山孤，泠泠水一湖。波澜微欲寂，邱壑淡如无。莫问连城璧，待收沧海珠。石门将复闭，日暮独嗟吁。

长泰清风五里亭

千古功名一望空，齐民长记短亭东。今来顶礼人何许？也是青衫两袖风。

陈一放

陈一放，1958 年生，莆田人。曾任《领导文萃》杂志社社长、主编等职，福建省诗词学会原副会长。

迎　新

春风已近雨如酥，喜看江山万里图。倒计钟声三二一，千家夜半举屠苏。

题澄海楼

洪波近北寒，极目独凭栏。人到龙头老，怀随渤澥宽。燕山多席雪，碣石壮天澜。观海如观史，斜阳寸寸丹。

观《大潮起珠江》展感怀

满园春故事，号角破长空。碧海鲲鹏起，神州锦绣中。改开雷与电，奋进雨兼风。后浪催前浪，潮声未有穷。

旅次虎跳峡

平湖看后意堪嗟，虎峡归来梦四哗。盘石旋涛崩碣岸，飞湍堆雪怯寒鸦。中分野色声如鼓，直扑东涯海作家。惆怅人生行旅外，洪波万里一流沙。

嘉 峪 关

龙盘虎踞白云间，惯见长征匹马还。万里风沙声若箭，孤城胆魄气吞山。英雄到此几回死？天下从来第一关。莫问功名何所在，银枪铁甲六钧闲。

行香子·秋兴

代谢春秋，今古随缘。最多情，眼下樽前。沧桑总是，花月难全，看有时无，有时缺，有时圆。　　半生如寄，几回如烟。到头来，独酌残篇。黄昏只在，风雨楼边，忆那些人，那些事，那些年。

千秋岁引·江上赏月

户户饼圆，家家菊满，万里清晖此时看。光千丈从海上白，风千丈向怀中散。鬓如霜，月如水，看潮晚。　　休别处登高眺远，休别处推杯换盏，为壮情怀酒无限。江湖自来归倦客，深樽莫起红尘叹。听秋声，会秋意，今秋半。

郑金辉

郑金辉，1958年生，仙游人。莆田市正处级纪检监察员，中华诗词学会会员，福建省诗词学会会员，莆田市诗词学会会长。著有诗集《菊解闲人意》。

“中孝杯”首届全国家风孝道诗词创作大赛受奖有感

春回柳绿千花放，一夜吹香到武林。剪水载云诗妙韵，敲金击石笔清音。九寰孝道冰壶濯，四海家风雨露淋。只作交流圭璧引，情亲才是合吾心。

缅怀歌乐山烈士

忽似松林坡上啸，并非歌乐接迎宾。阴森滓洞沉灰迹，明灭牢房列梏尘。可恨风烟残忍毒，岂堪鬼火劫生民。深怀英烈心头血，化碧江山万里春。

木 棉 花

英雄血性染云霞，映衬霓裳气自华。莫道春阑迟日出，擎天立地最高花。

登泰山遇雨

云横岱岳嵚，水柱涧崖浔。雨雾消奇峻，松风入邃森。深秋寒冷意，精舍晚空音。感此难高视，无缘绝顶临。

谢池春·春去秋来

春去秋来，顿觉急风唤起。啄蝇虫，群情剑指。称雄无数，现回头追悔。视如今、景光难继。　　吾痴莫笑，看客堪知闲仕。叶霜期，枯黄不止。何时零落，问苍茫天地？又斜阳、暮云无际。

郭若平

郭若平，1958年生，中共福建省委党校福建行政学院二级教授，享受国务院政府特殊津贴，福建省文化名家，藏书家。学术专著有《塑造与被塑造》《实践限度：中共概念史研究的技艺认知》《郭若平文存》等。

题陈第《五岳游草》

松云飞五岳，跋涉度年侵。茅店晨烟直，禅堂夜影深。溪滩招濯足，山磴带鸣禽。逸兴不常有，倚窗思远临。

严复《天演论》读后

严子做天演，迅翁因豆生。熏风吹故国，磐石压边城。莲出何堪睡，鱼飞尚且争。轩庭歌古调，万籁寂无声。

访新泉

初闻白沙事，随众访新泉。野犬呼栏外，清流出庙前。空阶檐滴雨，长夜月凝笺。整肃常思急，传烽时会烟。

登马尾潮江楼

马江潮汐满，闽海历经多。树向英雄哭，风朝俗辈歌。黄芦沉雁渚，素舸落烟波。平淡何人识，余生亦偶过。

赋徐兴公红雨楼

鳌峰北麓月如钩，一勺清辉红雨楼。犹卧青阶连小巷，曾经沧海到中洲。布衣纤俭榕根冷，香案飘飖蜡泪浮。独有词章衔共主，山窗无事跋寒秋。

曹学佺汗竹斋纪事

谪宦原由野史惊，箴言寥落到南明。从来嗤笑书生泪，自古烦听楚客声。雨滴疏桐添寂寞，阶生幽草也峥嵘。撰修儒藏逢时变，故国渊泉一掬清。

赋徐渭青藤书屋

画派开山一脉兴，神形泼墨数青藤。狷狂自售芭蕉雨，放逸空持庐屋灯。郑燮柴门居走狗，齐璜石砚点飞蝇。遮颜落魄强沽酒，卖尽残书近野僧。

秋 窗 外

山静禽鸣断，云停雁影空。幽林深浅绿，不肯媚秋风。

吴杭辉

吴杭辉，1959年生，原名杭徽，号力健翁，室名又晤轩，上杭人。原福建华宝有限公司后勤部经理。曾任龙岩市诗词学会副会长兼秘书长、《海峡龙吟》执行主编，龙岩市楹联学会秘书长、副会长，《龙岩联苑》主编。现为中华诗词学会、中国楹联学会会员，福建省诗词学会常务理事、龙岩市诗词学会副会长。

缅怀民族英雄郑成功

破虏驱荷战未遥，河山已是铁蹄嚣。故园无奈王廷改，宝岛依然汉帜飘。一雁南来家渺渺，三军西望雨潇潇。归期莫问天边月，两岸诗声架海桥。

六十初度

年年浪迹海西东，江左名山一望空。棹影时留烟雨外，萍踪独寄鹭鸥中。行吟不改书生色，啸饮还追学士风。载酒登临君莫笑，诗心万里气如虹。

远 足

泠泠碧水涤尘怀，野壑幽幽久未开。原上流霞飘可揽，林边归鹿舔相偎。溪山无价谁曾顾，风月多情我独来。此去武陵应不远，何妨轻屐印苍苔。

登高山

孤峦锁钥镇南关，百尺城楼泰自安。万木葱茏冈独秀，双流激荡水洄湍。龙峰阁近红尘远，偃月亭幽北斗寒。槛外游凫何处去？江心一棹钓沧澜。

过壶江

一望江门阔，诗心万里雄。樯行天海际，人在水云中。隐隐沙鸥过，滔滔雪浪洪。今宵椿树下，步月与谁同。

到文溪

足健关山坦，神清云水滋。得闲非买笑，乏感莫题诗。蜂去花无趣，人来蝶有姿。文溪风物隽，觞咏忘情时。

日月潭

疑是神仙过海途，飘飘衣带躺葫芦。春风一荡琼浆落，致有明珠日月湖。

林新雄

林新雄，1959年生，仙游人。仙游县政法委干部，福建省诗词学会理事，莆田市诗词学会副会长。

玉沙桥怀思

静卧清溪不计年，桥头古木已参天。飞觞邀月人何在，幽景怡情一輾然。

苏武北海牧羊

持节至今夸汉使，索贤夙昔托鸿邮。牧羊宁易雪冰色，绝食羞将钟鼎谋。十九年间须尽白，二千载后话难休。汗青彪炳朝野重，衮衮诸公儿与俦。

愚溪行吟

须臾何以纪游程，柳庙愚溪足此行。山水皆诗贻我读，风光胜画倩谁评。鸥盟顿悟古街静，情结偏宜客里生。天意原来厚斯土，左迁为使两扬名。

题金沙古樟树

错节盘根岁已千，遮风挡雨仰能贤。虬枝高举拏云近，樾荫宽舒与士前。应是有灵曾得地，笑言无意却擎天。者番会友重来此，话到沧桑一辗然。

戊子春节漫笔（二首录一）

五旬倍感光阴迫，一笑平生快意无。春脚偏教丝入鬓，寸衷不改老依儒。临池醉喝龙蛇起，得句清凭山水扶。放浪形骸酬本性，安身陋室守吾愚。

林华光

林华光，1961 年生，祖籍闽侯，出生于福清。曾任空军航空兵某部副政委、福建省文史研究馆办公室主任，一级调研员。现任中华诗词学会理事，福建省诗词学会副会长、党支部书记，福建省作家协会会员，福建省炎黄文化研究会会员。著有《馆员春秋》《馆员风采》等，诗词发表于《诗词中国》《百年诗颂》等书刊。

广州起义

枪响羊城永不忘，红旗举处剑凌霜。但教怀抱平天下，焉惜头颅掷战场。勇冠三军思主帅，追思百感折金梁。出师未捷英雄在，未灭精神壮史章。

游霍童山

万仞峰峦翠作堆，疑他有路接蓬莱。玉颜童子成双立，白首使君游一回。石上残棋风扫竹，洞门鸟迹雨生苔。欲留信宿迟迟去，应待茅君跨鹤来。

贺平谭公铁大桥建成通车

岚岛蜚声远客招，况增公铁此长桥。通车剪彩尤隆重，购物观光迥富饶。跨海工程民振奋，凌霄意志国堪骄。神州崛起今非昔，赢得寰球拇指翘。

念奴娇·鼓山

闽江北岸，雾云绕，古刹隐藏神秘。云海苍茫，高处见，石鼓横崖峻伟。海送天风，鼓声震响，留给人猜谜。摩挲题刻，四方游客沉醉。

岦崱秀拔林深，清泉岩壁落，风云会际。岭上清凉，宜避暑，远客纷纷来此。俯看三山，闽都多俊杰，水盈灵气。翠峦峰顶，海疆睥纵千里。

鹧鸪天·贺建党百年

风雨神州百载前，红旗舞处焕新天。扬帆破浪航程定，反腐廉隅意志坚。　　承使命，再催鞭，锤镰辉映写雄篇。蓝图开拓新时代，盛世迎来国梦圆。

汉宫春·泉州少林寺

古寺千年，伴刺桐花梦，五祖拳流。泉南以武显寺，曲径通幽。风清月冷，应邀行，唯美初秋。凝望久，弘传正法，渊源流远清幽。

瑰宝三兴倩影，倚偎携手步，喃语含羞。绿荫掩映衰草，雨沛风柔。修禅习武，时光纵、禅武回眸。望玉宇，蓬莱景好，晨风一醉诗酬。

林鉴标

林鉴标，1961 年生，龙岩人。高级工程师。长期在国有、民营、中外合资水泥企业从事技术、工程和企业管理，曾任厂长、总经理、董事长助理，被评为福建省首届青年乡镇企业家。现为中华诗词学会会员、福建省诗词学会常务理事、龙岩市诗词学会代会长。著有诗集《悠远山韵》《悠远情韵》。

南乡子·梦在老家

童伴到田头，闲日争先在赶牛。山果酸甜充满腹，无忧。走进林间亮嗓喉。　　条石拱桥悠，父老穿行土木楼。涧里小鱼欢戏水，长流。美梦催人老厝游。

虞美人·闲行故地

门窗紧闭无闲话，昔日商标挂。电杆只顾伴亭台，不问客从何处找谁来。　　三层古塔风霜过，依旧溪中坐。此生能借几多秋，犹见弟兄谈笑在同楼。

虞美人·秋祭

一年一度青山绕，劈净坟前草。三牲齐备敬高香，倒酒上茶鸣炮道安康。　　仲秋先祭开居祖，再扫分支墓。客家文化记心中，海北天南如意畅行通。

西江月·醉恋龙门塔

南靠龙灵御雨，北依溪尾临风。三层八角站河中，镇恶驱邪佑众。
绿水长留古韵，青山已换新容。漂洋过海不心空，最是乡愁递送。

鹧鸪天·做客乡贤厝

卌载离农不忘牛，浇花弄草砌砖楼。亭前曲径顽童戏，院内清泉锦鲤游。　　摇竹尾，话杨头，一溪碧水厝边流。新朋老客端茶叙，不把谁人往事勾。

石建平

石建平，1962年生，笔名都梁、都梁石，湖南省武冈市人。经济地理硕士，理学博士。曾任福建省发改委副主任，福建省委宣传部副部长、省文化厅党组书记、厅长，省文旅厅党组书记，现任省政协教科卫体委员会主任。中国书法家协会会员、福建省人大书画院副院长、福建省政协书画院特聘书法家。著作有《白水洋诗书景》《都梁书法集》等。

七律·白水洋

竹楼赏景应争先，白水洋头不见边。万簇人如潮缱绻，千重浪似雪连绵。雄谈愿景胸怀阔，喜绘蓝图意志坚。聚起脱贫支撑力，韶风锐势正谋篇。

七律·百年风华

九域哀伤赤地贫，寒风烈冻舞残鳞。南湖立誓开新路，遵义归心扫旧尘。党领航船葆本色，国追梦想惠黎民。擎旗拓步书精彩，跃马扬鞭逐锦程。

七律·敢为人先

白鹭一行掠浪飞，厦湖首爆破重围。无边春色龙江绿，不尽秋光闽海晖。松绑放权如众愿，林山落户暖心扉。乾坤倒转开新路，圆梦复兴树峻巍。

念奴娇·小壶口

闲情信步，看一川飞瀑，奔流如箭。可有鸳鸯同水戏，映景喜娱谁见。素练悬空，叹为观止，白雪千重溅。风光如画，引发感慨无限。

缅忆创业洪流，激情澎湃，奋力山乡变。心旷神怡平静处，伫立定思鸿雁。岁月如歌，欣然回首，前路明霞现。乘风得势，碧天崇岭红遍。

张云霞

张云霞，1962 年生，龙岩人。中华诗词学会会员，龙岩市诗词学会秘书长，参与编辑《海峡龙吟》《魅力龙岩，诗意地名》等刊物。

临江仙·汀洲古城

掠影汀江两岸，探寻客邑千年。明清门第舍临川。柳亭依石径，碧水照楼船。　　今日店头漫步，回眸沧海桑田。满街佳品客流连。思遥唐宋事，梦忆古贤篇。

画堂春·惊蛰龙峰阁感怀

黄花抖擞照清池。蛰虫对唱今时。久违幽景梦依稀。你我相随。　　轩阁画楼独上，凭栏望远新晖。谁涂青墨在林枝？风暖春知。

青玉案·隐泉书院

灯笼盏盏沿河挂。作客金街茶舍。兰花窗台灯影下。悬空草蕙，水云烟漫，梦幻如仙野。　　孩童忆起当年画。书院诗文展风雅。新景悠悠楼宇榭，阑珊灯火，美人争俏，醉赏元宵夜。

行香子·龙门洋畲村

竹叶青葱，绿野葳蕤。望黛瓦庭苑心怡。芙蓉娇艳，草圃芳菲。有山中菇，田中豆，水中霓。　　花香户外，鱼游庭内。有画楼把翠筠依。流云追梦，秋韵融题，且醉同游，趣同赋，乐同随。

陈瑞喜

陈瑞喜，1962 年生，笔名雪野，惠安人，出生于宁化。三明市政府党组成员（副厅级），福建省作家协会、市诗词学会会员。

秋夜吟

孤光已过五回秋，街巷无人识故侯。薄酒偶将浇别绪，清茶常品侃遗愁。三祯古帖临年半，半卷闲书阅数周。秋雁行空知何往，飞魂何处是安留？

老宅吟

青苔野草对荒天，老去方知弄旧弦。蓬荜豆灯频扰梦，山乡风物总投缘。千层底垫恩深厚，百衲衣穿梦也妍。历劫生涯谁肯忆？人生堪忆是童年。

元旦返乡途中

客路天涯霜鬓回，风云才略早消颓。经年甘苦知寒暖，身后功名淡喜哀。命在舛时堪作嫁，意于冷处莫心灰。待看岸北梢头绿，燕子不携春自来。

浣溪沙·悼父

别后天堂可太平？几回梦醒夜难宁。无边空落看星澄。　　望断故园音宛在，伤心人怕近清明。声声檐雨似叮咛。

鹧鸪天·记怀

十五年后重回故乡工作寓所，感叹记之。

此处相思曾远随，家山梦忆岂千回。记怀飞雪上元夜，肩乘娇儿赏腊梅。　　休缅想，叹兴衰。江湖阅尽意成灰。高深天意君休问，云影秋光共夕辉。

吴明哲

吴明哲，1963 年生，晋江人。历任中共晋江市委副秘书长、晋江市政协文史委主任，曾任福建省诗词学会副会长、泉州诗词学会副会长，现任中华诗词学会理事，晋江市诗词学会会长。

东山村留题

乡壤谁称美？东山我最钦。和谐臻妙境，致富奏强音。有宅皆如画，无瓷不变金。穷愁今一扫，虎啸引龙吟。

旅澳乡贤席上索句

把酒濠江梦已成，葡京良夜正飞声。笛催海上孤帆影，人醉江南万里情。一笑山川还故国，卅年书剑慰平生。衔杯又约中秋后，携手晋江泛月明。

龙 山 寺

赫濯声灵记尚真，龙山风色竞迎人。长桥唤起春潮涨，鸿塔修来好梦频。五蕴空明披净土，千般手眼渡迷津。澄观云物新开霁，指顾安平两岸亲。

灵源拾零

西风俊朗涤尘容，阅尽泉南到此峰。秋草有情春意近，青山无悔白云通。欲留佳话传千古，心在灵源绕百重。挺志立身天地里，梦回林外一声钟。

红军漳平题壁旧址

新程莫忘小山村，饭粟怀恩义独尊。许国情怀初醉酒，忧民泪湿最深根。风云岁月丹诚共，烽火墙垣素守存。行过郊原雷隐隐，群峰深处有真源。

水调歌头·辛亥百年祭

百载情犹热，慷慨一何多。子曾为我击筑，我为子高歌。指顾江干鸥鹭，看我胸中云梦，箫剑近如何。肝胆存知己，岁月敢蹉跎？　拯民瘼，酬君志，共婆娑。人间天上相对，一笑醉颜酡。最慰天公抖擞，华夏雷奔霞蔚，骀荡好春过。奋翼凌霄汉，横海驭沧波。

惜余春慢·东宁遣怀

浪涌琴心，峰衔兰谱，齐向东风招手。玉山西畔，日月潭边，几度杏花春雨。叹息迢递经年，纵有相思，也都辜负。到而今领略，飘零滋味，不堪回首。　　念去去、一水酸辛，半生寥落，梦里此情难诉。声声碎笛，曲曲骊驹，行色但盟鸥鹭。底事萦怀？怕他天际归舟，歧行陌路。慰一枝梅放，千帆竞发，八方争渡。

卢为峰

卢为峰，1964年生，福州人。福州市政协委员、福州市政协文化文史和学习委员会副主任、福建省政协文史研究员，福建省民间文艺家协会副主席、福州市民间文艺家协会主席。著有《掬沤室韵语》《海岳风华集》（合著）《坊巷翰墨》等，点校沈瑜庆《涛园集》、林旭《晚翠轩集》。

敬题炎黄二帝巨型塑像

辉生史乘五千年，兀屹东方国祚绵。二帝勋劳虽草创，中华文物赖薪传。万方踵武承宗脉，百族追源出一川。似诏子孙同奋力，顶天立地好光前。

朱仙镇谒岳庙

出师初捷便班师，自坏长城可不疑。三字冤情天下愤，九哥心事相公知。河山未复臣犹恨，日月同昭史永垂。祠庙英姿毛发动，恍临酣战颍昌时。

福州西湖桂斋林则徐读书处（社吟得傍字）

芰荷初谢桂飘香，想见先贤倚槛傍。月色依然临鄴架，书声宛在绕雕梁。虎门驱虏原寒士，雁塞开边出草堂。大梦山青湖水碧，哲人往矣尚留芳。

游永泰青云山

重仞丹崖万壑松，空濛岚翠见群峰。天门峭壁愁飞鸟，云瀑仙潭隐蛰龙。郁李芬芳生意足，瑶溪潋滟淑灵锺。逶迤峡谷疑尘外，野趣端宜豁我胸。

憩鼓山涌泉寺

熏风吹送上方游，叠翠浮岚景致幽。十丈金身齐宝殿，千年兰若隐松楸。禅堂邀客云迎座，玉树垂阴夏似秋。藉此淨坊消溽暑，灵源深处暂勾留。

虞美人·题浮碧词兄所藏柳如是小像

绛云楼上声华盖，今尚传神采。欲矜姓氏意迟迟，玉立风前袅娜弹腰枝。　一时笑靥倾人国，新写春山碧。勾来心绪翠眉颦，可惜者般颜色嫁降臣。

姚金生

姚金生，1964 年生，笔名鸿雪，浦城人。中华诗词学会会员，中国楹联学会会员，福建省诗词学会常务理事，福建南平市诗词楹联学会会长。供职于福建南平市水泥股份有限公司。

咏　笋

霪雨香苞小，争春岭壑间。虚心终不悔，志破九重天。

延平春晓

东君一别音尘绝，莺啭枝头始问津。嫩笋漫坡争破土，桃花沿岸笑迎人。露凝芳草瑶池梦，雨润山城玉殿春。百里生机铺锦绣，六桥车马往来频。

补拙斋抒怀

敝帚自珍长物无，生涯相伴喜琴书。不沾骥尾闲尤足，直颂龙图鼓更呼。惟恐愚蒙思立雪，勿辞绵薄奋操觚。留将大节常深省，或许私心未尽除。

夜读方孝孺《逊志斋集》有感

逊志笃行弘正学，一支椽笔扫阴霾。忠贞幸有遗臣守，残暴难将大节埋。习与贤仁同气类，耻随权贵役形骸。汗青不朽芸编在，夜读重温沁我怀。

礼赞中国，魅力南平

礼炮冲天百族怡，赞歌连片五星旗。中华挽手祥和日，国庆阅兵威武师。魅著新篇民奔富，力移旧制景成诗。南风扑面同追梦，平治扬廉共展眉。

鹧鸪天·寄故乡亲友

少小欢歌惹梦香，嗟今羁旅事茫茫。廿年乡梦飞烟霭，一片丹心驱雪霜。　　沉桂月，闭轩窗，家书欲寄每彷徨。浦溪千里君同饮，令我如何不忆乡。

鹧鸪天·台湾老兵情

梦里乡关四十年，别情无奈隔烽烟。白头庆幸真来福，红豆为凭好续缘。　　鱼雁阻，陆台连，香江辗转总心牵。娲皇已把晴天补，精卫终将恨海填！

游兴东

游兴东，1964年生，建瓯人。长期从事公安文书工作，中华诗词学会会员，南平市诗词楹联学会会员，建瓯市诗词楹联学会理事。有诗集三卷问世。

榕城月

榕城天上月，应与故乡同。来往不相识，独行月影中。

金斗寺访人

古寺云山里，钟鸣动晓空。潺潺岩壑水，飒飒竹林风。径僻苔茸绿，秋深槭叶红。野禽惊叫远，客至报僧翁。

芝城逢故人

玉露金风处处逢，何须银汉觅芳踪。人间四月芝城路，又见桃花细雨中。

五夫里怀古

文公遗迹寻何处，笔架山前古木森。半亩方塘无鉴水，千年文院有书音。道承孔孟并三圣，学贯天人论二心。樟树自经亲手种，繁枝茂叶到如今。

山　居

乍晴乍雨已春深，簇簇山花出翠林。竹笋蕨薇随日采，溪鱼岩蟹待时擒。阴云窗外常无月，野鸟枝头空有音。闻道故人相问讯，几回石径扫松针。

长江行

夜航浔水向渝洲，白雾横江秋月浮。铁马艨冲鏖战罢，山川胜迹妙辞留。滕王阁上人何在，赤壁岩前水自流。醉后凭栏歌一曲，漫天风雨下船楼。

瓦窑垅农庄

瓦窑垅上小农庄，四斗梯田三口塘。杨柳树边一涧水，枇杷园外几间房。林深常奏竹松韵，峰耸不遮日月光。锄垦手播学古法，雨滋露润任炎凉。泥塘水面鱼儿戏，檵木丛中鸡仔欢。禽犬归巢石院静，山风拂面野花香。赏歌对酒时余乐，煮豆煎椒供笑谈。醉后酣眠谁唤我，晓来梦醒鸟鸣窗。耕食凿饮少忧虑，朝作暮息勿须忙。情志怡然心康健，手足勤勉体身强。是是非非远不到，荣荣辱辱两无关。已厌浮华安寂境，更修身性慕南山。落花流水知何去，屋舍田池是吾乡。世间处处桃源在，何必临津问渔郎。

谢复兴

谢复兴，1964 年生，号寒烟、寒烟居士，上杭人。中华诗词和省、市诗词学会会员，福建省作家协会会员。著有《寒烟诗词楹联选》《诗意将乐两百首》，作品入选《福建省中青年诗词选》。

纪念中国共产党建党九十周年

风云九十年，伟业可惊天。今日尤当忆，南湖一小船。

金溪春雨夜

何必叹前尘，欣逢同道人。樽前犹咏物，花里也吟春。故土常萦梦，他乡且寄身。忘情山与水，心净自然真。

山　居

看尽苍烟与落霞，云山脚下是人家。石级疏篱泉语响，也闻啼鸟也听蛙。

山居有寄

晴光一抹透窗纱，水碧风清细柳斜。山外有云霞似彩，心头无碍面如花。闲居村野听梅落，偶展诗笺颂物华。误入红尘原是客，能安身处即吾家。

金缕曲·佳节有寄

一去安宁否？自西归，奈何徒唤，几多歉疚。犹哭当时惊意外，抛下家中老幼。只剩却，披麻扶柩。世事无常原料得。竟谁知，决绝从今后。教此恨，悲凉久。　　尘缘已了情依旧。愧平生，深恩未报，量堪论斗。每念同龄多发小，偏爱几人能有？挡风雨，何愁屋漏。五十余年慈父意，却儿孙祈福难高寿。泪不尽，惟敬酒。

林日上

林日上，1965年生，网名木兰舟，号锥园老叟、闽湖清客、佛前灯。福建省、三明市政协文史研究员，三明市老年大学古诗词客座教授，三明市诗词学会指导老师。著有《中华诗词实用教材》，参加编写《艺术审美简论》《文艺理论》等高校教材；主编《三明诗词选编》《记得住乡愁》《沙溪行》等。有500多篇学术论文、文艺作品和通讯报道在国内报刊发表或收入相关文集。

读范仲淹《岳阳楼记》

楼高尚许作登临，风雨边关怅客心。魏阙偏能移汉祚，宋庭无力对狼禽。江湖意气多风发，宦海喧嚣没大音。终日讥谗卑怯怯，将军忧乐不堪吟。

读苏东坡《留候论》

博浪锥惊一暴秦，韩家有子得麒麟。箫吹垓下思乡曲，宴解鸿门帝业身。圯上黄公屐我履，凌烟画阁入功臣。良弓折尽归庄老，炼就仙风世外人。

春夜与诸同仁室外饮酒

夜月涵山俊，春风润草香。垂杨梳细水，飞瀑挂前川。云动星沉没，天开地自圆。同人相对坐，把酒话机缘。

无　题

久落牢笼起早衾，无边灯火晓风侵。龙庭万里连晨夕，牛角微尘系古今。人世轮回分善恶，江湖恩怨换晴阴。沧桑阅尽诗心在，带血啼鹃作苦吟。

崖山感怀

过眼烟云总是空，锥心气魄感天穷。皇朝代洒名臣泪，禹甸时薰故老风。千古江山如画卷，百年人世若飞鸿。从来兴盛平常事，不问苍生不系忠。

黄加如

黄加如，1965年生，宁德蕉城人。任职于蕉城区蕉北街道办事处。现为中华诗词学会会员，福建省诗词学会理事，蕉城区诗词协会会长。著有《碧岩吟草》。

除日即事得欢字

团圞美酒御春寒，隔海聊天已不难。莫道围炉方至乐，须知遛网正狂欢。

咏南漈飞淙

为爱南峰美，来寻漈水湄。迸珠沾翠羽，泻玉湿高枝。危磴千盘上，飞泉百丈垂。一泓甘绕廊，清浊素心知。

春　柳

夹岸毵毵绰约姿，绿眉争妬眼低垂。不闻生怨玉关曲，若解怜才谢女诗。细叶摇风非薄幸，柔条滴露是相思。原知绾恨无长物，水远山遥赠一枝。

暮游东侨南北岸公园过彩虹桥

卧波联两岸，霓彩照江门。形势湖生色，丰枯水噬痕。高车大道捷，矮屋几椽存。悄立河梁上，沧桑孰与论。

丙申秋日登王岐畚箕山军事遗址望马祖群岛

营盘寂寂貌无奇，前哨曾经踞虎师。坑道空馀兵去后，山花犹笑我来时。长天一色渔帆稳，孤屿三秋客履宜。总喜承平波浪偃，西窗剪烛数归期。

王恒鼎

王恒鼎，1966 年生，别名固吟楼主、知艳斋、只雁斋，宁德福鼎人。中学教师。曾任中华诗词学会理事、福建省诗词学会副会长、福鼎市太姥诗社社长。著有《固吟楼诗词》《知艳斋情诗》等。

七月二十一日于天安门广场观升旗仪式适逢大雨

乐奏旗升亦壮哉，雨狂不见伞撑开。广场肃立人如海，都为灵魂洗礼来。

牛年咏牛

稼穑艰难俯首从，任他毁誉耳边风。恨无劲尾三千丈，尽扫人间吸血虫。

雨天放学即景

撑开彩伞雨沙沙，一个人成一朵花。涌出校门花似海，遍分春色到千家。

并书房于厨房因赋此一律

攻书做饭两容身，并蓄兼收妙绝伦。碟碗交鸣声不俗，诗词细品味犹醇。三餐果腹盘无肉，万卷藏胸笔有神。何必别寻清静处？烟熏火燎过来人。

大江吟

关山迢递舞长龙，岁月峥嵘指顾中。已锁波澜横巨坝，忽收云雨列奇峰。千秋人物难淘尽，万里车书总认同。愿约坡仙今日醉，狂歌一揽水流东。

卜算子·借书

不为看君书，只为谋君面。日日还书又借书，喜得长相见。　　书意我难明，我意君难辨。每恐君书易借完，不再行方便。

陈盛华

陈盛华，1967 年生，永安人。中华诗词学会会员、三明市诗词学会常务理事，《三明诗刊》主编。

夜到长汀

初入老区中，汀州景异同。朱灯相映照，已染半身红。

观曾兄荣城与天鹅照偶书

水境荣城阔，冬深不见寒。天鹅栖百里，素羽亮千滩。人鸟相依乐，晨昏互问安。白云无定处，一刻一奇观。

白叶村行

功名街上觅功名，几数旗杆排列擎。斑驳碑文思过往，忽闻深巷读书声。

虎门怀古

铁血斑斑古炮台，空留遗恨百年灰。销烟未尽烽烟绕，锁国难成天国摧。忆昔风云犹激烈，看今鸥鸟任徘徊。相邻义勇前朝冢，杜宇声声入耳来。

鹧鸪天·风

南北西东顾自娱，驰云逐浪赛神驹。勿求骚客迎头赞，只为苍灵振臂呼。　　穿林樾，过城隅，桑田沧海视平途。不吟天上晴和雨，遁入红尘有若无。

释赵雄

释赵雄，1968 年生，罗源人。福建省政协委员、省政协文化文史和学习委员会副主任、福州怡山西禅寺方丈、福建省佛教协会常务副会长、福州市佛教协会会长，中华诗词学会理事、福建省诗词学会副会长。

建党百年礼赞

南湖长忆一轻舟，世纪沧桑感不休。惟愿众生多福祉，融和瑞气满神州。

李大钊颂

世纪云烟犹在眼，陆沉故国奈何秋。筑声剑影吟情切，道义文章意气遒。博爱宏深民作主，赤潮浩渺水长流。一腔热血多才隽，思想先锋志节酬。

福州西湖开化寺偶题

清夜为寻湖上寺，虚光翠影满禅林。漏池新滴昙花雨，荔子犹传贝叶音。五蕴由来通造化，三山今又送甘霖。神州共赞和谐美，梵宇重开大众临。

注：西湖开化寺为福州怡山西禅寺廨院。

闽江寄怀

幸与怡山证佛缘，香花满眼润西禅。波光幢影邀明月，法雨卿云浥翠烟。双荔有情催韵味，七星无语自悠然。江声一带无穷碧，入海潮音播远天。

清平乐·缅怀谈禅恩师

南天拂晓，梵呗怡人早。记取九华秋色老，脱尽小劳梦绕。　晴窗一例清明，荔风依旧凉轻。最忆双林夜月，永怀心雨禅声。

柳梢青·己亥啖荔诗会作

荔色如霞，怡山胜景，一派清嘉。空翠含窗，祥云绕塔，心在莲花。　回眸七秩年华。闻歌处，旌红路赊。四海甘霖，众生安吉，祝福无涯。

好事近·颂蓝图

丝路绕祥云，风动五洲秋色。万里海天如璧、喜六时空碧。　京华彩笔绘蓝图，远帆鸣长笛。歌吹江南山北、颂十方清吉。

叶培贵

叶培贵，1968 年生，原籍泉州南安，后迁南平顺昌，再迁北京。毕业于北京师范大学中文系，1998 年在首都师范大学获文学（书法）博士学位。首都师范大学中国书法文化研究院院长，教授、博士生导师，九三学社中央委员，中国书协副主席、中国宋庆龄基金会理事、北京书协主席。2015 年被中宣部、人社部和中国文联授予“中青年德艺双馨文艺工作者”称号。

回乡拾韵（十首录二）

问　旧

楼台何处是当年，十字街头问故园。惟恐乡音半违拗，才将开口又缄言。

小　吃

稻粱谋远忘瓢箪，孤负秋风到眼前。酸涩重寻咱厝味，馀甘嚼破季鹰叹。

注：馀甘：闽南食物。

登长城（二首录一）

九域团圆日，欣欣又一程。风云秦塞峻，杖履汉阶轻。目极千峰影，襟披万里声。新征不辞远，沟壑任纵横。

顺　昌

郡邑延平属，山川八府闻。天心怜竹树，龙首纳风云。累石三庵峻，双溪一阁分。申申合观静，万类此含欣。

国庆天安门观礼记赞（三首录一）

花拟初心灿欲燃，寿登七秩庆同天。神龙矫出青云上，骏马雄驱赤帜前。既大风流追往哲，更新时代报来贤。人民万岁欣三复，壮引高歌入舜弦。

唐多令・丁香

小女甚爱之，初以“百里香”命赋，久思不得。昨夜嘲余曰：“何迟也?! 我有一句：‘淡紫花开千万朵。’可乎?”既寝，仿佛有感，晨起成章。

春信往来忙，春心次第长。便丁香也怕结愁肠。淡紫花开千万朵，画楼外，浅梳妆。　　江北始清扬，江南或未央。倩雏音、点检文章。百里香随襟袖卧，将入梦，又商量。

西窗烛・重逢

忆昔萋萋芳草，正丛生。古道边、长亭更短亭。江南江北，几度红消翠减，昨日王孙，归晚柳汀。　　不忍相思倾诉，问飘零。怕梦中、孤帆又远征。罗衣隐约，剪取西窗烛影，且待明朝，同数晓星。

杨文生

杨文生，1968年生，漳州龙文人。现供职于福建省程溪农场。曾任福建省诗词学会常务理事。漳州市诗词学会会长。著有《豆爷斋诗草》。

春从初长

嫩叶低垂未敢开，谦谦小样闭襟怀。潜心只待东风沐，揽尽春光自展才。

九龙江左岸聚饮

酒起黄昏后，城南一水怜。圆山添夜韵，左岸品鱼鲜。谈笑风摇树，吟诗月在天。星阑思未尽，犹梦会诸贤。

重游云洞岩

气爽风清已仲秋，十年故地喜重游。石岩山洞连崖顶，铁索天梯锁雾头。挥汗登高双腿软，凝眸望远一江悠。龙文胜景真如画，今日欣然眼底收。

浣溪沙·三叠井纪游

雾矮峰高幽谷鸣，壑深林密一泉清，古藤好客半山迎。　　勇上千阶观异景，醉寻三叠涌豪情，几劳秋雨送归程。

破阵子·坂里新春游

丽日和风春色，蜿蜒山道啼莺。草长蝶飞田野碧，云白天蓝溪水清。亭前燕羽轻。　　游子回乡逐梦，豪车三五徐行。应叹谁能长此住，正是桃源胜境呈。梨花陌上迎。

陈银珠

陈银珠，1968年生，字心源，别名一泓漱玉，宁德蕉城人。副研究馆员。中华诗词学会理事。曾任蕉城区诗词协会主席、福建省诗词学会常务理事。参与编辑《宁德民间故事》《宁德诗词》等。著有《心源吟草》。

马江怀古

烟含杨柳碧千条，岂遣心头积忿销。七百军魂全大节，悲风吹咽马江潮。

题 画 荷

软绿轻红寂不言，接天擎雨自轩轩。仗君解识廉溪趣，引领清风到故园。

癸未感秋拈得憨字

苦辣咸酸味已参，祷祈来世作儿男。蚕丝漫与牵情累，骥足曾何伏枥甘。但有寸心知得失，尚期圆梦补痴憨。衡阳此日多鸿雁，几处芦花月满潭。

登庐山望三叠泉

石蹬笼阴结藓台，鞋头半湿上层嵬。泉从空际分三折，路出危厓转百回。吹雾天风喷夏雪，传音湫谷吼春雷。者番一践庐山约，迭宕诗心次第裁。

归 里

打叠行装便，言旋事屡违。鸿泥侵梦短，雁阵望云稀。解识营生累，差疗父母饥。流年惭傀儡，此日启荆扉。追昔殊风貌，怀今失海沂。棹帆多搁浅，潮汐复何归。公路白牢落，山峦青几希。虹桥跨渡口，车辆卸渔矶。邻舍疑初见，乡音觉已非。田园偏有价，叔伯却无依。四壁徒寥寂，五中感涕欷。蜂房巢圃树，蛛网障书帏。心悟穷何止，亲情体细微。茫然人久立，江滏下斜晖。

注：故乡，云淡村。海岛。风光秀美。回家坐小舟，水动江村树，舟从画里行。现通高速路，铁轨穿山而过，旧时画面尽失，不胜慨然。

千秋岁·香港回归祖国十周年

南疆岛屿，系我金瓯固。旌帜赤，荆花妩。龙文惊世出，鹏翮图南举。行两制，大贤巨擘乾坤主。　　经济声华著，喜沐风和雨。花与叶，根连土。情牵兄弟谊，血证轩辕祖。欣十载，弦歌共把回归谱。

游松柏

游松柏，1968 年生，笔名木白，宁德柘荣人。就职于福建省柘荣县新闻中心。曾任福建省诗词学会理事。

鱼井见鸥鸟有题

欲向烟波一欠伸，横纡四海尽缁尘。如何江上无机事，鸥鸟高飞不近人。

春柳，寄付松强兄

万条又复晚蒙冥，忆别东风絮满亭。拂路已愁尘影碧，侵樽争奈酒痕青。当年张绪春同老，此日王恭客尚零。烟雨谁怜绿溪上，折攀不似旧娉婷。

己亥秋寄桐城白兄荣敏

樽开何日更汤汤，鼓掺高筵许慨慷。称述深知惟北海，能狂不独是渔阳。千重岭霁江浮碧，万井秋深木欲黄。此际还思往时事，霜风篱径一彷徨。

兰　　花

今辰复何辰，足音忽空谷。幽兰如幽人，跫然访我筑。素心倦嚣尘，端居自抱独。更种都梁香，以荡胸中俗。此物亦解人，芊芊泛寒绿。闲来书窗下，每令坐忘读。

宁川与崔栋森陈仕玲汤春晖郭志明诸兄匆匆一晤席间分得到字

故人海之东，我居山之墺。远非在日边，如何亦难到。役役各奔驰，区区营一饱。左邻不常登，况是百里造。闻我从公来，秋风候长道。湖叶下遥枝，氤氲气尚燥。汇流已慰怀，更置壶浆劳。惜无裴叔姿，岂有玉山倒。为怜同迟暮，歌吟且兀傲。

欧定敬

1968年生，1990年毕业于厦门大学中文系。资深出版人，编审职称，首届全国新闻出版业有突出贡献中青年专家。著有随笔集《共进盖碗茶》《手心里的过程》，主编图书若干。现为福建省出版物监测与研究中心主任、福建省期刊协会副会长，福建省诗词学会会员。

一百年

开天石库门，震旦莽昆仑。巨浪脊梁起，赤旗风雨翻。沧桑方正道，号角续春温。放眼人间世，复兴欣载奔。

陌上花

呼朋奔突趁年华，盛大开盘陌上花。菜籽煌煌李太白，动人春色在田家。

世界读书日感兴（其三）

也曾打卡某书城，更上层楼几欲倾。坐拥不能痴说梦，浪花入海自稀声。

夜半乐·坊巷

木屐哒哒声远，青青石板，坊巷堪瞻顾。过匝地榕阴，绮窗朱户。市桥骤静，西风渐起，数星灯火相迎，选幽轻步。片叶落、飘庭院深处。

粉墙黛瓦旧地，辈出英雄，并排嘉树。光射斗、销烟维新寻路。向洋开眼，黄花喋血，橘灯烛照童心，不妨温故。月筛影、疏梅对谁语？

夜半犹记，馆阁重光，断云难诉。任水榭歌台戏文去。老情怀、更鼓不响差凭据。空怅望、怎把琴心抚？面前榕郡根深度。

满江红·胜利日

还我河山，今又是，壮怀时节。临秋水，九重梅葛，柳丝排列。敌忾同仇终破日，神州共庆尽追月。到当下，七十五年来，情犹烈。

臣虏恨，同袍血。病夫耻，终一雪。捍长城内外，金瓯无缺。猛志当如磐石固，家园能使同心结。胜利日，温故又凭栏，填词阕。

郑守朝

郑守朝，1971 年生，号蓬庐居士，出生于浙江温州苍南。多年执教于福建福鼎，任小学校长。福建省诗词学会理事，福鼎太姥诗社副社长、秘书长。

再访黄山迎客松

不慕名山慕异材，爱他高旷绝尘埃。还如当日初相见，风雪崖头迓我来。

元日徒步游黄仁拈钓字

刘阮淹留处，晴明扣大钧。亭危诗七步，岁暮酒三巡。烟鹤窥人老，空潭照鬓新。青山如可买，卜筑与梅邻。

戊戌立春后三日暇余骑行栖林寺观梅

山城呼故侣，振履散春寒。客鸟别林倦，名花隔岁看。几生修得到，一粲会犹难。谁为千云外，陇头曾解鞍。

炒　　股

柱逢劫刃喜耶嗔？算尽玄机未送贫。低吸高抛心忐忑，阴差阳错梦逡巡。三千点位犹瞠目，百尺楼台欲纵身。镇日听评绩优股，笑无一个敢称神。

水龙吟·观江苏卫视《非诚勿扰》作

风流见说秦淮，金陵此际春云涌。莺莺燕燕，冰肌玉骨，珠围翠拥。廿四花枝，忸怩娇态，流波频送。爱孟生机警，乐颠黄慧，倾折了，芸芸众。　　怪底姻缘揄弄。一场场，攀龙依凤。真心表白，谦谦君子，笑他贾勇。欲吐愁怀，蓝灯俱灭，凄凉谁懂。看骊歌奏后，有人再度，为伊心动。

释戒贤

释戒贤，1972 年生，又号歇庵、瘦松、介闲、借闲道人，宁德福鼎人。1990 年毕业于闽南佛学院本科，后在闽南佛学院任教多年，2004 年后旅居澳大利亚。著有《歇庵诗草》。

中秋对月有寄连明生君

古寺中秋夜，虫声歇又闻。凉风来飒飒，桂子落纷纷。能够看明月，应该谢白云。莫惜深宵坐，清光不负君。

山　　居

屋外铺毡卧看星，虫声断续草间鸣。不知北斗和南斗，只道苍天有眼睛。

终南山居三绝句

一

不是山僧爱住山，山中生活有清欢。昨宵入梦枕明月，明月今朝共早餐。

二

晓风拂面觉清馨，静穆峰峦列画屏。好鸟时鸣如语我，天边一月带三星。

三

众鸟高歌赞美诗，东风染绿一枝枝。黄昏独向窗前坐，看到云霞明灭时。

忆少年·异域旅居述怀

几年参学，几年教席，几年飘泊。浮生客中老，把韶光抛却。
回首故园云漠漠，忆从前，恍然如昨。春风任来去，看花开花落。

崔栋森

崔栋森，1972年生，别署籜庐、海城子，宁德蕉城人。毕业于福建中医学院，现为执业中医师。中华诗词学会会员，福建省诗词学会理事，曾任蕉城区诗词协会会长。

游雪峰寺

久蛰思高蹈，登临负晚秋。古欢馀寺柏，今雨但湖鸥。方外聊容足，尊前暂豁眸。不堪千丈雪，来覆壮年头。

暮逢共享单车落户蕉城

垂阴蔽道晚晴初，毂阵林林列贯鱼。好是东风能共沐，不须弹铗问无车。

丙申秋暮与诸友谒西山家先君霍霞公墓

一谢沉沉四百年，山川不改事如烟。鳌湖塔影危衔月，鹤岭松声浩接天。诗笔生花原有慨，臣心似水竟谁怜。荒碑读罢惊秋晚，楚雨霏微落墓前。

木棉花絮

嘘风飞絮正施施，一段仙标逸此时。天女衣裳虚着素，山翁鬓发肯中衰。红绸未绾同心结，褐缕曾悬续命丝。想见东皇披豹雾，倩谁移种到丹墀。

晓出宁川路值雨霁

霁烟如射向天横，四望青苍压郭平。草润元知经宿雨，云微不碍放新晴。红灯欲驻依刘客，淑景难为访戴情。见说庄逵通紫府，几人鞍马解逢迎。

吴丹梅

吴丹梅，1972 年生，艺名简兮。供职于南平市第二医院，南平市诗词楹联学会会员。

浣溪纱・春

疏竹茶花过雨新，卷帘天气草如茵，小池春水似眉颦。　几许柔风撩绿柳，一杯薄酒湿朱唇，应能醉里忘红尘。

蝶恋花・忆

数载时光飘忽过，记得初逢，心被深深锁，节日烟花开万朵，中间有朵曾如我。　极目云山千万座，盼得重逢，品个相思果，那刻与君携手坐，听君低唱轻轻和。

减字木兰花·赠友

枇杷枝翠，归路凄迷人渐醉。一棹船歌，道尽人间别恨多。　　看君把盏，薄酒三杯听尔侃。月色无边，应惜行程寂寂间。

生查子·七夕

于武夷山遇友，三四个小时后便又各奔东西。

去年七夕时，君把花儿递。百合正含苞，月下人相倚。　　今逢七夕时，乌鹊风中戏。急雨断归心，负我深深意。

蝶恋花·生日

昨日风起乍凉，等晔子、公子上街时无聊得很，想起生日将近，忆旧事，填一蝶恋花以记之。

岁到重阳凉欲透，乍起秋风，吹得黄花瘦。那夜相依犹记否？修篁摇曳听更漏。　　欲效易安温薄酒，两盏三杯，醉里愁依旧。但恐酒消空守候，无言泪湿胭脂扣。

眼儿媚

大年初四那天遇见同读过一年初一的同学，不胜唏嘘。家乡那时已是桃花满树杏花满坡了。

桃花零落杏花疏，嫩柳细风梳。一番雨过，几分寒减，数点青芜。

旧朋陌路惊相见，把手话当初。那时无赖，今时鬓白，相对唏嘘。

陈桂红

陈桂红，1972年生，漳平人。现任职于龙岩国誉饮食服务有限公司。中华诗词学会会员，龙岩市诗词学会常务理事、副秘书长。

参观永定伯公凹红色交通站感怀

大雨滂沱足迹寻，伯公凹里觅真金。一门忠烈垂青史，三块银元见党心。滚滚汀江奔热血，殷殷羊角唤乡音。红灯指引回家路，幸福还思德泽深。

浪淘沙令·古田会址远瞻毛公山

孤影烛心忡，夜漏残风。千峦百嶂垒心中。九月佳音坚石破，直指苍穹。　　秋日巧玲珑，万里晴空。层林尽染胜春红。化作青山情共老，岁月葱茏。

渔家傲·览培丰紫云山遣怀

坐览培丰千嶂抱。峰迂路转祥云绕。一柱檀香烟袅袅。心静好。满怀尘垢清风扫。　　常恨流年骄傲少。霜花染鬓频添恼。淡淡浮生今半老。禅语妙。人间世事须参早。

眼儿媚·白石盂踏春

桃李芳菲弄春烟，涧水照欢颜。丛林掩映，依稀村落，岚雾山巅。

兰溪早把宾朋引，穿竹过桥边。云摇风摆，蝶飞莺啭，忘了尘喧。

鹊踏枝·石邦坑小聚

春野葱茏新叶翠。羊角花开，拂面香风细。袅袅炊烟林屋起，吹来竹笛声同醉。　　二十三年弹一指。岁月如歌，喟叹终无悔。回首城东皆梦里，共看大隼飞天地。

陈志荣

陈志荣，1973年生，号石庐主人，惠安人。先后毕业于华东政法大学、厦门大学法律系，任职于厦门市集美区检察院，四级高级检察官。福建省诗词学会原理事、厦门市诗词学会原副会长。著有《诗囊小集》《石庐心印》等。

清晨游三沙嵛山岛

悠悠岭外响晨钟，风掠茅山浪几重。列屿龟礁听海簌，湿云仙雾漫青峰。徘徊日月双连璧，俯仰乾坤一动容。不意熄烟蓬帐地，故乡驴客此相逢。

赴将乐检察文协会议及采风活动有感

揽胜休辞在远陬，殷勤全赖主人筹。清谈浅酌馀滋味，碧水丹山共驻留。古聚仙家多幻境，天成玉洞誉神州。依稀石壁题诗处，霞客当年此忘秋。

习古琴

为君操雅音，君为我长吟。三叠离人远，一杯关塞深。流泉沉桂影，鸣鹤出山阴。曲尽君知否？悠悠醉我心。

题画《梅坞图》

每与江湖约，梅花重误期。来年春水涨，抱酒品梅诗。

浪淘沙·离别

独坐对丝桐，也拟秋风，相思长短应相同。凉夜高楼敲暗雨，落尽残红。　　万事转成空，情字难从。古来离恨剪还浓。风絮满城飘似雪，谁肯从容。

满庭芳·咏崇武西海道

万顷清涛，一湾鸥鹭，往来舴艋渔歌。武城峙北，回望亦巍峨。三屿丝连藕断，俚人道、兄弟厮磨。秋凉夜，星盘细数，头顶正天鹅。
　消磨，西海道，烟霞落鹜，樯影如梭。且呼朋高会，把酒临波。悲喜人生底事，到此处、暂莫张罗。数巡后，江山指点，相顾老颜酡。

陈初越

陈初越，1973年生，福州人。有新诗集《坚持与问候》、旧体诗集《白鸟青山》。

辛卯春日有感

书剑无成任笑怜，椠铅事业几时捐。须惭蹇足难行远，应羡灵椿不记年。正睹南鸿飞北海，欲从东市顾西阡。犹思卧鼓闲庭院，几点槐花落客前。

辛卯六月返番禺定居

六月蕉花照客衣，故园嘉木又添肥。疏篱不碍凉飔入，短笛能牵旅梦归。一室芸香应有待，四山蛩语定无违。灯前自写一时乐，莫使全家赋采薇。

辛卯中秋感怀和肩道人

其　一

吹梦天风近阑干，十分满月要人看。抟将四海成同乐，不许孤光各自寒。玉想定鞭灵物起，翩鸿岂与旧枝盘。吟成奇句当空掷，银汉微微为起澜。

其　二

独向芳园倚碧栏，旧时月色惘重看。喁喁私语人何在，漠漠清辉臂自寒。澄水遥依芳渚度，馀欢尽向素秋盘。低眉久诩心无惑，底事翻回一线澜。

辛亥革命百年武昌感怀

秋月秋风澹淡凉，黄花暗递隔朝香。英魂千古怜孤注，浮世何人缅热肠。慨矣群儿空逐鹿，果然两府竟亡羊。珠还合浦知何日，眼底江天益浩茫。

有　　题

灵岩山下一孤碑，谁记批鳞绝世姿。汉吏能翻秦吏酷，太湖不减鉴湖痴。世间拔舌愁成谶，釜底攻心气未移。十丈朱楼沈碧血，行人经过耻言诗。

闽江怀古

解衣盘礴钓龙台，百二河山豁眼开。旗鼓欲迎星使下，风霆又挟海涛来。伏尸名士情非贱，投老清流事尽哀。谁为神州留故垒，无言且覆掌中杯。

李文钲

李文钲，1974年生，长汀人。现任龙岩市电视台对外交流部副主任，福建省诗词学会常务理事、龙岩市诗词学会会长。作品散见于报纸刊物及网络媒体。

连城文川桥

横卧清溪八百秋，中原回望梦悠悠。南来客路家山远，北去文川曲水流。桥上廊檐遮闹市，天边月色绕城楼。黄醅依旧多醇味，一碗能销尘世忧。

游梁野山

山水宜人处，清风不用赊。青苔依石径，白鸟渡津涯。溪涧深深叶，田园淡淡花。飞珠消暑气，一任忘烟霞。

贺台湾瀛社诗学会成立105周年

大雅存何处？风流已百年。兰亭追昔梦，瀛社继先贤。海客烟涛地，竹林松月天。嘤鸣酬唱久，华夏脉相连。

西江月·瞻仰古田会议旧址主席园

天上秋空云淡，眼前万壑千军。谁能巨手转乾坤？星火文章指引。

犹见红旗摇曳，似闻号角纷纭。凭栏指点古和今，回看烽烟俱尽。

鹧鸪天 · 援疆有感

飞越雪峰戈壁滩，便随丝路到天山。江南已是山川秀，塞外犹多风雪寒。　　春到处，莫凭栏，凉州一曲唱阳关。援疆何惧奔波苦，筑梦情怀是戍边。

行香子 · 青海湖畔

万顷无垠，浩渺青青。映云天，海阔波平。茵茵草碧，湖畔骑行。任风相伴，云相看，鸟相迎。　　驼声远去，空见风铃。转经幡，犹自心诚。借沧溟水，濯净尘缨。忘平生事，三生梦，半生情。

临江仙 · 听筝

静室虚窗金粟柱，香萦素手纤纤。泠泠石上响流泉。花间莺弄语，月下竹含烟。　　一曲红颜思旧梦，知音谁赏筝弦。无情岁月寂寥天。东篱秋色老，菊酒慰清欢。

陈伟强

陈伟强，1974 年生，号灵溦，厦门人。福州大学工艺美术学院毕业。2004 年入选《中华诗词》杂志社举办的第二届“青春诗会”，现任福建省诗词学会理事、厦门市诗词学会秘书长。

春　　望

春色渐随春思凋，凭栏唯见落花飘。听风听水成幽怨，为雨为云转寂寥。四海断鸿衔彩笔，千山啼鴂入琼箫。遥知彼岸绮窗下，一枕红冰倚梦消。

访秋瑾故居

秋影如潮涌四厢，玉虹于此堕穹苍。枕函犹涴忧民泪，镜屉疑藏救国方。缈缈琴音萦画栋，森森剑气泛长廊。撷来侠女堂前桂，赢得青衿十载香。

清源山谒弘一法师舍利塔

孤塔云中涌，苔阶欲上难。崖高猿迹湿，竹密鸟声寒。锡驻空山月，钵开幽谷兰。临风一长揖，梵韵满琅玕。

游菽庄花园感吟社重建

诗魂犹在否？锦浪戏花前。园小能藏海，石奇堪补天。长桥连皓月，游屐蹑飞烟。鼓瑟招鸥侣，重开金谷筵。

游鼓浪屿

幽径不辞千遍行，楼阴小立望罗旋。花间一串清音过，知是琴声是浪声？

蝶恋花

枕畔飞花灯下句。梦里拈来，犹带江南雨。长夜徘徊吟别赋，天明依旧寻春去。　　袅娜东风吹薄雾。野径无人，频共幽兰语。行到水穷山尽处，云间亦是相思路。

浣溪沙

捱尽长宵枕未温，空香一缕绕残魂。月中恍见梦中人。　　晓日有心窥泪迹，篆烟无故写愁痕。断肠亦是美人恩！

刘曙初

刘曙初，1975年生，安徽宿松人。文学博士，福建师范大学文学院副教授、硕士生导师，福建省诗词学会副会长。主要研究中国古代文学，发表论文三十余篇，主编《福建文脉丛书》。

闲　居

闲居日日对晴空，极目遥山碧雾中。欲遣此身随去鸟，可怜无处觅南风。

读通鉴卷一百七十六

结绮临春事可哀，奈何重见艮山来。岂能通鉴真资治，覆辙循环恨未裁。

携子游宁德黄鞠故里

谪谴南来志未荒，开渠治水立堂隍。男儿自要平天下，莫论他乡与故乡。

乙未冬游壶口有作

黄龙怒吼来天上，浩浩翻腾莽野中。断石河冲惊霹雳，烟波日照映长虹。川原秦晋成双霸，人物东西自一风。豪杰功名随逝水，何如诗酒乐相逢。

水 龙 吟

春日漫步烟台山，聊填小词。浅唱低吟，岂同耆卿之放浪；泥雪鸿爪，暂写东坡之空无。游戏笔墨，姑愈乎博弈。

沧江拍岸龙吟去，高下双虹横渡。峰峦叠翠，北狮南虎，肃然对踞。曲巷风回，幽苔光净，鸟啼深树。想玉叶光华，照天银杏，惹春梦，徘徊苦。　　俯控胜如砥柱，好江山，烟墩长护。盐仓雪积，米仓香溢，舟车竞驻。西土楼台，南洋亭榭，昔年歌舞。更浮生拟寄，檐铃轻响，榕荫深处。

采 桑 子

天涯魂梦飞驰处，江水弯弯，不尽层峦，楚语寻常亦带欢。　　驾龙半日还千里，酒暖梅残，夜静更阑，慈母敲门数问寒。

鹧鸪天·于台湾淡江大学观看诸弟子文创展览有感

巨海雄山恣漫游，斑斓不尽爱珍馐。无穷事业无穷愿，不负韶华枉白头。　　休犹豫，且勤修。灵思妙想竞风流。他年再过经行地，淡水观音记我俦。

刘如姬

刘如姬，1977年生，永安人。现供职于永安市文体旅游局。2012年入选《中华诗词》杂志社举办的第十届“青春诗会”。中国作家协会会员，诗词作品多次在全国大赛中获奖。著有个人诗词联集《如果集》。

有　忆

溪边老榕树，月下白衣衫。谁人曾共我，坐到夜深蓝。

感　事

新闻又报北京连天雾霾，时人多戴口罩上街；又闻有欲售新鲜空气者。

口罩屏前殊可亲，如何佳气亦论斤？愿抓一把闽山绿，洒向京华作邓林。

庚寅年春访壶江叶向高读书洞

欲问幽居事，潮鸣年复年。钩玄穷日夜，秉笔落云烟。闲约山中友，来烹穴底泉。孤怀谁解得？化外一舟翩。

二零零六年自寿兼自遣

我有幽怀不可招，生涯懒问惯逍遥。携琴未老青山约，负手独听沧海潮。岂为营营屈脊骨，宁甘澹澹友渔樵。适逢庾岭梅开日，坐与春风酒一瓢。

浣溪沙·夏之物语

旋转全家小太阳，爱听故事几箩筐。夜深却怕大灰狼。　　童曲哼来蓝月亮，繁星缀满梦衣裳。梦中可在捉迷藏？

水调歌头·蝴蝶

为履今生约，破茧逐香来。不知身侧，十万红紫为谁开？谁解春风心事，谁是江南故侣，桑海与天涯。梁祝曲声起，天地有余哀。　访烟陌，寻绮榭，向芳台。或迷晓梦，栩然蜕变旧形骸。欲续初时盟誓，再效倾城之舞，相拥到尘埃。愿许生生世，比翼不相猜。

练　欢

练欢，1977 年生，字怡君，原籍广西柳州，出生于兰州。毕业于厦门大学法律系，获法学硕士学位。现任职于厦门象屿集团公司。作品《丽江》获《当代诗词》2013 年度谭克平诗词奖及第四届华夏诗词奖入围奖。现为福建省诗词学会常务理事，厦门市诗词学会会长。

上杭临江楼

临江底事筑高堂，水静山明月似霜。一自斯人歌咏健，长留碧树草花香。烽烟几度争擎帜，盛世重来唱采桑。日出中流看竞舸，想君负手立苍茫。

五老雨游南漈山得诗，步韵恭和

曳杖寻幽载酒壶，人间春色此中殊。谷鸣碧涧流泉曲，花点谿山行旅图。五老谈诗松欲语，一襟照海鹤相呼。乱云吟啸登高处，风满重楼雨满湖。

丽　江

古道空追驿马铃，玉龙遥望倚天倾。满城芦管吹长夜，雪色清于月色明。

菽庄诗社百年有感

海天谁共赋新秋？雁自横空云自流。千二百回明月夜，旧题犹在豁清眸。披襟遥望烟光迥，隔岸长吟家国愁。渺渺余怀难问渡，飘飘鸿迹各凭舟。谈瀛轩上琴如水，四十桥边风满洲。诗草写来心戚戚，池台入梦影悠悠。吾庐菊色冷逾灿，曲径游踪晚更稠。延伫听涛谁共我？双双白鹭与沙鸥。

阮郎归·杏林阁登高

云衔海日满怀风，晴光澄碧空。长桥拱月水溶溶，秋山无数重。

登绣阁，立从容，新城图画中。流连好景惜匆匆，芙蓉池上红。

八声甘州·沙坡尾往事

向圆沙遥望海疆清，山岛又逢秋。有波光如玉，灵宫香泛，帆影初收。渔笛杳，栖不定、聚散几沙鸥。检点澎台事，细说风流。　　铁舰排空击水，送将军此去，复我金瓯。想官亭两岸，烟雨盼归舟。算毫端，鹤飞松老，怅平生，出处意难酬。浪涛里，旅人游女，一阕前愁。

祝英台近·鼓琴

洞庭波，南浦雨，都作四弦语。怨上眉痕，何事上心府？湘灵笑我多情，香蘅紫蓼，教花事、乱随春去。　　度新句。拟把绮岁流年，谱与酒边侣。又恐流年，散作梦中絮。燕吟莺舞浮生，非关愁索。北峰下，缓歌如缕。

陈仕玲

陈仕玲，1977 年生，宁德蕉城人。乡村医生。中华诗词学会会员，曾任蕉城区鹤鸣诗社社长，蕉城区第九届政协委员。参与编纂《蕉城鹤鸣诗社志》。著有《蕉城民间丧葬习俗》《蕉堞纪闻》等。

小至过题蕉别院赠家新颖兄

鬓发初霜眼更青，杯盘草草忆曾经。三楹轩榭供兰友，一角云山作画屏。绿补小天蕉待种，寒馀短景雨初停。频年恼乱愁逢酒，且乞瓯香洗肺腥。

己亥中秋三一斋主人见示佳作次韵奉酬

朗照冰蟾一岁临，绕枝乌鹊感馀音。剖心好句缘君得，煴火新茶待客斟。老桂霜凌清剩骨，幽窗虫语细于琴。伯牙未必无知己，流水高山说到今。

偕友游支提寺

崒律群峰望眼低，冲寒有客上支提。芝含九品何年化，石借三生信手题。闲执茶铛分素雪，重开佛藏证青藜。禅房谁共消长昼，坐听孤鹇自在啼。

读《夏内史集》

腾云稚气着南冠，黯黯金陵帝业残。尽唾玄珠传代乳，倒悬赤县痛摧肝。天边何可孤身寄，灯下长摩老眼看。遗恨虞山钱太史，士为知己死犹难。

注：夏完淳九岁梓《代乳集》。

太姥吟社诸子游分水关用曲园老人“雁荡天台咫尺间”句，分韵得“荡”字，余时因阻雨未能同游

温麻隔南陬，川原眺泱漭。锁钥固边陲，闽国诚鞅掌。吴越久相通，襟喉联两广。昼夜车如流，大道慨何敞。适值夏之初，游遨皆吾党。猛雨泻天瓢，顿足不能往。披雾入林坳，振衣天风爽。张伞自成群，山灵容放荡。吾亦性情真，卧游空结想。昔贤王龟龄，人中称龙象。世路险羊肠，诘屈十万丈。白日出长溪，竹帛怀倜傥。遗恨了堂碑，高风千载上。日暗混蠛蠓，尘昏藏魍魉。寄语道中人，殷殷告泉壤。白雪荐楝花，大片托景仰。

戴先良

戴先良，1979 年生，泰宁人。现供职于宁化县文体旅游局。创作

剧本《画网巾》《杀瓢记》《黄慎》分别获福建省第27、26、25届戏剧会演剧本征文一、二、三等奖，另获田汉戏剧奖二等奖，福建省艺术节剧本一等奖。

惊蛰贺内子生辰

惊雷起蛰雨如烟，借得三春作诞筵。有妇寻常谁我羡，处贫不易似卿贤。牛衣岂下人前泪，鲋辙同濡涸后泉。斜照经天犹可绾，相珍岁月惜流年。

夜闻春雨不寐

春心随雨漫如潮，疑向海天赋大招。耳目塞难归混沌，江湖梦远念渔樵。孤灯一枕半生泪，十载千回百折腰。狂笑犹惊失口出，哀鸿声急逐云霄。

周公瑾

胆略兵韬世所稀，既瑜何亮稗官讥。琴谐佳偶徒争羡，才贯中天便落晖。故垒西边人道是，大江东逝昨云非。江东楚后多英俊，逐浪伯言相与飞。

社背村感赋

武陵一到绝尘嚣，社庙荒村隐古乔。迷雾重重春寂寂，寒潮滚滚雨潇潇。狐丘百载了无迹，牛矢平生逢此峤。他日雪封云锁后，衣冠谁辨是前朝。

岁　末

悬弧影里转鸿钧，岁暮临期每惧真。髀挫复生常试马，笔耕未得略添薪。贫能守道当希圣，愧幸吟诗可示人。入夜寒潮缘隙涌，吹惊短梦费精神。

黄福强

黄福强，1981年生，字慎之，斋号慎斋、稻圃，南安人。供职于泉州市公安局交警支队。中华诗词学会会员，福建诗词学会原常务理事，泉州诗词学会常务副会长兼《泉州诗词》副主编，福建省书法家协会会员、未社社员。

寄玉林丈，步其“手”韵乞正

群经涵畅雕龙手，灵响三篇光敝牖。莫道骚坛久寂寥，几回展卷闻狮吼。孤桐朗玉韵宏深，丽藻瑶篇传众口。银砾金沙醉彩霞，纵横逸气应难有。天教稳步过期颐，共举壶觞斟美酒。览镜空惊鬓发疏，中年梗泛谁之咎？人生万事若浮云，唯独文章能不朽。江边碧草陇头梅，报李投桃诗百首。廿年交契乐琴书，雁往鱼来公记否？我愧初参笔墨禅，片笺尺素蒙评剖。忍见歌吟渐式微，竟教老迈勤奔走。临池妙悟上层楼，内敛精神犹赳赳。遥想当时剑胆豪，播迁倦客悲苍狗。爱民仁善见功多，政治清平如杜母。于其身外敢争先，退而观影知持后。欣看八闽涌春潮，雨露无私滋细柳。

和喆盦丈《读苏曼殊诗》韵

桃腮檀口柳杨腰，幽梦无凭恨未消。病久那堪愁作茧，身孤怕见鹊为桥。断肠词寄云中雁，刻骨情萦夜半箫。卿与如来皆负尽，袈裟湿透怎翻招。

孟秋丈宠赐《菊潭吟草》墨宝长卷赋谢

澡身浴德照冰壶，君子乾乾气宇殊。俊逸书传鹅帖韵，空灵境入辋川图。砚边课写恩难谢，灯下吟观喜欲呼。千里相思堪慰藉，墨香拂梦绕罗湖。

题慎斋清吟图

门对青山暮霭浓，沉吟且喜近虚空。绮云索句浮窗外，瑶月贪杯落掌中。岂有清才歌水调，漫劳野树鼓天风。平生知己唯梅鹤，散逸襟怀孰与同。

题尧儿国画《苏廷玉旧宅》

瓦屋曾萦梦，藤萝已抱墙。晴丝悬户牖，绮燕宿檐梁。阅岁浮华褪，凝尘曲致长。雏儿思烂漫，稚笔绘沧桑。

水调歌头·赠“两宋校词博士——谷卿”，步钟振振教授、赵维江教授韵

博究倚声学，两宋恣遐游。沈郎才辩开敏，无悔作词囚。任是红牙婉转，抑或铜琶激越，珠玉眼中收。风起挂帆去，湖海足宣犹。　慎其独，甘守素，远时流。松窗煮雪，闲约知己共吹牛。偶有陶情笔墨，契悟前贤意趣，朴雅见深遒。觅得心安处，何必羡沙鸥。

念奴娇·刺桐

泉州古称刺桐城，因多刺桐树，故城以花名。余所居之刺桐路，曩昔亦广植此花。每至花开时节，窗前弄影，火伞弥空，而今不复见矣。偶读黄寿祺（六庵）先生《刺桐吟》诗：“泉城已渺刺桐花，空有佳名异代夸。寄语州人勤补种，好教万树灿朱霞。”颇有同感，倚声作《念奴娇》词曰：

郡南城北，记桐花万朵，点燃春色。妆就香霞惊灼眼，娇艳如何消得。绿早红迟，丰年瑞兆，千载争怜惜。浅斟低唱，耗磨多少诗客。

欲问解语谁人，六庵清藻，读之闲愁集。怅只今窗前屋后，难觅旧时踪迹。梦里销魂，枝头弄影，总是斜阳陌。宜多栽植，殷殷堪慰游屐。

黄流松

黄流松，1982年生，号松泉居士、尔雅斋主，龙岩人。福建省书法家协会会员、福建省诗词学会会员，龙岩市书法家协会、市书画艺术研究会理事，龙岩市诗词学会理事。

山　中

二月春微风带柳，石青花落笑佳人。亭幽千嶂横飞瀑，水冷万珠滚玉珍。啼得子归悲鸟道，等来日影占山眠。欲寻山水陶翁意，归去撷英香满身。

访武夷山止止庵

独木倚寒祠，清音入发丝。兴然迷露叶，随意撷丹芝。脉脉临风语，凄凄对月诗。孤烟山外止，依柳一青池。

戌月赠别

寒蝉悲露草，伴与丽人行。花落尘非动，烟低空自横。风来天苦冷，雨去水清明。脉脉不能语，枝头空好莺。

空巢吟

秋草凄凄百鸟鸣，孤灯凉影照残羹。无情最是西风冷，望断桥头对雨声。

天净沙·华嵒祠

东风碧草黄花，露苔青石槎枒，断壁残垣败瓦。伤心燕社，旧时明月人家。

浪淘沙·秋夜长思

秋月染红城，万象空明，孤人遥梦旧山横。可恨半窗枯木冷，叶落无声。　　风动鬼神惊，姑射吹笙？一樽酒待故人倾。醉里贪欢哦好句，蝶梦庄生。